KÄLTER ALS
DIE SÜNDE

KÄLTER ALS
DIE SÜNDE
(COLDER THAN SIN)

TONI ANDERSON

Übersetzt von
MARTIN WICK

DEUTSCHE BÜCHER VON TONI ANDERSON

Romantische Krimis

Kalte Gerechtigkeit Serie
Ein kalter, dunkler Ort (A Cold Dark Place)
Kalte Jagd (Cold Pursuit)
Kaltes Morgenlicht (Cold Light of Day)
Kalte Angst (Cold Fear)
Kalte Schatten (Cold in the Shadows)
Kaltes Herz (Cold Hearted)
Kalte Geheimnis (Cold Secrets)
Kalte Bosheit (Cold Malice)
Eiskaltes Versprechen (A Cold Dark Promise)
Kaltblütig (Cold Blooded)

Kalte Gerechtigkeit – die Verhandler Serie
Kalt und tödlich (Cold & Deadly)
Kälter als die Sünde (Colder Than Sin)
Kalte böse Lügen (Cold Wicked Lies)
Kalter grausamer Kuss (Cold Cruel Kiss)
Eiskalt (Cold as Ice)

DEMNÄCHST ERHÄLTLICH …
Kalte Stille (Cold Silence)
Tödliches Spiel (The Killing Game)

Andere deutsche Titel
Im Sog Der Gefahr
Wogen Des Zorns

Auf meiner Website findest du alle deutschen Übersetzungen
meiner Bücher:
toniandersonauthor.com/german

Melde dich für meinen deutschsprachigen Newsletter an und
erhalte zwei kostenlose, exklusive „Kalte Gerechtigkeit"-
Kurzgeschichten sowie Informationen darüber, wann meine
nächste deutsche Übersetzung verfügbar ist.

WIDMUNG

Für Dee

KAPITEL EINS

Samstag, 8. August. Insel Nabat, Floressee, Indonesien.

QUENTIN SAVAGE, LEITER der Krisenverhandlungseinheit des FBI, lehnte an der Bar in der Nähe des Hoteleingangs und fragte sich, wann er endlich verschwinden konnte, ohne unhöflich zu wirken. Leider war er nicht nur mit einem alten Freund aus Army-Zeiten auf einen schnellen Drink verabredet, sondern nachdem er die Hauptrede beim Abschlussbankett des Symposiums gehalten hatte, war er auch dazu verpflichtet, noch eine Weile hierzubleiben, nur für den Fall, dass die Leute Fragen hatten.

Die Leute hatten *immer* Fragen.

Mit einem Verhandlungsführer wollten sie immer sprechen. Sie nahmen an, dass Verhandlungsführer irgendeinen geheimen Trick auf Lager hatten, der ihnen erlaubte, ihren Willen durchzusetzen und andere Menschen zu beeinflussen.

Aber das stimmte nicht – wenn es so wäre, wäre er nicht hier.

Man brauchte gewisse Fähigkeiten, um ein guter Verhandlungsführer zu sein. Geduld war definitiv von Vorteil, ebenso wie die Fähigkeit, schnell und entschlossen reagieren zu können und emotional nicht zu investiert zu sein. Und sicher, es gab bestimmte Techniken, mit denen die Handlungen anderer beeinflusst werden konnten, aber der wichtigste Faktor, um ein großartiger Verhandlungsführer zu sein, bestand darin, zuhören zu können. Wirklich zu *hören*, was die Leute sagten, sowohl verbal als auch nonverbal.

Ein Verhandlungsführer zu sein, war in etwa so, wie ein Therapeut zu sein, nur dass die andere Person in den meisten Fällen bereits tief in der Krise steckte, wenn das FBI auftauchte.

Quentin warf einen ungeduldigen Blick auf seine Uhr. Er wollte die neusten Entwicklungen im Fall der Entführung einer Vulkanologin überprüfen, die vor ein paar Tagen auf einer entfernten, vulkanischen Insel in der Bandasee gekidnappt worden war. Er befand sich in unmittelbarer Nähe zu ihrem letzten bekannten Aufenthaltsort, und es juckte ihn in den Fingern, einfach dort rüber zu fliegen und die Gegend nach Hinweisen abzusuchen. Aber wenn es eine simple Lösegelderpressung war, und die Kidnapper mitbekamen, dass das FBI an der Sache interessiert war, würden sie entweder den Preis in die Höhe treiben oder die Geisel umbringen, um alle größeren potenziellen Probleme zu beseitigen.

Quentin schob den Gedanken an die Vulkanologin beiseite. Er musste professionelle Distanz wahren, ansonsten würde er seine Fähigkeit kompromittieren, überhaupt irgendjemanden retten zu können. Burnout war nichts, worauf er aus war, auch wenn er so gut wie kein Privatleben jenseits des FBI hatte. Nicht mehr.

Sein Aufenthalt hier in Indonesien war nicht gerade hart. Das Hotel, ein ehemaliges, niederländisches Gebäude aus der Kolonialzeit, war geschmackvoll modernisiert worden und erstrahlte in kolonialem Prunk, einschließlich dieser trägen Atmosphäre, die auf extrem wohlhabende Gäste zugeschnitten war. Aber selbst in den kühleren Abendstunden, wenn der

Passatwind wehte, hatten die Klimaanlage und die Deckenventilatoren zu kämpfen, um es mit einem Raum dieser Größe und voller Leute aufzunehmen. Konferenzteilnehmer saßen entspannt auf Rattanmöbeln und ließen sich die kostenlosen Drinks und Kanapees schmecken, die von Angestellten in Uniform auf kleinen Silbertablettes herumgereicht wurden.

Quentin blickte in sein Glas und zog eine Grimasse.

Diese ganze Veranstaltung erinnerte ihn daran, wie er vor vielen Jahren als Kellner in einem Country Club gearbeitet hatte. Er war in Südkalifornien aufgewachsen, als einer von fünf Brüdern, und sie hatten alle ihren Teil dazu beigetragen, um ihre Mutter zu unterstützen, nachdem ihr Vater sie für eine jüngere Frau hatte sitzen lassen. Quentin fand es schwer, nicht die Leute zu beachten, die eigentlich im Hintergrund verschwinden sollten, vermutlich, weil er sich mit ihnen viel eher identifizierte als mit der reichen Elite oder den Politikern oder den mächtigen CEOs.

Er stand auf der Gehaltsliste der Regierung und bekam die Art Verantwortung auferlegt, bei der den meisten anderen übel werden würde. Er kannte seinen Wert, und der bemaß sich nicht in Dollars und Cents. Sein Wert bemaß sich in den Menschenleben, die er gerettet hatte, und in den Gefängnisstrafen, die diejenigen Kriminellen absitzen mussten, die daran gescheitert waren, das System zu überlisten.

Quentin bezahlte für zwei Biere und gab ein ordentliches Trinkgeld. Menschenmengen waren ihm zuwider. Es gefiel ihm nicht, seine kostbare Zeit damit zu verschwenden, Vorträge zu halten, auch wenn das letzten Endes womöglich Leben retten konnte. Und er stand wirklich nicht gerne im

Mittelpunkt.

Anders als manch andere.

Heiliger Bimbam.

Eine elegante blonde Göttin kam aus den Gärten herein. Die Frau trug ein goldenes Kleid mit einem tiefen Ausschnitt, dazu beeindruckende Stilettos, die sie über die einheimischen Anwesenden und sogar über die meisten der Delegierten aufragen ließen. Sie ging auf eine Gruppe in der Nähe der Bar zu, und als sie sich im Raum umsah, trafen sich ihre Blicke. Quentin hatte sie in den letzten Tagen ein paar Mal gesehen, allerdings waren sie einander nicht vorgestellt worden. Zu schade. Er war sich ziemlich sicher, dass sie im Hotelzimmer neben ihm untergebracht war.

Als sie den Blick nicht abwandte, hob er sein Bier und prostete ihr zu, und sie erwiderte die Geste mit ihrem Champagnerglas.

„Das ist Haley Cramer, falls du das nicht wissen solltest."

Quentin drehte sich zu dem Mann um, der sich links von ihm an die Bar quetschte. Quentin deutete auf das Bier auf dem Tresen. „Du bist zu spät. Das ist für dich."

„Prost." Chris Baylor, sein Freund aus der Zeit in der Grundausbildung und aus drei Jahren unaufhörlicher Entsendungen, hob das Glas an seine Lippen und trank einen großen Schluck. Dann stellte er das Bier ab und folgte Quentins Blick durch den Raum.

Haley Cramer hatte ihnen den Rücken zugewandt.

Soviel dazu. Nicht, dass irgendwas zwischen ihnen passiert wäre, aber er schaute sie gerne an. Sie war von der Sorte alten Hollywood-Glamours, in einer Zeit voller Instagram-Selfies. Heißer als die Sünde und vermutlich zweimal so gefährlich.

Chris reichte ihm eine Zigarre. Das war eine alte Tradition

für ihre wenigen gemeinsamen Abende. Die einzige Gelegenheit, bei der Quentin rauchte. Er steckte sie für später in die Tasche.

Ein anderer Mann, der Chris zu kennen schien, trat zu ihnen.

„Quentin Savage, darf ich Grant Gunn vorstellen. Grant war in der 10. Gebirgsdivision in Shahi-Kot, zur gleichen Zeit wie wir."

„Gute Zeiten", scherzte Gunn und bestellte sich ein Bier.

Die erbitterten Kämpfe in den östlichen Gebirgsregionen Afghanistans waren für niemanden gut gewesen, aber nur so stand man das als Soldat durch. Humor. Bruderschaft.

Unfähig, sich zurückzuhalten, warf Quentin der Blondine erneut einen Blick zu.

„Hast du Haley Cramer noch nicht kennengelernt?", fragte Chris.

Quentin schüttelte den Kopf.

„Von ‚Cramer, Parker & Gray'? Alex Parker arbeitet mit euch in Quantico zusammen. Gerüchten zufolge war er früher mal ein Spion." Chris brachte ihn hinsichtlich Klatsch und Tratsch auf den neusten Stand.

Quentin trank sein Bier. Er kannte Parker nicht persönlich, aber er hatte von seinem Ruf gehört. Cramer, Parker & Gray war eine der top Sicherheitsfirmen in den USA. Kleiner als die meisten anderen, die hier vertreten waren, aber mit hervorragendem Ruf. Die Besten der Besten, was Cybersicherheit betraf, und in diesen eng gestrickten Sicherheitskreisen sehr geschätzt.

„Und laut Chris ist sie so heiß im Bett, wie sie aussieht", fügte Gunn mit einem verschmitzten Grinsen hinzu.

„Ich hatte nicht gefragt", widersprach Quentin

spitzzüngig.

„Aber Sie wollten es wissen." Gunns Grinsen war derb. „Welcher heißblütige Mann wollte das nicht wissen?"

Was Quentin wollte, ging niemanden etwas an, außer ihm. Er wandte sich seinem Freund zu. „Warst du mit ihr zusammen?"

Chris war nicht mehr länger der schlaksige, ungehobelte Rekrut, den Quentin während seiner Zeit in der Army gekannt hatte. Jahrelanges Training und erschöpfende, körperliche Arbeit hatten dafür gesorgt, dass der Kerl breite Schultern und einen harten Oberkörper bekommen hatte. Seine Wangen waren ein wenig voller als früher, ein bisschen rosiger.

„Ich würde es nicht zusammen sein nennen ...", lachte Gunn in sein Bier.

Quentin warf dem Kerl einen grimmigen Blick zu.

„Wir sind etwa einen Monat lang ausgegangen, aber es hätte nie eine Zukunft gehabt." Chris wischte sich mit dem Handrücken den Mund ab.

„Was ist passiert?", fragte Quentin und war neugierig darauf, wie der Kerl einen derart kolossalen Fehler hatte machen können.

Chris warf Quentin ein bissiges Grinsen zu, das seine Augen nicht erreichte. „Du kennst mich." Er zuckte mit den Achseln. „Ich kann einem hübschen Gesicht einfach nicht widerstehen."

Was bedeutete, dass er sie betrogen hatte.

„Du bist ein noch größerer Idiot, als ich dachte."

Chris trank sein Bier, widersprach nicht. Das Militär hatte einen jungen, optimistischen Mann in einen schlachterprobten Zyniker verwandelt, aber Pfadfinder hatten in einem Kriegsgebiet auch keine Chance.

In ihren frühen Army-Tagen hatten sie oft mit erfundenen Frauengeschichten geprahlt. Mittlerweile war Quentin kein dummer Achtzehnjähriger mehr. Er hatte kein Interesse mehr an Spielchen oder daran, Frauen hinterherzujagen, die gejagt werden mussten. Er hatte endlich die Dunkelheit hinter sich gelassen, die der Tod seiner geliebten Frau und ihres totgeborenen Kindes vor fünf Jahren über ihn gebracht hatte, aber nie wieder wollte er so einen Schmerz empfinden müssen. Er lebte sein Leben, hatte sogar hin und wieder Verabredungen mit Frauen, aber … wie jeder gute Verhandlungsführer hatte er eigentlich nicht vor, sich emotional auf irgendwas einzulassen.

Quentin musterte Haley Cramer mit einem Anflug des Bedauerns. Keine Frage, er hätte es genossen, sie näher kennenzulernen, aber nicht vor diesem Publikum. Zu viele Egos. Zu viel Testosteron. Zu viele fanatische Spekulationen und potenzielle Rückschläge für sie beide.

„Sie hasst mich, also habe ich vermutlich gerade jegliche Chance zunichtegemacht, die du bei ihr hattest. Sorry, Kumpel." Chris wechselte das Thema. „Übrigens, ich mochte deine Rede. Ziemlich beeindruckend für einen Kerl, der kaum lesen kann."

Quentin ignorierte die Spitze. Seine Legasthenie war für seine Kumpels schon immer ein Anlass zur Belustigung gewesen, aber er war daran gewöhnt und ließ sich von ihren Sticheleien nicht aus dem Konzept bringen. „Wie geht's Nick?"

Nicholas Karlovac war ein weiterer Soldat ihrer Truppe gewesen, und sie drei waren damals die dicksten Freunde gewesen. Nick und Chris waren schließlich Elitesoldaten geworden, die nach Beendigung ihres Dienstes zusammen eine eigene private Sicherheitsfirma gegründet hatten.

„Er hält im Büro die Stellung.“

„Wird es dir niemals langweilig, immer auf Achse zu sein?“, fragte Quentin seinen Freund.

Chris zog die Schultern hoch. „Irgendjemand muss den Job ja machen. Nick hat seine Frau und seine Kinder, die wollen auch was von ihm haben.“

Eine attraktive schwarze Frau mit blauschwarzen geflochtenen Haaren grinste Quentin quer durch den Raum an. Tricia Rooks. Er hatte gestern beim Frühstück neben ihr gesessen. Er lächelte zurück.

Gunn warf einen Blick in ihre Richtung und zog vielsagend die Augenbrauen hoch. „Sieht so aus, als ob Haley Cramer nicht die einzige Option im Saal wäre.“

Quentin ignorierte den Kerl.

Ein älterer Gentleman betrat den Raum, und die Atmosphäre veränderte sich schlagartig, als sich hunderte Augenpaare auf ihn hefteten. Chris krallte die Finger um sein Bier. Haley Cramers Kopf wandte sich zu dem Kerl um.

Auf der Konferenz hatte Quentin den Neuankömmling nicht bemerkt, aber er war auch nicht hier, um sich einzuschleimen oder jemanden zu schmieren. Der Fremde konnte ebenso gut ein unschuldiger Hotelgast sein, aber so, wie die anderen Delegierten ihre Nasen in den Wind steckten, wie Wölfe, die Blut rochen, hielt Quentin das für unwahrscheinlich.

Der Neuankömmling war ein kleiner, untersetzter Kerl. Schütteres Haar. Blaues Seidenhemd mit dunklen Schweißflecken an den Achseln. Weiße Leinenhosen. Zwei massige Typen, die an seinen Schultern klebten wie zwei ungleiche Lotsenfische. Bodyguards. Mit Bodyguards auf einer

Konferenz für Sicherheitsfragen aufzutauchen, zeugte von einer ganz besonderen Paranoia. Oder einer Fülle an schlechten Erfahrungen …

Die Konferenz war von der indonesischen Regierung mitorganisiert worden und fand auf einer kleinen Insel in der Floressee statt. Die meisten der Teilnehmer waren mit kommerziellen Flügen zu dem kleinen, örtlichen Flughafen gekommen und waren dementsprechend nicht bewaffnet. Das war den meisten dieser Leute nicht einfach zu verkaufen gewesen, aber sie waren nur für drei Tage hier, und die Konferenzleitung hatte für Sicherheitsvorkehrungen gesorgt. Diese Sicherheitsvorkehrungen waren allerdings heruntergeschraubt worden, sobald der Außenminister die Konferenz nach dem Bankett früher am Abend verlassen hatte.

Vielleicht war der Neuankömmling deshalb nicht früher aufgetaucht. Waffen waren verboten, und seine Bodyguards waren definitiv bewaffnet.

Der Kerl bahnte sich seinen Weg durch die Menge, bis er bei Haley Cramer ankam. Er griff sich ihre beiden Arme und beugte sich vor, die Lippen zum Kuss gespitzt. Im letzten Augenblick drehte die Frau ihren Kopf zur Seite und erhielt einen schlabbernden Kuss auf die Wange.

Quentin blickte sich im Raum um und bemerkte, dass die Stimmung gekippt war. „Wer ist dieser Typ?"

Chris rieb sich mit der Hand über den kantigen Kiefer. „Cecil Wenck. Der zehntreichste Mann der Welt. Besitzt ARK Mining, die größte Firma in Südostasien und Ozeanien."

„Sieht so aus, als ob Cramer uns alle drankriegen wird, aber nur einer hier wird tatsächlich mit ihr im Bett landen." Gunn hob sein Glas und kippte den Rest seines Biers hinunter.

„Sie müssen mal auf Ihre Ausdrucksweise achten, Kumpel", wies Quentin ihn leise zurecht.

Gunn warf ihm einen finsteren Blick zu.

„Cramer, Parker & Gray haben nicht genug Personal für sowas", murmelte Chris und ignorierte Quentin.

„Man kann nur hoffen, dass sie auch die Zahlen nicht haben", sagte Gunn kryptisch.

Quentins Blick wurde wieder von der Frau in dem goldenen Kleid angezogen. Ihre blonden Haare glänzten heller als ihr Kleid, aber es waren ihre Augen, die ihn faszinierten. Intelligent und argwöhnisch, eine Hüterin von Geheimnissen. Sie war kein Narr. Sie war sich der Gefahren durchaus bewusst, eine Frau in einer Männerwelt zu sein, aber sie war trotzdem hier.

Alle Achtung. Er hoffte, das würde sie nicht irgendwann am Arsch kriegen. Und jetzt musste er dieses Bild mit einer eiskalten Dusche wieder aus dem Kopf bekommen. Quentin klopfte seinem alten Freund auf den Rücken. „Ich mach den Abflug."

„Was?" Chris' Augen wurden groß. „Ich wollte dich noch in eine Bar hier im Ort schleppen."

Dieser sogenannte „Ort" befand sich etwa zwanzig Meilen entfernt, entlang einer Schotterpiste.

„Ich muss morgen früh einen klaren Kopf haben." Er musste am Fall der Alexanders arbeiten – zwei Senioren, die vor sechs Monaten im Südchinesischen Meer entführt worden waren. Und jetzt diese junge Frau. Er versuchte, nicht an ihr Schicksal zu denken. Eine alleinreisende Frau konnte so vielen Gefahren zum Opfer fallen. War sie wegen des Lösegeldes entführt worden, wie die Alexanders? Oder zum Vergnügen irgendeines Perversen gekidnappt worden? Oder um in die

Prostitution verkauft zu werden? Oder war sie von einer Extremistengruppe entführt worden, die keine starken, unabhängigen Frauen mochte?

„Komm schon, Kumpel. Wie oft haben wir denn die Gelegenheit, Zeit miteinander zu verbringen?"

Quentin weigerte sich, ein schlechtes Gewissen zu haben. Er ließ sich nicht so einfach manipulieren. „Wir sehen uns, wenn du das nächste Mal in D.C. bist."

„Ich fahre mit dir in die Bar", bot Gunn Chris an.

Und jetzt würde Quentin definitiv nicht mehr mitkommen.

Chris ignorierte Gunn. „Du lässt mich wirklich hängen?"

„Ich habe einen sehr frühen Flug." Entführte Amerikaner waren seine Priorität. Zu versuchen herauszufinden, wie er sie befreien konnte, und wie er verhindern konnte, dass sie überhaupt gekidnappt wurden.

Chris starrte ihn an, war offensichtlich überrascht von seiner Absage. Fairerweise musste man sagen, dass es vermutlich das erste Mal seit Jahren war, dass Quentin dem Kerl eine Abfuhr erteilt hatte. Nachdem Abbie gestorben war, hatte sich Quentin in seiner Freizeit eine Zeitlang keinen Drink entgehen lassen. Vielleicht erlaubte er sich deshalb kaum noch Freizeit.

Chris nickte. „Okay. Gut. Machen wir es eben so."

Quentin klopfte seinem alten Freund noch einmal auf die Schulter, dann ging er davon, und Erleichterung überkam ihn, als er den überfüllten Raum verließ. Die Hälfte der Leute hier wollte die Welt zu einem besseren Ort machen – zu dieser Gruppe zählte er auch sich ebenfalls. Die andere Hälfte gierte nur nach immer größer werdendem Reichtum und Macht. Das waren diejenigen, die Gewalt und Unruhe als Chance sahen. Das waren die Leute, denen er aus dem Weg ging, wann immer er konnte.

Er war dankbar dafür, in einer Demokratie zu leben, in der Bundesagenten alles gaben, um schutzlose Zivilisten zu beschützen und die Verfassung aufrechtzuerhalten. Das war es, was ihn und seine Kollegen verband – Rechtsstaatlichkeit, die strikte Befolgung von Gesetzen. Aber außerhalb der Vereinigten Staaten war das eine ganz andere Sache. Es war sein Job, mit Leuten zu verhandeln, die andere Menschen als Ware oder Druckmittel bei Verhandlungen benutzten und sich nicht um Menschenleben scherten. Quentin wünschte, er könnte sämtliche Kidnapper aufspüren und für immer wegsperren, aber er gestattete sich lediglich, zu hoffen, die Geiseln wieder heil nach Hause bringen zu können. Sie wieder in Sicherheit bringen zu können.

Damit würde er sich definitiv zufriedengeben können.

Er ging zur Rezeption des Hotels, um seine Rechnung zu bezahlen, damit er das nicht morgen früh machen musste. Als er einen Blick zurück in den Barbereich warf, entdeckte er die Frau in Gold, Haley Cramer, die von mächtigen Männern umringt wurde, die allesamt um ihre Aufmerksamkeit buhlten.

Irgendein sechster Sinn ließ sie genau in diesem Augenblick aufblicken. Eine stumme Botschaft ging zwischen ihnen hin und her. Eine Botschaft, so alt wie die Zeit, der keiner von ihnen nachgeben wollte.

Ihr Ausdruck wurde beinahe traurig.

Quentin wandte sich ab, war nicht gewillt, das Rätsel einer wunderschönen Frau zu erforschen, die einsam zu sein schien, obwohl sie von Bewunderern umringt wurde. Vielleicht las er auch zu viel hinein. Und vielleicht war er es einfach leid, allein zu sein. Er sollte sich mittlerweile daran gewöhnt haben. Und, wenn er ehrlich war, hatte er auch ein wenig Schiss davor, den Status quo zu verändern, ganz egal, wie verlockend die Versuchung auch sein mochte.

KAPITEL ZWEI

H ALEY SAH ZU, wie der Bundesagent davonging, und Bedauern darüber, dass sich ihre Wege nicht gekreuzt hatten, kroch durch sie hindurch. In den Schatten des Konferenzsaals hatte sie sich seinen Vortrag angehört und hatte Gefallen an der Präsentation gefunden, aber auch am Redner selbst. Quentin Savages dunkle Augen besaßen eine hypnotisierende Qualität, ebenso wie seine kantigen Züge und sein rabenschwarzes Haar – Haar, das für einen respektablen Bundesagenten ein klein wenig zu lang war. Er hatte etwas Faszinierendes an sich, das ihren Blick immer wieder in seine Richtung zog, aber es war auch stark genug, dass sie genau da blieb, wo sie war.

Sie mochte es, in Beziehungen die Zügel in der Hand zu halten, und hatte das Gefühl, ein Mann wie er würde nicht zulassen, dass sie allein die Bedingungen vorgab.

Natürlich mussten sie auch keine *Beziehung* haben. Aber wenn sie einfach nur nach jemandem suchte, mit dem sie ins Bett gehen konnte, gab es hier hunderte von Typen, die dafür infrage kämen, Männer, die sie nicht mit ihrem sinnlichen guten Aussehen und ihren tragischen Augen in den Bann ziehen würden. Männer, die sie kontrollieren konnte. Männer, die ihr auf einer tiefen, persönlichen Ebene nie etwas bedeuten würden. Männer wie Chris Baylor, mit dem sie letztes Jahr einen ganzen Monat lang ausgegangen war, bevor sie erkannt hatte, dass er ein Lügner und ein Betrüger war. Zum Glück hatte seine Untreue sie nicht verletzt, aber sie hatte den Fehler begangen, ihm zu vertrauen, und war verärgert darüber gewesen, verarscht worden zu sein.

Und hier stand nun Cecil Wenck, Milliardär und Besitzer eines Bergbaukonzerns, der mit ihr seine Spielchen spielte, vermutlich, weil sie der einzige weibliche Inhaber einer Sicherheitsfirma war, die bei dieser Konferenz vertreten war.

Ihr Lächeln saß wie festgeschraubt in ihrem Gesicht, selbst als Wencks Hand die Seite ihrer Brust streifte. Sie drehte sich um, um ihr Champagnerglas von der Bar zu nehmen und die ungewollte Berührung zu unterbrechen. Sie hob ihr Glas, und jemand reichte dem Kerl ein Bier, damit sie anstoßen konnten.

„Einen Toast." Der Australier lächelte heiter, aber seine Augen waren so kalt wie die des Roten Schnappers, den sie zum Mittagessen gegessen hatte. „Auf die schönste Sicherheitsstrategin in ganz Indonesien, wenn nicht sogar auf der ganzen verdammten Welt."

Sie lächelte, auch wenn seine Worte sie irritierten. Cramer, Parker und Gray mochte zwar eine relativ kleine Firma sein, aber sie hatten einen hervorragenden Ruf. Dass sie jetzt versuchten, ihr Servicepaket durch Sicherheitsdienste für Infrastrukturen, private Firmen und Regierungsbehörden zu erweitern, war etwas, was Haley seit Jahren vorangetrieben hatte. Dermot und Alex hatten sich endlich ihrem Druck gebeugt, auch wenn sie eigentlich zufrieden in ihrer derzeitigen Nische waren.

„Sie sehen umwerfend aus, meine Liebe."

Haleys Lächeln konnte ihren Ärger kaum verbergen. Männer wie Wenck waren der Grund, weshalb Dermot und Alex ihre Dienste in dieser Branche nicht anbieten wollten. In diesem Kreis der Milliardäre, Scheichs und korrupten Politiker glaubten die Superreichen, die Welt und alles darin würde ihnen gehören, einschließlich der Frauen.

Vor allem die Frauen.

Die Tatsache, dass sie gerne hübsche Kleider, Absatzschuhe und Make-up trug, hatte nichts mit ihrem Geschäftssinn zu tun, sondern einzig und allein damit, dass sie eben gerne hübsche Kleider, Absatzschuhe und Make-up trug.

Der private Sektor der Militärindustrie war ein alteingesessener Männerclub, ein Netzwerk voller Leute, die zusammen gedient hatten. Sie passte nicht in diese Welt hinein, also versuchte sie es erst gar nicht. Viele der Beziehungen dieser Kerle waren entweder durch den aktiven Dienst oder in schäbigen Bars in kriegsgebeutelten Gegenden rund um die Welt geschmiedet worden. Alex Parker war der einzige Teilhaber in Haleys Firma, der gedient hatte. Dermot konnte eine Waffe nicht von der anderen unterscheiden. Er war der weltgrößte Fachidiot, ein brillanter Softwareentwickler. Haley wollte ihnen beiden beweisen, dass sie falsch damit lagen, die Firma nicht in diese Richtung zu erweitern.

Zeit, herauszufinden, worauf Wenck es abgesehen hatte. „Und ich dachte schon, Sie könnten mich nicht leiden", sagte sie mit süßlicher Stimme und schlürfte an ihrem Champagner. Er fühlte sich eiskalt und sauer auf ihrer Zunge an.

„Unsinn. Natürlich kann ich Sie leiden", versicherte Wenck ihr barsch.

„Warum ist meine Firma dann die einzige, der heute kein persönliches Treffen mit Ihnen ermöglicht wurde?" Es war nicht schwer gewesen, das herauszufinden. Sie war ja nicht blöd.

„Ich habe mir das Beste bis zum Schluss aufgehoben,

meine Liebe." Wenck zwinkerte ihr zu und rutschte ein wenig näher. Seine Bodyguards waren nicht weit entfernt, und das Ergebnis war, dass sich mehrere Männer zu eng an sie drückten.

Haley rutschte an der Bar entlang, hasste die Tatsache, dass sie gezwungen war, auszuweichen, war aber nicht wirklich überrascht. Sie war daran gewöhnt, dass Männer sich mehr herausnahmen, als sie ihnen anbot, weshalb sie in der Regel direkt in die Offensive ging.

„Wir können uns gleich morgen früh treffen und über unseren Kostenvoranschlag sprechen", sagte sie.

Wenck verzog das Gesicht, obwohl sie ihn freundlich anlächelte. Er war der Chef der ARK Mining Corporation mit Hauptsitz in Darwin. Jede private Sicherheitsfirma der Welt wollte den Zuschlag ergattern, wenn der Vertrag für seinen Sicherheitsdienst in den Minen, den Industrieanlagen und den Firmensitzen in Australien und Asien erneuert werden würde.

Cramer, Parker & Gray florieren zu lassen, war ihr wichtig. Wichtig genug, um die frauenfeindlichen Sprüche und Kränkungen zu ignorieren, die ihr entgegenschlugen, wann immer sie Konferenzen in dieser männerdominierten Welt besuchte. Es war ihr egal, was sie von ihr dachten oder hinter ihrem Rücken über sie sagten. Seit ihrer Teenagerzeit hatte sie gegen das Patriarchat angekämpft – hatte gekämpft und gewonnen. Aber es war ihr nicht egal, was sie über ihre Firma sagten.

„Ich reise um sechs Uhr ab." Wenck zog eine „Sorry"-Grimasse.

„Wir können um fünf zusammen frühstücken."

Er lachte und seine Stimme klang rau und heiser. „Ich bin kein Morgenmensch, meine Liebe." Er schaute auf seine Uhr.

„Wenn Sie sich den Vertrag jetzt anschauen wollen, kann ich das einrichten, aber nur, weil sie eine wunderschöne Frau sind."

Haleys Lächeln verbarg, was sie wirklich fühlte. Auch wenn ihre Firma in der top Liga mitspielte, musste sie selbst nur wegen ihres Gesichts und ihrer Figur alles andere als faire Spielbedingungen akzeptieren?

An manchen Tagen glaubte sie, alle Männer zu hassen, aber dann erinnerte sie sich an Alex und Dermot und ein paar der Mitarbeiter, die für sie arbeiteten. Sie hasste sie nicht alle, nur verdammt viele von ihnen.

„Lassen Sie uns einen ruhigeren Ort suchen, um die Sache zu besprechen", schlug Haley vor. Der Barbereich war zu laut und zu voll, um die verworrenen Einzelheiten eines Millionenvertrags zu besprechen. Außerdem wollte sie nicht, dass die Konkurrenz mithörte und ihr Angebot unterbot.

Wenck nickte. „Klingt genau richtig."

Haley folgte Cecil, ihre Clutch unter einen Arm geklemmt, und Wenck griff nach ihrem anderen Arm, als ob er seinen Anspruch geltend machen wollte. Ihre Absätze klackerten, und sie war sich bewusst, wie viele schmale Augen ihren Abgang beobachteten. Den Ausdrücken auf ihren Gesichtern nach zu schließen, hatten sie allesamt vergessen, dass auch sie heute private Treffen mit Wenck gehabt hatten, so wie sie es jetzt vorhatte. Aber natürlich dachten alle, sie würde jetzt mit dem Kerl ins Bett gehen, um den Vertrag unter Dach und Fach zu bringen. Die Tatsache, dass ihre Firma genauso gut war wie alle anderen, schien ihnen entgangen zu sein. Es war beleidigend, aber daran war Haley ebenfalls gewöhnt.

Hass glomm in Grant Gunns Augen, als sie an ihm vorbeiging. Chris Baylor wandte sich mit einem hässlichen

Grinsen ab. Was hatte sie nur je an diesem Typen gefunden?

Wenck führte sie zu den Aufzügen, aber Haley trat auf die Bremse.

„Dort drüben ist es ruhig genug." Sie deutete auf eine gemütliche Sitzecke, die sie an ihrem ersten Tag hier entdeckt hatte. Obwohl sie sich in Indonesien befanden, standen die Sessel vor einem Kamin, in dem dankenswerterweise kein Feuer brannte. Weiße Wände und großblättrige Farne erzeugten einen ruhigen, üppigen Ort. Haley holte ihr Handy hervor, um Alex und Dermot zu schreiben, dass sie sich jetzt mit Wenck traf.

„Ich rede nicht an Orten über Geschäfte, wo man womöglich mithören kann, meine Liebe. Das ist das Risiko nicht wert. Wir fahren hoch in meine Suite."

Der Kerl war vermutlich paranoid. Wenn man bedachte, dass sein Vermögen so groß war wie das mancher Drittweltländer, war das nicht weiter überraschend. Es war ebenfalls bekanntermaßen schwierig, ihn unter vier Augen zu sprechen. Das hier konnte gut und gerne ihre einzige Chance auf eine persönliche Unterhaltung mit ihm sein.

Für einen Moment wägte Haley ab, wie vernünftig es war, alleine mit diesem Mann auf sein Zimmer zu gehen, aber eine Frau zu sein hatte sie bisher noch nie davon abgehalten, das zu tun, was auch ein Mann tun würde. Ihre Absätze klackerten laut auf den schwarzweiß gekachelten Fliesen. Ja, sie würde das Gespräch lieber an einem öffentlichen Ort führen, aber sie wusste auch, dass Wenck den ganzen Tag lang Treffen in seiner Suite abgehalten hatte. Trotzdem, es lag eine Atmosphäre in der Luft, die ihr Unbehagen bereitete. Sie öffnete auf ihrem Handy die App für Sprachaufzeichnungen und ließ es zurück in ihre Clutch gleiten.

Dermot und Alex warnten sie permanent, vorsichtig zu sein, und sie war nicht dumm. Sie konnte sich verteidigen, und sie bezweifelte, dass Wenck sie tätlich angreifen würde. Sich an sie heranmachen, sicherlich. Mit einer Anmache konnte sie umgehen, solange er damit umgehen konnte, dass sie „nein" sagen würde.

Und wenn er das nicht konnte?

Für einen Augenblick hielt sie inne, aber dann ertappte sie sich dabei, wie sie in den Aufzug trat, als die Türen aufglitten. Sie stellte sich mit dem Rücken an die hintere Wand, versuchte, ihr plötzliches Unbehagen nicht zu deutlich zu zeigen.

In der dritten Etage stiegen sie aus. Auch ihre Etage, nicht, dass sie Wenck das verraten würde.

Sie betraten seine Suite, und einer der Bodyguards kontrollierte das Zimmer auf elektronische Abhörgeräte, während der andere sicherstellte, dass sich niemand im Kleiderschrank oder unter dem Bett versteckt hatte.

Haley beobachtete sie beim Arbeiten. Professionell und gut ausgebildet. Würden sie ihr helfen, wenn es so weit kommen würde? Vermutlich nicht, auch wenn Wenck angeblich geizig war, weshalb sie also vielleicht ihre Kooperation kaufen konnte, wenn es tatsächlich hart auf hart kam.

Aber dazu würde es nicht kommen.

Das Zimmer bestand aus nichts als Brokatmöbeln und cremeweißen Wänden. Weiße Tüllgardinen bauschten sich im Wind, als einer der Bodyguards die Balkontüren öffnete.

Haley setzte sich auf das Sofa.

„Drink?" Wenck ging zum altmodischen Barschrank und nahm eine Flasche Single Malt heraus.

„Sicher. Scotch on the rocks." Sie hatte nicht vor, zu

trinken, aber der Kerl würde sich etwas entspannen, wenn sie sein Angebot annahm.

Er brachte ihr ein Glas, dann setzte er sich so nah neben sie, dass sich ihre Knie berührten. Die beiden Bodyguards verließen das Zimmer, was ihr aus vielen Gründen nicht gefiel. Die Leibwächter konnten nicht wissen, ob sie vielleicht eine Attentäterin war, die jeden Augenblick ihren Stiletto in Cecils fette Gurgel rammen würde. Und außerdem, warum verließen sie überhaupt das Zimmer? Sie waren doch mit Sicherheit den ganzen Nachmittag über bei den Treffen dabei gewesen und wussten über alle privaten Details von Cecils Geschäften Bescheid.

Haleys Augen wurden schmal.

Wenck starrte sie erwartungsvoll an.

„Haben Sie eine Kopie unseres Voranschlags auf Ihrem Laptop?", fragte sie und erinnerte ihn an den Grund ihres Treffens. „Oder soll ich ihn an Sie weiterleiten, damit wir ihn uns anschauen können?" Sie stellte ihr Glas ab und zog ihr Handy hervor.

Wenck ließ sie innehalten, als er mit einem dicklichen Finger über ihren nackten Arm strich. „Sie wollen doch jetzt nicht wirklich über Geschäftliches sprechen, oder etwa doch?"

„Deshalb bin ich hier, Mr. Wenck." Sie meinte seine Suite, aber es traf auch auf Indonesien generell zu. Sicher, es war eine wichtige Konferenz, aber als Gerüchte über Wencks Teilnahme aufgekommen waren, war das der Grund dafür gewesen, weshalb die Konferenz in Rekordgeschwindigkeit ausverkauft gewesen war.

Wencks braune Knopfaugen musterten sie, und sein Blick fiel auf den tiefen V-Ausschnitt ihres Kleids. Ihre Brüste waren komplett bedeckt. Es war nur die Haut zwischen ihren

Brüsten, die zu sehen war. Aber es reichte aus, um seine Aufmerksamkeit zu fesseln.

Sie schämte sich keineswegs für ihren Körper, aber Wencks Blick war fast spürbar, und sie bekam Gänsehaut.

„Ich weiß nicht, ob Sie schon die Gelegenheit hatten, das Angebot unserer Firma durchzugehen ...“ Sie versuchte, seine Aufmerksamkeit wieder auf das Geschäftliche zu lenken. „Wir sind in der Lage, die gleichen Sicherheitsmaßnahmen wie alle anderen Firmen anzubieten, mit dem zusätzlichen Vorteil, dass wir maßgeschneiderte Alarmsysteme, vorbeugende Taktiken sowie Erkennungsmaßnahmen gegen Cyberangriffe anbieten, und das zu einem absolut wettbewerbsfähigen Preis. Einen derartigen Grad an Komplexität wird Ihnen keine der anderen Firmen bieten können.“

„Hm?“ Sein Blick wurde schärfer, und für einen kurzen Moment schien er interessierter an ihren Worten als an ihrer nackten Haut zu sein.

„Unser Wettbewerbsvorteil ist unsere Leistungsfähigkeit bei Cyberfragen, die im Vergleich zu den anderen ...“ Sie schnippte mit den Fingern, um seinen Blick von ihrer Brust fortzulenken und sagte empört, „Mr. Wenck, ich bin hier, um mit Ihnen über das Geschäft zu sprechen.“

Er stöhnte auf. „Ich glaube, ich habe so viel über Geschäftliches gesprochen, wie ich für einen Tag aushalten kann. Von Ihnen hatte ich mir etwas anderes erhofft. Etwas, was keine der anderen Firmen bieten kann.“ Er leckte sich über die Lippen und wollte wieder mit den Fingern über ihren Arm streichen, aber sie wich zurück.

„Es muss doch sicherlich hunderte Frauen geben, die mit einem Mann wie Ihnen Sex haben wollen?“

Seine Wangen wurden rot. „Wer hat denn gesagt, dass ich

Sex mit Ihnen haben will? Und überhaupt, wenn Sie es nicht darauf abgesehen hatten, warum tragen Sie dann so ein freizügiges Kleid und Stilettos, die Ihre Titten und Ihren Arsch derart präsentieren?"

Seine Argumentation hatte weder Hand noch Fuß.

„Glauben Sie mir", schnaubte sie. „Ich weiß genau, wenn jemand Sex mit mir haben will." Sie versuchte, nicht zornig zu klingen. „Wie ich mich kleide steht in keinem Zusammenhang damit, wie gut meine Firma ist." Sie wollte aufstehen, aber er griff nach ihrem Handgelenk.

„Was würde es brauchen?" Plötzlich klang er sehr viel weniger freundlich.

„Wofür?", fragte sie.

„Sie wissen schon, wofür." Sein Blick fiel auf ihren Körper.

Ihr fiel vor Schreck ein wenig der Mund auf. Und dennoch war sie nicht vollkommen überrascht. Seit sie vierzehn war, hatten Leute versucht, sie gegen ihren Willen zu ficken. Mittlerweile war sie eine intelligente, erfolgreiche, unabhängige und vermögende Frau, und trotzdem hatten die Männer immer noch Probleme damit, sie als ihnen gleichgestellt anzuerkennen.

„Mr. Wenck." Sie bemühte sich um Geduld, hatte das Gefühl, der einzige Erwachsene in diesem Raum zu sein. „Ich bin hier, um ein Gespräch über das Geschäft zu führen." Vorsichtig nahm sie seine Finger fort, die wie ein Schraubstock um ihren Arm lagen, und stand auf. Er krallte seine Finger in ihr Kleid, zerrte sie zurück auf das Sofa und das Lächeln auf seinem Gesicht war ein eindeutiges Zeichen, dass sie aus dieser Sache nicht so einfach herauskommen würde.

Scheiße.

„Jeder hat gesehen, wie Sie an der Bar am Flirten waren,

Schätzchen. Niemand wird glauben, dass ich Sie gezwungen habe, und das wissen Sie."

Der erste Anflug von Furcht schoss durch ihre Nervenbahnen. *Sie zwingen?* Dachte der Typ ernsthaft darüber nach, sie zu vergewaltigen?

Sie wägte ihre Optionen ab. Schreien? Es war unwahrscheinlich, dass ihr jemand zu Hilfe kommen würde. Es gab nur wenige Suiten in diesem Flügel des Hotels, und sie und Cecil bewohnten schon zwei davon. Seine Bodyguards und sein Assistent waren vermutlich in den angrenzenden Suiten untergebracht. Außerdem kamen ihr die Bodyguards vielleicht zur Hilfe, wenn sie schrie, aber es war ebenso gut möglich, dass sie sie festhalten würden, während Wenck sie vergewaltigte. Dieses Risiko wollte sie nicht eingehen.

Gewalt? Sie könnte Wenck einen Schlag versetzten, aber dann musste sie immer noch an den Bodyguards vorbeikommen. Und wenn Wenck die Polizei rief und sagte, dass sie ihn angegriffen hatte, würde sie am Ende in einem indonesischen Gefängnis landen, während er in aller Ruhe nach Australien zurückflog.

Niemand würde ihn strafrechtlich belangen.

Männer wie Wenck waren unantastbar.

Nein, sie musste eine List anwenden, um aus dieser Situation herauszukommen. Dann konnte sie darüber nachdenken, wie sie weiter mit diesem Mann verfahren sollte. Ganz sicher würde sie niemals für dieses ekelhafte Stück menschlichen Abfalls arbeiten, nachdem sie ihn jetzt kennengelernt hatte.

Sie ließ zu, dass er sie für einen Augenblick küsste, als ob seine nassen Lippen sie irgendwie davon überzeugen konnten, ihre Meinung zu ändern. Innerlich verdrehte sie die Augen über seinen schlabbernden Versuch, auch wenn es nicht seine Technik war, die sie beanstandete. Es war die Tatsache, dass er ihr die Zunge in den Hals steckte, nachdem sie ihm klar gesagt hatte, dass sie kein Interesse hatte.

„Warte. Warte Cecil." Sie lachte, als ob sie ganz aufgekratzt und außer Atem wäre, dann glitt sie unter seinen Händen hervor. Sie fächelte sich Luft zu und stand auf, um hinter der Couch auf und ab zu gehen. „Geben Sie mir eine Sekunde, um darüber nachzudenken."

Er stand ebenfalls auf. „Was gibt es denn da nachzudenken? Sie sind eine wunderschöne Frau, und ich habe einen Hunger, der gestillt werden muss. Und dann, wenn Sie etwas taugen sollten, erteile ich Ihnen einen der größten Sicherheitsaufträge, den die Welt je gesehen hat."

Etwas taugen? Sie zog eine Augenbraue in die Höhe. Als ob er nicht explodieren würde wie eine Rakete, sobald sie seinen erbärmlichen Schwanz berührte.

„Es ist ja nicht so, als ob Sie jemals den Respekt der Typen da unten gewinnen könnten." Er deutete in die grobe Richtung der Bar.

Das stimmte natürlich, aber sie wollte ihre Selbstachtung nicht verlieren und sich in diesem Geschäft aufgrund ihrer Leistungen durchsetzen. Altmodisch, aber was soll's. „Was ist mit den Angeboten und Bewerbungen der anderen Firmen?"

„Oh, ich weiß schon, Ihre Firma hat einen hervorragenden Ruf, aber es gibt drei Firmen, die bieten können, was ich brauche, und zwar für weniger Geld." Er grinste anzüglich. „Aber nur eine der Vertreter trägt ein Kleid, und das will ich ihr vom Körper reißen, bevor ich sie um den Verstand vögele."

Haley lachte leise auf. *Ha, ha, verdammt nochmal.* „Tja, wenn Sie es so romantisch ausdrücken ..."

Er zog seinen Gürtel hoch, als wollte er ihre Aufmerksamkeit auf die Beule in seiner Hose lenken. „Ich halte nichts von Romantik, Schätzchen. Ich bin ein ehemaliger Bergarbeiter, der sehr viel Glück hatte und clever und skrupellos genug war, um zu bekommen, was er wollte – nämlich mehr Geld als Sie sich vorstellen können." Er blickte sie an, als ob er die Entscheidungen für sie treffen würde und es beschlossene Sache wäre. „Das bedeutet, dass ich mir verdammt noch mal alles kaufen kann, was ich haben will, Sie eingeschlossen."

Haley wollte sich gerne vorstellen, dass sie das nackte Böse in Wencks Lächeln erkennen konnte, aber er sah aus wie jeder andere Mann. Das war es, was Jäger so gefährlich und schwer zu erkennen machte.

„Und jetzt gerade …", begann Wenck, „… will ich, dass Sie mir den Schwanz lutschen und bin bereit, Ihnen Millionen Dollar dafür zu zahlen."

Haley hatte allerdings schon Millionen Dollar und brauchte keinen Penny mehr. Selbst wenn sie obdachlos wäre, würde sie diese Kakerlake nicht anfassen. Nicht zum ersten Mal in ihrem Leben wünschte sich Haley, sie wäre als Mann auf die Welt gekommen. Ihr Leben wäre so viel einfacher.

Sie trat auf Wenck zu, starrte auf seinen Mund, als ob sich ihr dabei nicht der Magen umdrehen würde. Sie fuhr mit ihrem Finger seine Brust hinunter und stoppte auf seiner Gürtelschnalle, drückte hart genug dagegen, dass er einen Schritt zurücktrat. „Na, wenn Sie es so ausdrücken, wie kann ich da widerstehen? Aber ich will zuerst diesen Vertrag unterschrieben vorliegen haben, weil ich Ihrem Wort nicht traue."

Sein Ausdruck verwandelte sich in selbstgefällige Arroganz. „Wir werden sehen."

Sie ignorierte den Kommentar. „Lassen Sie uns wenigstens so tun, als ob das hier mehr wäre als nur eine finanzielle Transaktion, während Sie das Dokument drucken und unterschreiben." Sie griff nach ihrer Clutch und ging zum Badezimmer, betete, dass diese Suite den gleichen Grundriss hatte wie ihre. Sie warf einen Blick ins Badezimmer. Die Suiten waren genau gleich aufgebaut. Im Türrahmen hielt Haley inne und drehte sich zu Wenck um. „Ich brauche nur fünf Minuten, um mich für Sie bereitzumachen, während Sie sich um den Papierkram kümmern." Sie blickte vielsagend auf seinen ausgebeulten Hosenstall. „Dann reden wir weiter, Big Boy."

KAPITEL DREI

*B*IG *BOY.*

    Sie musste würgen.

Nichts war so, wie als Hure behandelt zu werden und das eigene Ego durch den Dreck ziehen zu lassen. Sie schloss die Badezimmertür und wartete einen Augenblick ab, um ihr hämmerndes Herz zur Ruhe kommen zu lassen.

Was für ein schleimiger Arsch.

Sie schlüpfte durch die Fenstertüren auf den Balkon, dann zog sie die Türen leise hinter sich zu und hoffte, Cecil würde nicht durch das Wohnzimmer ebenfalls auf den Balkon treten. Eine warme Brise strich über ihre klamme Haut, kühlte den Schweiß, der sich in ihrem Nacken und auf ihrer Stirn gebildet hatte.

Sie starrte hinaus in die Dunkelheit. Die Geräusche des Dschungels umgaben sie. Wie hatte es nur so weit kommen können?

Vor Jahren, als er ihr Selbstverteidigung beigebracht hatte, hatte Alex ihr einzuimpfen versucht, dass es viel wichtiger war, eine Konfrontation zu vermeiden, als einen Kampf zu gewinnen. Sie hatte lange gebraucht, um diese Lektion zu verinnerlichen, aber jetzt verstand sie es.

Sie streifte ihre Stilettos ab und warf sie zusammen mit ihrer Clutch auf den Steinbalkon der angrenzenden Suite, etwa ein Meter zwanzig zu ihrer Linken.

Kein Jimmy Choo wurde zurückgelassen werden.

Sie zog ihr Kleid bis zur Taille hoch und griff nach der Kletterpflanze, die sich an der Seite des Gebäudes hochrankte, um eine weitere Stütze zu haben, während sie auf das Geländer kletterte. Es war kein weiter Sprung, aber es war hoch genug, um ihren Magen flattern zu lassen. Und sie musste leise sein, denn soviel sie wusste, hatte Wenck die Suite nebenan für seine Angestellten gemietet. Sie konnte Bewegungen im Schlafzimmer hinter sich hören – dass Wenck zu früh kam, war keine Überraschung.

Haley sprang über die Lücke und krallte sich an das Geländer, ihr Atem schoss mit einem *pffff* aus ihren Lungen, als der raue Stein ihre Finger berührte. Sie hielt sich fest und versuchte, die Balance zu halten, dann schwang sie ihr Bein über das Geländer, genau in dem Augenblick, als Cecil ihren Namen rief. Die Balkontüren zu dieser Suite waren offen, also schnappte sie sich ihre Sachen und huschte geduckt ins Zimmer, wo sie sich hinter den hauchdünnen Gardinen zu verstecken versuchte. Als sie hörte, wie Cecil auf den Balkon trat, um nach ihr zu suchen, erstarrte sie.

„Wo bist du, du hinterhältige, verfluchte Schlampe?"

Sie hielt die Luft an, konnte seine Gegenwart auch noch spüren, nachdem er aufgehört hatte, sie zu verfluchen. Sein Zorn war greifbar – ein Mann, der es nicht gewöhnt war, ausgebremst zu werden. Ihr Herz hämmerte in Reaktion auf alles, was gerade passiert war. Sobald er verschwunden war, würde sie auf ihren eigenen Balkon springen, der ein Zimmer weiter lag, und bis zum Morgen die Türen verschließen.

Starke Arme schlangen sich um ihren Körper, hielten ihre eigenen Arme an ihrer Taille fest und hielten ihr den Mund zu, pressten sie gegen einen unnachgiebigen, männlichen

Körper.

Panik ergriff ihr Herz. *Oh Gott, nein.* Sie wusste, was als Nächstes passieren würde. Sie war sich nicht sicher, ob sie es aushalten konnte.

Haley begann, sich zu wehren, aber sie konnte sich nicht einmal ansatzweise aus dem eisernen Griff des Mannes befreien. Sie trat um sich, aber ihre nackten Füße richteten herzlich wenig aus.

Eine Stimme flüsterte leise in ihr Ohr. „Still, oder er merkt, dass Sie hier sind."

Haley erstarrte, dann sackte sie vor Erleichterung zusammen. Sie erkannte die Stimme des großen, dunkelhaarigen Bundesagenten wieder, der heute den Abschlussvortrag gehalten hatte, derselbe Kerl, den sie vorhin in der Bar gesehen hatte. Quentin Savage.

Seine starken Arme ließen sie los, und sie hielt sich mit einer Hand an der Wand fest, um die Balance nicht zu verlieren.

Savage starrte sie mit diesen intensiven, dunklen Augen an, die sie schon in der Bar bemerkt hatte. Seine Züge waren zu kantig, als dass sie ihn als hübsch bezeichnet hätte, aber er war unfassbar anziehend und schrecklich attraktiv. Er schenkte ihr ein kleines Lächeln voller ruhiger Bestätigung, bevor er auf den Balkon schlenderte und sich ganz entspannt eine Zigarre anzündete.

Wie hatte er so schnell erkannt, was los war? Spionierte er den Milliardär im angrenzenden Zimmer aus? Oder war das einfach nur die logische Schlussfolgerung, weil sie Wencks Fängen offensichtlich nur über den verfluchten Balkon hatte entkommen können?

Süßer, aromatischer Rauch waberte in das Zimmer, in

dem sie noch immer regungslos neben der Wand stand und zitterte. Adrenalin, vermutlich. Nicht Angst – nicht mehr. Irgendwie hatte die Anwesenheit eines FBI-Agenten ihre Angst verpuffen lassen.

„Gibt's ein Problem?", fragte Savage Wenck in gelassenem Tonfall. Seine Stimme wies eine andere Art Arroganz auf als die des ekelhaften Australiers, eine Arroganz, die auf rechtmäßiger Autorität beruhte, nicht auf Gier und Macht.

„Ach was, Kumpel", erwiderte Wenck verärgert. „Ich genieße nur die Aussicht. Wie geht's?"

Haley fragte sich, ob Savage den unterschwelligen Zorn und Argwohn in Wencks Worten bemerkte.

Also bitte, er war Verhandlungsführer für Geiselnahmen. Natürlich konnte er es hören. Worte waren sein Metier, seine Währung.

Haley schaute sich um. Eine einzelne Nachttischlampe erhellte Savages Zimmer und leuchtete ein riesiges Himmelbett an – ähnlich wie das, in dem sie schlief – um das ringsherum ein Moskitonetz hing. Die Möbel und der Grundriss der Suite glichen der von Wenck, aber Savage hatte kein Wohnzimmer. Es gab eine wunderschöne, antike Chaiselongue und einen riesigen Deckenventilator, der träge durch die Luft glitt wie eine Hand durch weiches Wasser.

Sie hörte eine Tür knallen, als jemand ihre Suite auf der anderen Seite der Wand betrat, und ihr stand vor Schreck der Mund offen. *Dieser Hurensohn!* Wenck musste einen Angestellten des Hotels bestochen haben, um an den Schlüssel zu kommen, oder hatte einen anderen Vorwand benutzt, um in ihr Zimmer zu gelangen.

Zorn überkam sie. Dass sie glaubten, sie wäre nur ein Ding, das man sich nehmen und besitzen konnte. Ein Ding, das Männer, die glaubten, sie wären mächtig genug zu tun, was immer sie wollten, benutzen konnten, ohne die Konsequenzen fürchten zu müssen.

Das war nicht das erste Mal. Alte Scham rauschte durch sie hindurch.

Etwa eine Minute später knallte die Tür zu ihrem Zimmer wieder zu. Haley wurde angespannter. Würden sie auch in dieses Zimmer einbrechen? Sie schob sich hinter die dickeren Vorhänge, für den Fall, dass diese Affen dämlich genug waren, auch in das Zimmer eines FBI-Agenten einzudringen – so wie sie es getan hatte.

Savage stand ganze zehn Minuten draußen auf dem Balkon, paffte gemütlich seine teure Zigarre und plauschte mit Cecil Wenck, ohne irgendeinen Hinweis darauf zu geben, dass nur wenige Momente vorher eine Frau vor diesem Kerl geflüchtet war.

Haley zog ihr Handy aus ihrer Clutch und beendete die Sprachaufzeichnung. Waren seine Drohungen aufgezeichnet worden? Würden seine Worte ohne die tatsächliche Tat ausreichen, um die Leute davon zu überzeugen, dass sie sich in ernster Gefahr befunden hatte? Sie war sich nicht sicher. Sie musste es sich anhören und nachdenken. Herausfinden, wie sie mit diesem traumatischen Erlebnis umgehen sollte. Sie schrieb eine Nachricht an Alex und Dermot, dass das Treffen geplatzt war. Sie sollten sich keine Sorgen machen.

Savages Tonfall änderte sich kein einziges Mal, während er Smalltalk betrieb und Informationen aus dem räudigen Bastard herausquetschte wie Zahnpasta aus einer Tube. Wenck war verheiratet und hatte eine kleine Tochter. Savage sagte, er würde dem Kerl keinen Vorwurf machen, seine Familie nicht mit in dieses Land gebracht zu haben, auch wenn es im Augenblick relativ sicher war. Religiöse Fundamentalisten, Enklaven von Revoluzzern, korrupte Beamten und auch Piraten waren immer aktiv. Der Agent ließ es wie eine Brutstätte des Terrorismus klingen, was ziemlich weit hergeholt war, wenn man bedachte, dass sie inmitten des üppigsten kolonialen Luxus untergebracht waren.

„Wollen Sie mir für einen Absacker Gesellschaft leisten?", fragte Savage und drückte endlich die Zigarre in einem parat stehenden Blumenkübel aus.

„Nee, Kumpel. Aber danke für das Angebot." Wenck klang ernsthaft bedauernd. Savage hatte das Biest gezähmt. „Ich glaube, ich gehe schlafen. Ruf noch kurz meine bessere Hälfte an."

„Klingt gut. Gute Nacht, Cecil."

„Nacht, Quentin. Nett, mit Ihnen zu sprechen."

Der Agent kam zurück in sein Zimmer und schloss hinter sich die Balkontür ab.

Seine Augen funkelten, als Haley hinter den Vorhängen hervortrat. Sie wollte etwas sagen, aber er stoppte sie mit einem Finger auf ihren Lippen. Die Berührung fühlte sich unerhört intim an. Er roch nach Tabak und tropischem Paradies.

„Nur Flüstern, Ms. Cramer", murmelte er. „Die Wände sind dünn, und meine Dienstmarke richtet hier nichts aus."

Er trat einen Schritt zurück.

Haley zitterte und rieb sich die nackten Arme, die von Gänsehaut überzogen waren. „Danke für Ihre Hilfe", flüsterte sie. „Tut mir leid, dass das passiert ist. Ich brauche nur ein paar Minuten, dann verschwinde ich wieder in mein Zimmer." Sie deutete auf die Wand hinter seinem riesigen Bett.

„Das wäre nicht besonders klug." Er versuchte allerdings

nicht, sie aufzuhalten. Er ging in sein Badezimmer, und sie konnte hören, wie er seine Hände wusch und die Zähne putzte.

Dann kam er zurück und schaltete den Fernseher ein, stellte die Lautstärke so leise ein, dass es nur ein leises Murmeln im Hintergrund war. Er goss zwei Gläser Scotch ein und brachte eins davon herüber an die Stelle, an der sie steif wie eine Schaufensterpuppe an der Wand stand. Er hielt ihr das Glas hin.

Sie nahm es entgegen, und als sich ihre Finger berührten, taten sie beide so, als ob sie das kleine Aufblitzen von Elektrizität nicht gespürt hätten, das jeden schlafenden Nerv in ihrem Körper aufweckte.

„Es tut mir wirklich leid." Sie nippte an dem bernsteinfarbenen Getränk, dankbar für die Wärme, die durch ihren Mund und ihren Hals hinunterfloss, als sie schluckte.

„Hat er Ihnen wehgetan? Wollen Sie Anzeige erstatten?" Seine dunklen Augen brannten.

Haley stieß einen langen Seufzer aus und bewegte sich endlich von der Wand fort. Sie setzte sich auf die Kante von Savages Chaiselongue. „Er hat mich in seine Suite eingeladen, um über den Kostenvoranschlag zu sprechen, und hat dann sehr deutlich gemacht, dass er mich nicht gehen lassen würde, bis ich ihm ein paar sexuelle Gefälligkeiten erweise, die meiner Firma den Zuschlag für seinen ausgeschriebenen Vertrag garantieren würde, und alle wären glücklich." Sie zog eine Grimasse, und die Übelkeit krallte sich tiefer in ihren Magen.

„Hat er Sie angefasst?" Savages Augen waren kohlschwarz, und sein Blick scharf wie eine Rasierklinge.

„Als die Vernunft versagt hat, habe ich ihn mich küssen lassen, um den Eindruck zu vermitteln, ich würde mich auf sein Angebot einlassen." Bedeutete das, es war ihr Fehler, weil sie ihm etwas vorgemacht hatte? Es war eine Überlebensstrategie gewesen, schlicht und einfach.

Wenck hatte ihr Angst gemacht, mehr, als sie zugeben wollte. Sie knabberte an ihrer Unterlippe herum. Sie war ein Narr gewesen, diesem Mann zu trauen. „Sie glauben sicherlich, ich habe es verdient, weil ich so naiv war, allein mit ihm auf sein Zimmer zu gehen." Es fiel ihr schwer, die Verbitterung zurückzuhalten, die über sie kam, oder die Vergangenheit, die sie geprägt hatte.

Savage ließ sich neben ihr auf die Chaiselongue fallen. „Weil Sie eine wunderschöne Frau sind, die Absatzschuhe und Lippenstift trägt, auf eine Art, die Männer an Sex denken lässt?" Er lachte trocken auf. „Ich bin mir ziemlich sicher, das ist nicht verboten." Seine Stimme wurde fester, obwohl er noch immer kaum lauter als in einem Flüstern sprach. „Jemanden anzugreifen und zu Sex zwingen zu wollen, ist ein Verbrechen. Sie sind amerikanische Staatsbürgerin, ich bin Bundesagent. Wollen Sie, dass ich eine Anzeige und eine Ermittlung in die Wege leite?"

Der Lichtschein der Lampe fiel auf sein kantiges Gesicht und unterstrich diese perfekte Knochenstruktur. Ein dichter Bartschatten lag auf seinem Kiefer, legte nahe, dass er sich vermutlich täglich rasieren musste. Seine dunklen Brauen und die schmale Nase gaben ihm eine angeborene Autorität. Weiche Lippen zeugten von etwas Sinnlicherem.

Haley blinzelte und versuchte, sich auf das zu konzentrieren, was er gesagt hatte. Es fiel ihr schwer. Ihre Gedanken waren völlig durcheinander. Der Schrecken, den Wenck ihr eingejagt hatte, ließ sie alle ihre Entscheidungen infrage stellen, was sie wiederum stinksauer machte.

Wollte sie gegen Cecil Wenck Anzeige erstatten? Mit Sicherheit. Wollte sie die Hölle durchmachen und ihrer Firma womöglich einen Nachteil bescheren? Zur Hölle, nein. „Abgesehen von ein paar üblen Drohungen und diesem ekelhaften Kuss ist ja nicht viel passiert."

„Genug, um Sie zehn Meter in der Luft von Balkon zu Balkon springen zu lassen." Savage nippte entspannt an seinem Scotch, aber die Energie, die er verströmte, war alles andere als entspannt.

„Ich würde mir diesen Spießrutenlauf einer offiziellen Anzeige lieber ersparen." Sie hatte die Audioaufnahme, die sie als Sicherheit aufbewahren würde, für den Fall, dass Wenck entscheiden sollte, ihren Namen durch den zu Dreck ziehen. Aber was, wenn er das Gleiche mit jemand anderem versuchen sollte, und sie nicht versucht hatte, ihn zur Rechenschaft zu ziehen?

Sie biss sich auf die Lippe. Sie wusste nicht, was sie tun sollte.

„Ich verstehe. Das ist nicht einfach–"

Ein bitteres Lachen entfuhr ihr.

Seine Augen musterten sie kritisch. „Er war nicht erfreut darüber, dass Sie ihm entwischt sind, und auch, wenn ich seinen Ärger etwas abdämpfen konnte, ist er vermutlich kein Mann, der gerne geschlagen wird." Savage schaute in seinen Drink, dann blickte er wieder auf. „Sie können heute Nacht hier in meinem Zimmer bleiben. Ich gebe Ihnen mein Wort, dass Sie keine sexuellen Avancen befürchten müssen. Ich empfehle Ihnen dringend, morgen früh mit mir den ersten Flug zurück nach Jakarta zu nehmen. Wie lange brauchen Sie, um zu packen?"

Haley drehte sich der Kopf, als ihr klar wurde, was er da

sagte. Sie war noch immer nicht sicher …

Sie wollte nicht hier in Savages Zimmer bleiben wie irgendeine Flüchtige, aber sie war auch nicht so dumm, wieder allein in ihr Zimmer zurückzukehren – nicht, wenn Savage glaubte, es wäre eine dumme Idee. Die Vorstellung, davonzulaufen, machte sie sauer, aber sie befand sich nicht in ihrem eigenen Land und hatte keine Ahnung, wie viel Druck Wenck auf die örtlichen Behörden ausüben konnte. Die angebotene Hilfe anzunehmen und mit einem Bundesagenten abzureisen, kam ihr klug vor.

„Ich brauche nicht lange, nur ein paar Minuten, um alles in meinen Koffer zu schmeißen." Sie blickte auf ihr hübsches Kleid. Es war eins ihrer Lieblingskleider, aber sie würde es nie wieder tragen können, ohne an Cecil Wenck und seine abstoßenden Avancen denken zu müssen. Sie würde es hier lassen und hoffen, dass irgendjemand anderes es gebrauchen konnte. „Ich muss mich umziehen."

Savages Augenbrauen zogen sich zusammen, und er musterte sie von Kopf bis Fuß. „Ich kann Ihnen ein paar Laufshorts und ein T-Shirt zum Schlafen leihen. Morgen früh können wir still und leise Ihre Sachen holen und uns hier fertig machen."

„Es gibt tausende von Frauen, die sein Angebot dankend angenommen hätten", sagte sie. „Warum immer denen nachjagen, die kein Interesse haben?"

Savages Mundwinkel verzog sich in ein humorloses Lächeln. „Wir wissen beide, dass es nicht der Sex war, auf den er aus war. Es ging ihm um Macht und Kontrolle. Um die Vorstellung, Ihnen Angst zu machen und Sie aus der Fassung zu bringen, und zwar jedes Mal, wenn er Ihnen bei einem Geschäftstreffen über den Weg läuft. Darum, Sie wiederholt anzugreifen. Darum, alle anderen Kerle in Ihrem Umfeld wissen zu lassen, dass er Sie vögelt, als ob ihn das irgendwie zu einem männlicheren Mann machen würde."

Haleys Magen verkrampfte sich, und sie hatte das Gefühl, sich übergeben zu müssen. Cecil Wenck hätte mit dem Vertrag ihre Firma am Haken gehabt und sie bei jeder Gelegenheit angegriffen, die sich ihm geboten hätte. So hatte er sich das zumindest vorgestellt.

„Wir werden den Vertrag nicht annehmen", sagte sie entschieden.

Savage sah nicht überzeugt aus.

„Wir brauchen ihn nicht."

„Aber Sie hätten auch nichts dagegen, ihn der Konkurrenz in den Hals zu rammen, oder?"

Das Bild, das diese Worte heraufbeschworen, ließ Haley aufspringen und ins Bad stürzen. Dankenswerterweise schaffte sie es bis zur Toilette, bevor sie sich übergeben musste. Trotz all der Jahre, in denen sie um ihren Platz in dieser Welt gekämpft hatte, gab es immer noch Menschen, jede Menge Menschen, die glaubten, sie wäre nichts mehr als ein Sexspielzeug auf zwei Beinen, das einzig und allein für ihr Vergnügen da wäre. Und das tat weh. Es tat wirklich weh.

Sie hockte auf dem Badezimmerboden, hielt sich mit einer Hand die Haare zurück und wartete darauf, dass sich ihr Magen wieder beruhigte.

Savage ließ ihr ihre Privatsphäre.

Gott sei Dank.

So viele Jahre, und sie fand sich genau an dieser Stelle wieder. Es machte sie so sauer, so wütend. Sie hatte viel Zeit darauf verwandt, zu beweisen, dass sie ebenso fähig und erfolgreich war wie jeder andere Kerl in dieser Branche. Zu beweisen, dass sie ihnen ebenbürtig war. Und jetzt rannte sie wieder davon und schlimmer noch, nahm die Hilfe des erstbesten Mannes an, der ihr über den Weg lief. Bundesagenten – korrigierte sie sich schnell. Sie akzeptierte Savages Hilfe aufgrund seines Jobs, nicht weil er ein Kerl war. Es waren seine Dienstmarke und seine Professionalität, die den Ausschlag gaben, unabhängig von seinem Geschlecht. Bundesagenten waren dafür da, um anderen zu helfen. Um andere zu beschützen.

Sie wischte sich den Mund ab und stand auf, um ihre Hände zu waschen. Ihr Gesicht war kreidebleich, bis auf ihre roten Lippen. Ihre Haut war klamm. Mit einem Papiertuch und etwas Hotelseife wischte sie sich das Make-up vom Gesicht, aber sie konnte nicht alles entfernen. Sie beäugte ihr goldenes Kleid und plötzlich überkam sie Hass auf den glänzenden Stoff, den tiefen Ausschnitt, den hohen Schlitz am Bein und auf alles, was es repräsentierte.

Sie musste das Gefühl von Cecils Händen und Augen auf ihrem Körper abwaschen, zusammen mit der Demütigung, die sie erfahren hatte. Sie wünschte, sie könnte Wenck ins Gesicht schlagen, aber das wäre unter diesen Umständen töricht.

Haley schloss die Badezimmertür und zog den Reißverschluss ihres Kleids auf, zog sich im selben Augenblick die Unterwäsche aus und warf sie in die Ecke. Sie stieg in die Dusche und ließ das heiße Wasser die Scham und die Aufregung dieser hässlichen Begegnung wegspülen.

Savage würde es verstehen. Das wusste sie, ohne ihn fragen zu müssen.

Vielleicht sollte sie sich Sorgen darüber machen, dass der Kerl hereinkommen und sich bedienen würde, aber sie wusste, dass er das nicht tun würde. War es töricht, sich so blind auf einen Fremden zu verlassen? Oder bedeutete es, dass sie nicht so abgestumpft war, wie sie manchmal befürchtete?

Sie fand ein Seifenstück und begann, ihre Haut einzuschäumen, benutzte das Hotelshampoo und die Spülung, bis ihre Kopfhaut kribbelte. Der Text dieses alten Songs fiel ihr ein, während sie versuchte, sogar die Erinnerung an diesen Mann wegzuschrubben. „I'm gonna wash that man right outa my hair."

Sie atmete ein paar Mal tief und ruhig ein, damit sie nicht hysterisch zu lachen begann. Sie wagte nicht, irgendein Geräusch zu machen, damit Wenck sie nicht hörte und in Savages Zimmer eindrang. Dann würde auf jeden Fall jemand verletzt werden, und ganz egal, wer es war, dafür wollte sie nicht verantwortlich sein. Und vielleicht *würde* sie das Arschloch ja anzeigen, sobald sie wieder sicher in den Staaten gelandet war, aber die Vorstellung, den Leuten dort unten in der Bar jemals wieder zu begegnen, wenn sie das tat … Zugeben zu müssen, dass sie sich zu viel zugemutet hatte, und dass Wenck sie angegriffen hatte, anstatt sie als ebenbürtiges Gegenüber zu behandeln. Sie glaubte nicht, dass sie das ertragen würde. Ihr Stolz würde es nicht erlauben – nur, dass wichtigere Dinge auf dem Spiel standen als ihr Stolz.

Ihr Kiefer verkrampfte sich vor Zorn. Sie wollte Cecil Wenck am liebsten von einem Ende der Insel zum anderen prügeln. Seiner Frau eröffnen, dass ihr Mann ein Schwein war. Aber was sie wirklich wollte, war, zu vergessen, was passiert war, oder noch besser, die Kontrolle zurückzubekommen. Die Autonomie über ihre Gedanken und ihren Körper wiederzuerlangen. Ihre eigenen Entscheidungen treffen zu können. Ihrem eigenen Verlangen folgen zu können.

Gedanken an den attraktiven Bundesagenten nebenan

ließen ihre Haut heiß werden, und ihr Puls beschleunigte sich. Ihre Nippel wurden hart, und sie legte ihre Hände über ihre Brust und stellte sich vor, wie er das tat.

Es war eine erotische Fantasie, eine Fantasie, die Realität werden konnte, wenn sie die Nerven aufbrächte, sich das zu nehmen, was sie wollte. Am Morgen würden sie beide abreisen. Sie musste ihn nie wieder sehen.

Niemand hatte je behauptet, sie hätte keine Nerven, aber wenn er kein Interesse hatte … tja, das würde eine sehr unbehagliche Nacht für sie beide werden, aber es war eine Entscheidung, die ihm zustand.

KAPITEL VIER

Q UENTIN GING ZU seinem Koffer, zog seine Laufsachen heraus und roch daran. Er hatte die Sachen kurz getragen, aber sein Training war vorbei gewesen, bevor er in Schweiß ausgebrochen war, nämlich als er die Nachricht über die Entführung der Vulkanologin, Darby O'Roarkes, erhalten hatte. Er hatte nicht vorgehabt, seine Anziehsachen zu verleihen, aber er hatte nicht viele andere Optionen. Haley Cramer hatte gar keine.

Wenn sie zu zimperlich war, seine Sportsachen zu tragen, obwohl ihre persönliche Sicherheit auf dem Spiel stand, dann konnte er ihr auch nicht helfen.

Er hörte, wie Haley in die Dusche stieg, und seufzte auf, ließ die Schultern hängen und fragte sich, wie er in dieser Situation gelandet war. Es machte ihm nichts aus, ihr Hilfe anzubieten, überhaupt nicht, aber er war sauer, dass er nicht mehr tun konnte, als ein temporäres Pflaster über die Wunde zu kleben.

Ihm war klar, woher ihr Standpunkt in Hinsicht auf eine Anzeige gegen Wenck rührte, vor allem, da sie dem Schlimmsten entkommen zu sein schien. Dass Wenck es darauf abgesehen hatte, sie zum Sex zu zwingen, war haarsträubend. Dem Kerl ging scheinbar auf Macht einer ab. Und vermutlich war dies nicht das erste Mal, dass er so etwas getan hatte. Quentin würde ein bisschen recherchieren, wenn er wieder in Quantico war. Männer wie Wenck tendierten dazu, ein Verhaltensmuster an den Tag zu legen, das eine Spur aus Opfern hinter sich herzog.

Er ging zur Badezimmertür, klopfte an, dann öffnete er die Tür einen Spaltbreit, ohne hineinzuschauen. Er hängte die Sportsachen über den inneren Türknauf und zog die Tür wieder zu.

Es war natürlich möglich, dass Haley Cramer ihn verarschte. Sie konnte absichtlich auf seinen Balkon gesprungen sein, um ihn zu finden, einen ranghohen FBI-Agenten, damit er als Zeuge fungierte, konnte einen sexuellen Übergriff erfunden haben, um den Milliardär zu erpressen, entweder, um Schadensersatz zu erhalten, oder damit er einen scheinbar sehr lukrativen Vertrag unterschrieb.

Allerdings waren falsche Behauptungen über sexuelle Übergriffe außerordentlich selten. Und Quentin glaubte nicht, dass Haley gewusst hatte, wer er war, als er sie festgehalten hatte, damit sie nicht vor Angst aufschrie. Sie hatte aufrichtig geklungen, als sie gesagt hatte, dass sie kein Interesse mehr daran hatte, für Wenck zu arbeiten und keine Anzeige erstatten wollte. Und warum war überhaupt jemand in ihr Zimmer eingebrochen, um nach ihr zu suchen? Es sei denn, sie hatte etwas gestohlen …

Ihre glitzernde Handtasche lag auf dem Tisch neben ihrem noch immer fast vollen Whiskeyglas. Öffentlich einsichtig? *Quasi.* Er öffnete die Handtasche und entdeckte ein Handy, die Schlüsselkarte zu ihrem Zimmer und einen scharlachroten Lippenstift. Er inspizierte den Lippenstift, um sicherzustellen, dass es auch Lippenstift war, nicht irgendein ausgeklügeltes Abhörgerät oder ein Computer-Dingens. Soweit er sehen konnte, war es einfach nur Lippenstift.

Er kam sich ein bisschen dämlich vor, ihre Sachen zu durchsuchen. Er kontrollierte ihr Portemonnaie, fand aber nichts Außergewöhnliches, bis auf die schwarze American Express-Karte, die er immer für einen Mythos gehalten hatte. Mit *ihrem* Namen darauf. Scheiße. Er schloss die Handtasche und legte sie zurück auf den Tisch.

Es war besser, gründlich zu sein, als am Ende wie ein verdammter Narr dazustehen, also schrieb er seiner Sekretärin mit der Bitte, Hintergrundinformationen über Haley Cramer zu recherchieren. Dann fiel sein Blick auf die Chaiselongue. Er war nicht gerade scharf darauf, sich die ganze Nacht auf diesem Ding verbiegen zu müssen, aber ihm waren Manieren beigebracht worden, und nie im Leben würde er eine Frau auf der Couch schlafen lassen. Es war noch nicht einmal zehn Uhr, aber er musste morgen einen frühen Flug erwischen, und wenn sie auch nur einen Hauch Selbsterhaltungstrieb in sich hatte, würde Haley Cramer ihn auf diesem Flug begleiten.

Eilig zog er sich bis auf die Boxershorts aus. Sein gesamtes Gepäck, bis auf seinen Kulturbeutel, war schon im Koffer verstaut, damit er morgen früh einfach aufstehen und abreisen konnte. Er stellte den Wecker, zog sich einen Überwurf heran, um die Tatsache zu unterstreichen, dass er sich nicht von dieser Chaiselongue wegbewegen würde, legte sich hin und schloss die Augen, um wenigstens zu versuchen, ein wenig Schlaf zu bekommen.

Nach etwa fünf Minuten glitt die Badezimmertür auf. Haley Cramer stand ausgeleuchtet vom Licht hinter ihr da, ein Handtuch um den nackten Körper geschlungen, das nasse Haar fiel auf ihre Schultern.

„Ich habe Ihnen Shorts und ein T-Shirt an die Tür gehängt, die Sie zum Schlafen tragen können. Sie können das

Bett nehmen. Wir müssen beide früh raus, also gute Nacht." Er schloss die Augen, fest entschlossen, nicht an ihre Nacktheit unter diesem Handtuch zu denken. Er würde nicht aus dem Häuschen geraten, weil er sich mit einer wunderschönen Frau ein Zimmer teilen musste. Sie war überhaupt nicht sein Typ – außer, was das Aussehen anging. Ihm gefiel das einfache Leben und unkomplizierte Frauen. Haley Cramer war keine unkomplizierte Frau. Sie war instabiles Dynamit, das zu nah an einer offenen Flamme lag. Sie war das Labyrinth unter der Pyramide des Pharaos.

Leise Schritte kamen näher. Wenn er ein Arschloch wäre, hätte er auf Sex gehofft, aber er war kein Arschloch. Nein, er war ein verdammter Heiliger.

Ein luftiges Flüstern schwebte durch die stille Nachtluft. „Macht mir nichts aus, zu teilen. Das Bett, meine ich."

Seine Augen flogen auf. Er war kein Arschloch, aber er war auch nicht tot.

„Obwohl ich für gewöhnlich nackt schlafe, was vielleicht ein Problem für Sie ist…" Sie öffnete das Handtuch und ließ es zu Boden gleiten. Das Licht aus dem Badezimmer erhellte die Silhouette ihrer schmalen Taille und ihrer Rundungen. „Und nur, damit keine Missverständnisse aufkommen …das *ist* eine Einladung, mit mir in einem Bett zu schlafen. Nackt. Einschließlich Sex, wenn Sie wollen."

Sein Mund wurde trocken. Jede Ausrede, die er möglicherweise gehabt hatte, verflüchtigte sich, als das Blut durch seine Adern rauschte und direkt in seine Lenden schoss. Er warf den Überwurf zur Seite und setzte sich auf, schwang seine Beine von der Chaiselongue und fand sich mit seinem Mund direkt vor ihrem Bauchnabel wieder. Sie trat zwischen seine Beine, und er schloss die Knie, hielt sie fest, holte tief

Luft und versuchte angestrengt, nachzudenken. Vermutlich gab es einen sehr guten Grund, das hier nicht zu tun, aber ihm fiel ums Verrecken nicht ein, was dieser Grund sein konnte. Ihre Haut roch nach der Hotelseife, aber er konnte auch ihre Erregung riechen, und das ließ ihn steinhart werden.

Er spreizte seine Finger über die Rundungen ihrer Hüften. Ihre Haut war wie Samt, nur weicher. Ihre Kurven reizten ihn, aber irgendwie schaffte er es, sich zurückzuhalten. Nicht, dass er sich zurückhalten wollte, aber … „Sie haben gerade ein verstörendes Erlebnis durchgemacht. Sie denken nicht klar."

Sie lächelte und leckte sich über ihre Unterlippe. „Oh, ich weiß genau, was ich will. Ich wollte Sie, seit Sie heute auf dieses Podium gestiegen sind."

„Nicht die übliche Reaktion meines Publikums." Seine Stimme brach. *So verdammt cool, du Trottel.*

„Woher wollen Sie das wissen? Sind Sie nicht nur Verhandlungsführer, sondern auch Gedankenleser?" Sie versuchte, ihr Bein zu heben, um sich auf seinen Schoß zu setzen, aber er ließ es nicht zu. Wenn er das täte, wäre es aus mit all seinem Verhandeln.

„Nein, Ma'am. Aber ich will, dass Sie sich sicher sind und nichts tun, was Sie am Ende bereuen."

„Ich bin mir verdammt sicher, Special Agent Savage."

Er korrigierte sie nicht, was seinen Titel anging. *So dumm war er nun auch wieder nicht.* Er räusperte sich. Was, wenn sie noch immer durcheinander war? Was, wenn sie fälschlicherweise glaubte, sie wäre ihm irgendwas schuldig, weil er ihr Unterschlupf bot? „Aber –"

„Quentin." Sie klang entnervt. „Ich bin mir sicher. Wenn du willst, natürlich. Ansonsten schlafe ich auf der Chaiselongue. Allein." Sie klang plötzlich weniger sicher. „Und werde dich nie wieder belästigen, versprochen. Nichts für ungut."

Nichts für ungut? Seine Erektion *schmerzte*, so sehr wollte er sie.

Sie war so nah, er konnte nicht mehr richtig denken. Er schloss die Augen, musste sich die Sache genau überlegen. Aber die Dunkelheit verstärkte nur alle anderen Sinne, ihren frischen Geruch in der Nachtluft, ihre köstliche Haut, die sich so weich unter seinen rauen Fingern anfühlte. Sein Widerstand brach zusammen.

Er wollte sie schmecken. Musste sie schmecken. Er beugte sich vor und seine Zunge sank in die weiche Kuhle ihres Nabels. Sie seufzte leise. Er hielt sie fest, während er mit seiner Zunge über ihre Haut fuhr, dann wanderte er tiefer, beobachtete ihre Reaktion durch das Anspannen ihrer Muskeln, als seine Zunge endlich durch den nackten Schoß in ihrer Mitte glitt.

Das war neu.

Ihm gefiel die nackte Haut mehr, als er erwartet hatte, aber andererseits war ihm alles willkommen, was Sex *anders* machte. Alles, was keine Erinnerungen heraufbeschwor, die er lieber vergessen wollte, wenn er mit einer anderen Frau im Bett war. Er vergrub sich dort, spürte, wie ihr Atem schneller ging, als er mit seiner Zunge ihren Kitzler umkreiste, sie weiterhin zwischen seinen Knien festhielt. Sie stöhnte, fuhr mit ihren Fingern durch seine Haare, während seine Finger sich in ihren Hintern krallten. Er fuhr fort, diesen kleinen Lustknopf zu reiben, spürte ihre Reaktion, wie sie sich versteifte und bebte.

Sie achtete darauf, ihr Stöhnen nicht lauter als ein leises Wimmern werden zu lassen, und ihre Hüfte kreiste gegen seinen Mund, während er knabberte und schmeckte und eintauchte. Es gab nichts Besseres, als den Geschmack einer Frau. Nichts Besseres, als zu spüren, wie jemand gegen seine flache Zunge kam, nach nur wenigen Minuten gebündelter Aufmerksamkeit.

Er wich zurück, und sie beugte sich vor, ließ ihre Stirn auf seine Schulter sinken. Sie atmete heftig und bescherte ihm eine perfekte Sicht auf ihre Brüste.

„Ich wusste ja, dass du gut mit deinem Mund bist, aber das hatte ich nicht erwartet.“

Er lachte und löste die Umklammerung ihrer Beine. Sie drückte ihn zurück auf die Chaiselongue. Er griff nach ihrer Hand und zog sie mit sich. Nackte Brust auf nackter Brust, die samtige Weichheit ihrer Haut wie nichts, was er jemals zuvor gespürt hatte. Seine Hände glitten über jede ihrer Rundungen, jede perfekte Kurve, tasteten nach der Schwere ihrer Brüste, neckten die steifen Spitzen ihrer Nippel. Er kniff mit Daumen und Zeigefinger hinein, bevor er sie in den Mund nahm.

Ihre Hände fuhren über seine Schultern, dann seinen Rücken hinunter. Tasteten und erkundeten. Wanderten tiefer. Sie ließ ihre Finger zu seinem Bauch gleiten, dann fanden sie seine Erektion, was auch nicht besonders schwer war, wenn man bedachte, dass sein Schwanz förmlich aus seiner Boxershorts drängte, um ihre Aufmerksamkeit zu gewinnen. Ihre Finger legten sich um ihn und er ließ den Kopf in den Nacken sinken und fragte sich, wie er von dem Vorsatz, vernünftig früh ins Bett zu gehen, plötzlich bei Sex mit einer der schönsten Frauen, die er jemals gesehen hatte, gelandet war.

Sein Verstand scheute vor diesem Gedanken zurück, dann verabschiedete er sich endgültig, als Haley vor ihm in die Knie ging, ihn aus seinen Boxershorts befreite und ihre Zunge über seinen Ständer gleiten ließ. Er war sich ziemlich sicher, dass Dampf von seiner Haut aufstieg.

Sie nahm ihn in den Mund und er musste sich zurückhalten, um nicht in sie hineinzustoßen.

Seine Finger sanken in die Polster in dem Versuch, nichts zu tun, was sie womöglich verängstigen könnte. Sie hatte heute Abend ein furchteinflößendes Erlebnis durchgemacht, aber über diese Sache jetzt hatte sie weder unsicher noch zögernd gewirkt. Nein, sie war ihm sogar entschlossen vorgekommen, die Kontrolle über die Situation zu übernehmen, und er half gerne, wo er konnte.

Trotzdem, er wusste, dass sie das nicht tun sollten, aber er schien ihrem Reiz einfach nicht widerstehen zu können. Vor allem nicht, als er hinunterblickte und sah, wie sein Ständer zwischen ihre Lippen glitt und spürte, wie ihr feuchter Mund ihn umgab. Dieser Anblick musste irgendeine Urenergie in ihm auslösen, irgendwas, was über Millionen Jahre bis in seine DNA weitergegeben worden war, etwas, was seine bewussten Gedanken kurzschloss und ihn in eine hirnlose, brunftige Kreatur verwandelte.

Das Ziehen in seinen Eiern verriet ihm, dass er kommen würde, wenn sie nicht bald aufhörte, und so dringend er das auch wollte, er wollte noch so viel mehr.

Er zog sich aus ihrem Mund heraus und stöhnte beinah auf, als sie schmollte. Sie hatte das Betthäschen-Ding perfektioniert.

Wie viel davon war echt? Wie viel davon setzte sie nur seinetwegen auf?

Oder vielleicht war das auch, wer sie war, und sie schämte sich nicht dafür. Warum sollte sie auch? Es war nichts falsch daran, Sex zu genießen. Sie waren beide erwachsen und hatten der Sache zugestimmt, und er für seinen Teil genoss es wie verrückt.

Und vielleicht dachte er auch einfach viel zu viel nach.

Er nahm ihre Hand und zog sie auf die Füße. Er ging auf das Bett zu, dann bog er ins Badezimmer ab. In seinem Kulturbeutel hatte er Kondome, denn hin und wieder wollte er Sex und ab und an hatte er sogar das Glück, welchen zu bekommen – wie heute Abend. Ob das ein biologischer Drang war oder einfach nur eine physiologische Erinnerung daran, dass er noch nicht tot war, war ihm nicht ganz klar, aber er wehrte sich auch nicht mehr dagegen. Ihr goldenes Kleid, das in der Badezimmerecke lag, ließ ihn innehalten.

„Es geht hier nicht um ihn." Haley zog an seiner Hand. „Es geht darum, dass ich dich will. Darum, dass ich mich für dich *entscheide*."

Er griff nach den Kondomen und zog sie zum Bett.

HALEY HATTE NICHT erwartet, dass Quentin ein so entschiedener Liebhaber sein würde. Auch wenn sie es sich bei dem Funkeln in seinen Augen und seiner souveränen Art hätte denken können.

Ihr Kitzler kribbelte noch immer von seiner Zunge und obwohl sie schon gekommen war, hatte sie das Gefühl, als ob sie gerade erst anfangen würden.

Er warf die Kondome auf den Nachttisch und drehte sich zu ihr um. Seine Finger versanken in den feinen Haaren in ihrem Nacken, dann zog er sie an sich und küsste sie auf den Mund.

Das überrumpelte sie, dieser einfache Kuss. Er versuchte

nicht, sich in ihren Mund zu drängen. Stattdessen schmeichelte und neckte er sie, gab ihr alle Zeit, die sie brauchte, um sich an den Wechsel vom Sex zum Küssen zu gewöhnen. Küssen war eine Kunst, der nicht jeder Beachtung schenkte. Es war ein Schritt des Sich-kennenlernens, den sie nicht immer erlaubte. Aber sie hätte sich aus diesem Kuss nicht lösen können, selbst wenn ihr jemand eine Waffe an die Schläfe gehalten hätte.

Es war ein Akt der Erkundung und des Erkennens, der gleichermaßen vertraut und einzigartig war. Seine Zunge berührte ihre, suchte zurückhaltend nach der Erlaubnis, hereinkommen zu dürfen, um zu spielen – was irgendwie intimer war, als der Moment, in dem er ihren Kitzler gelutscht hatte. Seine Hände glitten über ihre Seiten, berührten sie kaum, riefen aber dennoch eine Woge an Empfindungen in ihr hervor.

Sie legte ihre Hand auf seine Wange, obwohl auch andere Teile seines Körpers sie reizten. Seine Muskeln waren wohlgeformt und schlank, eine Läuferfigur ohne überschüssiges Gewicht, das ihn abbremste. Sie empfing seinen Kuss und fuhr mit ihren Fingern hoch in die Schwärze seiner Haare.

Wusste er, wie gut er aussah? Wie atemberaubend?

Sie bezweifelte es. Er war nicht arrogant genug.

Plötzlich fühlte sich der Kuss viel zu intim an, zu enthüllend, und sie wich zurück, legte ihre Finger um die dicke Länge seiner Erektion.

„Hmm." Sie kratze mit ihren Zähnen an seinen Kiefer entlang hinauf zu seinem Ohr. „Mal sehen, ob du dich auch aus dieser Lage herausreden kannst, was meinst du?"

„Ich muss so viel dümmer aussehen, als mir klar war,

wenn du glaubst, dass ich das auch nur versuchen würde." Seine Stimme war leise und tief, kaum mehr als ein Flüstern, was sie daran erinnerte, dass Cecil Wenck noch immer ein Problem darstellen könnte, mit dem sich keiner von ihnen beiden herumschlagen wollte. Quentin schob sie zurück, bis ihre Beine an die Matratze stießen und ihre Knie einknickten. Er grinste und sie wusste, dass sie in Schwierigkeiten steckte.

Er zog sie an den Rand des Bettes und sank in die Knie, seine breiten Schultern drückten ihre Beine auseinander und öffneten sie für ihn.

„Sag mir, was dir gefällt, Haley. Sag mir, wie ich dich so oft zum Kommen bringen kann, wie du willst, bevor ich in dir bin."

Ihr blieb die Luft weg. *Heilige Scheiße.* Niemand hatte jemals so etwas zu ihr gesagt. Sie fühlte sich ungeschützt und verwundbar und versteckte ihre Unsicherheit mit einem leisen Lachen. „Ganz schön überheblich…"

Sein Mund verzog sich in ein Grinsen. „Selbstbewusst. Aber nur mit deiner Hilfe. Sag mir, was dir gefällt." Er nahm ihre Hand und lutschte an ihrem Finger. „Zeig es mir."

Sie bebte so sehr, sie war sich nicht sicher, ob sie das hinbekommen würde. Dann dachte sie, warum zur Hölle nicht. Das hier war womöglich der beste Sex ihres Lebens, und nach all den schrecklichen Dingen, die ihr früher am Abend zugestoßen waren, hatte sie das verdient. Sie beide hatten es verdient.

„Ich mag es, eine Zeitlang geneckt zu werden." Sie zeigte ihm, wie, und das Funkeln in seinen Augen, als er es sah, erregte sie.

Er ahmte ihre Bewegungen nach, gewissenhaft, langsam.

„Okay."

Endlich glitt seine Zunge über ihren Schlitz und sie schoss fast vom Bett. Aber er berührte sie nicht, wie sie es sich wirklich wünschte, und ihr wurde klar, dass er auf weitere Instruktionen wartete. Oder sie einfach in den Wahnsinn necken wollten.

„Ich möchte deine Zunge in mir spüren", sagte sie bedacht.

„Mmmh." Seine Zunge schloss sich ihrem Finger an, schmeckte und erforschte sie, bis sie kaum noch atmen konnte. Er zog sie an sein Gesicht und ihr Körper bebte vor Erregung. Seine Hände spreizten ihre Beine weiter und als er sich von ihr löste, war sein Blick feurig und intim.

„Was noch?" Seine Stimme klang heiser.

Sie schluckte, erinnerte sich daran, nicht zu schreien, denn, verdammt aber auch, *Cecil Wenck*. Sie rieb mit einem Finger über ihren Kitzler. „Ich mochte es, als du mich hier gelutscht hast."

„Dich gelutscht habe…"

„Da wäre ich am liebsten auf dich raufgeklettert und hätte dein Gesicht gefickt." Sie lachte.

Er kletterte auf das Bett und legte sich neben sie. „Wie du befiehlst, Mylady."

Sie kniet sich hin, ein wenig eingeschüchtert, obwohl sie sich eigentlich was darauf einbildete, sich im Bett aus-zukennen.

Er zog sie an sich, bis sie rittlings auf ihm saß. Und dann versank seine Zunge in ihr und ließ sie nach Luft schnappen. Es war ein unglaubliches Gefühl und sie bemerkte, wie ihre Hüften sich bewegten und sich ohne einen bewussten Gedanken hinunterdrückten. Sie erstarrte, besorgt, den Kerl am Ende zu ersticken. Seine Augen funkelten sie an, seine Finger krallten sich in ihre Oberschenkel, trieben sie an, sich zu bewegen. Seine Finger fanden ihre Nippel und als seine Zunge über ihren Kitzler schnellte, zersplitterte sie in Abermillionen Teile sprudelnder Lust.

Sie versuchte, sich umzudrehen, um den Gefallen zu erwidern, aber er entzog sich ihrem Griff.

„Wenn du mich wieder mit diesem Mund berührst, bin ich hinüber."

„Dann solltest du besser ganz schnell in mir sein."

Er griff nach einem Kondom und jeder Muskel in seinem Körper verströmte Anspannung. Er rollte das Kondom ab. Beim Anblick seiner Erektion lief ihr das Wasser im Mund zusammen. Bei dem Gedanken, ihn in sich zu spüren, zog sich ihr Innerstes zusammen.

Er legte sich hin und sie setzte sich rittlings auf seine Hüfte, dann beugte sie sich vor, um seine beiden perfekten, braunen Nippel zu lecken. Seine Finger gruben sich in ihre Oberschenkel, das einzige Anzeichen von Ungeduld, das er zeigte, aber er versuchte nicht, sie zur Eile anzutreiben. Er stürzte nicht in diese Sache hinein. Sein Körper war ein Wunderding aus gebräunter Haut und festen Muskeln. Seine Schultern waren breit, seine Hüften schmal. Ein paar vereinzelte Haare bedeckten seine Brust, verengten sich auf seinem Bauch zu einer dünnen Linie und wurden an seinen Lenden wieder dichter. Er war wunderschön gebaut.

An seiner rechten Seite hatte er eine Narbe. Haley fuhr mit dem Finger daran entlang. „Schussverletzung?"

„Blinddarm." Seine Augen lachten über ihre Erkundungen, aber sie waren geduldig, so unfassbar geduldig. Das war womöglich das Attraktivste an ihm, und dabei stand jede Menge zur Auswahl.

Gefühle schnürten ihr den Hals zu, aber sie wusste nicht, warum. Um diesen Spuk zu vertreiben, setzte sie sich auf und ließ sich auf ihn hinuntersinken. Er kam ihr entgegen und füllte sie ganz und gar aus, und sie konnte spüren, wie ihre Muskeln erneut bebten und sich zusammenzogen. Sie war schon jetzt über-sensibilisiert und so derart erregt, dass es fast wehtat.

„Du bist so wunderschön." Er streckte die Hand aus und fuhr mit seinem Daumen über ihre Unterlippe, und diese Berührung schoss ihr direkt ins Herz.

Allerdings wusste sie nicht, was sie mit diesen Gefühlen machen sollte. Normalerweise war Sex nichts weiter, als eine körperliche Entladung. Ein bisschen Spaß. Ein Spiel. Sport. Aber heute Nacht fühlte es sich an, als ob mehr auf dem Spiel stünde.

Was verrückt war.

Vermutlich war das nur irgendeine psychologische Reaktion auf Wencks Angriff und ihren Sprung über die Balkone.

Um ihre Reaktion zu vertuschen, begann sie, sich auf ihm zu bewegen, langsam zuerst, ihre Hüften zu kreisen und absichtlich ihre Muskeln um ihn herum zusammenzuziehen, sobald er aus ihr herausglitt. Ihr Rhythmus wurde schneller und sie begannen zu keuchen, während Schweiß ihre Körper bedeckte. Die Reibung war köstlich und Haley bebte von Kopf bis Fuß. Endlich, als sie kurz davor war, ein weiteres Mal in den Abgrund zu stürzen, begann er, tiefer in sie hineinzustoßen, seine Hüften pumpten, während er ihr Becken an seinem verankerte. Er füllte sie aus, hart und tief und so unfassbar köstlich, dass ihr Atem nur noch ein heiseres

Keuchen war. Er knurrte leise, als er kam – der Rücken durchgebogen, die Augen geschlossen, die Zähne zusammengebissen – in sie hineinpumpte und eine Kettenreaktion anstieß, die die Lunte ihres eigenen Orgasmus entzündete, sodass sie zusammen explodierten.

Sie brach über ihm zusammen, bis ins Innere erschüttert von der Intensität ihrer Begegnung. Für ein paar Augenblicke lag er regungslos da, hielt ihre Schultern fest, sein Atem heiß an ihren Haaren. Dann zog er sich vorsichtig aus ihr heraus, stieg aus dem Bett und entsorgte das Kondom. Sie lag da, ein schwitzendes Häuflein. Als Savage aus dem Bad zurückkam, machte er die Lampe aus, kletterte neben ihr ins Bett und zog sie an sich.

Er küsste ihre Stirn. „Schlaf gut, Haley Cramer."

Sie lachte erschöpft auf. „Schlaf gut, Quentin Savage. Wir sehen uns auf der anderen Seite."

Sie spürte, wie er lächelte, und sie schloss die Augen. Unerklärlich glücklich, erfüllt und befriedigt, wie sie es seit Jahren nicht mehr gewesen war.

KAPITEL FÜNF

DAS GERÄUSCH VON Schüssen ließ Quentin aus dem Bett springen und nach seiner Dienstwaffe tasten, aber er fand nichts als Leere. *Scheiße.* Keine Waffe dabei zu haben, war plötzlich ein riesiges Problem.

Haley Cramer setzte sich auf, dann sprang sie aus dem Bett, noch immer herrlich nackt. „Was ist da los?"

„Bin noch nicht sicher."

Er war beeindruckt davon, wie wach sie mit einem Schlag war, nachdem sie aus dem Tiefschlaf gerissen worden war, aber Schüsse konnten diese Wirkung auf Menschen haben. Seine Nachtsicht war gut, also machte er kein Licht an – mithilfe des schwachen Schimmerns des Radioweckers konnte er genug sehen – noch wollte er Aufmerksamkeit auf sich lenken. Sie hatten nur für kurze Zeit geschlafen.

Diese Nacht raste von einer Überraschung zur nächsten. Aber Sex mit einer schönen Frau war ihm jederzeit tausendmal lieber als ein Schusswechsel.

Quentins Blick fuhr über Haleys Körper, während er in Gedanken durchging, was sie zu tun hatten. Er ging zur Badezimmertür und warf ihr seine Sportsachen zu, die noch immer am Knauf hingen, dann zog er ein Paar Socken und seine Turnschuhe aus dem Koffer. Sie waren ihr vermutlich zu groß, aber besser, als barfuß herumzulaufen, und mit Sicherheit besser als zehn Zentimeter hohe Absatzschuhe.

„Zieh die an.“

Haley zog sich ohne Diskussion an, dann saß sie auf der Bettkante und schlüpfte in die Socken und Turnschuhe, die er ihr gegeben hatte. Quentin griff nach seinem Handy, während er Boxershorts und schwarze Hosen anzog, gefolgt von einem dunklen T-Shirt. Er fand ein Paar Socken und schlüpfte in seine schwarzen Lederschuhe.

Schüsse aus Maschinenpistolen hallten aus der Lobby herauf.

Das klang nicht gut.

Eilig wählte er die Nummer des amerikanischen Botschafters, aber der Anruf ging nicht durch. Kein Empfang. Fuck.

„Könnte das irgendeine Vorführung von einer der Sicherheitsfirmen sein?“, fragte Haley schnell und kam zu ihm.

Wenn es das war, dann würde er höchstpersönlich in die Lobby marschieren und irgendjemandem die Fresse polieren. Aber die Schreie verrieten ihm, dass es kein Schauspiel war.

„Klingt wie ein Terrorangriff. Und ich habe keine Waffe.“ Er versuchte nicht, seine Frustration zu verstecken. So sehr er auch helfen wollte, er konnte es nicht mit einem Sturmgewehr aufnehmen und damit rechnen, länger als ein paar Sekunden durchzuhalten, bevor er in einem Kugelhagel umkam.

„Wencks Bodyguards haben Waffen“, fügte Haley hinzu.

Wenn er eine Waffe in die Finger kriegen könnte, dann hätte er wenigstens die Chance, ein paar Menschenleben zu retten. Mit weiteren Leuten an seiner Seite, die mit Waffen umgehen konnten, könnten sie diese Arschlöcher sogar zur Strecke bringen.

„Bleib hier und öffne die Tür nur für mich,

verstanden?" Er zog die Tür einen Spaltbreit auf und spähte in den Flur. Niemand zu sehen.

Die Schüsse, das zersplitternde Glas und die schreienden Leute kratzten an seinem Gewissen, aber das waren keine unschuldigen Touristen dort unten. Es waren einige der besten Agenten der Welt. Das Problem war nur, dass sie genau wie er unbewaffnet waren und keiner von ihnen kugelsicher war.

Wo war Chris? Im Hotel? Oder war er in diese Bar in den Ort gefahren? Quentin hoffte, dass es Letzteres war. Er wusste nicht einmal, wo das Zimmer des Kerls war, aber Chris war ein Überlebenskünstler. Er würde schon hier rauskommen.

Quentin klopfte an die dicke Holztür der Suite nebenan. „Mr. Wenck? Cecil? Quentin Savage hier. Lassen Sie mich rein."

Nichts.

Verdammt. Er konnte nicht riskieren, zu lange auf dem Flur herumzustehen. Wenn die Schützen in den Fahrstuhl stiegen oder die Treppen hochkamen, war er eine lebende Zielscheibe. Er ging zurück zu seinem Zimmer, wo Haley ihm die Tür aufhielt. Er drückte sie hinter sich ins Schloss und schloss ab, klemmte einen Stuhl unter die Klinke, um ein wenig zusätzliche Sicherheit zu schaffen.

Weitere Schreie gellten durch sein Gewissen. Haley schluckte hörbar. „Wir *müssen* ihnen helfen."

Er biss die Zähne zusammen. Glaubte sie, er würde sich nicht den Kopf zerbrechen, um auf eine Strategie zu kommen, die Leben retten konnte? „Unbewaffnet haben wir keine Chance gegen solche Feuerwaffen."

„Wir können die Leute nicht einfach sterben lassen." Ihre Stimme wurde laut vor Wut.

Quentin legte ihr sanft die Hand auf die Schulter. „Als

Amerikaner sind wir ein beliebtes Ziel, um umgebracht oder als Geiseln entführt zu werden. Wir haben keine Waffen, und diese Typen werden deinen Zwischenfall mit Wenck wie einen Tag im Spa erscheinen lassen. Wir klettern aus dem Fenster, und du versteckst dich im Dschungel, bis die Polizei eintrifft. Sobald du in Sicherheit bist, werde ich zusehen, ob ich einen der Terroristen erledigen und ihm das Sturmgewehr abnehmen kann, um zurückzuschlagen. Alles andere ist Selbstmord."

Sie riss sich aus seinem Griff und ihre Augen wurden weit, als nicht weit von ihrem Zimmer entfernt eine weitere Runde Schüsse mit einem spitzen Schrei endete.

„Wir können ihnen nicht helfen, Haley. Noch nicht." Aber ihr konnte er helfen. Sie war seine Verantwortung, und er hatte nicht vor, sie zu Schaden kommen zu lassen, wenn er es irgendwie verhindern konnte.

Die Schüsse kamen näher. *Verdammt.* Es klang, als ob die Angreifer die Schlösser an den Türen aufschossen und in die Zimmer einbrachen, vermutlich die Leute umbrachten, die sich versteckt hatten.

Sie *mussten* hier verschwinden.

Er schnappte sich seine Dienstmarke und sein Portemonnaie und steckte sie unter die Matratze. Wenn er geschnappt werden sollte, wollte er nicht als Bundesagent identifiziert werden. Sie würden ihm augenblicklich eine Kugel in den Schädel jagen. Oder noch Schlimmeres…

„Komm mit. Wir springen auf deinen Balkon und klettern an der Schlingpflanze an der Hotelmauer hinunter, an der Ecke vom Hotel – dort befinden sich keine Funktionsräume. Wir halten die Augen nach Terroristen offen, und wenn die Luft rein ist, rennen wir in das Waldstück hinter dem

Hotel." Er deutete nach Südosten. „Danach improvisieren wir, aber wir müssen leise sein. Keinen Ton mehr, sobald wir das Zimmer verlassen haben." Er schaute auf seine Uhr. Es würde noch Stunden dauern, bis die Sonne aufging, was ein Vorteil war. Hoffentlich würde die Polizei bald hier eintreffen und eine Rettungsaktion starten.

Haley zog ihr Handy aus ihrer Clutch und stopfte es in die Hosentasche ihrer Shorts.

Quentin ging voran, schob leise die Balkontür auf und warf einen Blick in die Dunkelheit. Weitere Schreie hallten von der anderen Seite des Hotels zu ihnen herüber, ebenso ein leichter Rauchgeruch. Die Typen hatten das Hotel in Brand gesteckt, entweder, um es komplett zu zerstören, oder um die Leute aus ihren Zimmern zu treiben.

Quentin starrte auf Wencks Balkon. Verdammt, er konnte den Kerl nicht einfach sterben lassen, wenn sie eine realistische Chance hatten, über die Balkone zu entkommen.

„Warte hier", sagte er zu Haley.

Er sprang auf den Balkon zu Wencks Suite und klopfte leise an die Glastüren, hoffte inständig, dass die Bodyguards nicht übermäßig schießfreudig waren. Er versuchte den Knauf und die Tür ließ sich öffnen. Quentin steckte den Kopf ins Zimmer. „Mr. Wenck? Ich bin's, Quentin Savage. Ich glaube, ich weiß, wie wir hier rauskommen können."

Er machte ein paar Schritte in das Zimmer und schaute sich um. Es war leer und alle Sachen des Kerls waren verschwunden. Es sah aus, als ob Wenck ausgecheckt hätte. War er abgereist, bevor die Terroristen angegriffen hatten?

Quentin ging zurück auf den Balkon und blickte in die Dunkelheit unter sich. Bisher war alles ruhig. Aber die Terroristen würden nicht für immer fernbleiben, also sollten sie sich besser beeilen. Er sprang zurück auf seinen Balkon, wo Haley sich geduckt versteckt hatte, und zog sie auf die Füße, dann kletterte er auf die Brüstung und sprang über die schmale Lücke bis zu ihrem Balkon, spürte, wie sein Herz kurz zitterte, als etwas loser Mörtel zu Boden fiel. Er wartete eine Sekunde ab, dann drehte er sich zu ihr herum und hielt die Arme für sie auf. Sie sah nervös aus, aber sie zögerte nicht.

Er fing sie auf und zog sie an sich. Sie schnappten erleichtert nach Luft.

„Jetzt nur noch nach unten klettern", flüsterte er.

Am anderen Ende des Hotels ratterten Schüsse aus Maschinengewehren und sie erstarrten. Jemand schrie auf und einer der Konferenzteilnehmer sprintete über den dunklen Rasen auf den Pool zu, der von Fackeln angeleuchtet wurde. Es war der CEO einer großen US-Firma. Ein Kugelhagel traf ihn in den Rücken und streckte ihn nieder. Quentin drückte Haleys Gesicht gegen seine Brust, um ihre Schreckensschreie zu dämpfen.

Der tote Mann war ein ehemaliger Special Forces-Soldat gewesen, aber selbst er hatte gewusst, dass ohne die richtige Ausrüstung seine einzige Chance darin bestand, davonzurennen und sich zu verstecken. Wenn die Terroristen sie hier oben entdeckten, wären sie die Nächsten.

Jemand begann, an Haleys Zimmertür zu hämmern. Es war nur eine Frage der Zeit, bis die Kämpfer eindrangen und sie entdeckten.

„Wir müssen weg. Jetzt. Ich gehe zuerst, damit wir sicher sein können, dass die Ranke unser Gewicht halten kann. Ich fange dich auf, falls du fällst."

„Und wer fängt *dich* auf?" Zögerlich ließ Haley sein T-Shirt los.

Er lächelte schwach. So funktionierte das nicht. „Halte wegen nichts an. Nicht einmal, wenn ein Terrorist anfängt, zu schießen. Die Zielgenauigkeit dieser Kalaschnikows ist beschissen. Sei schnell. Wenn wir getrennt werden, renne in den Wald. Verstecke dich in der Dunkelheit und komme nicht wieder raus, bis du weißt, dass es sicher ist."

Keiner von ihnen erwähnte den toten Geschäftsmann, der nur ein paar hundert Meter entfernt auf dem Rasen lag.

Quentin griff nach der dicken Kletterpflanze. Sie gab ein wenig unter seinen achtzig Kilo nach, aber sie hielt. Wenn sie ihn hielt, würde sie auch Haley halten. Zügig kletterte er nach unten, während der Geruch von zerknickten Blättern sich mit dem Schießpulver in der Luft vermischte.

Er musste Haley nicht sagen, dass sie ihm folgen sollte. Sobald er am Fußboden ankam, sah er, wie sich ihr Schatten mit beunruhigend blassen Gliedern an die Kletterpflanze hängte. Das Rascheln der Blätter, während sie herunterkletterte, ließ sich nicht vermeiden. Weitere Schüsse ertönten und Quentin presste sich an die Gebäudemauer, als Rufe in der örtlichen Sprache durch die Luft hallten.

Der Rauch wurde langsam dichter. Beißender.

Sein Herz hämmerte in seiner Brust wie eine Kriegstrommel. Er war für genau so eine Situation ausgebildet worden, hatte genug Stürmungen und Verhaftungen mitgemacht, um zu wissen, dass Adrenalin ein ebenso gefährlicher Gegner sein konnte wie die Kerle mit den Waffen. Wenn sie in Panik ausbrachen, waren sie geliefert. Mit einem klaren Kopf hatten sie immerhin noch den Hauch einer Chance.

Haley war so weit herabgeklettert, dass er die Arme nach ihr ausstrecken konnte, und er hob sie herunter und stellte sie vorsichtig auf die Füße. Sie atmete schwer, aber sie drehte nicht durch.

Was würde er nicht dafür geben, noch einmal mit ihr zu schlafen, anstatt mitten in einem nachtschwarzen Dschungel um sein Leben zu rennen. Er nahm Haleys Hand und spähte um die Ecke des Gebäudes. Orangerote Flammen züngelten in der Nähe des Eingangsbereiches. Die meisten der Schüsse klangen aus der Bar in der südwestlichen Ecke herüber, die vermutlich voller halb-trunkener Konferenzteilnehmer gewesen war, die sich nach ein paar anstrengenden Tagen dort entspannt hatten.

Geduckt rannten Haley und er die kurze Strecke über den Rasen und in das Gebüsch hinein, das den Anfang des Dschungels bildete. Anstatt blindlings durch das Gestrüpp zu stürzen, bahnte Quentin sich vorsichtig seinen Weg durch die Bäume, Augen und Ohre weit aufgesperrt, um alle potenziellen Terroristen zu entdecken, die nach entkommenen Hotelgästen suchten.

Haleys Finger krallten sich in seine. Es war eine beängstigende Situation, eine Situation, für die er kläglich unvorbereitet war, aber sie hatte mit ihm nicht über seine Entscheidungen diskutiert. Wenn sie auch nur ein halb so schlechtes Gewissen wegen der Menschen hatte, die sie zurückließen, wie er, dann musste sie sich verdammt beschissen fühlen.

Etwa sechs Meter vor ihnen knackte ein Ast und sie erstarrten. Quentin konnte spüren, wie Haley zitterte.

Sie duckten sich auf den Boden und hielten die Luft an, als ein Mann hinter einem Baum hervortrat und eine Zigarette an seinem Stiefel ausdrückte. Verdammt. Sie wären ihm fast in die Arme gelaufen.

Wenn Haley hinter ihm stand, waren sie in der Dunkelheit fast unsichtbar. Quentin überlegte, ob er sich auf den Kerl stürzen und ihm seine Waffe abnehmen sollte, aber er bezweifelte, dass er das lautlos schaffen würde. Im Augenblick war seine höchste Priorität, Haley Cramer in Sicherheit zu bringen, die Lage der FBI-Zentrale zu melden und dann nachzusehen, ob er noch irgendjemanden retten konnte.

Der Terrorist verschwand aus ihrer Sicht und Quentin kroch durch die allumfassende Dunkelheit, ignorierte die surrenden Insekten, die auf der Jagd nach frischem Blut waren. Er hoffte, er würde keiner Giftschlange über den Weg laufen. Er hasste Schlangen, aber sie waren im Augenblick immer noch besser als ihre menschlichen Gegenstücke. Nachdem sie zehn Minuten gelaufen waren, verstummten die Geräusche von Tod und Gewalt langsam, aber noch immer sprach keiner von ihnen, bis sie das leise Schwappen der Wellen hörten, das ihnen verriet, dass sie am Strand angekommen waren.

Sie hielten sich weiterhin zwischen den Bäumen versteckt. Auf dem Strand selbst wären sie zu ungeschützt und sie konnten nicht an einen sicheren Ort schwimmen. Sie mussten sich verstecken.

Im Norden befand sich ein steiles Kliff, das von so dichtem Dschungel bewachsen war, dass er praktisch undurchdringlich war. Richtung Süden kam man zum Privatstrand des Hotels.

„Lass uns eine Stelle zwischen den Bäumen finden und uns sammeln. Ich rufe in Washington an und frage nach, wie schnell sie Verstärkung schicken können."

„Gute Idee", flüsterte Haley zurück.

Sie schlichen etwa zehn Meter in den Dschungel hinein.

Quentin fegte mit dem Fuß eine kleine Fläche unter einem riesigen Baum frei, hoffte, es würde ausreichen, um die Viecher abzuhalten, ohne so laut zu sein, dass es ungewollte Aufmerksamkeit von den waffenschwingenden Irren auf sie zog. Er hockte sich auf den Boden und die Erleichterung, zumindest für den Augenblick in Sicherheit zu sein, vermischte sich mit der Bestürzung darüber, dass andere litten und in Gefahr schwebten.

Er schaute auf sein Handy, dankbar für die Signalbalken, die ihn wissen ließen, dass er dank des

Funkturms, der auf dem Hügel hinter ihm aufragte, Empfang hatte. Er wählte die Nummer des SIOC, des Strategischen Informations- und Operationszentrums in der FBI-Zentrale. Indonesien war der Ostküste der USA elf Stunden voraus.

„McKenzie."

„Mac, hör zu. Quentin Savage hier aus der Krisenverhandlungseinheit. Ich bin auf Pulau Nabat in Indonesien, auf einer Konferenz für Sicherheitsfragen, die gerade attackiert wurde, von schwer bewaffneten Terroristen, vermute ich. Ich und eine Frau namens Haley Cramer konnten aus dem Hotel fliehen, indem wir aus den oberen Balkonen geklettert sind. Wir verstecken uns im Dschungel. Ich habe versucht, den amerikanischen Botschafter in Jakarta zu erreichen, aber ich hatte keinen Empfang. Ich wollte die Zentrale direkt über diese Entwicklungen informieren. Du musst Verstärkung von den indonesischen Behörden anfordern." Mit aufkeimender Verzweiflung erkannte Quentin, dass er dem Mann am anderen Ende tatsächlich nur sehr wenig erzählen konnte. „Ich habe gesehen, wie einem Mann in den Rücken geschossen wurde, als er davongerannt ist. Sie haben das Hotel in Brand gesetzt, um die Leute aus den Zimmern zu treiben oder um sie verbrennen zu lassen. Ich –" Er räusperte sich. „Ich habe keine Waffe. Ich konnte niemanden sonst retten …"

„Kumpel, klingt so, als hättest du getan, was realistisch möglich war."

Realität machte es kein bisschen besser für Quentin.

Eine Hand fand seine in der Dunkelheit und drückte sie fest. Haley Cramer wusste genau, wie er sich fühlte. Er erwiderte die Geste, hoffte, sie würde wenigstens ein bisschen Trost aus der Tatsache ziehen können, dass er hier bei ihr war.

Sie machte eine entsetzliche Nacht durch.

Wohin zur Hölle war Cecil Wenck verschwunden? Hatte er sich entschlossen, abzuhauen, für den Fall, dass Haley Anzeige gegen ihn erstattete? Oder hatte er sich für eine Firma entschieden, einen Vertrag unterschrieben und war nach Hause zu seiner leidgeprüften Ehefrau zurückgekehrt? Oder hatte ihn jemand vor dem Auftauchen der Terroristen gewarnt? Alles plausible Möglichkeiten, aber die letzte Option war es, die Quentin am meisten umtrieb.

Haley hatte ebenfalls jemanden auf ihrem Handy angerufen und murmelte leise in der Dunkelheit. Er konnte nicht hören, was sie sagte, aber er konnte ihr Rückgrat an seinem Rücken spüren, während sie sprach. Diese menschliche Berührung war beruhigend.

„Kannst du mir euren genauen Standpunkt durchgeben?", fragte McKenzie.

„In der Nähe vom Strand, unterhalb des Funkturms vom Hotel."

„Seid ihr in Sicherheit?"

„Im Moment", antwortete Quentin besorgt. „Ich werde zurückschleichen und zusehen, was ich aus dem Wald heraus beobachten kann. Vielleicht kann ich eine Waffe in die Finger kriegen –"

„Negativ. Halte dich versteckt, bis die Truppen eintreffen. Ich habe gerade von dem Botschafter gehört, dass die indonesische Polizei auf dem Weg ist. Ich rufe sofort den Abteilungsleiter des SIOC an, damit er mit dem Verteidigungsministerium spricht. Vielleicht haben wir Schiffe in der Nähe, die helfen können. Irgendeine Idee, wie viele amerikanische Staatsbürger involviert sind?"

„Etwa hundert vielleicht? Viele der besten privaten Militärfirmen der Welt sind hier." Und alle unbewaffnet, es sei denn, sie waren per Boot und Privatjet angereist oder hatten im Vorfeld Waffen liefern lassen. „Ich habe nichts gehört, was wie ein Schusswechsel geklungen hat. Es klang einfach nur nach einem Massaker."

Das war ein riesiger Coup für die Gruppe von Militanten. Hatten sie über die Konferenz Bescheid gewusst? Hatte ihnen jemand davon erzählt?

„Halte dich versteckt. Ich habe hier ein Schiff der US-Marine, etwa fünfzig Meilen draußen auf See, das Kurs auf eure Position nimmt. Sollte noch vor Sonnenaufgang da sein. So lange müsst ihr durchhalten."

„Danke. Ich melde mich später wieder." Quentin legte auf.

Das war der Moment, in dem er es hörte.

Das Echo eines Lachens, ganz in der Nähe.

KAPITEL SECHS

HALEY ZITTERTE SO sehr, dass ihr das Handy fast aus der Hand fiel, als sie Alex' Nummer wählte. Er ging nicht ran. Der Kerl war gerade Vater geworden, also war sie nicht weiter überrascht, aber das hier war eher sein Fachgebiet als Dermots, und sie brauchte ein wenig Rat.

Sie hielt sich für einen kompetenten Profi, aber nichts in ihrem Leben hatte sie darauf vorbereitet, in einem Luxushotel attackiert zu werden und zu wissen, dass andere Zivilisten ganz in der Nähe abgeschlachtet wurden, und sie nichts dagegen tun konnte. Nichts hatte sie darauf vorbereitet, zu sehen, wie ein Mann kaltblütig niedergeschossen wurde, während sie danebenstand und zu viel Angst gehabt hatte, um auch nur zu schreien. Nichts hatte sie auf diese Urangst vorbereitet, die durch ihre Adern rauschte, weil sie wusste, dass andere Menschen aktiv darauf aus waren, sie umzubringen, und die einzige brauchbare Chance, die sie hatte, war, um ihr Leben zu rennen.

Was zur Hölle war mit dem Sicherheitsdienst passiert, der für die Konferenz angeheuert worden war?

Alex' Stimme ertönte in der Finsternis, und sie hätte vor Erleichterung am liebsten aufgeschluchzt, obwohl es nur seine Voicemail war. Gottverdammt, aber sie musste einfach seine Stimme hören.

Sie atmete tief ein, um sich zu beruhigen, dann hielt sie

das Handy mit beiden Händen fest und erzählte Alex leise, wo sie sich befand, was passiert war, und wer bei ihr war. Dann wallten Emotionen in ihr auf, Emotionen, die sie normalerweise fest verschlossen hielt, denn sie brachten niemandem verdammt noch mal irgendwas.

„Wenn mir irgendwas zustoßen sollte, wage ja nicht, die Verantwortung dafür übernehmen zu wollen. Du kannst nicht jeden Menschen auf der Welt beschützen, vor allem nicht jemanden so dickköpfigen wie mich. Pass auf Mal auf. Die ist goldrichtig. Gib Georgina einen Kuss von mir, und suche Dermot um Gottes willen eine Frau. Allein kriegt er das nicht hin. Ich liebe dich. Mach keinen Scheiß, falls ich …“ Sie schluckte angestrengt. „Genau.“

Sie fand sich Rücken an Rücken mit Savage wieder, lehnte sich zum Rückhalt an ihn an. Sie bildete sich etwas darauf ein, niemanden zu brauchen, und doch war sie sich heute Abend nicht sicher, ob sie ohne ihn überlebt hätte. Er war ihr Fels gewesen. Aber sie sollte keinen Fels brauchen müssen.

Die Aufgabe ihrer Firma war es, zu verhindern, dass anderen Menschen schlimme Dinge zustießen, und Haley war sehr gut in ihrem Job. Aber jetzt war ihr Vertrauen in ihre eigenen Fähigkeiten zweimal in einer Nacht erschüttert worden. Anstatt zu beweisen, dass sie ebenso fähig war wie andere, hatte sie sich als das schwächste Glied herausgestellt.

Selbsthass stieg in ihr auf. So viel zu ihrer großen Klappe. Alles nur Fassade. Sie war stinksauer auf sich selbst und wusste dennoch nicht, was sie anders hätte machen können, um zu überleben.

Sie richtete sich auf, um sich nicht weiterhin an Savage anlehnen zu müssen, und vermisste die Verbindung zu ihm augenblicklich. Er drehte sich zu ihr um und krallte seine

Finger erschreckend fest und voller Warnung in ihren Oberschenkel. Sie legte auf und presste den Bildschirm ihres Handys gegen ihren Oberkörper, um das Licht zu löschen.

Stimmen.

Männliche Stimmen.

Oh, Scheiße. Ihre Haut wurde eiskalt.

Die Männer versteckten sich nicht, sondern schlenderten lässig durch den Dschungel wie Touristen auf einer Tageswanderung.

„Versteck dich unter dem Busch dort und bewege dich nicht. Ich verstecke mich dort drüben. Wenn sie mich finden, bleib weiterhin versteckt. Halte durch. Die Navy ist auf dem Weg hierher."

Er schien in der Nachtluft davonzuschweben und im Äther zu verschwinden, ließ sie völlig allein. Sie bewegte sich sehr vorsichtig, kauerte sich unter die dichten Äste und hoffte inständig, das da unten nichts Giftiges herumkrabbelte. Im Endeffekt waren diese Männer viel furchteinflößender als alle anderen Kreaturen, ganz egal, wie viele Beine sie hatten. Ihre blasse Haut und ihre blonden Haare stachen in der Dunkelheit hervor. Sie rollte sich so klein zusammen, wie sie konnte, und rutschte noch weiter unter die dichten Blätter. Sie bewegte sich nur langsam, um das Laub nicht rascheln zu lassen oder Aufmerksamkeit auf sich zu lenken, kroch Zentimeter um Zentimeter in den Hohlraum unter den Blättern.

Es war surreal.

Wie war sie von Cocktails in einem goldenen Kleid und Jimmy Choos - Schuhe, die sie ohne Nachzudenken zurückgelassen hatte, als lebensbedrohliche Gefahr aufgezogen war - dazu gekommen, sich im Dschungel zu verstecken, durch den Dreck zu krabbeln, die Sportsachen eines Fremden zu tragen und zu beten, dass die Terroristen sie nicht fanden?

Sie wollte nicht sterben.

Ihr war bis zu diesem Augenblick nicht klar gewesen, wie verzweifelt sie leben wollte.

Das Klingeln ihres Handys ließ ihr Herz stehenbleiben. *Nein, nein, nein.* Todesangst schoss durch ihren Körper hindurch wie ein elektrischer Schlag. Sie rollte sich weit genug auf, um den Anruf abzulehnen und das Handy mit zitternden Fingern stumm zu schalten. Dann rollte sie ihren Körper wieder um das dämliche Handy zusammen und schloss die Augen, auch wenn es stockfinster war. Wenn sie die Typen nicht sehen konnte, konnten die sie auch nicht sehen, oder?

Die Männer waren verstummt. Haley hörte nichts außer dem Rauschen des Bluts in ihren Ohren. Sie zwang sich, ihren Atem zu beruhigen, der ihr in der Nacht so schrill wie eine Sirene vorkam.

Das gleichmäßige Rascheln der Blätter verriet ihr, dass die Männer ihr Handy gehört hatten und nach ihr suchten. Sie rollte sich noch enger zusammen, hielt den Atem an und versuchte, unsichtbar zu werden. Plötzlich wurden die Äste über ihrem Kopf zur Seite gerissen und eine starke Hand krallte sich um ihr Handgelenk und riss sie auf die Füße. Der Mann griff jetzt ihre beiden Hände und zog sie ihr auf den Rücken, drückte sie so weit hoch, dass sie vor Schmerzen aufschrie. Sie wollte um sich schlagen, aber der Lauf eines Maschinengewehrs drückte sich auf ihre Brust und Haley wusste, dass sie tot wäre, sobald sie auch nur falsch blinzelte.

Es waren zwei Männer, einer von ihnen groß und kantig, der andere klein und untersetzt. Sie quasselten in einer Sprache miteinander, die sie nicht verstand. Das Mondlicht funkelte auf ihren Gürtelschnallen und den Munitionsgürteln, die über ihren Schultern hingen. Der Gestank ihres Schweißes war widerlich und erdrückend, als ob sie seit Tagen dieselben Sachen tragen würden oder sich nicht duschen konnten.

Sie lachten sie aus. Machten sich über sie lustig. Der Mann, der sie festhielt, band etwas um ihre Handgelenke und zog es so fest zu, dass der Schmerz bis in ihre Arme schoss. Haley bezweifelte, dass ihr Blut noch zirkulieren konnte. Sie war größer als beide Männer, aber selbst mit Alex Selbstverteidigungslektionen hatte sie zu viel Angst, zu riskieren, sich zu wehren. Die Waffen waren zu präsent. Nur der leichteste Druck eines Fingers auf dem Abzug würde eine Kugel nach sich ziehen, und einen qualvollen Tod.

Sie schaute sich nicht nach Savage um. Er konnte nichts für sie tun, und sie wollte nicht für seinen Tod verantwortlich sein, weil sie zu blöd gewesen war, ihr Handy stumm zu schalten, während sie sich vor Feinden versteckte.

Sie mochte nicht verstehen, was die Männer sagten, aber sie bemerkte die Veränderung in ihrem Tonfall und verstand ihre Absichten glasklar, als sie sie mit dem Rücken auf den Boden warfen und ihr die Shorts von einem Bein herunterzerrten.

Oh Gott.

Sie wollte schreien, aber sie wollte auch keine weitere Aufmerksamkeit auf ihr kleines Tableau lenken. Die verstohlene Art und Weise, auf die sich diese Kerle verhielten, legte nahe, dass sie genau wussten, dass sie das nicht tun sollten, aber nicht, weil es eine moralische Ausschreitung war.

Die Position ihrer Arme und Hände unter ihrem Oberkörper verursachte ihr heftige Schmerzen. Obwohl sie wusste, dass sie stillliegen und so tun sollte, als ob es nicht passierte, zog sie ihre Beine zurück und trat dem Kerl vor ihr ins Gesicht.

Sie würden sie sowieso erschießen, nachdem sie sie vergewaltigt hatten, also warum zur Hölle nicht? Der kräftigere der beiden Kerle schlug ihr ins Gesicht und ein weißer Schmerzensblitz krachte durch ihren Schädel. Ihre Lippe platzte auf und sie konnte Blut schmecken. Ihr Kopf fiel auf den Boden und sie lag einfach nur da, völlig benommen.

Einer der beiden schaltete eine Taschenlampe ein und leuchtete damit auf ihren Körper. Raue Hände spreizten ihre Beine und beide Männer glotzen sie an. Ihr Hals war wie zugeschnürt. Wut und Scham wollten sie verschlingen.

Haley wand sich hin und her und versuchte, ihre Beine wieder zusammenzupressen, aber der größere der beiden Männer kniete sich hin und zwang ihre Knie auseinander, dann fummelte er an seinem Hosenstall herum.

Nein.

Das konnte einfach nicht wahr sein.

Stand ihr irgendwas auf der Stirn geschrieben, das sie als ideales Opfer auswies? Grauen und Ekel ließen sie wie erstarrt daliegen. Sie zitterte. War das irgendwie ihre Schuld? Hätte sie sich anders verhalten können und nichts von alldem wäre passiert?

Ja, Haley, wenn du den Klingelton an deinem gottverdammten Handy ausgestellt hättest, würde das hier nicht passieren.

Sie starrte hinauf auf die Sterne, die durch das dichte Blätterdach des Dschungels hindurch zu erkennen waren. All die Jahre, in denen sie vor genau dieser Sache davongerannt war, die Kontrolle über ihr Sexleben übernommen hatte und immerzu darum gekämpft hatte, ernst genommen zu werden, als ebenbürtig behandelt zu werden. Und trotzdem hatten diese Tiere im dunklen Dschungel nur einen Blick auf sie geworfen und wieder einmal entschieden, dass sie auf ihre niederste, animalischste Funktion beschränkt werden sollte.

Mit dem grellen Licht der Taschenlampe in ihren Augen war es schwer, ihre Gesichter zu erkennen, aber sie konnte trotzdem erkennen, dass sie aufgeregt waren. *Was auch sonst.* Der Kerl zwischen ihren Beinen hielt sie mit einer starken Hand auf ihrem Becken auf dem Boden fest. Haleys Mund wurde trocken und ihr ganzer Körper war eiskalt. Sie wusste, was jetzt kam.

Der zweite Mann stand hinter dem ersten und betrachtete lustvoll ihre Nacktheit, wartete ungeduldig ab, bis er an der Reihe war. Plötzlich schien er zusammenzusacken und sein Hals verdrehte sich auf eine unnatürliche Art und Weise, bevor er zu Boden sank.

Der Kerl, der sie festhielt, streckte seine widerliche Hand aus, um sie zu berühren, und sie zuckte zusammen. Sie hasste ihn mit jeder Zelle ihres Körpers. Verachtete ihn. Wollte ihn umbringen, aber stattdessen lag sie so regungslos da wie ein Stein. Stumm.

Der Typ schien zu bemerken, dass sein Freund ganz still geworden war, und blickte sich nach ihm um, aber es war zu spät. Große Hände legten sich um seinen Kiefer und rissen seinen Kopf brutal nach rechts. Ihr Angreifer sackte schlaff in sich zusammen und fiel schwer auf ihren Oberschenkel. Quentin zerrte ihn von ihr herunter und ließ ihn zur Seite fallen.

Haley versuchte, ihre Beine zu schließen, aber ihre Bewegungen waren steif und ungelenk.

Sie wollte sich verstecken, obwohl Quentin bereits jeden Zentimeter ihres nackten Körpers gesehen hatte. Aber in diesem Moment nackt zu sein, oder während des einvernehmlichen Sex, war ein eindeutiger Unterschied. Quentin schien zu verstehen, dass sie Mühe hatte, die Lage zu meistern, und zog ihr eilig die Shorts das Bein hoch und über ihre Hüfte, behandelte sie wie ein hilfloses Kind. Sie lag da und zitterte so sehr, dass sie nicht glaubte, sich aufsetzen zu können.

„Bist du verletzt?", wisperte er verzweifelt. „War ich zu spät?"

Sie schüttelte den Kopf, konnte den Dreck und die Zweige unter ihrem Hinterkopf spüren. Sie fühlte sich misshandelt und war voller Verachtung und Ekel.

Quentin nahm die Taschenlampe der Angreifer, hielt sie aber nah am Boden, damit man den Lichtschein nicht aus der Ferne sehen konnte. Er durchsuchte den toten Mann neben ihr und fand ein Messer, rollte Haley kurzerhand auf die Seite und schnitt die Fessel durch, die ihre Handgelenke zusammengebunden hatte.

Das Blut rauschte zurück in ihre Hände und Finger und ihr wurde fast schwindelig, als sie sich aufsetzte. Aber sie war von den Fesseln befreit und war einem anderen Menschen nie in ihrem Leben so dankbar gewesen. Nicht, dass sie Zeit gehabt hätten, das zu feiern.

Quentin drehte sich um und begann, die Waffen und die Munition der beiden toten Männer einzusammeln. Stellte ein kleines Arsenal zusammen. Dann zog er einem der Männer das Hemd aus, anschließend seine Stiefel und die Hose.

Er drückte ihr die Sachen in die Hände. „Zieh das an."

Ihr Magen überschlug sich, als der Stoff ihre Haut berührte.

„Ich kann nicht." Sie hielt ihm die Sachen hin.

„Du musst." Quentin hockte sich neben sie und klang entschieden. „Deine Haut ist zu blass und kann zu leicht gesehen werden. Genauso wie deine Haare. Wenn das nächste Mal jemand nach uns sucht, haben wir vielleicht nicht so viel Glück."

Sie atmete tief ein und es klang wie ein verdammter Schluchzer.

Quentin griff nach ihrem Oberarm. „Ich weiß, dass du das schaffst, Haley. Ich weiß, wie stark du bist."

Sie schob seine Hand fort. Seine Worte erinnerten sie nur daran, wie schwach sie in den letzten Stunden gewesen war. Aber er hatte recht, was ihre Haut anging. Sie strahlte förmlich im Mondlicht. Haley griff nach dem Hemd und zog es sich eilig über, verschwand augenblicklich ein bisschen mehr in den Schatten. Sie wünschte, sie könnte einfach in der Erde verschwinden, sich vom Erdboden schlucken lassen. Sie zog Savages zu großen Turnschuhe aus und zerrte die Hose des Möchtegern-Vergewaltigers ihre Beine hoch, über die Sporthose. Sie konnte den sauren Geruch ihres Angreifers an seinen Sachen riechen und ihr Magen zog sich zusammen, aber sie riss sich zusammen.

Das Arschloch war tot. Sie lebte. Sie wollte, dass es auch so blieb.

Dann wollte sie Quentins Turnschuhe wieder anziehen, aber er stoppte sie und warf ihr die Stiefel des Kerls hin.

„Die sind kleiner. Zieh die an."

Sie stopfte ihre Füße in die Stiefel. Schon komisch. Normalerweise war sie nicht besonders gut darin, Befehle zu befolgen. Ehrlich gesagt war sie sogar unterirdisch schlecht darin. Alex und Dermot hätten vor Staunen den Mund nicht mehr zugekriegt, wenn sie jetzt ihre Interaktion mit diesem ranghohen FBI-Agenten gesehen hätten. Aber es ergab Sinn, was Savage sagte, und zu diskutieren würde sie nur beide das Leben kosten, also ließ sie es bleiben. Trotz des Patzers mit dem Handy war sie kein Idiot.

Außerdem hatte er sie vor einer brutalen Gruppenvergewaltigung gerettet, ganz abgesehen davon, sie nach Cecil Wencks Belästigung beschützt zu haben. Sie würde sich bei ihm dafür nicht mit irgendeinem Diven-Bullshit revanchieren.

„Hat einer von denen eine Mütze?", fragte sie.

Quentin warf ihr einen Blick zu. Er hatte sich das Hemd des anderen Mannes angezogen, obwohl es an seinen Schultern spannte. Er durchsuchte die Hosentaschen des Kerls und sie machte das gleiche mit der Hose, die sie trug.

„Hier ist eine." Sie zog sie über ihre hellen Haare. Wenn sie wieder nach Hause kam, würde sie jeden Zentimeter ihres Körpers mit Bleiche abschrubben. Vielleicht würde sie sich auch die Haare abrasieren und ganz von vorn beginnen, aber zuallererst mussten sie diese Tortur durchstehen. Quentin nickte zustimmend und zog die beiden Leichen etwas weiter unter die Büsche.

Haley nahm eins der Maschinengewehre in die Hand.

„Weißt du, wie man das benutzt?", fragte er.

„Ja."

„Gut." Er kniete sich neben sie auf die Erde. Die Tatsache, dass er ihre Fähigkeiten nicht infrage stellte, brachte ihr Herz ein wenig zum Schmelzen. „Ich will, dass du den Hügel dort hinaufgehst, eine dichte Stelle im Dschungel findest und dich dort versteckst, bis Hilfe kommt. Wenn die Hilfe da ist, wenn du dir absolut sicher bist, dass es die Guten sind, zieh die Mütze und das Hemd aus und lass die Waffe liegen. Dass sie dich versehentlich für eine der Terroristen halten, ist das Letzte, was wir gebrauchen können."

Sie griff nach seinem Arm. „Wo willst du hin?"

Sein breites Lächeln blendete sie beinah. Sie war schon vorhin von seinem Aussehen angezogen und von seinem Können im Bett begeistert gewesen, aber ihr war bis zu diesem Augenblick nicht klar gewesen, wie umwerfend gutaussehend er war. Und ihr war nicht bewusst gewesen, wie selten er lächelte.

„Zurück zum Hotel, um die Lage zu checken. Nachzuschauen, ob ich irgendwas tun kann, um jemanden zu retten."

„Ich komme mit." Obwohl sie furchtbare Angst hatte. Sie hatte plötzlich ganz neuen Respekt für Soldaten und Beamte, die Zivilisten schützten.

„Nein."

„Doch." Sie stand auf. „Ich habe es satt, so behandelt zu werden, als ob ich nur ein Behälter für das Gehänge anderer bin. Anwesende ausgenommen."

Quentin grinste sie an. „Die Ausnahme weiß ich zu schätzten." Er stellte die Taschenlampe aus, und das Mondlicht erhellte sein Gesicht. „Einer, den ich gern retten würde, ist mein Freund Chris Baylor. Mir ist klar, dass ihr beide nicht im Guten auseinandergegangen seid, aber als Bundesagent versuche ich, jeden zu retten, den ich retten kann, einschließlich Männer wie Chris. Wenn du ein Problem damit hast ..."

Haley konnte das Zittern nicht unterdrücken, das noch immer durch ihre Glieder bebte. „Ich habe ein viel größeres Problem damit, mich im Dschungel zu verstecken, während andere Leute sterben."

Der Blick, den er ihr zuwarf, grenzte an Mitleid, und sie hasste es.

„Dein Mangel an Training wird mich vermutlich eher behindern, als mir zu helfen."

Wie das, was gerade mit ihrem Handy passiert war? Er sprach es nicht aus, aber das brauchte er auch gar nicht.

Emotionen schnürten ihr den Hals zu. Und Scham. Seine Ehrlichkeit war erfrischend und unerwünscht.

„Ich kann zielen und abdrücken", argumentierte sie.

„Wir brauchen auch Verstohlenheit und List."

Haley schluckte. War es egoistisch von ihr, nicht allein zurückgelassen werden zu wollen? Manche Leute hielten sie für nichts weiter als eine egoistische Schlampe, aber sie konnte nichts dagegen tun. Sie wusste, was sie konnte, und das wollte sie auch beweisen.

„Ich bin eine gute Schützin, und ich kenne mich mit Erster Hilfe aus", erklärte sie ihm. Sie musste nützlich sein. Keine Belastung. Nicht das Opfer.

Quentin nahm sanft ihr Gesicht in seine Hände. „Das hier ist mein Job, Haley. Und in diesem Augenblick ist es ein gutes Gefühl, wenigstens einer Person das Leben gerettet zu haben. Wenn dir irgendwas zustoßen sollte …"

Sie legte ihre Hand auf seine und drückte sie, schämte sich für ihre Abhängigkeit. „Ich will auch nicht, dass dir etwas zustößt. Und ich habe Angst", gab sie zu, auch wenn es ihr fast den Hals zuschnürte. „Ich flehe dich an, mich nicht allein zurückzulassen."

KAPITEL SIEBEN

QUENTIN WUSSTE, DASS Haley Angst hatte. Wer hätte das nicht? Er wollte sie nicht zurücklassen, aber er wollte auch ihre Sicherheit nicht riskieren, und er musste nachsehen, ob er noch jemand anderem helfen konnte.

Sie starrten sich an. Sie waren nicht mehr dieselben Menschen, die sie noch vor ein paar Stunden gewesen waren, sie waren sogar nicht einmal mehr dieselben Fremden, die für eine Runde unglaublichen Sex miteinander im Bett gelandet waren.

Er hatte zwei Männer umgebracht.

Sie hätten Haley vergewaltigt und ihr eine Kugel in den Schädel gejagt, sobald sie mit ihr fertig gewesen wären. Es tat Quentin nicht leid, aber er konnte noch immer spüren, wie ihr Genick unter seinen Fingern gebrochen war. Es war eine Empfindung, die er niemals vergessen würde.

„Ich will helfen", sagte sie und hielt das Maschinengewehr auf eine Art und Weise fest, die ihm verriet, dass sie mit Feuerwaffen umgehen konnte.

Er musste zugeben, dass er beeindruckt war. Die Frau in dem goldenen Kleid und den Absatzschuhen hatte zu glamourös ausgesehen, als dass sie ein Sturmgewehr kompetent handhaben könnte. Die Frau, die im Dreck gelegen hatte, hatte zu traumatisiert ausgesehen, um ihn davon zu überzeugen, sie auf eine extrem risikoreiche Rettungsmission mitzunehmen. Es war schwer zu glauben, dass all diese unterschiedlichen Aspekte Teil derselben Frau waren, aber er hatte keinen Zweifel daran, dass sie es ernst damit meinte, helfen zu wollen.

Das Geräusch von Stimmen ließ sie beide erstarren. Eine Gruppe von Männern kam in ihre Richtung gelaufen, und jemand bellte wütende Befehle.

Quentin nahm Haleys Hand und zog sie weiter vom Strand fort, die Wasserrinne hinauf, die am Fuß des Hügels entlangführte. Seine Augen hatten sich mittlerweile genug an die Dunkelheit gewöhnt, dass er den Waldboden gut erkennen konnte. Haley ging leise neben ihm her. Kein Weinen und keine Panik, wie es bei vielen Zivilisten mittlerweile der Fall gewesen wäre.

Waren das die Terroristen, die sich in die Flucht schlugen, bevor die Polizei eintraf? Sah auf jeden Fall so aus. In der Zwischenzeit würden die Überlebenden und Verletzten im Hotel erste Hilfe brauchen.

Das Auftauchen dieser ersten beiden Kämpfer ergab nun mehr Sinn. Vermutlich hatte die Gruppe Boote am Strand liegen, und die beiden Kerle waren die Vorhut gewesen, die alles für einen schnellen Abzug hatten bereit machen sollen. Sobald auffiel, dass die beiden Männer nicht dort waren, wo sie sein sollten, würden die Angreifer eine Suche einleiten. Wenn sie die Leichen ihrer Kameraden fanden, würde ihnen die Todesart verraten, dass nicht jeder auf der Insel tot war.

Würden sie ihnen nachjagen oder eiligst abziehen? Quentin wusste es nicht, aber er würde auch nicht hierbleiben, um es herauszufinden.

Er schritt weiter durch den Dschungel, ging so schnell, wie er nur wagte, entschied sich für Geschwindigkeit statt

Heimlichkeit, um etwas Distanz zwischen Haley, sich und die Kerle zu bringen.

Den Hügel hinauf, links am Funkturm vorbei, bis seine Oberschenkel schrien und sein Atem stoßweise ging. Plötzlich traten sie auf eine Lichtung. Die Straße, wurde ihm klar. Er lenkte Haley zurück in das Gebüsch. Die Straße war zu riskant. Zu einsehbar.

Ein oranger Schein erhellte den Himmel über ihnen, war durch die Zweige und Blätter gut zu erkennen. Der Gestank von Rauch wurde immer beißender und widerlicher. Das Hotel brannte.

Haleys Finger krallten sich in stummer Furcht in seine. Das Prasseln der Flammen wurde lauter, je näher sie kamen. Das Feuer fauchte und knisterte, und Funken stoben in den Himmel. Die Hitze ließ ihnen sogar in dieser Entfernung schon die Schweißperlen auf die Stirn treten.

Sie kamen am Rand des Dschungels an, dort, wo er in den sorgfältig manikürten Rasen des Hotels überging. Eine Seite des Hotels, dort, wo die meisten Gäste untergebracht waren, brannte lichterloh. Die andere Seite des Gebäudes schien für den Augenblick noch unberührt zu sein.

Quentin blickte sich um. Niemand schien sich zu regen. Keine Terroristen. Keine Opfer. Keine Überlebenden. Es waren doch sicherlich nicht alle tot?

Nachdem er die Lage eine volle Minute lang beobachtet hatte, drehte er sich zu Haley um und beugte sich zu ihrem Ohr, damit seine Stimme nicht durch die Luft getragen wurde. Er glaubte, Schüsse zu hören, aber das war bei dem tosenden Flammeninferno schwer zu sagen. „Ich sehe mich im Erdgeschoss im Barbereich um und schaue, ob ich noch jemanden retten kann. Bleib hier –"

„Nein." Sie schüttelte den Kopf, nahm die hässliche Kappe ab und stopfte sie in ihre Tasche, vermutlich, um nicht mit einer Terroristin verwechselt zu werden, im unwahrscheinlichen Fall, dass die Rettung bereits eingetroffen war. Quentin schlüpfte aus dem gleichen Grund aus seinem Hemd. Er war sich ziemlich sicher, dass die Angreifer abgezogen waren, aber wer konnte das schon mit Sicherheit sagen?

Haley war eine erwachsene Frau. Wenn sie sich in Gefahr begeben wollte, um andere zu retten, dann war das ihre Entscheidung. Aber nach allem, was sie durchgemacht hatten, schnitt die Vorstellung, dass ihr etwas zustoßen könnte, scharf durch die Rüstung, die er um sein Herz gelegt hatte.

„Lass uns durch den Dschungel bis zur Rückseite des Hotels laufen und über die Gartentüren reingehen." Auf diese Weise würden sie sich nicht zu noch auffälligeren Zielscheiben machen, als sie es ohnehin schon waren, und konnten einen Blick in das Hotel werfen, bevor sie riskierten, sich zu zeigen.

Er spürte, wie sie nickte, und bemerkte, dass er noch immer ihre Hand festhielt, aber da sie das nicht zu stören schien, und es ihm gefiel, genau zu wissen, wo sie war, ließ er sie auch nicht los.

Nicht gerade ein Date.

Sie rannten geduckt durch das Gebüsch. Hier kamen sie leichter voran, auch wenn es noch immer Dschungel war, aber hier wurde der Dschungel von den Gärtnern des Hotels in Schuss gehalten. Quentin fragte sich, ob die Terroristen die einheimischen Hotelmitarbeiter verschont hatten. Anscheinend hatten sie die internationalen Gäste auf der Sicherheitskonferenz angegriffen, um die Veranstaltung zum Gespött zu machen und so viel Aufmerksamkeit wie möglich auf sich zu ziehen. Denn was brachte es schon, Leute in Angst und Schrecken zu versetzen, wenn die Welt nichts davon mitbekam? Die Einheimischen zu ermorden würde es wahrscheinlicher machen, dass sich die Bevölkerung gegen sie wandte und ihre Identitäten preisgab … angenommen, irgendjemand hatte überlebt.

Als sie vor dem Barbereich angekommen waren, überblickten sie aus der Ferne die Lage durch die großen Fenster hindurch. Orange Flammen leckten an der Inneneinrichtung. Durch irgendein Wunder der elektronischen Verdrahtung drehten sich die Deckenventilatoren noch immer, fachten die Flammen an, aber der Rest der Welt hatte sich innerhalb weniger Stunden vollkommen verändert.

„Du kannst immer noch hierbleiben, abseits der Gefahr", murmelte Quentin in ihr Ohr. „Schmiere stehen", schlug er vor.

Sie beugte sich etwas zurück, um ihm in die Augen schauen zu können. „Du wirst Hilfe dabei brauchen, die Überlebenden nach draußen zu bringen. Ich komme mit."

Er ließ ihre Hand los, um seine Waffe zu kontrollieren, und warf ihr aus dem Augenwinkel einen Blick zu, als sie das Gleiche tat. Sie schien zu wissen, wie man mit einem Maschinengewehr umging, also würde er sich hoffentlich keine Kugel im Hintern einfangen. Aber die Nacht war noch jung. Wer wusste schon, was als Nächstes passieren würde?

„Los geht's." Er rannte über den Rasen, erwartete fast das *rat-tat-tat* der automatischen Waffen zu hören, aber nichts passierte. Er kam an der Verandatür an und versuchte, sie aufzuschieben, aber sie war verschlossen. Ein Blick durch die Fenster zeigte ihm, dass jemand einen Kabelbinder innen um die Knäufe gebunden hatte, damit die Tür nicht aufgestoßen werden konnte. Die Terroristen hatten offensichtlich verhindern wollen, dass die Überlebenden einen Fluchtweg fanden. Vorausgesetzt, es gab Überlebende.

„Oh Gott" murmelte Haley, als sie in den Raum starrte.

Es war ein einziges Massaker, aber Quentin erlaubte sich nicht, das Blutbad zu betrachten. Er suchte nach Lebenszeichen. Niemand rührte sich.

Mit dem Kolben seines Gewehrs schlug er die Glastür ein. Mit dem Messer, das er sich von einem der Typen ausgeborgt hatte, schnitt er die Kabelbinder durch und schob die Türen weit auf.

Rauch quoll ihnen entgegen, und sie stolperten zurück, husteten. In der Nähe des Hauptflügels schlugen die Flammen immer höher.

„Bleib unten", wies er Haley an.

In der Lobby waren schon Balken aus der Decke gestürzt, die nun den Haupteingang des Hotels versperrten. Funkenregen stob durch die Luft.

Quentin sprintete hinter die Bar, trat über zwei tote Barkeeper hinweg – die Terroristen hatten wirklich jeden umgebracht – bevor er zwei Handtücher in ein Spülbecken voller Wasser tunkte. Er wrang sie aus und gab eins davon Haley, das andere band er sich vor Nase und Mund.

„Wir können hier nicht lange bleiben." Die Hitze war unerträglich und die Decke konnte jeden Moment einstürzen. „Such nach einem Puls. Vielleicht lebt noch jemand."

Augenblicklich ging Haley von Opfer zu Opfer, legte ihre Finger auf die Hälse der Menschen, die einfach nur in Ruhe etwas hatten trinken wollen, als die Hölle losgebrochen war. Quentin tat es Haley gleich. Die meisten der Opfer waren Männer, harte Kerle. Männer, die durch Jahre in Kriegsgebieten gestählt worden waren, die dort gleichermaßen nach Ärger gesucht und ihn verhindert hatten.

Quentin versuchte, sie nicht als die Menschen wahrzunehmen, mit denen er sich noch vor ein paar Stunden unterhalten hatte. Dank seiner Legasthenie war er vor seinem Vortrag ausgesprochen nervös gewesen, aber jetzt war der Vortrag völlig egal. Die Menschen hier würden nie wieder die Chance bekommen, sich aus diesem Gemetzel herauszureden.

Die ersten fünf Leute, die er kontrollierte, waren tot. Viele von ihnen hatten Schusswunden im Torso, aber auch in ihren Köpfen, als ob jemand sie regelrecht hingerichtet hätte. Der Boden war übersät von Patronenhülsen.

Die sechste Person, bei der er nach einem Puls suchte, ließ ihn innehalten. Es war Tricia Rooks. Sie lag versteckt unter einem umgeworfenen Tisch und einem toten Mann. Mit einer stummen Entschuldigung rollte Quentin den toten Mann von ihr herunter. Anders als die anderen Opfer hatte Tricia keine Schusswunde im Schädel, aber sie blutete aus einer Wunde im Brustkorb.

Quentin presste seine Finger fester in die warme Haut ihres Halses. Bildete er sich das nur ein? Aber da war es wieder, das leise Murmeln eines Pulsschlags.

„Haley, diese Frau hier lebt. Hilf mir, sie auf den Rasen zu ziehen."

Haley kam zu ihm gerannt, die Augen gerötet vom Rauch in der Luft, ihre Haare strähnig vor Ruß. Sie waren nicht behutsam mit der Frau, aber sie hatten keine Zeit, irgendwas anderes zu tun, als Tricia an Armen und Beinen hochzuheben und sie hinaus auf den Rasen und in die frische Luft zu tragen, so weit wie möglich vom brennenden Gebäude entfernt. Er rannte sofort wieder zurück in die Bar. Die Flammen kamen immer näher, und die Vorstellung, dass jemand ein Massaker überlebt hatte, nur um dann zu verbrennen, war unerträglich.

„Hey!", rief Haley ihm über das Tosen der Flammen zu. Sie deutete auf den Eingang des Hotels. „Chris. Sieht so aus, als ob er da hinten feststecken würde, aber ich glaube, sein Arm hat sich gerade bewegt."

Quentin kniff die Augen zusammen und schaute in die Richtung, in die sie zeigte. Und tatsächlich, dort lag Chris, kurz vor der Tür. Die Flammen leckten schon an den Wänden um ihn herum, und die Treppe brannte lichterloh. Haley griff nach Quentins Arm, als ein weiterer Balken herabstürzte. „Du kannst dort nicht hin. Das Dach stürzt jeden Augenblick ein."

Chris versuchte mittlerweile, über den Fliesenboden zu robben, aber er steckte fest oder war verletzt oder beides.

„Ich kann ihn nicht sterben lassen." Chris und er hatten im Laufe der Jahre so viel zusammen durchgemacht. Quentin schob die Angst beiseite, zu verbrennen. So wollte er nicht gehen. „Bleib hier. Schau nach, ob noch jemand lebt."

Quentin reichte Haley seine Waffe und rannte an den Leichen der anderen Opfer vorbei, vorbei an umgeworfenen Tischen und Stühlen und zersplittertem Glas. Er kletterte über einen großen Balken, der heruntergekracht war und die Flügeltüren halb versperrte, versuchte, nicht in lange Nägel zu fassen oder von den Flammen verbrannt zu werden.

Er kam bei Chris an, kniete sich neben ihn und der andere Mann blickte zu ihm auf. Neben Chris' Hand lag eine Glock, als ob er versucht hätte, zurückzuschießen. Quentin nahm die Pistole und steckte sie ein.

Chris griff nach Quentins Bein. „Mein Fuß steckt fest."

Quentin kroch zu dem großen Balken, der früher einmal Teil der Zimmerdecke gewesen war, und der nun Chris' Fuß auf dem Boden festklemmte. Die Hitze versengte seine Haut und ließ die Luft zu heiß zum Atmen werden. Weiß Gott, wie Chris sich fühlte, aber wenigstens lag er auf dem Boden und war so nicht dem giftigen schwarzen Rauch ausgesetzt, der sich langsam im Raum ausbreitete.

Unter ständigem Husten und dankbar für das nasse Handtuch vor seinem Gesicht, hob Quentin den Balken an und Chris zog sich verzweifelt über die Fliesen, bis sein Fuß frei war. Blut tränkte seinen Hals und sein Hemd. Die einzigen Wunden, die Quentin erkennen konnte, war scheinbar eine Schusswunde in Chris' Oberarm und eine Platzwunde in seiner Kopfhaut, die heftig blutete.

Quentin legte sich Chris' Arm um die Schultern, und sie stolperten ungelenk über die Balken und die umgeworfenen Möbel, taumelten durch die Bar, wie sie früher so oft betrunken aus irgendwelchen anderen Bars herausgestolpert waren. Haley hatte die Waffen abgelegt und zog einen der Kellner über den Boden und die Stufen zur Veranda hinunter, versuchte zu vermeiden, dass der Kopf des Mannes auf die Steinplatten schlug.

Chris sackte in die Knie. „Wie seid ihr rausgekommen?", keuchte er.

„Glück", erwiderte Quentin und versuchte, den Mann wieder auf die Beine zu stellen.

„Erinnert mich an Bagdad", sagte Chris.

Nur dass Nick in Bagdad das Feuer erwidert und ihnen den Arsch gerettet hatte.

Haley kam zurück nach drinnen und half Quentin, Chris zu stützen. Er schwankte hin und her, und Quentin hielt ihn fester, fragte sich, wie viel Blut sein Freund verloren hatte und wie schwer der Schlag auf seinen Schädel gewesen war.

Sie bugsierten ihn nach draußen, aber es war nicht

einfach, selbst mit vereinten Kräften. Chris war ein großer Kerl.

Quentin hatte keine Zeit, noch irgendwas für ihn zu tun. Er musste wieder hinein, um nach weiteren Überlebenden zu suchen.

Haley wollte mitkommen, aber er hielt sie auf. „Bleib hier und kümmere dich um die Verletzten."

Er rannte zur Tür, aber sie kam ihm trotzdem hinterher. Er musste fast lächeln, aber das Letzte, was er wollte, war, dass sie verbrannte oder von herunterfallendem Mauerwerk erschlagen wurde. Scheiße.

Sie war wirklich stur. Dafür mochte er sie nur umso mehr.

Sie fanden noch einen weiteren Mann, der lebte, trotz schrecklicher Verletzungen. Quentin hob ihn hoch und warf ihn sich über die Schultern. Ein fruchtbares Dröhnen erschütterte das gesamte Gebäude, und einer der Deckenventilatoren krachte zu Boden. Aus der Decke über ihnen regnete Feuer auf sie herab, und selbst der Rauch fing plötzlich Feuer.

Haley rief und gestikulierte. „Durch das Fenster hier. Schnell." Sie öffnete das Fenster weit und sprang hindurch. Quentin blickte sich um, sah die Körper, die auf dem Boden verstreut lagen, wünschte, er hätte mehr Zeit, aber die Flammen loderten mittlerweile überall und die Hitze war infernal. Er stieg auf einen Stuhl, um das Fenster zu erreichen, und als er hindurchtrat, stürzte das gesamte Dach hinter ihm ein. Er sprang und Haley half ihm, auf der anderen Seite nicht das Gleichgewicht zu verlieren. Sie hielt seinen Arm fest und zog ihn von den Flammen fort, dann stolperten sie auf den Rasen. Quentin legte den verwundeten Mann auf dem Gras ab und fiel erschöpft auf die kühle Erde.

Er und Haley lagen nebeneinander, keuchten schwer und versuchten, wieder zu Atem zu kommen. Ihre Hand fand seine und hielt sie fest. „Ist es vorbei?"

Rauch füllte seine Lungen und seine Stimme klang kratzig. „Ich glaube ja."

In diesem Augenblick tauchte ein Schatten aus der Dunkelheit auf und richtete eine Waffe auf sie.

Quentin fluchte.

Der Bastard rief irgendwas aus voller Lunge. Quentin verstand es nicht. Aber er verstand, tief in seinem Innern, dass sie trotz allem, was sie gerade durchgemacht und überstanden hatten, immer noch sterben würden.

„AUFSTEHEN."

Die Stimme des Fremden traf Haley wie eine spitze Lanze, aber sie lachte. Hysterie, vermutlich. Trotz ihrer problematischen Teenagerjahre war sie nie noch so kurz davor gewesen, den Verstand zu verlieren, wie jetzt.

Quentin stand auf, zog Haley auf die Füße und schirmte ihren Körper mit seinem ab. Sie versuchte, sich neben ihn zu stellen, aber er ließ es nicht zu. Sie war mental zu erschöpft, um darüber verstimmt zu sein. Es war lange her, seit sich jemand ihr gegenüber galant verhalten hatte, aber wann gab sie einem Gegenüber auch jemals die Chance dazu? Alex und Dermot wussten es besser, als es zu versuchen.

Der Mann mit der Waffe zog etwas aus seiner Hosentasche, einen zerknitterten Zettel. „FBI?"

Haley schnappte in Quentins Rücken leise nach Luft. Seine Finger drückten ihre. Es war offensichtlich, dass der Militant gezielt nach Savage suchte. Leider sah der Kerl nicht wie ein Retter aus. Er war genauso angezogen, wie die Typen, die im Dschungel versucht hatten, sie zu vergewaltigen.

Das war kein gutes Zeichen.

Quentin schien seine Optionen abzuwägen. „Ja. Ich bin vom FBI."

Das Gesicht des Mannes hellte sich auf. Dann fiel sein Blick auf Haley, wie sie hinter Quentin stand, und seine Augen wurden hart. „Weg", wies er Quentin an und hob seine Waffe.

Quentins Körper spannte sich an, und sein Griff um Haleys Handgelenk wurde enger, ließ sie wortlos wissen, dass sie bleiben sollte, wo sie war. „Nein. Wenn ich zur Seite trete, erschießen sie diese Frau."

Der Mann schien genau zu verstehen, was Quentin sagte, auch wenn sein Englisch nicht perfekt war. „Nicht verletze schöne Lady, FBI. Weg." Sein Tonfall wandelte sich von freundlich zu schneidend. Die Mündung seiner Waffe wurde hochgerissen, ließ sie unmissverständlich wissen, dass sie auseinandertreten sollten.

Haleys Magen zog sich zusammen, und eine frische Woge der Angst überkam sie. „Es ist okay, Quentin. Wir tun besser, was er sagt."

Savage schüttelte entschieden den Kopf. „Nein." Er hielt auch ihr anderes Handgelenk fest und zog sie an sich, sodass sie fest an seinen Rücken gepresst war, die Hände um seine Taille geschlungen, und sich nicht bewegen konnte. „Schöne Lady bleibt bei mir", erklärte Quentin dem Angreifer.

Er ging langsam mit Haley im Schlepptau vorwärts. Direkt auf den Militanten mit der tödlichen Waffe zu, die direkt auf sie gerichtet war. Quentin würde den Kerl angreifen und dabei vermutlich selbst umkommen.

„Quentin, lass mich los", sagte sie panisch und versuchte, sich zu befreien. Es war vorbei.

Quentins Griff war eisern. Er ging weiter vorwärts. Die Augen des Terroristen wurden groß und er begann, sie anzuschreien.

„Nicht bewegen!"

Oder was? Er würde schießen? Haley wollte auflachen, aber nichts an alldem war auch nur im Entferntesten komisch.

Plötzlich traten weitere Schatten aus der Dunkelheit, und welche Hoffnung Haley auch immer gehegt hatte, hier lebendig herauszukommen, erlosch.

Ein schneller Wortwechsel auf Indonesisch erfolgte. Ein stämmiger Mann trat vor. „Wie heißen Sie?"

„Quentin Savage. Das ist meine Frau, Haley –"

Das entfernte Geräusch von Helikoptern ließ alle in den Himmel in Richtung Norden starren. Der Mann, der der Anführer zu sein schien, brüllte seine Männer an, und sie trieben Haley und Quentin an, zogen sie auseinander, stülpten ihr einen Sack über den Kopf, der es ihr schwer machte, zu atmen. Ihr Herz hämmerte, und sie erwartete jeden Moment eine Kugel. Diese Kerle wollten den FBI-Agenten, und das Blutbad um sie herum machte erschreckend deutlich, dass ihnen alle anderen egal waren.

Ein Schuss ließ Quentin ihren Namen rufen, und dann konnte sie etwas hören, was wie ein Handgemenge klang. „Hurensohn!" Quentin schaffte es, sich an ihren Kidnappern vorbeizudrängen und ihren Arm zu greifen.

„Alles okay. Ich lebe. *Noch.*" Möglicherweise hatte sie sich ein bisschen in ihre Hosen gemacht. Oder in die Hosen von jemand anderem. Irres Gelächter hallte durch ihren Kopf.

Dann wurde ihr Mund ganz trocken, als sie begriff, dass

sie vermutlich den verwundeten Mann erschossen hatten, für den Quentin sein Leben riskiert hatte, als er ihn aus dem brennenden Gebäude getragen hatte.

Diese Bastarde wollten keine Zeugen haben.

Sie stellte sich auf den Schuss ein, der ihr Leben beenden würde. Gott, wie sehr sie diese Typen hasste, ihre beiläufige Gewalt und ihre absolute Missachtung von Menschenleben.

Ihre rauchverbrannten Lungen mühten sich ab, durch die dicke, muffige Haube genug Sauerstoff zu bekommen. Es fiel ihr schwer, zu atmen, und noch schwerer, nachzudenken, irgendwas von all dem in die Ecken ihres Gehirns zu verfrachten, wo es Sinn ergab.

Sie wurde mitgezogen, aber sie stolperte immerzu, weil sie so gut wie nichts sehen konnte. Das allein war furchteinflößend. Jemand zerrte sie unsanft auf die Füße, und seine Finger krallten sich in ihren Oberarm. Es tat weh, aber sie beschwerte sich nicht. Würden sie sie jetzt erschießen oder nicht? Worauf warteten sie? Was passierte hier? Warum wollten sie Quentin? Das konnte nichts Gutes bedeuten …

„Bewegung, schnell jetzt, oder wir verpassen Ihrer Frau eine Kugel."

Haley wurde klar, dass die Terroristen sie als Druckmittel gegen Quentin benutzten, damit er tat, was sie verlangten.

Wer wusste schon, wie lange das funktionieren würde – bis sie an einem Boot oder einem anderen Fluchtfahrzeug ankamen? Bis sie dort ankamen, wo auch immer sie Quentin hinbringen wollten? Vielleicht wollten sie seine Ermordung filmen, und ihre dann vermutlich auch. Bei dieser Vorstellung hätte sie sich am liebsten übergeben, aber weiter vorwärts zu stolpern war die einzige Option, die sie im Augenblick hatte.

Haley wünschte, sie hätte mehr Zeit mit Quentin gehabt –

wünschte, sie hätte ihn besser kennenlernen können. Wünschte, sie hätte sich womöglich endlich gestattet, ein Risiko einzugehen.

Aber sie hatte im Augenblick nicht die Zeit oder die mentale Energie für Bedauern. Sie wurde weiter vorwärts gestoßen. Ihre gesamte Existenz wurde einzig und allein in diese nächsten Sekunden gepresst. Das Morgen war egal. Alle Treffen, die sie in der nächsten Woche geplant hatte, waren egal. Sie versuchte, nicht daran zu denken, wie sehr sie sich darauf gefreut hatte, Alex' und Mallorys Baby zu sehen. Eine Sekunde, oder eine Minute, nach der anderen. Alles andere war Wunschdenken.

Sie zwang sich, mitzuhalten, obwohl ihre Fußgelenke auf dem unebenen Boden schmerzhaft umknickten. Sie wagte nicht, die Truppe aufzuhalten, obwohl sie aufzuhalten womöglich denjenigen, die die Helikopter flogen, die Gelegenheit geben würde, sie einzuholen und zu retten. Die Chancen standen gut, dass die Terroristen sie in diesem Fall einfach erschießen oder als menschliche Schutzschilde benutzen würden.

Sie wollte nicht sterben.

Sie stolperte eine kleine Uferböschung hinunter und fiel mit einem Schrei im weichen Sand auf die Knie.

„Haley!", rief Quentin gellend. Er befürchtete noch immer, dass sie sie umbringen würden. Diese Befürchtung hatte sie auch.

„Ich bin hier", sagte sie leise, aber das Ächzen und das Geräusch von Metall, das auf einen Körper krachte, verriet ihr, dass die Kidnapper ihn schlugen. „Stopp! Bitte! Bitte tut ihm nichts. Quentin!" Eine Faust schlug in ihre Magengrube, so fest, dass ihr die Galle aufstieg. Dann durchsuchten sie ihre

Taschen und einer von ihnen fand ihr Handy und nahm es ihr ab. Sie hatte gehofft, es behalten zu können, weil sie wusste, dass Alex das Signal verfolgen konnte.

Sie ignorierte die Verzweiflung über diesen Verlust.

Ein Schritt nach dem anderen.

Im Augenblick lebte sie noch, während so viele andere tot waren. Hände rissen sie hoch und warfen sie auf ein Boot. Sie landete gekrümmt auf einer anderen Person, die unten auf dem harten Bootsrumpf lag.

Quentin?

Es war Quentin. Sie erkannte es an seinem Geruch und seiner Form. Sie presste sich auf seinen Rücken, versuchte, ihm wortlos Beistand zu leisten und ihm dafür zu danken, ihr Leben gerettet zu haben.

Er bewegte sich nicht.

Sie schlang ihren Arm um seine Brust, um in der Dunkelheit zu erspüren, ob er noch atmete, und sackte vor Erleichterung zusammen, als sie spürte, wie sein Brustkorb sich hob und senkte. Er lebte, aber er war definitiv verletzt. Bewusstlos.

Männer kletterten neben sie ins Boot, und Haley versuchte, Quentin vor ihren Tritten abzuschirmen, aber die Männer scherten sich nicht um sie, und Haley schluckte einen Schrei hinunter, als irgendein Arschloch auf ihr schmerzendes Fußgelenk trat. Das Boot wurde ins Wasser geschoben, und jemand startete einen Außenbordmotor. In der Nähe wurde ein weiterer Motor gestartet.

Zwei Boote. Festrumpfschlauchboote vermutlich. Haley benutzte sie beim Sporttauchen. Schnell und wendig.

Der Rumpf des Boots hüpfte wild über die Wellen und knallte mit hartem Klatschen auf die Wasseroberfläche, während sie über das Meer rasten. Bei jeder Bewegung schossen Schmerzen durch ihren Körper. Sie versuchte, Quentin so gut sie konnte auf den Untergrund zu pressen, damit er nicht hin- und hergeschleudert wurde und sich noch mehr verletzte. Sie legte einen Arm unter seinen Kopf, um ihn abzufedern, und ignorierte das schmerzhafte Aufknallen mit jeder Welle, das mit Sicherheit Blutergüsse zur Folge haben würde, sollte sie so lange überleben. Die Gischt spritzte ins Boot und sammelte sich auf dem Boden, tränkte ihre Kleidung. Die Kälte war eine willkommene Abwechslung zu der Hitze des Feuers, aber es dauerte nicht lange, bis das Meerwasser zu jucken begann.

Sie wusste nicht, wie lange sie unterwegs waren. Ihr kam es vor wie eine Ewigkeit. Stunde um Stunde, in der sie den Elementen ausgeliefert waren.

Schließlich ratschte das Boot über den sandigen Meeresboden. Männer begannen, herumzubrüllen und aus dem Boot zu springen. Jemand zerrte sie mit sich, und sie fiel ins Wasser, schluckte einen Mundvoll Meerwasser, bevor sie auf die Füße kam.

Ungeduldige Hände schoben sie vorwärts, als ob sie ein Ochse wäre. Sie stolperte und fiel hin, und ein Mann murmelte: „Dämliche Hure.“

„Ich kann nicht sehen, wo ich hinlaufe“, blaffte sie ihn verbittert an. *Versuch's nur, du Arschloch.*

Die Haube wurde ihr vom Kopf gerissen. Sie blinzelte überrascht. Ein Mann – einer der Terroristen – hatte ein Halstuch um Nase und Mund gebunden. Dunkle Augen funkelten sie böse an. Sie warf einen Blick über seine Schulter und sah eine atemberaubende Bucht im Mondlicht liegen, einen gebogenen Sandstrand und dunkelblaues Wasser. Eine kleine Yacht, die vor dem Strand ankerte. Dann entdeckte sie zwei Männer, die Quentin an den Armen herumschleiften.

„Bitte, lassen Sie mich meinem Mann helfen." Worte, die sie nie auszusprechen erwartet hätte, aber diese Lüge hatte ihr schon einmal das Leben gerettet, daran hatte sie keinen Zweifel. Sie würde diese Täuschung aufrechterhalten, solange es möglich war, solange es nötig war, bis sie aus dieser höllischen Situation herauskamen.

„Bewegung." Der Mann schob sie vorwärts, machte sich nicht einmal die Mühe, sie mit einer Waffe zu bedrohen. Sie befanden sich auf einer Insel, irgendwo mitten in Indonesien, und waren von dichtem Dschungel umgeben. Haley stolperte vorwärts, folgte einem ausgetretenen Pfad durch die Bäume, einen langen Anstieg hinauf. Höher und immer höher, bis ihre Beine vor Erschöpfung zitterten und ihre Lungen brannten, aber sie machte keinen Mucks. Endlich, als sie schon dachte, es könnte nicht mehr weiter gehen, kamen sie an einer kleinen Ansammlung von Hütten an. Haley wurde durch eine niedrige Tür gestoßen, und Erleichterung stieg in ihr auf, als Savage auf die Pritsche neben ihr geworfen wurde.

Aber er war noch immer bewusstlos, und sie bekam furchtbare Angst, dass er womöglich sogar tot war.

KAPITEL ACHT

EBAN WINTERS HATTE seine Füße auf dem Schreibtisch seines Chefs abgelegt und schlürfte eine Tasse frisch gebrühten Kaffees. Er hielt an diesem trägen Samstagnachmittag die Stellung in der Krisenverhandlungseinheit. Dominic Sheridan war im Urlaub, nachdem seine Freundin angeschossen worden war. Quentin Savage, sein Boss, hielt eine Keynote-Präsentation auf einer Sicherheitskonferenz in Indonesien. Charlotte Blood war gestern Abend nach Washington State geflogen, um zu überprüfen, worum es beim neusten Freeman on the Land-Aufstand ging. Es war kein ausgewachsener Vorfall, aber es war auch nichts, was sie ignorieren wollten. Das FBI hatte heutzutage deutlich mehr Erfolg bei langwierigen Belagerungen, als es in Ruby Ridge oder Waco der Fall gewesen war, hauptsächlich, weil sie direkte Konfrontationen vermieden und stattdessen die Lage beobachteten und abwarteten, ob die Leute zur Vernunft kamen.

Was nicht einfach war.

Die Fähigkeit, kritisch und rational zu denken, schien mit jedem Tag rarer zu werden.

Noch war ihre neue Herangehensweise eine Nachricht wert, was gleichermaßen gut und schlecht war. Gut, weil die Medien so keine Eskalation der Feindseligkeiten anfeuerten – auf beiden Seiten. Schlecht, weil das Versagen in der

Vergangenheit in den Augen der Öffentlichkeit nicht durch neue Erfolgsberichte wieder wettgemacht werden konnte.

Diese regierungskritischen Ansichten waren nichts Neues für ihn. Er war in einer abgelegenen Stadt namens Stone Creek in Montana aufgewachsen. Viele der Leute, die er früher dort gekannt hatte, wollten so sehr vom Radar verschwinden, wie nur irgend möglich. Manche von ihnen bereiteten sich auf die Apokalypse vor, die meisten von ihnen versteckten sich vor dem Finanzamt oder vor Haftbefehlen auf ihren Namen.

Als Kind hatte er Pferde und Hunde viel lieber gemocht als Menschen. Aber er war schon von klein auf vom FBI fasziniert gewesen, durch Geschichten über Agenten, die nicht weit entfernt von seinem Heimatort den Unabomber geschnappt hatten. Und Gefahr hatte ebenfalls immer einen Reiz für ihn gehalten. Obwohl, wie alle immer gerne betonten, noch kein Verhandlungsführer über das Telefon umgebracht worden war.

Eban trank einen weiteren Schluck Kaffee und genoss die Ruhe im Büro. So durfte es gerne immer sein. Es war perfekt. Entspannt. Friedlich. Er warf einen Blick aus dem Fenster auf den üppigen, grünen Wald, der die Anlage der National Academy und der Zentralen Kriseninterventionseinheit umgab. Er biss in seinen Apfel und genoss die Süße des Fruchtfleisches. Vielleicht würde er noch joggen gehen oder auf den Schießstand. Hier schien alles wie am Schnürchen zu laufen.

Das Telefon klingelte, und er nahm den Hörer von der Gabel, lehnte sich noch immer im Stuhl seines Chefs zurück. „Winters."

„Eban. Steve McKenzie hier. Ich habe schlechte Neuigkeiten."

„Was ist los?" Eban hatte im Frühjahr mit McKenzie zusammen im SIOC gearbeitet, als jemand versucht hatte, die FBI-Zentrale in die Luft zu jagen.

„Ich habe gerade einen Anruf von Savage erhalten. Das Hotel, in dem er untergebracht ist, wurde von bewaffneten Terroristen überfallen."

Eban ließ seine Füße vom Schreibtisch fallen und stand auf. „Wo ist er jetzt?"

„Ich weiß es nicht." McKenzie räusperte sich. „Die örtliche Polizei ist per Helikopter eingeflogen, aber die Terroristen waren schon verschwunden und hatten vorher das gesamte Hotel in Brand gesteckt. Anscheinend ist es ein absolutes Blutbad. Sie haben ein paar Überlebende gefunden, die schwer verletzt waren. Sie werden gerade zur Behandlung nach Jakarta geflogen. Der Botschafter wird sie befragen, sobald sie sprechen können. Keiner der Überlebenden war Savage."

Der Apfel, den Winters gegessen hatte, lag ihm plötzlich schwer im Magen. Quentin durfte einfach nichts zugestoßen sein. „Was wird unternommen, um den Tatort zu untersuchen und die Terroristen aufzuspüren?" *Um Quentin zu finden?*

„Die Konferenz wurde von vielen internationalen Gästen besucht, aber größtenteils Amerikaner. Vermögende und mächtige Amerikaner. Wir schicken ein Forensikteam einschließlich eines forensischen Anthropologen dort runter, um so schnell wie möglich möglichst viele der verbrannten Leichen zu identifizieren. Die indonesische Regierung kooperiert. Es sind Leute vor Ort, die nach Überlebenden suchen…"

„Ich fliege hin."

„Das ist nicht meine Entscheidung."

„Ich habe nicht gefragt", erwiderte Eban. „Ich werde mich

mit dem Verhandlungsführer treffen, den wir in Jakarta stationiert haben. Er wird ohnehin bald abgelöst. Ich werde alles tun, um zu helfen."

„Können Sie das FBI-Büro in der Nähe von Savages Familie kontaktieren? Sie sollten es von uns hören, bevor sie es in den Nachrichten erfahren."

Eban ließ das Kinn auf die Brust sinken. „Sie glauben, er ist tot, habe ich recht?"

„Vielleicht konnte Savage entkommen und versteckt sich aus uns unbekannten Gründen, oder er ist verletzt und hat sich im Dschungel verirrt. Wir werden es nicht mit Sicherheit wissen, bis unsere Forensiker die Leichen untersucht haben und ein Team die Gegend um das Hotel durchkämmt hat."

„Die andere Option ist, dass er als Geisel genommen wurde." Eban weigerte sich zu glauben, dass Quentin ermordet worden war. Er war ein toller Kerl. Ein fantastischer Kerl. Eban würde die Hoffnung nicht aufgeben, bis sie mit Sicherheit wussten, dass Quentin tot war.

McKenzie schnaubte in den Hörer. „Das ist definitiv eine weitere Möglichkeit. Aber diese Terroristen haben nahezu hundert Delegierte und zwanzig einheimische Hotelmitarbeiter ermordet. Eine grobe Schätzung. Warum würden sie Savage mitnehmen und nicht irgendeinen stinkreichen CEO?"

„Sie wissen, warum."

Um die US-Regierung zu blamieren.

Für ein paar Augenblicke verstummte McKenzie. „Interessanterweise haben sowohl der indonesische Außenminister als auch ein australischer Milliardär namens Cecil Wenck nur wenige Stunden vor dem Anschlag das Hotel verlassen. Wenck hatte seine Suite bis zum Morgen gebucht."

Eban hatte von Wenck gehört. Das hatten die meisten

Menschen. Er war der Chef des weltgrößten Bergbaukonzerns. „Glauben Sie, sie wurden gewarnt?"

„Ich wüsste zumindest gerne, warum Wenck so plötzlich seine Pläne geändert hat, soviel ist sicher. Wir müssen ihn befragen und zusehen, ob wir einen Durchsuchungsbefehl für sein Handy bekommen können, um eingegangene Nachrichten und Anrufe einzusehen, aber ich bezweifle, dass er mit uns sprechen will."

„Glauben Sie, er wurde gewarnt, hat es aber niemandem sonst weitergesagt?" Zorn stieg in Eban auf.

„Ich weiß es nicht. Sprechen Sie mit Ihrem Abteilungsleiter –"

„Super Idee", blaffte Eban. „Mein Abteilungsleiter ist in Indonesien, also suche ich einfach dort nach ihm, und frage ihn dann."

McKenzie seufzte müde. „Schauen Sie, in drei Stunden startet ein Flieger mit dem restlichen Team von der Andrews Air Force Base. Ich setze Ihren Namen auf die Liste. Kommen Sie nicht zu spät. Ich muss jetzt Alex Parker anrufen und ihm mitteilen, dass seine Geschäftspartnerin, eine seiner engsten Freundinnen, vermutlich ebenfalls unter den Todesopfern ist."

Eban biss die Zähne zusammen.

Unter den Todesopfern.

Es war furchtbar, aber er hatte keine Zeit, sich in Emotionen zu verlieren. Er musste eine Million Dinge erledigen, bevor er diesen Flug erwischte, aber das Wichtigste war, Quentins Familie in Südkalifornien anzurufen.

Und eines war sicher. Auf gar keinen Fall würde er diesen Flug verpassen.

KAPITEL NEUN

GRELLE SCHMERZEN SCHOSSEN Quentin wie Nadelstiche durch den Kopf. Das Sonnenlicht stach in seinen Augen. Sein Mund schmeckte nach Rauch und Blut und war so ausgetrocknet, dass es sich anfühlte, als ob jemand seinen Hals mit einem Flammenwerfer verbrannt hätte. Seine Haut war in der unerträglichen Hitze von Schweiß bedeckt, und seine Kleidung klebte an seinem Körper. Jemand presste einen feuchten Lappen auf seine Stirn. Die Kühle des Lappens war angenehm, und er stöhnte auf und versuchte, sich der Hand entgegenzustrecken.

Erinnerungen an die letzte Nacht blitzen in seinen Gedanken auf, und er öffnete angestrengt die Augen und fand sich auf einer unbequemen Pritsche in einer primitiven Hütte wieder. Haley Cramer kniete neben ihm auf dem dreckigen Lehmboden.

Er griff nach ihrer Hand.

Gott sei Dank lebte sie noch.

„Du bist wach. Ich hatte schon befürchtet, dass du eine Schädelfraktur hast oder im Koma liegst, und ich konnte nichts tun, um dir zu helfen …“ Ihre Stimme war ein heimliches Flüstern voller rauchiger Untertöne. Sie blinzelte eilig, als ob sie Tränen zurückhalten musste. Sie musste vor Angst fast verrückt geworden sein.

Ihm zumindest ging es so.

Sein Hinterkopf pochte mörderisch, dort, wo ihm einer der Angreifer seinen Gewehrkolben übergezogen hatte. Der Bastard hätte ihn umbringen können.

Warum hatten sie das nicht getan?

„Wie lange war ich weg?" Er sprach ebenfalls sehr leise. Er wollte unbedingt vermeiden, dass jemand mitbekam, dass er wach war, oder nach ihnen schaute. Sie womöglich trennte. Haley etwas antat. Er brauchte Zeit, um das, was ihm an Verstand noch geblieben war, zusammenzusammeln.

„Lange. Stunden." Sie schaute auf ihre Uhr. Eine teure Uhr mit silbernem Armband. Er war überrascht, dass sie Haley die Uhr nicht abgenommen hatten. Außerdem trug sie funkelnde Stecker in den Ohren, vermutlich echte Steine.

Allerdings bestand wohl auch keine Eile, ihnen ihre Besitztümer abzunehmen. Er bezweifelte, dass ihre Kidnapper damit rechneten, dass sie in nächster Zeit irgendwohin verschwinden würden.

„Wir waren für zwei, vielleicht drei Stunden auf dem Boot, sind immer nur geradeaus gefahren. Dann wurden wir gegen Sonnenaufgang hier in dieser ausgesprochen luxuriösen Unterkunft abgeladen. Du hast dich seitdem kaum bewegt. Die Hälfte der Zeit konnte ich nicht einmal mit Sicherheit sagen, ob du noch atmest." Ihre blauen Augen blickten ihn verstört an, und sie biss sich auf die Unterlippe. „Es tut mir so leid, dass sie dich verletzt haben, weil du mich verteidigt hast."

Das war eine große Schuld, die sie da mit sich herumtrug. Sie nicht zu verteidigen, hätte in ihm noch größere Schuldgefühle heraufbeschworen.

Er zog ihren Handrücken an seine Lippen. Das hier war eine andere Art der Intimität als die, die sie letzte Nacht zusammen im Bett geteilt hatten. „Ich dachte am Strand, sie würden dich umbringen, und ich wollte lieber kämpfend untergehen, als zuzulassen, dass sie uns wie Kühe in einem Schlachthof einen nach dem anderen umbringen. Ich hatte Chris' Glock in der Tasche und habe sie herausgezogen und abgedrückt."

Ihre Augen wurden groß. Es war schwer zu glauben, dass sie vor weniger als einem Tag noch Fremde gewesen waren.

„Die Kammer war leer gewesen, aber die Typen waren nicht gerade erfreut darüber, dass mich niemand durchsucht hatte, also habe ich mir eine Tracht Prügel eingehandelt. Die Frage ist, warum haben sie mich nicht umgebracht?"

„Sie haben gezielt nach dir gesucht. Ich habe das hier gefunden …" Haley kramte in der Brusttasche ihres gestohlenen Tarnhemds herum und zog ein zerknittertes Blatt Papier heraus.

Sie hielt Quentin ein ausgedrucktes Foto von ihm hin, den Programmzettel der Konferenz. Ein standardmäßiges FBI-Porträt vor der amerikanischen Flagge, das das PR-Büro rausgeschickt hatte. *Scheiße.*

Wollten diese Terroristen ein Exempel an ihm statuieren? Ihn an den höchstbietenden Terroristen verkaufen? Informationen aus ihm herausfoltern oder ihn einfach nur zum Spaß oder als Rache unendlich blamieren? Aus welchem Grund hatten sie all diese unschuldigen Menschen umgebracht?

„Haben sie sonst noch jemanden aus dem Hotel mitgebracht?", fragte er.

Haley schüttelte den Kopf, und ein paar ihrer rußgeschwärzten Haarsträhnen fielen ihr in die Augen. Sie schob sie sich hinter die Ohren. „Ich habe nicht gesehen, wie irgendjemand anderes aus den Booten ausgestiegen ist."

Quentin richtete sich auf, bis er aufrecht saß, ignorierte die stechenden Schmerzen, dort, wo seine Rippen ein paar Schläge kassiert hatten. Sein Gehirn schien sich in seinem Schädel zu überschlagen, und er griff sich an den Kopf, versuchte, die Anspannung wegzudrücken. Er gab sich einen Moment, um tief und ruhig zu atmen, während Haley ihn besorgt musterte.

„Erzähl mir alles, woran du dich erinnerst", murmelte er, um sie beide abzulenken, aber auch, weil er diese Informationen brauchte. Was zur Hölle ging hier vor sich?

Haley erstattete ihm Bericht, endete mit einer Beschreibung des Orts, an dem sie sich jetzt befanden. „Im Hafen lag eine Yacht vor Anker."

„Eine Yacht?"

„Etwa elf bis zwölf Meter lang. Mein Dad hatte ein Boot von der gleichen Größe, als ich klein war." Sie nickte, „Die Männer haben mich gezwungen, auf einem steilen Pfad durch den Dschungel zu marschieren, etwa vierzig Minuten lang. Jemand hat dich hier hochgetragen und uns in diese Hütte gesperrt. Einer der Typen hat eine Schüssel mit Wasser gebracht, um das Blut abzuwaschen." Sie tunkte den Lappen in die Schüssel und tupfte damit wieder über seine Stirn, aber er nahm ihr den Lappen vorsichtig aus der Hand und tupfte damit die Wunde an seinem Hinterkopf ab, wo seine Haare vom Blut verkrustet waren.

Haley blickte sehnsüchtig auf das Wasser. „Ich dachte, das sollte ich besser nicht trinken, auch wenn ich schrecklich durstig bin. Du sicher auch."

„Irgendwann werden wir trinken müssen, aber versuchen wir zuerst, Trinkwasser zu finden, das diese Kerle auch trinken. Davon können wir zwar immer noch krank werden, aber das ist das Beste, auf das wir hoffen können.“

Sie schluckte und nickte. „Ich weiß. Ich schätze, ich will mir einreden, ich hätte eine Wahl.“

Den eigenen, freien Willen gewaltsam entrissen zu bekommen, war eine schreckliche Sache. Wenigstens hatte ihn die Army halbwegs darauf vorbereitet. „Tut mir leid, dass du in diese ganze Sache mit reingeraten bist. Sie haben es offensichtlich auf mich abgesehen.“

Haley hockte sich auf die Fersen. „Soll das ein Witz sein? Nichts von alldem ist deine Schuld. Ohne dich wäre ich wiederholt vergewaltigt und anschließend erschossen worden.“ Sie lachte leise, aber es klang alles andere als fröhlich.

„Ich wünschte, ich wüsste, was sie von mir wollen. Und warum sie dich am Leben gelassen haben, als ich behauptet habe, du wärst meine Frau.“ Er begriff es nicht. „Warum zur Hölle sind sie an mir interessiert? Für irgendeinen Terror-Coup? Denn den Zorn der US-Regierung auf sich zu ziehen, ist es nicht wert.“ Er zerriss das zerknitterte Foto und gab es ihr zurück. Schwindel überrollte ihn wie eine Lawine. „Kannst du das irgendwie entsorgen? Es in kleine Fetzen zerreißen und es durch die Ritzen in den Schilfwänden werfen. Sie dürfen nicht wissen, was wir wissen.“

Er würde jeden Vorteil nehmen, den er kriegen konnte, bis er diese Sache durchschaut hatte.

Haley stand auf und tat, worum er sie gebeten hatte, riss winzige Stückchen des Papiers ab und schob sie durch die Ritzen in den Wänden der Hütte, damit der Wind sie davontrug. Die Hütte war aus Ästen gebaut und mit Blattwerk verflochten. Haley ging von Wand zu Wand, damit sich die Fetzen nicht an einer Stelle auf dem Boden ansammeln konnten.

Quentin beobachtete sie, dachte über ihre Möglichkeiten nach. Keine davon gefiel ihm. Für gewöhnlich war das Beste, was eine Geisel tun konnte, abzuwarten, bis das Lösegeld bezahlt worden war, auch wenn das manchmal Monate, wenn nicht sogar Jahre dauern konnte. Es war allerdings unwahrscheinlich, dass die US-Regierung diese Sache einfach so durchgehen lassen würde, stattdessen würde sie vermutlich mit allem, was sie hatte, Jagd auf diese Arschlöcher machen. Außerdem war das Risiko zu hoch, in irgendeinem Jihadisten-Video online geköpft zu werden, um auf die Methode zu vertrauen, die er üblicherweise anwandte. Und dann war da noch Haley …

Sie setzte sich neben ihm auf die Pritsche. Eine graue Decke war über die Äste und das getrocknete Gras gedeckt, das die Matratze bildete. Wenigstens war das Bett etwas erhöht, also waren die Chancen gering, dass Schlangen oder Insekten ihm Gesellschaft leisteten und Krankheiten streuten. Andererseits, wem wollte er hier noch etwas vormachen?

Die Pritsche war schmal, und sie würden sie teilen müssen, wenn sie so viel Glück hatten, nicht getrennt zu werden. Er war sich nicht sicher, was Haley davon hielt, wenn man bedachte, was ihr in den letzten Tagen zugestoßen war. Nur weil sie einmal Sex gehabt hatten, hieß das nicht, dass sie ihm wieder körperlich nah sein wollte. Er konnte nicht leugnen, dass er sich von ihr angezogen fühlte, aber nie im Leben würde er sich unangemessen verhalten, während sie in einem Terroristencamp gefangen gehalten wurden. Aber das wusste sie ja nicht. Sie kannte ihn nicht.

„Hat bisher noch niemand nach uns geschaut?"

„Nein." Sie seufzte tief auf, und die dunklen Ringe unter ihren Augen unterstrichen ihre Angst und ihre Erschöpfung.

Er bezweifelte, dass sie geschlafen hatte. „Ich muss aufs Klo, und ich bin unfassbar durstig, aber ich habe zu viel Angst, sie zu fragen."

Quentin sah, dass sie am liebsten weinen wollte. Er wollte ihr sagen, dass alles in Ordnung kommen würde, dass er sie hier rausbringen würde, aber in Wahrheit wusste er nicht, womit sie es hier zu tun hatten. Und als Verhandlungsführer log er einzig und allein die Geiselnehmer an, und dann auch nur, wenn sie am Ende aller Gespräche angelangt waren, und die Kerle kurz davor standen, das spitze Ende des Verhandlungshandbuchs abzubekommen.

Ehrlichkeit war immer sein Standardprogramm gewesen.

„Haley, ich habe keine Ahnung, was als Nächstes passieren wird, aber ich bezweifle, dass es angenehm werden wird. Ganz egal, was passiert, ich will, dass du mir etwas versprichst. Versuche nicht, mich zu retten. Wenn sie mich mitnehmen, vermutlich für eine weitere Runde Schläge, dann mach dich so klein und unauffällig wie möglich. Ich werde deshalb nicht weniger von dir halten. Ich werde mich nicht mit ihnen anlegen, zumindest nicht, bis ich gewinnen kann. Ich werde versuchen, einen Weg zu finden, wie wir beide hier herauskommen können, aber ich weiß nicht, wann es so weit sein wird."

Sie wollte etwas erwidern, aber legte ihr sanft einen Finger auf die Lippen, und sie verstummte.

„Sie denken, du bist meine Frau, und möglicherweise benutzten sie dich, um an mich ranzukommen. Verrate ihnen nicht die Wahrheit darüber, dass wir nicht verheiratet sind." Er nahm ihre Hand, spreizte ihre Finger und verflocht sie mit seinen. „Das sind keine netten Kerle. Das sind Kriminelle und Soziopathen, die nach einer Rechtfertigung für ihre Lebensentscheidungen suchen. Du bist eine wunderschöne Frau, und weil du blond bist, fällst du auf." Er schluckte angestrengt. „Sexuelle Gewalt ist eine Möglichkeit, denn damit machen Männer oft ihre Macht geltend. So zu tun, als ob du meine Frau wärst, sollte dich zumindest kurzfristig schützen."

Ihre Augen wurden groß und sie schluckte wiederholt. Er sagte das nicht, um ihr Unbehagen zu bereiten. Er sagte es ihr, damit sie genau verstand, was hier los war. Was möglicherweise passieren konnte, auch wenn er alles in seiner Macht Stehende tun würde, um sie zu beschützen. Er konnte nicht garantieren, dass er sie retten konnte.

Er dachte an Abbie und ihr Kind. Sie hatte er auch nicht retten können. Er zwang die Erinnerungen fort. „Wenn irgend möglich, müssen wir verhindern, dass sie uns trennen und dich allein irgendwo hinbringen."

Sie griff nach seiner anderen Hand und drückte sie. „Du hast gesagt, ich darf dich nicht retten, aber du darfst auch mich nicht retten, wenn sie entscheiden sollten, mich zu vergewaltigen." Sie zitterte am ganzen Körper, aber ihre Stimme klang fest.

Er wollte mit ihr diskutieren, aber sie unterbrach ihn.

„Ich werde es überleben, vergewaltigt zu werden, wenn es sein muss. Das habe ich schon einmal getan." Sie schaute ihm unverwandt in die Augen, und sein Herz brach ein wenig, als er die Wahrheit in ihrem Blick erkannte. „Aber ich glaube nicht, dass ich diese Tortur ohne dich überleben werde."

Er zitterte ebenfalls, und das lag nicht nur an der Dehydrierung. Die Tatsache, dass sie vergewaltigt worden war, machte ihn unfassbar wütend, aber trotzdem war das hier nicht der Zeitpunkt, um seiner eigenen Wut oder Neugier nachzugeben.

Quentin nickte. „Okay. Wir werden beide tun, was auch immer wir tun müssen, um lebendig hier rauszukommen, und hoffentlich unangetastet."

„Kein Mann wird zurückgelassen?" Das Lächeln auf ihrem Gesicht war tränennass.

„Kein *Mensch* wird zurückgelassen. So." Er ging zu den praktischen Aspekten über. Das war es, worin er gut war. „Ein paar Details, falls sie fragen. Wir haben vor ein paar Wochen heimlich geheiratet, deshalb weiß niemand davon. Wir haben uns im Sommer bei irgendeiner Veranstaltung kennengelernt-"

„Bei einer Hochzeit. Mein Geschäftspartner Alex Parker hat eine FBI-Agentin geheiratet, Mallory Rooney. Es waren jede Menge Agenten unter den Gästen. Die Feier hat auf einem Weingut in Virginia stattgefunden. Ich war eine der Brautjungfern."

„Okay, gut. Du hast fantastisch ausgesehen und es war Liebe auf den ersten Blick. Wo haben wir geheiratet?

„Vegas?", schlug sie vor.

„Ich glaube, deren digitale Akten sind zu leicht einzusehen."

„Bali?"

Wieder schüttelte er den Kopf. „Kann sein, dass sie jemanden kennen und es über die indonesischen Akten überprüfen können."

„Was ist mit der Karibik? Mir gehört eine Insel da unten –"

„Dir *gehört* eine Insel?"

„Eine ganz kleine."

Quentin versuchte, seine Überraschung zu verbergen. Wer

besaß den bitteschön eine ganze Insel? „Na, Gott sei Dank nur eine ganz kleine.“

Sie konnte seine Skepsis spüren und versuchte, ihre Hände fortzuziehen, aber er ließ sie nicht los.

Er wusste, dass sie nicht besonders schüchtern oder zurückhaltend war – ihr Selbstbewusstsein und ihre Lebhaftigkeit, als sie mit dem goldenen Kleid an der Bar gestanden hatte, und später in seinem Bett, nackt, hatten ihm das verraten – aber gefangen gehalten zu werden, veränderte alles und ließ Zweifel über das aufkommen, was man über sich selbst zu wissen glaubte. Auf intellektueller Ebene verstand er das. Er schätzte, jetzt würde er eine praktische Lektion zu diesem Thema über sich ergehen lassen müssen.

„Das ist gut, großartig sogar. Du bist reich. Das ist ein weiterer Grund für sie, dich leben zu lassen.“ Im Gegensatz zu ihm. Was zur Hölle wollten sie denn mit ihm? Das Einzige, was er vorzuweisen hatte, waren seine FBI-Qualifikationen, aber er bezweifelte, dass sie ihn aufgrund seines Fachwissens ausgewählt hatten.

„Wir können diese Inselsache benutzen. Eine private Zeremonie. Ein Kollege von mir, Eban Winters, hat eine Lizenz, um Trauungen durchzuführen, was ein zusätzlicher Bonus ist, denn er ist ausgebildeter Verhandlungsführer, und wenn sie ihn kontaktieren, um unserer Geschichte zu bestätigen, kann er schnell und angemessen reagieren.“

Quentin dachte an die Unterhaltung zurück, die er eine Woche zuvor mit Dominic Sheridan geführt hatte, darüber, dass er, wenn sich jemals in der Bredouille befinden sollte, Dominic das Reden überlassen wollte, bevor die Kidnapper ihm irgendwelche wichtigen Körperteile abhackten.

Es war auf einmal nicht mehr besonders lustig.

„Ich vermute, diese Kerle verstecken ihre wirklich bösartige Seite hinter einem Schild des religiösen Fundamentalismus, also müssen wir hier rauskommen, bevor sie die Wahrheit über unsere Beziehung herausfinden. Sobald die Medien mitbekommen, dass wir entführt worden sind, werden sie sich durch alle Akten wühlen und am Ende vermutlich unsere Geschichte ruinieren."

Hoffentlich würde das FBI diese Entführung so lange wie möglich unter Verschluss halten, aber bei dem Massaker letzte Nacht war es nur eine Frage der Zeit, bis die Geschichte ans Licht kam. Seine Mom und seine Brüder würden sich Sorgen machen, ebenso wie seine Kollegen. Aber auch, wenn ihm ihr Schmerz leidtat, gab es im Augenblick nichts, was er dagegen tun konnte.

Er schaute auf das schmutzige Wasser in der Waschschüssel. „Außerdem müssen wir hier rauskommen, bevor wir so krank oder schwach werden, dass wir ohne Hilfe nicht weiter als ein paar Meter kommen würden. Das FBI wird Leute schicken, die nach uns suchen, aber wir können nicht annehmen, dass sie uns finden, oder dass sie eine erfolgreiche Rettungsaktion durchführen, ohne uns beide versehentlich zu erschießen."

Das war der gefährlichste Moment für jede Geisel – der Rettungsversuch. Es war etwas, was er zu vermeiden versuchte, wenn er die Verhandlungen in einer Lösegeldentführung leitete, aber er war nicht für die örtliche Polizei oder das Militär verantwortlich und hatte generell wenig zu sagen, wenn es um Rettungsversuche ging. Er wandte den Blick nicht von Haleys blauen Augen ab. „Wir müssen zusammen arbeiten. Egal, was passiert. Verstanden?"

Aus der Nähe betrachtet, kamen ihm ihre Augen vor wie

Planeten. In ihr Blau hineinzustarren war, wie das erste Mal in den Kosmos zu blicken.

„Partner", stimmte sie zu.

Er küsste ihre Finger, die eng mit seinen verflochten waren. „Durchhalten, Haley. Wir werden das schaffen, aber glaube nicht, dass es einfach werden wird."

Als Schritte auf die Hütte zukamen, erstarrten sie.

KAPITEL ZEHN

A LS ERWACHSENE HATTE Haley nie Angst davor gehabt, ihre Meinung zu sagen. Sie konnte für sich einstehen und ihre Position vertreten. Zur Hölle, Dermot sagte sogar immer, dass sie eine regelrechte Dampfwalze war, wenn es darum ging, sich zu nehmen, was sie haben wollte. Ganz so extrem hätte sie es zwar nicht ausgedrückt, aber vielleicht hatte er irgendwie recht

Mit sechzehn war sie von zu Hause abgehauen und hatte es anschließend tatsächlich fertiggebracht, die Schule zu beenden, dank ihrer Entschlossenheit und der Liebe und Fürsorge ihrer obszön reichen Großmutter. Damals hatte sie herausgefunden, dass Männer sie für gewöhnlich nur sehen, aber nicht hören wollten, also hatte sie es sich zur Angewohnheit gemacht, ihre Meinungen und Einsprüche so laut und so oft wie nötig kundzutun, einfach nur aus Prinzip.

Anscheinend brachte man sie deutlich einfacher zum Schweigen, wenn man ihr ein Maschinengewehr ins Gesicht hielt, als mit den Drohungen ihres Vaters.

„Raus", befahl die Wache. Er hatte fettige Haare und aufgestoßene Fingerknöchel. Ein grüner, ausgefranster Schal bedeckte seine Nase und seinen Mund, aber die Feindseligkeit in seinen Augen war unverkennbar.

Entgegen Haleys üblicher Tapferkeit und ihrem Draufgängertum dachte sie nicht einmal daran, ihm zu trotzen. Noch nie in ihrem Leben hatte sie mit dieser Sorte Mensch zu tun gehabt. Ihre Unerfahrenheit war ihr peinlich, legte eine Schwäche an den Tag, die ihr nicht bewusst gewesen war.

Jetzt war sie ihr schmerzhaft bewusst.

Savage ließ ihre Hand los, und Haley stand steif und unbeholfen auf. Quentin hielt sich die Rippen, als er versuchte, aufzustehen, und sie wollte ihm helfen, aber die bewaffnete Wache krallte sich ihren Arm und grub seine schmutzigen Fingernägel in ihre Haut.

Autsch.

„Raus. Jetzt."

Haley duckte sich durch die niedrige Tür und der Kerl stieß ihr die Hand in den Rücken, woraufhin sie der Länge nach in den Dreck stürzte.

Eine große Gruppe Männer stand um sie herum und lachte. Haleys Puls raste, und ihr Herz schlug so heftig, dass sie fast glaubte, es würde zerspringen. Quentin folgte ihr aus der Hütte, die Schultern gekrümmt, und hielt sich noch immer die Seite. Sie wusste nicht, ob er ihnen etwas vorspielte, oder ob er von der Tracht Prügel der Kidnapper tatsächlich ein paar gebrochene Rippen davongetragen hatte. Sie hoffe, es wäre Ersteres. Haley stolperte auf die Füße, und ein anderer Kerl schob sie zu Quentin, der seinen Arm um ihre Schultern legte, um ihr Halt zu geben.

Seine Umarmung spendete ihr solchen Trost – es ergab keinen Sinn, und doch sehnte sie sich danach, dass es niemals aufhörte. Sie wusste, dass er sie nicht beschützen konnte, wenn diese Rebellen wirklich boshaft wurden. Sie hatte nicht gelogen, als sie ihm gesagte hatte, er solle sich nicht ihretwegen einmischen, wenn die Männer entscheiden sollten, sie anzugreifen. Er war nur ein einzelner Mann gegen eine schwerbewaffnete Horde Terroristen. Rohe Gewalt würde sie nicht aus diesem Albtraum befreien. Sie konnten sich ihre Freiheit nicht erkämpfen, und Haley wusste nicht, ob sie ohne Quentin überleben würde.

Und Überleben war im Augenblick alles, was zählte.

Quentin Savages Gegenwart war ihre kostbarste Waffe. Die Sache, die Menschen selbst während der schlimmsten Gräueltaten am Leben erhielt.

Quentin gab ihr *Hoffnung*.

Aber die war im besten Falle spärlich.

Ihre Geiselnehmer waren angezogen wie Guerillas, mit Armeehosen und Hemden über ausgewaschenen, mit Schweißflecken übersäten T-Shirts in jeder Farbe, von Orange bis zu etwas, was früher einmal Weiß gewesen sein musste. Die meisten der Männer hatten Halstücher vor ihre Gesichter gebunden und Patronengürtel quer über ihre Oberkörper gehängt. Jeder Einzelne von ihnen hatte automatische Waffen in den Händen.

Waren das gewalttätige Extremisten oder irgendwelche unbedeutenden Revoluzzer? Wie auch immer, sie würden eine Frau nicht als gleichberechtigt behandeln, dass musste Haleys feministischem Herz niemand erklären. Es wurde stillschweigend unterstellt. Die Männer ignorierten Haley und wandten sich Quentin zu. Es mochte feige sein, aber sie war erleichtert.

Einer der Männer trat vor. Er trug eine sauber aussehende Uniform mit einem zugeknöpften Hemd und einem schwarzen Pistolenholster an seinem Oberschenkel. Ein ausfahrbarer Schlagstock lag in seiner Hand. Er trug eine Mütze und eine dunkle Sonnenbrille, aber keins dieser Tücher vor dem Gesicht. Er war eindeutig der Anführer, so wie er sprach und sich gab. „Sie sind also der FBI-Agent."

Der FBI-Agent?

Seine Worte jagten Haley einen Schauer über den Rücken.

Quentin nickte. Er sah blass aus, und seine Kopfwunde, die nicht aufhören wollte zu bluten, verkrustete seine Haare.

„Mir scheint, ich bin hier im Nachteil." Quentins Worte ließen sie innerlich lächeln. „Mit wem habe ich das Vergnügen?" Er streckte die Hand aus, aber der andere Mann ignorierte sie. So viel zur Vorstellungsrunde.

„Wie konnten Sie gestern Nacht aus dem Hotel entkommen?", bellte der Mann.

Quentin legte den Kopf zur Seite. Sein Ausdruck war beinah stutzig. „Wir haben Schüsse gehört und uns im Dschungel versteckt."

Der Anführer schlug mit dem Schlagstock in seine offene Hand, als ob er das Gewicht prüfen wollte. „Sie waren nicht auf Ihrem Zimmer?"

Quentin schüttelte den Kopf, und der Mann sah verwirrt aus. „Wir waren noch im Garten spazieren, bevor wir ins Bett wollten. Wir hatten vor, früh am Morgen abzureisen, und wollten unseren letzten Abend auf Nabat genießen."

Haley verstand nicht, warum er log. Vielleicht sollten diese Banditen unterschätzen, wie tough sie waren? Außen an einem Gebäude herunterzuklettern? Sich mitten in der Nacht im Dschungel zu verstecken? Sie hatte nicht mal mit der Wimper gezuckt.

„Darf ich fragen, warum Sie gestern Abend das Hotel angegriffen haben? Was genau wollen Sie?" Quentin war höflich, ohne unterwürfig zu sein. Entschieden, ohne streitsüchtig zu wirken.

„Ihr Amerikaner", stieß der Mann verächtlich hervor. „Führt eure Stellvertreterkriege in anderen Ländern und plündert kostbare Ressourcen zu eurem eigenen Nutzen."

Haley wusste nicht, welche Richtung der Kerl einschlug. War er Umweltschützer oder hasste er einfach nur Amerikaner?

„Ihr glaubt, ihr könnt hierherkommen und euch nehmen, was immer ihr wollt. *Umbringen*, wen immer ihr wollt, ohne Konsequenzen?"

Oh verflucht. Haley blickte mit Bangen hinunter auf die Camouflagehosen, die sie trug, und wusste jetzt, welche Richtung dieser kleine Vortrag des Kerls nehmen würde. Der Anführer der Terroristen hielt ihren Blick, als sie wieder aufschaute. Sie konnte sich nicht dazu bringen, den Blick abzuwenden oder auch nur das Kinn sinken zu lassen, obwohl Quentins Worte, im Hintergrund zu verschwinden, durch ihre Gedanken dröhnten.

Der Typ streckte den Schlagstock aus und deutete auf ihre Hosen. „Wo haben Sie die her?"

„Ich habe sie gefunden?" Haley versuchte, unterwürfig zu klingen, versagte aber kläglich.

Neben ihr verspannte sich Quentin spürbar.

„Sie haben zwei meiner Männer umgebracht." Er sprach mit Quentin, denn eine Frau hätte das offensichtlich nicht ausrichten können. Haley war wütend, dass sie es nicht gekonnt hatte. War wütend über diese Annahme. Wütend über die Realität. Sie kannte Frauen, die verdammt harte Typen waren. Aber sie war keine davon.

„Zwei Männer haben meine Frau angegriffen. Ich habe getan, was ich tun musste, um sie zu beschützen."

Der Anführer ließ den Schlagstock hart auf Quentins

Schulter knallen. Haley schlug die Hände vor den Mund und versuchte, einen Schrei zu unterdrücken. Quentin versuchte nicht, sich zu verteidigen. Er fiel auf die Knie.

Das war alles ihre Schuld. Wenn sie ihr Handy ausgestellt hätte, hätte sie nicht nur nicht die Aufmerksamkeit der Männer auf sich gelenkt, sondern diese Männer wären jetzt auch nicht tot und die Terroristen wüssten nicht, dass es auf der Insel noch Überlebende gegeben hatte. Und Quentin würde jetzt nicht windelweich geprügelt werden.

Zwei der Männer griffen nach Quentins Armen und zerrten ihn wieder auf die Füße. Der Anführer schlug ihm mit dem Ende des Schlagstocks in den Magen und zwei weitere Männer schlossen sich ihm mit Schlägen und Tritten an.

Quentin würgte und stöhnte, krümmte sich zusammen.

Haley wollte aufschreien oder sich vor ihn werfen, um ihn zu beschützen, aber sie erinnerte sich an das, was er darüber gesagt hatte, ihn nicht zu retten. Er hatte damit gerechnet, geschlagen zu werden. Aber es war eine Sache, sich in der Theorie darauf vorzubereiten. Es war etwas ganz anderes, dabei zusehen zu müssen, wie er verletzt wurde.

Sie wollte betteln und flehen, dass sie aufhörten, aber sie hatte zu viel Angst, um auch nur ein Geräusch zu machen. Ihr ganzer Körper zitterte. Vor Angst, Schrecken, Dehydrierung, Schock. Davon, auszuhalten, was Quentin gerade zustieß, und hilflos dabei zusehen zu müssen. Aus Furcht, als Nächstes an der Reihe zu sein und zu wissen, dass das noch schlimmer werden würde, weil sie sie nicht einfach nur schlagen würden. Sie würden sie vergewaltigen.

Alles, was sie über die Welt zu wissen geglaubt hatte, war ihr entrissen worden. Das hier war, wer sie wirklich war. Dieser verängstigte, jämmerliche, stumme Wicht.

„Genug", blaffte der Anführer. Seine Männer hörten augenblicklich damit auf, Quentin zu schlagen. Dann deutete der Anführer auf Haleys Beine.

Sie erstarrte erneut.

Oh Gott.

„Diese Sachen gehören Ihnen nicht. Ausziehen."

Als sie zögerte, hob er direkt wieder den Schlagstock gegen Quentin.

„Stopp! Aufhören, bitte. Ich ziehe sie ja schon aus." Eilig öffnete sie Knopf und Reißverschluss der Hosen, unfassbar dankbar, dass sie darunter Quentins Sporthosen trug. Sie war größer als alle hier, mit Ausnahme von Quentin, und sie alle starrten sie an, als ob sie eine Außerirdische wäre. Die Männer schienen enttäuscht zu sein, dass sie nicht nackt war – aber sollten sie sie wirklich nackt sehen wollen, würde Haley sie nicht aufhalten können. Der Kommandant hatte die absolute Kontrolle über ihr und Quentins Leben, und das wusste er auch. Ihre endgültige Auslöschung war nur einen einfachen Befehl entfernt.

Sie hasste es, alle Augen auf sich zu spüren. Es war eine Sache, im Mittelpunkt zu stehen, wenn man sich selbstbewusst fühlte, eine ganz andere Sache, wenn man vor herzlosen Mördern umringt war. Den Blick des Warlords auf ihren langen Beinen oder ihrem blonden Haar zu spüren, war das Letzte, was sie wollte.

Schnell zog sie die Hosen über ihre Stiefel. „Da. Hier sind Ihre Hosen."

„Heben Sie sie auf und bringen Sie sie her", befahl der Anführer leise, während seine Männer mit einem gierigen Funkeln in den Augen zusahen.

Haley zögerte nicht. Sie würde mit einem

Möchtegerndespoten keinen Machtkampf anzetteln. Sie beugte sich hinunter und hob die staubige Hose hoch, war sich absolut bewusst, dass die Blicke der Männer jedes Detail aufsogen, vor allem die Rundungen ihres Hinterns. Sie schüttelte die Hose aus und faltete sie so gut sie konnte zusammen. Dann hielt sie sie dem Mann mit gebeugten Kopf hin.

Sie würde sich klug verhalten und so stark sein, wie sie nur konnte. Die Rettung war unterwegs. Es war nur eine Frage der Zeit. Sie zählte auf Alex und Dermot und auf das FBI, das seinen Mann zurück haben wollte. Und vielleicht auf ein paar Special Forces-Soldaten, nur der Vollständigkeit halber. Sie würden sie hier rausholen. Sie musste nur lange genug überleben, um gerettet zu werden.

„Nicht an mich." Der Kommandant grinste, als ob sie dumm wäre. Haley biss die Zähne zusammen. „Geben Sie sie Lyrita, die ihren Mann und den Vater ihrer Kinder verloren hat, als Ihr Ehemann ihn umgebracht hat."

Die Menge der Männer teilte sich und eine junge Frau in einem farbenfrohen Kleid und einem Kopftuch trat vor. Ihr Ausdruck war wutentbrannt, als sie Haley die Hose aus den Händen riss. Dann sagte sie etwas in ihrer Sprache und spuckte sie an. Haley zuckte erschrocken zurück.

War ihr Mann der große, dünne Möchtegernvergewaltiger gewesen oder der kleine, untersetzte? Ein großer Verlust, dessen war sich Haley sicher. Ganz egal, dass Quentin und sie um ihr Leben gekämpft hatten –

Haley schluckte alles runter, was sie sagen wollte. Hier ging es nicht um eine vernünftige Debatte. Einen Streit anzuzetteln, könnte sie beide das Leben kosten.

„Scheint so, als ob Sie uns entführt hätten, weil wir Amerikaner sind …", bemerkte Quentin.

Lenkte die Aufmerksamkeit von ihr fort.

„Amerikaner glauben, ihnen würde die ganze Welt gehören!" Der Kommandant brach eine weitere Schimpftirade vom Zaun.

Gott, sie könnte sich in einen Kerl wie Quentin Savage wirklich verlieben. Die Tatsache, dass er gut im Bett war, war nur ein zusätzlicher Bonus, aber nicht einmal einer der top zehn Gründe, weshalb sie ihn am liebsten küssen wollte.

Endlich ging dem Anführer in seinem Monolog der Dampf aus, aber er war noch lange nicht fertig mit ihnen. Er umkreiste sie beide, und Haley konnte spüren, wie er sie hinter ihrem Rücken streifte. Schmetterlinge stiegen in ihrem Bauch auf, so groß wie die exotischen Vögel, die in den Bäumen von Ast zu Ast flogen.

Oh Gott.

„Sie sind der große Verhandlungsführer, korrekt? Der Mann, der dabei hilft, amerikanische Geiseln zu befreien?" Die Menge folgte seinem Beispiel und johlte, auch wenn Haley sich nicht vorstellen konnte, dass sie alle Englisch sprachen oder verstanden, was ihr Anführer sagte.

Plötzlich krallte der Kommandant seine Finger in Haleys Haare und zwang sie unsanft in die Knie, ließ eine Schockwelle durch ihren ganzen Körper fahren. Er zog ein Messer hervor und presste es gegen ihre Nase. Die scharfe Klinge brannte an ihrer Haut, und sie schluckte verkrampft. Sie hatte sich nie vorgestellt, dass es etwas Schlimmeres als Vergewaltigung geben könnte.

Zwei der Männer griffen sich Quentin, als der sich auf den Anführer stürzen wollte.

„Ich werde Ihrer hübschen Frau die Nase abschneiden. Mal sehen, wie sehr es Ihnen gefallen wird, nachts neben einem hässlichen Monster zu schlafen."

Haley bebte vor Angst. Ihr war nie der Gedanke gekommen, entstellt zu werden. Sie wusste nicht, ob sie die körperlichen Schmerzen oder die mentalen Qualen aushalten würde. Machte sie das oberflächlich? Oder einfach nur menschlich? Sie schluckte langsam, ihr Hals schmerzte, so trocken war er, während ihre Handflächen schweißnass waren.

Quentin erwiderte ihren Blick nicht. Er schaute den Anführer an. „Scheint so, als ob das einzige Ziel, das Sie verfolgen, das ist, mich zu bestrafen, und ich verstehe, dass Sie glauben, ich habe es verdient. Aber würden Sie wollen, dass Ihre Frau so behandelt werden würde, wenn die Rollen vertauscht wären?", fragte er. „Ist Ihre Vorstellung von Gerechtigkeit für Unterdrückte, andere Unschuldige zu bestrafen?"

Der Kommandant ließ das Messer hinunter zu Haleys Hals gleiten, und ihr Puls raste wie ein entgleisender Güterzug.

„Reden Sie mir aus, ihr den Hals durchzuschneiden, und vielleicht hacke ich ihr nur ein Ohr oder die Finger ab …"

Ihre Angst war so überwältigend, dass sie jedes vernünftige Argumentieren unmöglich machte. Sie wollte um ihr Leben betteln, aber sie wagte es nicht, auch nur einen Muskel ihres Körpers zu rühren.

„Im Gegensatz zu mir kommt meine Frau aus einer wohlhabenden Familie. Sehen Sie die Diamantenstecker in ihren Ohren? Ihre Uhr? Die sind tausende von Dollar wert. Wenn Sie eine politische Botschaft an die USA senden wollen, dann machen Sie das mit mir, aber sie ist ein wertvoller Vorteil. Und ihre Familie wird nicht zahlen, wenn Sie sie verstümmeln."

„Sie werden zahlen." Der Kommandant lachte. „Sie zahlen

immer.“

Sie hatten das also schon öfter gemacht?

Quentin schüttelte den Kopf. „Nicht Haleys Familie. Das ist ein Haufen Snobs. Aussehen und Auftreten bedeuten denen alles. Wenn sie verstümmelt ist, werden sie sie nicht zurückhaben wollen, sie würden sie nicht einmal in den Nachrichten sehen wollen. Da wäre es ihnen lieber, Sie würden sie einfach umbringen.“

Haley erstarrte, als der Anführer das Messer an ihrem Hals bewegte und gefährlich kurz davor war, ihr Gesicht aufzuschlitzen, während er die Diamantstecker einen nach dem anderen aus ihren Ohren riss und die Echtheitsstempel inspizierte. Die Stecker waren von Tiffany's.

„Ihre Uhr“, verlangte der Mann und hielt seine Hand auf.

Haleys Finger zitterten merklich, als sie die Uhr von ihrem Handgelenk zog. Es war eine antike Uhr, die ihre Großmutter ihr vermacht hatte, und die sechzig Jahre lang im Safe der alten Dame gelegen hatte. Die Vorstellung, sie wegzugeben, riss an Haleys Herzen, aber es war besser, als die Nase zu verlieren. „D-das ist ein seltenes *Cartier*-Modell von 1926. Es gibt nur noch vier Stück davon auf der ganzen Welt.“

Nie in ihrem Leben war sie so dankbar für die Vorteile von Reichtum gewesen wie in diesem Augenblick, in dem sie Schmuck gegen Körperteile eintauschen konnte. Es war barbarisch und sadistisch, und der Kommandant genoss es sichtlich, ihr Todesangst einzujagen.

„Vielleicht werde ich Sie Ihr hübsches Gesicht fürs Erste behalten lassen. Meine Männer ziehen das sicher vor, wenn die Zeit kommt …“ Die Drohung war eindeutig. So würde er sie bei der Stange halten. Durch Angst vor den Konsequenzen. Verängstigtem Gehorsam.

Haley versuchte, sich nicht in Quentins Blick zu verlieren, aber sie war so dankbar, weil ihm etwas eingefallen war, was dieses Monster davon abgehalten hatte, sie zu verstümmeln, ganz egal wie kurz es andauern würde.

Der Kommandant wandte sich wieder an Quentin. „Und Sie sind ebenfalls wertvoll, Mr. FBI."

Jemand schoss ein Foto von ihr, und Haley blinzelte gegen das Blitzlicht an. Dann machten sie ein Foto von Quentin, dessen einzige Reaktion ein leichtes Anspannen seines Kiefers war.

Er schüttelte den Kopf. „Meine Familie ist nicht reich."

„Ah, aber Sie unterschätzen sich. Was glauben Sie, was es jedem einzelnen Freiheitskämpfer auf der ganzen Welt wert ist, Sie uns ausgeliefert zu sehen?" Ein Grinsen verzog seine dicken Lippen.

„Ist es das, worum es Ihnen geht?", fragte Quentin. „Glaubwürdigkeit auf globaler Ebene?"

„Sie glauben, ich bin nicht glaubwürdig?" Der Terroristenführer starrte Quentin für lange, nervenaufreibende Sekunden an. So lange sogar, dass die Fliegen, die um Haley herumsurrten, sich auf ihrem Körper niederließen. Sie hätte sie am liebsten weggescheucht, aber sie wagte nicht, sich zu bewegen. Wagte nicht, den Bann zu brechen und die Aufmerksamkeit wieder auf sich zu lenken. Zu verängstigt. Zu feige. Sie biss die Zähne zusammen und hasste diesen Mann, alle diese Männer, bis auf Quentin, aber am meisten hasste sie sich selbst, weil sie nicht mutig genug war, ihnen die Stirn zu bieten.

Während der Kommandant vor Quentin stand und ihn niederstarrte, erwiderte Quentin seinen Blick, aber ganz ohne Feindseligkeiten. Quentins Blick war bedacht und respektvoll.

Er würde sich mit diesem Kerl nicht anlegen. Er tat, was Alex Haley als das Wichtigste bei der Selbstverteidigung beigebracht hatte – er entschärfte die Situation. Umging den Kampf.

Wenn man bedachte, wie einfach Quentin gestern Abend in ihrer misslichen Lage die Kontrolle übernommen und mit bloßen Händen zwei Männer umgebracht hatte, war seine Teilnahmslosigkeit nichts, wovon Haley sich täuschen ließ. Dieser Bandit allerdings schon. Er gluckste, wandte sich um und bellte in seiner Sprache einen Befehl an seine Männer. Sie lachten und gingen auseinander. Alles, was Haley sehen konnte, war die Pistole in seinem Holster, so nah, dass sie danach greifen und sie in die Finger bekommen konnte …

Quentin griff nach ihrer Hand und drückte sie warnend, zog sie auf die Füße, um ihre Bewegung zu vertuschen. Haley stieß einen langen, zitternden Seufzer aus. Ihr Hals war so trocken, sie fing an, vor Wassermangel zu schwanken.

„Wäre es möglich, etwas Wasser zu bekommen, *silahkan*?“, fragte Quentin mit einer leichten Verbeugung. „Und eine Toilette zu benutzen? Das wäre ein großer Gefallen, vor allem für meine arme Frau.“

Der Subtext „schwache Frau“ war laut und deutlich zu hören, aber in diesem Augenblick fühlte sie sich auch schwach und es half ihrem Anliegen.

Langsam drehte sich der Kommandant wieder zu ihnen um. Dann nickte er dem Kerl zu, der sie vorhin aus der Hütte gebracht hatte. „Ramon. Bring die beiden zur Latrine.“ Sein Lächeln wurde boshafter. „Aber Lyrita ist für Essen und Komfort zuständig. Sie wird Ihnen Wasser und Essen bringen, wenn sie Zeit dafür hat.“

Haley presste über diese Ungerechtigkeit die Lippen

zusammen. Jeder Protest aus ihrem Mund würde die Dinge nur noch schlimmer machen. Sie musste Energie sparen.

Ramon schob sie grob vorwärts, und Haley musste die Luft anhalten, damit sie ihn nicht anblaffte. Sie wusste ohne den geringsten Zweifel, dass die Kerle sie absichtlich reizten, damit sie zusammenbrach. Dann würden sie entweder sie bestrafen oder den Mann, von dem sie glaubten, er wäre ihr Ehemann, der Mann, der Haley so oft gerettet hatte, dass sie nicht wusste, wie sie es ihm jemals zurückzahlen konnte. Sie wünschte, sie wären in den Armen des anderen aufgewacht, ohne dass jemand verletzt oder getötet worden wäre. Aber Wunschdenken half ihr nicht weiter, und sie musste sich auf die Realität konzentrieren.

Quentin folgte ihr, und sie bemerkte, wie sich sein Schatten direkt hinter ihr bewegte, sie wieder einmal beschützte, auf die einzige Art und Weise, die ihm möglich war, diesmal vor dem Mann, der sie unablässig vorwärtsdrängte.

Kinder spielten im Dreck, machten mit Stöcken Jagd auf Eidechsen. Ein Hund lief ein paar Schritte neben ihnen her, bevor er sich den Kindern auf ihrer Eidechsenjagd anschloss. Haley wollte diesen Hund so sehr streicheln …

Sie blickte sich um. Ein paar der Gebäude waren solider gebaut als andere. Eins der Gebäude war massiv und aus Holz, und davor saßen Männer auf den Stufen oder lagen in Hängematten. Etwas abseits des Dorfkerns – wenn man es denn überhaupt als Dorf bezeichnen konnte – stand ein älteres, verfalleneres Stelzenhaus. Das Haus hatte ein Strohdach und etwas, was irgendwann vermutlich tatsächlich ein Rasen gewesen war, bevor es vom Dschungel zurückerobert worden war.

Sie kamen an ein paar Hütten am Rand des Orts an, die als Latrinen benutzt wurden. Quentin betrat eine der Hütten auf der einen Seite, und die Wache bedeute Haley, zu einer der anderen Hütten zu gehen, die offensichtlich den Frauen zugewiesen war.

Bei dem Gestank drehte sich ihr der Magen um, und sie musste würgen. Galle stieg ihr auf. Fliegen surrten. Es gab ein Holzbrett mit einem Loch darin. Sie musste sich zusammenreißen. Haley zog ihre Shorts herunter und setzte sich, bedeckte sich so gut es ging mit Quentins T-Shirt, war sich des stechenden Blicks der Wache durchaus bewusst, der sie durch die schmalen Schlitze der Schilfwände anstierte. Haley wollte sich am liebsten übergeben, aber ihr ganzes Leben über hatte sie den Leuten erzählt, wie hart im Nehmen sie war. Sie würde sich von einer verdreckten Latrine und einem voyeuristischen Perversen nicht unterkriegen lassen.

Neben ihr stand eine Schüssel Wasser mit einem Becher, den sie benutzte, um sich abzuwaschen, so gut es ging. Ihre Shorts wurden dabei ein wenig nass, aber die Hitze war so drückend, dass das kein Problem sein würde. Die Hose würde sofort wieder trocknen.

„Beeilung." Die Stimme des Mannes bellte in die kleine Hütte. Er war sauer, dass sie ihm keine größere Show geboten hatte, aber zum Glück hatte sich Quentins T-Shirt als guter Sichtschutz erwiesen.

Mit dem Becher goss sich Haley etwas Wasser über die Hände, dann fragte sie sich, wie durstig sie sein musste, um das Wasser aus dieser Schüssel zu trinken. So schlimm war es noch nicht, aber ihre Kopfschmerzen wurden schlimmer und Dehydration in diesem Klima würde sie eher früher als später umbringen. Es würde nicht lange dauern.

Alles, was sie hier aß oder trank, konnte sie

möglicherweise krank machen. Sie hatte alle ihre Impfungen aufgefrischt, aber ihr Körper war nicht an die Viren und Bakterien gewöhnt, mit denen die Menschen hier aufgewachsen waren. Schon ein schlimmer Fall von Durchfall könnte sie hier umbringen. Eine Mücke surrte durch die muffige Latrinenluft – eine weitere, heimtückische Bedrohung. Ihre Malariatabletten waren noch im Hotel und mittlerweile zu Schutt und Asche verbrannt.

Ein Bild von dem Mann, der vor ihren Augen auf dem Hotelrasen erschossen worden war, von all den Opfern in der Bar, blitzte in brutaler Lebhaftigkeit in ihrer Erinnerung auf. Sie schob alle Erinnerungen zur Seite. Das war im Augenblick zu viel für sie. Das waren Menschen gewesen, die sie beruflich gekannt hatte, mit denen sie konkurriert hatte. Menschen, die sie auf persönlicher Ebene gemocht oder auch nicht gemocht hatte. Sie wusste nicht, was dieses Ereignis für ihre Branche bedeuten würde. Darüber konnte sie im Moment nicht nachdenken. Sie würde um ihre Kollegen trauern, sobald sie die mentalen Kapazitäten dafür hatte, aber in der Zwischenzeit musste die Branche ohne sie zurechtkommen.

Für sie und Savage ging es im gegenwärtigen Augenblick nur darum, zu überleben, zu tun und zu sagen, was auch immer nötig war, um die nächsten Begegnungen durchzustehen. Haley presste die Lippen zusammen, als sie die Latrine verließ und Quentin vor der Tür entdeckte, der auf sie wartete. Sein besorgter Blick wärmte sie, und sie schluckte die Trockenheit in ihrem Hals herunter.

Er hatte keine Ahnung, wie viel er ihr schon nach so kurzer Zeit bedeutete. Mit ihm an ihrer Seite würde sie das hier durchstehen, daran hatte sie keinen Zweifel, aber ohne ihn?

Ohne ihn hätte sie nicht den Hauch einer Chance.

KAPITEL ELF

Es WAR EINE unendlich lange Reise gewesen, aber schließlich war Eban in dem Paradies angekommen, das sich für so viele in einen Albtraum verwandelt hatte. Langsam ging er auf die noch immer qualmenden Ruinen dessen zu, was laut der Internetseite ein wunderschönes Luxushotel gewesen war, eine umgebaute Villa aus der niederländischen Kolonialzeit, die den Zweiten Weltkrieg und die anschließenden erbitterten Unabhängigkeitskämpfe überlebt hatte. Aber den Anschlag auf eine Sicherheitskonferenz durch bewaffnete Terroristen hatte sie nicht überlebt.

Wer war dafür verantwortlich?

Und warum?

Wo war Quentin? Lebte er oder war er tot?

Diese Fragen gingen ihm durch den Kopf und vermischten sich mit Wut und Trauer, die auf ihn einstürzen wollten. Aber er legte sein Pokergesicht auf. Er war ein Profi.

Papierüberzieher bedeckten seine Schuhe, und die Gummihandschuhe ließen seine Hände schwitzen. Unter den Umständen war es ein Wunder, dass der Tatort einigermaßen gesichert worden war.

Es war Nachmittag, und die Sonne ging in diesem Teil der Welt schnell unter. Das indonesische Militär baute gerade etwas auf, was wie riesige Flutlichter aussah, damit das Forensikteam anfangen konnte, menschliche Überreste einzusammeln, sobald es als sicher eingestuft wurde, das ausgebrannte Gebäude zu betreten. Ein verkohlter Balken krachte zu Boden und unterstrich die Instabilität des Bauwerks und die Gefahr für all diejenigen, die sich hier auf die Suche begaben.

Anfang der Woche hatte Eban noch vorschnell angeboten, an Stelle seines Chefs an der Konferenz teilzunehmen. Als er sich nun umschaute und das Ausmaß des Massakers erblickte, war er froh, dass Quentin sein Angebot ausgeschlagen hatte.

Zahllose Leichen lagen auf dem Boden verteilt, Blutspuren markierten ihre Verletzungen. Eban ging von Leiche zu Leiche, machte sich jedes Mal darauf gefasst, den Körper seines Chefs zu finden, den er mochte und respektierte. Eines Mannes, den er als Freund bezeichnete.

Ein FBI-Fotograf ging neben ihm her, und der Kcamerablitz blendete Eban jedes Mal, wenn der Mann ein Foto schoss, erschütterte seine Netzhaut, so wie das blutige Gemetzel seine Seele erschütterte.

Die Fotografien wurden per Satellit direkt in die Staaten zurückgeschickt und dort durch ein Gesichtserkennungs-programm gejagt. Es lief eine Videoübertragung ins SIOC, wo ein Team die Hinweise bearbeitete.

Der Rechtsattaché des FBI in der Region, Reid Armstrong, beaufsichtigte die Vorgänge, während er sich mit einem Beamten der örtlichen Polizei unterhielt. Stimmen wurden lauter, und Eban warf einen Blick zu den beiden, hoffte, er würde nicht einen Faustkampf aufbrechen müssen.

Emotionen kochten hoch, und die US-Regierung wollte, dass schnell und entschieden reagiert wurde, um die Terroristen zur Verantwortung zu ziehen. Die USA waren gerne bereit, den Indonesiern zu helfen, wenn es nötig sein sollte. Das Kriegsschiff, das in der Bucht vor Anker lag, unterstrich diesen Standpunkt.

Max Hawthorne, ein Verhandlungsführer und Freund aus der Kriseninterventionseinheit, der die letzten sechs Wochen über in Jakarta stationiert gewesen war, ging ebenfalls zusammen mit einem anderen Fotografen den Tatort ab und suchte nach Savages Leiche, während er versuchte, die anderen Opfer zu identifizieren.

Eban wandte sich wieder seiner grauenvollen Aufgabe zu.

Weil so viele Amerikaner unter den Toten waren, leitete das FBI zusammen mit den indonesischen Kollegen die Ermittlungen. Kriminallabore vor Ort halfen ihnen aus und stellten die nötigen Laboranlagen zur Verfügung. Bisher waren nur drei Überlebende gefunden worden, ein einheimischer Hotelmitarbeiter, der eine Schusswunde im Kopf hatte und in kritischem Zustand war, eine Amerikanerin, die in ein künstliches Koma versetzt worden war, um ihr die besten Überlebenschancen zu geben, und ein weiterer Mann mit einer üblen Gehirnerschütterung und einer Schusswunde, die allerdings nicht lebensbedrohlich war. Er lag mit Polizeischutz im Krankenhaus, der einzige lebende und wache Zeuge der Ereignisse gestern Nacht.

Ein weiterer Mann war nachts noch aus einer Bar im Ort zurückgetorkelt gekommen, so sturzbetrunken, dass er kaum noch gerade gehen konnte. Der Anblick des lodernden Feuers und der toten Menschen hatte ihn ganz schnell wieder nüchtern werden lassen, und er und sein Taxifahrer hatten auf dem Absatz kehrtgemacht und waren kurzerhand in die Stadt zurückgefahren.

Jemand musste diesen Kerl so schnell wie möglich befragen.

Einer der besten Ballistikexperten des FBI maß Geschoss-bahnen aus und markierte die einzelnen Munitionsrunden. In Anbetracht der Tatsache, dass es hier wie in einem Kriegsgebiet aussah, hatte der Kerl alle Hände voll zu tun. Patronenhülsen und Kugeln wurden systematisch ein-gesammelt und für die Ballistikanalyse und die Untersuchung der Beweismittel verpackt. Es war zweifelhaft, dass die Fingerabdrücke oder die DNA der Terroristen in irgendwel-chen Datenbanken zu finden waren, aber wenn diese Bastarde gefunden wurden – und sie *würden* sie finden – dann würde es bei der Verurteilung helfen.

Indonesien glaubte an die Todesstrafe.

Der widerliche Gestank von verbranntem Fleisch und giftigem Rauch lag in der Luft. Eban ertappte sich, wie er sich wünschte, diese Arschlöcher würden den ultimativen Preis für ihre Taten zahlen, solange die richtigen Täter gefunden wurden.

Er und der Fotograf gingen weiter. Liefen am Rand des gepflegten Rasens entlang, bis sie an der Hinterseite des Grundstücks ankamen, das in Richtung des Ozeans hinausging. Der Ausblick war spektakulär, bis auf einen weiteren ermordeten Mann, der auf dem Rasen lag – ihm war in den Rücken geschossen worden, als er versucht hatte, zu entkommen. Groß, schlank und dunkelhaarig lag er mit dem Gesicht nach unten im kurzgeschnittenen Gras.

Eban ballte die Fäuste und machte sich auf das Schlimmste gefasst, während der Fotograf ein paar Bilder schoss, bevor er den Kerl behutsam herumdrehte.

Fliegen surrten und der Gestank ließ eine Welle der Übelkeit in Eban aufsteigen. In den Tropen schritt die Verwesung schnell voran und Eban zwang sich, das Gesicht des Kerls genau zu betrachten, um sicher zu sein. Aber es war nicht Quentin. Es war nicht sein Boss. Gott sei Dank.

Eban richtete sich auf.

Das war es. Sie hatten alle Leichen kontrolliert, die sie auf dem Gelände gefunden hatten. In den Ruinen des Hotels nach Opfern zu suchen, würde länger dauern, und die Wahrscheinlichkeit, dass die Opfer etwas anderes als verkohlte Leichen sein würden, war bestenfalls gering.

Er rief McKenzie im SIOC an, auch wenn er keinen Zweifel daran hegte, dass es ein schlechter Zeitpunkt war. Er konnte sich den Zeitunterschied nicht merken, und es war ihm auch egal, ob der Kerl gerade im Bett lag.

„Haben Sie ihn gefunden?" McKenzie antwortete augenblicklich, seine Stimme rau vor Sorge.

„Negativ." Eban blickte auf das Meer, das im Sonnenlicht funkelte. Vor nur kurzer Zeit hatte Quentin womöglich hier gestanden und dieselbe Aussicht genossen. „Was hat er Ihnen gesagt, als er Sie angerufen hat?"

„Ich habe es aufgeschrieben. Moment." Es erklang ein Rascheln und ein Klopfen, als ob McKenzie etwas Schweres auf einen Tisch stellen würde. „Okay, *auf dem Strand, unterhalb des Funkturms vom Hotel.* Warten Sie. Nein, tatsächlich hat er gesagt, *in der Nähe* des Strandes."

Eban blickte nach Osten. Der Funkturm erhob sich stolz auf dem Gipfel eines Hügels in der Nähe, der höchste Punkt in diesem Teil der Insel. Er suchte den Horizont ab und sah eine Ansammlung kleiner Inseln in der Ferne.

Obwohl es das viert-bevölkerungsreichste Land der Erde war, waren neuntausend von Indonesiens siebzehntausend Inseln unbewohnt. Mehr als 270 Millionen Menschen lebten in diesem Land, das eher eine Ansammlung unterschiedlicher

Kulturen als eine vereinte Nation war. Und als ob es die Dinge noch aufregender machen sollte, war die ganze Region von Vulkanen übersät, von denen eine Reihe jeden Augenblick ausbrechen konnte.

Dieser Gedanke erinnerte ihn an Darby O'Roarke, die Doktorandin der Vulkanologie, die vor ein paar Tagen auf einer Insel in der Bandasee entführt worden war.

Hingen diese Vorfälle zusammen?

Es schien unwahrscheinlich, wenn man bedachte, dass die Angreifer so viele potenzielle Geiseln völlig willkürlich niedergemäht hatten, aber andererseits *war* Indonesien ein überwiegend sicheres Land. Wie viele unabhängig operierende Terrorzellen gab es hier schon? Eban musste herausfinden, wie viele Gruppen derzeit aktiv waren. Der Botschafter sollte Antworten auf diese Frage haben.

„Ich schaue mir jetzt die Gegend an, die er erwähnt hat", erklärte Eban McKenzie, der am anderen Ende der Leitung verstummt war, während sie beide darüber nachdachten, wie unwahrscheinlich es war, dass Quentin als einer von Wenigen diese Gräueltat überlebt hatte.

„Er war mit Haley Cramer unterwegs", erinnerte McKenzie Eban. „Ihre Geschäftspartner wollen alle Informationen haben, die sie betreffen."

„Wir können keine Informationen einer laufenden Ermittlung rausgeben", erwiderte Eban.

„Diesmal schon. Alex Parker ist Berater für das FBI, und wenn irgendjemand die beiden über elektronische Kommunikationswege finden kann, dann er oder sein Team. Glauben Sie mir, wir müssen mit diesem Kerl zusammen arbeiten."

Das alles beruhte allerdings auf der Annahme, dass

Quentin und Haley Cramer verschwunden waren und nicht unter den rauchenden Ruinen des Hotels vergraben lagen. Eban kratzte sich am Kopf, als eine Mücke versuchte, ihm sein Gehirn aus dem Schädel zu saugen.

„Ich lasse Sie wissen, wenn ich etwas finde." Er legte auf. Es war einfacher, kühl und professionell zu sein, als daran zu denken, wonach er suchte. Nach einer Leiche. Dem toten Körper eines seiner besten Freunde.

Die Chancen standen schlecht, dass Quentin noch lebte. Wenn das der Fall wäre, wäre er in dem Augenblick aus seinem Versteck gekommen, in dem Eban und die anderen Agenten aufgetaucht waren. Quentin war entweder tot oder bewusstlos, oder er war entführt worden.

„Ich muss den Wald beim Strand absuchen. Sind Sie soweit?", fragte Eban den Fotografen.

Der Kerl schaute sich um. „Lassen Sie uns noch ein paar andere Agenten mitnehmen, für den Fall, dass wir einem Tiger begegnen."

Eban presste die Lippen zusammen und hoffte, dass der Typ nur Witze machte. „Tiger sind unser geringstes Problem."

Er winkte Hawthorne und dessen Kriminaltechniker zu sich, damit die beiden sie begleiteten, und die vier Agenten gingen den schmalen Pfad in Richtung des Funkturms hinunter.

„Es gibt viele Spuren, die in diese Richtung führen", bemerkte Hawthorne. Der Bundesagent war ehemaliger Soldat des Special Air Service und hatte britisch-amerikanische Staatsangehörigkeit. Er war zum FBI gegangen, nachdem er eine Zeitlang FBI-Agenten in Nahkampftechniken ausgebildet hatte. Hawthorne konnte Spuren besser lesen als jeder andere, dem Eban je begegnet war.

Eban ließ ihn vorangehen. Sie alle hatten Taschenlampen dabei, die sie einschalteten, um den zunehmenden Schatten unter dem dichten Blätterdach etwas entgegensetzen zu können.

„Oh ja", bemerkte der ehemalige Brite. „Hier sind *viele* Leute entlanggekommen. Wissen wir, aus welcher Richtung der Angriff stattgefunden hat?"

„Wir wissen so gut wie gar nichts", erwiderte Eban nüchtern. „Nur dass jede Menge Menschen umgekommen sind, und sie sich ihre Verletzungen nicht selbst zugefügt haben."

Hawthorne nickte. „Ich vermute, dass die Angreifer aus dieser Richtung gekommen sind. Sind wahrscheinlich mit Booten am Strand gelandet. Die andere Option wäre ein Helikopterflug, aber das hätte sie den Überraschungsmoment gekostet, und es wären mehr Hotelgäste in den Dschungel geflohen."

Eban folgte Hawthorne vorsichtig, damit sie keine potenziellen Beweise zertrampelten, auch wenn er sich nicht sicher war, was diese Beweise ihnen sagen würden. Nach etwa fünf Minuten lichteten sich die Bäume, und er konnte das Meer sehen. Er hielt inne.

„Savage hat sich angeblich in den Wäldern unterhalb dieses Hügels versteckt." Er leuchtete mit dem hellen Strahl der Taschenlampe in das Unterholz in dieser Richtung. Etwas Metallenes funkelte auf dem Waldboden. Er und Hawthorne bewegten sich vorsichtig durch die Blätter. Der Fotograf dokumentierte jeden ihrer Schritte.

Es war ein Patronengürtel. Sie mussten ihn ins Labor bringen.

„Sieht so aus, als hätte es hier irgendeine Auseinandersetzung gegeben. Schauen Sie sich die ganzen platt getretenen Büsche und zerknickten Blätter an", sagte Hawthorne mit einem Stirnrunzeln.

Eban entdeckte einen nackten Fuß, der unter einem Farn hervorschaute. Er konnte die Beklommenheit nicht herunterschlucken, die seinen Hals zuschnürte und ihm das Atmen schwer machte.

Der Fotograf machte Fotos. Hawthorne fand einen Stock und schob damit die Zweige des Farns beiseite.

Die Luft schoss Eban aus den Lungen als er sah, dass es nicht Quentin war. Zwei männliche Leichen lagen dort im Gestrüpp, teilweise entkleidet, aber nicht nackt. Keine sichtbaren Schusswunden. Sie trugen verschwitzte Westen und Tücher um ihre Hälse, Hälse, die eindeutig gebrochen waren. Einem der Männer fehlten Hose und Schuhe.

Eban trat zurück, um die Fotografen ihre Arbeit machen zu lassen und Fotos für die Zentrale zu machen. „Zwei der Angreifer, oder was meinen Sie?"

Hawthorne hockte sich neben die Leichen. „Sie haben Tattoos, die ich mir genauer ansehen will." Der Fotograf kam näher und Hawthorne rollte den Körper etwas zur Seite, um einen besseren Schusswinkeln zu ermöglichen.

„Jemand hat ihnen den Hals gebrochen." Eban blickte sich in der unmittelbaren Umgebung um, aber er konnte nichts weiter entdecken.

„Lassen Sie uns den Strand anschauen", schlug Hawthorne vor.

Eban nickte und folgte seinen Kollegen.

Wer hatte diese beiden Männer umgebracht? Savage? Diese Frau, Haley Cramer? Jemand anderes?

Wo *waren* sie?

Eban stieß einen frustrierten Seufzer aus. Es würde Tage dauern, den Dschungel hier ordentlich zu durchsuchen. Vielleicht würde die indonesische Regierung zulassen, dass die US-Navy assistierte. Das würde ihren Seeleuten etwas Sinnvolles zu tun geben.

Sie kamen am Strand an, und Hawthorne hielt eine Hand in die Höhe, ließ sie innehalten.

„Schleifspuren, dort drüben. Zwei Boote. Machen Sie ein paar Fotos", instruierte er die Fotografen. Die beiden Männer gingen den Strand hinunter, teilten sich nach links und rechts auf, bevor sie vorsichtig vorwärtsgingen.

Sie waren etwa sechs Meter weit gekommen, als einer von ihnen rief, „Ich habe hier eine Pistole und etwas Blut." Seine Taschenlampe erleuchtete Objekte im Sand. „Und zwei Handys."

Bingo.

Eban musste sich ermahnen, nicht zu rennen, als er und Hawthorne eilig zu den beiden anderen Männern gingen. Sobald die Fotografen genug Bilder gemacht hatten, beugte sich Eban hinunter und hob mit den Fingerspitzen vorsichtig eines der Handys hoch und steckte es in eine durchsichtige Beweistüte.

Hawthorne tat das Gleiche mit dem anderen Handy. Eban erkannte Quentins Diensthandy. Es war verlockend, es anzustellen, aber er würde den Technikern nicht in ihre Arbeit pfuschen.

„Lassen Sie uns das Blut und die Pistole einsammeln und einige der Kriminaltechniker hier herholen, vielleicht können sie sonst noch irgendwas retten." Es war ein Wunder, dass es in den letzten vierundzwanzig Stunden nicht geregnet hatte, aber viel länger würden die Wunder nicht mehr andauern.

„Denken Sie das Gleiche wie ich?", fragte Hawthorne leise.

Eban starrte auf den scheinbar endlosen Ozean. „Dass sie Quentin und diese Cramer-Frau mitgenommen haben?" Eban erwiderte den besorgten Blick des Manns und nickte. „Genau, das denke ich auch. Und jetzt müssen wir sie finden."

KAPITEL ZWÖLF

Quentin sagte kein Wort, als sie wie prämiertes Vieh durch das kleine, provisorische Dorf paradiert wurden. Er übertrieb die Schmerzen in seinen Rippen und schlurfte müde vorwärts, wollte schwächer erscheinen, als er im Augenblick tatsächlich war. Vermutlich könnte er die eine Wache überwältigen, die ihn und Haley begleitete, aber er war sich nicht sicher, ob er ihn überwältigen konnte, ohne dass das Arschloch nach Hilfe schrie oder einen Schuss aus seinem Maschinengewehr absetzte, das er so lässig in der Hand hielt.

Und wenn sie zu fliehen versuchen sollten und versagten, würden die Geiselnehmer ihn halbtot prügeln. Nicht dass es bisher ein Zuckerschlecken gewesen wäre, aber dank all der Berichte, die er im Laufe der Jahre gelesen hatte, war Quentin sich nur allzu bewusst, dass er und Haley relativ ungeschoren davongekommen waren. Sein Kopf saß noch auf seinen Schultern, und Haley war nicht brutal vergewaltigt worden.

Noch nicht.

Er hatte keinen Zweifel daran, dass die Drohung, Haley zu verstümmeln, ernst gemeint war, aber es war auch eine Drohung, damit sie verängstigt und folgsam blieben. Befehle mussten befolgt werden, oder es würden schlimme Dinge passieren. Als ob sie nach gestern Abend eine Ermahnung daran brauchten.

Quentin wollte nicht dafür verantwortlich sein, dass Haley

entstellt wurde, aber sie mussten sich einen Fluchtplan überlegen und durften der Angst vor Drohungen nicht klein beigeben. Das war einfacher gesagt als getan, wenn man Gefahr lief, einen Teil seines Gesichts zu verlieren, auch wenn er sich ziemlich sicher war, dass sie seinen ganzen Kopf haben wollten, wenn die Zeit gekommen war, nicht nur einen Teil davon.

Er versuchte, einen Überblick über das Dorf zu bekommen, als er mit gebeugtem Haupt an den Gebäuden vorbeiging und nur seine Augen bewegte. Dem Haupthaus und den kleinen, stabilen Holzbaracken nach zu urteilen, war das hier ein halbwegs dauerhaftes Camp. Das Terroristen-Hauptquartier.

Was nicht hieß, dass diese Leute die Eigentümer des Geländes waren. Es war vermutlich verlassen gewesen, oder sie hatten die ursprünglichen Besitzer umgebracht und sich hier eingenistet.

Die baufälligen Hütten, in denen einige der Leute wohnten, sahen aus, als ob ein starker Windstoß sie umwehen konnte. Vermutlich wollten sie weder die Zeit noch die Energie investieren, dauerhaftere Hütten zu bauen, wenn sie jederzeit überstürzt die Zelte abbrechen mussten, sollten die Regierungsbehörden sie hier finden. Aber die Anwesenheit von Frauen und Kindern legte nahe, dass sie sich ziemlich sicher waren, dass die Regierungsbehörden sie hier *nicht* finden würden ... es war ein Rätsel.

Etwas an dem Anführer, zusammen mit dem Angriff gestern Nacht, ließ Quentin glauben, dass der Kerl beim Militär gewesen war – oder noch besorgniserregender, *noch immer* beim Militär war – was bedeutete, dass diese Truppe hier womöglich cleverer war als die Durchschnittsgeiselnehmer bei Lösegelderpressungen.

Es waren Muslime, aber das war die Mehrheit der Indonesier – friedfertige Muslime.

Stand diese Gruppe in Verbindung mit dem IS oder Al-Qaeda? Oder hatten sie ihr persönliches, lokales Hühnchen zu rupfen?

Ironischerweise wusste Quentin hier, mitten im Herzen ihres Camps, genauso wenig über sie, wie er zu Hause in seinem Büro über sie gewusst hätte.

Er versuchte, die Größe der Insel einzuschätzen, aber das war unmöglich. Der dichte Dschungel bedeutete, dass er in keine Richtung mehr als fünf, sechs Meter schauen konnte. Richtung Süden konnte er kurz einen Blick auf das blaue Meer erhaschen. Das Blätterdach über ihnen war schier undurchdringlich, bis auf eine schmale Linie über dem Trampelpfad.

Quentin blickte hinauf in den schmalen Streifen hellblauen Himmels. Genau jetzt könnte ein Satellit über sie hinwegfliegen, aber er bezweifelte, dass er die Gebäude und die Menschen entdecken würde, die sich hier unten befanden.

Weit und breit war kein Funkturm zu sehen. Der Kommandant hatte vermutlich ein Funkgerät in seinem Haus oder in den Baracken oder beides. An eine Funkanlage heranzukommen und eine Nachricht abzusetzen, könnte die Behörden auf ihren Aufenthaltsort aufmerksam machen, aber Haley und er wären vermutlich tot oder auf eine andere Insel gebracht worden, bis die Retter hier ankamen.

War das die gleiche Truppe, die die Alexanders und Darby O'Roarke entführt hatten? Falls ja, wo wurden sie festgehalten? Quentin hatte keinerlei Hinweise auf sie entdeckt, aber Haley hatte am Strand eine Yacht gesehen, die das Boot der Alexanders sein könnte – oder das irgendeines anderen, armen Reisenden, der das Pech gehabt hatte, sich den falschen Anlegeplatz für einen abgeschiedenen Urlaub zu suchen.

Weil Darby O'Roarke eine alleinstehende Frau war, die alleine gearbeitet hatte, standen die Chancen gut, dass sie vergewaltigt oder sogar mit einem dieser Typen, die sie entführt hatten, zwangsverheiratet worden war. Das war einer der Gründe, weshalb Quentin vorgegeben hatte, Haley wäre seine Frau, auch wenn es in jenem Augenblick vor allem ein verzweifelter Versuch gewesen war, ihr Leben zu retten. Der Schachzug hatte sich ausgezahlt und bedeutete, dass es nun unwahrscheinlicher war, dass sie getrennt wurden. Quentin musste diese Nähe aufrechterhalten, wenn er sie weiterhin beschützen wollte, und musste sie mitnehmen, wenn er seinen Fluchtversuch startete.

Sie erreichten „ihre" Hütte am Rand des Camps. Hinter ihnen befand sich nichts als dichter Dschungel und ein steiler Abhang. Die Landschaft war wild und wunderschön und einschüchternd abgelegen.

Fliehen? Fliehen wohin?

Hinter ihnen kreischte eine Frau, und er drehte sich langsam um. Lyrita, die Witwe, die nicht älter als achtzehn Jahre sein konnte, hastete mit einer zugedeckten Schale und einem Krug Wasser in den Händen auf sie zu.

Die Wache sagte etwas zu ihr, aber sie zog das Essen von ihm fort und schenkte Haley ein bissiges Grinsen, begleitet von einem hörbaren Fauchen.

Lyrita hielt Quentin die Schale hin und er nahm sie ihr mit einer leichten Verbeugung ab, um weniger bedrohlich zu wirken. *„Terima kasih."*

Das bedeutete „vielen Dank" auf Bahasa Indonesia. Auch wenn die meisten der Inseln ihre eigenen indigenen Sprachen hatten, sprachen mehr als 220 Millionen Menschen die offizielle Sprache. Hoffentlich war sie eine davon. Leider konnte Quentin nur zwei Sätze sagen. *Bitte* und *vielen Dank*, also war er nun offiziell am Ende seines Lateins angelangt.

Die Frau starrte ihn wütend an. Dann spuckte sie in den Wasserkrug und schob ihn Haley entgegen, die ihn eilig festhielt, bevor er auf dem Boden zersplitterte.

„*Terima kasih*", rief Haley den wutentbrannt schaukelnden Hüften der sich zurückziehenden Frau hinterher.

Die Frau warf eine Hand in die Luft und kreischte erneute ihre Empörung.

Quentin musste ein Lächeln verbergen. Die Tatsache, dass Haley trotz allem, was sie durchmachten, ihren Humor nicht verloren hatte, bedeutete, dass sie diesen Albtraum womöglich überleben würde.

Hoffentlich.

Er musste daran denken, was sie darüber erzählt hatte, schon einmal vergewaltigt worden zu sein, und wieder regte sich dieser altvertraute Zorn in ihm. Aber damit würde er sich ein andres Mal auseinandersetzen. Sie mussten den jetzigen, neuen Gefahren entschlossen entgegentreten, eine Minute nach der anderen. Es dauerte oft Monate, bis Geiselnahmen gelöst wurden, aber so lange würde Quentin nicht hier bleiben, wenn er es irgendwie verhindern konnte.

Er war in der Armee gewesen, er hatte Überlebenstraining im Dschungel von Borneo absolviert, was dieser Umgebung nicht unähnlich war. Er besaß genug Überlebensstrategien, um hier rauskommen zu können, angenommen, die Kidnapper fesselten ihn nicht oder schlugen ihn nicht zuerst halbtot. Die Schwierigkeit würde darin bestehen, sie beide hier rauszuholen, aber er würde Haley nicht zurücklassen.

Die Wache steckte den Kopf in die Hütte, als ob er nach einer Verstärkung aus dem Hinterhalt suchen würde – vielleicht ein paar super praktische Navy SEALS, die unter diesen Umständen durchaus okay gewesen wären. Als ehemaliger Army-Soldat würde Quentin die Delta Force vorziehen, aber in der Not fraß der Teufel Fliegen. Die Wache wandte sich wieder zu ihnen um und riss das Gewehr hoch, um sie nach drinnen zu scheuchen.

Quentin bedeutete Haley, voranzugehen. „Nach dir, Liebling."

Sie zog skeptisch eine Augenbraue hoch, betrat aber trotzdem als Erste die Hütte. Wenn irgend möglich, wollte er sie nicht mit einer Wache allein lassen. Nicht einmal für einen kurzen Moment. Er hatte gesehen, wie die Augen des Kerls ihr gefolgt waren und wie er die Finger nicht von ihr lassen konnte, auch wenn er immer so tat, als würde er sie nur herumschubsen.

Quentin kannte diese Sorte Arschlöcher.

Er duckte sich durch den Eingang, und die Tür wurde hinter ihm zugeschmissen und mit einem Vorhängeschloss verriegelt. Nicht gerade Fort Knox, aber durch einen kleinen Spalt zwischen dem Schilf konnte er sehen, wie der Kerl sich unter einen Baum in der Nähe setzte und grollend in ihre Richtung schaute.

Es würde nicht einfach werden, zu entkommen, aber Quentin war zuversichtlich, dass er das Schloss knacken konnte, sofern die Wache einschlief.

Haley und er saßen nebeneinander auf der Pritsche und betrachteten stumm den Wasserkrug und die zugedeckte Schale, die er vor ihnen auf den Boden stellte. Seine Zunge klebte ihm vor Durst am Gaumen, und sein Magen knurrte.

Er hatte nicht erwartet, etwas zu essen zu bekommen. Noch nicht. Andererseits wusste er nicht, was sich unter dem Tuch befand. Es könnte alles sein, von frittierten Spinnen bis hin zu einer Dschungelratte. Und es konnte auch einfach ein grausamer Scherz sein. Schließlich hatte er Lyritas Ehemann umgebracht.

Es konnten ebenso gut Feuerameisen sein, oder dampfender Kot.

„Bereit?", fragte er.

Haley nickte und nippte an dem Wasserkrug, Spucke hin oder her. Quentin war in diesem Augenblick geradezu lächerlich stolz auf sie und musste über sich selbst fast die Augen verdrehen. *Idiot.*

Sie reichte ihm den Krug und er trank ebenfalls einen Schluck. Ohne dass er es sagen musste, schien sie zu wissen, dass sie sich das Wasser einteilen mussten, aber auch nicht zu langsam und zu wenig trinken durften, für den Fall, dass ihnen die Wache den Krug wieder abnahm oder ihn wutentbrannt umtrat.

Vorsichtig zog Quentin das Tuch von der Schale. Haley hielt die Luft an, dann stieß sie einen erleichterten Seufzer aus, der fast wie ein Lachen klang.

Frittierte Grillen.

Okay.

Das war gar nicht mal so übel.

Er hob eins der Viecher hoch und biss in den krachenden Panzer. Nicht furchtbar. Essen war Essen und es schmeckte nicht schlecht. Irgendwie nussig.

Zögerlich streckte Haley die Hand aus und steckte sich eins der Insekten in den Mund.

„Insekten haben mehr Eiweiß pro Pfund als Rindfleisch",

informierte sie ihn und zog eine Grimasse.

Er nickte beeindruckt. „Hast du in der Schule ein SERE-Training absolviert oder was?"

Survival, Evasion, Resistance, Escape – Überlebens-, Ausweich-, Widerstands- und Fluchttraining – war einer der Grundpfeiler der Militärausbildung.

Sie schüttelte den Kopf und verzog das Gesicht, während sie kaute. „Ich bin kein Fan von Schmerzen oder Entbehrung oder so." Sie schnappte sich ein weiteres Insekt. „Ich war einfach nur mega verknallt in Bear Grylls." Sie knabberte geräuschvoll auf den Hinterbeinen der Grille herum. „Meinst du, da hat sie auch reingespuckt?"

„Darauf kannst du wetten, würde ich sagen."

Haley stieß ein angeekeltes Lachen aus. „Es ist mir mittlerweile so egal. Mir ist klar, dass wir uns nicht leisten können, zu schwach zu werden, weil wir nicht essen."

Quentin trank einen weiteren Schluck Wasser und hielt Haley den Krug hin, die ihn dankend annahm.

Sie starrten auf ihre Schale voller Grillen.

„Ich weiß nicht, ob ich dankbar dafür sein sollte, etwas zu essen zu bekommen, oder misstrauisch, dass sie uns in falscher Sicherheit wiegen", sagte Quentin ehrlich. „Die Wachen scheinen es mit der Sicherheit nicht zu streng zu nehmen, beinah so, als ob sie wüssten, dass wir keine Chance haben, wenn wir fliehen. Ich vermute, das hat etwas damit zu tun, dass diese Insel unbewohnt ist, bis auf die Rebellengruppe, und vermutlich bewachen sie auch ihre Boote. Ich meine, vielleicht gibt es sogar einen Helikopterlandeplatz oder ein Rollfeld irgendwo ..."

„Kannst du ein Flugzeug fliegen?"

„Leider nein." Er lachte, dann ermahnte er sich innerlich

selbst. Es war wirklich nicht lustig.

„Was glaubst du, was sie mit dir wollen?"

„Ich weiß es nicht." Er räusperte sich, wollte ihr seine schlimmsten Ängste nicht offenbaren, aber das wäre albern. Sie durften keine Geheimnisse voreinander haben, wenn sie sich gegenseitig vertrauen wollten. „Es könnte eine standardmäßige Lösegelderpressung sein. Vor etwa sechs Monaten ist ein amerikanisches Rentnerehepaar von seiner Yacht im Südchinesischen Meer entführt worden. Die Yacht wurde nie gefunden – eine zwölf Meter Yacht. Eine Gruppe von Militanten hat zehn Millionen Dollar Lösegeld verlangt. Die Familie hat alles verkauft, was sie besaß, um das Geld aufzubringen, aber sie haben bisher nur etwas über eine Million Dollar beschaffen können. Außerdem wurde vor etwa einem Tag eine junge Frau entführt. Eine Doktorandin der Vulkanologie. Bisher gibt es keine Lösegeldforderungen, aber in der Regel dauert es auch ein paar Tage, bis der Kontakt zur Familie der Geisel hergestellt wird. Vermutlich glauben die Entführer, weil sie mich haben, wird die Regierung verhandeln müssen, aber so funktioniert das leider nicht."

Haley berührte seine Hand. Das machte sie oft, bemerkte er. Ihn berühren. Es gefiel ihm. Es gefiel ihm sehr.

„Ich könnte genug Geld aufbringen, um uns jeden Weg hier raus zu kaufen."

Quentin schüttelte den Kopf. „Dann fühlt sich diese Truppe nur bestärkt darin, loszuziehen und weitere Westler zu kidnappen. Und sie würden immer weiter nach Geld verlangen, bis sie dich und die anderen Familien völlig ausgenommen hätten. Außerdem wird die US-Regierung nie zulassen, dass ein Lösegeld für mich gezahlt wird – wenn sie das täte, würden sie jeden einzelnen US-Beamten auf der ganzen Welt dem Kidnapping-Zirkus opfern."

Haleys Mund verzog sich, offensichtlich war sie nicht glücklich über seine Antwort. „Scheint, als ob sie schon längst im Kidnapping-Zirkus mit US-Beamten mitmischen würden."

„Das stimmt, aber stell dir nur vor, was für Waffen sie mit derartigen Summen kaufen könnten, und wie viele Menschen sie damit verletzten könnten."

Haley zog die Knie unter das Kinn, offenbar enttäuscht darüber, dass es nicht so einfach war. Darüber war er auch enttäuscht.

Stumm saßen sie nebeneinander. Schließlich sprach Haley wieder. „Du hast gesagt, es *könnte* eine Lösegelderpressung sein. Was könnte es sonst noch sein?"

Quentin wandte den Blick ab. „Eine PR-Kampagne. Möglicherweise haben sie vor, mich zu foltern." Er räusperte sich, musste ehrlich mit ihr sein. „*Uns*. Live im Internet, um ihren Ruf in der Welt der Terroristen zu untermauern und den USA den Stinkefinger zu zeigen. Und um diesen anderen Familien einen weiteren Grund zu geben, das Lösegeld aufzubringen. Ihr Wissen darüber, wie wohlhabend du bist, bedeutet, dass du womöglich am Leben bleibst."

„Mit oder ohne Nase?" Sie sah aus, als ob sie sich übergeben müsste. „Hast du irgendeinen Plan, wie ich nicht den Verstand verliere?" Sie nahm eine weitere Grille und biss mit krachender Entschlossenheit hinein.

Quentin legte seinen Arm um ihre Schulter und lehnte seinen Kopf an ihren. Sie war wunderschön und intelligent und war trotz dieses Albtraums noch nicht vollkommen durchgedreht. Das war die erste Regel, um zu überleben – nicht den Kopf verlieren.

„Du wärst eine tolle Agentin, weißt du das?"

Sie lachte, aber es klang nicht gerade froh. „Weil ich so wahnsinnig mutig bin?"

„Du *bist* mutig."

„Seit wir uns getroffen haben, habe ich nichts getan, als mich hinter dir zu verstecken." Sie sah ob dieser Vorstellung beinah angeekelt aus.

„Wir haben noch ein bisschen mehr getan als nur das." Er stupste sie sanft mit seiner Schulter an.

Ihre Augen leuchteten auf, als sie sich daran erinnerte, und ein Funken der Anziehung schoss zwischen ihnen hin und her, als sie lachte. „Und ich bin froh, dass wir das getan haben. Etwas Positives, an das ich mich erinnern kann, wenn …"

Er hatte sie eigentlich ablenken wollen, aber das hatte offensichtlich nicht funktioniert.

„Ist es falsch, dass ich froh darüber bin, gestern Abend in dein Zimmer gestolpert zu sein und nicht in das von jemand anderem?", fragte sie leise.

Sie starrten sich für einen langen Augenblick an und die Luft zwischen ihnen lud sich auf.

„Nicht falsch. Ich bin auch froh, dass es mein Zimmer war. Das habe ich nicht mehr empfunden seit –" Er unterbrach sich. Haley Cramer war nicht die Sorte Frau, die es würde zu schätzen wissen, mit seiner toten Frau verglichen zu werden, und auch Abbie hatte etwas Besseres verdient. Und vielleicht hätte Haley mit jedem geschlafen, der sie gerettet hätte, einfach, um die Kontrolle über ihren Körper wiederzugewinnen. Er wusste nicht, was er mit diesem Gedanken anfangen sollte oder mit dem unbestimmten Gefühl der Verletzung, das damit einherging. Es gab wichtigere Dinge, um die sie sich kümmern mussten.

Er räusperte sich. „Ich dachte, wir sollten besser früher als später versuchen, zu entkommen, auch wenn sie uns jetzt vermutlich noch sehr genau beobachten. Ich schätze, wir können das Schloss aufbrechen und uns in der Dunkelheit rausschleichen. Runter zur Bucht gehen und die Yacht oder ein anderes Boot klauen.“

„Das ist riskant.“ Ihre Augen waren riesig.

„Ist es. Wenn sie uns schnappen, werden sie uns bestrafen, und das wird die Erlebnisse heute wie einen Kindergeburtstag aussehen lassen.“

„Vielleicht bewachen sie auch die Boote“, warnte Haley.

„Ich nehme an, das tun sie. Aber wenn wir nicht zu den Booten kommen können, können wir uns immer noch im Dschungel verstecken, bis wir eine andere Möglichkeit finden, um von dieser Insel runterzukommen. Das ist immer noch besser, als den Launen dieser Typen ausgeliefert zu sein.“

„Das stimmt.“ Sie zitterte und rieb sich über die Gänsehaut auf ihren Armen. „Je länger wir hierbleiben, umso schlimmer wird es werden. Ich sterbe lieber bei dem Versuch, hier rauszukommen, als darauf zu warten, dass dieses Arschloch mir meine verdammte Nase abschneidet.“

Quentin küsste ihre Haare, in denen noch immer der Geruch von Rauch hing. Sie schaute ihn an und lächelte, und er ertappte sich dabei, wie er auf ihre Lippen starrte. Er blinzelte, erschrocken über sich selbst. Was zur Hölle sollte denn dieser ganze Gefühlsquatsch? Nur weil sie einmal Sex gehabt hatten, und er diese menschliche Verbindung brauchte, hieß das noch lange nicht, dass sie es begrüßte. Sie war das Opfer mehrerer Übergriffe und –

Sie beugte sich vor und küsste ihn auf die Lippen, als ob sie wirklich ein verheiratetes Paar wären, und ein liebevoller

Kuss einfach dazugehörte.

„Für den Fall, dass sie uns beobachten", murmelte sie schnell, und ihre Wangen wurden herrlich rot.

Das bisschen, was er von der Wache sehen konnte, legte nahe, dass der Kerl schlief.

Ein Kloß stieg Quentin in den Hals. Nachdem er jahrelang emotional tot gewesen war, was Frauen anging, hatte er endlich jemanden kennengelernt, der ihm wieder etwas bedeuten könnte. Haley Cramer. Die umwerfend aussah, auch ohne ihr ganzes Gold, und die blitzgescheit und ehrlich und zäh war.

Die Chancen standen nicht schlecht, dass sie in einer Woche beide tot sein würden.

Das Universum hatte offensichtlich einen sehr kranken Sinn für Humor.

Selbst wenn sie es zu der Yacht schaffen sollten, diese Banditen hatten Schnellboote und Funkgeräte und Maschinengewehre, und sie kannten sich in dieser Gegend aus. Quentin hatte eine Erinnerung an sein SERE-Training, jede Menge Entschlossenheit und konnte auf die Hilfe einer Frau zählen, die offensichtlich eine Schwäche für verrückte, britische Abenteurer hatte.

Er steckte sich noch eine Grille in den Mund, entschlossen, bei Kräften zu bleiben. In diesem Augenblick bebte der Boden unter ihren Füßen, und Haley schrie auf.

KAPITEL DREIZEHN

„UM DEM GANZEN noch die Krone aufzusetzen, sitzen wir also auch noch auf einem aktiven Vulkan?" Haley konnte ihr Glück kaum fassen. Was zur Hölle hatte sie eigentlich getan, um das Universum gegen sich aufzubringen? Was auch immer es war, sie war bereit, Buße zu tun.

„Scheint so."

Die Geiselnehmer unterhielten sich aufgeregt, aber ihre Aufmerksamkeit schien auf den Berg gerichtet zu sein, nicht auf ihre Gefangenen.

Quentin besaß ein hervorragendes Pokergesicht und versuchte vermutlich, ihr keine Angst zu machen, aber Haley hatte genug davon, mutig zu sein.

„Wie kannst du nur so ruhig bleiben?", fauchte sie. Sie achteten beide darauf, so leise zu sprechen, dass die Wachen ihre Unterhaltung nicht mithören konnten.

Quentin warf ihr ein schräges Lächeln zu. Die Tatsache, dass der Kerl großartig aussah, obwohl er schmutzig und zerzaust war und Bartstoppeln seinen Kiefer bedeckten, hieß trotzdem nicht, dass diese Sache in Ordnung war.

Nichts war in Ordnung.

Vor allem nicht, sauer auf Quentin zu sein.

Tränen traten ihr in die Augen, und Haley versuchte, sie zurückzuhalten, aber sie überwanden ihren Widerstand und liefen ihr über das Gesicht. Gott, wie sie Tränen hasste. Sie fand sich an eine starke, männliche Brust gedrückt wieder und das war der Augenblick, in dem sie zu schluchzen begann. Sie wollte nicht die Aufmerksamkeit der Wachen auf sich ziehen und biss in ihre Faust, während Quentin sie behutsam hin und her wiegte, wie ein Vater sein Kind. Nur dass es eine Art Trost war, wie Haley sie von ihrem eigenen, distanzierten Vater nie erfahren hatte, und das machte Quentins Geste nur umso ergreifender.

„Es ist okay, Haley. Ich bin da. Ich bin für dich da, so lange du mich brauchst. Lass alles raus."

Sie war blind vor Tränen, und die Schluchzer brachen aus ihr hervor, trotz ihres Bemühens, leise zu sein. Quentin streichelte ihr den Rücken, fing etwas von ihrem Schmerz auf, beruhigte einen Teil ihrer Angst und ihrer Verletzung. Er murmelte unverständliche Worte in ihre Haare, und sie schluchzte und schluchzte, konnte sich nicht zusammenreißen. Nach ein paar Minuten schauderte sie kurz und wurde ruhiger. Sie war fertig.

Quentin tunkte eine winzige Ecke der Decke in das Wasser und tupfte damit ihr Gesicht ab.

„Tut mir leid." Sie fühlte sich besser, hatte das Gefühl, wieder mehr Kontrolle zu haben. Sie konnte sich nicht einmal erinnern, wann sie das letzte Mal geweint hatte. Vermutlich, als Alex Parker wegen irgendwelcher erfundenen Anklagen in diesem marokkanischen Gefängnis eingesessen hatte, und sie geglaubt hatte, sie hätte ihn für immer verloren. „Ich wollte nicht zusammenbrechen. Wir sind noch nicht einmal vierundzwanzig Stunden hier, und ich heule schon rum wie ein Baby."

Er drückte den Rest des Wassers aus der Decke und legte sie zurück auf die Pritsche.

„Morgen bin ich dann an der Reihe." Er schenkte ihr ein Lächeln voller subtilem Humor, aber plötzlich erinnerte sich Haley daran, dass er es gewesen war, der wiederholt geschlagen worden war, und sie hatte noch kein einziges Mal gefragt, ob es ihm gut ging.

„Hast du Schmerzen?" Sie hörte auf, ihn so fest zu umarmen. „Ich habe noch gar nicht gefragt. Deine Rippen –"

„Sie tun ein bisschen weh, aber ich habe für unsere Freunde da draußen dick aufgetragen. Die Schläge haben nicht gerade Spaß gemacht, aber sie haben auch keinen besonders großen Schaden angerichtet. Ich pisse kein Blut, das ist schon mal ein gutes Zeichen."

Haley versuchte, zu vergessen, wie sich die Messerklinge an ihrer Nase angefühlt hatte. „Ich will gar nicht darüber nachdenken, wie viel schlimmer es noch werden könnte, oder wie lange wir hier womöglich festsitzen."

Es wurde langsam dunkel. Sie wusste, dass die Nacht sich wie ein Vorhang auf sie heruntersenken würde, und sie hatten weder Taschenlampen noch Kerzen. Eine Mücke surrte, und sie schlug danach. „Uff." Sie strich den klebrigen Kadaver an einem Holzstück ab.

Dann trank sie noch einen Schluck Wasser, hielt sich aber zurück, denn nie im Leben würde sie mitten in der Nacht mit dieser ekelhaften Wache auf die widerliche Toilette gehen. Nicht, solange es nicht Bestandteil ihres Fluchtplans war.

„Wir sollten vermutlich versuchen, uns so gut vor Mückenstichen zu schützen, wie möglich. Du kannst die Decke nehmen –"

„Nein."

„Aber–"

Haley schüttelte den Kopf. „Ich will keine Extrawurst, nur

weil ich eine Frau bin. Ich muss meinen Beitrag leisten, wann immer ich kann. Wir befinden uns hier nicht mehr in unserer netten, höflichen Welt. Wir sind Partner in einem Über-lebenskampf."

Quentins Mund verzog sich. „Ich war mir nicht sicher, wie du darüber denkst, das Bett zu teilen, angesichts der Dinge, die dir in den letzten Tagen zugestoßen sind und weil du früher schon vergewaltigt worden bist. Ich will nicht, dass plötzlich eine Belastungsstörung bei dir losgetreten wird, oder du irgendwelche Flashbacks bekommst."

„Oh mein Gott, Quentin." Haley lachte leise auf, obwohl sie eigentlich nie darüber sprach, was ihr zugestoßen war. Jedenfalls nicht außerhalb ihrer Familie oder ihrer Therapiesitzungen. Aber es waren mittlerweile mehr als zwanzig Jahre vergangen, und sie konnte viel besser damit umgehen. „Ich glaube nicht, dass ich jemals jemanden getroffen habe, der so rücksichtsvoll ist wie du."

Er zog ein Gesicht. „Ich bin mir ziemlich sicher, dass meine Kollegen das nicht behaupten würden."

Sie glaubte ihm nicht. Nicht für eine Sekunde. „Mit jemandem zu schlafen, hat bisher noch nie irgendwelche Belastungsstörungen bei mir ausgelöst. Ich weiß, das ist keine Garantie, dass ich in Zukunft keine Alpträume bekomme, aber ich habe mich nie sicherer gefühlt als mit dir."

Ihre Blicke trafen sich, und seine dunklen Augen waren voller Reue und Zerknirschung für Dinge, die nicht seine Schuld gewesen waren. Wenn andere Männer nur halb so gut wären wie er, wäre die Welt nicht ein solches Chaos, wie sie es war. Quentin wandte den Blick ab, fühlte sich offensichtlich unbehaglich bei dem Vertrauen, das sie in ihn hatte. „Ich werde versuchen, ein paar Stunden zu schlafen."

Haley schob die beinah leere Schale mit den Grillen zum anderen Ende der Pritsche und bot Quentin das Wasser an, das er ihr abnahm.

Dann legte er sich vorsichtig auf die Pritsche, und Haley erkannte, dass er zwar so getan haben mochte, als ob die Schläge nicht besonders wehgetan hatten, aber in Wahrheit hatte er Schmerzen. Er rutschte zu einer Seite der Pritsche, und sie legte sich neben ihn. Sie zog die graue Decke über ihre Beine und hoch bis zu ihren Gesichtern. Die Decke roch muffig, aber es war alles, was sie hatten, und Haley war dankbar dafür.

Sie lag auf dem Rücken und versuchte, es sich so bequem wie möglich zu machen, ohne zu viel Platz einzunehmen.

Das war *unmöglich*.

„Leg dich auf mich", sagte Quentin, nachdem sie fünf Minuten herumgezappelt hatte.

„Ich will dir nicht wehtun", widersprach sie.

Er hob seine Arme, und sie drehte sich nicht-besonders-widerwillig zur Seite, sodass sie auf seinem Brustkorb lag, so vorsichtig wie möglich, für den Fall, dass er Verletzungen hatte, von denen er ihr nichts erzählt hatte. Sie schob ihre Knie über seine und suchte nach einer bequemen Position.

Quentin zog die Decke über sie, bedeckte ihre Haare und erschwerte es den Mücken, freiliegende Haut zu finden. „Sag mir, wenn du anfängst, panisch zu werden. Wegen was auch immer."

„Ich befinde mich längst jenseits von Panik." Aber sie wusste, wie er es meinte. Ihre Hand lag in eine Faust zusammengerollt auf seinem Brustkorb. Sie wusste nicht, wann sie das letzte Mal einfach nur mit einem Mann in einem Bett geschlafen hatte. Vermutlich mit Chris Baylor, als sie mit ihm ausgegangen war. Diese Beziehung war ein Rekord für sie gewesen. Sie hatte andere Beziehungen gehabt, die theoretisch länger gehalten hatten, aber das waren Fernbeziehungen gewesen, also hatte sie weniger Zeit mit den Kerlen verbracht. Alex sagte immer, sie würde sich Loser suchen und solche Männer, die sie nur ausnutzten. Dieser Gedanke erinnerte sie an die Schrecken der letzten Nacht.

„Ich glaube, sie haben den Mann erschossen, den du gestern gerettet hast, kurz bevor das Dach eingestürzt ist. Ich kannte ihn flüchtig. Ein ehemaliger Marine, ein hervorragender Personenschützer. Er hatte viel Zeit im Nahen Osten verbracht, und ich habe vor ein paar Jahren versucht, ihn in unsere Firma zu holen." Wenn er für sie gearbeitet hätte, wäre er nicht auf der Konferenz gewesen und würde jetzt noch leben. „Glaubst du, Chris hat überlebt?"

Quentins Arm drückte sie fester an sich. „Ich weiß es nicht. Vielleicht hat er gehört, wie die Terroristen zurückgekommen sind, und hat sich versteckt."

Sie fragte sich, was mit Tricia Rooks passiert war und mit dem anderen Mann, den sie gerettet hatte. Hatten sie überlebt? Ohne Quentins Eingreifen wären sie definitiv tot, da war sich Haley sicher. Vielleicht fühlte sie sich deshalb so von diesem Mann angezogen – nur dass sie die Anziehung auch schon gespürt hatte, bevor die Terroristen aufgetaucht waren, sogar bevor sie überhaupt Sex gehabt hatten.

Diese Anziehung war nicht weniger geworden.

Die Geräusche der Dorfbewohner, die ihrem Tagesgeschäft nachgingen, klangen durch die zunehmende Dunkelheit. Anscheinend war das Dröhnen des Vulkans nichts Ungewöhnliches. Die Geräusche und der Geruch von Essen vermischten sich in der Luft mit dem Rauch der

Feuerstellen. Haley glaubte nicht, dass sie jemals wieder Rauch würde riechen können, ohne an die Opfer zu denken, die gestern Nacht umgebracht worden waren. Und jetzt waren Quentin und sie von den Menschen umringt, die ihren Mitmenschen so etwas angetan hatten.

Haley konnte es sich nicht erlauben, das zu vergessen. Diese Hurensöhne waren Mörder und Vergewaltiger. Sie waren gnadenlos.

„Wie bist du mit Chris zusammengekommen?", fragte Quentin murmelnd in der Schwärze der Nacht. Vielleicht konnte er spüren, wie ihr Herz raste.

„Wir haben uns in D.C. kennengelernt. Er war wahnsinnig charmant, bis er es nicht mehr war."

„Tut mir leid." So, wie er es sagte, klang es, als ob er glaubte, das wäre seine Schuld gewesen.

„Wieso tut dir das leid?"

„Weil wir zusammen in der Army waren, und ich ihn damals nicht jedes Mal windelweich geprügelt habe, wenn er wieder irgendein Mädchen betrogen hatte."

Sie stieß einen bittersüßen Seufzer aus. „Ich habe erst herausgefunden, dass er mich betrügt, als ich entdeckt habe, wie er sich an meinem Computer zu schaffen gemacht hat, um Firmengeheimnisse zu klauen."

„Das ist doch ein Witz."

Sie spürte, wie er versuchte, ihr in die Augen zu schauen, obwohl es mittlerweile zu dunkel war, um seinen Gesichtsausdruck zu erkennen. „Schön wär's."

„Das glaube ich nicht."

Haley versteifte sich.

„Ich meine nicht, dass ich dir nicht glaube, nur … Was hast du getan? Hast du Anzeige erstattet?"

„Nein. Meine Geschäftspartner haben ein paar falsche Infos über einen Vertrag erfunden, um den wir uns zu der Zeit bemühten, und seine Firma hat schließlich jede Menge Geld verloren, weil sie uns unterbieten wollten. Dann hat Alex sein Computersystem mit einem Virus infiziert, der sein gesamtes Finanzsystem für zwei Wochen lahmgelegt hat. Wir wollten dafür keine Bodentruppen aufs Spiel setzten, aber ich fand es gut, Chris ein bisschen schwitzen zu lassen. Puh. Ich vermute, das war nicht gerade hundertprozentig legal, also vergiss einfach, was ich dir erzählt habe."

„Es war einfach eine fiese Nummer seinerseits."

Das war es wirklich gewesen.

„Habt ihr beiden euch in der Army kennengelernt?", fragte sie. Sie wollte mehr erfahren. Nicht über Chris, aber über Quentin. Wenn die Dinge nicht so liefen, wie sie sich erhoffte, würde sie alle Zeit der Welt haben, sich mit ihm in dieser Hütte über seine Vergangenheit zu unterhalten. Oder sie würde überhaupt keine Zeit mehr haben. Darüber wollte sie lieber nicht nachdenken.

„In der Grundausbildung. Ich wollte über die Army an die Uni, damit ich mich beim FBI bewerben konnte. Anders hätte ich mir das College nicht leisten können."

„Wolltest du schon immer Agent werden?"

Sie konnte spüren, wie er leise lachte und dann zusammenzuckte.

„Ja. Irgendwie eine alberne Sache für ein Kind, sich das zu wünschen."

„Das ist überhaupt nicht albern", widersprach sie. „Ich finde, das ist ziemlich bewundernswert."

„Im Augenblick wünsche ich mir jedenfalls, ich wäre Mathelehrer geworden."

„Ich weiß nicht", sagte Haley. „Die Highschools scheinen mittlerweile fast genauso gefährlich zu sein wie Kriegsgebiete."

„Erinnere mich nicht daran." Er zog sie an sich, und sie wusste nicht, ob es ihm überhaupt bewusst war. Es machte ihr keine Angst, und es war in keiner Weise sexuell. Es fühlte sich einfach nur gut und beruhigend an.

Nicht, dass sie Quentin nicht attraktiv fand. Er war in vielerlei Hinsicht unglaublich heiß, aber hier in dieser klapprigen Hütte mit der widerlichen Wache vor der Tür? Sie konnte nicht einmal ansatzweise an Sex denken und war froh, dass Quentin das auch nicht tat.

„Du und Chris, ihr seid also beste Freunde? Muss schön gewesen sein, ihn auf der Konferenz wiederzusehen."

„Wir waren eine Zeitlang nahezu unzertrennlich, aber mittlerweile haben wir uns auseinandergelebt. Wir waren eine Dreiertruppe damals, zusammen mit einem Kerl namens Nick Karlovac."

„Ich kenne Karlovac."

„Du klingst nicht gerade beeindruckt."

Sie zuckte mit den Schultern, presste sich noch immer eng an Quentins Brust, trotz der hohen Luftfeuchtigkeit. Er roch gut – nicht blitzsauber, aber gut – und das Gefühl seiner Arme, die sich um sie schlugen, war sogar noch besser. „Wir sind Konkurrenten, also verabrede ich mich in der Regel nicht mit ihm zum Brunch."

Aber da war noch mehr als das. Karlovac und Baylor waren beides aggressive Alphamännchen, die es für akzeptabel hielten, sie einzuschüchtern. Sie hatten nicht lange gebraucht, um herauszufinden, dass Haley sich nicht so einfach einschüchtern ließ, vor allem nicht mit Alex Parker und Dermot Gray als ihren Geschäftspartnern. „Ich kann mir dich nur schwer mit den beiden zusammen vorstellen, wenn ich ehrlich bin."

„Die Army ist ein Schmelztiegel der Persönlichkeiten. Ich war an Männerdomänen gewöhnt – ich habe vier Brüder – und ich habe schnell Freunde gefunden. Ehrlich gesagt habe ich diese vertraute, vorlaute Jungs-Bindung gebraucht, als ich von zu Hause weg bin. Wir waren jung und dumm. Ich hoffe, dass ich da rausgewachsen bin, aber ..." Seine Stimme wurde ernst. „Ich hoffe, Chris hat den Angriff überlebt. Und ich werde ihm in deinem Namen den Arsch versohlen."

„Ich hoffe auch, dass er überlebt hat, aber du musst ihm nicht den Arsch versohlen. Wir haben die Sache zwischen uns geklärt. Das ist Vergangenheit."

„Versuchen wir, ein paar Stunden zu schlafen", murmelte er wieder und klang müde.

Das überraschte sie nicht.

Etwas in ihr hatte furchtbare Angst, loszulassen und sich der Dunkelheit zu überlassen, aber ein anderer Teil von ihr konnte sich kaum noch wach halten. Sie hatte in den letzten zwei Tagen so gut wie nicht geschlafen, und sie musste ausgeruht und wach sein für das, was auch immer sie als Nächstes erwartete.

„Danke", sagte sie. „Dass du mir den Rücken freihältst."

Er antwortete nicht. Haley war sich ziemlich sicher, dass er schon eingeschlafen war.

Der Berg rumpelte erneut, leiser diesmal, wie ein Bär im Winterschlaf, der sich hin und her wälzte.

KAPITEL VIERZEHN

S PÄTER AM ABEND lief Eban durch die belebten Korridore des Krankenhauses in Jakarta, in dem die Überlebenden des Terrorangriffs behandelt wurden. Vom Flughafen hierherzukommen, war die übliche Geduldsprobe aus zu vielen Menschen, stillstehendem Verkehr und wahnsinnigen Motorrad- und Rikscha-Fahrern gewesen, die sich zwischen den Autos hindurchgeschlängelt hatten. Sogar im Warteraum des Krankenhauses war es laut und chaotisch, und es war der letzte Ort, an dem er verwundet oder krank sein wollte.

Der Rest des FBI-Teams war auf Pulau Nabat geblieben, um dabei zu helfen, die Beweise auszuwerten, einschließlich aller Todesopfer, aber Eban musste so schnell wie möglich die Überlebenden befragen.

Er fragte nach dem Weg zur Intensivstation und musste einem bewaffneten Sicherheitsmitarbeiter seinen Ausweis zeigen. Ein gutes Zeichen. Die örtlichen Behörden nahmen die Bedrohung so ernst, wie das FBI es ihnen eingebläut hatte.

Eban hatte kurz mit Grant Gunn gesprochen, dem Mann, der für ein paar Bier in den Ort gefahren war und wie durch ein Wunder das Massaker nicht miterlebt hatte. Gunn behauptete, er hätte keinen der Angreifer gesehen. Nur das Blutbad, das sie hinterlassen hatten. Die Sondereinheit überprüfte gerade Gunns Hintergrund, und Eban hatte ihm nahegelegt, in den nächsten verfügbaren Flieger nach Amerika zu steigen.

Chris Baylor lag aus logistischen Gründen ebenfalls auf dieser Etage, obwohl er keine Intensivbehandlung benötigte. Der Kerl hatte großes Glück gehabt, überlebt zu haben, und wer weiß, was die Terroristen taten, wenn sie herausfanden, dass es Zeugen für ihre Gräueltaten gab. Die Angreifer hatten es darauf abgesehen, niemanden am Leben zu lassen. Nicht dass Chris Baylor oder Tricia Rooks ihm irgendetwas Nützliches würden erzählen können, aber andererseits, vielleicht hatte er ja Glück. Man konnte nie wissen.

Eban wurde einen Flur hinuntergeschickt, von dem links und rechts viele Zimmer mit großen Glasscheiben abgingen.

Ein großer, schwarzer Mann stand vor einem der Fenster und starrte mit finsterem Ausdruck in das Zimmer dahinter. Als er vorüberging, warf Eban einen Blick durch das Fenster und hielt inne. Drehte sich um. Die Frau, die in dem Zimmer lag, hatte leuchtend blauschwarz gefärbte Haare, aber ansonsten sah sie aus wie die Frau auf dem Foto, das er von Tricia Rooks hatte.

Eban trat näher an das Fenster heran und der große Kerl beobachtete ihn in der Reflexion der Scheibe.

„Sind Sie ein Verwandter der Patientin?", fragte Eban.

„Wer will das wissen?" Amerikanischer Akzent. Die scharfen Augen eines Agenten. Der Gesichtsausdruck des Mannes blieb nichtssagend, aber Eban ließ sich nichts vormachen. Der Kerl war wütend.

Eban zog seine Dienstmarke aus der Jeanstasche und hielt sie ihm zusammen mit seinem Ausweis hin. „FBI Supervisory Special Agent Winters. Ich suche nach zwei Patienten, eine von ihnen ist Tricia Rooks."

Eban war nicht gerade geschäftsmäßig gekleidet. Er trug

noch immer die Sachen von seinem vierundzwanzig Stunden Flug, dieselben Sachen, die er auch am Tatort getragen hatte, und in denen noch immer der Rauch hing. Vermutlich hätte er einen Zwischenstopp einlegen sollen, um sich umzuziehen, aber er wollte für diese Ermittlung im Hintergrund verschwinden, so gut es ging, und Anzug und Krawatte machten das unmöglich. Außerdem konnte er den Gedanken nicht ertragen, auch nur eine Sekunde zu verschwenden, bevor er herausgefunden hatte, was genau seinem Boss zugestoßen war.

„Das ist Tricia Rooks." Er deutete auf die bewusstlose Frau, die intubiert auf dem Bett lag. „Wer sind Sie?"

Der Mann entspannte sich. „Sean Logan." Der Kerl zog seinen Reisepass aus der Innentasche und zeigte ihn Eban. „Ich arbeite zusammen mit Tricia bei Raptor. Wissen Sie schon, was passiert ist?"

„Wir arbeiten noch daran." Eban würde niemals mit jemandem über eine laufende Ermittlung sprechen, der nicht beim FBI war. „Ich hatte gehofft, ich könnte Ms. Rooks zu dem Angriff befragen."

„Ja. Ich auch." Sean steckte seinen Pass zurück in die Tasche. „Die Ärzte haben sie in ein künstliches Koma versetzt, um ihren Heilungsprozess zu unterstützen. Wir versuchen, für morgen eine medizinische Evakuierung für sie zu organisieren, um sie nach Hause zu fliegen, sofern sie stabil genug ist."

Eban presste die Lippen zusammen. „Ich muss wirklich mit ihr darüber sprechen, was gestern Abend passiert ist. Vielleicht hat sie wesentliche Informationen über die Angreifer oder den Tathergang."

Sean nickte. „Das verstehe ich, aber ihre Gesundheit ist unsere oberste Priorität."

Eban wandte den Blick ab. Das verstand er absolut. Seine Sorge, dass es noch lebende Geisel gab, war es, was ihn so antrieb, aber er würde diesem Fremden gegenüber seine Vermutungen über Quentin und Haley Cramer nicht aussprechen. Soweit er wusste, waren sie nur zwei weitere Leichen, die aus den Ruinen des Hotels gezogen wurden. Aber bis er das mit Sicherheit wusste, würde er nicht aufhören, nach ihnen zu suchen.

„Irgendwelche Hinweise darauf, wie sie überlebt hat, wenn so viele andere es nicht geschafft haben?", fragte Eban.

Sean schüttelte den Kopf. „Aber sie ist verflucht intelligent und wahnsinnig entschlossen. Wenn irgendjemand so etwas überleben kann, dann Tricia."

Das Hotel war voll von intelligenten, entschlossenen Menschen gewesen.

„Rufen Sie mich an, wenn sie aufwacht." Eban reichte ihm seine Visitenkarte. „Egal, zu welcher Tages- oder Nachtzeit. Wir müssen diese Leute schnappen, bevor sie einen weiteren Angriff ausführen, und Tricia weiß womöglich etwas, was uns weiterhilft."

Seans braune Augen blickten ihn entschlossen an. „Die Belegschaft von Raptor ist bereit und in der Lage, zu helfen."

Eban nickte steif. „Das weiß ich zu schätzen. Dieser Fall hat oberste Priorität für das FBI." Er zögerte. „Wissen Sie von irgendeiner Gruppierung, die es speziell auf diese Konferenz abgesehen haben könnte?"

Ein freudloses Lächeln legte sich auf Seans Gesicht. „Nein, Sir, aber ich kann Ihnen garantieren, dass es eine ernsthafte Fehleinschätzung ihrerseits war, wenn das der Fall sein sollte."

„Das war es allerdings." Eban wandte sich um und wollte gehen.

Seans nächsten Worte ließen ihn erstarren. „Wenn das FBI diese Bastarde nicht schnappt, dann wird es eine der privaten Sicherheitsfirmen tun, die gestern Nacht Leute verloren haben. Jeder von uns lässt gerade seine Mitarbeiter die Hinweise untersuchen und übt Druck auf unsere Kontakte in der Gegend aus, das kann ich Ihnen garantieren."

Wenn Quentin noch lebte und irgendeine übereifrige Privatarmee dort mit gezückten Waffen einfiel, ohne zu wissen, dass Geiseln in dem Camp gefangen gehalten wurden, dann würde sein Boss keine Chance haben. Die gleiche Gefahr bestand, wenn das US-Militär oder die Indonesier wild entschlossen und willkürlich dort einfielen. Eban musste so schnell wie möglich herausfinden, ob Quentin noch lebte, damit sie eine Strategie für seine Rettung entwerfen konnten, die nicht einen Bombenteppich auf das Camp der Militanten beinhaltete.

„Die US-Regierung weiß sämtliche Informationen zu schätzen, wer auch immer sie auftreibt, aber sie wird es nicht tolerieren, wenn private Organisationen plötzlich Selbstjustiz üben", warnte Eban nachdrücklich. „In der Region werden amerikanische Geiseln festgehalten und es besteht die Chance, dass sie von denselben Leuten festgehalten werden, die den Angriff auf die Konferenz ausgeführt haben." Viel mehr konnte er nicht sagen, ohne zu verraten, dass Quentin womöglich eine dieser Geiseln war.

„Ich schätze, wir werden sehen, was passiert." Sean verschränkte die Arme vor der Brust und behielt sich eine endgültige Entscheidung offensichtlich vor.

Eban starrte an ihm vorbei auf die Frau, die regungslos auf dem Bett lag. Sie hatte Glück gehabt, überlebt zu haben. Er dachte an seinen Boss. All diese unbeantworteten Fragen und null Hinweise...

„Ich würde es zu schätzen wissen, wenn sie mich über Tricias Zustand auf dem Laufenden halten. Wir müssen mit ihr sprechen. Es wird schneller gehen, wenn sie einer Befragung zustimmt, als wenn wir über die offiziellen Kanäle gehen oder sie in Schutzhaft nehmen müssten..." Er blickte dem Mann unverwandt in die dunklen Augen, denn das hier war eine Warnung. Das FBI pfuschte nicht herum. Wesentliche Antworten schnell herauszufinden, war ausschlaggebend. Kooperation war ausschlaggebend.

Sean schien sich daran zu erinnern, dass sie auf derselben Seite kämpften, und nickte. „Ich lasse Sie wissen, wenn sie aufwacht."

Eban verabschiedete sich und ging den Flur hinunter. Seine Schuhsohlen quietschten auf dem Vinylboden, viel zu laut für dieses Gebäude voller schwer kranker Menschen.

Er bog um eine Ecke und entdeckte in einem Zimmer am Ende des Flurs einen Mann, der in seinem Bett saß und mit fliegenden Fingern in sein Handy tippte.

Eban erkannte Chris Baylor, den Mitinhaber von Bay-Kar Inc., einer weiteren großen, privaten Sicherheitsfirma. Diese Terroristen hätten sich kein besseres Ziel für ihre Wut und ihre Rache auswählen können.

Hatten sie das geplant? Natürlich hatten sie das. Hatten sie Hilfe von einem Insider gehabt? War der indonesische Außenminister deshalb so früh abgereist? Eban musste andere Agenturen mit an Bord holen, oder vielleicht konnte auch der Botschafter Druck ausüben. Obwohl es nicht gerade besonders diplomatisch war, eine Gastgebernation zu fragen, ob sie in einen Terroranschlag gegen amerikanische Staatsbürger involviert war.

Indonesien war ein komplexes Land. Friedlich und freundlich, für den größten Teil, mit ein paar Enklaven von gewalttätigen Hardlinern. Aber das konnte man heutzutage über fast jedes Land sagen.

Chris Baylor blickte auf, als Eban näher kam. Wenigstens sechzig CEOs oder hochrangige Manager waren gestern umgebracht worden. Jemand aus so gut wie jeder größeren Sicherheitsfirma der Welt. Die Trauer und die Empörung schmerzten Sicherheitsmitarbeiter ebenso sehr wie jeden anderen Menschen auch. Wenn überhaupt, waren sie nur noch schlimmer, weil man sich die ganze Zeit fragte, wie zur Hölle so etwas einer so cleveren Gruppe von Menschen hatte zustoßen können.

„Mr. Baylor?", fragte Eban und streckte die Hand aus.

„Wer will das wissen?" Chris Baylor blickte ihn argwöhnisch an, als er Ebans Hand schüttelte.

„Mein Name ist Eban Winters. Ich bin Special Agent der FBI-Krisenverhandlungseinheit. Ich muss Sie befragen, um herauszufinden, was gestern Abend passiert ist."

Chris' Augen weiteten sich etwas. „Setzen sie sich." Er deutete auf den Stuhl neben dem Bett.

„Ist jemand für sie hier?", fragte Eban.

„Nein. Ich habe ihnen gesagt, dass sie sich die Mühe nicht machen müssen. Ich habe nur eine Fleischwunde am Bein, eine Gehirnerschütterung und eine nicht-kritische Schusswunde. Abgesehen davon bin ich glimpflich davongekommen. Ich komme mir hier auf der Station völlig albern vor." Er zog den Ärmel seines Krankenhaushemds hoch und zeigte den weißen Verband an seinem Arm.

„Sie wurden angeschossen?"

„Nur ein Streifschuss."

Eban entdeckte eine Reihe von Wundnahtstreifen über einer fiesen Kopfwunde am Hinterkopf des Kerls. Trotzdem, er war einer der Glücklichen. „Hat schon jemand ihre Aussage aufgenommen?"

Chris schüttelte den Kopf. „Nicht wirklich. Ein paar der Typen, die als Erste am Tatort eingetroffen waren, haben mich gefragt, was passiert ist, und ich habe es ihnen erzählt. Eine Frau aus der Botschaft hat nach mir geschaut, als ich hier im Krankenhaus angekommen bin. Seitdem hat niemand mehr mit mir gesprochen."

Sie waren alle am Tatort. „Ist es möglich, dass Sie mir noch einmal erzählen, was passiert ist?"

Chris zuckte mit den Achseln. „Ein Haufen bewaffneter Terroristen ist in das Hotel eingedrungen und hat angefangen, um sich zu schießen." Er rieb sich den Hinterkopf und zuckte bei der Berührung zusammen. „Das wäre so ziemlich alles."

„Wie haben Sie überlebt?", fragte Eban.

„Ich habe nicht geglaubt, dass ich es schaffe."

„Können Sie mir erzählen, was passiert ist?"

„Ich kann es versuchen, aber es ist alles ein bisschen verschwommen. Ich war in meinem Zimmer, als ich Schüsse gehört habe. Ich habe mir meine Pistole geschnappt, aber nie im Leben hätte ich es mit nichts außer einer Glock und ein paar Ersatzmagazinen gegen Terroristen mit Automatikge-wehren aufnehmen können."

„Wie kommt es, dass Sie der Einzige mit einer Waffe waren?" Eine Waffe mitzubringen war für die meisten der Leute auf dieser dreitägigen Konferenz im Ausland ein zu großer Aufwand gewesen.

„Ich habe die letzten sechs Wochen zwischen Papau und Osttimor gearbeitet, und ein Pilot von dort hat mich für einen guten Preis nach Pulau Nabat geflogen." Chris zog die Augenbrauen hoch. „Die Glock hatte ich dabei, weil es mir nicht gefällt, unbewaffnet zu sein."

„Was war mit Sicherheitsvorkehrungen auf der Konferenz? Gab es welche?" Eban hatte versucht, die Organisatoren der Konferenz zu erreichen, aber niemand ging ans Telefon. Vermutlich waren sie alle tot.

„Es gab Sicherheitspersonal. Sogar Metalldetektoren, durch die man das Auditorium betrat." Chris wischte sich ein paar Schweißperlen von der Stirn. Im Krankenhaus war es heiß wie in der Hölle, obwohl die Klimaanlage auf vollen Touren lief.

„Haben die Sicherheitsmitarbeiter das Feuer erwidert, als die Terroristen aufgetaucht sind?"

Chris grinste grimmig. „Sie sind zusammen mit den Politikern direkt nach Quentins Abschlusspräsentation abgehauen."

„Quentin?", fragte Eban schneidend.

„Quentin Savage." Chris zog die Mundwinkel herunter, „Er war ein alter Freund von mir."

„Sie kennen Quentin Savage?", fragte Eban überrascht.

Chris presste die Lippen fest zusammen, als ob er versuchte, die Emotionen zu unterdrücken, die durch ihn hindurchrauschten. „Wir haben zusammen in der 101st Airborne-Division gedient. Den Screaming Eagles."

Eban legte diese Information mental unter den interessanten Details ab, denen er nachgehen musste. „Haben Sie Quentin während des Angriffs gesehen?"

„Ja."

„Was ist mit ihm passiert?", fragte Eban und versuchte, seine Ungeduld im Zaum zu halten.

„Ich wurde von einem herabstürzenden Balken am Kopf getroffen und habe das Bewusstsein verloren." Erneut berührte Chris vorsichtig seinen Hinterkopf. „Quentin ist wie aus dem Nichts aufgetaucht und hat mich davor bewahrt, zu verbrennen. Er und Haley Cramer. Sie hat ihm dabei geholfen, mich da rauszuziehen."

Das bestätigte die Verbindung zwischen den beiden.

„Haben Sie die Angreifer gesehen?", fragte Eban.

Chris schüttelte den Kopf. „Nicht wirklich. Ich war mir nicht sicher, was ich tun sollte, als ich die Schüsse gehört habe. Ich bin in meinem Zimmer geblieben und habe nur darauf gewartet, dass jemand einbricht. Ich konnte schließlich nicht einen auf John McLean machen und eigenhändig allen den Arsch retten, aber ich hätte Schaden anrichten können, wenn jemand nach mir gesucht hätte."

Eban nickte.

„Irgendwann konnte ich wegen dem Qualm nicht mehr länger in meinem Zimmer bleiben. Ich habe mir ein nasses Tuch vors Gesicht gebunden und bin nach unten gegangen. Zur Eingangstür bin ich nicht durchgekommen, also bin ich zur Bar gegangen. Das Nächste, was ich mitbekommen habe, war, wie ich unter brennendem Schutt festklemmte."

„Und weiter?" Eban benutzte minimale Aufforderungen, damit der Kerl weitersprach. Das war einer der Eckpfeiler des aktiven Zuhörens – die Menschen am Reden zu halten.

Chris griff nach dem Wasserglas, das auf dem Nachttisch stand, und trank ein paar Schlucke.

„Ich bin aufgewacht und habe versucht, mich zu befreien. Und plötzlich ist Quentin da, zerrt mich nach draußen und legt mich auf dem Rasen ab. Dann sind er und Haley wieder nach drinnen gerannt, um nach weiteren Überlebenden zu suchen." Chris' Stimme brach. „Das Dach ist direkt über ihnen eingestürzt, dann wurde ich wieder ohnmächtig." Er schluckte hörbar, aber Eban versuchte noch immer, seine Worte zu verarbeiten.

Quentin war tot?

Ebans Theorie, dass Quentin und Cramer irgendwie von den Angreifern gefangengenommen worden waren und sie ihre Leichen deshalb nicht am Strand gefunden hatten, war gerade versenkt worden.

Scheiße.

Sein Hals war wie zugeschnürt und plötzlich brach ihm der Schweiß aus. Vor Trauer wäre er am liebsten aus dem Zimmer gestürzt, aber er musste seinen Job machen. Über seinen Verlust konnte er später nachdenken. Zuerst musste er die Leute finden, die dafür verantwortlich waren.

„Hatten Sie Schusskontakt mit den Terroristen?" Eban deutete auf die Schusswunde an Chris' Arm.

„Ja." Chris musterte seinen Bizeps. „In der Lobby hatte sich ein Typ versteckt, der jedem aufgelauert hat, der fliehen wollte, aber zum Glück war er ein lausiger Schütze."

„Haben Sie ihn erschossen?"

„Ich weiß es nicht. Womöglich wurde er zerquetscht, als das Dach runtergekommen ist." Chris zog eine Grimasse. „Es war schwer zu erkennen."

„Kennen Sie einen Mann namens Cecil Wenck?"

Chris knurrte. „Jeder kennt Cecil Wenck. Ist er auch tot?"

Eban schüttelte den Kopf. „Er ist vor dem Angriff abgereist."

„Glücklicher Bastard." Chris' Mund verzog sich. „Das letzte Mal, als ich ihn gesehen habe, ist er zusammen mit Haley Cramer auf sein Zimmer gegangen. Sie hat sich förmlich an ihn geklammert."

Das waren neue und unerwartete Informationen. Wann und wie war Cramer dann bei Quentin gelandet?

Eban wartete ungeduldig darauf, dass endlich jemand Wenck befragte, aber der Kerl war australischer Staatsbürger. Das FBI konnte ein Verhör mit dem Milliardär nicht erzwingen und sein teurer Anwalt hielt sie hin.

Haley Cramer hatte scheinbar im Zentrum der ganzen Vorkommnisse gestanden. Vielleicht sollte er auch ein paar Leute auf ihren Hintergrund ansetzen.

„Irgendeine Idee, wann ich hier rauskommen kann?", fragte Chris. „Ich belege ein Bett, das ein wirklich kranker Mensch womöglich gebrauchen könnte."

„Im Augenblick sind Sie der einzige Überlebende dieses Massakers, der mit uns sprechen kann, also müssen wir für Ihre Sicherheit sorgen." Eban wollte Chris zu jeder Zeit in Sicherheit wissen.

„Aber ich habe nichts gesehen", widersprach Chris.

„Das wissen die aber nicht."

Chris runzelte die Stirn. „Glauben Sie, sie schicken jemand hinter mir her?"

„Das ist zumindest eine Möglichkeit. An Ihrer Stelle würde ich nicht zurück nach Osttimor fliegen, bis wir die Verantwortlichen geschnappt haben."

Chris fluchte. „Ich habe dreißig gut ausgebildete, hervorragend bewaffnete Männer, die mir in Osttimor Gesellschaft leisten."

Eban zuckte mit den Schultern. „Ich kann Ihnen nicht vorschreiben, was Sie in Indonesien zu tun und zu lassen haben, Sir, aber warum sollten Sie riskieren, einen Angriff auf sich und ihre Männer herauszufordern?"

Blutunterlaufene Augen starrten ihn aus schmalen Schlitzen an. „Meine Männer können sich verteidigen."

„Und wer weiß, wie viele unschuldige Zivilisten im Kreuzfeuer umkommen würden?"

Chris grunzte. „Ich schätze, meine Jungs können den Betrieb auch ohne meine Hilfe aufrechterhalten."

„Ich schlage vor, dass Sie sich irgendwohin verziehen, wo die Typen sie nicht finden, sobald wir eine schriftliche Aussage von Ihnen vorliegen haben." Eban kratzte sich am Kopf. „Raptor organisiert eine medizinische Evakuierung für Tricia Rooks in die Staaten. Vielleicht können Sie da mitfliegen?"

„Ist sie schon wieder aufgewacht?", fragte Chris.

Eban schüttelte den Kopf.

Chris lachte barsch auf. „Ich bezweifle, dass Raptor mich an Bord haben will."

„Ich glaube, sie wären bereit, über alte Rivalitäten hinwegzusehen, um einem weiteren Überlebenden zu helfen."

Chris' Gesicht wurde weicher und er lächelte, dann zuckte er mit den Schultern und sah beinah jungenhaft aus. „Das mag natürlich sein." Sein Gesicht verzog sich. „Ich wünschte, Quentin wäre hier."

Eban wollte nicht über seinen Boss sprechen. Die Trauer war wie ein Hammer, der ganz langsam einen Nagel in sein Herz trieb.

„Wären Sie bereit, Ihre Aussage aufzuschreiben, während ich mit dem Agenten von Raptor spreche und Ihren Heimflug zusammen mit Ms. Rooks organisiere?"

Chris sah überrumpelt aus. „Klar. Sicher. Danke. Bringen Sie mir Zettel und Stift. Dann habe ich wenigstens was zu tun."

Eban zögerte. „Das FBI wüsste es sehr zu schätzen, wenn Sie davon absehen würden, mit den Medien zu sprechen, bis wir den Tatort komplett gesichert haben und mehr über die Angreifer wissen. Wir müssen die Toten identifizieren und die Familien informieren."

Chris' Kiefer verkrampfte sich. „Ich denke darüber nach, aber ich kann nichts versprechen. Diese Sache ist gute Publicity für meine Firma und das werde ich nicht vergeuden."

Eban zog die Augenbrauen hoch. Es sollte ihn nicht überraschen, dass diese Typen so gewinnsüchtig waren, wenn man ihre Branche bedachte. Er zog Stift und Zettel aus seiner Laptoptasche und fand ein Clipboard am Bettende hängen, das er dem Kerl reichte. „So viele Informationen wie möglich. Selbst das geringste Detail könnte wichtig sein. Ich bin in zwanzig Minuten wieder zurück. Soll ich Ihnen einen Kaffee mitbringen?"

Chris nickte. „Schwarz, zwei Zucker." Er kritzelte schon das Datum in die obere Ecke des Papiers.

„Sie haben großes Glück gehabt", sagte Eban aufrichtig.

„Fühlt sich nicht gerade nach Glück an, beinah bei einem Terroranschlag umzukommen und einen seiner besten Freunde zu verlieren." Chris starrte ihn an.

„Nein, da haben Sie vermutlich recht." Eban ging davon. Als er im Café des Krankenhauses für Kaffee anstand, vibrierte sein Handy. „Winters."

„Supervisory Special Agent Winters. Mein Name ist Alex Parker. Ich bin Berater des FBI. Wir müssen uns unterhalten."

KAPITEL FÜNFZEHN

QUENTIN WACHTE AUF, lag da und starrte in die unendliche Finsternis der Nacht. Er brauchte ein paar Sekunden, um sich zu orientieren, und lauschte den Geräuschen des schlummernden Camps. Die Frau, die sich an seine Seite presste, war warm und weich, ihre Beine waren mit seinen verschlungen, ihr Atem ging tief und ruhig.

Er hasste es, sie aufwecken zu müssen. Hasste, dass sie in Gefahr schwebte und sterben konnte, wenn er Mist baute. Die Chancen standen nicht zu ihren Vorteilen.

Die Geräusche des indonesischen Regenwalds tönten wie Perkussionsinstrumente in seinen Ohren. Die Terroristen waren verstummt, vermutlich waren auch sie nach einem anstrengenden Arbeitstag voller Morden und Brandschatzen eingeschlafen. Trotz seines Verhandlungstrainings konnte Quentin das Gefühl nicht abschütteln, dass jetzt der Zeitpunkt gekommen war, zu agieren, bevor sie zu schwach wurden und bevor ihre Geiselnehmer damit rechneten, dass sie zu fliehen versuchen würden.

Behutsam löste er sich von Haley und schüttelte seine Schuhe aus, bevor er sie anzog. Dann trank er einen großen Schluck Wasser, ließ genug für Haley übrig, damit sie ihren Durst löschen konnte.

Wer weiß, wann sie das nächste Mal wieder was zu trinken bekommen würden?

Er kniete sich neben den Eingang der Hütte und beobachtete eine ganze Weile die Wache. Die zusammengesunkene Silhouette saß regungslos unter demselben Baum wie vorhin. Quentin suchte die Dunkelheit ab, auch wenn es schwierig war, in den Schatten etwas zu erkennen. Das Dorf schien zu schlafen, ebenso wie die Wache.

Es gab nur einen Weg, das herauszufinden.

Quentin brach einen kurzen, dünnen Ast aus dem Gerippe der Hütte und schob seine Hand durch die Zweige und Blätter der Wand, bis er nach dem Vorhängeschloss greifen konnte. Es war ein großes, altmodisches Eisenschloss und er brauchte nur wenige Augenblicke, um es zu knacken. Die Wache rührte sich nicht.

Quentin ging zurück zur Pritsche und weckte Haley behutsam auf.

Für eine Sekunde versteifte sie sich, dann fand sie seine Hand und drückte sie wortlos, als sie ihn wiedererkannte. Die Tatsache, dass sie nicht vor Schrecken aufschrie, zeugte von einem Überlebensinstinkt, der so groß war wie der eines jeden Soldaten auf einer Mission. Sie tastete nach ihren Stiefeln und schüttelte sie aus, dann schlüpfte sie hinein.

Er reichte ihr den Wasserkrug. „Trink es aus." Seine Worte waren nur ein Murmeln in der warmen Nachtluft, aber sie verstand ihn und hob den Krug an ihre Lippen, trank ihn aus.

Quentin stellte den Krug und die Schale auf das Bett und legte die Decke darüber, auch wenn er versucht war, die sie mitzunehmen. Trotzdem, die Zeit, die ihnen das kaufen würde, wenn die Sonne aufging und die Wachen einen beiläufigen Blick auf die Pritsche warfen, konnte sich als entscheidend erweisen. Er hatte keine Ahnung, wie viele

Stunden Dunkelheit ihnen noch blieben.

„Ich kümmere mich schnell um die Wache", flüsterte er in ihre Haare. „Dann folgen wir dem Fußpfad den Hügel hinunter bis zum Strand. Unsere Augen sollten ausreichend an die Dunkelheit gewöhnt sein, um genug zu sehen. Wenn wir auf dem Pfad jemanden sehen oder hören, ziehen wir uns ins Gebüsch zurück, bewegen uns schön langsam und geduckt. Bewegungen nimmt man schneller wahr als alles andere." Quentin warf einen Blick auf ihre langen, blassen Glieder. Verdammt, dasselbe Dilemma wie in den Wäldern am Hotel. Ihre Haut war einfach zu hell, selbst in der Dunkelheit. Nichts im Dschungel schimmerte so wie Alabaster.

Leise zog er die Decke von der Pritsche. „Die wirst du brauchen, wenn wir auch nur den Hauch einer Chance haben wollen, an ihnen vorbeizukommen. Häng sie dir über die Schultern wie ein Cape."

Er half ihr dabei. Haley stand steif neben ihm, während er die Ecken der Decke vor ihrem Hals verknotete. Sie zittere leicht, hatte offensichtlich furchtbare Angst, so wie es jeder hätte, der auch nur einen Funken Verstand hatte.

„Wenn du das nicht machen willst, lassen wir es", versicherte er ihr. Aber die Dinge würden von hier an nur zunehmend schlimmer werden. Einen Agenten des Federal Bureau of Investigation der Vereinigten Staaten von Amerika als Geisel zu haben, war einfach zu verlockend, als ihn nicht zu misshandeln und zu foltern. Es würde nicht lange dauern, bis die Videokameras aufgebaut und die Macheten geschliffen wurden.

Die Terroristen hatten ihnen bisher noch nicht allzu übel mitgespielt, weil sie sie in falscher Sicherheit wiegen wollten.

Das hier waren keine barmherzigen Mitmenschen. Wenn sie es einfach nur auf Geld abgesehen hätten, hätten sie einfach zwanzig westliche Geiseln aus dem Hotel entführt, die alle verflucht viel mehr wert waren als er.

Nein, er war für irgendeine Druckmittelkampagne hier.

Womöglich ließen sie Haley am Leben, aber auch für sie würde die Sache nicht rosig ablaufen.

Viele Männer in Machtpositionen misshandelten Frauen, wenn sich die Gelegenheit dazu bot. Quentin mochte so tun, als ob die Menschheit zivilisiert war, aber als Agent im Außendienst war er immer wieder Zeuge von Misshandlungen geworden.

Die USA würden mit ihren Waffen im Anschlag Jagd auf die Terroristen machen, sobald solche Videos im Internet auftauchten. Die USA würden die gesamte Insel auslöschen, wenn es nötig war, und dann wäre Haley genauso tot. Entgegen allen Ratschlägen, die er Geiseln für gewöhnlich gab, war es für sie beide besser, jetzt die Flucht zu versuchen, als noch länger wie die Lemminge hier herumzuhocken.

Quentin ging zur Tür der Hütte und überprüfte noch einmal, ob sich die Wache auch nicht bewegt hatte. Er stählte sein Herz. Er konnte sich keine Schwäche erlauben. Haley hatte es nicht verdient, dass er seine Menschlichkeit mit ihrer Not, zu überleben, abwog.

„Bleib hier", flüsterte er ihr ins Ohr.

Er hängte das Vorhängeschloss ab und zog es durch die Schilfwände in die Hütte. Dann schob er vorsichtig die klapprige Tür auf, die in der Nachtluft quietschte wie ein Gong. Quentin erstarrte. Die Wache rührte sich nicht, sondern schnarchte leise vor sich hin.

Quentin schlich vorwärts, setzte Techniken aus der

Kampfausbildung ein, die er schon längst vergessen zu haben geglaubt hatte. Er wollte den Mann nicht umbringen, aber er hatte kaum eine Wahl. Wenn die Wache in der Nacht aufwachte und in der Hütte nach ihnen schaute, würde das ihre Fluchtpläne zunichtemachen. Quentin machte sich bereit.

Jemanden den Nacken zu brechen, war so unmittelbar und persönlich und nah, wie man einer anderen Person nur kommen konnte, abgesehen von Sex. Quentin zögerte nicht, ließ dem Kerl keine Gelegenheit, seinen Kumpanen eine Warnung zuzurufen. Es war schnell und brutal effizient. Ein kleiner Teil von Quentins Seele verdorrte und starb, als die Knochen krachten. Er hatte sich für diesen Verlust von Menschenleben entschieden, anstatt sich geschlagen zu geben, vor allem, weil das bedeutet hätte, auch Haley zu opfern.

Behutsam lehnte er den Mann gegen den Baum und durchsuchte seine Taschen. Das Maschinengewehr ließ er liegen. Nie im Leben würde er es mit nur einem Gewehr gegen hunderte Terroristen aufnehmen und gewinnen können. Gewehre waren schwer und laut. Er nahm ihm eine Pistole und ein Messer ab und steckte sie sich in den Bund und in die Hintertasche seiner Hose, fand eine Feldflasche mit Wasser, die noch fast voll war, und hing sich den Gurt quer über die Schulter. Kein Handy, was überraschend war, da soziale Medien auch in diesem Teil der Welt eine riesige Rolle spielten.

War das Absicht – keine Handys? Wussten die Militanten, dass sie über Handysignale geortet werden konnten? Vermutlich.

Quentin ging zurück zur Hütte und Haley trat vor die Tür, die Decke über ihre Schultern geschlungen, um zu verhindern, dass sie im Mondlicht zu sichtbar war. Eilig schloss Quentin die Tür und ließ das Schloss wieder mit einem dumpfen Klicken zuschnappen. Dann nahm er Haleys Hand und suchte den Pfad zur Bucht, bewegte sich leise den Hügel hinunter, fort von den Leuten, die Haleys Nase und seinen Kopf abhacken wollten. Er betete, dass das Glück diesmal auf ihrer Seite war.

SIE BEWEGTEN SICH umsichtig und der Pfad war so breit und ihre Nachtsicht scharf genug, dass Haley sehen konnte, wohin sie ihre Füße setzte, ohne über Wurzeln zu stolpern und hinzufallen.

Sie beobachtete Quentin Savage, der seinem Namen alle Ehre gemacht hatte, als er einen anderen Mann umgebracht hatte, und trotzdem empfand sie nichts als Dankbarkeit ihm gegenüber.

Der Dschungel dröhnte vor Geräuschen, die sie nicht erkannte. Vor ein paar Nächten wäre sie bei der Vorstellung, nachts durch den Dschungel zu laufen, durchgedreht. Jetzt lauschte sie ausschließlich nach menschlichen Aktivitäten. Menschen waren die gefährlichsten Jäger von allen.

Zwanzig Minuten später blieb Quentin abrupt stehen, als er das klackende Geräusch von Metall auf Metall hörte, und zog sie eilig vom Pfad, um sich mit ihr hinter einem Baum zu verstecken. Er zog die Decke zurecht und bedeckte auch ihre Haare mit der muffigen Wolle. Dann schlang er unter der Decke seine Arme um sie und steckte seinen Kopf in ihren Nacken.

Der Muff der Decke kitzelte ihre Nase, und sie hatte sich nie im Leben so sehr vor etwas so Einfachem wie einem

Niesen gefürchtet wie in diesem Augenblick. Ihr Herz hämmerte vor Angst. Wenn sie geschnappt werden sollten, wusste sie, dass ihre Kidnapper ihre böswilligen Drohungen wahr machen würden, und sie glaubte nicht, dass sie es überleben würde, zur Unterhaltung anderer aufgeschlitzt zu werden.

Durch die dichten Fasern der Decke konnte sie spüren, wie Quentin ausatmete, und sie beruhigte ihren Atem, um ihn seinem anzupassen. Die Stärke seiner Arme fühlte sich an wie ein Bollwerk des Rückhalts, an das sie sich anlehnen konnte, als eine kleine Truppe von Männern lachend und scherzend den Pfad in Richtung des Camps hinaufgelaufen kam. Stillzustehen und keinen Mucks zu machen, war das Schwerste, was sie je in ihrem Leben hatte tun müssen. Viel schwerer, als von zu Hause wegzulaufen. Viel schwerer, als sich in einer männerdominierten Branche und Welt zu behaupten. Sie verdankte Quentin ihr Leben und dass sie den Verstand noch nicht verloren hatte. Auch wenn sie niemals entkommen sollten. Auch wenn sie in den nächsten Stunden sterben sollte, verdankte sie ihm alles.

Sie warteten eine volle Minute ab, nachdem die Männer verschwunden waren.

Haley hob den Kopf, und Quentin strich ihr mit der Hand über die Wange, seine Berührung warm und tröstlich. Er zog sie zurück auf den Pfad, und sie liefen schneller, bis sie fast joggten und das zunehmende Gefühl der Dringlichkeit mit unnachgiebigem Wummern gegen ihre Rippen schlug.

Sobald die Männer im Camp ankamen, würden sie vermutlich die tote Wache entdecken und Alarm schlagen. Sie und Quentin mussten auf einem Boot und verschwunden sein, bevor das geschah.

Keine fünf Minuten später hörten sie das gleichmäßige, ruhige Schlagen der Wellen. Sie wurden langsamer und näherten sich vorsichtig, versteckten sich im Gebüsch am Rand des Ufers. Die Yacht schaukelte verlockend im Mondlicht. Und noch verführerischer waren die beiden Schlauchboote, die in der Nähe der Felsen am anderen Ende der Bucht festgemacht waren. Dazwischen lag etwas, was wie ein provisorisches Camp aussah.

„Was meinst du?", flüsterte Quentin in ihr Ohr.

„Zur Yacht hinauszuschwimmen und sie zu stehlen, wäre einfacher, aber sie könnten uns mit den Schlauchbooten schnell einholen, und dann wären wir wieder ganz am Anfang."

„Was mich stört, ist, dass einfach zu viele Männer auf der Insel sind für zwei Schlauchboote. Sie müssen Zugang zu einem Flugzeug und Rollfeld oder zu einem größeren Boot haben, wenn sie das Camp wechseln wollen."

„Aber diese Boote sind vermutlich die einzige Möglichkeit, wie sie uns in den nächsten Stunden schnappen könnten, vorausgesetzt, wir kommen bis auf den offenen Ozean", sagte Haley.

„Stimmt. Okay. Wir müssen zur anderen Seite dieses Camps schleichen, um an die Schlauchboote ranzukommen. Ich bezweifle, dass sie mehr als das Minimum an Wachen abgestellt haben, schließlich befinden sie sich hier in ihrem eigenen Revier, aber wir sollten keine Vermutungen anstellen."

„Warum laufen diese Männer mitten in der Nacht zwischen den Camps hin und her?"

„Ich weiß nicht", antwortete Quentin leise. „Aber wir müssen los. Sie werden das andere Camp bald erreicht haben.

Lass die Decke weiterhin über deine Haare gezogen." Er zupfte sie ein wenig zurecht und Haley spürte, wie sie die Luft anhielt. Es war verrückt unter diesen Umständen, aber wer würde sich nicht in einen Mann verknallen, der gutaussehend und aufmerksam war, und der sie außerdem vor gnadenlosen Killer gerettet hatte?

Sie nickte. Sie würde nicht die dumme Blondine sein, die Mist baute. Diesmal nicht. Sie würden hier verdammt noch mal verschwinden.

Sie schlichen durch das Gebüsch und an der Stelle mit den Zelten vorbei, in denen die Männer scheinbar schliefen.

Am hinteren Rand des Camps stand einen kleine, verfallene Hütte, vor der eine Sturmleuchte hing. Eine einzelne Wache stand davor. Schien so, als wäre er der Einzige im ganzen Camp, der wach war.

War das das Lager des Kommandanten? Das wäre seltsam, wenn es weiter oben auf dem Hügel weitaus bessere Unterkünfte gab. Haley und Quentin erstarrten, als sich die Tür öffnete und ein Mann mit einem breiten Grinsen auf dem Gesicht heraustrat und sich den Hosenstall zumachte. Er schlug der Wache jovial auf die Schulter und sie tauschten verstohlen die Plätze.

Seltsam.

Quentins Hand, die ihre festhielt, war der einzige, sichere Anker in dieser Dunkelheit. Sie schlichen an der Hütte vorbei und hielten inne, als ein Schrei aus dem Gebäude ertönte. Der Angstschrei einer Frau. „Bitte nicht."

Haley schnappte nach Luft. Diese Männer vergewaltigten da drin eine Frau. Eine Amerikanerin, wie es sich anhörte. Quentins Griff um ihre Finger wurde enger, und sie schlichen sich weiter von der Hütte fort in die Büsche, die bis zum

Strand hinunter standen.

„Wir können sie nicht zurücklassen", flüsterte sie. Das hätte sie selbst sein können. Vergewaltigt. Verletzt.

Im Mondlicht konnte sie Quentins Gesicht erkennen, und sie wusste, dass er genauso dachte.

„Das könnte unsere Chance zunichtemachen, hier wegzukommen", murmelte er leise.

Ganz egal, wie verzweifelt sie darauf aus war, hier zu verschwinden und dem gleichen Schicksal zu entgehen, sie konnte diese Frau nicht zurücklassen.

„Kannst du ein Boot starten?", fragte Quentin.

Haley nickte. Sie hatte oft genug Schlauchboote gesteuert, wenn sie tauchen ging oder auf dem Meer unterwegs war.

„Ich habe bei den Booten keine Wachen entdecken können, aber kontrolliere das noch einmal, bevor du aus der Deckung kommst. Wenn niemand hinschaut, schleichst du dich in eins der Boote und stellst sicher, dass es startklar ist, sobald ich mit der Frau bei dir ankomme. Binde das andere Boot an deinem Boot fest, damit die Typen uns nicht verfolgen können. Und ducke dich, damit sie dich nicht entdecken, okay?"

Sie nickte.

„Und wenn ich in fünf Minuten nicht da bin, fährst du ohne mich los."

Sie schüttelte den Kopf.

„Versprich es mir, oder ich werde auch mit dir zusammen nirgendwo hinfahren."

Dieser sture Mann.

„Na schön." Ganz sicher nicht.

Haley kroch auf die Felsen zu, wo die Boote lagen. Sie schaute sich vorsichtig um, konnte aber keine Wachen entdecken – scheinbar hatten sie gerade anderes zu tun. Eine Welle der Wut überkam sie. Diese arme Frau. Das wäre auch Haleys Schicksal, wenn sie geschnappt werden sollten.

Sie glitt zwischen Felsen und Booten ins Wasser und löste die Knoten des Taus, das eins der Boote festhielt. Angst rauschte durch ihre Adern, als sie das Seil von den Metallösen am Felsen löste und das erste Boot weiter in die Uferbrandung schob. Es war schwer, aber das Boot lag tief genug im Wasser, dass sie es allein hinbekommen konnte. Sie band ein Boot an die Seite des anderen, wusste, dass sie das zweite Boot womöglich zurücklassen mussten, wenn sie überstürzt verschwinden mussten. Dann zog sie sich über die Seite des Schlauchboots, das noch immer vertäut war. Sie kontrollierte die Ruder, dann krabbelte sie zum Außenbordmotor. Haley führte innerlich einen kleinen Freudentanz auf, als sie sah, dass der letzte Steuermann die Schlüssel steckengelassen hatte. Sie öffnete die Benzinzufuhr, auch wenn sie in der Dunkelheit nicht sehen konnte, wie viel Benzin noch im Tank war.

Sie löste auch den Knoten im Tau dieses Boots, ließ es aber noch in der Öse, damit sie nicht abdriftete.

Bereit zur Abfahrt.

Sie duckte sich tief ins Boot, versuchte, die Nerven nicht zu verlieren und das Dröhnen ihres Herzens zu unterdrücken. Wo war Quentin? War er erwischt worden? Hatte er die Frau retten können? War er tot? Bei dieser Vorstellung hätte sie sich am liebsten übergeben.

Sie suchte die Dunkelheit nach einem Lebenszeichen von ihm ab, aber alles, was sie hörte, waren die Affen in den Bäumen und ihr wildes Kreischen, das ihr eine Heidenangst einjagte. Der Dschungel war voller Gefahren, aber er war nicht einmal halb so furchteinflößend wie die Monster, die sie entführt hatten.

———

QUENTIN WARTETE AB, bis Haley sich von der Hütte entfernt hatte, dann kroch er zurück durch die Schatten. Er konnte es sich nicht leisten, noch länger abzuwarten. Er warf einen Stein in die Büsche auf der anderen Seite der Hütte. Die Wache stand auf und starrte in die Dunkelheit. Hinter ihm drückte sich Quentin an der Hauswand entlang, dann schlich er die Stufen zur Tür hinauf. Er presste eine Hand über den Mund des Bastards, damit er nicht schreien konnte, und zog ihm das Messer quer über die Kehle.

Es dauerte nicht lange, bis der Mann in seinen Armen zusammensackte und tot zu Boden fiel. Quentin zog ihn von den Stufen und in die Büsche des Dschungels.

Eilig schlich Quentin zurück zur Tür und zog sie vorsichtig auf.

Das Bild, das sich ihm im Innern der Hütte bot, brach ihm gleichermaßen das Herz und machte ihn unfassbar wütend. Leise zog er die Tür hinter sich zu. Eine junge Frau lag zusammengerollt auf einer dünnen, verdreckten Matratze, den Rücken zu Quentin. Der Mann hatte ihm ebenfalls den Rücken zugewandt und ordnete gerade seine Anziehsachen. Ohne aufzuschauen, sagte der Kerl etwas und lachte glucksend, dachte offensichtlich, Quentin wäre einer seiner Arschlochkumpels, der jetzt an der Reihe wäre. Quentin krallte sich den Kerl, aber seine Hände waren blutig und er rutschte ab. Rumpelnd fiel das Messer auf den nackten Holzfußboden.

Scheiße.

Der Mann fuhr herum und Quentin schlug ihn hart ins Gesicht, gefolgt von einem Knie in die Eier. Er ließ sich auf den Typen fallen, presste seinen Unterarm gegen seine Luftröhre und quetschte ihm die Luft ab, ließ nicht einen Millimeter locker. Wenn der Kerl Luft bekam, würde er schreien. Wenn er schrie, waren Haley, Quentin und diese junge Frau, die er als Darby O'Roarke erkannte, so gut wie tot.

Aus dem Augenwinkel sah er, wie der Kerl seine Finger nach dem Messer ausstreckte, und Quentin presste seinen Arm noch fester auf den Hals des Kerls, durfte nicht loslassen. Hass schlug ihm aus boshaften Augen entgegen. Das Gefühl beruhte absolut auf Gegenseitigkeit. Quentin presste fester zu, wusste, dass er zu lange brauchte. Haley würde jede Sekunde ablegen und er hatte es nicht geschafft, diese junge Frau vor ihren Kidnappern zu retten.

Die Finger der Wache streiften das Messer, aber in diesem Augenblick schnappte die junge Frau es ihm fort. Quentins Druck auf den Hals der Wache wurde noch fester, als der Typ zu stöhnen begann.

Quentin konnte den Einstich des Messers in den Körper des Mannes unter ihm spüren und zuckte zusammen. Er hielt den Kerl fest, während das Leben langsam aus dessen Adern strömte. Endlich wurde der Körper schlaff. Sobald der Mann eindeutig tot war, stand Quentin auf.

Darby O'Roarke trug einen dreckigen Lumpen, der irgendwann mal ein Sack gewesen sein musste. Sie wich vor ihm in eine Ecke zurück, fuchtelte mit wilden Augen mit dem Messer herum.

„Darby. Ich bin FBI-Agent." Quentin sprach mit der sanftesten Stimme. „Sie müssen mit mir mitkommen, aber wir müssen sofort los und wir müssen absolut still sein. Wir haben nicht viel Zeit. Ich bin mit einer Frau zusammen hier, die an den Booten auf uns wartet, aber sie wird ablegen, wenn ich nicht in fünf Minuten dort bin."

In solchen Situationen auf Leben und Tod verzerrte sich die Zeit, also konnte es sein, dass sie es noch immer schaffen konnten, wenn sie sich beeilten. Er hielt seine Hand auf, damit sie ihm das Messer gab, hoffte inständig, sie würde verstehen, dass er hier war, um ihr zu helfen.

Darby leckte sich nervös über die Lippen, dann reichte sie ihm zögerlich das Messer.

Wie viel Mut hatte sie das gekostet? Ihre einzige Chance auf Selbstverteidigung einem Fremden zu überlassen?

Quentin wischte die Klinge an der Brust des toten Mannes ab und steckte das Messer in seinen Gürtel. „Sind Sie bereit?"

Ihre Augen wurden groß und sie nickte. Er öffnete die Tür, und sie humpelte vor ihm aus der Hütte. Hinkte die Stufen hinunter.

Er trat neben sie und versuchte, ihr zu helfen, aber sie zuckte zurück. Sie stolperte vorwärts und machte mehr Lärm, als ratsam war, als sie hinfiel. Sein Herz brach für sie, aber sie hatten keine Zeit für irgendwas, außer hier verdammt noch mal zu verschwinden.

Er beugte sich zu ihr hinunter. „Ich werde Sie tragen, Darby. Ich will nicht drängen, aber wenn wir nicht in den nächsten dreißig Sekunden bei diesen Booten sind, sind wir wieder genau da, wo wir angefangen haben, und kommen niemals von dieser Insel runter."

Sie wimmerte in der Dunkelheit, und er half ihr auf die Füße, dann hob er sie über seine Schultern. Er joggte zum Strand hinunter. Als er näher zum Ufer kam, konnte er Haley entdecken, die sich in den Rumpf eines der Boote gekauert hatte, auch wenn sie längst hätte verschwunden sein sollen.

Das Wasser war eine kühlende Linderung auf seiner Haut, als er durch die Uferwellen schritt und versuchte, Darby nicht nass werden zu lassen.

„Starte den Motor", flüsterte Quentin, als er Darby kurzerhand ins Boot rollte.

Wummernd erwachte der Motor zum Leben, gerade als am Ufer ein Funkgerät knisterte.

Haley lenkte das Boot bereits im Rückwärtsgang von Strand fort, als Quentin sich über die bauchige Seite des Boots zog und sich hineinfallen ließ.

„Bring uns so schnell du kannst hier weg."

Das musste er ihr nicht zweimal sagen. Ein Seil zischte an seinem Ohr vorbei, als Haley Gas gab. Das zweite Boot hüpfte neben ihnen über die Wellen, aber es war eine gute Deckung und auf keinen Fall wollte Quentin, dass die Terroristen sie verfolgen konnten. Sie mussten so viel Strecke zwischen sich und diese Insel bringen wie nur irgend möglich.

Kugeln pfiffen über sie hinweg und Quentin fluchte, aber Haley fuhr immer weiter, hielt sich dicht an das Ufer der Bucht, und sobald es möglich war, bog sie um eine Biegung und verschwand aus der Sicht der Angreifer.

„Womöglich schießen sie von den Klippen aus auf uns." Er deutete auf eine Landzunge, die vor ihnen in der Dunkelheit lag. „Wir sollten direkt aufs Meer hinausfahren, bis wir außerhalb ihrer Schussweite sind, und dann entscheiden, wohin wir fahren."

Er lag ein paar Augenblicke reglos im Bootsrumpf, konnte nicht glauben, dass sie entkommen waren, und traute der Sache noch nicht vollkommen. Die Terroristen hatten womöglich noch weitere Boote in anderen Buchten liegen. Sie hatten womöglich weitere Gangmitglieder auf Posten auf angrenzenden Inseln verteilt.

Gewissensbisse überkamen ihn, als ihm klar wurde, dass sich die Alexanders, das ältere Ehepaar, dessen Freilassung er seit Monaten verhandelte, ebenfalls auf der Insel befanden. Das war definitiv ihre Yacht in der Bucht gewesen. Vermutlich wurden sie in einer der Hütten in diesem provisorischen Dorf festgehalten, keine hundert Meter von der Hütte entfernt, in der er und Haley gefangen gehalten worden waren.

Verdammt.

„Quentin." Haley rief über den Wind, der um sie herum pfiff. „Kannst du übernehmen?"

Rasch setzte er sich auf. „Bist du angeschossen worden? Bist du verletzt?"

„Nein. Das ist es nicht." Er konnte ihre Züge gerade noch im Mondlicht erkennen. Gott, war sie schön. Sie nickte in Richtung von Darby, die sich auf dem Boden des Boots zusammengekauert hatte. „Ich will versuchen, ihr zu helfen."

„Sie heißt Darby", sagte er leise. „Sie wurde vor fünf Tagen entführt."

Die Tatsache, dass er sie hier rausgeholt hatte, war ein Wunder. Aber jetzt mussten sie sich in einer entlegenen Region in Sicherheit bringen, in der er nicht wusste, wer Freund war und wer Feind.

Quentin übernahm das Steuer und wünschte sich verflucht noch mal, er wäre wieder in Quantico und würde mit irgendwelchen Idioten verhandeln, die ihre Steuern nicht zahlten, anstatt mitten auf einem unbekannten Meer mit zwei wehrlosen Frauen unterwegs zu sein, während sie verzweifelt versuchten, bewaffneten Terroristen zu entkommen.

KAPITEL SECHZEHN

Fünf Tage … Unter anderen Umständen war das überhaupt keine Zeitspanne, aber Haley wusste trotzdem, dass jede Sekunde dieser fünf Tage, die diese junge Frau durchgemacht hatte, ihr wie ein nicht enden wollender Albtraum vorgekommen sein musste.

Ihre eigene Vergewaltigung war ihr in den darauffolgenden Jahren abertausende Male durch den Kopf gegangen und hatte sie an irgendeinem Punkt fast zerstört. Aber irgendwann hatte sie Unterstützung gefunden und sich ihre Macht zurückgeholt.

Was würde diese brutale Erfahrung mit dieser Frau machen?

Haley ging schwankend zum Bug, und Quentin übernahm ihren Posten.

„Sind Sie in Ordnung, Darby?", fragte sie.

Die Frau rollte sich noch enger zusammen, und Haleys Herz brach bei dem Schmerz, von dem diese reflexhafte Bewegung zeugte.

Es *war* eine blöde Frage.

Sie zwängte sich neben die Frau auf den nassen Boden des Boots und nahm sie mit unter ihre Wolldecke. Die Frau erstarrte bei dieser kurzen Berührung.

„Ich werde Ihnen nicht wehtun. Ich werde Sie nicht anfassen, es sei denn, Sie wollen es, aber ich bin für Sie da und nehme Sie in den Arm, wenn Sie das brauchen." Die Meeresbrise ließ Haley zittern. „Ich will nur meine Decke mit Ihnen teilen, damit Sie nicht frieren."

Quentin musste das Boot verlangsamen, weil es zu gefährlich war, so über das Meer zu rasen, wenn man keine Hindernisse im Wasser erkennen konnte. Die Insel verwandelte sich in ihrem Rücken in einen monströsen Schatten, größer, als Haley sie sich vorgestellt hatte. Zum Glück konnte sie keine Hinweise darauf erkennen, dass sie verfolgt wurden, aber sie konnte auch keine anderen Inseln in der Ferne entdecken.

„Ich weiß, dass Sie etwas Schreckliches durchgemacht haben, Darby, und ich wünschte, ich könnte Ihnen sagen, dass Sie jetzt in Sicherheit sind, aber das wissen wir noch nicht genau. Aber wir versuchen es und werden Sie nicht zurücklassen." Sie wollte der Frau über die Haare streicheln, aber das war Darbys Entscheidung. Sie würde diese Grenze nicht ohne ihre Erlaubnis überschreiten. „Quentin und ich wurden aus einem Hotel entführt, das diese Männer gestern Nacht angegriffen haben."

Es kam ihr vor, als wäre es eine Ewigkeit her.

Sie schluckte und die Trauer um die Menschen, die umgebracht worden waren, stieg in ihr auf. Ihre Stimme klang heiser, wurde von den Überresten der Angst und einer neuen Traurigkeit blockiert. „Wir waren die Einzigen, die lebend mitgenommen wurden. Alle anderen wurden umgebracht."

Haley blickte hinauf in den endlosen Himmel. Sie fühlte sich klein und unbedeutend auf diesem gewaltigen Meer. „Quentin arbeitet für das FBI. Sie können ihm Ihr Leben anvertrauen. Und er wird Ihnen *nicht* wehtun." Es war verrückt, was für ein Vertrauen sie in den Kerl hatte, aber sie hatte das Gefühl, ihn bis ins Mark zu kennen. Er war ein guter Mann. „Können Sie mir sagen, wo Sie entführt wurden?"

Zuerst glaubte sie nicht, dass Darby ihr antworten würden, aber dann wandte die Frau den Kopf und blickte sie an. „Ich arbeite auf einer unbewohnten Insel in der Bandasee. Ich wollte einen Monat dort bleiben und GPS-Arrays aufstellen, als Teil meiner Forschungsarbeit." Ihre Stimme krächzte, als ob sie heiser wäre. „Ich erforsche Vulkane. Vor ein paar Tagen kamen mitten in der Nacht ein paar Männer zu meinem Zelt. S-sie haben mich angegriffen und, und mich *mitgenommen*." Sie warf sich an Haleys Brust, schluchzte. „Ich hatte solche Angst."

Haley hielt Darby fest, wusste, dass sie alles geben würde, was sie besaß, um ungeschehen zu machen, was dieser jungen Frau zugestoßen war, aber das war unmöglich.

„Sie haben mir so *wehgetan*." Darbys Schluchzen wurde vom Wind davongetragen und hallte ergreifend durch die Nacht.

Haley fühlte sich hilflos und wusste nicht, was sie sagen sollte.

„Ich habe nicht mehr geglaubt, dass es jemals aufhören würde. Ich habe angefangen, mir den Tod zu wünschen, und dann seid ihr beide aufgetaucht." Darby löste sich von Haley, dann überlegte sie es sich anders und schlang ihre Arme nur umso fester um Haley. „Vielleicht bin ich auch tot, und ihr seid zwei Engel."

Haleys und Quentins Blicke trafen sich. Haley wäre am liebsten zusammen mit Darby in Tränen ausgebrochen, aber sie wollte diese Bastarde auch in der Luft zerreißen.

Sie hielt die andere Frau weiterhin fest im Arm, wiegte sie sanft hin und her, wusste, dass sie dasselbe Schicksal erlitten hätte, wenn sie nicht entkommen wäre.

„Wie schwer wäre es, herauszufinden, auf welcher Insel sich die Terroristen befinden?", fragte Quentin und rief seine Frage über das Brummen des Motors zu ihnen herüber.

„Gar nicht schwer." Darby wischte sich die Tränen aus den Augen. „Wir wissen in etwa, wo vulkanische Erdbeben auftreten. Die Vermessungsbehörde der USA sollte die Ursprünge zu der Insel zurückverfolgen können."

„Gut. Dann können wir den Behörde wenigstens sagen, wo sie sich befinden."

Darby blickte ihn mit großen Augen an. „Habt ihr Wasser? Ich habe heute noch nichts getrunken."

Oh Gott.

Haley drehte sich der Magen um. Sie und Quentin waren regelrecht verwöhnt worden im Vergleich zu Darby. Quentin löste den Gurt der Feldflasche und warf sie in ihre Richtung. Haley fing die Flasche auf und reichte sie Darby.

„Wir müssen entweder eine Siedlung finden, in der wir einen Hilferuf absetzen können, oder wir müssen uns an irgendeinem sicheren Ort verstecken, bis die Sonne aufgeht."

„Woher wissen wir, wem wir vertrauen können?" Darby krallte ihre Finger so fest um die Feldflasche, dass Haley ihre Fingerknöchel im Mondlicht schimmern sehen konnte. Nach einem langen Schluck setzte Darby die Flasche wieder ab und schraubte sie zu, reichte sie zurück an Quentin.

„Das können wir leider nicht wissen", sagte Quentin nachdenklich.

„Aber wir könnten doch sicher ein Resort oder so etwas finden? Oder ein vorbeifahrendes Schiff anhalten?", schlug Haley vor.

Der Blick auf Quentins und Darbys Gesichtern verriet ihr,

dass das nicht so einfach sein würde.

„Wie weit sind sie mit dir unterwegs gewesen, weißt du das?", fragte Quentin Darby.

„Nicht lange. Eine Stunde über das Meer, maximal." Sie wischte sich wieder über die Augen. „Warum?"

„Seid ihr aus Norden, Süden, Osten oder Westen zu der Insel gekommen, auf der sie uns gefangen gehalten haben?"

Darby räusperte sich. „Aus Norden."

„Glaubst du, du könntest die Insel wiederfinden, auf der du geforscht hast? Weißt du etwas darüber, anhand der Sterne zu navigieren?"

Darby schnaubte lachend auf und in Haley kam die Hoffnung auf, dass das junge Mädchen diese Sache durchstehen würde, vorausgesetzt, sie würden nicht wieder gekidnappt.

Darby blickte in den Himmel. „Den Nordpolarstern können wir natürlich nicht sehen, weil wir uns südlich des Äquators befinden, aber dort drüben ist das Kreuz des Südens." Darby deutete auf die kleine Ansammlung von fünf hellen Sternen, dann auf zwei helle Sterne rechts davon. „Und das sind die Wegweiser. Süden ist also in diese Richtung." Sie machte mit ihren Händen eine Geste in eine grobe Richtung. „Wenn wir nach Norden fahren, sollte Pulau Gunung Rebi, die Insel, auf der ich geforscht habe, relativ leicht zu erkennen sein. Dort gibt es einen Lavastrom, der auf der nördlichen Seite der Insel direkt in den Ozean fließt."

Na wunderbar. Ein weiterer aktiver Vulkan. Haley sah davon ab, einen Freudentanz aufzuführen.

Quentin lenkte das Boot in diese Richtung. „Ich bezweifle, dass sie davon ausgehen, dass du dorthin zurückkehrst."

Darby begann, mit den Zähnen zu klappern. Es war

Furcht, auch wenn sie nichts sagte.

„Gibt es irgendwelche Kommunikationsvorrichtungen an deiner Forschungsstation?", fragte Quentin.

Haley fing an zu verstehen, was er vorhatte.

„Ich hatte ein Satellitentelefon, aber das haben sie zerschlagen."

Darby antwortete gut auf die Fragen, legte etwas der Traumareaktionen ab, die sie anfangs noch aufgewiesen hatte, was nicht überraschend gewesen war.

„Könnten wir die GPS-Stationen benutzen, die du aufgebaut hast, um Hilfe zu rufen?", fragte Haley.

„Wie zum Beispiel?" Darby klang zweifelnd.

„Sie bündeln, um ein SOS-Signal abzusetzen?", schlug Haley vor.

„Es würde Tage dauern, um so viele GPS-Einheiten zu bewegen und sie so zu verbinden. Die Daten werden zweimal am Tag gelesen, aber nicht zwangsläufig auch direkt analysiert."

„Vielleicht könnten wir genug der Stationen bewegen, damit die Wissenschaftler am anderen Ende der Welt einen Blick auf die Satellitenbilder werfen, und wir könnten SOS irgendwo hinschreiben, wo man es von der Luft aus sehen kann?" Haley wusste nicht, ob die Wissenschaftler sich das anschauen würden, aber sie wusste, dass Alex Parker und Dermot Gray ganz genau hinschauen würden.

„Das ist eine *super* Idee." Quentins Stimme war warm vor Anerkennung.

Haley kam sich vor wie eine gottverdammte Astrophysikerin.

„Mir gefällt die Vorstellung nicht, dorthin zurückzukehren", gab Darby zu.

„Wir können die Boote verstecken und uns vor allen verstecken, die zufällig vorbeikommen. Einfach darauf warten, dass die Kavallerie eintrifft."

„Woher wollen wir wissen, wer die Kavallerie ist?", fragte Darby und war offensichtlich noch nicht von dem Vorschlag überzeugt.

„Wir warten ab, bis wir uns sicher sind", beruhigte Quentin sie.

Haley wusste, dass die USA alle Hebel in Bewegung setzen würde, um einen gekidnappten Bundesagenten zu finden – angenommen, sie wussten, dass er gekidnappt worden war. Vielleicht nahmen sie auch an, er wäre tot, so wie alle anderen Teilnehmer der Konferenz. So wie sie. Aber das sprach sie vor Darby nicht laut aus. Darby brauchte allen Optimismus, den Haley aufbringen konnte.

„Gibt es auf der Insel Süßwasser?", fragte Quentin.

„Ja. Eine Quelle. Ich habe sogar ein paar Packen Notrationen in einer Kühlbox, und ich bezweifle, dass sie die gefunden haben." Sie blickte sich nervös um. „Ich habe Angst", gab sie zu.

„Wir werden uns klug und vorsichtig verhalten, Darby. Wir legen uns einen Plan zurecht und warten darauf, dass die Behörden uns holen kommen. Wenn dir eine bessere Idee einfällt, nur her damit, ansonsten fahren wir jetzt dorthin, damit wir nicht mehr auf dem Wasser sind, wenn die Sonne aufgeht."

Nach einem Augenblick nickte Darby zögerlich. „Mir fällt auch nichts Besseres ein. Und ich kenne die Insel. Wenn wir es dorthin schaffen, haben wir vielleicht eine Chance –"

Genau in diesem Augenblick entschloss sich der Motor, zu stottern und den Geist aufzugeben.

QUENTIN SUCHTE DIE tintenschwarze Wasseroberfläche nach Hindernissen ab, während er immer weiter geradeaus nach Norden fuhr. Sie waren in das zweite Schlauchboot umgestiegen und hatten das andere zurückgelassen, um den Widerstand zu verringern und hoffentlich das Maximum aus dem Tank herauszuholen, hatten alles aus dem anderen Boot mitgenommen, was ihnen auch nur ansatzweise hilfreich sein konnte.

Sie hatten Leuchtgeschosse und einen Kompass gefunden, aber keine Funkgeräte. Die Leuchtgeschosse könnten sich noch als nützlich erweisen, aber nicht, bis sie sich absolut sicher waren, wer da draußen womöglich auf sie lauerte und auf ihre Hilferufe reagierte.

Darby war erschöpft an Haleys Schulter zusammengesunken, und die beiden kauerten tief im Rumpf des Bootes, suchten Schutz vor dem unablässigen Wind. Haleys blonde Haare wehten in der Brise.

Sie stand noch immer im Mittelpunkt der Aufmerksamkeit – seiner Aufmerksamkeit jedenfalls. Er versuchte, nicht daran zu denken. Trotz allem hatte sie seinen Schutzwall durchbrochen.

Umstände.

Sie war nichts für ihn. Er war ein Fußsoldat der Regierung, der dorthin geschickt wurde, wo es dem FBI gerade beliebte. Sie war eine vermögende CEO, die eine schwere Vergangenheit überlebt hatte. Er presste die Lippen zusammen, fragte sich, warum er überhaupt über ihre nicht-existierende Beziehung nachdachte – zumindest in der echten Welt nicht-existierend. Hier draußen waren sie aufeinander angewiesen, zur gegenseitigen Unterstützung und um zu überleben. Zu Hause würde sie nicht einmal wissen, dass er existierte – und nicht nur, weil alles, was er tat, arbeiten und schlafen war.

Nichts davon war wichtig. Es war nur wichtig, diese beiden Frauen in Sicherheit zu bringen und dann zu dem Versuch zurückzukehren, die Alexanders zu retten. Die USA würden diese Arschlöcher nicht mit dem Blutbad an ihren Staatsbürgern davonkommen lassen, und Quentin hatte keinen Zweifel, dass die Terroristen ihre amerikanischen Geiseln als Schutzschilde missbrauchen würden. Aber er konnte helfen. Das war sein Fachgebiet – auch wenn es immer eine Herausforderung war, mit Soziopathen zu verhandeln.

Er war sich nicht sicher, ob es eine kluge Idee war, an den Ort von Darbys Entführung zurückzukehren. Aber er war sich ziemlich sicher, dass es besser war, als auf dem offenen Meer zu beten und zu hoffen, was ihre einzige Alternative war. Darbys Insel war eine bekannte Größe. Ein Risiko, aber ein kalkuliertes Risiko.

Im Osten wurde der Himmel am Horizont langsam heller, was Quentin nervös machte. Er wollte auf festem Boden stehen, wenn die Sonne aufging.

Ein Seevogel schoss an ihm vorbei, erschreckte Quentin und ließ sein Herz zusammenfahren.

Im Westen konnte er eine vertikale Linie aus feurigem Orange erkennen. Lava. Er drehte das Ruder, sodass sie darauf zu fuhren.

„Darby", rief er, auch wenn er sie eigentlich nicht wecken wollte. Aber immer noch besser, als wieder auf der Insel zu landen, von der sie gerade geflohen waren.

Sie erwachte mit einem Ruck und für eine Sekunde waren

ihre Augen voller Schrecken, bis ihr klar wurde, wo sie war und mit wem sie unterwegs war.

Quentin nickte mit dem Kinn in Richtung Lavastrom. „Ist das deine Insel?"

Darby hob den Kopf über die Reling des Boots, um einen Blick hinauszuwerfen. Dann nickte sie nachdenklich. „Pulau Gunung Rebi. Fahr über die westliche Seite nach Norden. Dort gibt es einen kleinen Strand, an dem wir landen können."

Quentin betrachtete aus schmalen Augen den orangen Strom. „Der fliegt aber nicht jeden Moment in die Luft, oder?"

„Ob er ausbricht, meinst du?" Zum ersten Mal, seit sie sich begegnet waren, funkelten Darbys Augen. Quentin war überrascht, dass sie nach diesem brutalen Erlebnis nicht katatonisch war, aber er vermutete, dass sie viel davon verdrängt hatte. Oder vielleicht war sie einfach nur verdammt widerstandsfähig.

Überleben hatte viele verschiedene Fassetten.

„Nicht laut den Daten, die ich vor meiner Entführung gesammelt habe." Das Funkeln in ihren Augen erlosch. „Aber in fünf Tagen kann viel passieren, sogar bei Vulkanen."

Ihre Worte ließen seinen Hals eng werden, denn sie meinte offensichtlich ihre eigenen Erlebnisse.

„Es tut mir wirklich leid, dass du angegriffen wurdest. Ich verspreche dir, dass die US-Behörden diese Männer verfolgen werden–"

„Werden dann alle davon erfahren?", unterbrach sie ihn scharf.

Quentin starrte sie an, wägte ab. „Ich muss Bericht erstatten über das, was ich gesehen habe."

„Warum? Du bist doch nicht vergewaltigt worden."

Die Härte ihrer Worte überraschte sie beide, genau wie die

Verbitterung in ihrer Stimme. Aber was war schlimmer, als vergewaltigt zu werden?

Wenn die ganze Welt davon erfuhr, dass man vergewaltigt worden war.

Quentin wollte, dass die Kidnapper bestraft wurden, aber wenn das Darby nur noch mehr Schmerzen verursachte … Er hielt inne, versuchte, sich an die Dinge zu erinnern, die ihn zu einem guten Verhandlungsführer machten. Versuchte, sich an das Schema der einzelnen Stufen in der Verhaltensänderung zu erinnern, das ihm dabei half, die Handlungen der Menschen zu beeinflussen – aktives Zuhören, Empathie, Aufbauen eines Verhältnisses, Einfluss und Verhaltensänderung.

Aber vielleicht hatte er gar nicht das Recht, diese Frau zu beeinflussen. Vielleicht sollte er sie ihre eigenen Entscheidungen treffen lassen.

„Ich kann meinen Bericht so schreiben, dass er keine expliziten Details enthält, aber die Ermittler werden dich fragen, und du solltest sie nicht anlügen. Wenn du auch nur in einer Sache lügst, wird das alles andere untergraben, was du sagst."

Ihr Mund wurde schmal.

„Du wirst medizinische Behandlung brauchen. Und Therapie."

„Ich könnte schwanger sein. Oder irgendeine furchtbare Geschlechtskrankheit haben." Sie starrte ihn an. „Ich habe keine Hormonspritze bekommen, bevor ich hergeflogen bin, und jetzt bin ich womöglich schwanger." Sie wandte den Blick ab, ihr Kinn trotzig vorgestreckt.

Das Leid in Darbys Stimme traf Quentin unerwartet. Er war daran gewöhnt, Menschen in Krisen zu begegnen, aber ihre Verwundbarkeit appellierte an seinen Beschützerinstinkt. „Ich werde dafür sorgen, dass du die Versorgung erhältst, die du brauchst, Darby. Was auch immer das sein mag. Solange, wie es sein muss. Ich mache deine Behandlung zu meiner Priorität und zur Priorität der Krisenverhandlungseinheit. Es gibt noch andere Kollegen im FBI, die helfen können. Wir haben Opferbeistände. Medizinische Fachleute. Wir können dir bei dieser Tortur helfen. Das verspreche ich dir."

Darbys Lippen zitterten, als sie ihn anschaute. Schließlich nickte sie und akzeptierte sein Versprechen.

Dann schlug sie einen Vortragston an. Das machte es einfacher für sie beide. „Die Lava fließt mittlerweile seit etwa fünf Jahren ununterbrochen, und die ganze Region ist in letzter Zeit definitiv aktiver, seit dem Ausbruch des Krakatau und der ganzen Aufregung in diesem Zuge. Aber dieser Vulkan hier ist relativ stabil, und ich bezweifle, dass sich das geändert hat. Ich werde die Daten des Neigungsmessers auswerten, um sicherzugehen."

Quentin konnte gut auf die Aufregung, einen Vulkanausbruch höchstpersönlich mitzuerleben, verzichten, vor allem aus nächster Nähe. Er ließ sie weiterreden.

„Die Japaner haben hier während des Zweiten Weltkriegs Gefangene festgehalten. Vor allem Leute aus der niederländischen Führungsklasse." Sie zupfte nervös an ihren Haaren herum. „Es gibt einen Friedhof, wo sie die Toten begraben haben, sowie die Überreste von einigen alten Wachtürmen, aber das Gefangenenlager wurde nicht lange genutzt, und sie haben die Häftlinge in einige der großen Camps auf Java verlegt, nachdem es hier Anfang 1943 zu erhöhten seismischen Aktivitäten gekommen war."

Das Leid, das Menschen anderen Menschen antaten,

beeindruckte ihn immer wieder aufs Neue. Dass Zivilisationen keine Lehren aus der Vergangenheit zogen, war ebenso verstörend.

Die Sonne kroch über den Horizont, und Quentin wollte die Insel ein klein wenig erkunden, bevor sie sich endgültig auf diesen Plan einließen. Noch während dieser Gedanke durch seinen Kopf schoss, begann der Außenbordmotor zu stottern. Das Benzin ging aus.

Verdammt.

Er quetschte aus dem Motor heraus, was ging, und als er schließlich starb, griff Quentin nach den Rudern. Darby reichte ihm die Feldflasche, und er trank einen Schluck, dann begann er, zu rudern.

Die Strömung war stark, aber der Wind stand zu ihren Gunsten. Nach einer Weile begannen die Muskeln in seinen Schultern zu brennen, aber Quentin ignorierte die Schmerzen.

Er ruderte, bis er einen Blick auf den Strand erhaschte, von dem Darby erzählt hatte. Sie ließen ihre Blicke über die umliegende Gegend schweifen. Haley schlief noch immer tief und fest. Sie musste völlig erschöpft sein.

„Was denkst du?", fragte Quentin die junge Frau.

„Ich kann keine Anzeichen erkennen, dass jemand anderes hier war."

„Sollen wir es riskieren? Oder weiterrudern, bis wir einem Boot begegnen, dass uns mitnehmen kann?"

Er wollte ihr die Gelegenheit geben, eine Entscheidung zu treffen, damit sie anfangen konnte, wieder die Kontrolle über ihr Leben zu übernehmen. Er wusste nicht, was er tun sollte, wenn sie sich dafür entschied, auf dem Meer zu bleiben. In diesem Fall könnten sie ohne Weiteres in den nächsten Stunden oder Tagen sterben, wenn sie kein Wasser und keine

Rettung fanden.

Darbys grüne Augen wurden groß. „Irgendein beliebiges Boot?" Es war hell genug, um sie schaudern zu sehen. Sie war eine hübsche Frau mit hellrotem Haar und Augen voller Schmerz. „Nein, das will ich nicht riskieren. Ich kenne diese Insel wie meine eigene Hand. Sie werden mich nicht noch einmal überraschen. Keinen von uns."

Gut.

„Und je schneller wir die GPS-Einheiten bewegen, umso schneller wird Hilfe eintreffen." Quentin manövrierte das Schlauchboot umständlich in Richtung des Strands. Es war lange her, seit er das letzte Mal ein Boot mit Muskelkraft bewegt hatte, ganz zu schweigen eines von dieser Größe. Darby setzte sich neben ihn auf die Bank und nahm ihm eins der Ruder ab.

„Ich kann helfen", sagte sie.

Quentin erwiderte nichts. Es war wichtig für sie, ihre Unabhängigkeit und ihre Autonomie wiederzugewinnen. Es würde ihre Heilung unterstützen. Und er wusste die Hilfe zu schätzen.

Es dauerte nicht lange, bis sie das Ufer erreichten, auch wenn Darby vor Anstrengung zitterte, bis sie dort angekommen waren. Sie war so dünn, und er bezweifelte, dass sie seit ihrer Entführung viel gegessen hatte. Nicht einmal ein paar frittierte Grillen.

Als sie schließlich auf dem sandigen Untergrund aufliefen, sprang Quentin über die Seite des Boots und griff nach dem Tau, zog das Boot noch ein bisschen weiter in Richtung des Strands.

Vom Ufer aus zog sich eine grasige Ebene den Hügel hoch. Rechts und links in den unteren Höhen der etwa drei

Meilen breiten Insel standen Wälder, grün und üppig.

„Ich bin überrascht, dass die Insel nicht bewohnt ist. Es gibt Süßwasser und scheinbar auch fruchtbares Ackerland."

„Die Einheimischen glauben, sie wäre verflucht." Darby zog eine Grimasse. „Vielleicht haben sie recht."

Quentin wusste nicht, was er darauf erwidern sollte. Er deutete auf den Streifen zwischen Wasser und Sand. „Ziehen wir das Boot weiter zu den Bäumen, bevor wir es aus dem Wasser zerren. Dann können wir es in den Wald ziehen und mit Blättern und Ästen tarnen."

„Ohne Schleifspuren auf dem Sand zu hinterlassen, die unsere Anwesenheit preisgeben würden." Darby blickte ihn zustimmend an und er musste lächeln, als er an ihre jeweiligen Positionen im Leben dachte. Sie war offensichtlich selbstbewusst und intelligent, sonst hätte sie sich nie im Leben alleine auf so ein Abenteuer gewagt.

Er hoffte nur, dass sie diese Eigenschaften nicht verlor, aber wenn möglich beim nächsten Mal mehr auf ihre Sicherheit bedacht war. Aber das lag in der Verantwortung ihres Colleges und ihres Tutors und war nicht ihre Aufgabe.

Quentin warf einen Blick auf Haley, die langsam die Augen öffnete. Etwas in seiner Brust machte einen kleinen Sprung, als sie ihn anlächelte. Das Gefühl hatte er jedes Mal, wenn er sie anschaute.

Darby überraschte ihn, als sie über die Bordwand in die Brandung sprang. Als sie unter der Wasseroberfläche verschwand, erstarrte er und machte einen Schritt auf sie zu. Aber sie tauchte wieder auf, wusch sich mit dem Meereswasser ab. Er konnte sich nur vorstellen, wie dringend sie sich waschen wollte.

Haley berührte seine Hand. „Lassen wir ihr etwas

Abstand. Ich helfe dir mit dem Boot. Sie wird schon klarkommen."

Haleys Lippen waren trocken und aufgeplatzt, ihre Augen geschwollen und müde, mit dunklen Ringen darunter, aber sie war immer noch genauso umwerfend schön wie die Frau, die erst vor wenigen Tagen in einer Bar seine Aufmerksamkeit auf sich gezogen hatte. Die Frau, mit der er geschlafen hatte.

Er wünschte, die Dinge wären danach anders verlaufen. Wünschte, sie hätten eine normale Begegnung gehabt, bei der er ihr eine Nachricht geschrieben und sie um ein richtiges Date gebeten hätte. Das hätte Spaß gemacht. Im Gegensatz dazu, vor Leuten zu fliehen, die sie in Stücke schneiden wollten, wenn sie sie wieder schnappen sollten.

Er schaffte es, den Blick von Haley abzuwenden. Erinnerte sich daran, dass sie noch nicht wieder zu Hause in Sicherheit waren. Noch lange nicht. Er musste sich konzentrieren. Um sie zu beschützen, um sie beide zu beschützen.

Nicht ablenken lassen, Savage. Bleib im *Hier und Jetzt.*

Zusammen zogen sie das Schlauchboot über die Steine und in die Büsche. Er benutzte das gestohlene Messer, um ein paar Äste von den umstehenden Büschen abzuschneiden und das Metall des Motors und das glänzende Gummi des Boots zu bedecken.

„Ich habe mich noch gar nicht richtig bei dir bedankt", sagte Haley, nachdem sie fertig waren und ihr Werk bewunderten. Sie hatte die Hände in die Hüften gestemmt und trug noch immer seine Sportsachen, aber sie flüsterte nicht mehr länger aus Angst, gehört zu werden. Zum ersten Mal seit Tagen konnten sie normal miteinander sprechen. „Du hast mir so oft das Leben gerettet, ich weiß überhaupt nicht, was ich ohne dich gemacht hätte." Sie zwang sich ein Lächeln auf die Lippen, aber ihre Augen standen voller Tränen, die sie beide ignorierten.

Haley Cramer war bereits einmal vor ihm zusammengebrochen. Er bezweifelte, dass sie es wieder würde tun wollen. Er nahm ihre Hand in seine und rieb ihre kalte Haut, brachte ohne nachzudenken ihre Finger an seine Lippen. „Ich hätte es nicht ohne dich geschafft."

„Doch, das hättest du", widersprach sie.

„Wir haben es zusammen geschafft, Haley. Jeden einzelnen Schritt." Er wollte nicht zugeben, dass sie ihm etwas bedeutete, mehr, als ihm seit Jahren irgendjemand bedeutet hatte. Obwohl er gewusst hatte, dass sie jeden Augenblick umkommen konnten, hatte er sich erlaubt, sich auf sie einzulassen. Er hatte einfach keine andere Wahl gehabt.

Er wollte ihre Hand loslassen, aber ihre Finger schlossen sich um seine.

„Du bist ein guter Mann, Quentin Savage." Sie schaute ihn an und was er in ihren Augen sah, ließ ihn sich so viele Dinge wünschen. „Ich bin froh, dass es dein Schlafzimmer war, in das ich hineingestolpert bin."

Diese Bemerkung kratzte ein bisschen an ihm. War das der Grund gewesen, weshalb sie mit ihm ins Bett gegangen war? Weil er eben da gewesen war? Weil er ihr Sicherheit geboten hatte? War das ein Mitleidsfick gewesen?

In der Bar hatte er eine Anziehung zwischen ihnen gespürt, aber was hieß das schon? Er runzelte die Stirn und war irritiert, dass es ihn nervte.

„Glaubst du, Cecil Wenck wurde vor dem Anschlag gewarnt. Glaubst du, er ist deshalb abgereist?", fragte sie.

Quentin schob die Gedanken über ihre Beweggründe und darüber, warum sie im Bett gelandet waren aus seinem Kopf.

„Bis wir wissen, ob er überlebt hat oder nicht, bringt es nichts, darüber zu spekulieren." Seine Stimme klang ein bisschen härter als beabsichtigt. Tatsache war, dass die Behörden womöglich noch nicht einmal nach ihnen suchten. Womöglich nahmen sie an, Haley und er wären beide tot. „Auf geht's."

Zusammen wateten sie durch die Wellen zurück zu Darby, die etwas gefasster aussah. Ihre nassen Haare waren dunkler und klebten an ihrem Kopf. Der zerlumpte Fetzen, den sie trug, hing an ihrem Körper. Quentin wusste nicht einmal, was es gewesen war. Ein Sack? Eine zusammengeflickte Decke? Er wandte den Blick ab, wollte ihr kein Unbehagen bereiten, weil ein Mann die Form ihres Körpers sehen konnte.

„Wir laufen besser nicht auf dem Sand, um keine Spuren zu hinterlassen. Wir gehen durch den Wald. So kann niemand frische Fußspuren auf dem Strand entdecken."

„Eindeutig clever", sagte Haley.

Verflucht. Bei ihrem Lob wollte er sich am liebsten aufplustern wie ein Pfau. Wenn sein Team ihn jetzt sehen könnte, würden sie sich totlachen. Er musste über sich selbst die Augen verdrehen.

„Kannst du uns zu der Quelle führen, damit wir Wasser sammeln können, und dann schauen wir, was du noch an Vorräten da hast?", fragte Quentin.

Er war am Verhungern, aber Darby hatte seit *Tagen* nichts gegessen. Sie musste bei Kräften bleiben, wenn sie sich erholen wollte.

„Und dann legen wir mit der Arbeit an den GPS-Stationen los." Darby nickte energisch.

„So machen wir es." Haley hob ihre flache Hand, um mit ihnen einzuschlagen. Quentin gab ihr ein High Five und genoss das neue Funkeln in ihren Augen, nach allem, was sie durchgestanden hatte.

Darby gab Haley ein High Five, dann wandte sie sich ihm zu. Sie zögerte kurz, dann schlug sie auch mit ihm ein.

Quentin blickte ihr in die Augen, und etwas von dem Grauen, das sie durchgemacht hatte, strömte in diese moosgrünen Tiefen. Die pure Verzweiflung, die er darin sah, ließ ihn die Zähne zusammenbeißen. Trotzdem schlich sich ein kleines Lächeln um ihre Mundwinkel.

„Lass dich von diesen Bastarden nicht kleinkriegen", murmelte Haley leise.

Darby nickte, dann starrte sie auf die brechenden Wellen, die ihre Füße umspülten, und atmete tief ein. Sie blickte auf. „Lasst uns diese GPS-Daten manipulieren und nachschauen, ob irgendjemand aufpasst. Ich für meinen Teil will mein Leben zurückhaben."

KAPITEL SIEBZEHN

D AS TELEFON AUF seinem Nachttisch schrillte und riss Eban aus dem Schlaf. Er war in seinen Klamotten eingeschlafen, und der Fernseher brabbelte noch immer im Hintergrund. Jetlag, zusammen mit langen Arbeitstagen, bedeutete, dass er ins Bett gefallen war, sobald er in den frühen Morgenstunden sein Hotelzimmer betreten hatte.

Verdammt.

Groggy griff er nach seinem Handy, verfluchte das Ladekabel, das seinen Laptop vom Nachttisch zog. Er riss das Kabel heraus. „Ja?"

Es war der Rechtsattaché, Reid Armstrong. Eban hatte den Kerl kennengelernt, als er das letzte Mal hier draußen gewesen war. „Die Kriminaltechniker haben die Überreste von Quentin Savages Dienstausweis und seiner Marke in dem ausgebrannten Hotel gefunden."

Die Worte waren wie Faustschläge mitten ins Gesicht. Eine schnelle links-rechts Kombination, gefolgt von einem üblen Kinnhaken. Eban schloss die Augen, wollte leugnen, was die Beweise und die Augenzeugen ihm sagten. Aber bis er es mit Sicherheit wusste, bis sie Quentins Leiche eindeutig identifiziert hatten, würde er die Hoffnung nicht aufgeben.

Armstrong räusperte sich, als ob ihm seine eigenen Emotionen unangenehm wären. „Ich konnte heute Morgen ein Treffen mit der Assistenz des Außenministers Ini

Kanawela arrangieren.“

Wie spät war es? Eban warf einen Blick auf den Wecker im Zimmer und versuchte zu begreifen, was die Zahlen sieben, eins, fünf tatsächlich bedeuteten. Er glaubte, dass es vermutlich Morgen war, aber er konnte nicht hundertprozentig sicher sein.

„Was hat er gesagt?“ Eban klang, als hätte er Rasierklingen verschluckt.

Sie alle arbeiteten nonstop, um herauszubekommen, wer diese Terroristen waren, wo sie waren. Die Leichen waren in eine provisorische Leichenhalle transportiert worden, am Rand einer Militärbasis in Jakarta. In mobilen Laboren wurde die DNA aus den Backenzähnen jedes Opfers analysiert. Bisher hatte sich noch niemand zu dem Anschlag bekannt.

„*Sie* sagt, der Innenminister wäre direkt nach Quentins Vortrag abgereist, weil er am nächsten Tag eine wichtige Sitzung in Manila hatte. Dieser Termin war seit Wochen geplant.“

Sie? Eban fragte sich, ob Reid mit ihr ins Bett ging, denn sieben Uhr fünfzehn – morgens, anscheinend – war verdammt früh für ein Treffen, das bereits vorbei war.

„Sie wollen mir also sagen, dass der Innenminister nicht in letzter Sekunde gewarnt wurde, dass die Angreifer auf dem Weg seien, um alles umzunieten, was sich in ihrem Weg befindet, und dass er sich verziehen solle? Schade.“ Das wäre auch zu einfach gewesen, und Eban hätte den Kerl grün und blau schlagen können, um herauszufinden, wer genau ihn gewarnt hatte und wer zur Hölle all diese Menschen umgebracht hatte.

Und das war der Grund, weshalb Eban kein Rechtsattaché war. Armstrong war tausendmal diplomatischer als dieser

Bursche aus Montana.

„Das wirft einen interessanten Punkt auf", stimmte Armstrong ihm zu. „Wussten die Terroristen, dass der Außenminister bereits abgereist war, was die Konferenz mit genau null Sicherheitspersonal zurückgelassen hatte, oder war es Zufall, dass sie genau in dem Augenblick aufgetaucht sind?"

An so einen großen Zufall glaubte Eban nicht. „Ich würde darauf wetten, dass die Terroristen genau wussten, was in diesem Hotel vor sich ging. Vielleicht wurden sie kontaktiert, sobald die Luft rein war, oder sie hatten Zugang zum Konferenzprogramm. Ich lasse gerade einen FBI-Berater namens Alex Parker die Daten der Funktürme auswerten. Lassen Sie mich meine E-Mails checken, vielleicht hat er ja schon was gefunden."

„Sie wissen, dass er Spion war, richtig?"

„Was? Wer? Parker?" Das hatte Eban nicht gewusst, aber die Gerüchte waren natürlich durch die Gänge des FBI geflogen wie Tratsch durch eine Highschool. „Mir ist egal, ob er ein kaltblütiger Attentäter war, solange er Infos liefert." Eban öffnete seinen Laptop und sah zu, wie seine E-Mails luden. Seine Augen wanderten die eingegangenen Nachrichten hinunter, bis er eine Mail von Parker fand.

Es war eine Tabelle.

„Er hat mir alle Handynummern geschickt, die sich in diesen Funkturm eingewählt haben, und hat sie mit den Daten der Besitzer abgeglichen. Scheiße." Er rieb sich den Schlaf aus den Augen. „Das sind verdammt viele Nummern."

Am anderen Ende der Leitung war Armstrong verstummt.

Die meisten dieser Leute waren tot.

Parker hatte Quentin und Haley Cramers Nummern markiert. Sie beide hatten nach Mitternacht noch Anrufe getätigt – Cramer an Alex Parker und Quentin an das SIOC. Interessanterweise hatte keiner der Leute im Hotel jemanden angerufen.

Schnell überflog Eban den Rest der Mail. „Parker sagt, es sieht so aus, als ob jemand einen Signalstörer im Hotel eingerichtet hat, sodass niemand Hilfe rufen konnte."

„Das ist ein ziemlich ausgeklügelter Plan für einen Haufen Hinterwäldler-Banditen", murmelte Armstrong.

Das war es allerdings. „Was tun die Indonesier, um diese Leute aufzuspüren?" Eban hatte nicht besonders viel Vertrauen in die örtlichen Behörden.

„Sie haben eine Reihe von Verhaftungen durchgeführt, aber wer weiß, ob sie die richtigen Leute erwischt haben."

„Das reicht nicht." Ebans Haut juckte vor Ungeduld. Er war so wütend und frustriert. Er wusste, dass man so keine Ergebnisse erzielte, aber er konnte auch mit niemandem verhandeln, solange die Terroristen nicht den Kontakt aufnahmen, und niemand würde Kontakt aufnehmen, wenn Quentin Savage und Haley Cramer tot waren.

Eban schob diesen Gedanken aus seinem Kopf, weil er es nicht glauben wollte, aber was, wenn es wahr war und er ein uneinsichtiger Narr?

„Die Regierung hier versucht permanent, hart gegen gewalttätige Extremisten vorzugehen, die schlecht für den Tourismus sind und die ganze Region destabilisieren. Aber es gibt ein paar Hardliner im Parlament, die diese Unruhen begrüßen, weil sie wollen, dass das Land eine strengere Form der Scharia einführt."

Eban fragte sich, ob die Assistentin Armstrongs Hauptinformationsquelle war.

„Interessanterweise ist einer dieser Hardliner der

Innenminister, der nach dem Anschlag eine flammende Stellungnahme veröffentlicht hat, in der er den Außenminister dafür kritisiert hat, diese Konferenz auf indonesischem Boden mitorganisiert zu haben. Er ist dem Westen gegenüber nicht besonders freundlich gesinnt." Armstrong schnaubte. „Aber der Premierminister hat einen Großteil der Armee darauf angesetzt, den Dschungel zu durchsuchen" Armstrong hielt inne. „Ich kann nicht umhin, mich zu fragen, ob es nicht ex-Militärs waren, die den Anschlag ausgeübt haben. Die Angreifer waren auf jeden Fall gut bewaffnet, und die Operation war hervorragend geplant." Armstrong sprach leise, als ob er Sorge hätte, dass jemand mithörte. „Müsste nicht mal *indonesisches* Militär gewesen sein."

Es musste nur jemand gewesen sein, der wusste, wie man effizient tötete und in der dichten Vegetation Südostasiens verschwand.

„Hurek?"

„Vielleicht. Die Leute hier wollen nicht über ihn sprechen."

Darmawan Hurek war ein ehemaliger Major der indonesischen Armee und ein Verdächtiger im Entführungsfall der Alexanders. Sie hatten null Beweise, dass der Typ überhaupt noch lebte, ganz abgesehen davon, ob er ein Kidnapping- und Terrorismusbusiness führte. Alles, was sie hatten, war die Aussage eines Mörders, der hingerichtet worden war, bevor das FBI ihn befragen konnte.

Trotzdem, es war ein potenzieller Hinweis, dem sie nachgehen konnten, wenn nichts anderes aufkam.

Ebans Magen knurrte, und er stellte fest, dass er am Verhungern war. Er hatte nicht mehr gegessen als eine Schale mit Reis, die sie gestern Nachmittag in den Ruinen des Hotels an alle Mitarbeiter ausgeteilt hatten. Niemand hatte Appetit gehabt.

„Haben Sie irgendwelche Neuigkeiten über Darby O'Roarke?", fragte Eban. Bisher hatte noch keine Gruppierung zugegeben, Darby entführt zu haben. Wenn sie für Lösegeld entführt worden war, warteten die Kidnapper in der Regel immer etwa eine Woche ab, bis sie die Familie kontaktierten. Versuchten, anhand des Medienrummels um die Entführung abzuschätzen, wie viel die Geisel wert war. Das war mit einer der Gründe, warum das FBI Entführungen nicht in den Schlagzeilen sehen wollte. Sie versuchten, die Sache still und heimlich und ohne großes Aufsehen zu klären. Großes Aufsehen trieb den Preis in die Höhe, und es wurde ohnehin schon jeder Cent aus den Familien herausgequetscht, den sie besaßen.

„Wenn jemand anderes das O'Roarke-Mädchen entführt hat, dann wollen sie womöglich nicht die Aufmerksamkeit auf sich ziehen, wenn das ganze Land wegen Terroristen in Aufruhr ist", schlug Armstrong vor.

Das stimmte allerdings. Was möglicherweise schlechte Nachrichten für Darby waren. Es war einfach genug, jemandem die Kehle durchzuschneiden und sie mitten im Dschungel zurückzulassen, wo sie niemals gefunden werden würde.

Eine weitere Nachricht von Alex Parker pingte in seinem Postfach auf.

„Laut Parker", las Eban dem Attaché vor, „sind achtunddreißig der zweihundertundvier Handys, die sich während der Konferenz in den Funkturm des Hotels ein-gewählt haben, noch immer aktiv."

„Also haben es achtunddreißig Menschen geschafft, nicht

von Terroristen abgeschlachtet zu werden?", fragte Armstrong.

„Viele davon gehören Hotelmitarbeitern, die in dieser Nacht keinen Dienst hatten, oder Gästen, die schon abgereist waren. Parker stellt für diese Handys eine Liste der Namen und letzten bekannten Aufenthaltsorten zusammen, damit wir die Befragungen der Besitzer in die Wege leiten können."

„Vielleicht hat einer von denen ja etwas gesehen oder gehört oder, noch besser, *war* einer der beschissenen Terroristen, der zu blöd war, sein Handy während des Anschlags und auf dem Rückweg auszuschalten."

„Das wäre natürlich fantastisch", stimmte Eban zu. Er las eine weitere Mail, diese von dem Forensiker auf Java. Er riss aufgeregt die Faust in die Luft. „Jawohl. Das Blut am Strand gehört Quentin Savage. Sie haben es mit dem Profil eines seiner Brüder abgeglichen, der als Soldat im aktiven Dienst im System ist."

Eban ging in seinem Hotelzimmer auf und ab, versuchte anhand der Beweise zu verstehen, wie sich die Ereignisse abgespielt hatten. Die Informationen aus den Anrufen nach D.C. Die beiden Terroristen mit gebrochenem Genick. Die Zeugenaussagen über das Feuer. Die Handys am Strand …

„Sie glauben nicht wirklich, dass er noch lebt?" Armstrong klang skeptisch.

„Wir haben ihre Leichen am Strand nicht gefunden, und wie stehen die Chancen, dass sowohl Cramer als auch Savage dort zufällig ihre Handys verloren haben? Und die Glock – nie im Leben würde Quentin eine Waffe dort zurücklassen, wenn er nicht dazu gezwungen wurde." Das Blut bestätigte diese Vermutung für Eban. Jemand hatte die Pistole benutzt, um Quentin eins über den Schädel zu ziehen. „Wenn sie tot sind, warum hätten die Terroristen dann ihre Leichen mitnehmen sollen?" Die Ballistiker hatten die Pistole zurück nach Quantico geschickt, zusammen mit etwa tausend Patronenhülsen und verbrauchter Munition. „Irgendwie sind sie aus dem Hotel rausgekommen, bevor das Dach eingestürzt ist, aber die Angreifer haben sie gefunden und als Geiseln genommen."

„*Warum*? Warum sollten sie die beiden mitnehmen, wenn sie sonst jeden umgebracht haben?"

„Ich weiß es nicht", gab Eban zu. In den Wäldern um das Hotel waren weitere Leichen gefunden worden, aber nicht die von Quentin und Haley Cramer.

„Warum haben wir absolut kein Onlinegequatsche von den Terroristen gehört, in dem sie damit angeben, einen FBI-Agenten entführt zu haben?"

„Das weiß ich auch nicht", blaffte Eban. „Vielleicht wollten sie ihre Sicherheitsvorkehrungen noch einmal überprüfen, sicherstellen, dass sie sich keine Fehler erlaubt haben, bevor sie es riskieren, die Wut der USA auf sich zu ziehen? Wenn Quentin noch lebt, werden wir bald etwas hören."

„Wenn Sie damit recht haben, bezahle ich das verfluchte Lösegeld höchstpersönlich", murmelte Armstrong.

„Ich auch", gab Eban zu. „Wenn sie mit einer Lösegeldforderung anrufen, müssen wir unsere Taktik ändern. Kein Feilschen. Wir brauchen einen Lebensbeweis, und dann willigen wir ein, alles zu zahlen, was sie verlangen, und lassen uns die Informationen für den Übergabeort geben."

„Sie glauben nicht wirklich, dass sie ein Lösegeld für ihn verlangen?"

Eban fuhr sich mit der Hand durch die Haare. „Vermutlich nicht." Er ließ seine Stimme entschlossen klingen. Er war Profi und musste sich von dem Gedanken lösen, dass sie hier über seinen Freund sprachen. „Es hängt viel von ihren Beweggründen ab. Geld? Ihren Ruf als knallharte Typen zu festigen? Ein Druckmittel gegen die USA in der Hand zu haben? Wenn es Ersteres oder Letzteres ist, dann sollten sie ihn leben lassen, vor allem wenn wir ihnen sagen, dass wir einen Haufen Geld zahlen, um ihn zurückzubekommen.“

„Aber sollten sie aus irgendeinem anderen Motiv heraus handeln, ist er so gut wie tot“, beendete Armstrong den Gedanken für ihn.

„Es sei denn, wir finden ihn vorher“, sagte Eban entschieden. *Angenommen, Quentin lebte noch.* Eine gewagte Vermutung, aber eine, auf die Eban nichtsdestotrotz hoffte. Eine weitere E-Mail pingte in sein Postfach. „Moment.“ Die Mail kam von Charlotte Blood, die nun in Quantico die Stellung hielt.

Das FBI hatte vor zehn Minuten eine Lösegeldforderung bekommen, zusammen mit Fotos, die nahelegten, dass Savage und Cramer den Terroranschlag überlebt hatten.

„Wir haben gerade eine Lösegeldforderung erhalten.“ Eban ließ den Kopf in den Nacken fallen. Er hatte es gewusst. Er hatte es verdammt noch mal gewusst. Nachdem er tief durchgeatmet hatte, las er den Rest der E-Mail.

Die schlechte Nachricht war, dass die Terroristen *jeweils* zwanzig Millionen US-Dollar in Bitcoin für Quentin Savage und Haley Cramer verlangten, und zwar bis acht Uhr heute Abend. Wenn das FBI das Geld nicht lieferte, würden sie die beiden zerhacken und sie Stück für Stück nach Quantico zurückschicken.

KAPITEL ACHTZEHN

ALS SIE HINTER Quentin den Pfad hinaufstapfte, ertappte sich Haley dabei, wie sie die Form seines Hinterns und seiner muskulösen Beine bewunderte, die von seiner schwarzen Hose unterstrichen wurden. Es schockierte sie ein wenig, dass sie nach allem, was sie in den letzten Tagen erlebte hatte, noch Lust empfinden konnte. Aber sie hatte schon vor langer Zeit entschieden, nicht zuzulassen, dass diese Monster sie ihrer Sexualität beraubten. Ihre Gedanken scheuten vor einigen der Dinge zurück, die ihr gestohlen worden *waren*.

Sie glaubte an einvernehmlichen Sex zwischen Erwachsenen – guten, gesunden Sex, der beiden Seiten Spaß machte. Sex um des Sexes Willens. Sex für den Kick. Sex für die vergängliche Ekstase eines Orgasmus, der so süchtig machte wie jedes andere High. So wie ihre Augen ihn verschlangen und ihr Puls sich beschleunigte, hatte sich ihr Körper gerade daran erinnert, wie gut Quentin darin war.

Die Macht der primitiven Lust sollte niemals unterschätzt werden. Und ihre Freiheit, sich einen Partner zu suchen – männlich, weiblich, oder irgendwas dazwischen – war etwas, was sie in all den Jahren entschlossen verteidigt hatte.

Sie schaute sich um, als irgendein Seevogel hoch über ihr einen Schrei ausstieß. Die Aussicht war spektakulär – beinah so herrlich wie auf ihrer Insel in der Karibik, auf der es dankenswerterweise keinen Vulkan gab.

Haley fühlte sich erfrischt. Sie hatten sich im Meer gewaschen, und das salzige Wasser war ein gutes Mittel gegen die Kratzer und Wunden, die sie sich zugezogen hatten. Dann hatten sie sich noch einmal im Süßwasser des Bachs gewaschen und anschließend ein paar Notrationen gegessen und literweise Wasser getrunken. Zum Glück hatten die Terroristen Darbys Versteck mit den Vorräten nicht gefunden, die sie in einer kleinen Kühlbox auf einer Lichtung deponiert hatte.

Sie hatten ihr Zelt passiert, aber Darby hatte es vermieden, hineinzukrabbeln. Haley verstand warum. Es war nicht länger ein Rückzugsort. Genauso hatte sie als Teenager über ihr Schlafzimmer gedacht, auch wenn sie für eine Weile weiterhin darin geschlafen hatte, so lange, bis sie endlich den Mut aufgebracht hatte, davonzulaufen.

Sie bückte sich, um die nassen Socken hochzuziehen, die an der Ferse ihrer gestohlenen Stiefel scheuerten. Es nervte, aber es war ein relativ geringfügiges Problem. Sie würde die Socken später trocknen. Noch immer trug sie Quentins Sportsachen und diese verfluchten Stiefel. Darbys Anziehsachen waren ihr zu klein, das Mädchen war zierlich und feingliedrig. Alle drei hatten sie sich großzügig mit Sonnencreme eingeschmiert, also würde ihre Haut zumindest nicht in der Mittagssonne verbrennen.

Wer weiß, wie lange es dauern würde, das Signal aufzubauen, aber Haley freute sich fast darauf. Freiheit war ein berauschendes Gefühl, und sie scheute sich nicht vor harter Arbeit.

Darby marschierte etwa zwanzig Schritte vor ihnen her, scheinbar unbezwingbar, schritt in ihren Wanderstiefeln, einem sauberen Paar Khakishorts und einem grünen

Leinenhemd voran, hatte ihre Locken unter einen Schlapphut gestopft. Sie war wunderschön und so viel tougher, als Haley es an ihrer Stelle gewesen wäre.

Entschlossen schob die junge Frau ihre Schultern zurück und hob das Kinn wie eine Überlebende. Blutergüsse in allen möglichen Schattierungen bedeckten ihre Haut, legten nahe, dass diese Bastarde sie während ihrer Gefangenschaft regelmäßig geschlagen hatten. Bei der Vorstellung, wie diese wehrlose Frau so unfassbar misshandelt worden war, wurde Haley übel, und ihre eigenen Erfahrungen durch den jüngeren Bruders ihres Vaters wurden beinah bedeutungslos.

Ihre Füße hörten auf, sich zu bewegen, und sie merkte, wie sie mehrmals angestrengt schlucken musste und plötzlich gegen ihre Gefühle ankämpfte. Diese Erfahrung hatte ihr ganzes Leben geprägt, aber Darby hatte noch nicht einmal gewusst, ob sie leben oder sterben würde – oder wie lange sie diesen Albtraum ertragen musste …

Erbärmlich. Haley war vollkommen erbärmlich. Sie hatte Jahre damit verbracht, vor ihrer Vergangenheit davonzulaufen. Hatte Jahre damit verbracht, ihre Erfahrung verbittert als Ausrede dafür vorzuschieben, warum sie sich niemals auf einen Mann einließ, weil sie nicht zulassen konnte, dass jemand sie jemals wieder auf diese Art und Weise kontrollierte.

Sie klammerte sich verzweifelt an ihre Selbstkontrolle. Gott, sie durfte nicht schon wieder die Fassung verlieren.

Quentin drehte sich zu ihr um, als ob er ihre Verzweiflung irgendwie spüren könnte. Darby wanderte einfach immer weiter den Hügel hinauf, konnte sie bald nicht mehr hören.

Quentin trat zu Haley und legte ihr eine Hand auf die Schultern. Die Berührung fühlte sich gut an – warm und vertraut, aber gleichzeitig auch eine brandneue, aufregende Empfindung. „Bist du okay?"

Natürlich, hätte sie normalerweise mit irgendeinem erzwungenen, sexy Lachen geantwortet.

Abgesehen von ihrer Familie und ihrem Therapeuten hatte Haley niemandem von ihrer Vergewaltigung erzählt. Nicht einmal Alex oder Dermot. Ganz sicher nicht ihren ehemaligen Liebhabern. Sie hatte diesen Bruch in ihrem Leben nicht offenbaren wollen. Es war ihr Geheimnis, ihr Schmerz. Aber Quentin wusste davon, weil sie damit herausgeplatzt war, als sie geglaubt hatte, sie würden sterben.

Von der Anstrengung, die Scham tief in sich zu vergraben, tat ihr der Hals weh. „Ich musste an meine Erfahrung mit sexueller Gewalt denken, und wie das im Vergleich zu dem verblasst, was Darby ertragen musste", gab sie zu und wusste nicht, wie sie all die Gefühle erklären sollte, die in ihr aufwallten.

Quentin überraschte sie, als er sie an seine Brust zog und sie so fest an sich drückte, dass ihr fast die Luft wegblieb.

Gott, fühlte sich das gut an.

Er legte sein Kinn auf ihren Scheitel, eine Geste, bei der sich ihr Herz zusammenzog. „Trauma ist Trauma, Haley, ganz egal, welches Ausmaß." Er beugte sich zurück und blickte ihr in die Augen. „Tut mir leid, dass du so etwas durchmachen musstest."

„Es ist lange her. Ich bin darüber hinweg, wirklich, und ich will nicht einmal an meine Vergangenheit denken, wenn Darbys Wunden noch so frisch sind."

Seine dunklen, nüchternen Augen blickten sie unverwandt an, und sie konnte den Blick nicht abwenden.

„Wenn du irgendwann darüber sprechen musst, bin ich

für dich da. Ich bin ein sehr guter Zuhörer." Er lächelte, und für einen schwachen Augenblick wurden ihre Knie ganz weich. „Aber Darby weiß es womöglich zu schätzen, wenn du ihr erzählst, was dir zugestoßen ist – zu wissen, dass sie nicht allein ist, auch wenn eure Erfahrungen unterschiedlich sind. Frag sie nicht nach Einzelheiten, aber du könntest ihr erzählen, was dir zugestoßen ist – falls du es aushältst, darüber zu sprechen. Ich kann mich so lange anderswo nützlich machen."

Die Worte blieben ihr im Halse stecken. Das Problem war, dass sie nicht wusste, wie sie darüber reden sollte. Es war zu schwer. Zu erniedrigend.

Was auch immer Quentin in ihrem Gesicht sah, ließ seinen Blick düster werden. „Es ist auch okay, wenn du das nicht willst, Haley. Wofür auch immer du dich entscheidest, es ist vollkommen in Ordnung."

Und mit diesen Worten nahm er ihre Hand und küsste ihre Finger auf diese Art und Weise, wie er es schon ein paar Mal getan hatte, seit sie gefangen genommen worden waren, und ihr Herz machte einen kleinen Sprung.

„Komm. Sehen wir zu, dass wir sie einholen, bevor sie noch zurückkommt, um uns anzutreiben."

Haley lachte, und sie begannen, Hand in Hand weiter den Berg hinaufzusteigen. Sie hasste es, wie sehr sie das liebte. Wie sehr sie den Trost und die Versicherung seiner Berührung liebte. Sie hasste, dass sie noch mehr davon wollte. Viel mehr. So war sie unter normalen Umständen nicht.

Wenn sie gerettet wurden, falls sie gerettet wurden, würde sie wieder dem Gleichgewicht ihrer normalen Unabhängigkeit nachgehen können. Quentin und sie würden zur Feier des Tages womöglich sogar eine kurze Affäre miteinander beginnen und dann wieder zu den Menschen werden, die sie eigentlich waren. Bei dieser Vorstellung klammerten sich ihre Finger nervös an seine Hand.

Sie erreichten den Bergkamm, achteten darauf, nicht über den Horizont aufzuragen, für den Fall, dass jemand irgendwo den Himmel überwachte. Sie würden winzig aussehen, aber sie wollten es trotzdem nicht riskieren.

Irgendwas hatte die Terroristen schließlich hierhergelockt, als sie Darby geschnappt hatten.

Nachdem sie weitere zehn Minuten steil bergan und über schroffes Vulkangestein gestiegen waren, kam Haley langsam ins Schwitzen.

Aber Darby wurde nicht langsamer. Sie war ein regelrechter Energiedynamo. Man hätte nie erraten, dass sie misshandelt worden war, es sei denn, man sah ihre Verletzungen oder das Trauma in ihren Augen.

Das machten Opfer so.

Sie blendeten es aus, machten so weiter wie zuvor, und andere Menschen konnten an ihrem Verhalten nichts Ungewöhnliches bemerken. Taten sich schwer, die Wahrheit zu glauben, wenn sie schließlich ans Licht kam.

Überlebensmechanismen ergaben nicht immer Sinn, es sei denn, man hatte so eine Tortur selbst durchgemacht.

Quentin hielt noch immer Haleys Hand, half ihr weiter, als die Luft dünner wurde und ihr Körper vor Erschöpfung zu zittern begann. Darby beäugte die Verbindung zwischen ihr und Quentin mit einem abschätzenden Blick. Haley vermutete, dass der Gedanke an eine Beziehung, sogar nur an eine Freundschaft, für die nächste Zeit schwer für sie sein würde.

Nicht, dass Haley und Quentin in einer Beziehung waren,

jedenfalls nicht in einer konventionellen. Vielleicht in einer Beziehung, die auf gegenseitigem Überleben basierte, was Haleys Einschätzung nach einer Notwendigkeit ein bisschen zu nahe kam. Sie ließ seine Hand los und trank einen Schluck Wasser. Er trank auch einen Schluck, und sie blickten sich um.

In der Ferne lagen verstreut einige kleine Inseln im Meer. Nicht nah, aber nah genug, dass ihre Entführer im Augenblick noch immer eine Bedrohung darstellten. Es waren keine Boote zu sehen. Haley wusste nicht, ob das ein gutes Zeichen war oder nicht.

Nach einer kurzen Pause stapften sie weiter den nächsten Anstieg hinauf. Schließlich erreichte Darby ein hellgelbes Stativ, das mit großen Steinen stabilisiert wurde. Auf dem Stativ war eine weiße Scheibe befestigt.

Als Haley und Quentin sie eingeholt hatten, erklärte Darby ihnen das Ding. „Das hier nennen wir einen Vergleichspunkt." Sie deutet auf den Betonzylinder, der unter der weißen Scheibe in den Boden eingelassen war. „Geophysiker kommen in unregelmäßigen Abständen her und stellen an fixierten Referenzpunkten Messungen an, die durch diese Betonblöcke markiert werden, damit wir die Veränderungen im Laufe der Zeit auswerten können. Außerdem gibt es permanente, nicht mobile GPS-Stationen, aber die hier wird leichter zu transportieren sein, zusammen mit der Solarplatte."

„Was ist das da drüben?" Quentin deutete auf eine Art Betongebilde.

„Das misst den Neigungswinkel. Wenn ein Vulkan anwächst, können wir eine Zunahme des Neigungswinkels erkennen, und diese Änderung passiert immer schneller, je näher wir einer Eruption kommen." Sie ging zu dem

Betonkonstrukt und grinste. „Keine Sorge, es hat sich nicht dramatisch verändert, seit…" Ihre Stimme schwankte. „Seit ich entführt wurde."

Haley wechselte das Thema, versuchte, über Erinnerungen hinwegzugehen, denen Darby niemals würde entkommen können. „Was genau studierst du?"

Darby blinzelte. „In meiner Dissertation wollte ich eigentlich alle Deformationen in der Geologie dieses Vulkans seit der kürzlich zunehmenden Aktivität des Krakatau auswerten. Deformationen werden für gewöhnlich durch einen Aufbau von Magma unter der Oberfläche hervorgerufen. Das messen wir, indem wir durch ein GPS-Netzwerk und mithilfe dieser Vergleichspunkte eine Oberflächenmessung des Vulkans durchführen."

Darby blickte in die Ferne. Ihre Hände begannen zu zittern, als sie den Draht aufwickelte, der von der Solarplatte zur Batterie führte. „Ich habe keine Ahnung, ob ich die Arbeit hier beenden kann oder ob ich das überhaupt will, nachdem…"

Sie konnte den Satz nicht zu Ende bringen.

„Diese Entscheidung musst du nicht jetzt treffen, Darby", sagte Quentin leise.

Die Frau atmete stockend ein. „Mein Doktorvater ist einer von diesen Professoren, die nichts von Ausreden halten –"

„Was dir zugestoßen ist, ist keine Ausrede." Quentin klang entschieden. „Es war kein Versagen *deinerseits*, das zu diesem Angriff geführt hat. Wenn überhaupt war es ein Versagen der Universität, einer ihrer Studentinnen keinen angemessenen Schutz geboten zu haben, und darüber werde ich mit ihnen sprechen, das kannst du mir glauben."

„Aber was, wenn ich nicht will, dass sie es

erfahren?" Darbys Stimme wurde lauter, und sie sah geschlagen aus. „Wie kann ich meinem Doktorvater oder meinen Kommilitonen noch in die Augen schauen, wenn sie wissen, was passiert ist –"

„Das ändert nichts daran, wer du bist", sagte Quentin leise.

Aber er begriff es nicht. Es veränderte einen. Es war ein Angriff auf jede Wahrheit, die man über sich selbst zu wissen glaubte.

Trotzdem, Haley war schockiert zu hören, dass Darby darüber nachdachte, zu verheimlichen, was ihr zugestoßen war. Es war ein so brutaler Angriff gewesen. Allerdings … war es nicht genau das gewesen, was auch sie getan hatte? Als ihr Vater nicht ihr geglaubt hatte, sondern seinem Bruder, hatte sie die Sache nicht so tief in sich vergraben, dass niemand sie würde finden können, es sei denn, Haley ließ es zu?

„Du musst jetzt noch keine Entscheidungen treffen", versicherte Haley ihr. „Das Einzige, was wir jetzt tun müssen, ist einen Weg zu finden, um von den guten Jungs gerettet zu werden."

Darbys Augen wurden riesig, und sie nickte, ihre Angst vor den Entführern schien mit zehnfacher Macht zurückzukehren. Haley wollte etwas sagen, um ihre Angst zu besänftigen, aber ihr fiel nichts ein. Was, wenn die Entführer sie fanden? Was, wenn die Terroristen sie fanden? Sie waren noch nicht in Sicherheit. Sie saßen auf dieser Insel fest, bis sie gerettet wurden – und herauszufinden, wer die guten Kerle waren, würde ein Problem darstellen.

Darby faltete die Beine des Stativs zusammen, aber bevor sie es sich auf die Schulter laden konnte, nahm Quentin es ihr ab.

„Gibt es noch ein weiteres von denen in der Nähe?", fragte er.

„Ja." Sie nickte mit dem Kinn in Richtung Westen. „Hinter dieser Anhöhe. Nicht weit."

„Glaubst du, zwei GPS-Einheiten reichen aus, um Aufmerksamkeit zu erregen?", fragte er.

Darby zuckte mit den Schultern. „Keine Ahnung. Womöglich beobachten alle nur die aktiven Vulkane, wie den auf der Insel, auf der wir festgehalten wurden." Ihre Stimme brach.

„Warum sind dort keine Vulkanologen stationiert?", fragte Quentin und ging in die Richtung davon, in die Darby gedeutet hatte.

Haley bildete die Nachhut.

„Der Vulkan ist erst seit Kurzem aktiv. Ich bin mir sicher, dass bald Wissenschaftler ankommen und Beobachtungsstationen aufbauen werden."

„Von wo?", fragte Quentin.

„Die USA schicken in der Regel ein Team."

„Was vermutlich bedeutet, dass sich die Entführer irgendwo anders ein neues Camp suchen müssen", sagte Haley.

„Weshalb sie vermutlich überhaupt erst hierhergekommen sind", fügte Quentin hinzu. „Haben nach einem Ort gesucht, an den sie umziehen können."

„Oh Gott." Darby legte eine Hand an ihren Hals. „Sie kommen zurück."

Haley und Quentin tauschten einen Blick. *Scheiße.*

„Möglicherweise", stimme Quentin vorsichtig zu. „Oder sie fahren zu einer der abertausend anderen unbewohnten Inseln hier in der Gegend, die kein Vulkan ist. Also, je schneller wir diese Signale mit unserem Hilferuf verschicken, desto besser, denn keine Ahnung, wie ihr das seht, aber ich will diese Bastarde schnappen und sie für alles zahlen lassen, was sie getan haben.“

Eilig machte sich Darby zur nächsten Station auf und Haleys Herz brach ein wenig für sie. Dazu kam noch die Angst um Quentin und um sich selbst. Wenn die Terroristen sie wieder schnappen sollten, würde ihr das gleiche Schicksal blühen wie Darby, und Quentin würde umgebracht werden.

Die Erkenntnis, dass sie noch immer nicht in Sicherheit waren, verursachte ihr Bauchschmerzen vor Angst, also beeilte sie sich, die beiden anderen einzuholen, damit sie zusammen einen Weg von diesem verfluchten Vulkan herunter finden konnten.

QUENTIN HÄTTE GELOGEN, wenn er behauptet hätte, sich keine Sorgen darüber zu machen, ob die Terroristen sie bis auf diese Insel verfolgen konnten, bevor sie gerettet würden. Er arbeitete für das FBI. Er war dafür verantwortlich, amerikanische Staatsbürger zu beschützen. Er hatte eine Pistole mit einem einzigen Magazin an Munition und ein Messer, das er auch benutzen würde, aber das war nicht genug gegen eine kleine Armee von mörderischen Gangstern.

Diese beiden starken aber wehrlosen Frauen in seiner Gesellschaft zu haben, machte seine Sorge nur noch schlimmer. Die Vorstellung, dass jemand versuchen sollte, ihnen etwas anzutun, machte ihn rasend. Sie hatten beide schon so viel durchgemacht.

Sie drei mussten List und Verstand einsetzen, um sich in

Sicherheit zu bringen, und sich nicht auf Brutalität oder rohe Gewalt verlassen.

Quentin dachte an Abbie, und was sie davon gehalten hätte, dass er sich auf einem aktiven Vulkan versteckte, nachdem er aus einem Terroristencamp geflohen war. Oder davon, dass er mit bloßen Händen fünf Männer umgebracht hatte. Sie hätte es gehasst. Sie war eine zarte und sanftmütige Seele gewesen, die nicht mal eine Wespe hatte totschlagen können.

Die Erinnerungen und die Einsamkeit, weil er seine Frau vermisste, schnitten nicht so tief wie sonst. Das war gleichermaßen eine Erleichterung wie eine verstörende Erkenntnis, denn er wusste, woran es lag. Vielleicht war es die Tatsache, dass er fast gestorben wäre, die ihn etwas seiner emotionalen Lähmung hatte abschütteln lassen. Vielleicht lag es am unerbittlichen Fortschreiten der Zeit. Vielleicht war es der fantastische Sex mit einer umwerfenden Schönheit gewesen. Oder vielleicht lag es auch nur daran, dass er sich gestattete, etwas für einen anderen Menschen zu empfinden, sowohl als Liebhaberin als auch als Freundin. Für gewöhnlich waren Frauen entweder das eine oder das andere. Auch wenn Haley Cramer natürlich nichts Gewöhnliches an sich hatte.

Im Augenblick wechselten sie und Darby sich damit ab, das zweite Stativ und die mobile Solarplatte den Berg hinunter zu einer Stelle oberhalb der Baumgrenze zu tragen, von der Darby gesagt hatte, dass sie sich gut für ihr SOS-Zeichen eignen würde. Die Stelle war sowohl vom unteren Teil der Insel als auch vom Meer aus nicht einsehbar. Wenn die Terroristen genau darüber hinwegflögen, wären sie natürlich am Arsch, aber dieses Risiko mussten sie eingehen.

Das schwere Stativ schnitt in seine Schulter, also rückte er es etwas zurecht. Fast da.

„Schleppst du diese Dinger sonst immer allein herum?" Er wollte nicht sexistisch klingen, aber Darby war höchstens einsachtundfünfzig groß und schmal für ihre Größe. Er war über einsfünfundachtzig, und selbst seine Muskeln schienen mittlerweile zu brennen.

Darby wischte sich mit dem T-Shirt den Schweiß von den Schläfen. „Der Helikopter hatte die Kisten mit der Ausrüstung in der Nähe der Stelle abgeworfen, an der die Vergleichspunkte aufgebaut werden sollten. Ich musste sie nur etwa zwanzig, dreißig Meter weit tragen."

Quentin zog anerkennend die Augenbrauen hoch. Sie war zäh. Das musste sie auch sein.

Endlich blieb Darby stehen und half Haley, die schwere Einheit vorsichtig zu Boden zu lassen und aufzustellen. Quentin betrachtete den Untergrund und ging etwa dreißig Schritte weiter, damit die Stative die jeweiligen Enden der drei Buchstaben markieren würden.

„Wir müssen das SOS so groß wie möglich machen, damit es aus dem Weltall gesehen werden kann, und schwer genug, damit es nicht weggeweht wird, wenn der Wind stärker wird." Er stemmte die Hände in die Hüften. „Was hältst du davon, dass du die GPS-Einheiten aufbaust, und Haley und ich in der Zwischenzeit nach schweren Steinen suchen?"

„Okay." Darby blickte sich nervös um.

Sie musste sich ein Wachpostensystem überlegen, aber das hier war wichtiger. Es war ihre einzige Chance auf Rettung.

„Wir werden nicht weit weggehen", versicherte er dem Mädchen.

Sie nickte kleinlaut. „Tut mir leid. Ich bin eigentlich nicht so ein Angsthase."

Haley breitet die Arme aus und umarmte Darby. „Du musst dich bei uns nicht entschuldigen, Darby. Quentin und ich wissen, was du durchgemacht hast, und wir sind unglaublich beeindruckt von deiner Stärke." Haley lachte, aber es klang fast wie ein Schluchzer. „Hab keine Scheu, jederzeit zusammenzubrechen. Ich weiß, dass ich das auch tue."

Schon komisch, dass er eigentlich der sein sollte, der gut mit Worten war, und trotzdem sie es war, die genau wusste, was sie sagen musste.

Haley drückte Darby noch einmal fest an sich.

„Also gut", schniefte Haley. „Komm schon, Savage. Wir gehen Steine wuchten."

Seine Lippen verzogen sich in ein schiefes Grinsen. Ihm gefiel ihre herrische Seite. Die Tatsache, dass sie nach ihrer beschissenen Tortur ihr ziemlich herrliches Selbstbewusstsein langsam wiederzufinden schien, machte ihm Mut.

Sie begannen, sämtliche Steine anzuhäufen, die sie in der angrenzenden Gegend finden konnten. Zu schade, dass sie keine weiße Farbe hatten.

Sobald Darby die beiden GPS-Einheiten aufgebaut hatte, begann sie damit, die Position der Buchstaben auf dem Boden zu markieren. Zuerst legte sie einen Umriss, damit sie wussten, wie viele Lücken sie zu füllen hatten. Nachdem sie alle Steine in der Umgebung eingesammelt hatten, stapften Quentin und Haley zu einer kleinen Rinne, durch die vermutlich ein Bach strömte, wenn es regnete. Im Augenblick war sie allerdings ausgetrocknet.

Haley beugte sich hinunter, um einen Steinbrocken hochzuheben, und ihre Beine sahen in Quentins Sporthosen Millionen Mal besser aus als seine. Ihr Phantomgewicht um seine Hüfte lenkte sein Blut direkt in seine Leisten.

„Gefällt dir, was du siehst?" Sie hatte ihn dabei ertappt, wie er auf ihren Hintern gestarrt hatte.

Anstatt den Blick abzuwenden, sagte er ihr die Wahrheit. „Ich muss daran denken, was im Hotel zwischen uns passiert ist. Hoffe, dass es irgendwann noch mal passiert, wenn wir nicht um unser Leben rennen müssen."

Ihre Augen wurden groß, ihre Pupillen weiteten sich. „Oh."

Er lachte. „Oh? Das ist alles, was ein Kerl davon hat, ehrlich zu sein?"

Sie blinzelte, und ihre plötzliche Fassungslosigkeit ließ ihn panisch werden, denn, scheiße, vielleicht war sie noch nicht bereit dafür, von Sex zu sprechen, wenn sie gerade so viel Gewalt und Todesgefahr durchgestanden hatte. Und vielleicht waren sie beide einfach nur ein einmaliger One-Night-Stand gewesen. Vielleicht war er der Einzige hier, der geglaubt hatte, der Sex wäre atemberaubend gewesen.

Dann lachte sie. „Ich hatte schon geglaubt, ich müsste mich viel mehr anstrengen, um dich davon zu überzeugen, das wieder zu tun."

„Mich überzeugen?" Er spiegelte ihre Worte, fischte nach mehr Einsicht in ihre Gedanken, auch wenn er innerlich triumphierend die Faust in die Luft stieß.

„Dich davon überzeugen, Sex mit mir zu haben. Du glaubst, ich würde das nicht schaffen?"

Sie brauchte nur zu atmen, und er würde sich schon freiwillig zum Dienst melden. Er ließ sie näher kommen, ihr Gang verführerisch, ihre Augen funkelnd und ihr Lächeln … als ob sie über jede einzelne schmutzige Fantasie Bescheid wüsste, die er jemals ersponnen hatte, und vermutlich noch über ein paar weitere, die er sich nicht einmal erträumt hatte.

Als sie so nah vor ihm stand, dass er sie berühren konnte, nahm er ihr Gesicht in beide Hände, während sie noch immer versuchte, das hier in einen Wettbewerb zu verwandeln, denn dann wäre es weniger persönlich, hätte weniger damit zu tun, miteinander zu schlafen, als mit den Machtspielchen eines explosiven One-Night-Stands.

So funktionierte sie normalerweise. Das wusste er, ohne dass sie es ihm sagen musste. Und er wusste auch warum.

Ihre Zehen berührten sich, und er starrte hinunter in ihre Augen, in diese blauen Planeten eines unbekannten Sonnensystems. Es war definitiv Lust, was ihm da entgegenfunkelte, aber auch etwas anderes. Etwas Scheues und Unsicheres, über das er nicht zu lange nachdenken wollte, denn er wusste, dass es nur ein Spiegelbild seiner eigenen Augen war. Es war etwas, das sie nicht wollte, und von dem sie nicht wusste, wie sie damit umgehen sollte. Er wollte sich auch nicht damit beschäftigen, aber er erkannte es. Also küsste er sie, damit keiner von ihnen an irgendetwas anderes denken musste als daran, wie der andere schmeckte.

Ihre Lippen waren weich und öffneten sich augenblicklich für ihn. Seine Arme legten sich um ihre Taille, und er zog sie an sich, damit sie wusste, was für eine Wirkung sie auf ihn hatte, auch wenn sie in nächster Zeit erst mal nichts dagegen tun konnten.

Er bog ihren Rücken über seinen Arm und ließ seine Zunge in ihren Mund gleiten, schmeckte sie, erforschte sie. Es war nicht der gleiche, ungezähmte Rausch von vor ein paar Nächten, sondern ein Genießen und Hervorlocken. Ein Knabbern, Streicheln, Murmeln, während er sie weiter und weiter an sich zog, sie tiefer in diesen Kuss zog.

Und sie reagierte wie Magnesium auf eine Flamme,

knisterte förmlich in seinen Armen. Ihre Zunge glitt in seinen Mund und verflocht sich mit seiner, während sie ihn schmeckte. Er ließ sie absichtlich nicht die Balance finden. Seine freie Hand strich über die Rundungen ihres Hinterns, und er wünschte, er könnte mehr tun, als nur das Terrain zu erforschen. Sie konnten es nicht riskieren, Darby zu lange allein zu lassen, und mussten dieses SOS-Signal so schnell wie möglich fertig bauen, damit die beiden Zivilistinnen gerettet wurden, und er sich wieder damit beschäftigen konnte, diese Bastarde zur Rechenschaft zu ziehen.

Langsam hob er seinen Kopf und blickte hinunter auf ihre feuchten, geröteten Lippen.

„Irgendwie glaube ich, dass es nicht viele Überzeugungsversuche brauchen würde", sagte er und grinste sie an. „Und wenn ich die Gelegenheit dazu bekomme, werde ich dich ausziehen und dich volle zwei Tage lang bei jeder Chance kommen lassen, die sich mir bietet."

Haley wollte schon etwas erwidern, aber ein schriller Schrei durchschnitt die Luft, und Quentin ließ sie fast fallen. Eilig zog er sie hoch, damit sie auf ihren eigenen Füßen stehen konnte, dann sprintete er die Anhöhe hinauf."

Als er ankam, sah er Darby, die auf der Stelle herumhüpfte.

„Was? Was ist los?" Er war so verflucht froh, sie nicht von Feinden umringt zu sehen, aber sein Herz hämmerte trotzdem wie verrückt.

Verdammt, sie mussten unbedingt mit Wachestehen anfangen.

Darby blickte ihn belämmert an. Wischte mit ihren Händen immer wieder über Arme und Beine. „Spinne."

Haley schlug die Hand vor den Mund, schaffte es aber

nicht, ihr Lachen zu verbergen. Ein Grinsen legte sich auf Quentins Lippen.

Schließlich hörte Darby auf, herumzuspringen, und begann zu lachen, aber nach ein paar Momenten der Ausgelassenheit wurde ihr Gesicht wieder ernst und voller Traurigkeit. Haley ging zu der jungen Frau und schlang ihre Arme um sie, und Quentin trat zu ihnen und nahm sie beide in eine lose Umarmung.

„Wir werden hier wegkommen", versprach er ihnen. Auf welchem Wege auch immer, er würde diese Frauen nach Hause bringen.

Quentin blickte in den Himmel und fragte sich, ob der Satellit, der diese GPS-Signale las, schon über sie hinweggeflogen war. Fragte sich, ob jetzt in diesem Augenblick jemand nach Haley und ihm suchte. In Anbetracht der schieren Menge an Opfern im Hotel und dem wütenden Flammeninferno, das es verschlungen hatte, vermuteten sie wahrscheinlich, dass sie beide ebenso wie alle anderen umgekommen waren.

Aber er war nicht tot.

Und ironischerweise hatte er sich seit Jahren nicht mehr so lebendig gefühlt wie jetzt.

KAPITEL NEUNZEHN

„WOHER STAMMT DAS Foto?“ Eban stand im Büro des Botschafters im US-Konsulat in Jakarta. Der Botschafter, Reid Armstrong, saß neben ihm. Max Hawthorne, der zweite Verhandlungsführer der Krisenverhandlungseinheit, ging hinter ihnen auf und ab, war nach einer weiteren durchgearbeiteten Nacht am Tatort des Hotelmassakers extrem angespannt. Der Geruch von Rauch klebte noch immer in seinen Sachen, obwohl Hawthorne erst vor ein paar Minuten geduscht hatte.

Das Foto, das ihnen zugeschickt worden war, zeigte Quentin, der müde und geschlagen aussah, aber im Großen und Ganzen in einem Stück. Das Bild von Haley Cramer zeigte eine wunderschöne Frau, die kleinlaut und verängstigt aussah – kein Wunder.

Alex Parker war per Videoanruf zugeschaltet und hielt einen schlafenden Säugling auf dem Arm. „Es gibt keinerlei Informationen in den Metadaten, die den Standort identifizieren könnten. Jemand hat das alles gelöscht, bevor sie das Bild geschickt haben.“

Was ein Maß an Raffinesse verriet, die Eban Unbehagen verursachte. Diese Typen waren Profis.

„Die Mail kommt von einem anonymen Konto, das vor ein paar Tagen in Indonesien erstellt wurde“, fuhr Alex fort. „Keine weiteren Nachrichten von oder an dieses Konto. Die

IP-Adresse des Computers, auf dem es erstellt wurde, gehört zu einem belebten Internetcafé in Jakarta – keinerlei Überwachungskameras. Ich habe es überprüft. Ich denke, das Interessanteste ist die Tatsache, dass sie es an den gleichen örtlichen Detective geschickt haben, der auch die Freilassung der beiden amerikanischen Geiseln verhandelt, die im südchinesischen Meer entführt wurden. Das lässt ihnen ein bisschen in die Karten schauen, auch wenn sie sich Mühe geben, ihre Identitäten zu verschleiern."

Das FBI hatte in solchen Fällen selten mit den Kidnappern direkt zu tun. Die Sprachbarriere war das Eine. Zeit das Andere. In diesem Fall arbeiteten sie mit einem örtlichen Detective der Polizei zusammen, den Hawthorne ausgebildet hatte. Der Detective leistete verdammt gute Arbeit, auch wenn sie nicht besonders weit gekommen waren, was die Freilassung der beiden Geiseln betraf.

„Irgendwelche Neuigkeiten über die andere Frau, Darby O'Roarke?", fragte Alex

Der Kerl war nicht auf den Kopf gefallen. Darbys Entführung war noch nicht einmal in den Medien aufgetaucht.

Eban schüttelte den Kopf. „Nichts." Er war immer überzeugter davon, dass sie tot war.

Alex wiegte das Baby, als es – *sie*, wenn der pinke Strampelanzug ein Anhaltspunkt war – sich zu rühren begann. „Was wissen wir über die Entführer der Alexanders?"

Eban überließ Hawthorne die Führung, da der gerade an dem Fall arbeitete.

„Unser Hauptverdächtiger ist ein Kerl namens Darmawan Hurek." Hawthorne buchstabierte den Namen für den Cybersicherheits-Kerl am anderen Ende der Welt. „Ein Major der indonesischen Armee, der vor fünf Jahren von der

Bildfläche verschwunden ist, nachdem er dabei erwischt wurde, wie er Militärausrüstung gestohlen und auf dem Schwarzmarkt verkauft hat. Ein Haufen seiner Männer ist mit ihm zusammen desertiert."

Alex nickte und tippte mit einer Hand auf seiner Tastatur. „Warum glauben Sie, dass er involviert ist?"

„Das haben wir nicht geglaubt, bis vor drei Wochen ein Mann im nördlichen Sumatra wegen Mordes verhaftet wurde. Er hatte behauptet zu wissen, wo die Alexanders festgehalten werden, und dass Hurek hinter der Entführung stecken würde."

„Hat er Beweise geliefert, als er verhört wurde?", fragte Alex.

„Hat nie die Gelegenheit dazu bekommen. Er wurde zum Tode verurteilt und sofort hingerichtet. Bis ich dort ankam, war er schon eingeäschert worden." Hawthorne sah angepisst aus.

Sie waren alle stinksauer gewesen.

„Schicken Sie mir den Namen", bat Parker. „Vielleicht können wir herausfinden, wo er unterwegs war oder mit wem er in den Monaten vor seinem Tod kommuniziert hat. Ich lasse mein Team die Bewegungen der anderen Soldaten nachverfolgen, die zusammen mit Hurek desertiert sind. Vielleicht finden wir irgendeine Überschneidung in den Kommunikationsdaten, die einen Anhaltspunkt liefert."

Es war noch nicht lange her, seit die indonesische Regierung gegen die Separatisten in Aceh gekämpft hatte. Eban kratzte sich am Kinn, musste sich dringend mal wieder rasieren, aber das war ihm egal. „Könnte der Angriff auf das Hotel irgendwas mit den muslimischen Fundamentalisten zu tun haben, die die Regierung dazu bringen wollen, striktere religiöse Gesetze durchzusetzen?"

Hawthorne hielt in seinem Auf- und Abschreiten inne. „Tattoos auf der Haut dieser toten Terroristen im Wald zu finden, wäre in diesem Fall ziemlich ungewöhnlich. Viele Muslime glauben, Tattoos wären *haram*." Verboten.

„Der Außenminister, der die Konferenz ebenfalls besucht hat, ist bekanntermaßen ein Moderater." Der Botschafter erhob sich und goss sich einen frischen Kaffee ein. „Ich würde denken, dass die Terroristen angegriffen hätten, solange er noch da war, statt erst nach seiner Abreise, wenn sie eine politische Agenda verfolgen würden."

Eban hatte keinen Schimmer.

„Nun ja. Wer auch immer den Angriff auf das Hotel ausgeführt hat, hat definitiv irgendein Training beim Militär oder einer Miliz absolviert", sagte Alex. „Sie haben gewartet, bis so gut wie kein Sicherheitspersonal mehr auf dem Gelände war. Sie haben die Kommunikation des Hotels lahmgelegt, damit niemand Hilfe rufen konnte, und dann haben sie so gut wie jeden vor Ort ausgelöscht."

„Warum haben sie Quentin und Cramer mitgenommen, aber niemanden sonst?", fragte Armstrong.

„Diesen Typen geht es oft um Geld – sogar der IS lässt in regelmäßigen Abständen Geiseln gegen Geld frei. Ich vermute, sie haben Quentin mitgenommen, als sie herausgefunden haben, dass er beim FBI ist. Selbst wenn sie kein Lösegeld für ihn verlangen können, gibt es genug Gruppen, die jede Menge Kohle dafür zahlen würden, jemanden vom FBI in die Finger zu bekommen. Und Haley wurde vermutlich entführt, weil sie wunderschön und extrem wohlhabend ist." Alex Ausdruck wurde angespannt und er sah aus, als hätte er Mühe, zu schlucken. Die Vorstellung, dass seine Freundin gefangen gehalten wurde, traf ihn schwer. Eban wusste genau, wie der Kerl sich fühlte.

Das FBI hatte eine Hintergrundüberprüfung der Frau und der Firma, die sie zusammen mit Alex Parker und einem weiteren Mann besaß, durchgeführt. Alles war tipptopp in Ordnung. Aber Eban wusste, dass der Mann am anderen Ende des Videoanrufs jedes verdammte Detail im Internet manipulieren konnte, wenn er nur wollte, sofern er so gut war wie sein Ruf. Trotzdem, Haley Cramer war Multimillionärin und besaß eine eigene Insel. Sie brauchte kein Geld, und ihre Firma brauchte auch diese Art von Aufmerksamkeit nicht.

Auch wenn Quentin eine Hintergrundüberprüfung der Frau angeordnet hatte, war es durchaus möglich, dass er das aus privaten Gründen getan hatte. FBI-Agenten konnten nicht vorsichtig genug damit sein, mit wem sie verkehrten.

Vielleicht waren sie im Bett gelandet, oder Quentin hatte es zumindest vorgehabt. Was gute Neuigkeiten wären, denn der Kerl hatte gelitten, seit er vor fünf Jahren seine Frau verloren hatte.

Andererseits – so viel zu schlechtem Timing oder Pech oder beidem.

„Haben Sie mit den Überlebenden gesprochen?", fragte Alex. Wieder regte sich das Baby, und er wippte sie an seiner Schulter auf und ab, um sie zu beruhigen.

„Tricia Rooks liegt im Koma. Ich habe gestern Abend mit Chris Baylor gesprochen, der mit Savage zusammen in der 101. Division war, wie sich herausstellte. Sie sind Freunde. Er sagt, die Decke wäre direkt über Quentin und Haley ein-gestürzt, nachdem die beiden ihn aus dem brennenden Gebäude gerettet hatten, und er ist überzeugt davon, dass sie tot sind. Hat ihn ziemlich mitgenommen. Grant Gunn hat

Indonesien verlassen, ohne mit mir zu sprechen. Wir suchen derzeit in den Staaten nach ihm, damit er eine offizielle Aussage macht. Ich wollte heute früh eigentlich wieder ins Krankenhaus, aber dann ist die Lösegeldforderung reingekommen." Er schaute auf seine Uhr. „Chris Baylor und Tricia Rooks sollten sich in diesem Augenblick auf einem privaten medizinischen Evakuierungsflug in die USA befinden, den Tricias Firma Raptor organisiert hat. Wir müssen sie von Agenten in Empfang nehmen lassen, sobald sie landen. Ich will zu jeder Zeit wissen, wo sie sind, bis wir diese Sache aufgeklärt haben."

„Was ist mit Cecil Wenck?" Alex Parkers Tonfall war mild, aber er konnte Eban nichts vormachen.

„Ich habe den australischen Behörden einen Antrag auf eine Befragung zukommen lassen, aber bisher gab es noch keine Rückmeldungen, ob er einwilligt oder nicht."

„Von seinem Zimmer aus wurde gegen elf Uhr abends ein Anruf getätigt", sagte Alex. „Und um halb zwölf saß er bereits in seinem Privatjet auf dem Rollfeld."

„Was ist mit seinen Mobilfunkdaten?"

Alex streichelte dem Baby beruhigend über den Rücken. „Sie brauchen eine richterliche Anordnung, um auf diese Informationen zuzugreifen."

Eban blickte den Mann auf dem Bildschirm unverwandt an. Nie im Leben würde Alex Parker auf einen richterlichen Beschluss warten, aber ebenso unwahrscheinlich war es, dass er das vor einem Raum voller FBI-Agenten zugab.

„Ich bin mir sicher, wenn es irgendwelche verdächtigen Aktivitäten gibt, werden wir davon erfahren", erklärte Eban mit so viel Diplomatie, wie er nur aufbringen konnte.

Alex nickte sanft. „Ganz sicher."

„Können wir genug Bitcoins aufbringen, um das Lösegeld zu stellen?", fragte der Botschafter in die Runde.

„Können wir", erklärte Alex, als ob es überhaupt kein Problem wäre. *Willkommen im privaten Sektor.* „Und wir können sie sogar nachverfolgen."

Ebans Augenbrauen schossen in die Höhe. Er hatte gehört, dass das möglich war, aber bisher war es nie bestätigt worden. Die Gangster glaubten, Bitcoin wären unsichtbar und unauffindbar. Die Tatsache, dass das nicht der Fall war, ließ ein Grinsen über Ebans Gesicht spielen.

„Die USA werden offiziell nicht zulassen, dass ein Lösegeld für einen ihrer Agenten gezahlt wird", erinnerte der Botschafter sie.

„Aber womöglich würden sie es zulassen, wenn sie glauben, dass es Falschgeld ist", argumentierte Alex. „Außerdem ist es möglich, dass die Kidnapper genau darauf hoffen, als einen Vorwand, um Quentin Savage umzubringen. US-Prinzipien. Dann können sie die Amerikaner dafür verantwortlich machen, wenn sie ihn auf YouTube foltern und umbringen."

Eban zuckte zusammen. „Ist es denn Falschgeld?"

Alex Parker starrte in die Kamera und ignorierte die Frage. „Bevor wir bezahlen, müssen die Entführer beweisen, dass Haley und Quentin noch leben. Wir brauchen irgendeine Art der Kommunikation, die ich zurückverfolgen kann, das kann etwas so einfaches sein wie eine E-Mail, die sie öffnen."

„Ich setzte eine Antwort auf und verwickle sie in eine Unterhaltung, um Zeit zu gewinnen." Es war nicht ungewöhnlich, dass Kidnapper anfingen, sich aggressiv und gewalttätig zu verhalten, um die Familien ihrer Oper zu verängstigen und sie so zur Zahlung zu drängen. Es war sogar schon vorgekommen, dass Entführer ihre Gefangenen mit Eintritt der Deadline umgebracht hatten. Aber das war unwahrscheinlich für Gruppen, die ihr Geld auch tatsächlich in die Hände bekommen wollten.

Das Baby begann, unruhig zu werden. Alex wiegte sie vor und zurück, aber ihr Weinen wurde lauter.

„Sieht so aus, als müsste ich die Kleine zu ihrer Mama bringen. Lassen Sie mich sofort wissen, wenn sich die Kidnapper melden. Und schicken Sie mir den Namen des Kerls, der auf Sumatra hingerichtet wurde. Ich schaue außerdem, ob ich irgendwelche der Anrufe zurückverfolgen kann, die die Kidnapper in der Vergangenheit an ihren Verhandlungsführer in Jakarta getätigt haben. Vielleicht waren sie nicht so vorsichtig, wie sie geglaubt haben." Er stand auf. „Ich bin hier, falls Sie sonst noch etwas brauchen… Und wenn Sie irgendwas von Haley hören, *bitte* lassen Sie es mich wissen, zu jeder Tages- oder Nachtzeit. Auch wenn es schlechte Nachrichten sind. Mir ist es lieber, ich weiß es."

Eban presste die Lippen zusammen und nickte. So ging es ihm auch mit Quentin. Dieses Gefühl der Dringlichkeit, das Bedürfnis, irgendwas zu tun, eskalierte immer mehr. Sie hatten nur noch wenige Stunden bis zur ersten Deadline.

Quentin war clever. Er würde sich benehmen und die perfekte Geisel sein, weil er wusste, dass diese Verhandlungen sich oft in die Länge zogen. Eban goss sich einen Kaffee ein und sie machten sich an die Arbeit.

KAPITEL ZWANZIG

ALEY VERTEILTE DIE Essenstüten für das Abendessen. Ihre Ration waren Nudeln mit Carbonarasauce, dazu eine Handvoll M&Ms als Nachtisch. Nachdem sie den ganzen Tag Steine geschleppt hatten, war sie am Verhungern. Als sie damit fertig gewesen waren, sah ihr SOS ziemlich beeindruckend aus, und sie wusste, dass Alex verzweifelt nach einem Lebenszeichen von ihr suchen würde. Sie würde sich später mit den Schuldgefühlen, ihn von seiner neuen Rolle als Vater fortgerissen zu haben, auseinandersetzen, sobald sie alle wieder sicher zu Hause waren.

Bitte finde uns, Alex. Sie schickte ihren Wunsch in den Himmel, einem Stoßgebet so nah, wie sie es jemals sein würde.

Sie hatten entschieden, ihr Camp in einer kleinen Ansammlung von Bäumen am Hügel, etwas oberhalb von Darbys ursprünglichem Zeltplatz, zu errichten. Von dort hatten sie eine hervorragende Aussicht auf das Meer, bis auf den Zugang an der Nordseite, aber da die Insel dort nur aus zerklüfteten Felsen und Klippen bestand, war es unwahrscheinlich, dass sich jemand von dort nähern würde. Die Bäume verbargen sie gut und schützten außerdem vor der stechenden, tropischen Sonne. Sie hatten Darbys Zelt gelassen, wo es war, für den Fall, dass die Kidnapper zurückkamen und sich umschauten, aber sie hatten ihre Isomatte und ihren Schlafsack mitgenommen, ebenso einen kleinen Campingstuhl, den Darby mitgebracht hatte. Haley hatte noch immer die Decke, die sie aus der Hütte mitgenommen hatte, und hatte sie erst im Meer und dann im Bach ausgewaschen und in der heißen Sonne trocknen lassen. Die Decke würde sich heute Nacht als nützlich erweisen, wenn die Temperatur abfiel. Zum Glück war die Mückenplage dank der stetigen Meeresbrise hier nicht so schlimm.

Außerdem hatten sie genug Wasserbehälter befüllt und den Berg hinauf in ihr Camp getragen, um mehrere Tage versorgt zu sein, falls die Terroristen auftauchten, und sie sich versteckt halten mussten.

Darby hatte ein Sudoku-Heft mitgebracht, und Haley hatte in einer der Kühlboxen, die sie den Berg hinaufgewuchtet hatten, ein Skizzenbuch entdeckt. Alles in allem waren sie fünfmal den Berg hinauf- und hinabgewandert, aber jetzt war ihr Camp bestens ausgestattet, und sie mussten nur noch eine Art einfachen Unterstand bauen, für den Fall, dass es regnete.

„Ich habe nur eine Gabel und einen Löffel", sagte die junge Frau entschuldigend, bevor sie Haley und Quentin die Utensilien anreichte.

Sie tauschten einen Blick. Darby riss sich zusammen, aber es war nur eine Frage der Zeit, bis etwas in ihr zerbrach.

„Du hast ja auch nicht mit Besuch gerechnet", sagte Quentin mit einem Lächeln, aber dann verzog er das Gesicht, als ob er befürchtete, das Falsche gesagt zu haben.

Darby schenkte ihm ein entschuldigendes Lächeln.

„Nimm du die Gabel zuerst. Ich kann warten." Quentin gab Darby die Gabel zurück, aber sie schüttelte den Kopf.

Als Verhandlungsführer achtete er auf die Worte, die gesprochen wurden, war Haley aufgefallen, aber er schien auch extrem auf Körpersprache und Tonfall zu achten. Es gefiel ihr, dass er aufmerksam war. Das machte ihn noch attraktiver, als er aussah, und er befand sich ohnehin schon in der heißen Zone.

Sie musste sich ermahnen, sich nicht am Ende in diesen Kerl zu verknallen. Was sie hatten, würde niemals mehr sein können als ein Techtelmechtel. Alles, was ernster war als das, brachte sie nach spätestens zwei Wochen völlig aus dem Konzept. Sie konnte es nicht ertragen, wenn irgendwer sie herumkommandierte, oder wenn ihre Entscheidungen infrage gestellt wurden.

FBI-Agenten schienen besonders bestimmend zu sein, was schön und gut war, wenn man um sein Leben fürchtete, aber nicht so großartig war, wenn man einfach nur sein Leben leben wollte. Trotzdem, sie mochte ihn. Sie mochte ihn sehr.

„Wartet kurz", rief Darby plötzlich und wühlte durch die Box mit den ganzen Vorräten. „Aha! Ich habe ein Multitool, das so ein Gabeldings hat. Das kann ich benutzen."

„Dings", war so unfassbar unwissenschaftlich, dass sie alle lachen mussten. Endlich konnten sie mit dem Essen beginnen.

„Das schmeckt *so* gut." Haley verschlang ihre Linguine, die viel besser schmeckten, als sie es von einer Notrationstüte erwartet hätte – so gut wie in jedem Fünf-Sterne-Restaurant zu Hause auch.

„Meins auch." Quentin aß ein Curry. Darby irgendein Gericht mit Eiern und Speck.

„Ich habe diese Packen immer dabei, wenn ich wandern gehe, also weiß ich, dass sie gut sind", murmelte Darby zwischen zwei Bissen.

Es dauerte nicht lange, bis Haley aufgegessen hatte. Es wäre ihr unangenehm gewesen, wären die anderen nicht ebenso heißhungrig gewesen wie sie.

„Wo kommst du ursprünglich her?", fragte Quentin Darby.

„Alaska." Darby lächelte. „Ich habe dort mein Diplom gemacht und dann letztes Jahr mit der Dissertation begonnen. Ich wollte immer reisen." Sie verzog das Gesicht und wandte den Blick ab.

„Lass dich durch das, was passiert ist, nicht davon abhalten, deinen Träumen zu folgen, Darby", sagte Haley entschieden. Die Vorstellung, dass der Angriff auf diese clevere junge Frau sie davon abhalten könnte, ihre Ziele zu verfolgen, war furchtbar für Haley. „Ich sage ja nicht, gehe irgendwelche wahnsinnigen Risiken ein, aber mit den richtigen Sicherheitsvorkehrungen …" Sie verstummte, denn manchmal waren auch Sicherheitsvorkehrungen nicht gut genug. Manchmal erwischten einen diese Verbrecher dennoch – weshalb es Firmen wie ihre gab.

Haley schluckte. „Hör zu. Ich wurde vergewaltigt, als ich vierzehn war." Eine Welle aus Eis lief ihr den Rücken hinunter. „Vom jüngeren Bruder meines Vaters, der zu der Zeit bei uns wohnte, nachdem seine Frau ihn rausgeschmissen hatte. Eines Nachts kam er in mein Zimmer und hat gesagt, wenn ich irgendjemandem davon erzähle, behauptet er, ich hätte mich an ihn rangemacht. Diese Drohung hat er dann durch die ersetzt, dass er mir oder meiner Großmutter etwas antun würde, hat immer erzählt, wie leicht es passieren könnte, dass sie stolpert und die Treppe hinunterstürzt. Er hat mir immerzu gesagt, dass mein Vater einer dreckigen Schlampe wie mir nie glauben würde, sondern dem Bruder, den er bewunderte. Wie sich herausgestellt hat, hatte er recht."

Haley nahm die üppige tropische Insel nicht mehr war,

sah nur noch die Tür zu ihrem Kinderzimmer, die aufgedrückt wurde, und den Schatten, der in der Dunkelheit über ihr aufragte. Das erste Mal war er betrunken gewesen oder hatte zumindest so getan, als ob das sein Verbrechen in irgendeiner Weise schmälern würde.

Sie holte tief Luft, wusste nicht, ob ihre Erzählung Darby half oder die Dinge für alle nur schlimmer machte. Haley war verzweifelt darauf aus, ihr zu helfen. Sie schaute Quentin nicht an, wusste aber, dass er sie genau beobachtete. Sie wollte kein Mitleid, von niemandem, aber sie wollte Darby wissen lassen, dass manche Menschen schließlich darüber hinwegkamen, vergewaltigt worden zu sein, auch wenn es nicht einfach oder leicht war. Es war ein Prozess, der Jahre dauern konnte. „Die Vergewaltigungen dauerten über ein Jahr an, bis ich eines Tages Angst bekam, ich wäre womöglich schwanger, und endlich den Mut fand, es meiner Mutter zu erzählen." Sie schnaubte. „Du kannst dir vorstellen, wie gut das ankam."

„Was ist passiert?", fragte Darby mit tonloser Stimme.

„Sie hat mir nicht geglaubt. Sie hat es meinem Vater erzählt, und der hat meinen Onkel konfrontiert ... der es abgestritten hat. Hat behauptet, ich hätte wohl mit irgendeinem Jungen geschlafen und wolle ihm nur so viel Ärger wie möglich machen."

Verbitterung überkam sie. Das Gefühl der Verletzung und der Ungerechtigkeit schien Säure über ihre schlecht verheilten Wunden zu schütten. Sie dachte, sie wäre über diesen Mist endlich hinweg, aber sie würde nie wirklich darüber hinweg sein, bis ihr Onkel seine Verbrechen zugab. Das Problem dabei war nur, dass er seit über zehn Jahren tot war, weil er frontal in einen Müllwagen gerast war, nachdem er mit dreimal so viel Promille wie erlaubt hinter dem Steuer gesessen hatte.

Haley hätte dem Müllwagenfahrer am liebsten einen Blumenstrauß geschickt, aber das hätte zu viel ihrer inneren Wut verraten.

„Ich habe sehr schnell erkennen müssen, dass meine Eltern mir nicht geglaubt haben. Ich hatte furchtbare Angst davor, was mein Onkel mir antut, wenn er mich allein erwischt. Also habe ich eines Nachts eine Tasche gepackt und bin davongelaufen, zu meiner Oma, der Mutter meiner Mutter. Wir hatten uns bis dahin nicht nahegestanden, aber es gab niemand anderen, den ich um Hilfe bitten konnte." Haley blinzelte, als bei dem Gedanken an diese entschlossene alte Frau die Gefühle in ihr aufwallten. „Sie hat mich aufgenommen und mir sofort geglaubt. Hat mir einen Untersuchungstermin in der Klinik besorgt, aber wie sich herausgestellt hatte, war ich doch nicht schwanger. Allerdings hatte mir der Bastard eine Geschlechtskrankheit verpasst. Weil sie so lange unbehandelt geblieben war, hatte sie sich bis in meine Eileiter ausgebreitete und ich …" Sie atmete dreimal tief durch, bevor sie den Satz beenden konnte. „Ich bin seitdem unfruchtbar."

Sie erwiderte Quentins Blick, konnte aber in seinen Augen nicht erkennen, was er dachte. Darby griff nach Haleys Hand.

„Das tut mir so leid für dich." Darby schluckte angestrengt.

Wie viel frischer war die Hölle, die diese junge Frau durchgemacht hatte? Haley bedeckte Darbys Finger mit ihrer anderen Hand, als ob sie Darby beruhigen und vor allen schlimmen Dingen beschützen konnte.

„Ich habe furchtbare Angst, dass ich vielleicht schwanger bin. Mein Vater ist ziemlich streng, und wenn er das herausfindet, wird er mich zwingen, es zu behalten." Darby schüttelte vehement den Kopf. „Ich will keine Erinnerung daran, was sie mir angetan haben.“

„Das würde ich auch nicht wollen. Du musst mit einem Arzt und einem Therapeuten sprechen, sobald wir wieder zurück sind“, erklärte Haley. „Dein Vater hat in dieser Sache nichts zu sagen. Es ist deine Entscheidung.“

Darby warf Quentin einen Blick zu. „Ich weiß. Aber ich habe Angst, das alles allein durchzustehen.“

„Ich werde dafür sorgen, dass du die Hilfe bekommst, die du benötigst, Darby“, sagte Quentin leise.

Haley beugte sich zu der anderen Frau. „Er ist FBI-Agent. Er hält seine Versprechen.“

Darby räusperte sich. „Was ist mit deiner Familie passiert, wenn ich fragen darf?“

Haley blickte in den Himmel und lachte. „Tatsächlich gab es am Ende so etwas wie göttliche Gerechtigkeit. Ich meine, ich habe meinem Onkel nicht den Schwanz abschneiden und ihn ihm in den Hals rammen können, bevor er starb, aber er hatte ein übles Ende.“ Ihre Träume von Rache waren grausam und wundervoll gewesen. „Ich konnte bei meiner Großmutter wohnen, bis ich die Highschool beendet hatte, und wir haben dank Schokokuchen und *Friends*-Wiederholungen ein enges Verhältnis zueinander aufgebaut.“ Sie hätten sich nicht näher stehen können, wenn sie beste Freundinnen gewesen wären. „Sie ist gestorben, als ich einundzwanzig war, und hat mir jeden Cent ihres Vermögens vermacht, von dem mein Vater geglaubt hatte, meine Mutter würde es erben. Er hatte also ein paar Millionen weniger, als er sich für den Ruhestand erhofft hatte, und hat versucht, mich zu verklagen, um an das Geld zu kommen.“ Ihr Lächeln war scharf wie eine Rasierklinge. „Meine Großmutter war in ihren Anweisungen sehr entschieden und absolut bei klarem Verstand gewesen. Nachdem Dad das Gerichtsverfahren verloren hatte, hat er sich von meiner Mutter scheiden lassen." Haley beobachtete die Wolken, die sich am Horizont zusammenbrauten. Um diese Jahreszeit war demnächst wieder ein Sturm fällig. „Mom und ich haben unsere Differenzen schließlich überwinden können, aber ich schätze, ich habe ihr nie wirklich dafür vergeben können, mich nicht unterstützt zu haben."

„Ich hätte dir geglaubt", erklärte Quentin.

Sie blickte in seine dunklen Augen und wusste, dass er die Wahrheit sagte. „Danke."

„Ich hätte dir auch geglaubt", sagte Darby leise.

„Danke." Haley drehte sich um und blickte der jungen Frau in die grünen Augen, sah Schatten darin aufflackern. „Lass diese Erfahrung nicht deine Träume zerstören. Passe sie an, wenn es sein muss. Aber lass diese Bastarde nicht gewinnen. Du bist intelligent und wunderschön und hast ein gutes Herz."

„Ha." Darby wischte sich die Tränen aus den Augen, und Haley bemerkte, dass auch ihre Wangen nass waren. Dann hob die andere Frau ihre Augen in den Himmel. „Es wird in spätestens einer Stunde regnen."

Quentin erhob sich. „Ich baue einen Unterschlupf."

Haley grinste. „Sehr à la Bear Grylls."

„In der Box ist eine Machete." Darby zog eine Klinge aus der Kühltruhe.

„Ich liebe Frauen, die auf alle Eventualitäten vorbereitet sind. Gib sie mir. Ich will Haley mit meinen Über-lebenskünsten beeindrucken."

Haley trank einen Schluck Wasser. „Es wäre noch beeindruckender, wenn du dein Hemd ausziehst, während du den Unterschlupf baust." Sie wackelte mit den Augenbrauen und lachte Darby zu, dann stützte sie sich auf ihren Ellenbogen ab und bewunderte die Aussicht, als Quentin sein Hemd auszog und es ihr direkt ins Gesicht schleuderte. Mit einem Lachen fing sie es auf, und gleichzeitig verschlug es ihr dem Atem.

Donnerwetter.

Ihr Gesicht wurde ganz heiß. Es war das erste Mal, dass sie ihn bei Tageslicht oben ohne sah. Er bestand aus harten, schlanken, wohldefinierten Muskeln, über die sie am liebsten ihre Zunge gleiten lassen wollte. Seine dunklen Haare fielen ihm in die Augen, als er sie angrinste. Der Kerl war unglaublich heiß.

Sie stieß einen langgezogenen Pfiff aus, um zu bekunden, wie unbeeindruckt sie von seiner rohen Maskulinität war. Darby musste zum Glück über ihr Rumgealbere lachen.

„Ich dachte immer, FBI-Agenten wären spießige Anzugträger voller heißer Luft, vor allem *Verhandlungsführer.*"

„Wie viele *Verhandlungsführer* kennst du denn genau?" Quentin hielt mit einer Hand die Machete und nahm eine Pose ein, grinste sie an wie ein Pirat.

Ihre Lippen verzogen sich in ein Lächeln. „Einen."

Dann blickte er in den Himmel und wurde wieder ernst. „Ich glaube, wir werden gleich völlig durchnässt. Wenn mir jemand beim Bauen helfen will, bevor der Wolkenbruch startet, wäre das toll. Ich bin ehrlich gesagt ein bisschen rostig, was Unterschlupfbauen angeht."

Wieder blickte Haley in Richtung des Horizonts und sah, dass die Wolken immer dunkler wurden, und der Sturm ihnen mit enormer Geschwindigkeit entgegenrollte.

„Ich habe etwas Seil im Zelt, das wir benutzen können." Darby warf einen nervösen Blick in die Richtung, in der sich ihr erstes Camp befand.

Quentin nickte. „So sehr ich auch beweisen möchte, dass ich besser als irgend so ein dahergelaufener Engländer bin, wäre es vielleicht gar nicht übel, ein bisschen zu schummeln. Kannst du das Seil holen?"

So, wie Darby an ihrer Unterlippe herumkaute, konnte Haley sehen, dass sie nicht allein hinunter zum Zelt gehen wollte.

„Ich kann es holen", bot Haley an, obwohl ihre Oberschenkel davon brannten, den ganzen Tag den Berg hoch- und runtergewandert zu sein.

Darby nickte erleichtert.

Quentin blickte auf die Wolken. „Beeil dich."

Haley eilte den Berg hinunter. Eine Wand aus Grau verdunkelte den Horizont, und sie vermutete, dass sie auf dem Rückweg völlig durchnässt werden würde. Sie kroch ins Zelt und begann, den Rest von Darbys Sachen zusammenzusammeln, einschließlich eines Notizblocks. Eine seltsame Vibration stieg plötzlich auf, und die Zeltwände wurden vom Wind durchgedrückt. Es dauerte ein paar Sekunden, bis Haley realisierte, dass dieses rhythmische Geräusch nicht der Wind war, sondern ein Helikopter. Sollte sie in den Wald rennen? Der Hubschrauber hörte sich nah an, aber sie hatte keine tatsächliche Vorstellung, wo er sich befand.

Sie kroch zum Eingang des Zeltes und zog den Reißverschluss so weit hinunter, dass sie nicht gesehen werden konnte.

War das ein Rettungsteam oder die Terroristen, die nach

ihnen suchten? Sie hatte keine Ahnung. Sie erstarrte, rollte sich in einen kleinen, steifen Ball zusammen, und die Furcht vor einer Entführung, das Wissen, dass, sollten die Kidnapper ihre verlorenen Preise eintreiben wollen … sie und Darby jeden Tag das absolute Grauen erdulden müssten. Quentin würde gefoltert und vermutlich getötet werden.

„Bitte, bitte, bitte." Sie flehte irgendeine Gottheit an, die in dieser Gegend über verzweifelte Frauen wachte. Nicht, dass sie Darby besonders viel geholfen hätte. „Ich werde alles tun. Ich werde ein besserer Mensch sein. Ich werde aufhören, so viel zu fluchen und aufhören, zu trinken und mit den One-Night-Stands, und ich werde ehrenamtlich in einem Tierheim arbeiten."

Das Schlagen der Rotorblätter wurde lauter und lauter, bis das Dröhnen in ihren Ohren schmerzte und wie Hiebe in ihren Brustkorb schlug. Sie kniff die Augen zusammen wie ein Kind, das sich beim Versteckspielen in einem Kleiderschrank verkrochen hatte. Dann fällte sie eine Entscheidung.

———————

QUENTIN WAR GERADE damit fertig, die Äste für das Gerüst ihres provisorischen Unterstands zu hacken, als er das Schlagen von Rotorblättern hörte.

„Scheiße."

Darby sammelte Blätter, die als Dach herhalten sollten, und blickte auf.

„Hilf mir, unsere ganzen Sachen zu verstecken. Schnell."

Er griff sich die Kühlbox und warf alles hinein, was sie beim Abendessen benutzt hatten, knallte den Deckel zu und zerrte die Truhe unter die dichten Bäume. Darby schnappte sich den Campingstuhl und ihren Schlafsack. Stolperte mit riesigen, verzweifelten Augen hinter ihm her.

„Sind sie das?“ Ihre Stimme war hoch und dünn.

„Ich weiß es nicht, aber wir können nicht riskieren, dass sie uns finden. Hocke dich unter diese Büsche da und lege die Decke über dich. Nicht. Bewegen. Egal, was passiert.“ Er drückte ihr Haleys graue Decke in die Hände, und die junge Frau nahm sie entgegen, aber ihre Finger zitterten so sehr, dass sie sie beinah fallen ließ.

So sah echte Todesangst aus.

Und auch er konnte es spüren.

Wo war Haley? Wo war der Helikopter? Hatte er sie entdeckt? Hatte sie das Geräusch gehört und sich versteckt, bevor sie entdeckt werden konnte?

Was, wenn es das Rettungsteam war?

Was, wenn sie es *nicht* waren?

Fuck.

Er häufte Blätter und Zweige und Erde über die Kühlboxen, die sie im Gestrüpp versteckt hatten, dann legte er sich neben Darby, breitete die schwere, graue Decke über ihnen beiden aus. Er zog die Pistole aus seinem Hosenbund und lud eine Kugel in den Lauf, bereit, auf jeden zu schießen, der versuchen sollte, sie wieder auf diese andere Insel zu bringen.

Dann zog er das Messer hervor und gab es Darby. Ihre Finger krallten sich um den Griff, ihre Augen waren weit vor Angst, aber ihr Kiefer verflucht entschlossen. Sie hatte bereits einen ihrer Angreifer umgebracht. Noch einmal würde sich diese Chance womöglich nicht ergeben, aber wenigstens musste sie sich nicht völlig wehrlos vorkommen.

„Glaubst du, Haley ist in Ordnung?“ Ihre Augen blickten

hektisch suchend durch den schmalen Schlitz am Ende der Decke.

„Ich hoffe es", erwiderte er nachdrücklich. Er wollte den Berg hinunterstürzen und nach ihr suchen, aber was, wenn er die Angreifer damit direkt zu ihr führen würde? Und wie konnte er Darby im Anblick dieser Gefahr allein zurücklassen? Selbst, um Haley zu retten?

„Du magst sie."

Er schnaubte. „Natürlich mag ich sie."

„Nein", sie lachte, dann schluckte sie nervös. „Du magst sie *wirklich*. Ich habe gesehen, wie du sie anschaust."

Er warf ihr einen skeptischen Blick zu, sagte aber nichts. Was gab es da nicht zu mögen? Haley war eine intelligente, wunderschöne Frau, aber natürlich war Darby das auch. Es gab tausende solcher Frauen auf der Welt, aber er hatte keine von ihnen auch nur zweimal angesehen, seit er vor über einem Jahrzehnt Abbie kennengelernt hatte.

Plötzlich wurde das Dröhnen des Helikopters lauter, genau in dem Augenblick, als auch der Regen in einer Sintflut auf sie niederging und sie innerhalb von zwei Sekunden bis auf die Knochen durchnässte. Wenigstens war es warmer Sommerregen, der seine Haut auf eine erträgliche Temperatur herunterkühlte.

„Zieh den Kopf ein und bewege dich nicht", befahl er Darby, während sie die Decke rings um sich festhielten.

Er blickte durch einen schmalen Spalt, als der dunkelgrüne Helikopter hinter dem Bergkamm aufstieg und in ihr Sichtfeld kam, in der weiten Ebene eindeutig nach Bewegungen suchte.

Hatte jemand ihr SOS-Signal bemerkt? Das schien eine zu schnelle Reaktion zu sein, aber was, wenn ... Er suchte den

Hubschrauber auf irgendwelche Militärabzeichen hin ab, konnte aber nichts Hilfreiches entdecken, bis auf eine Zahlenfolge, die er aus der Entfernung nicht erkennen konnte. Er versuchte, einen Blick auf den Piloten und die Crew zu erhaschen, aber der Regen war zu dicht, eine einzige, graue Wand, die alle Farben und Details verwischte.

Quentin wünschte sich verdammt noch mal, er könnte einfach wild winkend angerannt kommen, wie ein Robinson Crusoe des einundzwanzigsten Jahrhunderts, der ein Rettungsschiff entdeckt hatte, aber wenn er falsch lag, würde nicht nur er die Konsequenzen tragen müssen, sondern auch Haley und Darby. Und er hatte kein Verlangen danach, dass die letzten Erinnerungen seiner Familie an ihn Bilder waren, wie er als Gefangener gehorsam niederkniete, damit man ihm den Kopf von den Schultern säbeln konnte.

Arschlöcher.

Nach einer gefühlten Ewigkeit drehte der Heli ab und flog über die Insel in Richtung des Strandes davon. Gott sei Dank hatten sie das Boot unter dem Laubdach der Bäume versteckt. Er bezweifelte, dass der Helikopter es in diesem Regen entdecken würde.

Er legte Darby die Hand auf die Schulter, als sie sich bewegte. Sie zuckte zusammen und hielt wieder still. Der Hubschrauber verbrachte noch eine halbe Minute damit, den Uferstreifen abzusuchen, flog aber nicht in die Nähe ihres SOS-Zeichens.

Sicher wären sie dort doch als Erstes hingeflogen, wenn sie deswegen hergekommen wären?

Ja, das wären sie.

Diese Leute waren nicht ihrem Hilferuf gefolgt, was bedeutete, dass die Chancen sehr gut standen, dass es

Terroristen waren.

Der Regen floss in kleinen Rinnsalen seinen Rücken hinunter, über sein Gesicht, tropfte von seinen Haarspitzen. Sein Bart juckte wie tausend Feuerameisen.

Wenn man sich vorstellte, dass er sich vor ein paar Tagen noch Sorgen darüber gemacht hatte, eine Abschlusspräsentation halten zu müssen. Und jetzt baute er auf einer tropischen Insel Unterschlüpfe aus Palmenzweigen, versteckte sich vor bewaffneten Milizen und war bereit, sich und diese beiden Frauen bis zum letzten Atemzug zu verteidigen.

Sein Mund wurde trocken, die Sorge um Haley fraß ihn förmlich auf. Endlich entfernte sich der Helikopter von der Insel und flog in Richtung Süden davon, zurück in die Regenwolken.

Quentin ließ sich dreißig Sekunden, bis er sich die Decke vom Gesicht riss. „Ich muss nach Haley schauen. Bleib hier im Versteck."

Was, wenn sie Haley gefunden und mitgenommen hatten?

Darby griff nach seinem Ärmel. „Was, wenn sie jemanden auf der Insel abgesetzt haben? Bitte lass mich nicht allein."

Sein Herz fühlte sich an, als würde es entzwei gerissen. Er zählte bis zehn. Erdete sich. „Ich glaube nicht, dass sie gelandet sind, und das wären sie, wenn sie einen Suchtrupp absetzen wollten. Aber du hast recht, wir müssen vorsichtig sein. Ich gehe runter zum Zelt, aber ich beobachte jede Anhöhe. Ich werde nicht lange brauchen, aber es kann trotzdem eine Stunde oder mehr dauern, da hinunter und wieder hoch zu wandern. Du bleibst hier und versteckst dich. Kannst du mit einer Waffe umgehen?", fragte er.

„Ich komme aus Alaska."

Richtig.

Er hielt ihr die Pistole hin. „Lass uns tauschen."

Sie nahm ihm die Waffe ab und reichte ihm das Messer.

„Bitte erschieße uns nicht, wenn wir zurückkommen. Ich kündige uns an, oder noch besser, ich mache einen Käuzchenruf und du machst einen zurück, okay?" Mimikry war der älteste Trick der Welt, um eine Verbindung zu jemandem aufzubauen, und das hier war schnell und unkompliziert. „Aber wenn ich Haley aus irgendeinem Grund verpassen sollte, vergiss nicht, dass sie von unserem Signal nichts weiß, also drücke den Abzug nicht, bist du ein Gesicht erkennen kannst und weißt, was los ist. Okay?"

Ein unglückliches Lächeln flatterte über Darbys Lippen. „Okay."

„Okay", sagte er entschieden. „Bleib unter der Decke. Falls es dunkel wird, bevor ich wieder zurückkomme, mach keine Lichter an. Du bist hier oben gut versteckt. Wir werden dich finden. Wir schaffen das."

Darby nickte energisch. „Los, geh und finde Haley. Ich komme schon klar."

Er drückte ihre Schulter. „Das weiß ich."

Quentin ging zum Rand der Bäume und lief die kleine Erosionsrinne entlang, die den Berg hinunterführte. Sie war voller Regenwasser, aber er konnte sowieso nicht mehr nasser werden. Er joggte den Berg hinunter, achtete darauf, wo er hintrat, um nicht umzuknicken, lief aber so schnell er konnte, weil er unbedingt wissen musste, ob Haley in Sicherheit war, und dass die Bastarde sie nicht mit zurück in das Camp auf der anderen Insel genommen hatten.

Seine Füße rutschten auf dem feinen Matsch aus, aber er rannte immer weiter, während sein Herz ein wenig zu heftig vor Sorge hämmerte.

Kurz vor der Stelle, an der das Zelt stand, kletterte er die Uferböschung hinauf und spähte über den Rand, überprüfte, wie viel er von der Gegend einsehen konnte.

Der Regen prasselte auf ihn herab, aber ansonsten rührte sich nichts, bis auf einen farbenprächtigen Vogel, der durch die Bäume flatterte. Der Reißverschluss am Zelteingang war zugezogen. Versteckte sich Haley im Zelt?

Er beobachtete es für eine weitere Minute, bis er sich über den Rand der Böschung stahl und geduckt zum Zelt rannte.

„Haley", sagte er und sprach gerade so laut, dass sie ihn über das Prasseln des Regens hören konnte. „Ich bin's."

Er zog den Reißverschluss auf, steckte den Kopf ins Zelt, und das Herz rutschte ihm in die Hose, als er sah, dass sie nicht da war.

Dann hörte er Schritte, die hinter ihm auf den Boden trampelten, und einen Bruchteil einer Sekunde später knallte etwas mit aller Wucht von hinten auf ihn.

KAPITEL EINUNDZWANZIG

H ALEY HATTE QUENTIN einfach nur vor Erleichterung umarmen wollen, aber sie war auf dem nassen Boden ausgerutscht und ungebremst in den Kerl hineingekracht, nur um sich augenblicklich auf dem Rücken liegend wiederzufinden, ein Messer an ihrer Kehle.

„Hi", quietschte sie.

Das Messer verschwand. „Scheiße. Sorry."

„War nicht deine Schuld. Es war meine Schuld –"

„Ich hätte wissen sollen, dass du es bist, aber ich habe mir solche Sorgen gemacht, dass der Helikopter dich mitgenommen hat –"

„Er hat eine Weile über dem Zelt in der Luft gestanden, aber sie sind nicht ausgestiegen, um hineinzuschauen. Und ich bin gerannt wie ein verschrecktes Kaninchen, als sie fortgeflogen sind. Waren das die Terroristen? Oder die Guten?"

„Ich habe keine Ahnung, aber ich vermute, es waren die Terroristen. Ich bin so froh, dass du okay bist." Ein schiefes Grinsen legte sich auf seine weich aussehenden Lippen. Sein Bart war nach zwei Tagen beinah voll.

„Ich bin auch froh, dass du okay bist", erwiderte Haley heiser.

Sie fuhr mit der Hand über seinen Kiefer und wurde plötzlich ganz still, als sich die Luft um sie herum veränderte.

Energie blitzte zwischen ihnen auf wie eine Milliarde Elektronen, die aufeinanderprallten.

„Du bist ganz nass." Seine Augen schossen hinauf zum Regen, aber Haley presste die Beine zusammen, denn sie war nass. *Überall*. Und heiß. Und ausgehungert. Das war eine wirklich schreckliche Idee, aber Gott, sie wollte ihn in sich spüren, so schnell und tief er konnte.

Er sah es in ihren Augen. Sie wusste, dass er es sehen konnte.

Und er musste es an der Art und Weise sehen, in der ihre Nippel durch das dünne Material des Sportshirts hervortraten und ihm ein sehr pointiertes „Hallo" übermittelten.

Quentin presste die Lippen zusammen, und seine Nasenflügel blähten sich auf, als er auf sie hinunterstarrte, wie sie da im Matsch lag.

Haley war nie schüchtern gewesen. Sie ruckelte hin und her, bis ihr T-Shirt hochgerutscht war und sie die Arme herausziehen konnte, dann zog sie es über den Kopf, bis sie mit nacktem Oberkörper vor ihm lag und es kein Missverständnis mehr gab, was sie wollte.

Quentins Pupillen wurden groß, aber er blickte sich um.

Sie dachte schon, er würde sie zurückweisen, aber stattdessen stöhnte er auf. „Wir müssen schnell machen."

Sie nickte, und er machte schon seinen Hosenstall auf. Sie schob seine Hände weg und ließ ihre eigenen Finger hineintauchen, streichelte ihn. Wollte das Drängen dieses glühend heißen Samts spüren, der sich rasend schnell in Stahl verwandelte.

Er zog ihr die Shorts die Beine hinunter und erkundete sie mit seinen Fingern. Ihre Hüfte bäumte sich auf, ihre Muskeln zogen sich zusammen, sie war schon jetzt auf halbem Wege zum Höhepunkt.

„Fuck. Ich habe kein Kondom." Sein Mund wurde zu einer frustrierten schmalen Linie, während er unbeirrbar diese Stelle fand, die sie um den Verstand brachte, seine Handfläche presste sich auf ihren Kitzler und sie bog sich ihm bei dieser Berührung entgegen.

„Ich bin sauber, und ich kann nicht schwanger werden. Ich gehe regelmäßig zur Kontrolle, und du warst seit langer Zeit der Erste, mit dem ich im Bett war."

„Ich bin auch sauber, aber …"

Sie blickten sich in die Augen. Es war ein Risiko. Natürlich war es ein Risiko. Aber sie waren dem Tod so nah gewesen, und der Besuch dieses unbekannten Helikopters hatte die Gefahren, denen sie gegenüberstanden, mit aller Gewalt wieder in ihr Bewusstsein gebracht. Sie waren noch nicht in Sicherheit. Sie waren noch nicht in Freiheit. Das hier war womöglich ihre letzte Chance, zusammen zu sein.

Haley stieß einen Seufzer der Erleichterung aus, als er sich zwischen ihre Beine presste. Sie öffnete sich weiter, hob die Hüfte und flehte ihn wortlos an, sie schnell und hart zu nehmen, trotz des Regens, trotz des Schlamms.

Dann küsste er sie, und sie nahm seine Zunge in ihren Mund, während sie ihn in sich hineinführte. Ein Stoß, und er war tief in ihr vergraben, füllte sie unglaublich perfekt aus. Sie schlang ein Bein um ihn, verankerte ihn an ihrer Hüfte, und sie begannen, sich zu bewegen. Sie fanden einen Rhythmus, der wild und unbesonnen und herrlich war. Da war keine Raffinesse. Sie trieben es im Matsch, rieben sich aneinander in ihrem Rausch, zu kommen. Seine Finger kniffen ihre Nippel, sein Mund verschlang ihren. Ihre Hüften hoben sich höher und höher vom Boden, und er drehte sie so, dass sie oben war und auf ihn hinunterschaute, die dicke Länge seiner Erregung ritt, ihn benutzte, um in einem Höhepunkt zu kommen, der in Welle um Welle der Lust durch ihren Körper rollte.

Dann rollte er sie erneut herum, und Haley hatte keine Zeit, zu Atem zu kommen, als er in sie hineinstieß, unnachgiebig in sie hineinhämmerte, bis er mit einem Brüllen kam, das sein attraktives Gesicht in eine Parodie des Schmerzes verzerrte.

Ihr Herzschlag dröhnte in ihren Ohren.

Sie hatte so etwas nie zuvor im Leben getan. Hatte nie zuvor so etwas gespürt.

Quentin schloss die Augen und legte seine Stirn auf ihre Schulter. Haley konnte sein Herz gegen ihre Brust hämmern fühlen, als ob er einen Marathon gelaufen wäre. War das die Gefahr, der sie ausgesetzt waren? Das Adrenalin? Oder waren sie es selbst?

Er zog sich aus ihr heraus und zog den Reißverschluss hoch, machte den Hosenknopf zu während sie atemlos dalag.

Sein Gesichtsausdruck war nachdenklich. Seine dunklen Augen besorgt. Er wandte sich ab.

„Bist du in Ordnung? Habe ich einen Fehler gemacht?", fragte sie und war plötzlich verunsichert.

Quentin drehte sich wieder zu ihr, zog die Augenbrauen hoch und schnaubte. „Ich glaube, du hast mich für jede andere Frau verdorben, was Sex angeht." Aber er sah unbehaglich aus, als ob er bedauern würde, was sie getan hatten. „Wir müssen zurück, bevor Darby nach uns sucht und etwas sieht, womit sie im Moment womöglich nicht umgehen kann."

Oh Gott. Natürlich. Haley wusste nicht, wie sie so egoistisch hatte sein können, außer dass sie es gebraucht hatte. Eine Ventil gebraucht hatte. Quentin noch ein letztes Mal um den Verstand hatte vögeln müssen.

Nur Sex, sagte sie sich, als sie ihre nassen Stiefel wieder durch die Beinlöcher ihrer Hose steckte und das T-Shirt über ihren schmutzigen Körper zog.

Das war nicht wahr, aber sie wusste, wie man Distanz vortäuschte. Sie wusste, wie man sie so lange vortäuschte, bis sie zur Wahrheit wurde. „Wenn du irgendwann wieder Dampf ablassen willst, weißt du ja, wo du mich findest." Sie lächelte, als ob sie keine tropfnasse Ratte auf einer Vulkaninsel wäre, sondern die elegante Femme fatale, die sie für einen Großteil ihres Lebens perfektioniert hatte.

Anstatt zu antworten, betrachtete er sie nur mit einem undurchdringlichen Ausdruck.

„Gehen wir."

DIESMAL NAHM QUENTIN ihre Hand nicht, als sie die Erosionsrinnen hinaufstapften. Er wusste, dass Haley trotz ihrer draufgängerischen, selbstbewussten Fassade verwirrt von seinem postkoitalen Rückzieher war.

Es hatte auch ihn verwirrt.

Was da unten passiert war, als er zum ersten Mal außerhalb seiner Ehe ungeschützt eine Frau gefickt hatte, hatte ihn bis ins Innerste erschüttert. Es war der beste Sex seines Lebens gewesen, und das fühlte sich an wie ein Verrat an seiner toten Frau und ihrer kurzen aber unfassbar glücklichen Ehe.

Sein Sexleben mit Abbie war liebevoll und abwechslungsreich gewesen, und sie hatten sicherlich nie aufgehört, im Schlafzimmer ihren Spaß zu haben. Aber im

Freien herumzurollen, während der Regen auf sie herab-
geströmt war und der Schlamm jeden Zentimeter ihrer
nackten Haut bedeckt hatte ... hatte Lust und Verlangen in
ihm entzündet. Es hatte ihm förmlich das Hirn herausgerissen
und mit einer heißhungrigen, unkontrollierbaren Lust ersetzt.
Er war sich wie ein Tier vorgekommen, als er in Haleys
perfekten Körper hineingestoßen hatte. Ein Irrer in den
Fängen einer Psychose.

Abrupt blieb er stehen und Haley wäre fast in ihn
hineinlaufen.

„Habe ich dir wehgetan?", fragte er und drehte sich zu ihr
um.

Sie zog eine Augenbraue hoch. „Meinst du mit der Größe
deines Schwanzes oder deiner hemmungslosen Leidenschaft?" Es lag eine Schärfe in ihre Stimme, die vorher nicht
dagewesen war. Nicht seit dieser ersten Nacht im Hotel.

Sie kaschierte ihre Unsicherheit, realisierte er.

Scheiße.

Er *hatte* ihr wehgetan, wenn auch nicht körperlich.

Quentin setzte einen der Jedi-Psychotricks seiner
Verhandlungsfähigkeit ein und versuchte, mehr aus ihr
herauszubekommen. „Hemmungslose Leidenschaft?"

Wenn sie jetzt anfing, über seinen Schwanz zu sprechen,
würde er sie sofort wieder haben wollen, und er war sich nicht
sicher, warum sein Verlangen nach dieser Frau scheinbar so
einfach die Kontrolle über seinen Verstand übernehmen
konnte. Und er wusste nicht, warum ihn das so verdammt
störte.

„Du weißt schon, als du mich wie ein Steinbohrer gefickt
hast."

Sein Mund wurde trocken. Er hätte wissen sollen, dass sie

sich nicht so einfach manipulieren ließ. Welches Wort sollte er jetzt zurückwerfen? Ficken? Bohrer? Alles Dinge, die er immer und immer wieder tun wollte.

Sie musste den Hunger in seinen Augen sehen.

Er wandte sich ab, aber anstatt den Hügel hinaufzueilen, drehte er sich wieder abrupt zu ihr um, gerade, als sie einen Schritt vorwärts machte. Er hielt sie fest, damit sie nicht rückwärts umfiel, als ihre Körper aufeinanderprallten. Presste sie fest genug an sich, dass sie seine Erektion spüren konnte. Ihre Augen wurden groß.

Sie mussten sich irgendwo darüber unterhalten, wo Darby sie nicht hören konnte.

„Ich weiß nicht, wie ich mit einer Frau wie dir umgehen soll, Haley", erklärte er ihr ehrlich.

„Was soll das heißen? Einer Frau wie mir?" Ihre Augen blickten ihn argwöhnisch an. Ihr Mund tat so, als wäre er nicht traurig.

Alles an ihr erinnerte ihn an eine verwundete Kreatur, und er dachte an den Vergewaltiger von Onkel, und wie sie die Kontrolle über ihre Sexualität übernommen hatte wie über eine Waffe, die sie schwang. Aber so hatte es sich vor ein paar Minuten überhaupt nicht angefühlt. *Das* waren Leidenschaft und Aufrichtigkeit gewesen. Er entschied sich für die Wahrheit, anstatt sein eigenes Herz zu verbergen, denn sie hatte schon so viel durchgemacht, und er konnte den Gedanken nicht ertragen, dass auch er sie verletzt hatte.

„Eine Frau, die so hell brennt, dass ich das Gefühl habe, ich werde von einem Stern geblendet, sobald ich sie anschaue."

Sie blinzelte ihn an.

„Eine Frau, die davongehen wird, sobald das hier vorbei ist, ohne auch nur einen einzigen Blick zu mir zurückzuwerfen.“

Ihr Mund fiel voller Verblüffung auf. Sie starrte auf seinen Hals, vermied den Augenkontakt. „In der Vergangenheit wollte ich immer davongehen ...“ Sie hob ihre Augen und blickte ihn an, nicht entschuldigend, aber mit Furcht. „Ich habe keine Ahnung, was ich fühlen werde, wenn diese Sache vorbei ist. Ich habe noch nie ...“ Sie schluckte ihre Worte hinunter, dann versuchte sie es erneut. „Ich bin keine Frau, auf die sich Männer für irgendwas anderes als Sex einlassen wollen, Quentin, und der Sex war fantastisch.“

Haley fuhr mit ihrer Hand über seine Brust, aber er ließ sich nicht ablenken.

„Versuchst du mir ernsthaft klarzumachen, dass die Männer sich immer als Erste aus dem Staub machen?“

Sie blickte ihn schräg an. Dann lachte sie. „Nein.“

„Nein?“ Wieder griff er in seine Verhandlungsführer-Trickkiste.

Der Ärger verpuffte aus ihr. „Ich verschwinde immer, bevor ich emotional zu involviert bin. Ich will diese klammernden, unbeholfenen Gefühle nicht. Und ich kann keine Ablenkung von meiner Arbeit gebrauchen.“

„Also, um das klarzustellen, du sagst mir gerade, wenn das hier vorbei ist, wenn wir gerettet sind“, denn sie würden gerettet werden, „wirst du einfach davongehen, anstatt eine Beziehung mit mir zu beginnen?“

„Beziehung?“, fragte sie.

„Du weißt schon. Leute, die sich unterhalten und auf Verabredungen gehen und so oft wie möglich Sex haben.“

Sie wollte etwas erwidern, aber die Worte blieben ihr im Halse stecken. Sie starrte ihn stumm an.

Er drehte sich um, aber sie griff nach seinem Arm.

„Ich will keine Beziehung", flüsterte sie.

Quentin stieß einen langen Atem aus und wand seinen Arm aus ihrem Griff. Er sollte erleichtert sein. Er wusste genau, wo er stand, und wenn sie wieder Sex haben sollten, konnte er es einfach genießen, ohne sich Sorgen darüberzumachen, was das über seine Ehe oder über die Tiefe seiner Gefühle für seine verstorbene Frau aussagte. Es wäre einfach nur ein körperlicher Akt mit einer unfassbar attraktiven Frau.

Aber zum ersten Mal seit Abbies Tod fragte er sich, ob das genug war.

KAPITEL ZWEIUNDZWANZIG

Das Schreien auf dem Video, das im Internet veröffentlicht worden war, verstummte abrupt, wurde ebenso brutal abgeschnitten wie das Ohr des Mannes. Das Video war schwarzweiß, aber das Blut war eindeutig zu erkennen. Die Aufnahme dauerte zwölf Sekunden lang und war grauenhaft.

Ebans Magen drehte sich um. „Spielen Sie es noch einmal ab.“

Der Kopf des Opfers wurde von einem Knie in den Dreck gedrückt. Das Einzige, was zu sehen war, war die Seite des Kopfes, dicke, schwarze Haare und ein dunkles T-Shirt.

Schweres Atmen erfüllte die Audiospur des Videos, als ob es ein Handgemenge gegeben hätte. Als Nächstes kamen die Hände eines weiteren Mannes ins Bild, die ein großes Jagdmesser hielten. Der Kerl krallte sich das Ohr des Gefangenen und schnitt durch den Knorpel, bis hinunter zum Ohrläppchen, und der Rest des Ohrs blieb zerfleddert und zerrissen zurück. Blut quoll aus der Wunde, und das Opfer schrie vor Schmerzen.

Eban schloss die Augen. Die Nachricht auf dem Video lautete, dass sie zwölf Stunden Zeit hatten, bevor sie Quentin auch das andere Ohr abschneiden würden. Danach würden sie seine Finger abschneiden, dann seine Zehen, dann seine Eier.

Eban ließ den Kopf in die Hände sinken. „Scheiße!“

Charlotte Blood war auf einem Videoanruf zugeschaltet, ihr Gesicht war aschfahl. Alex Parker war auf einer weiteren Videoverbindung zu sehen, diesmal Gott sei Dank *ohne* Baby.

„Wie schnell können wir das Geld zusammenbekommen?", fragte Eban. Der neue Leiter der Sondereinheit war auf dem Weg von der Kriseninterventionseinheit hierher, und Eban wollte nicht, dass der Typ die Sache mit seinem vorschriftsmäßigen Vorgehen vermasselte, das Ebans Boss am Ende womöglich das Leben kostete.

„Es ist bereit für die Übergabe", erklärte Alex. „Aber ich will auch einen Lebensbeweis von Haley, bevor ich es losschicke."

„Leute", sagte Charlotte.

„Ist das Ihr Ernst?", fragte Eban Alex ungläubig.

„Todernst." Alex klang unerbittlich.

„Leute", sagte Charlotte erneut.

„Sie haben gerade sein verdammtes Ohr abgehackt", fauchte Eban.

„Leute!", schnauzte Charlotte sie ungeduldig an. „Ich glaube, das war gar nicht Quentin. " Sie tippte etwas in ihren Computer. „Schaut euch das Foto an." Sie mailte Eban und Alex ein Foto von Quentins Profil, das auf irgendeiner Hochzeit aufgenommen worden war. Auf dem Foto hatte der Kerl kürzere Haare – es war vor Abbies Tod aufgenommen worden, bevor er diese Keanu Reeves-Nummer abgezogen hatte.

„Vergleichen Sie das Ohr auf dem Standbild des Videos mit diesem Foto vom Boss."

Eban starrte angestrengt auf die beiden Bilder. Dann richtete er sich auf. Ohren waren so individuell wie Fingerabdrücke.

„Sie hat recht." Alex schickte ihnen eine Überblendung der beiden Bilder und die Ohren hatten nicht einmal annähernd die gleiche Form.

Eban atmete langsam ein und aus. Es war nicht Quentin, dem gerade das Ohr abgesäbelt worden war, es war irgendein anderer armer Bastard gewesen. „Warum tun sie so, als ob sie ihm das Ohr abschneiden würden?"

„Und warum die Eile, das Geld in die Finger zu kriegen? Sie wissen doch, dass sowas normalerweise Monate dauert." Charlotte sah beunruhigt aus.

Eban blinzelte, als sich die Puzzleteile zusammenfügten. „Scheiße. Sie haben ihn nicht mehr." Seine Euphorie verwandelte sich schlagartig in Mutlosigkeit. Er rieb sich das Gesicht, der Stress und die Anspannung der letzten Tage schlugen auf ihn ein wie ein Panzer. „Vermutlich ist er tot." Er starrte an die Decke des Büros des Botschafters, und die Verzweiflung schnürte ihm den Hals zu. Mit Entführungen und Lösegelderpressungen zu tun zu haben, war immer schwer, aber nichts hatte ihn auf das vorbereitet, was passierte, wenn die Geisel einer ihrer eigenen Männer war.

„Vielleicht ist er entkommen", argumentierte Alex.

Eban schüttelte den Kopf. „Quentin weiß, dass es das Beste für eine Geisel ist, einfach abzuwarten, bis das Lösegeld gezahlt ist."

„Fragen Sie sie nach einem Lebensbeweis von Haley und Quentin, aber richten Sie ihnen aus, dass wir einen Teil des Geldes haben, den wir sofort schicken, als Beweis unserer guten Absichten. Flehen Sie sie an, ihnen nichts weiter zu tun." Alex' Augen waren schmal, als er auf den Bildschirm starrte. „Ich bin nicht bereit, sie aufzugeben, bis wir unwiderlegbare Beweise für das Gegenteil haben. Geben Sie mir etwas Zeit, um das Video zurückzuverfolgen. Meine Datenanalysten arbeiten derzeit auch an den Handydaten, aber es sind einfach sehr viele Informationen. Es wird eine Weile dauern."

Eban machte den Rücken gerade und nickte, schämte sich dafür, die Hoffnung verloren zu haben. „Ich maile den Kidnappern sofort." Unabhängig davon, ob Quentin lebte oder tot war, würde Eban diese Bastarde jagen. Niemand kam damit durch, US-Bürger anzugreifen, ohne den entfesselten Zorn der US-Mächte zu spüren. Niemand kam damit durch, seine Freunde umzubringen.

„Steht ein Geiselbefreiungsteam bereit, um in Aktion zu treten, sobald wir diese Typen lokalisiert haben?", fragte Alex. „Denn ich hätte sonst noch eine private Truppe mit Basis in Kolumbien, die sich just in diesem Augenblick in einem Flieger nach Jakarta befindet."

Eban nickte langsam. „Das Geiselbefreiungsteam ist auf dem Weg. Sie werden auf einer Navy-Fregatte stationiert, die sich in der Nähe des Anschlagorts befindet." Und bereit war, den Terroristen so richtig in den Arsch zu treten, sobald sie herausgefunden hatten, wo sich diese Bastarde verschanzten.

KAPITEL DREIUNDZWANZIG

„S EID IHR OKAY?", fragte Darby ängstlich, als sie ins Camp zurückkamen. Wie besprochen hatte Quentin den Käuzchenruf nachgeahmt, und Darby hatte ihm geantwortet, das Signal, dass sie für den Augenblick in Sicherheit waren.

Die Dämmerung war zusammen mit dem Sturm aufgezogen. Der Regen hatte endlich aufgehört, und ihre Anziehsachen dampften in der warmen Luft.

Quentin nickte, entschied aber, Haley das Reden zu überlassen, während er sich daran machte, den Unterschlupf fertigzustellen. Er hoffte, sie würden nicht lange genug hier sein, um ihn wirklich zu brauchen.

Er nahm die Machete in die Hand und begann, ein paar weitere junge Bäume abzuhacken, um das Dach zu stützen. Dann deckte er große Palmwedel über das Gerüst, beschwerte sie mit weiteren Ästen und wiederholten diesen Prozess, bis er ein, wie er hoffte, wasserdichtes Dach errichtet hatte, unter dem sie während zukünftiger, tropischer Regenstürme sitzen konnten.

Er schlug nach einer Mücke.

„Hier." Haley hielt ihm eine Flasche Mückenspray hin und er nahm es ihr ab, ohne ihr in die Augen zu schauen.

„Danke." Er sprühte sich über und über damit ein, und das DEET brannte in einer giftigen Wolke in seinem Rachen.

Darby war weit genug von ihnen entfernt, dass sie sie

nicht hören konnte, wühlte auf der Suche nach einem Snack lärmend durch die Kühlbox. Sie hatten sich darauf geeinigt, die Vorräte zu rationieren, für den Fall, dass die Rettung länger dauerte, als sie hofften, aber sie mussten auch essen. Morgen würde er versuchen, Fische zu fangen. Bear Grylls den Rang ablaufen.

Er knurrte vor sich hin.

Haley beugte sich zu ihm, und er spürte plötzlich jede Zelle in seinem Körper.

„Als ich gesagt habe, ich will keine Beziehung, meinte ich tatsächlich, dass ich nicht *will*, dass ich eine Beziehung haben will. Die Vorstellung, dass jemand anderes die Kontrolle über mich hat, macht mir Angst …", flüsterte sie.

„Darum geht es doch bei Beziehungen nicht", erwiderte Quentin und versuchte, seine Stimme nicht zu scharf klingen zu lassen. Wo war seine nächtliche DJ-Stimme? Oder seine Kumpel-Stimme, die ihm dabei half, Bankräuber und durchgeknallte Junkies zu beruhigen? „Da hat nicht eine Person die Kontrolle über die andere."

„Das weiß ich auf einer Ebene ja auch, im rationalen Teil meines Gehirns." Ihre Hände ballten sich zu Fäusten. „Aber das vierzehnjährige Mädchen in mir, das gar nicht tief unter der Oberfläche schlummert, weiß genau, dass es ohne eine reiche Großmutter auf die eigenen Eltern angewiesen gewesen wäre, die nicht geglaubt haben, dass ich in meinem eigenen Zuhause misshandelt wurde – oder ich wäre auf der Straße gelandet und hätte tun müssen, was immer nötig gewesen wäre, um zu überleben."

Quentin webte einen weiteren Palmwedel durch die Äste. „Du stellst intime Beziehungen mit Unterwerfung und Missbrauch gleich?"

„Ja. Nein." Sie schüttelte den Kopf. „Ich weiß es nicht, Quentin, ich weiß nur, dass ich ... dass ich ..." Sie begann, nach Luft zu schnappen.

Ach Scheiße.

Quentin drehte sich wieder zu ihr um. Gott, er war ein Arsch. „Es ist okay, Haley. Einfach atmen. Ich hätte es nie erwähnen sollen. Ich will auch keine Beziehung." Was zur Hölle hatte er sich eigentlich gedacht? „Wir befinden uns alle in einem Überlebenskampf, und es war nicht fair, dir das anzutun und dich so unter Druck zu setzen. Es tut mir leid."

Ihre Finger krallten sich in seine Unterarme. „Nein. Du hast gedacht wie eine normale Person. Ich versuche dir nur zu erklären, dass ich nicht normal bin. Ich glaube nicht, dass ich jemals normal war."

Er zog sie in eine Umarmung, und dann entdeckte er Darby, die sie mit großen, verängstigten Augen anstarrte und einsam und verloren aussah. Er streckte ihr den Arm entgegen, und Darby warf sich in die Gruppenumarmung.

Quentin stand da und hielt zwei verängstigte Frauen im Arm, starrte hinauf in den wolkenlosen, dunkelblauen Himmel, während langsam der Mond aufging. Er trauerte um das, was diese Frauen verloren hatten. Trauerte wegen des Schmerzes und des Leids, die sie durch andere Männer erlitten hatten. Er murmelte sanfte Worte und wiegte sie vor und zurück. Er würde alles tun, um sie zu beschützen, selbst wenn es bedeutete, sich selbst verletzlich zu machen.

Der Wind ließ nach, und die Wolken waren verschwunden, als ob sie alles, was sie aufbringen konnten, auf diese entlegene und gewaltige Wildnis abgeworfen hätten.

„Wisst ihr, was ich gerne sehen würde?", sagte er und bemerkte im selben Augenblick, dass es tatsächlich stimmte, auch wenn er einfach nur nach etwas gesucht hatte, um die beiden von ihrer Lage abzulenken.

Haley richtete sich auf, wischte sich die Tränen ab und sah beschämt aus. Darby tat es ihr gleich. „Was?", fragten sie unisono.

„Einen Lavastrom bei Nacht."

Haley lachte prustend, aber Darbys Augen leuchteten auf.

„Wir müssen warten, bis der Mond ganz aufgegangen ist, damit wir den Pfad sehen können", erklärte sie, stemmte die Hände in die Hüften und tat, was sie am besten konnte, nämlich Dinge zu organisieren.

„Ihr beiden könnt bis dahin versuchen, ein paar Stunden Schlaf zu bekommen", sagte Quentin. Obwohl es noch früh war, waren sie alle erschöpft. „Ich übernehme die erste Wache."

Darby gab Quentin die Pistole, und er nickte ihr zu, dann griff er sich den Campingstuhl und marschierte los, um den Platz mit der besten Rundumsicht zu finden. Sie mussten ihren Feinden immer einen Schritt voraus sein.

DER PFAD WAR schmal und gefährlich, aber der Mond schien so hell, und die Nacht war so klar, dass es beinah so hell war wie am Tag. Schweiß stand ihm auf der Stirn. Seine Muskeln brannten von dem steilen Anstieg. Sie waren seit fast einer Stunde unterwegs, wanderten langsam den Berg hinauf, denn sich hier ein Bein zu brechen, würde einem Todesurteil gleichkommen.

Die Steine unter ihren Füßen waren rau. Der Geruch von Schwefel hing in der Luft, die so trocken und heiß war, dass er die Hitze bis in seine Lungen spüren konnte.

Sie hatten einen Kanister Wasser dabei und für jeden einen Müsliriegel.

„Hast du dich hier draußen jemals einsam gefühlt?", fragte Haley Darby.

„Nicht wirklich. Ich bin an offene, weite Landschaften gewöhnt, und ich mag meine eigene Gesellschaft." Die junge Frau ging voran, und Quentin bemerkte einen Schwung in ihrem Gang, der vorher nicht dagewesen war. Das ließ ihn hoffen, dass sie diese Sache durchstehen konnte, auch wenn er wusste, dass es weder schnell noch einfach werden würde.

„Ich verbringe viel Zeit auf einer abgelegenen Insel in der Karibik. Aber mir fällt schon nach zwei Tagen Einsamkeit die Decke auf den Kopf." Haley schnaubte, konnte die Höhenlage eindeutig spüren. „Ich denke immer, dass ich mich darauf freue, aber wenn ich dann da bin, gefällt es mir nicht mehr." Sie lachte.

„Geht mir genauso." Quentin legte seine Hände auf ihre Taille und gab ihr Halt, während sie eine kleine Felswand hinaufstieg. Der Blick, den sie ihm über die Schulter zuwarf, war so voller Leidenschaft, dass er seine Finger instinktiv in ihre Hüften krallte.

Sie ließ ihre Hand über seine Wange gleiten, beinah zärtlich, dann stemmte sie sich hoch und schwang ihre Beine über den Felsvorsprung.

„Genauso wie was?", fragte Darby und lachte, bemerkte nichts von der sexuellen Spannung, die zwischen ihm und Haley aufblitzte.

Verdammt. Er vergaß beinah, zu atmen, ganz zu schweigen davon, zu denken.

„Magst du deine eigene Gesellschaft, oder nicht?", forderte

Darby ihn auf.

Er grinste, als er sich den Felsen hochzog. Darby war noch immer ein blitzgescheites und fokussiertes Wesen, trotz allem, was sie durchgemacht hatte.

„Na ja, ich *denke* immer, ich würde die Einsamkeit genießen, aber ich bin mir nicht sicher, ob das stimmt, weil ich mir nie freinehme."

„Nie?", fragte Haley fassungslos.

Quentin schüttelte den Kopf. „Nicht mehr."

Haley blinzelte ihn fragend an.

„Wie weit ist es noch?" Er wechselte das Thema, weil er nicht wollte, dass sie begriffen, dass sich etwas verändert hatte, und diese Veränderung war der tragische Tod seiner Frau und ihres totgeborenen Kindes gewesen. Obwohl er jede Einzelheit ihrer traumatischen Erfahrungen kannte, war er noch nicht bereit, sein eigenes Trauma mit ihnen zu teilen. Oder vielleicht wollte er sie auch nicht mit noch mehr Traurigkeit belasten. Sie hatten schon genug zu ertragen.

Darby marschierte auf die Anhöhe eines schmalen Bergkamms und stemmte die Fäuste in die Hüften. „Wir sind da!"

Als er bei ihr ankam und die dramatische Szene erblickte, hielt Quentin überrascht inne. Unter ihnen befand sich ein zerklüfteter Abhang voller dunklen Schatten. Nachtschwarz, bis auf einen glühenden Strom aus feurigem Orange – geschmolzener Lava, die unaufhörlich auf die Klippen zufloss, wo sie abrupt ins Meer stürzte. Der Gestank von Schwefel war höllisch.

„Willkommen in Mordor", sagte er leise.

Darby grinste ihn an, offensichtlich hocherfreut, einen weiteren Tolkien-Fan getroffen zu haben.

„Und das läuft nicht unter aktiver Vulkan?" Beklommenheit schlich sich in Haleys Stimme. Das rote Glühen der Lava erleuchtete ihr Gesicht, und es fiel Quentin schwer, sie nicht fortwährend anzustarren. Sie war wunderschön. Atemberaubend.

„Es ist ein aktiver Vulkan, aber ein stabiler, seit mehr als siebzig Jahren. Die Vermessungsbehörde beobachtet ihn – deshalb bin ich ja hier – aber es gibt kein speziell für diesen Vulkan abgestelltes Team, weil er keine Anzeichen einer bevorstehenden Eruption aufzeigt, und die Insel unbewohnt ist."

Quentin wandte den Blick von der spektakulären Szenerie ab. „Wäre es denn möglich, eine bevorstehende Eruption vorzutäuschen?"

Und die Aufmerksamkeit von jemandem hierher zu lenken?

Darby presste die Lippen zusammen. „Naja, die GPS-Einheiten zu bewegen, könnte das schon zur Folge haben. Nur dadurch, dass sie mobil sind, werden sie womöglich nicht automatisch beobachtet, so wie die permanenten, fixierten Stationen." Sie runzelte die Stirn. „Wenn wir die Gehäuse aufschrauben und an ein paar der Neigungsmessern herumwackeln würden, könnte *das* natürlich einen automatischen Alarm auslösen, aber mein Boss und die Vermessungsbehörde wären mit Sicherheit stinksauer, wenn wir an ihren Basisdaten herumpfuschen."

Ihr Boss konnte ihn mal. Quentin verzog die Lippen in ein Grinsen, hoffte, er sah nicht so sauer auf den Typen aus, wie er sich fühlte. „Das können sie mit mir klären, nachdem wir hier runter sind. Kommt. Wir starten unsere eigene seismische Aktivität."

SIE ERREICHTEN IHR Camp mit dem erschöpften, glücklichen Gefühl von Pfadfindern, die von einer langen Wanderung zurückkamen. Es war verrückt, eine so tiefe Befriedigung zu empfinden, aber Haley war förmlich euphorisch.

„Ich übernehme die erste Wachschicht", bot Quentin an.

„Das hast du schon getan, denke ich." Haley rollte mit den Augen. Er hatte Wache gehalten, während sie und Darby vorhin geschlafen hatten. Wenn sie raten müsste, würde sie es auf etwa drei Uhr nachts schätzen.

„Es macht mir nichts aus, eine extra Schicht zu übernehmen", beharrte er.

„So funktioniert diese Gleichheits-Sache aber nicht." Haley schüttelte den Kopf. „Ich mache das."

„Nein." Darby hielt ihre Hand nach der Waffe auf, die Quentin in seinem Hosenbund stecken hatte. „Ich mache das. Ich habe vorhin geschlafen, und ich habe für diese Nacht genug von Alpträumen."

Die Euphorie verflog. Haleys Mund wurde trocken. Es war so einfach, zu vergessen, dass Darby erst vor Kurzem eine so furchtbare Tortur durchgemacht hatte. Sie war gefasst und kompetent. Aber sobald sie die Augen schloss, kamen vermutlich die Einzelheiten ihrer Entführung mit aller Macht zurück. Haley legte Darby ihre Hand auf die Schulter, und das Mädchen lächelte sie traurig an.

„Vier Stunden, dann ist Haley an der Reihe", sagte Quentin streng.

Sobald Darby auf ihren Posten verschwunden war, blickte Haley sich nach der Decke um, die sie die ganzen letzten Tage benutzt hatte. Quentin hob sie auf, schüttelte sie aus und hielt sie ihr hin, wusste schon, wonach sie suchte. Es war beängstigend, wie gut er sie bereits kannte.

Er zog Darbys Schlafsack auf und breitete ihn auf der Isomatte aus, dann warf er Haley einen Blick zu, die unsicher herumstand. „Ist groß genug für zwei, wenn du teilen möchtest."

Das war alle Aufforderung, die sie brauchte. Eilig legte sie sich neben ihn und fand sich einmal mehr an einen starken, männlichen Körper geschmiegt wieder, legte ihr Kinn auf seine Brust. Sie breitete die Decke über ihnen aus, und die Brise vom Meer brachte die Temperatur auf ein erträgliches Level.

Zärtlich ließ sie ihre Hand über seine Brust gleiten. Er griff nach ihren Fingern und hielt sie fest.

„Fass mich weiter so an, und ich werde niemals einschlafen."

Haley spürte einen Schauder der Erregung über ihre Haut flattern. Aber es war Darby gegenüber nicht fair, irgendwas anzufangen, wenn sie jeden Augenblick hier auftauchen konnte. Nicht wenn ihre Wunden noch so frisch waren.

„Vielleicht können wir morgen nach weiteren Steinen suchen", schlug Haley vor. „Und uns auf dem Rückweg ein wenig verlaufen."

Seine Hände legten sich fest um ihre Taille, und seine Stimme wurde heiser. „Ich mag, wie du denkst."

Sein Geruch besänftigte sie. Die Wärme seiner festen Muskeln lieferte ein beruhigendes Gefühl der Sicherheit.

„Ich wünschte, ich wüsste, warum ich der Einzige war, den sie lebend schnappen wollten", sagte er leise nach einem Moment der Stille.

Das nagte offensichtlich an ihm. „Vielleicht warst du von

Anfang an das Ziel.“

„Gott, ich hoffe nicht.“

Haley hob den Kopf, um ihm in die Augen zu schauen. „Das heißt nicht, dass das, was passiert ist, deine Schuld ist, Quentin. Das weißt du.“

Seine dunklen Augen funkelten. „Theoretisch weiß ich das, aber das ist nicht das Gleiche, wie es auch im tiefsten Innern zu glauben.“

„Glaubst du, es hat noch jemand überlebt?“, flüsterte sie und legte ihren Kopf wieder auf seine Brust.

„Ich hoffe es sehr.“ Er küsste ihren Scheitel, und das fühlte sich wie die natürlichste, elementarste Geste der Welt an. Es war nicht nur Sex, worin er gut war. Es war alles.

Der Schlaf zog an ihrem Bewusstsein, ließ sie in seine Tiefen hinabsinken. „Ich kann gar nicht glauben, dass dich nicht irgendeine Glückliche längst weggeschnappt hat“, murmelte sie. Zum Schlag seines Herzens unter ihrer Wange und dem sanften Rauschen der Wellen in der Ferne schlief sie schließlich ein. Was Schiffbruch auf einer tropischen Insel anging, war das hier gar nicht mal so übel.

***

DAS TELEFON KLINGELTE neben Ebans Ohr, und er fuhr mit hämmerndem Herzen und dröhnendem Puls auf. Er brauchte eine Sekunde, um sich zu erinnern, wo er war. Hotelzimmer. Jakarta. Er war hierher zurückgekommen, um ein paar Stunden Schlaf zu bekommen.

Wieder klingelte das Telefon. Er schnappte sich den Hörer.

„Winters.“ Seine Stimme klang, als ob jemand seinen Hals

mit Bleiche gereinigt hätte.

„Ich glaube, wir haben etwas." Es war Alex Parker.

Eban versuchte, die Augen aufzubekommen, aber es war, als ob seine Lider zugeklebt worden wären. Es war sechs Uhr morgens, und sein Wecker ging los, als er gerade seine Beine über den Rand des Bettes schwang. „Was?"

„Das FBI hat einen der beiden toten Terroristen als Kenga Kaswali identifiziert. Er war einer der Männer, die mit Darmawan Hurek zusammen desertiert sind. Kaswali war mit einer Frau aus Sulawesi verheiratet."

„Bitte sagen Sie mir, dass sie eine gute Tochter ist und jeden Tag zweimal bei ihren Eltern anruft."

„Nicht ganz. Aber alle paar Monate gibt es einen Anruf von Bandaneira auf den Banda Inseln. Wir haben ein ähnliches Muster in den Mobilfunkdaten anderer Verwandter der desertierten Soldaten gefunden, von denen wir vermuten, dass sie Hurek begleitet haben."

„Können Sie das noch weiter eingrenzen?"

„Vor zehn Minuten hätte ich noch gesagt, nein, aber dann habe ich ein paar Nachrichten zwischen Personal der US-Vermessungsbehörde und der Botschaft in Jakarta abgefangen. Die Behörde plant, ein Team auf die Insel zu schicken, von der Darby O'Roarke entführt wurde, weil dort ungewöhnliche Eruptionsdaten aufgezeichnet wurden. Sie wollten wissen, wie stabil die Gegend für Ausländer ist. Die Botschaft hat nach dem Massaker in dem Hotel von Reisen in die Region abgeraten, bis sich die Sicherheitslage bessert."

Eban hatte keinen blassen Schimmer, worauf der Kerl hinauswollte.

„Ich habe mir die Geodaten angeschaut, von denen sie sprachen, und ein paar Satellitenbilder überprüft." Aufregung ließ Alex Stimme vibrieren. „Schauen sie sich das Bildschirmfoto an, das ich ihnen geschickt habe."

Eban blickte auf das Bild, das auf seinem Laptop erschien. „Heilige *Scheiße*."

„Ich weiß nicht, wo die Terroristen sind, aber ich glaube, wir haben womöglich gerade Quentin und Haley gefunden. Oder Darby." Der Mann klang, als ob er sich mit aller Kraft zwingen musste, ruhig zu bleiben. „Selbst wenn sie es nicht sind, ist es jemand, der Hilfe braucht."

Jemand, der sich extrem viel Mühe gemacht hatte, ein riesiges SOS-Zeichen zu errichten, das sogar aus dem Weltall sichtbar war.

„Haben Sie die FBI-Zentrale informiert?" Eban ging ins Bad und stellte die Dusche an. Er stank.

„Sie schicken ein Kriegsschiff in die Gegend. Die Sache ist die … Die Firma, die ich in Kolumbien angeheuert habe, ist gestern Abend in Jakarta gelandet, und sie haben einen vollgetankten Heli voller Ausrüstung, der jeden Augenblick starten kann. Wie sich herausgestellt hat, kennen sie Max Hawthorne, weil sie zusammen in der SAS gedient haben. Sie haben mich wissen lassen, dass sie noch ein oder zwei von Ihnen mit in den Hubschrauber quetschen könnten, wenn Sie mitkommen wollen. Falls sie nichts finden, müssen sie ohnehin in Bandaneira auftanken, und Sie könnten den Ausflug nutzen, um die örtliche Bevölkerung über Hurek und seine Bande von mörderischen Gangstern auszufragen. Kann nicht schaden."

„Schicken Sie mir die Adresse –"

„Geht noch besser. In fünfzehn Minuten werden Sie abgeholt. Übrigens, ich habe das Gefühl, dass Ihre Chefs ganz oben nicht wollen, dass wir unseren kleinen Aufklärungsflug durchführen, also beantworten Sie am besten keine weiteren Anrufe, bis Sie in der Luft sind.“

Und dann wäre es schon zu spät.

„Ich bin in fünfzehn Minuten unten. Legen Sie sich schlafen, Alex. Ich rufe Sie an, wenn wir da sind.“

KAPITEL VIERUNDZWANZIG

QUENTIN HOLTE EIN paar Mal hintereinander tief Luft, dann tauchte er unter die aquamarinblaue Oberfläche des kristallklaren Wassers. Es wäre der perfekte Urlaub, wenn er nicht nach Fischen tauchte, damit sie überhaupt etwas zu essen hatten, während Darby von ihrem Camp aus nach Feinden Ausschau hielt.

Er tauchte zum Grund, blickte sich nach einem Fisch um, den er mit seinem provisorischen Speer erledigen konnte. Er verharrte auf dem Meeresgrund, verlangsamte seinen Puls, beruhigte seine Gedanken. Das Sonnenlicht ließ seine Sprenkel auf der Wasseroberfläche über ihm tanzen, war fast blendend, wenn die Strahlen im richtigen Winkel auftrafen. Meereskreaturen schossen um ihn herum durch das Wasser. Zu klein und zu behände, um sie zu fangen.

Der Druck in seinen Lungen stieg an. Das Verlangen, frischen Sauerstoff zu atmen. Ein silberner Blitz zu seiner Linken erregte seine Aufmerksamkeit, aber Quentin bewegte sich nicht. Langsam kam ein großer Fisch nähergeschwommen. Quentin wartete, bis er an ihm vorbeischwamm, dann ließ er seinen mehrköpfigen Speer vorwärtsschnellen.

Jawohl!

Euphorie schoss durch ihn hindurch, als der den Fisch erwischte. Er zog ihn nach oben, strampelte mit den Beinen, dann durchbrach er die Wasseroberfläche und holte tief Luft.

„Hurra!"

Er drehte sich strampelnd im Kreis und ließ vor lauter Aufregung seinen Fang fast wieder fallen.

Haley saß nackt auf einem Stein, ihre nassen Kleider hatte sie zum Trocknen auf den Felsen ausgebreitet, als ob sie gerade Wäsche gewaschen hätte. Sie sah selbstbewusst und provokativ aus, und sie war die attraktivste Frau, die er je gesehen hatte.

Quentin kletterte auf die Felsen – sie wollten keine Spuren im Sand hinterlassen – und erledigte den armen Fisch, der sie alle drei für Tage ernähren würde.

Dann legte er den Speer auf einem der Steine ab und bewunderte die Aussicht.

Haley zog eine Augenbraue hoch, lächelte und zog ein Knie an. Sie würde ihn noch umbringen. Der Blutstrom zu seinem Gehirn würde permanent unterbrochen und zu seinem Schwanz umgeleitet werden, und das wäre sein Ende.

„Deine Haut verbrennt noch." Seine Stimme klang so rau wie der Meeresboden.

„Ich habe nur meine Sachen gewaschen." Haley ignorierte seinen Kommentar und deutete auf die Shorts und das T-Shirt, die früher einmal ihm gehört hatten.

„Das sehe ich." Er starrte hinunter auf die Rinnsale, die aus seinen Boxershorts tropften. „Ich meine auch."

„Jetzt, wo du uns das Abendessen besorgt hast, solltest du deine Sachen neben meinen auf den Steinen trocknen lassen."

„Dann wären wir beide nackt."

Haley biss sich auf eine Art und Weise auf die Unterlippe, die ihm direkt in die Lenden fuhr.

Überzeugt.

Er stieg aus seinen Boxershorts und knallte sie auf den

heißen Fels.

Jetzt war Haley an der Reihe damit, lüstern zu starren.

Quentin besann sich eines Besseren und sammelte die nassen Sachen wieder zusammen, um sie nicht so sichtbar herumliegen zu lassen. Er streckte die Hand aus, und Haley griff danach, dann zog er sie schwungvoll auf die Füße, freute sich, wie überrumpelt sie war, als sie gegen ihn fiel. Sie lachte und sammelte ihre Schuhe ein. Er führte sie zu der weichen, sandigen Erde unter den Bäumen, wo sie das Boot versteckt hatten, aus den Strahlen der glühenden Sonne. Er hängte ihre Kleidung zum Trocknen über die Äste der Bäume, dann drängte er Haley gegen einen glatten Baumstamm und küsste sie, verzehrte sich nach ihrem Mund, als ob sie Sauerstoff zum Atmen wäre, nachdem er zu lange die Luft angehalten hatte.

Es machte ihn froh, wie sie sich augenblicklich für ihn öffnete. Kein Zögern. Sie schmeckte nach Salz und warmem Sonnenschein, und er wollte Stunden damit verbringen, ihren Mund zu erforschen. Sie hob ihr Knie und presste es leicht gegen seine Hüfte. Quentin ließ seinen Kopf sinken, um an ihren hübschen Nippeln zu saugen, wo ihre Haut bereits von der Sonne gerötet war.

Seine Hand glitt tiefer, durch die Falten ihrer Spalte, bevor sie in ihr feuchtes Innerstes tauchte.

Haley stöhnte und stellte sich auf die Zehenspitzen eines Fußes, der andere lag noch immer um seine Hüfte. Er liebte es, dass sie sich nicht scheute, ihm zu zeigen, was sie wollte. Er liebte es so sehr, dass sein Schwanz in Flammen zu stehen schien.

Haley wollte schon ihre Finger um ihn legen, aber er war noch nicht fertig. Männer waren einfach, wenn es um Orgasmen ging. Frauen nicht. Für Frauen war es nicht einfach nur ein Fall von mechanischem Reiben. Sie mussten geneckt und gelockt werden, und ihr Kitzler musste mit genau dem richtigen Maß an Druck angebetet werden. Quentin sank in die Knie, stellte Haleys Fuß auf seiner Schulter ab, sodass sie ihm völlig offen dargeboten war. Dann begann er, sich mit seiner Zunge den Weg zu ihrem Höhepunkt zu verhandeln.

Für eine halbe Sekunde sträubte sie sich, dann sanken ihre Finger in seine Haare und hielten sich fest. Sie ließ den Kopf gegen den Baumstamm sinken. Quentins Hand glitt hinauf, um mit ihren Nippeln zu spielen, einem nach dem anderen, ließ sie unter seiner Berührung zu kleinen Perlen werden. Dann fand er die genaue Taktik, die bei ihr funktionierte, den Rhythmus, bei dem sie sich an seinem Mund wand und nach noch mehr Druck suchte, nach ihrer Erlösung suchte. Er bearbeitete sie, bis ihre Finger sich so fest in seine Haare krallten, dass es fast wehtat, und sie ihre Beine noch weiter spreizte, in dem Versuch, ihm noch näherzukommen. Als sie schließlich auf seiner Zunge kam, nahm er ihr Beben in sich auf und genoss ihren Geschmack. Er grinste, als er sich erhob, direkt bis zu dem Augenblick, als sie ihrerseits in die Knie sank und ihn von der Eichel bis zu seinen Eiern leckte.

Oh, Scheiße.

Er hielt sich an dem Baum fest, als seine Knie beinah nachgaben. Es war ein Kampf, nicht die Kontrolle zu verlieren, während sie mit ihm anstellte, was auch er gerade mit ihr gemacht hatte. Aber er wollte wieder in ihr sein. Wollte ihr wieder in die Augen schauen, während sie beide kamen.

Nach einer seligen Minute entzog er sich ihrer Berührung und half ihr auf die Füße. Er küsste sie, schloss die Augen, damit er sich vorstellen konnte, sie wären irgendwo anders, irgendwo in Sicherheit, vielleicht auf Haleys Insel oder in seinem Bett …

Ihre Finger fanden seinen schmerzhaft steifen Schwanz, und sie führte ihn an ihre Öffnung, neckte sie beide. Er hob sie hoch und stieß in sie hinein, legte einen Arm um ihre Taille, um ihren Rücken vor dem Baumstamm zu schützen, sein anderer Arm lag unter ihrem Hintern, während er in sie hinein- und hinausglitt und sich wünschte, er hätte noch eine Hand mehr.

„Fass dich an. Bring dich zum Höhepunkt."

Ihre Augen blickten unbeirrt in seine, als sie ihre Hand hinuntergleiten ließ. Ihren anderen Arm hatte sie um seinen Nacken geschlungen, hielt sich verzweifelt fest, während er wie ein Irrer in sie hineinstieß.

Es dauerte nur Sekunden, bevor er ihre Muskeln beben und sich um ihn zusammenziehen spürte. Sie keuchte einen leisen Schrei der Ekstase. Seine Eier zogen sich zusammen, und die Lust schoss durch seinen Schwanz, grelles Licht blitzte durch alle seine Sinne und blendete ihn, bis er ausgelaugt und befriedigt zurückblieb, und der Schweiß sie zusammenkleben ließ, wo sich ihre Haut berührte.

Langsam kam er wieder in der echten Welt an, als ob er aus einem tiefen Schlaf erwachen würde. Ein surrendes Geräusch in seinem Ohr. Er blickte sich suchend nach einer Biene oder einer Mücke um.

Aber es war kein Insekt.

Scheiße. Eilig zog er sich aus Haley heraus, die noch nicht mitbekommen hatte, was los war.

„Das war –"

Er presste ihr seine Hand über den Mund, erschreckte sie. Dann blinzelte sie, als das surrende Geräusch immer lauter wurde. Ein Bootsmotor.

Sie schnappten sich ihre Anziehsachen.

„Versteck dich hinter diesem großen Baum da, und bewege dich nicht. Ich versuche, den Fisch zu holen und zu verstecken, bevor das Boot die Bucht erreicht. Wenn wir Glück haben, ist es ein Rettungsteam."

Er rannte los, zog den Kopf ein. Keine Zeit zu verlieren. Am Rand des Walds duckte er sich, aber der Fisch und der Speer waren außerhalb seiner Reichweite, wenn er nicht aus der Deckung kommen wollte.

Er duckte sich tiefer, als er das Boot mit hoher Geschwindigkeit auf das Ufer zurasen sah, hockte sich hinter einen Felsen und zog eilig seine Sachen über, die noch immer klamm waren und voller Sand. Dann rannte er geduckt zurück in den Wald, stieß einen erleichterten Seufzer aus, als er an dem Baum ankam, hinter dem Haley sich versteckt hatte. Aber seine Erleichterung verflog augenblicklich. Sie war verschwunden.

HALEY RANNTE DEN Berg zu ihrem Camp hinauf. Sie war barfuß und fühlte sich schrecklich bloßgestellt, aber sie blieb zwischen den Bäumen, solange sie konnte, bevor sie auf Händen und Knien die Rinne hinaufkrabbelte, auf deren anderer Seite sich Darbys Zelt befand. Sie musste vermeiden, vom Strand aus gesehen zu werden.

Waren das dieselben Leute, die gestern Abend mit dem Helikopter hier gewesen waren? Hatten sie sie in den Wald rennen sehen und entschieden, nach Belieben zurückzukommen und sie einzusacken?

Oder war es ein Rettungsteam?

Haley war nicht lange genug am Strand geblieben, um es herauszufinden. Sie musste Darby warnen, auch wenn das bedeutete, Quentin zurückzulassen. Sie schluckte schmerzhaft, weil sie ihn womöglich Gefahr ausgesetzt hatte, aber es würde leichter für ihn sein, sich zu verstecken, wenn er allein war.

Darby brauchte sie. Haley konnte das Mädchen nicht einfach nichtsahnend in diese neue Gefahr hineinlaufen lassen. Sie konnte nicht riskieren, dass die junge Frau die Ankunft des Boots womöglich nicht mitbekommen hatte und den Berg hinunterwanderte, um sie zu treffen, nur um direkt in eine tödliche Situation hineinzumarschieren. Das würde Haley nicht zulassen. Sie würde Darby warnen, sich die Pistole schnappen und dann zurücklaufen, um Quentin zu finden.

Sie bereute es nicht, Quentin verführt zu haben. Ihre „Beziehung", in Ermangelung eines besseren Wortes, war das einzig Gute an diesem ganzen Albtraum. Aber sie bereute, dass sie im ungünstigsten aller Momente unachtsam gewesen waren.

Sie hielt in ihrem wahnsinnigen Sprint inne, denn sie musste ein paar Meter überwinden, auf denen sie vom Ufer aus gesehen werden konnte. Wenn sie krabbelte, könnte sie sich in dem hohen Gras verstecken. Sie spähte durch die Grashalme, und ihr Mund wurde trocken.

Bewaffnete Männer waren aus dem Boot gestiegen und verteilten sich in der kleinen Bucht. Sie sahen nicht aus wie die Guten. Es würde nicht lange dauern, bis sie das Schlauchboot fanden und wussten, dass jemand hier an Land gegangen war.

Angenommen, es waren die gleichen Milizen und nicht irgendein neuer Feind.

Haley krabbelte durch das hohe Gras, an einem Felsvorsprung vorbei, der vorragte und sie vor Blicken abschirmen würde. Dann rannte sie weiter, ignorierte die spitzen Steine, die ihre Fußsohlen zerschnitten.

Als sie am Camp ankam, stellte sie sich in die Mitte der kleinen Lichtung zwischen die Bäume und rief zögerlich, „Darby?“

Keine Antwort, also ging sie den Pfad weiter zu der Stelle, an der sie den Wachposten eingerichtet hatten. Dort gab es einen kleinen Überhang, wo man sich in den Schatten setzen und den Ozean überblicken konnte.

Haley erreichte die Stelle und wieder rief sie nach der jungen Frau. „Darby? Wo bist du?“

„Haley?“ Darby kam um die Ecke geeilt, ein besorgtes Stirnrunzeln auf dem Gesicht. „Was ist los? Was ist passiert?“

Haley wünschte, sie müsste Darbys zerbrechliche Ruhe nicht zerstören. „Es ist ein Boot angekommen.“

Darby erstarrte.

„Ich glaube, es sind die Terroristen.“ Haley versuchte nicht, die Nachricht abzudämpfen. „Quentin ist noch immer da unten. Gib mir die Pistole. Ich schleiche hinunter und mache mich bereit, ihn zu retten, falls die Typen ihn finden sollten. Du versteckst dich hier. Okay?“

„Ich bin eingeschlafen. Oh mein Gott, ich bin eingeschlafen, und dann musste ich pinkeln und sie haben uns gefunden.“ Darby hyperventilierte und zitterte so sehr, dass Haley versuchen musste, sie zu beruhigen.

„Das ist nicht deine Schuld. Es ist nicht deine Schuld, Darby. Wir tun alle, was wir können, mach dich deswegen also bitte nicht fertig.“

Darby nickte und schluckte laut. Sie kramte ihn ihrer Jackentasche und förderte die Pistole zutage.

„Ich muss mich verstecken, aber wo?“ Die junge Frau

kaute auf ihrer Unterlippe herum, als sie Haley die Pistole reichte.

Haley legte ihr die Hand auf die Schulter und starrte in Darbys große grüne Augen. „Sag es mir nicht. Nur für den Fall …" Jetzt war es Haley, die laut schlucken musste. Für den Fall, dass die Terroristen sie fingen und sie folterten, um Darbys Versteck aus ihr herauszubekommen. „Versteck dich einfach und komm nicht raus, bis du dir sicher bist, dass es ungefährlich ist." Sie drückte sie. „Ich muss los." Quentin schwebte in Gefahr, und sie konnte den Gedanken nicht ertragen, dass ihm etwas zustieß.

„Warte", sagte Darby nachdrücklich. Sie rannte zu der kleinen Tasche voller Ausrüstung, die sie mitgebracht hatte. Sie hielt Haley einen grünen Schlapphut hin. „Ist nicht viel, aber vielleicht hilft er, deine Haare und dein Gesicht zu verstecken."

Haley nahm den Hut dankbar entgegen und setzte ihn sich auf den Kopf, zog ihn so weit es ging über die Stirn. Meilenweit entfernt von einem goldenen Kleid und Jimmy Choos, aber sie war dankbar für das Geschenk, wenn es dabei half, ihr Leben zu retten.

Darby war aschfahl. „Ich wünschte, ich wäre mutig genug, dich zu begleiten."

„Du bist mutig, Darby." Haley berührte ihren Arm, erinnerte sich daran, was Quentin zu ihr gesagt hatte, als das Hotel angegriffen worden war. „Es wäre schön, wenn einer von uns diese Sache überlebt. Das würde die Mühe lohnen. Los, geh", wies Haley sie an. „Verstecke dich. Wir rufen nach dir, wenn es sicher ist."

Haley ging den Pfad hinunter, zurück zu der Stelle, an der sie Quentin zurückgelassen hatte, benutzte die Abflussrinne, um den Berg hinunterzukommen, und hatte noch nie in ihrem Leben so viel Angst gehabt. Sie hoffte, sie würde die Bäume am Ende des Hügels erreichen, bevor einer der Neuankömmlinge den Strand verließ. Sie erreichte den Schatten der Bäume und stieß einen erleichterten Seufzer aus. Hoch über ihrem Kopf flatterte ein Papagei mit den Flügeln und kreischte und Haley blickte hinauf, legte vor Schrecken eine Hand an ihren Hals.

Ihr Herz raste und sie befahl sich, sich zu entspannen. „Ist nur ein Vogel, Dummkopf."

Aber als ein fremder Mann aus den Schatten trat, ein bösartiges Grinsen auf den Lippen, erkannte sie, dass sie nicht auf den Vogel hätte achten sollen, sondern darauf, *warum* der Papagei aufgeschreckt worden war.

Der Mann trug schmuddelige Armeekleidung und ein T-Shirt voller Schweißflecken, und sie erkannte ihn aus dem Dorf wieder, in dem sie gefangen gehalten worden waren. Er versuchte, nach ihrem Arm zu greifen, aber sie hatte die Schnauze voll davon, irgendjemandes Spielzeug zu sein oder es ihnen leicht zu machen. Sie riss ihren Arm fort, hob die Hand und zielte, drückte den Abzug der Pistole, noch bevor er sein Gewehr heben und sie erschießen konnte.

Er fiel zu Boden, lebte noch, versuchte noch immer, seine Waffe auf sie zu richten. Also drückte sie noch einmal ab. Aus nächste Nähe.

QUENTIN VERSTECKTE SICH unter einer ausgehöhlten Böschung, an der die Wurzeln einer großen Palme ihn vor Blicken abschirmten. Eine Krabbe wanderte in ihrem seltsamen Krebsgang vorüber, bevor sie in einem Erdloch verschwand. Die Wellen schwappten etwa einen Meter von ihm entfernt ans Ufer. Das beruhigende Geräusch des Wassers machte es schwer für ihn, diese Szenerie mit der Tatsache in Einklang zu bringen, dass wieder einmal bewaffnete Männer hinter ihnen her waren.

Wo war Haley?

War sie losgezogen, um Darby zu warnen, oder musste er sich Sorgen machen, dass sie beide gefangengenommen und verletzt worden waren?

Haley war intelligent. Das waren sie beide. Er war sich ziemlich sicher, dass sie hoch zum Camp gelaufen war. Dort oben hatten die beiden Frauen Ausrüstung und Vorräte und konnten sich so lange verstecken, bis irgendein Bürohengst der Vermessungsbehörde endlich seine Aufmerksamkeit auf die verdammten Daten richtete und eine Rettungsmission einleitete.

Die Neuankömmlinge waren weder freundlich gesinnte Truppen, noch waren sie indonesisches Militär. Sie hatten das Boot schnell entdeckt, das er und Haley unter den Blättern versteckt hatten, und er hatte sie aufgeregt miteinander sprechen hören, auch wenn er die Sprache nicht verstand. Er glaubte nicht, dass sie ihren Fund schon gemeldet hatten, denn ihr Funkgerät war auf dem Schlauchboot, das sie unbewacht am Strand zurückgelassen hatten.

Wenn er das Funkgerät in die Hände bekommen konnte, könnte er einen direkten Hilferuf absetzen.

Wenn.

Seine Möglichkeiten waren beschränkt. Er konnte sich verstecken, was nur solange ein Vorteil war, bis diese Arschlöcher Meldung an ihre Basis machten, denn dann würde die Insel von Terroristen überrannt werden, die ihren

Blutdurst bereits bewiesen hatten. Oder er konnte sie angreifen, was ihn vermutlich das Leben kosten würde. Aber zur Hölle auch, er war gut ausgebildet. Und Haley und Darby zu beschützen war alles, was zählte.

Die Männer waren ausgeschwärmt, vermutlich, um nach Hinweisen auf ihre Aufenthaltsorte zu suchen.

Quentin kroch langsam aus seinem Versteck hervor und kletterte heimlich zurück auf die Felsen, duckte sich weiterhin und bewegte sich langsam, um die Augen der Feinde nicht mit einer plötzlichen Bewegung auf sich zu lenken. Von den Felsen aus beobachtete er die Umgebung. Die beiden Männer, die er sehen konnte, hatten ihm den Rücken zugewandt. Er griff nach dem Speer, den er vorhin zusammengebastelt hatte, und zog mit einer stummen Entschuldigung den Fisch herunter. Die Waffe würde gegen ein Sturmgewehr nicht viel ausrichten können, aber es war besser als nichts.

Vorsichtig schlich er von Baum zu Baum, sucht nach einem Ziel. Wenn er still und heimlich ein paar dieser Typen ausschalten konnte, würde das die Chancen deutlich zu seinen Gunsten wenden.

Er erstarrte, als einer der Männer in seinem Sichtfeld erschien und auf den Baum zuging, hinter dem Quentin Haley ursprünglich zu warten angewiesen hatte. Der Kerl musste Spuren im Sand entdeckt haben. Quentin starrte ihn nicht an, wollte nicht, dass dieser angeborene Überlebensinstinkt in dem Kerl aufstieg, der einem verriet, dass man beobachtet wurde.

Der Mann beugte sich hinunter und hob Haleys Stiefel auf.

Quentin zögerte keine Sekunde. Die anderen Terroristen waren nirgendwo zu sehen. Er rannte los, entschied sich für einen Überraschungsangriff, statt für Heimlichkeit. Im letzten Augenblick drehte der Kerl sich um. Quentin rammte ihm den mehrzackigen Speer in den Hals, dann riss er ihn wieder heraus. Sein Magen überschlug sich, als er das grausame Ergebnis sah.

Das Opfer ließ sein Gewehr fallen und sank in die Knie, presste verzweifelt die Hände auf die Wunde, versuchte, das Blut zu stoppen, das aus seiner Halsschlagader hervorquoll.

Quentin schnappte sich das Gewehr und warf den primitiven Speer zur Seite. Vor Mitleid wollte er dem Kerl helfen, wollte versuchen, die Blutung zu stillen. Verdammt, das hier war nicht die Zeit für Gnade – dies waren rücksichtslose Killer. Er warf sich den Gurt des Gewehrs über die Schulter, sodass er die Waffe auf dem Rücken trug, dann nahm er die Hände des Mannes in seine. Er legte sie um die Wunde.

„Fest pressen, das stoppt die Blutung." Quentin sprach leise, sein Mitleid für diesen Mann stand in direktem Wettkampf mit seinem Überlebensinstinkt. Die Augen des sterbenden Mannes traten hervor, und dann schien sich eine Ruhe über seine Züge zu legen. Ein paar Sekunden später wurde sein Körper schlaff und sein Brustkorb hörte auf, sich zu heben. Er war eindeutig tot.

Quentin schluckte den faustgroßen Kloß in seinem Hals hinunter. Für einen Moment schloss er die Augen. Er war gut mit Worten, aber er konnte nicht mit Wahnsinnigen verhandeln, und er konnte nicht mit Leuten verhandeln, die sich weigerten, wie normale Menschen zu kommunizieren. Er hatte keine Zeit für Selbstmitleid oder um zu grübeln. Er musste tun, was immer er konnte, um die Frauen in Sicherheit zu bringen und diese Terrorgruppierung zur Rechenschaft zu ziehen.

Ein Schuss knallte, und Quentins Magen zog sich zusammen. Dann wurde ein zweiter Schuss abgefeuert.

Hatten sie Haley gefunden, oder schossen sie auf Wildschweine?

Obwohl die Angst um die anderen in seinen Gedanken Sturm läutete, zwang er sich, nicht zu rennen, sondern die Position jeder Bedrohung genau zu bestimmen. Zwei der Männer waren vor ihm, gingen den Pfad entlang, der zu Darbys Zelt führte – in die Richtung, aus der die Schüsse gekommen waren. Wo die beiden anderen Männer waren, wusste er nicht.

Er hielt inne. Sollte er kehrt machen und das Funkgerät holen? Aber die Vorstellung, Haley und Darby schutzlos zurückzulassen, machte es ihm unmöglich, zum Boot zu gehen.

Das dichte Gestrüpp in diesem Teil der Insel verhinderte, dass man besonders weit sehen konnte. Er joggte durch die Büsche, das Gewehr in der Hand, den Finger direkt neben dem Abzug.

Er nutzte die Bäume als Deckung. Dann hörte er das unmissverständliche Geräusch von Kleinfeuerkaliber und einen Mann, der vor Schmerzen stöhnte.

Jemand schoss auf die Terroristen, und Quentin musste annehmen, dass es eine der Frauen war.

Das Knattern eines Maschinengewehrs zerriss die friedliche Ruhe der Insel.

Männer mit Maschinengewehren gegen eine Frau mit einer Pistole und einer begrenzten Anzahl an Munition. Es war überhaupt kein Wettbewerb.

Beschütze sie. Beschütze sie. Beschütze sie.

Quentin bog nach rechts ab zu einer Stelle, von der aus er aus der Deckung heraus die Schützen sehen konnte. Wer auch immer das Ziel der Männer war, hatte sich hinter einem großen Feigenbaum verschanzt. Einer der Männer begann, loszugehen und die Position der Zielperson zu flankieren.

Es war nur eine Frage von Sekunden, bevor die restlichen Bastarde auftauchten. Quentin zielte, erwischte den ersten Mann direkt in der Brust und ließ ihn zu Boden gehen, dann zielte er nach links und hatte den nächsten Kerl getroffen, bevor der überhaupt bemerkt hatte, dass er zur Zielscheibe geworden war.

Die Stille, die folgte, hallte mit dem Wissen wider, dass irgendwo da draußen noch weitere Feinde waren.

„Ich bin's, Quentin. Bist du verletzt?", rief er leise. Er wollte vermeiden, dass Haley oder Darby versehentlich auch auf ihn schossen.

Haley steckte den Kopf hinter dem Baumstamm hervor, sah verängstigt aus, aber nicht verletzt. Quentin rannte zu dem ersten Mann, auf den er geschossen hatte, und nahm ihm das Gewehr ab. Warf es Haley zu, die es auffing. Er war nicht sicher, ob der Mann wirklich tot war, aber er suchte ihn schnell nach einem Funkgerät ab. Nichts außer einem Jagdmesser, dass Quentin unter den Feigenbaum warf.

Der andere Kerl hatte eine Kugel in den Schädel abbekommen und war definitiv tot. Quentin griff sich seine Waffe und warf sich den Gurt über die Schulter. Auch dieser Kerl hatte kein Funkgerät.

„Es sind noch zwei weitere Männer auf der Insel", erklärte Quentin Haley.

„Einen habe ich umgebracht." Ihre Haut war kreidebleich. „Ich habe sein Gewehr mitgenommen, aber es hat geklemmt, als ich es benutzen wollte.“

Sie musste Todesangst gehabt haben.

„Ich habe noch einen anderen umgebracht, also bleibt noch einer.“ Aber dieser eine Typ konnte sie noch immer alle umbringen oder Verstärkung anfordern. „Ich glaube nicht, dass sie Funkverbindung haben, bis auf das Gerät an Bord des Schlauchboots.“

Sie mussten an dieses Funkgerät kommen.

„Er hat diesen Krawall definitiv mitbekommen. Lass uns zurück zum Strand gehen, aber wir müssen vorsichtig sein.“ Quentin wollte nicht, dass Haley in einen Schusswechsel geriet, aber sie hatten keine Wahl. „Duck dich und lass uns zwischen den Bäumen bleiben, wo wir ein bisschen Deckung haben. Und folge mir, aber lass ein bisschen Abstand zwischen uns.“ So sehr er sie auch in seiner Nähe haben wollte, es war taktisch klüger, wenn sie etwas Distanz zwischen sich ließen, damit sie nicht beide mit nur einer Salve aus einem Maschinengewehr niedergemäht werden konnten.

Er rannte geduckt voran, blickte sich unablässig um, um auch den letzten Terroristen noch zu erspähen. Er konnte überall sein, aber Quentin wollte wetten, dass er zurück zum Strand gestürzt war. Und wenn seine Kumpels nicht auftauchten, würde er fliehen.

Quentin hatte nichts von diesen Arschlöchern gesehen, was auf Tapferkeit hindeuten würde. Angefangen davon, eine Konferenz voller unbewaffneter Zivilisten anzugreifen, bis dahin, Rentner und junge Frauen zu entführen.

Durch die Bäume konnte er eine Bewegung erkennen. Der Mann zerrte verzweifelt das Schlauchboot ins Wasser. Verdammt. Quentin durfte auf keinen Fall zulassen, dass der Kerl Verstärkung rief.

Scheiße.

Quentin begann zu rennen.

Diese Boote waren schwer und unhandlich, wenn man sie allein bewegen wollte, und der Kerl hatte seine Mühe damit. Die Uferbrandung war stärker geworden, und die Wellen türmten sich an dem kleinen, vorgelagerten Riff auf, bevor sie ans Ufer krachten.

Quentin sprintete mittlerweile regelrecht zum Strand hinunter, und der Schweiß rann ihm in die Augen, aber er ließ sich von nichts ablenken. Er sprang auf die Felsen, als der Terrorist sich gerade in das Boot rollte und hektisch den Motor startete.

Quentin zielte.

Als der Mann das Funkgerät in die Hand nahm, begann Quentin zu feuern. Die Kugeln schlugen in die Seite des Boots ein und plötzlich sackte der Mann in sich zusammen, offensichtlich getroffen, hoffentlich tot. Allerdings wurde das Boot nicht langsamer. Es raste mit voller Geschwindigkeit aufs Meer hinaus, und es bestand keine Hoffnung, dass sie es einholen konnten.

Quentin fluchte.

Sie saßen noch immer auf der Insel fest, und jetzt würde es nicht mehr lange dauern, bis sich die Entführer fragten, was mit ihrem Suchtrupp geschehen war, den sie nach Pulau Gunung Rebi gesandt hatten. Und sie würden einen zweiten Trupp schicken, um nach diesen Kerlen zu suchen.

Er starrte dem schnell kleiner werdenden Schlauchboot hinterher. Er hätte früher versuchen sollen, an das Funkgerät zu kommen. Womöglich hätte er einen Hilferuf absetzen und diesen Albtraum beenden können. Scheiße.

Sie mussten sich schlau anstellen. Die Beweise

verschwinden lassen. Ein Spiel der psychologischen Kriegsführung spielen.

„Ich werde die Leichen im Meer versenken", erklärte er Haley, als sie neben ihn trat. „Kannst du mit Zweigen über den Sand fegen, um die Spuren und Fußabtritte zu verwischen?"

Sein Blick fiel auf ihre pink lackierten Fußnägel. Sie trug einen grünen Schlapphut, war barfuß und hielt ein Sturmgewehr in den Händen. Es war surreal. Ihre Welt war vollkommen auf den Kopf gestellt worden, und er kam nicht mehr umhin, sich zu fragen, ob sie lebend aus diesem Schlamassel herauskommen würden.

Haleys trockenen Lippen waren schmal vor Sorge. „Ich sollte Darby Bescheid sagen, dass es wieder sicher ist."

Er schüttelt den Kopf. „Nachher. Lass uns zuerst hier aufräumen, für den Fall, dass noch weitere Terroristen auftauchen. Sie sollen sich fragen, ob ihre Kumpanen überhaupt hier gelandet sind."

Sie mussten ihr eigenes Boot entweder wieder verstecken oder es hinaus aufs Meer treiben lassen. Aber die Vorstellung, hier wirklich gestrandet zu sein, war furchteinflößend. Nur dass hilflos auf dem offenen Ozean zu treiben auch nicht gerade eine ideale Überlebensstrategie war.

Es musste doch sicher bald jemand ihr SOS-Signal entdecken?

„Was passiert, wenn sie zurückkommen?" Haleys blauen Augen waren groß vor Schrecken über das, was sie gerade hatten tun müssen.

„Dann verstecken wir uns." Quentin tätschelte grimmig sein Gewehr. „Wenigstens können wir uns diesmal verteidigen."

KAPITEL FÜNFUNDZWANZIG

EBAN WAR BEGEISTERT, dass sein Laptop funktionierendes WLAN hatte, auch wenn in einem bis auf das Minimum ausgeweideten Militärhelikopter zu fliegen nicht gerade das bequemste Arbeitszimmer war.

Die anderen an Bord unterhielten sich, tauschten alle möglichen Neuigkeiten aus. Die gesamte Truppe bestand aus ehemaligen britischen Special Forces-Soldaten, die mittlerweile für eine private Firma namens Penny Fan arbeiteten. Eban ließ sich nichts vormachen. Diese Typen kamen nicht von der Sorte privater Firmen wie der von Haley Cramer und Alex Parker – ansonsten wäre einer von ihnen auf der Konferenz gewesen, die angegriffen worden war.

Sie waren Black Ops, die unter dem Deckmantel von Sicherheits-Dienstleistern arbeiteten. Anscheinend kannte Hawthorne die meisten in der Truppe, bis auf den Piloten, der ein vertrauenswürdiger Einheimischer war, mit dem sie schon früher zusammengearbeitet hatten. Diese Typen verbrachten einen Großteil ihrer Zeit damit, peinliche Geschichten über Aktionen zu erzählen, die schiefgegangen waren und sie das ein oder andere Mal beinah umgebracht hätten. Sie schienen eine endlose Quelle an Anekdoten zu haben.

Eban chattete mit dem Botschafter. Er hatte es so verkauft, als ob es der nächste logische Schritt in dem Entführungsfall von Darby O'Roarke war, zusammen mit Hawthorne auf die

Insel zu fliegen, auf der sie gekidnappt worden war. Zum Glück hatte McKenzie aus dem SIOC ihm den Rücken freigehalten. McKenzie hatte einen guten Draht zum Direktor, nachdem er Anfang des Jahres dabei geholfen hatte, einen Anschlag auf die FBI-Zentrale zu vereiteln. Alex Parker hatte ebenfalls dabei geholfen, den Anschlag zu stoppen, was seiner Vermutung, dass das SOS-Signal, das sie gefunden hatten, von Haley Cramer gebaut worden war, mehr Gewicht verlieh. Das FBI half ihm nur zu gerne dabei, diesen Hinweis zu verfolgen, auch wenn es auf nichts herauslaufen würde. Der Leiter der Sondereinheit, ein richtig sturer Hund, war allerdings nicht so glücklich darüber. Das Wort „Konsequenzen" schien in jeder seiner knappen Antworten mitzuschwingen.

Aber diese Aktion ergab Sinn.

Die Kidnapper hatten eine weitere Demonstration einer Ohr-Entfernung online gestellt – es war schwer, das mit anzusehen, auch wenn sie wussten, dass es wahrscheinlich nicht Quentin war, der verstümmelt wurde. Die Terroristen hatten außerdem ein weiteres Foto von Haley geschickt, auf dem ein gesichtsloser Mann ein Messer an ihre Nase hielt und eindeutig damit drohte, sie abzuschneiden. Das Foto schien am selben Tag aufgenommen worden zu sein wie das erste Foto, das sie erhalten hatten. Bei diesem Anblick zog sich sein Magen zusammen.

Die Kommunikation mit den Entführern hatte ihre Theorie nicht untergraben können, dass die Typen Quentin und Haley nicht mehr länger in ihrer Gewalt hatten, aber es konnte auch die Theorie nicht zunichtemachen, dass sie bereits umgebracht worden waren.

Alex Parkers grimmige Überzeugung, dass das SOS von ihnen gebaut worden war, war der einzige Grund, weshalb

Eban noch Hoffnung hatte.

Alex hatte eine Zahlung von hunderttausend Dollar in die Wege geleitet, unter der Bedingung, dass die Entführer aufhörten, die Geiseln zu verstümmeln, und ihnen Zeit gaben, um den Rest des Geldes aufzutreiben. Es war schwer, zwanzig Millionen Dollar so kurzfristig flüssig zu machen, aber hunderttausend waren eine verdammt ordentliche Anzahlung.

Alex verfolgte das Geld. Ein Team dieser ehemaligen SAS-Typen saß in einem Hotel in Jakarta, bereit, jeden Augenblick loszuziehen, falls sie mitbekamen, dass irgendjemand dort vor Ort sich in die Kommunikation einklinkte.

Die Bitcoins zu schicken erzeugte zudem ein falsches Gefühl der Sicherheit für die Kidnapper. Warum sollten die Angehörigen der Opfer so viel Geld zahlen, wenn Eban und seine Mitstreiter eingeflogen wurden, um die Geiseln zu befreien?

Teams von Analysten im FBI-Hauptquartier und bei Cramer, Parker und Gray hatten Satellitenbilder von Pulau Gunung Rebi ausgewertet, aber es gab keinerlei Hinweise auf ein Terroristencamp – auch wenn nichts hundertprozentig sicher war, da Bäume und ein mögliches Höhlensystem sie verbergen konnten.

Die gleichen Analysten überprüften auch die benachbarten Inseln so sorgfältig wie möglich, aber es waren viele Inseln, und die Terroristen konnten sich auch in einer normalen Stadt oder in einem Dorf verstecken, wo man sie nicht vermutete.

„Noch zehn Minuten.“

Eban nickte und packte seinen Computer ein, dann streifte er seine kugelsichere Weste über. Einer der Agenten, ein großer Kerl namens Logan Masters, der das Kommando zu haben schien, warf ihm einen Ohrstecker für die Kommunikation zu, dann schlitterte er eine MK5 über den Boden des Helis zu ihm hin. Eban nickte ihm dankend zu. Er hoffte, dass das hier eine Rettungsaktion war, aber da sie sich ins Herz der Terroristenzentrale begaben, wollte er auch für ein mögliches Feuergefecht ausgestattet sein.

Das Meer unter ihnen war dunkelblau, voller kleiner Inseln und Vulkanketten, die aus dem Wasser aufstiegen wie Haifischzähne. Ein Paradies, wenn auch eines voller potenzieller Gefahren.

Max Hawthorne deutete aus dem Fenster. Pulau Gunung Rebi. Die Insel, von der Darby O'Roarke entführt worden war und auf der jemand in einem verzweifelten Versuch, gerettet zu werden, ein SOS auf einen Berghang geschrieben hatte – oder um Nichtsahnende in eine Falle zu locken …

Sie kreisten über der Insel, suchten zunächst nach Bewegung oder einem Lebenszeichen. Ein kleines, trostlos aussehendes Zelt stand ungeschützt auf einer flachen Ebene kurz oberhalb von ein paar Bäumen auf der leewärtigen Seite der Insel. Ein dramatischer Strom aus glühend oranger Lava floss im Norden ins Meer. Der Helikopter kreiste, bis sie direkt über den Steinbuchstaben flogen, die SOS buchstabierten, aber es kam niemand angerannt, der winkte und sich freute, dass er gerettet wurde. Zwei große, gelbe Stative standen an den beiden Enden der Buchstaben. Eban wusste nicht, was das zu bedeuten hatte, aber sie schienen sorgfältig aufgebaut worden zu sein, anstatt nur zufällig dort zu stehen.

„Landen wir", sagte Masters zum Piloten, der nickte und zu kreisen begann.

Ein seltsames Geräusch von etwas, das an Metall abprallte, ließ Eban die Stirn runzeln. Der Pilot legte sich hart in die

Kurve, während Masters brüllte, „Unter Beschuss!"

Eban hielt sich fest. Da unten war definitiv jemand, der auf sie schoss. Die große Frage war nur, ob es Geiseln waren, die befreit werden mussten, oder Terroristen, die sich verschanzt hatten. Wie auch immer, sie würden es herausfinden.

Der Pilot kreiste und ließ den Helikopter in der Nähe des kleinen Zelts landen, dessen Zeltbahnen im Wind der Rotorblätter flatterten. Die Special Forces-Typen und die beiden FBI-Agenten sprangen zügig aus der Maschine und gingen sofort zwischen den Bäumen in Deckung. Der Pilot hob augenblicklich ab und flog zurück über das Meer, wo er abwartete, bis sie entweder die Insel gesichert hatten, oder er auftanken musste. In jedem Fall befand er sich außerhalb der Schusslinie.

Eban warf Hawthorne einen Blick zu, der ihn angrinste. Der Kerl war ein hervorragender Verhandlungsführer, hatte aber offensichtlich seinen Spaß daran, endlich wieder im Feld zu sein.

Sie hockten sich zur Besprechung in einen Kreis, insgesamt zehn Männer, die jede Menge Fläche zu sichern hatten.

Masters zog eine Faltkarte heraus und balancierte sie auf seinem Knie. „Wir teilen uns in zwei Einheiten mit je vier Männern auf, plus ein FBI-Agent pro Truppe. Eine Gruppe sichert den Strand und die angrenzende Gegend, die anderen dringen in die Richtung vor, aus der die Schüsse kamen."

Die Kerle hatten sich von Kopf bis Fuß in Dschungel-Tarnsachen geschmissen, dazu Helme und Ohrknöpfe. Sie sahen eher aus wie professionelle Soldaten als wie schlecht ausgerüstete Banditen. Eban und Hawthorne trugen schwarze Taktikkleidung und auf ihren Schutzwesten stand in gelben

Lettern deutlich lesbar FBI geschrieben.

Wenn es Terroristen waren, die auf sie geschossen hatten, dann waren sie leichte Zielscheiben. Aber auf die unwahrscheinliche Chance hin, dass Quentin oder Haley oder Darby O'Roarke oder die Alexanders irgendwo hier draußen waren, würde sie das hoffentlich wissen lassen, dass sie die Guten waren. Und dass sie in Sicherheit waren.

———————

HALEY ZUCKTE ZUSAMMEN, als Darby auf den Helikopter zu schießen begann, der über ihr SOS-Signal geflogen war.

„Nicht schießen!", befahl ihr Quentin und drückte den Lauf des Gewehrs Richtung Boden.

Darby starrte ihn an.

„Das ist vielleicht das Rettungsteam. Hast du gesehen, wie sie direkt zum SOS-Zeichen geflogen sind? Das ist jemand, der schon wusste, dass es da ist."

Darby streckte meuternd die Unterlippe vor. „Die Terroristen haben womöglich auch Zugriff auf Satellitenbilder."

„Das stimmt", murmelte Haley. Sie waren alle unfassbar angespannt, warteten nur auf den nächsten Angriff.

Der Helikopter verschwand, und Haley fragte sich, ob Leute daraus ausstiegen. Die Frage war nur, wer waren diese Kerle?

„Wir müssen vorsichtig sein, nicht auf unschuldige Leute zu schießen, die uns retten wollen." Quentin wirkte besorgt über Darbys mentale Verfassung. Haley machte sich ebenfalls Sorgen um sie. Seit sie Darby heute Morgen vor unerwarteten Besuchern gewarnt hatte, war Darby nervös gewesen, ihre

Augen ein wenig wild. Das verstand Haley, aber das Letzte, was sie jetzt gebrauchen konnten, war es, ihre Retter zu vertreiben oder zu verletzen.

„Wir wollen doch hier wegkommen, oder?" Haley zwang Heiterkeit in ihre Stimme.

Die Chancen, dass sie lebendig aus diesem Mist herauskamen, waren heute früh bereits in den Keller gerast, und es war durchaus möglich, dass der Helikopter ein Suchtrupp der Terroristen war, der nach seinen verschwundenen Konsorten suchte, die mittlerweile alle tot waren.

„Woher wissen wir, ob es die Guten oder die Bösen sind?", fragte Haley. Sie alle hielten Gewehre in den Händen und versteckten sich in einem undurchsichtigen Dickicht zwischen den Bäumen, nördlich des SOS-Schriftzugs.

Quentin zog eine Grimasse. „Ich hatte gehofft, es würde offensichtlich sein, aber das ist womöglich nicht der Fall, wenn auch das indonesische Militär nach uns sucht. Das Letzte, was ich will, ist in einem örtlichen Gefängnis zu landen, weil ich die falschen Leute umgebracht habe. Oder erschossen werde, weil sie denken, wir wären die Terroristen."

Quentins dunkle Augen sahen ruhelos aus. Haley wusste, dass die Zahl der Toten schwer auf ihm lastete. Sie war zutiefst erschüttert, dass sie gezwungen gewesen war, einen Mann umzubringen, aber sie würde es tausendmal wieder tun, um zu überleben. Aber wie oft konnten Quentins Ausbildung und der Überraschungsfaktor noch gegen einheimische, wild entschlossene Kriminelle gewinnen, die diese Gegend kannten und bestens bewaffnet waren?

„Was ist der Plan, Q?", fragte Haley.

Quentin blickte Darby unentschlossen an.

„Es ist okay, ich kann allein hier bleiben." Darby klang resigniert. „Ich komme schon klar."

Seine Augen huschten zu Haley, fragte stumm nach ihrer Meinung.

Haley nickte und wandte sich Darby zu. „Verstecke dich so wie das letzte Mal. Wir rufen dich, wenn es sicher ist, rauszukommen."

Darby nickte. Sie sah ausgelaugt aus. Rote Haarsträhnen fielen unter dem Tuch hervor, mit dem sie sie zu zähmen versucht hatte. Keiner von ihnen hatte heute genug gegessen oder getrunken, und der Stress begann, sich auf ihren Gesichtern zu zeigen. Alle drei warteten sie nur darauf, dass die Terroristen wieder auftauchten. Für Darby musste das die furchteinflößendste Aussicht von allen sein.

Haley berührte ihre Schulter. „Wir kommen zurück. Hoffentlich mit einem Rettungsteam."

Darbys Blick wurde weicher, und sie nickte, ließ den Lauf ihres Gewehrs zu Boden sinken.

Quentin stand auf. „Denk dran, nicht zuerst zu schießen und danach Fragen zu stellen. Bleib an Ort und Stelle und bewege dich nicht, das ist der beste Weg, um versteckt zu bleiben."

„Ja Dad", murmelte Darby genervt. Aber sie klang wieder vernünftiger. Zurechnungsfähiger.

Quentin verdrehte die Augen und streckte seine Hand aus, um Haley auf die Füße zu helfen. Seine Finger waren rau, aber warm und stark. Sie vertraute diesem Mann mit ihrem Leben, und vielleicht sogar noch ein bisschen mehr als das.

Sie bogen nach rechts ab, schlichen über einen kaum erkennbaren Trampelpfad den Berg hinunter zum Strand, blieben zwischen den Bäumen und versuchten, keine

Geräusche zu machen. Haley trug ihre Decke wie einen Sarong über den Shorts, die Quentin ihr damals gegeben hatte. Die gestohlenen Stiefel rieben an ihrer Ferse, aber langsam gewöhnte sich ihre Haut daran. Ihre Pediküre sah unter diesen Umständen noch überraschend gut aus.

Als sie außerhalb von Darbys Hörweite waren, fragte Haley, „Glaubst du wirklich, es ist eine Rettungstruppe?"

Quentin drehte sich zu ihr um und grinste sie an. Gott, war dieser Mann umwerfend, trotz des Dreitagebarts und des mitgenommenen Äußeren. „Ich vermute, zu diesem Zeitpunkt steht es fifty-fifty." Er sprach leise. So nah am Meer waren Geräusche weit zu hören.

Haley hatte langsam genug davon, leise sein zu müssen. Sie würde Stunden damit zubringen, nur herumzuschreien, sobald sie aus diesem Schlamassel heraus war. Und hoffentlich würde Quentin Savage die ganze Zeit über in ihr sein.

Sie bewegten sich zügig und vorsichtig den Pfad hinunter. Vögel flatterten von Ast zu Ast. Eidechsen sonnten sich, dann schossen sie davon. Die dicken, grünen Windungen einer Schlange ließen Quentin abrupt innehalten und einen Umweg gehen.

Er konnte Schlangen nicht leiden. Das war irgendwie liebenswert für einen Mann, der es mit so vielen niederträchtigen Bösewichten aufgenommen und gewonnen hatte.

Eine Minute später hielt er plötzlich seine Hand in die Höhe, und Haley erstarrte. Sie sanken zu Boden und duckten sich unter die Äste der Büsche. Durch die Blätter konnten sie gerade so den Strand erkennen und zwei Gestalten, die in der Nähe der Stelle herumliefen, an der sie das Boot versteckt hatten.

Männer in Kampfausrüstung. Schwer bewaffnet. Haleys Atem schien ihr in der Lunge festzustecken, und sie konnte nicht mehr ausatmen. Quentin legte seine Hand auf ihren Nacken und massierte die steinharte Verspannung, die sich dort festgesetzt hatte. Langsam löste sich ihre Brust, und sie konnte wieder normal atmen.

Stumm beobachteten sie die Männer. Dann trat ein schwarzer Mann in Kampfkleidung aus den Schatten und ging über den Strand auf die beiden anderen Männer zu. Auf seinem Rücken stand in hellgelben Buchstaben F-B-I geschrieben.

Haley konnte spüren, wie Quentin sich anspannte. „Kennst du ihn?"

Quentin stand auf. „Allerdings. Das ist Max Hawthorne. Ich bin sein Boss." Er streckte die Hände über den Kopf und rief zu den Männern am Strand hinunter. „Hier oben!" Die Männer fuhren herum, erblickten Quentin, und der Kerl namens Hawthorne stieß ein lautes *Juchu* aus.

„Komm, lass uns runtergehen und sie treffen, und dann holen wir Darby." Quentin nahm ihre Hand, und sie eilten durch das Gebüsch, während Quentin die tief hängenden Äste fortschlug.

Seine Finger fühlten sich gut um ihre an. Sie hatte das schreckliche Gefühl, dass sie getrennte Wege gehen und sich nie wiedersehen würden, sobald sie gerettet waren, und diese Vorstellung machte ihr Angst. „Ich würde diese Sache gerne versuchen, die du erwähnt hast. Wenn wir wieder in der Zivilisation sind."

„Was für eine Sache?" Quentin hörte ihr kaum zu. Ihr Timing war furchtbar.

„Diese Date-Sache."

Er blieb so abrupt stehen, dass sie mit ihm zusammenstieß. Er griff nach ihrem Arm. „Im Ernst?"

Sie starrte in seine dunklen Augen. „Ich bin vermutlich nicht besonders gut darin, aber hoffentlich kann ich wenigstens ein paar Abendessen abbekommen, die nicht aus frittierten Grillen bestehen, bevor wir gegen die Wand fahren."

Quentin schloss die Augen und lehnte seine Stirn an ihre. „Und, wenn wir Glück haben, großartigen Sex. Vergiss den großartigen Sex nicht."

Sie kicherte leise. Seine Finger glitten in ihren Nacken, dann hob er ihr Kinn und küsste ihre aufgesprungenen Lippen. Sie sah aus wie ein Wrack, aber es schien ihn nicht zu stören. Sein Bart fühlte sich weich an ihrer Haut an, und die Emotionen, die er in diesen Kuss legte, waren so tiefgreifend, dass sie sich fast beraubt fühlte, als er seine Lippen wieder von ihren löste.

„Komm." Er war Feuer und Flamme, und sie hing etwas hinterher. Was sie erlebt hatten, war grauenhaft gewesen, aber es hatte sie auch verändert. Hatte sie auf eine Art und Weise stärker gemacht, die sie nicht erwartet hatte. Hatte sie auf andere Weise auch weicher gemacht. Hatte sie dazu gebracht, manche der guten Dinge festhalten zu wollen, die sie entdeckt hatte – wie Quentin, auch wenn sie keinen blassen Schimmer hatte, wie man eine funktionierende Beziehung führte.

Sie traten aus dem Wald, liefen über den Sandstrand, und es war ihnen zum ersten Mal egal, ob sie Fußspuren hinterließen oder nicht.

Quentin ließ ihre Hand los und schlang die Arme um seinen Kollegen, der ihn in einer ungestümen Umarmung vor Freude in die Luft hob.

„Wir dachten, du wärst mit Sicherheit tot, verdammt noch mal." Der Akzent des Kerls überraschte sie. Ein Brite.

„Ma'am." Ein dunkelhaariger Mann in Tarnkleidung gab ihr die Hand. „Brauchen Sie medizinische Versorgung?"

Noch ein Brite.

„Ich bin okay. Nur ein Sonnenbrand und aufgeriebene Nerven." Sie lächelte, und die Männer sahen erleichtert aus und stellten sich eilig vor.

„Wisst ihr, ob noch irgendwelche feindliche Truppen in der Gegend sind?"

Haley schüttelte den Kopf. „Wir hatten heute Morgen ein paar unfreundliche Besucher, da haben wir die hier her." Sie tätschelte den Kolben des Gewehrs, das sie in der Hand hielt. Sie hatte sich schnell an das beruhigende Gewicht der Waffe gewöhnt.

„Habt ihr auf uns geschossen?", fragte der Mann, nicht tadelnd, aber auch nicht gerade glücklich über den Vorfall.

Quentin antwortete. „Nein. Sorry. Das war Darby O'Roarke. Sie ist ein bisschen schreckhaft nach dieser Tortur."

„Sie lebt?", fragte Hawthorne.

„Ja", erwiderte Haley. „Aber sie wurde … furchtbar behandelt." Wie zur Hölle sollten sie jemals dieses Geheimnis bewahren? „Wir müssen zurückgehen und ihr Bescheid sagen, dass sie in Sicherheit ist –"

„Unser zweites Team ist auf dem Weg zum SOS-Zeichen", versicherte ihr der Mann.

„Funkt sie an und sagt ihnen, dass sie auf uns warten sollen, bis sie weiter vordringen. Sie wird Fremden vermutlich nicht vertrauen", wies Quentin sie eilig an.

Die Männer schienen all die Dinge zu verstehen, die er nicht aussprach, und die Wut, die in ihnen aufstieg, war spürbar. Einer der Männer funkte das andere Team an, aber ein paar Sekunden später zerrissen Schüsse die Nachmittagsruhe.

KAPITEL SECHSUNDZWANZIG

Eban und die Militäragenten schwärmten aus, während sie sich der Gegend um das riesige SOS-Zeichen näherten. Wer auch immer auf sie geschossen hatte, versteckte sich oder war längst verschwunden.

„Was sind das für Dinger?", fragte einer der Ex-Soldaten und deutete auf die gelben Stative, an denen Solarplatten befestigt waren.

Eban schüttelte den Kopf, dann erinnerte er sich daran, wie Alex erwähnt hatte, die Vermessungsbehörde hätte seltsame Signale von den Geräten auf der Insel aufgefangen. „Ich glaube, das sind Geräte, um die Aktivität des Vulkans zu messen."

„Glauben Sie, die Frau lebt noch? Die Vulkanologin?" Einer der Typen hatte eins und eins schnell zusammengezählt.

Eban wusste es nicht. Er schämte sich für das Gefühl der Enttäuschung, das sich bei dem Gedanken einschleichen wollte, dass es Darby O'Roarke und nicht Quentin Savage gewesen war, die das Hilfesignal losgeschickt hatte. Er ging vorsichtig zum Rand der Lichtung und starrte in das dichte, grüne Gestrüpp. Eban konnte schwören, dass ihn jemand beobachtete, aber er konnte niemanden entdecken. Vielleicht ging ihm das unbekannte Terrain langsam an die Nieren. Tropischer Dschungel und aktive Vulkane waren nicht sein übliches Einsatzgebiet.

Aber jemand hatte auf sie geschossen. Jemand hatte diesen brillanten Hilferuf errichtet. Darby oder Quentin?

Der Schweiß ließ sein T-Shirt unter der schusssicheren Weste an seiner Haut kleben, und irgendwas juckte ihn unterhalb seines Schulterblatts, aber er hatte keine Chance, da ranzukommen und sich zu kratzen. Sein Mund war staubtrocken, und er konnte sich nur vorstellen, was eine Geisel hier tagtäglich ertragen musste. Nie zu wissen, ob Rettung auf dem Weg war, oder ob sie einen langsamen, anonymen Tod sterben würden, oder schlimmer noch, einen schnellen Tod mit live-Übertragung für sämtliche kranken Hater.

Eban ging direkt bis an den Rand des dichten Waldes. Machte er sich etwas vor, wenn er glaubte, Quentin wäre noch am Leben? In welchem Zustand war er, wenn er noch lebte? Würde er verstehen, dass sie hier waren, um ihm zu helfen?

„Quentin? Bist du da draußen? Ich bin's, Eban." Wer auch immer da draußen war, sollte wissen, dass er Amerikaner war. Wenn es Quentin war, wäre er mittlerweile aus der Deckung gekommen, wenn er körperlich noch dazu in der Lage war. Seine Hoffnung, den Kerl lebend zu finden, nahm erneut rasend schnell ab. Eban wurde übel.

Die anderen Männer suchten die Umgebung ab, hielten ihre Sturmgewehre trügerisch locker in den Händen. Einer der Männer hielt sich weiterhin versteckt.

Eban drehte sich um und ging zurück zur Truppe.

„Sind Sie vom FBI?" Eine dünne, zitternde Stimme erklang hinter ihm. Eine Amerikanerin. Eban ließ die Augen über den Waldrand schweifen, aber wo auch immer sie war, sie war gut versteckt.

„Ja bin ich. Mein Name ist Eban Winters. Mit wem spreche ich?" Eban ging langsam auf die Stelle zu, aus der die Stimme zu kommen schien. Er legte die Finger nicht auf sein Gewehr, aber er spürte mehr, wie der Rest der Truppe auf den Rand der Lichtung zuschlich, als dass er es sah.

„Es ist egal, wer ich bin. Beweisen Sie mir, dass Sie der sind, für den Sie sich ausgeben." Die Worte klangen harsch und waren eindeutig ernst gemeint.

„Ich habe einen Dienstausweis." Er zog seinen Ausweis und seine Dienstmarke aus der Tasche und hielt sie hoch. „Ich bin Verhandlungsführer beim FBI."

„Sagen Sie denen, sie sollen stehenbleiben oder ich schieße!" Die Stimme der Frau wurde langsam schrill und panisch. Eban hielt warnend die Hände hoch, auch wenn sich keiner der Männer absichtlich in die Schusslinie eines unbekannten Gegenübers begeben wollte.

„Wir werden Ihnen nichts tun, aber wenn Sie schießen, erwidern wir das Feuer. Ich weiß nicht, wer Sie sind, aber ich nehme an, Sie sind eine der drei Amerikanerinnen, die hier in der Gegend vermisst werden. Frauen, die ich und diese Männer hier retten wollen. Alice Alexander, Haley Cramer und Darby O'Roarke."

„Diese Namen könnte jeder kennen – vor allem die Kidnapper."

Wer auch immer sich da versteckte, hatte seine fünf Sinne noch beisammen, war aber eindeutig traumatisiert. Sie mussten vorsichtig vorgehen.

„Scheint, als brauchen Sie etwas Zeit, um uns zu vertrauen. Scheinbar machen wir Sie nervös, was verständlich ist, aber keiner von uns ist hier, um Ihnen etwas anzutun. Lassen Sie mich wissen, was wir tun können, um Ihnen das zu beweisen."

„Woher soll ich wissen, dass Sie nicht mit den Männern zusammenarbeiten, die mich entführt haben?"

Sie klang zu jung, um Alice Alexander zu sein.

Eban hielt die offenen Hände hoch. „Es ist schwer, ein Negativ zu beweisen, aber wir haben keine Absichten, Ihnen wehzutun. Wir sind aufgrund des SOS-Signals hier, dass ein Mann namens Alex Parker auf einem Satellitenbild entdeckt hat."

Keine Reaktion auf Alex' Namen. Eban war sich zu neunundneunzig Prozent sicher, dass er es hier mit Darby O'Roarke zu tun hatte. Er versuchte, nicht enttäuscht zu sein. Er wollte, dass sie alle in Sicherheit waren, aber insbesondere sein Boss.

Schüsse knallten und zerrissen die Ruhe dieses trügerischen Paradieses. Kugeln schlugen rechts von ihm ins Gras. Verdammte Scheiße! Die Frau rief, „Ich habe gesagt, die sollen stehenbleiben!"

Einer der Männer rief ihr zu, „Darby O'Roark! Quentin Savage ist am Funkgerät. Er sagt, er ist auf dem Weg, um Sie zu holen. Bitte legen Sie die Waffe nieder, bevor sich noch jemand verletzt."

Eban fuhr herum und starrte den Kerl an. „Quentin lebt?"

Der Mann grinste und nickte. „Er und eine blonde Frau."

Ebans Knie gaben nach und er stützte den Kopf in die Hände, als die Erleichterung über ihn hinwegrollte. Gott sei Dank. Er holte tief Luft. „Darby, ich verstehe, warum Sie solche Angst haben, aber ich schwöre Ihnen, wir sind die Guten. Ich arbeite zusammen mit Quentin in Quantico. Alex Parker, der Kerl, der das SOS entdeckt hat, hat diese Männer hier angeheuert, um Haley Cramer zu finden. Er ist ihr

Geschäftspartner und ein Freund. Wir sind fast wahnsinnig vor Sorge gewesen, weil wir dachten, Sie wären tot, während wir gleichzeitig darauf gewartet haben, dass sich Ihre Entführer melden. Ich habe mit Ihrem Vater gesprochen, und er ist ganz krank vor Sorge um Sie."

Ein Schrei gellte durch die Luft, dann Geräusche eines Handgemenges, Fäuste, die auf Muskeln trommelten, bevor etwas Großes durch die Büsche auf Eban und die anderen zustürzte. Eban hatte gewusst, dass sich einer der Männer im äußeren Umkreis bis zu ihrer Position vorarbeiten würde. Er brach plötzlich aus dem Wald, trug eine unbewaffnete Rothaarige in seinen ausgestreckten Armen vor sich her. Die Arme und Beine der jungen Frau schlugen und traten um sich, aber sie war zu klein, um ernsthaft Schaden anzurichten, und es war offensichtlich, dass der Kerl versuchte, ihr nicht wehzutun.

Aber keiner der Männer wollte eine geladene Waffe auf sich gerichtet wissen, vor allem nicht von jemandem, der emotional labil war.

Eban reichte dem Kerl neben sich sein Gewehr und ging hinüber zu dem Mann, der versuchte, eine wild gewordene Höllenkatze in Schach zu halten, ohne ihr wehzutun. Es lag etwas Ungezähmtes in ihren Bewegungen. Etwas so unglaublich Verzweifeltes, dass Eban ohne davon zu hören wusste, dass sie angegriffen und vermutlich vergewaltigt worden war.

„Darby." Er sprach ruhig mit ihr. „Wir werden Ihnen nichts tun. Tatsächlich würden wir Sie sogar alle mit unserem Leben verteidigen."

Der Kerl stellte die junge Frau auf die Füße und wich eilig zurück. Noch einmal schleuderte sie die Fäuste in seine

Richtung, dann ließ sie sie sinken.

Sie stand da, die Fäuste geballt, zitternd, voller Furcht und Zorn in ihren Augen.

Sie war wunderschön. Was ihn überraschte. Hellrote Haare. Die grünsten Augen, die er je in seinem Leben gesehen hatte. Sommersprossen und blasse Haut.

Das Leid, das ihr angetan worden war, hatte sich deutlich in ihre Züge geschrieben. Ihr Ausdruck war so erbittert, dass es ihm das verfluchte Herz brach.

„Wir werden Ihnen nichts tun. Das verspreche ich Ihnen", sagte er sanft.

Hektisch blickte sie sich um, betrachte die Männer, die sie mit verständnisvollen und mitfühlenden Blicken anschauten, ihre Gewehre auf den Boden gerichtet.

„Sind Sie wirklich hier, um uns zu retten?"

„Wir versuchen es zumindest." Eban nickte und stand einfach nur da, wollte für sie da sein, wenn sie ihn brauchte.

„Haben Sie wirklich mit meinem Dad gesprochen?" Ihre Stimme brach und sie blickte über ihre Schulter, als ob sie jeden Augenblick davonrennen wollte.

Er nickte. Gott, was hatten sie ihr nur angetan?

„Geht es meinem Dad gut?" Sie drehte sich wieder zu ihm um, wartete auf Bestätigung.

„Er ist ziemlich mitgenommen, aber wir rufen ihn so bald wie möglich an und lassen ihn wissen, dass es Ihnen gut geht. Sie können mit ihm sprechen, wenn Sie wollen, aber das müssen Sie auch noch nicht", fügte er eilig hinzu, als sich ihre Augen sorgenvoll weiteten. „Was auch immer Sie tun wollen, ist vollkommen normal." Manchmal brauchten Leute, die entführt worden waren, ein bisschen Zeit, um sich wieder an ihre Welt zu gewöhnen.

„*Normal.*" Sie schnaubte und es klang verbittert. Sie rieb sich die nackten Arme.

Eban konnte Striemen auf ihrer Haut erkennen, auch an den Beinen, aber er wendete seine Augen nicht von ihrem Gesicht ab. „Wir sind hier, um Sie zu retten, Darby. Sie sind jetzt in Sicherheit." Er breitete seine Arm aus, kam sich vor wie ein verfluchter Narr, aber was zur Hölle. Wenn sie eine Umarmung brauchte, dann sollte sie die kriegen. Wenn nicht, konnte er damit klarkommen, wie ein Idiot dazustehen.

Sie blickte sich um und biss sich auf die Lippe. „Ich habe auf den Hubschrauber geschossen."

„Ja, schieben Sie das besser Quentin in die Schuhe, denn ich glaube, der Pilot war nicht allzu begeistert."

„Tut mir sehr leid." Sie schluckte wiederholt, blinzelte die Tränen weg, die ihr in die Augen stiegen, die sie sich aber weigerte, fallen zu lassen. Dann warf sie sich in seine Arme und klammerte sich so sehr an ihm fest, dass er schon glaubte, sie würde ihn erwürgen, aber das war ihm egal. Er schlang seine Arme um sie und hielt sie ganz sanft fest, wollte ihr keine Angst machen.

Darby O'Roarke war sicher in seinen Armen, und auch wenn sie erschöpft und schmutzig war, war sie mehr oder weniger ganz. Sie begann zu schluchzen, und Eban blickte die anderen Männer einen nach dem anderen an, sah in allen ihren Augen den gleichen Ausdruck von Trauer und Wut.

„Es ist in Ordnung, Darby. Wir sind da. Sie sind in Sicherheit. Wir werden Sie beschützen."

KAPITEL SIEBENUNDZWANZIG

QUENTIN GING ZUM Krankenzimmer an Bord des Kriegsschiffes, das nördlich von Darbys Insel ankerte. Mittlerweile war es vollkommen dunkel, also hatten sie eine fantastische Sicht auf den Lavastrom, der direkt ins Meer floss, aber er würde niemals den Moment vergessen, als er neben Haley und Darby im Mondlicht gestanden und hinunter auf das lebende Feuer geblickt hatte.

Darby hatte darauf bestanden, die gelben Stative wieder auf ihre ursprünglichen Positionen zurück zu stellen. Das hatte ihnen allen etwas zu tun gegeben, während sie darauf gewartet hatten, dass die Navy zu ihnen aufschloss.

Gerade hatte er ein Telefonat beendet, in dem er sein Recht verteidigt hatte, in diesem Fall überhaupt beteiligt zu sein, und in dem er auch Haley verteidigt hatte. Der Chef der Sondereinheit, die den Anschlag auf das Hotel untersuchte, war ihr gegenüber misstrauisch, wegen dem Zwischenfall mit diesem schleimigen Bastard Wenck, der, wie sich herausgestellt hatte, den Anschlag überlebt hatte. Der Kerl war nicht lange nach der Unterhaltung, die sie über die Balkone hinweg geführt hatten, abgereist.

Quentin hatte den feuerheißen Sex mit Haley nicht erwähnt – das FBI wusste verdammt noch mal schon viel zu viel über ihn. Er hatte ihnen erklärt, dass er jetzt in einer intimen Beziehung mit ihr war und dass sie, zusammen mit

Darby, die beste Chance des FBI war, diese Terroristen zu finden und Verurteilungen zu erwirken. Gegen den Wunsch des Leiters der Sondereinheit ließ der FBI-Direktor sie ihr Ding machen, solange Haley keinen Zugang zu irgendwelchen vertraulichen Falldaten bekam. Quentin hätte beinah laut aufgelacht. Als ob sie nicht jede Sekunde dieses verdammten Dramas zusammen mit ihm durchlebt hätte.

Er klopfte an die Tür und steckte seinen Kopf in das Zimmer. Anstatt im Bett zu liegen, hatte Haley sich aufgesetzt und sprach in das Schiffstelefon. Sie blickte auf und winkte ihn herein.

Quentin hasste es, von ihr getrennt zu sein, aber sie alle mussten ein Debriefing machen. Ein Prozess, der vermutlich noch in den Staaten weiterlaufen würde. Ein notwendiges Übel, aber trotzdem nervig.

Haley hatte geduscht. Trug ein einfaches, weißes T-Shirt und schwarze Leggings, die jemand für sie aufgetrieben hatte. Ihre Füße waren nackt, bis auf den pinken Nagellack. Ihre Haare glänzten wie Honig und Sonnensträhnen, und ihre Bräune ließen sie aussehen, als ob sie eine Woche am Strand Urlaub gemacht hätte, anstatt um ihr Leben zu kämpfen. Sie hatte die Haare in einen Pferdeschwanz gebunden, der ihre ausgeprägten Wangenknochen und ihren trotzigen Kiefer unterstrich.

Ihre Augen funkelten, und sie lachte über das, was die Person am anderen Ende der Leitung sagte. „Ich liebe dich, Alex Parker. Vergiss das nicht." Sie legte auf und blickte Quentin an.

Er verschränkte die Arme und lehnte sich gegen den Türrahmen. „Du hättest ihm ausrichten sollen, dass ich ihn auch liebe." Alex Parker war der Mann, der ihr SOS-Signal entdeckt hatte, obwohl die Idioten von der staatlichen Vermessungsbehörde es übersehen hatten. Er wollte gerne glauben, dass sie irgendwann doch noch darauf gekommen wären.

„Das kannst du ihm selbst sagen, wenn wir zurück sind. Er hat ein Haus in Quantico und eine Wohnung in D.C." Sie faltete nervös ihre Hände, als ob sie plötzlich unsicher wäre. „Ich würde mich freuen, wenn du Alex und Dermot kennenlernst, meine Geschäftspartner, die zufällig auch meine besten Freunde sind."

Haley hatte es also ernst damit gemeint, der Sache zwischen ihnen eine Chance zu geben. Das war nicht leicht für sie. Und es war auch nicht leicht für ihn.

Quentin setzte sich neben sie auf das Bett, nahm ihre Finger in seine und streichelte ihren Handrücken mit seinem Daumen. „Das würde mich auch freuen."

Als er das gesagt hatte, blickte sie ihm in die Augen, und ihre Schönheit verblüffte ihn immer wieder. Die Tatsache, dass eine Frau wie sie ihn so anschaute, als ob sie ihn wie verrückt küssen wollte, und noch unerklärlicher, dass sie hier sitzen und seine Hand halten wollte, war ein Wunder.

War das seine zweite Chance? Der Gedanke jagte ihm eine Heidenangst ein. Abbie zu verlieren, war katastrophal gewesen. Könnte er so einen Schmerz noch einmal riskieren?

Haley legte den Kopf auf seine Schulter und sein Hals wurde eng. Verdammt aber auch, wenn er es nicht wenigstens versuchen wollte.

Sie standen noch ganz am Anfang. Er musste sich noch nicht völlig haltlos in den Abgrund stürzen. Sie konnten sich Zeit lassen. Herausfinden, wie sich ihre Gefühle füreinander bei den Herausforderungen der echten Welt schlugen, zum

Beispiel, wenn er den Klodeckel nicht runterklappte, oder sie unordentlich war und sein geregeltes Junggesellendasein durcheinander brachte.

„Hast du Darby gesehen?", fragte sie. „Wie geht es ihr?"

„Die Ärzte sind zufrieden damit, wie gut ihre körperlichen Wunden heilen. Wir versuchen, sicherzustellen, dass immer jemand aus der Kriseninterventionseinheit bei ihr ist, wenn sie wach ist. Eban Winters ist im Augenblick bei ihr. Sie scheint sich mit ihm wohlzufühlen." Er drehte Haleys Hand herum und fuhr mit dem Finger ihre Lebenslinie entlang bis hinunter zu den Sehnen unter der zarten Haut ihres Handgelenks. „Sie hat die Ärzte darum gebeten, während der Untersuchung sediert zu werden." Sie hatten ein Vergewaltigungskit erstellt, was länger als erhofft gedauert hatte. „Sie bekommt außerdem intravenöse Antibiotika und Prophylaxe." Es würde nicht zu einer ungewollten Schwangerschaft kommen.

Haley sah traurig aus, und er erinnerte sich an das, was sie darüber gesagt hatte, unfruchtbar zu sein. „Macht es dir viel aus, keine Kinder bekommen zu können?"

„Für mich ist das seit vielen Jahren Teil meines Lebens. Ich erlaube mir nicht, zu viel darüber nachzugrübeln." Sie sah gedankenverloren aus. „Es war immer in Ordnung für mich, keine Kinder in meinem Leben zu haben. Ich kann die Tante für Alex' Baby sein. Was ist mit dir? Wolltest du jemals Vater werden? *Bist* du Vater?"

Ihre Worte waren wie Kugeln, die in seine Seele einschlugen. Er schüttelte den Kopf, konnte die Worte nicht aussprechen, auch wenn er Haley eine Erklärung über Abbie schuldig war. Das würde er später nachholen, wenn sie wieder in den Staaten waren, und er vielleicht erklären konnte, wie sehr er seine Frau geliebt hatte, ohne Haley das Gefühl zu geben, sie müsste mit seiner Erinnerung an Abbie konkurrieren.

Das war nicht fair und es tat auch überhaupt nicht Not, denn seine Gefühle für Haley waren intensiv. Aber er war sich nicht ganz sicher, wie sehr er diesen Gefühlen vertrauen konnte, weil sie unter Umständen jenseits der Norm gewachsen waren.

Er würde lügen, wenn er behauptete, nicht erleichtert darüber zu sein, dass Haley nicht schwanger werden konnte. Seine Frau und sein Kind auf einen Schlag zu verlieren, war nichts, was er jemals wieder riskieren wollte. Es war ihm egal, dass täglich tausende von Frauen die Geburten ihrer Babys heil überstanden. Er war sich ziemlich sicher, dass er verflucht war, und selbst der Gedanke an eine Schwangerschaft bereitete ihm Übelkeit. Und er machte sich gerade *völlig* vorschnell Sorgen. Sie waren noch nicht einmal auf ihrem ersten Date gewesen.

„Ich habe gehört, Cecil Wenck und seine Bodyguards sind vor dem Anschlag abgereist." Ihre Stimme war ruhig aber durchwoben von Zorn.

Er nickte. Er war wütend, aber er musste diese Emotionen loslassen, wenn er darauf hoffte, auch nur in der Nähe dieser Ermittlung zu bleiben. „Sein Anwalt spielt auf Zeit, was die Befragung durch das FBI angeht." Reichtum war scheinbar ein effektiver Schutzschild gegen Gesetzesvollstreckung. Die Frage war nur, warum spielte er auf Zeit?

„Hat Chris überlebt?"

Quentin lächelte. „Ja, hat er. Ebenso wie Tricia Rooks und Grant Gunn, der damit beschäftigt war, sich im Ort volllaufen zu lassen."

Haley lächelte ihn an und stieß seine Schulter an. „Das

freut mich."

„Mich auch." Auch wenn es eine erbärmlich kleine Anzahl Überlebender war.

Er schaute auf die Uhr und sah, dass er zu spät zur Besprechung kam. „Ich muss los und nachschauen, wie die Pläne vorangehen."

„Kann ich mitkommen?", fragte Haley.

Er starrte sie an und runzelte die Stirn. Streng genommen war nur Regierungspersonal erlaubt, aber es ging nicht um per se vertrauliche Informationen. Vielleicht erinnerte sie sich ja an irgendwas, was ihm entfallen war …

Quentin nahm ihre Hand, küsste ihre Fingerspitzen, dann ließ er sie wieder los. „Du kannst mitkommen, aber sie schmeißen dich womöglich raus, wenn die Dinge zu vertraulich werden, und dann darfst du nicht eingeschnappt sein. Wir beide werden da nur geduldet."

Sie wackelte mit den Augenbrauen und lächelte. „Da kann ich ein Lied von singen."

Wow, diese Worte waren ein Fausthieb in die Magengrube.

„Wohin gehen wir?" Sie schlüpfte in dieselben gestohlenen Stiefel, die sie schon seit dem Angriff auf das Hotel trug.

„Zum Geiselbefreiungsteam. Ein Paar Navy SEALS sind da, zusammen mit indonesischen Special Forces, die bei Sonnenaufgang einen Überraschungsangriff auf die Insel starten. Wir schicken gerade eine Drohne dorthin, um die Lage auszuspähen."

Haley nickte und machte die Schultern gerade, als ob sie sich für einen Kampf bereit machte. Zu dieser Insel zurückzukehren, würde nicht einfach werden, und dabei war mit ihnen noch relativ glimpflich umgesprungen worden.

Im Gegensatz zu Darby.

Die einzige Erklärung, die Quentin dafür einfiel, war es, dass die Terroristen nach ihrem albtraumhaften Anschlag auf das Hotel einfach zu müde gewesen waren, und Haley und er deutlich schlimmer gefoltert und geschlagen worden wären, wenn sie nicht so frühzeitig entkommen wären.

Das machte das Risiko, das sie eingegangen waren, wert, vor allem, weil sie Darby gefunden hatten. Aber was war mit den Alexanders? Ihr Schicksal quälte ihn.

Haley folgte ihm aus dem Zimmer und einen schmalen, eisernen Flur entlang. Quentin war nicht blind gegenüber der Aufmerksamkeit, die Haley unter der hauptsächlich männlichen Crew aufwirbelte. Das weiße T-Shirt, das sie trug, war dünn, und wenn man genau hinsah, konnte man erkennen, dass sie keinen BH trug.

Einen der Typen, der ein bisschen zu offensichtlich anzüglich grinste, starrte Quentin aus schmalen Augen an. Es war eine Sache, Schönheit zu bewundern, aber es war etwas ganz anderes, zu glotzen, bis man jemandem Unbehagen bereitete.

„Entspann dich." Haley fuhr mit ihrer Hand über seine Schulter und seinen Arm hinunter, eine besitzergreifende Geste, um ihn zu beruhigen, und er kam sich vor wie ein Narr. „Du brichst dir noch den eigenen Kiefer, so sehr, wie du die Zähne zusammenbeißt."

Er zwang sich, sich zu entspannen, und ließ ihr den Vortritt die metallenen Treppen hinauf. Die Tatsache, dass er die Augen nicht von ihrem Hintern abwenden konnte, hieß nur, dass er genauso primitiv war wie die anderen Männer hier.

Verdammt.

Sie war etwas Besonderes. Es war nicht einfach nur ihr Gesicht oder ihre Figur. Sie war mutig und intelligent und hatte sogar dann einen Sinn für Humor, wenn die Dinge ernsthaft schwierig wurden. Aber sie war vermutlich die heißeste Frau, mit der er jemals zusammen gewesen war, und das brachte einen Anfall von Schuldgefühlen mit sich. Abbie war schön und unbestreitbar süß auf die Art und Weise *Mädchen von nebenan* gewesen, wohingegen Haley eher in die Kategorie internationaler Glamour fiel.

Er schüttelte den Kopf. Es war, als ob er versuchen wollte, seltene Edelsteine miteinander zu vergleichen. Beide waren sie kostbar und einzigartig und wunderschön. Beide hatten einen Wert, der den der anderen in keiner Weise schmälerte. Er musste Haley von Abbie erzählen, aber die Schuldgefühle donnerten noch immer unbeirrt auf ihn ein. Er brauchte etwas Zeit, um sich über die Dinge klar zu werden, um zu versuchen, nicht nur die richtigen Worte zu finden, sondern auch in der richtigen Verfassung für so ein Gespräch zu sein.

Quentin führte Haley eine weitere Treppe hinauf, dann einen Korridor hinunter. Er klopfte an eine hölzerne Tür. Ein Matrose öffnete.

Als der Leutnant skeptisch die Stirn runzelte, erklärte Quentin, „Miss Cramer gehört zu mir."

Er bedeutete Haley, den Raum zu betreten, und nickte den Leuten im Zimmer zu. Zog ihr einen Stuhl hin, blieb selbst aber stehen. Kurt Montana, der taktische Kommandant der Geiselbefreiungseinheit, saß neben dem Kapitän des Schiffes, während der Rest der Geiselbefreiungseinheit und die Navy SEALS an den Wänden entlang standen und sie alle auf zwei riesige Monitore starrten. Sogar der Chef der privaten Truppe, die sie von der Insel gerettet hatte, saß mit am Tisch.

Wenn Haley von der geballten Ladung Testosteron, die durch den Raum waberte, eingeschüchtert war, ließ sie es sich zumindest nicht anmerken.

Eban Winters und Max Hawthorne kamen nach ihnen dazu – Quentin nahm an, das hieß, dass Darby noch immer schlief, denn er war in seinen Anweisungen sehr eindeutig gewesen. Die Anwesenheit der Verhandlungsführer würde die Leute hoffentlich daran erinnern, dass sie noch immer davon ausgingen, dass die Alexanders als Geiseln festgehalten wurden und wenn irgend möglich ein Rettungsversuch gestartet werden musste. Leider war der Zeitpunkt für Verhandlungen definitiv verstrichen. Die US-Regierung hatte nicht mehr länger die Geduld, mit diesen skrupellosen Mördern zu feilschen.

Jetzt, da alle anwesend waren, gab der Kapitän das Signal. Die Drohne schwebte hoch über der Insel, auf der sie mit beinah absoluter Sicherheit festgehalten worden waren. Es gab so viele Inseln in der Gegend, dass sie sich sicher sein mussten.

Der gesamte Raum verstummte, als der Drohnenpilot – der irgendwo anders auf dem Schiff saß – die Drohne sinken ließ. Sie war mit taktischer Weitwinkel- und Nachtsichtfunktion ausgestattet, die Bewegungen der Zielpersonen erkennen konnte.

Alle im Raum starrten konzentriert auf die Monitore, als die live-Übertragung startete. Die Drohne war leise wie ein Schatten, also war es unwahrscheinlich, dass sie über die nächtlichen Geräusche des Regenwalds gehört werden würde. Der Pilot zoomte die kleine Bucht heran, in der die Yacht vor Anker gelegen hatte. Das Boot war nicht mehr da.

Quentin konnte die Hütte erkennen, in der Darby festgehalten worden war.

„Das ist definitiv die richtige Insel", bestätigte er. Er würde diese Hütte höchstpersönlich abfackeln, sobald der Forensiker seine Arbeit dort erledigt hatte.

Quentins Augen wurden schmal. Er hatte dem Piloten den Weg beschrieben, den sie hinauf zum Dorf genommen hatten, aber der Pfad war auf den Satellitenbildern nicht zu erkennen gewesen. Er beugte sich näher zum Bildschirm, als die Wärmekamera den gelben Schein von Menschen auffing, aber irgendetwas an ihnen war seltsam. Sie schienen an Ort und Stelle eingefroren zu sein. „Stimmt irgendwas mit der Kamera nicht?"

Kurt Montana schüttelte den Kopf. „Ich denke nicht."

„Warum bewegt sich keiner?" Haley sprach aus, was sie alle dachten.

„Entweder sie schlafen, oder sie sind tot", erwiderte Montana grimmig.

Niemand sagte ein Wort, während der Pilot die Drohne weiter bis zum Hauptlager flog. Auch dort waren Menschen auf der Wärmebildkamera zu erkennen, aber auch ihr Schein sah kühler aus als erwartet und sie lagen willkürlich herum, alle vollkommen regungslos.

Quentin ballte die Fäuste.

Der Pilot ließ die Drohne niedriger fliegen. Ein paar Hunde kamen wie aus dem Nichts angetrottet und blickten hinauf in den Himmel. Keiner der Menschen rührte sich.

„Was haben Sie vor?", fragte Quentin Montana. Das FBI hatte offiziell die Verantwortung über diese Operation und Montana hatte das Sagen, was die taktischen Aspekte anging. Der Navy mochte das nicht gefallen, aber sie wussten die Befehlskette zu respektieren.

Montana sah nicht gerade glücklich aus, aber das war

mehr oder weniger der übliche Ausdruck des Kerls.

„Wir müssen den Ort auf Biogefahren hin kontrollieren, bevor wir vorrücken, und herausfinden, ob diese Leute nur schlafen oder ob sie tot sind. Wenn sie tot sind, was hat sie umgebracht? Wir schicken ein kleines Team mit Schutzanzügen los und warten ab, was sie herausfinden. Wir beobachten die Gegend weiterhin per Drohne, während das Team von Norden vordringt.“

Wie Quentin schon erwartet hatte, gab es auf der Insel einen weiteren kleinen Hafen mit weiteren Booten und einem Helikopterlandeplatz. Die meisten der Boote waren noch immer am Kai festgemacht.

Quentin nickte. Niemand wollte das Team potenziellen Biogefahren aussetzen, aber sie mussten wissen, womit sie es zu tun hatten.

„Ich verstehe das nicht.“ Haleys Augen waren riesig.

„Ich auch nicht. Lass uns in der Kantine etwas essen und auf die Rückmeldung des Teams warten.“

Haley schob ihren Stuhl zurück und Quentin griff nach ihrem Ellenbogen, wünschte, er könnte sie vor dem beschützen, was vermutlich eine sehr hässliche Wahrheit war. Jemand hatte jeden Mann, jede Frau und jedes Kind auf der Insel umgebracht. Die Frage war nur, wer?

Eban und Hawthorne kamen hinter ihnen aus dem Raum. „Was sollen wir jetzt tun, Boss?“, fragte Eban.

„Stellt sicher, dass Darby okay ist. Ich will so viele Informationen von ihr über ihre Kidnapper, wie sie erträgt, uns mitzuteilen. Hawthorne.“ Quentins Augen wurden schmal, und er musterte den ehemaligen Briten eindringlich. „Finde heraus, was diese Typen auf der Insel vorfinden, sobald sie es gefunden haben.“ Er deutete auf das Zimmer, das sie gerade verlassen hatten. „Ich will nichts in der Kommunikation verpassen."

Die beiden Männer nickten und gingen in unterschiedliche Richtungen davon.

Quentin führte Haley hinunter in die Kantine, wo sie etwas zu essen holten und wortlos aßen. Haley gähnte und sah auf einmal furchtbar müde aus. Er fühlte sich genauso. Er hatte den Großteil der letzten Nacht damit verbracht, Wache zu schieben.

„Lass uns ein paar Stunden schlafen. Das Team wird sowieso Zeit brauchen, um sich bereitzumachen und auf die Insel zu kommen."

An der Tür zu Haleys Zimmer sagte er gute Nacht und wandte sich um, um zu gehen, auch wenn es sich seltsam anfühlte, nicht bei ihr zu bleiben.

„Bitte lass mich nicht allein", bat sie leise.

Quentin blickte sie an. „Bist du sicher?"

Ihr sanftes Lächeln war die einzige Antwort, die er brauchte.

KAPITEL ACHTUNDZWANZIG

H ALEY STARRTE DURCH das Bullauge ihrer Kabine auf den Mond. Quentin hatte sich vor einer halben Stunde leise aus dem Zimmer geschlichen, war davon ausgegangen, sie würde schlafen. Aber sie hatte nur so getan. Bevor sie eingeschlafen waren, hatte sie ihm versprechen müssen, niemandem zu verraten, nicht einmal Alex, dass alle Terroristen scheinbar tot oder unter Drogen gesetzt worden waren. Dieses Versprechen nagte an ihr. Hatte Quentin denn noch immer nicht begriffen, dass Alex einer der Guten war? Ohne ihn würden sie noch immer auf der Insel festsitzen und gegen Verbrecher kämpfen. Traute Quentin ihrem Urteil nicht?

Es fing schon an – diese heiklen Kompromisse zwischen dem „Mann in ihrem Leben" und ihren Freunden und Geschäftspartnern, die ihr alles bedeuteten. Außerdem wollte sie den Zugriff auf der Insel beobachten, aber Quentin war sich nicht sicher gewesen, ob sie dafür Zutritt in den Kommandoraum bekam, und hatte gesagt, dass er ihr Bescheid geben würde, wenn sie dazukommen durfte.

Sie war nicht daran gewöhnt, um Erlaubnis zu fragen oder Befehle zu befolgen.

Irritiert griff sie nach dem Tablet, das einer der Krankenpfleger ihr geliehen hatte, und rief Alex per Videoanruf an. „Hey", sagte sie heiter, als er antwortete. „Störe ich gerade?"

Alex' Lippen verzogen sich in ein geduldiges Lächeln. Er saß auf dem Balkon seines noblen Apartments in D.C. und hielt die kleine Georgina auf dem Arm. „Gar nicht. Wir beide geben Mallory ein bisschen Zeit zum Schlafen. Scheint so, als ob hier jemand ganz nach ihrem Vater kommt und eine richtige Nachteule ist."

„Sie ist bezaubernd."

Alex grinste. „Ich weiß. Wir werden in den nächsten Tagen mit diesem Wonneproppen in das Haus nach Quantico ziehen. Komm vorbei und bleib ein paar Tage bei uns, wenn du wieder hier bist."

„Ich werde euch nur im Weg sein."

„Du gehörst zur Familie. Du sollst im Weg sein."

Ihr Lachen schwankte etwas. „Okay, das würde mir ehrlich gesagt gefallen."

„Hältst du weiterhin die Ohren steif?"

Haley spürte, wie ihr Lächeln erlosch. „Du weißt schon." Sie zuckte mit den Schultern.

Seine Augen wurden schmal. „Also. Du und der Agent, hm?"

Sie starrte ihn erstaunt an. „Woher weißt du das?"

„Ich würde ja gerne behaupten, dass es meine angeborene Intuition oder irgendein ausgeklügeltes Abhörgerät war, von dem du nichts weißt, aber ehrlich gesagt hat Mallory es von Lincoln Frazer gehört. Und der hat es von Steve McKenzie, der es wiederum vom Chef seiner Einheit im SIOC hat. Der Leiter der Sondereinheit für die Ermittlung zum Anschlag wollte, dass Savage komplett von dem Fall abgezogen wird und augenblicklich nach Hause fliegt, damit er nicht mehr in *deiner* Nähe ist, weil *du* möglicherweise etwas mit dem

Terroranschlag zu tun hast."

„Was zur Hölle? *Ich*?" Ihre Stimme klang schrill vor Empörung.

„Es war eine Theorie, die sie getestet haben, nachdem die Sondereinheit herausgefunden hatte, dass Savage eine Hintergrundüberprüfung für dich angeordnet hatte, ein paar Stunden, bevor das Hotel angegriffen wurde."

„Was?"

„Das hätte ich auch gemacht, wenn ich mit irgendeiner fremden Frau aus dem Hotel im Bett landen wollte."

Haley wusste, dass ihr der Mund offenstand.

„McKenzie hat seinen Einfluss beim Direktor genutzt und es fertiggebracht, ein bisschen gesunden Menschenverstand in die Sache mit einfließen zu lassen. Du hattest kein Motiv, um hunderte von unschuldigen Menschen umzubringen und dich selbst entführen zu lassen."

Ihre „Beziehung" hatte Quentin schon jetzt Ärger bereitet, aber er hatte es vor ihr nicht erwähnt. Hatte ihr in keiner Weise die Schuld dafür gegeben. „Als Quentin mir gesagt hat, ich solle dich nicht kontaktieren und bestimmte Informationen verraten …"

„Er versucht, seinen Job zu behalten und die Regeln zu befolgen. Die vom FBI lieben ihre Regeln. Willst du wissen, woher ich das weiß?" Er zog eine Grimasse. „Quentin hat mit seinem Ruf für deine Integrität gebürgt. Erzähl mir nichts, was du mir nicht erzählen sollst – es sei denn du willst, dass er gefeuert wird."

„Warum sollte ich *wollen*, dass er gefeuert wird?"

„Damit er sauer auf dich ist, ihr euch streitet, und du eine Ausrede dafür hast, ihn sitzenzulassen."

„Alex! Was zur Hölle?"

„Haley", sagte Alex entnervt und küsste beruhigend den Kopf des Babys. „Ich kenne dich schon sehr lange. Das machst du immer, vor allem, wenn du jemanden magst. Irgendwelche wertlosen Idioten duldest du zweimal so lange, wie du mit einem anständigen Mann zusammen bist."

„Anständige Männer sind meistens unfassbar langweilig oder aufgeblasene Arschlöcher."

„Quentin auch?"

Sie starrte Alex auf dem Bildschirm lange an, und keiner von ihnen sagte ein Wort.

Haley wurde klar, dass sie bereits damit angefangen hatte, Mauern hochzuziehen, damit sie es rechtfertigen konnte, sich zurückzuziehen, wenn es zu Uneinigkeiten kam. Deshalb hatte sie Alex angerufen. Weil Quentin sie darum gebeten hatte, es nicht zu tun, und sie nicht gerne tat, was man ihr sagte. Das stank nach Kontrolle, so wie ihr Vater sie hatte kontrollieren wollen.

Aber Quentin machte einfach nur seinen Job, und sie führte sich auf wie eine verzogene Göre.

Verdammt. Sie hasste es, durchschaubar zu sein, hasste es, diesen Kreislauf fortzuführen, in dem sie feststeckte. Kein Wunder, dass sie nie irgendwelche nennenswerten Beziehungen hatte.

„Also." Anstatt zuzugeben, dass Alex recht hatte, wechselte sie das Thema. „Ich habe eigentlich angerufen, um dir mehr von meiner Begegnung mit Cecil Wenck am Abend des Anschlags zu erzählen."

Nachdem sie jede Einzelheit der Begegnung berichtet hatte, war Alex ganz still. Zu still.

„Ich habe es auf meinem Handy aufgenommen, aber das ist gerade ein Beweismittel des FBI." Alex sah aus, als ob er etwas zerschlagen wollte. „Du darfst ihm nicht wehtun – jedenfalls nicht körperlich. Du darfst nicht einmal sein Computersystem mit irgendeinem Virus infizieren, weil wir die Ersten wären, die unter Verdacht geraten.“

„Niemand könnte es zu mir zurückverfolgen“, versicherte Alex ihr.

„Aber das FBI würde es vermuten und vielleicht aufhören, mit uns zusammenzuarbeiten. Womöglich würden sie nicht mehr zulassen, dass du mit Mallory arbeitest.“

Alex starrte in die Kamera. „Ich kann nicht glauben, wie ruhig du bist. Ich würde diesen Kerl am liebsten in der Luft zerreißen.“

Haley war auch nicht gerade der passive Typ, es sei denn, passiv sein bedeutete, zu überleben. „Glaub mir, ich will auch, dass er bekommt, was er verdient hat, aber erst muss ich mich um wichtigere Dinge kümmern. Hast du herausgefunden, warum Wenck so früh abgereist ist? Hat ihn irgendjemand gewarnt?“ Sie durfte vielleicht nicht in Details der Ermittlungen eingeweiht werden, aber Alex war schließlich *ihr* Geschäftspartner.

„Er hat einen Anruf auf seinem Handy bekommen, gegen elf Uhr abends. Ist sofort zu seinem Privatjet auf dem Rollfeld gefahren.“

„Er muss gewarnt worden sein. Wer auch immer uns angegriffen hat, wollte nicht, dass er umkommt.“

„Ich habe jemanden die Finanzen des Kerls überprüfen lassen, und er hat jede Menge Geld an viele unterschiedliche Politiker gespendet, auf kommunaler und nationaler Ebene, überall dort, wo er Minen besitzt, was mehr oder weniger überall ist. Er hat sozusagen ein eingebautes Sicherheitsnetzwerk.“

„Ich hasse es, wie korrupt diese Welt ist."

„Wir werden mit diesem Mistkerl oder seiner Firma niemals Geschäfte machen", erklärte ihr Alex.

„Sehe ich auch so. Kannst du anfangen, ein bisschen für mich herumzuschnüffeln? Herausfinden, ob es irgendwelche Gerüchte über sexuelle Übergriffe gibt oder Hinweise auf Affären in seiner Vergangenheit? Einige der Frauen haben womöglich Schweigegeld erhalten oder wurden so sehr eingeschüchtert, dass sie nichts gesagt haben."

„Das kann ich gerne tun." Alex nickte, aber seine Augen blickten eisig.

„Das FBI hat nicht besonders viel Erfolg dabei, ein Gespräch mit ihm anzusetzen. Ich wette, ich könnte es schaffen, ihn zu sprechen."

„Ich will dich nicht in der Nähe dieses …", er warf einen Blick auf die schlafende Georgina, bevor seine Lippen einen bösen Fluch in die Kamera formten, „… haben."

Haley grinste grimmig. „Ich werde mich von Wenck nicht einschüchtern lassen, Alex. Es würde ihn auf jeden Fall aus dem Konzept bringen. Und ich glaube, er wird mich sehen wollen, um herauszufinden, was während und nach dem Anschlag passiert ist. Oder um herauszufinden, ob wir glauben, er wäre involviert."

Alex Kiefer spannte sich an. „Nimm den Agenten mit, ansonsten muss ich dem Kerl wehtun."

„Ist notiert." Dann fiel Haley noch etwas ein. „Eine Sache, die ich noch vergessen hatte. Die Kidnapper haben mir die Uhr meiner Großmutter und ein paar Diamantohrringe abgenommen."

„Du hast diese Uhr geliebt."

„Sie haben angedroht, mir die Nase abzuschneiden, und

an der hänge ich noch mehr." Alex zuckte zusammen, und sie wünschte, sie hätte nichts gesagt. „Ich dachte nur, dass sie mit ziemlicher Sicherheit irgendwann auf irgendeiner Auktion auftauchen wird. Ich habe darauf geachtet, ihnen eindeutig klarzumachen, wie wertvoll die Uhr ist. Die Versicherungsunterlagen mit Fotos der Uhr liegen in meinem Safe." Auf den Alex in ihrem Haus in Georgetown Zugang hatte. „Das ist etwas, was du sicher schneller als das FBI rausfinden kannst, vor allem, wenn die gerade mit anderen Dingen beschäftigt sind."

Alex nickte. „Ich werde ein paar Webcrawler und Trigger in den Suchparametern einrichten." Georgina begann, herumzunörgeln. „Essenszeit."

Alex blickte mit solch grenzenloser Liebe auf das Baby hinunter, dass Haley einen stechenden Schmerz wegen etwas empfand, was sie nie haben konnte. „Ich rufe dich morgen wieder an. Sag Mallory liebe Grüße."

Haley legte auf und saß für ein paar Minuten still da, dachte über das nach, was Alex gesagt hatte. Hatte er recht? Bei dem Gedanken, dass sie all die Jahre immer nur davongelaufen war, während sie entschlossene Unabhängigkeit vorgetäuscht hatte, fragte sie sich, worüber sie sich noch selbst belogen hatte.

Sie entschied, bei Darby vorbeizuschauen. Es war noch früh, aber sie konnte nicht schlafen, und würde sich nicht wundern, wenn Darby ebenfalls wach lag.

Haley schwang die Beine aus dem Bett und steckte die Füße wieder in die Schuhe des toten Mannes. Die Wahrheit war, dass sie diese klobigen schwarzen Militärstiefel ins Herz geschlossen hatte. Sie würde sie als ein Souvenir behalten, als Erinnerung an alles, was sie durchgemacht hatte, genauso wie ihre graue Wolldecke.

Leise zog sie die Tür hinter sich zu. Trotz der hunderten von Menschen an Bord des Schiffes war dieser Teil verlassen und still. Sie ging den Flur hinunter zu Darbys Zimmer und klopfte an.

Die Tür wurde von einem von Quentins Kollegen geöffnet, Eban Winters, der einen ähnlichen Teint hatte wie sein Boss, aber kleiner und muskulöser war. Und beinah so attraktiv.

„Sie schläft." Er sah nicht besonders erfreut aus, sie zu sehen.

„Wer ist da?" Darbys schwache Stimme hallte durch die Stille.

Eban verdrehte die Augen und zog die Tür weiter auf.

Haley schlüpfte hinein. „Ich bin's nur. Ich konnte nicht schlafen, also dachte ich, ich statte dir einen Besuch ab. Wenn du schlafen willst, gehe ich wieder."

„Nein, bitte bleib." Inmitten der weißen Laken und Kissen des Krankenhausbettes sah Darby winzig aus. Ihr Gesicht war blass, ihre wilden Haare in einen festen, schlichten Zopf geflochten, ihre grünen Augen noch immer voller Unruhe. Sie streckte ihre Hand aus, und Haley ging hinüber, nahm Darbys Hand in ihre und setzte sich auf die Bettkante.

Wie lange würde es dauern, bis Darby diese Furcht nicht mehr spürte?

Wie lange würde es dauern, bis Haley sie nicht mehr spürte?

„Wo ist Quentin?", fragte Darby.

Auf einem Stuhl neben dem Bett lag ein Notizblock, und Haley konnte sehen, dass Darby über ihre Tortur geschrieben hatte.

Haley warf Eban einen Blick zu. Kein Wunder, dass er angespannt und überbeschützend aussah. Sie verstand ihn besser als er sich selbst. Der Wunsch, diese verletzliche Frau zu beschützen, hatte sich tief in ihre Seelen gegraben.

„Er ist bei einer Besprechung, bei der Eban vermutlich auch dabei sein sollte."

„Ich will Darby nicht allein lassen ..."

Interessant, dass er bereits jetzt Anspruch auf sie erhoben hatte.

„Ich bleibe bei ihr." Haley streifte die Stiefel von ihren Füßen und legte sich neben die andere Frau. Darby rutschte einfach ein paar Zentimeter zur Seite, ohne ein Wort zu sagen. Die Zeit, die sie miteinander verbracht hatten, hatte sie enger aneinander geschweißt als Geschwister.

Eban zögerte, bevor er den Notizblock vom Stuhl nahm. Dann griff er in seine Tasche und legte ein Handy auf den Stuhl. „Das ist mein privates Handy. Meine Dienstnummer ist in den Kontakten eingespeichert." Er ratterte die PIN hinunter. „Ruf mich an, wenn Haley los muss oder wenn du Hunger bekommst oder wenn du dich an irgendwas erinnerst, von dem du glaubst, es könnte wichtig sein."

Das erinnerte Haley an etwas. „Wurde mein Handy auf Nabat gefunden?"

Eban nickte.

„Irgendeine Chance, dass ich es zurückbekommen kann?"

„Es ist in einem Beweislabor in Quantico. Sie können einen Antrag auf Aushändigung stellen."

Haley zog eine Grimasse. Sie brauchte dieses Handy, denn darauf befand sich die Aufnahme von Wencks Angriff auf sie. „Das werde ich tun." Sie würde Alex bitten, sich um den Antrag zu kümmern und ihr in der Zwischenzeit ein neues

Handy zu besorgen. Sie bezweifelte, dass sie noch länger auf diesem Schiff bleiben würden. Aber sie wollte auch in Quentins Nähe bleiben, was sie irritierte. Normalerweise klammerte sie nicht.

Eban wollte gehen.

„Sagen Sie uns Bescheid …", fragte Haley. „Wenn Sie irgendwas herausfinden?"

Er presste die Lippen zu einer schmalen Linie zusammen und nickte. Dann ging er.

Haley machte die Nachttischlampe aus, und sie und Darby lagen in der Dunkelheit, ihre Schultern berührten sich sanft, beide waren sie für die andere eine beruhigende Gegenwart an einem unbekannten Ort. Schließlich wurde Darbys Atem gleichmäßiger, und Haley lag da und betrachtete die Reflexionen des Wassers an der Decke, wusste, dass sich in diesem Augenblick Soldaten der Special Forces der Insel näherten, und dass Quentin in diesem Kommandoraum war und beobachtete, wie sich das Drama entwickelte. Noch immer versuchte, sie vor einer unsichtbaren Gefahr zu beschützen. Noch immer versuchte er, für ihre Sicherheit zu sorgen.

Die Rüstung um ihr Herz begann, aufzubrechen, wurde immer wieder von dem Degen getroffen, der Quentin Savage war. Sie wusste, dass sie nicht gut genug für ihn war und war sich nicht sicher, wie sie mit den Konsequenzen umgehen sollte, wenn er es schließlich auch begriff.

———

ALS ES ENDLICH dämmerte, stand Quentin bereits am Rand des Dorfes, in dem Haley und er vor wenigen Tagen als Geiseln gefangen gehalten worden waren. Er trug einen Ganzkörperanzug mit einer Atemmaske von Militärqualität vor Mund und Nase. Nicht, weil die Leute hier aufgrund irgendeines unbekannten Erregers gestorben waren – ihr Tod war durch sehr offensichtliche Schusswunden eingetreten. Aber leider stellten diese Opfer mittlerweile eine Gefahr für die Gesundheit dar, da ihre rasend schnell verwesenden Körper Krankheiten verbreiten konnten.

Forensikteams der amerikanischen und indonesischen Streitkräfte waren auf dem Weg aus Jakarta. Ballistikexperten wurden aus den USA und den Philippinen eingeflogen, also würde es keinen Zweifel an der Richtigkeit der Ergebnisse geben. Die USA mussten absolute Transparenz sicherstellen, denn es wäre einfach für jemanden, mit dem Finger auf sie zu zeigen und zu behaupten, sie hätten dieses Massaker als Rache für den Anschlag auf das Hotel ausgeführt.

Es konnte eine der privaten Militärfirmen gewesen sein, die während des Hotelmassakers ihre Leute verloren hatten. Auch wenn Quentin diesen Antrieb verstand, rechtfertigte ein Gemetzel kein anderes. Wer auch immer die Täter waren, das FBI würde sein Äußerstes tun, um sie zur Rechenschaft zu bringen.

„Sind Sie sicher, dass diese Leute gelebt haben, als Sie hier weg sind?", fragte Kurt Montana.

Als Ex-Soldat mit einem Händchen für taktische Operationen sah Montana Verhandlungen als ein notwendiges Übel an, das aus einer Flut von Klagen entstanden war, weil in der Vergangenheit zu viele Dinge schiefgelaufen waren.

„Die meisten haben gelebt, als ich weg bin." Quentin hatte bereits seine Aussage über die Männer gemacht, die er während ihrer Flucht umgebracht hatte. „Ich hätte niemals im

Nachhinein diesen Massenmord begangen." Quentins Stimme bebte. Herauszufinden, wer hinter der Hotelattacke und seiner eigenen Entführung steckte, war auf einmal viel schwieriger geworden. Denn die meisten der Beteiligten waren tot.

Er versuchte, das Gemetzel emotionslos zu betrachten. Diesen Leuten war bewusst gewesen, für welches Leben sie sich entschieden hatten. Quentin blickte sich um, wusste aufgrund der Bilder der Wärmekamera, dass das, was ihn erwartete, viel schlimmer sein würde als die vereinzelten Milizen, die sie im Camp am Strand passiert hatten.

„Das ist die Hütte, in der wir festgehalten wurden." Er zeigte sie dem Kameramann und steckte seinen Kopf hinein. Die Hütte war leer, bis auf die schmale Pritsche, die er für eine kurze Weile mit Haley geteilt hatte. Die tote Wache vor der Tür war verschwunden, war vermutlich beerdigt worden.

Quentin ging durch das Dorf an den anderen Hütten vorbei. Sie duckten sich in jede Tür, was die Erkundung zu einem langwierigen und deprimierenden Treck machte. Alle Toten mussten katalogisiert und fotografiert werden, ihre Fingerabdrücke und ihre DNA mussten für die Analyse genommen werden, aber Quentin wartete nicht, bis die Technik die Leichen abgefertigt hatte. Er suchte nach drei Personen. Dem Anführer dieser mörderischen Truppe – dem Mann namens Darmawan Hurek, den Quentin von alten Fotos identifiziert hatte – und den Alexanders.

Jemand hatte die Yacht mitgenommen.

Das konnte derjenige gewesen sein, der das Dorf angegriffen hatte, aber warum würden sie sich so einfach zu erkennen geben, indem sie mit einer gestohlenen Yacht herumfuhren, die mit diesem Verbrechen in Verbindung stand?

Quentin hegte noch immer die Hoffnung, dass die Alexanders es irgendwie geschafft hatten, während des Angriffs auf das Dorf zu entkommen.

Neben dem Brunnen hielt er inne. Eine Gruppe von Menschen war dort zusammengetrieben und niedergeschossen worden. Er bemerkte ein farbenfrohes Kleid und erkannte die junge Witwe wieder, Lyrita, die eines ihrer Kinder an die Brust presste. Sie war selbst kaum mehr als ein Kind.

Galle stieg ihm auf, als er die Kinder sah. Unschuldige. Wer auch immer das hier getan hatte, verdiente alles, was die indonesische und die amerikanische Regierung gegen sie auffuhren. Schweiß rann ihm von der Stirn in die Augen, obwohl die Sonne gerade erst über dem Horizont aufgetaucht war.

„Alles okay?", fragte Montana.

„Bestens." Quentin ging weiter.

Die Männer, die sie gestern auf Darbys Vulkaninsel überrascht hatten, waren Teil dieser Terrorgruppe gewesen. Waren sie hier verschwunden, bevor das Erschießungskommando aufgetaucht war? Oder waren sie die Verantwortlichen? Die Tatsache, dass die Dorfbewohner nicht in den Dschungel geflohen waren, legte nahe, dass sie den Schützen genug vertraut hatten, um sie einfach durchs Dorf spazieren zu lassen.

Quentin wusste es nicht. Vielleicht hatten ein paar Leute entkommen können und versteckten sich im Dschungel, aber die Drohne hatte keine weiteren menschlichen Wärmequellen auf der Insel ausfindig machen können.

Er stieg die Stufen zum alten Plantagenhaus hinauf. Das Gebäude war verfallen, Wasserflecken an der Decke verrieten ihm, dass das Dach undicht war und die mottenzerfressenen Möbel sahen aus, als ob sie schon seit der Glanzzeit des Gewürzhandels hier stehen würden. Aber es war keine totale Absteige.

Mehrere Leichen lagen auf dem Grundstück verteilt. Im Schlafzimmer lag eine nackte Frau, aber es sah nicht so aus als ob sie sexuell misshandelt worden wäre. Niedergeschossen, aber nicht vergewaltigt – die Mörder waren schnell und systematisch vorgegangen. Neben dem Schrank stand ein halbvoller Koffer. In ein paar Schubladen und an Kleiderbügeln befand sich Männerkleidung. Quentin war sich fast absolut sicher, dass Hurek hier wohnte. War das seine Frau oder seine Liebhaberin, die da lag?

„Erinnert die Forensikteams daran, auch die DNA von den Bettlaken einzusammeln.“

Montana hob sein Funkgerät und übermittelte die Nachricht.

Keine Spur von der Leiche des Kommandanten oder seinem ausziehbaren Schlagstock, den Quentin Hurek am liebsten ins Gesicht rammen wollte.

Quentin verließ das Haus und stieg die Stufen der Veranda hinunter. Er ging weiter den Pfad entlang. Fliegen surrten in der Luft. Überall auf dem Boden und im Gestrüpp lagen Patronenhülsen aus Messing. Zu seiner Rechten befand sich eine Hütte mit einem großen metallenen Vorhängeschloss an der Tür.

„Bolzenschneider“, blaffte Quentin.

Ein Agent der Geiselbefreiungseinheit zog einen Bolzenschneider aus einer schweren Werkzeugtasche, die er mit sich herumschleppte. Quentin ließ ihn das dicke Eisenschloss knacken und in eine Beweistüte packen, bevor er die Tür aufriss. Gestank schlug Quentin entgegen, als er die Hütte betrat. Blut, Schweiß, Exkremente. Die überwältigende Schärfe raubte ihm den Atem und ließ seine Augen tränen – das, und die Szene, die sich ihm bot.

Ein großer, blonder Mann lag ausgestreckt über der sehr viel zierlicheren Figur einer älteren Frau. Beide waren sie abgemagert, mit langen Haaren, zerfranst und grau.

In Erik Alexanders Rücken waren sieben Schusswunden zu erkennen. Er war gestorben, während er versucht hatte, seine Frau zu beschützen.

Quentin schloss die Augen. Er hatte diese Leute im Stich gelassen, immer wieder. Das erste Mal, als er darin versagt hatte, ihre Freiheit zu verhandeln. Dann, weil er sie nicht gerettet hatte, als er und Haley entkommen waren. Er trat vor die Hütte und ließ die anderen Teammitglieder ihren Job machen. Im Gegensatz zu ihm waren sie gut darin.

„Hey!", brüllte Kurt Montana. „Jemand soll die Sanitäter rufen!"

Quentin schoss zurück in die Hütte. Sie hatten Erik Alexander vorsichtig von seiner Frau Alice gerollt und auf den Boden gelegt. Sie war blutüberströmt, aber Eriks Opfer hatte sich gelohnt. Auch wenn er einen Augenblick brauchte, entdeckte Quentin schließlich das schwache Heben und Senken ihres Brustkorbs.

„Heilige Scheiße. Sie lebt."

KAPITEL NEUNUNDZWANZIG

EBAN STARRTE AUS dem Bullauge in Darby O'Roarkes Zimmer. Es juckte ihm in den Fingern, wieder an die Arbeit zurückzukehren und zu helfen, herauszufinden, was zur Hölle los war, aber er wollte Darby nicht allein lassen. Haley Cramer bekam vom Kapitän gerade eine persönliche Tour durch das Schiff. Eban hatte das Gefühl, dass das seinem Boss gar nicht gefallen würde.

Oder vielleicht war es ihm auch egal.

Vielleicht hatten sie eine dieser Beziehungen, die urplötzlich aus emotionaler Intensität und Nähe erstanden waren, und die schnell wieder verglühen würde. Eban konnte dem Kerl keinen Vorwurf machen. Die Frau war ein feuchter Traum auf zwei Beinen. Eban sah es nicht so, denn bedauerlicherweise für ihn hatte er schon immer eine Schwäche für Rothaarige gehabt.

Die Tür zum Zimmer stand offen, damit Darby sich entspannter fühlte und ein bisschen frische Luft in die kleine Kabine kommen konnte. Denn sie befanden sich auf einem Metallschiff in der Nähe des Äquators, und obwohl die Klimaanlage ihr Bestes tat, war es verdammt heiß.

„Was ist es, was du mir nicht erzählst?", fragte Darby plötzlich und runzelte die Stirn.

„Wie meinst du das?"

Sie verdrehte die Augen. Laut ihrer Krankenakte war sie

vierundzwanzig Jahre alt und machte seit letztem Dezember ihren Doktor am Geophysischen Institut der University of Alaska in Fairbanks. Dass sie intelligent war, war klar, aber was aus einer Papierakte nicht hervorging, war der Funken von Trotz, der in ihren klaren, grünen Augen aufblitzte, wenn sie es schaffte, für einen kurzen Augenblick zu vergessen, was ihr zugestoßen war. Oder wie diese dunklen Schatten ihre Krallen ausstreckten und ihm das Herz herausrissen, wann immer sie sich erinnerte.

„Und wo fahren wir hin?", fragte sie.

Die Maschinen des Schiffes waren vor einer halben Stunde angesprungen.

„Ich weiß es nicht." *Aber er hatte eine sehr gute Vorstellung.*

Darby schnaubte auf und trat das Laken zurück, das ihre nackten Beine bedeckte.

Eban schaute zu ihr und erhaschte einen Blick auf einige der bunten Blutergüsse und Wunden, die ihre Beine bedeckten. Einer der Blutergüsse auf ihrer blassen Haut sah aus wie ein Handabdruck.

„Lass das", blaffte Darby. „Ich brauche dein Mitleid nicht."

Was er fühlte, war kein Mitleid. Es war ein alles vernichtender Zorn, aber er bezweifelte, dass seine männliche Rage ihr irgendwie helfen würde. „Es tut mir sehr leid, was dir zugestoßen ist, Darby."

Sie wandte den Blick ab und wechselte das Thema. Ihm war aufgefallen, dass sie sich manchmal dem, was ihr zugestoßen war, offen entgegenstellte. Dann wieder schien sie sich überhaupt nicht damit auseinandersetzten zu können. „Ich brauche etwas zum Anziehen."

Er verschränkte die Arme vor der Brust. „Wo willst du

denn hin?"

Sie warf ihm einen perplexen Blick zu. „Spazieren?"

„Die Ärzte wollen, dass du dich ausruhst."

„Ich bin fertig mit ausruhen."

„Ich –"

Sie hielt ihre Hand hoch. „Wenn du mir nicht helfen willst, dann kannst du gehen."

Kleine Miss Angepisst. Er ging zu einem Hängeschrank, öffnete ihn und zog eine Segeltuchtasche mit Klamotten heraus. Er warf sie auf das Bett und Darby grinste ihn an und verdammt aber auch, wenn er sich nicht wie ein verfluchter Held fühlte. Anscheinend war sein Ego tatsächlich so fragil.

Er trat vor die Tür, während sie sich anzog. Als sie aus dem Zimmer kam, trug sie grüne Leinenshorts und ein gelbes T-Shirt mit dem Logo irgendeiner geologischen Konferenz darauf. Sie hatte Trekkingsandalen an den Füßen und eine Baseballkappe mit dem Abzeichen der University of Alaska darauf über ihre wilden Haare gezogen, die sie in einen Pferdeschwanz zusammengebunden hatte. Wenn man sie so ansah und nicht auf die Blutergüsse achtete, hätte man nie vermutet, dass sie vor ein paar Tagen brutal vergewaltigt worden war.

Ihre Augen wichen seinem Blick aus, und sie schien zu wissen, was er dachte. Er stieß sich von der Wand ab.

„Wo willst du hin?" Er klang mürrisch.

„An Deck. Ich brauche frische Luft." Sie blickte sich unsicher um. „Ich erinnere mich nicht, wo ich hin muss."

„Hier entlang. Komm." Eban führte sie durch schmale Gänge und mehrere Treppenhäuser hinauf bis auf das Hauptdeck. Immer wieder passierten sie Seemänner, und er konnte spüren, wie Darby jedes Mal zusammenzuckte, wenn sie die Aufmerksamkeit der Männer auf sich spürte.

Oben an Deck marschierte sie augenblicklich an die Reling und krallte ihre Finger um die Metallstange. Sie schloss die Augen und hob ihr Gesicht zum Himmel, genoss offensichtlich die kühle Brise, wenn ihre geröteten Wangen ein Anhaltspunkt waren.

Eban konnte die Augen nicht von ihren leicht geöffneten Lippen und der zierlichen Form ihres Halses abwenden, bis sein Blick auf den ersten Bluterguss fiel, und er sich angeekelt vor sich selbst abwandte. Sie war misshandelt worden, und er dachte darüber nach, wie hübsch sie war? Was für ein Arschloch machte denn sowas?

Eine Gruppe von Seeleuten kam an Deck. Sie lachten und unterhielten sich. Darby riss die Augen auf und stellte sich so, dass sich Eban zwischen ihr und der Gruppe befand.

Sobald sie Darby erblickten, wurden die Seemänner ernst, und ihr Ausdruck verwandelte sich in Mitleid, dann schlurften sie davon.

Darby drehte ihnen den Rücken zu und starrte auf die niedrig stehende Sonne im Osten. „Glaubst du, dass das immer so bleibt?", fragte sie leise. „Dass ich mich verhalte wie ein verängstigtes Kaninchen, und mich alle Männer nur mit Mitleid betrachten werden?"

„Natürlich nicht." Hoffte er zumindest.

Ihre grünen Augen blickten ihn eindringlich an. „Wird jeder Mann, mit dem ich schlafe, mich anders behandeln wegen dem, was die mir angetan haben?"

Das war nichts, worüber er mit ihr diskutieren wollte. Er war kein Psychologe. Aber sie dazu zu bringen, zu reden, alle Verbitterung aus ihr herauszuziehen, damit sie zu heilen anfangen konnte …

„Die meisten vernünftigen Männer werden aufpassen wollen, dich nicht aufzuregen oder dir Angst einzujagen, wenn sie so viel Glück haben sollten, sich in dieser Lage wiederzufinden." Er wollte nicht einmal an all die Clowns denken, die es für sie vermasseln konnten. „Das Beste wird sein, abzuwarten, bis du vollkommen geheilt bist, bevor du mit jemandem intim wirst. Wenn die Kerle es wert sind, werden sie so lange warten."

„Ich war noch Jungfrau."

Ihre Worte trafen ihn so heftig, dass er sich an der Reling festklammerte, und seine Knie drohten, einzuknicken.

„Lächerlich, hab' ich recht? Bevor ich mit meiner Dissertation begonnen habe, hatte ich einen Freund. Aber er hat Schluss gemacht, weil ich nicht mit ihm geschlafen habe. Es kommt mir so ironisch vor, wie eine totale Zeitverschwendung. Es war bescheuert von mir, etwas so sehr zu beschützen, das mir so leicht genommen werden konnte."

Die Worte fühlten sich an wie ein gezacktes Messer, das immer wieder über sein Herz gerissen wurde. Er wusste schon, dass die Welt ein bösartiger Ort sein konnte. Das sah er mit erschreckender Regelmäßigkeit. Aber dieses Wissen traf ihn selten so roh und so persönlich wie in diesem Augenblick.

„Das war nicht bescheuert, Darby. Du hast eine persönliche Entscheidung getroffen. Eines Tages wirst du einen Kerl finden, der das alles verdient hat." Er runzelte die Stirn. „Und ich glaube auch nicht, dass eine Vergewaltigung jemandem die Jungfräulichkeit nehmen kann. Vergewaltigung ist kein Sex, kein miteinander schlafen. Du hattest noch nie Sex, hast noch nie wirkliche Intimität erlebt." Er versuchte, nicht zu aufgebracht zu klingen. „Du kannst noch immer die Entscheidung treffen, mit wem du diesen Schritt gehen willst."

Darby verzog das Gesicht. „Würdest du denn Sex mit jemandem haben wollen, die so erniedrigt wurde wie ich? Die beim kleinsten Geräusch zusammenzuckt und sogar auf diejenigen losgeht, die nur nett sein wollen?"

Wenn er ihr die Wahrheit sagte, würde sie eine Meile weit davonrennen, also hielt er seinen Mund.

Sie schnaubte auf und wandte sich ab. „Dachte ich mir."

Er drehte sich so, dass niemand sie hören konnte. Sie versteifte sich.

„Frag mich noch mal, wenn du so weit bist, dass du anfangen kannst, über so etwas nachzudenken. In der Zwischenzeit mach dir keinen Druck, Sex mit irgendwelchen Männern zu haben, die es wahrscheinlich nicht einmal verdient haben, im selben Zimmer mit dir zu sein, geschweige denn in deinem Bett." Seine Stimme klang ein wenig hart, aber er meinte jedes Wort. „Gib dir Zeit, zu heilen. Sei geduldig mit dir selbst, denn das hast du verdient."

Sie warf ihm einen Blick zu, den er nicht interpretieren konnte, dann schweiften ihre Augen zum südlichen Horizont hinter ihm. „Wo fahren wir hin?"

Die dunkle Silhouette einer Insel begann, am Horizont aufzutauchen. Darbys grüne Augen hefteten sich auf den Umriss und wurden groß, dann schoss ihr Blick zu ihm. „Wir fahren zurück zu der Insel."

Ihre Nasenflügel bebten, und sie begann, den Kopf zu schütteln und kehrt zu machen. „Ich werde nicht dahin zurückfahren. Ich kann nicht …"

„Die können dir nichts mehr tun." Er nahm ihre Hand. „Ich schwöre dir, ich werde nicht zulassen, dass irgendjemand dir je wieder wehtun wird, Darby. Das *schwöre* ich. Und die US-Navy wird das auch nicht zulassen."

Sie hörte auf, sich gegen ihn zu wehren, und brach einfach an seiner Brust zusammen, als ob jemand ihre Fäden durchgeschnitten hätte. Sie schluchzte so sehr, dass Eban es nicht mehr ertragen konnte. Er hob sie in seine Arme und sie vergrub ihre Nase an seiner Schulter, während er sie zurück auf die Krankenstation trug, vorbei an den neugierigen und mitleidvollen Blicken, die Darby gehasst hätte, wenn sie sie gesehen hätte.

Als sie in ihrem Zimmer waren, schloss Eban die Tür und wollte sie auf dem Bett absetzen, aber sie klammerte sich an ihm fest. Also setzte er sich aufs Bett und hielt sie weiter fest in seinen Armen.

Er wiegte sie vor und zurück, bis ihre Tränen trockneten und die Schluchzer aufhörten, ihren Körper zu schütteln. Langsam gewann sie die Fassung zurück, aber er hielt sie weiterhin fest, spürte, wie der Schlag ihres Herzens sich langsam beruhigte, und ihr warmer, weicher Körper sich entspannte.

Er hob die Hand und nahm sanft ihr Kinn, blickte hinunter in die geröteten Augen und auf die tränenverschmierten Wangen.

„Würdest du mich küssen, damit ich wenigstens eine gute Erinnerung habe, an die ich denken kann, wenn die schlimmen Erinnerungen mich überwältigen?" Ihre Augen begannen, panisch zu werden, sobald sie ihre Frage ausgesprochen hatte. „Oh Gott. Natürlich willst du mich nicht küssen, du bist hier, um meinen Babysitter zu spielen, nicht um mein persönlicher Sextherapeut zu sein."

Sie versuchte, sich aufzusetzen, aber sie fand die Balance nicht, und Eban entschied, dass das vielleicht gar nicht so schlecht war.

„Tut mir leid. Das war so eine dämliche Frage –"

Er beugte sich hinunter und legte ganz, ganz behutsam seine Lippen auf ihre. Nur der Hauch einer Empfindung. Ein Anflug von Zärtlichkeit. Dann richtete er sich wieder auf und lächelte in ihre schockierten Augen.

„Versuch, dich in deinen dunkelsten Zeiten daran zu erinnern, Darby." Dann setzte er sie neben sich auf das Bett und verließ das Zimmer, denn das Letzte, was er wollte, war es, ihr Angst einzujagen.

HALEY ENTDECKTE QUENTIN, wie er zurück an Bord des Schiffes kam, das mittlerweile vor der Insel ankerte, auf der sie als Geiseln festgehalten worden waren. Selbst aus der Distanz sah er grimmig aus. Sie wollte zu ihm laufen, aber ihr war klar, dass er einen sehr wichtigen Job zu tun hatte, wohingegen sie nichts Bedeutendes tat. Sie hatte mit ihrer Assistentin gesprochen, Jane Sanders. Jane, die Freundin eines von Haleys liebsten Agenten, hatte die Logistik der Firma in die Hand genommen. Jane hatte ihr versichert, alles unter Kontrolle zu haben, und hatte Haley gedrängt, sich etwas Zeit zu nehmen, um sich von ihrer Tortur zu erholen, aber Haley hatte schon jetzt Langeweile.

Sie ging zu ihrem Zimmer zurück, fragte sich, ob Darby vielleicht weibliche Gesellschaft brauchte und Eban eine Pause. Sie fand ihn vor Darbys Zimmer Wache haltend vor.

„Ist alles in Ordnung?", fragte Haley.

Er nickte, aber seine Augen blickten besorgt. „Sie ist ein bisschen ausgerastet, als sie realisiert hat, dass wir wieder bei der Insel sind, auf der sie gefangen gehalten wurde."

Haley hatte die Hand schon auf der Türklinke liegen, hielt aber inne, als am anderen Ende des Korridors ein Tumult ausbrach. Jemand wurde auf einer Krankentrage hereingerollt, und ein ganzer Trupp Männer, einschließlich Quentin, drängte in den Flur. Haley und Eban gingen zu ihnen, um zu sehen, was los war.

„Ist das Alice Alexander?", fragte Eban.

Haley erkannte den Namen wieder.

Quentin nickte, sah aber nicht glücklich aus. „Sie lebt. Gerade noch so. Ihr Mann wurde erschossen, während er sie mit seinem Körper abgeschirmt hat."

Quentins dunkle Augen hefteten sich auf ihre. Sie waren schwarz vor Emotionen. Sein mittlerweile glattrasierter Kiefer verkrampft.

„Sie wurden im selben Dorf gefangen gehalten wie wir?", fragte Haley.

Er nickte. „In einer Hütte zwischen dem Plantagenhaus und den Latrinen. Im Dschungel links des Orts." Er wirkte innerlich völlig zerrissen über dieses Eingeständnis.

„Sie können nicht jeden retten, Savage." Die Stimme gehörte dem kleineren, bulligen Mann, Montana, der ausschließlich schwarze Taktikkleidung zu tragen schien.

Quentin warf dem Kerl einen düsteren Blick zu. „Ich habe es nicht mal versucht."

„Sie hatten alle Hände voll damit zu tun, zwei weibliche Geiseln von der Insel zu bekommen, von denen eine offensichtlich traumatisiert war", dröhnte Montanas tiefe Stimme. „Sie konnten nicht einmal mit Sicherheit wissen, ob die Alexanders dort waren. Sie haben getan, was Sie konnten, genau wie im Hotel, als Sie und Miss Cramer die wenigen Überlebenden aus dem brennenden Gebäude gezogen haben.

Ohne Sie wären sie alle tot." Er schlug Quentin auf den Rücken und wandte sich wieder seinen Männern zu.

Quentins Augen wanderten wieder zu Haley, dann zu Eban und dem dritten Verhandlungsführer, der wie aus dem Nichts aufgetaucht war.

„Darmawan Hurek wurde nicht unter den Todesopfern gefunden. Ich nehme an, er ist mit der Yacht entkommen." Quentin war eindeutig wütend über das, was er gesehen hatte. „Es wird der Gerechtigkeit nicht Genüge getan sein, bis Hurek geschnappt ist. Darby wird sich nicht sicher fühlen, bis diese Bastarde allesamt tot sind oder hinter Gittern sitzen."

„Was hast du als Nächstes vor?", fragte Eban.

Quentin warf Haley einen Blick zu, und sie wurde daran erinnert, dass sie keine Agentin war. Er überraschte sie, als er leise sagte, „Jeder auf dieser Insel wurde abgeschlachtet, einschließlich der Frauen und Kinder. Warum?"

„Vergeltung? Für den Anschlag auf das Hotel", schlug Eban vor. „Vielleicht hat Hurek den Befehl gegeben, dass alle umgebracht werden, um Rachesuchenden den Wind aus den Segeln zu nehmen. Immerhin sind die meisten der Terroristen, die das Hotel angegriffen haben, jetzt tot", schlug Eban vor. „Vielleicht dachte er, das würde die USA und die indonesischen Autoritäten beschwichtigen?"

„Na ja, mich beschwichtigt es jedenfalls nicht", spuckte Quentin zwischen zusammengebissenen Zähnen hervor.

„Mich auch nicht", stimmte Haley ihm zu.

„Oder um sie zum Schweigen zu bringen?", schlug der andere Verhandlungsführer vor, Max Wieauchimmer. „Keine Zeugen."

„Oder vielleicht wurdest du auf Bestellung gekidnappt, und wer auch immer dich lebend schnappen wollte, hat Hurek nicht geglaubt, als er gesagt hat, du wärst entkommen?", gab Eban zu bedenken.

„Kommt mir ein bisschen extrem vor", bemerkte Max.

„Alles an dieser Sache ist extrem", erwiderte Quentin knapp. „Jemand hat es ausgenutzt, dass sie wussten, wo ich mich zu einer bestimmten Zeit aufhalten würde, und alle anderen waren nur Kollateralschäden?" Diese Vorstellung entsetzte ihn. Er schüttelte den Kopf. „Warum? Und wer?"

„Jemand mit Verbindungen. Die meisten Leute können nicht einfach den Hörer in die Hand nehmen und die örtliche Terrorgruppierung anrufen, um eine Entführung in Auftrag zu geben", argumentierte Eban.

„Hat Cecil Wenck schon mit den Ermittlern gesprochen?", fragte Haley.

Quentin schüttelte den Kopf. „Sie haben den Termin auf später heute Nachmittag gelegt. Wenck sei noch zu ,mitgenommen', um sich mit ihnen zu treffen." Seine Worte trieften förmlich vor Verachtung.

„Oder er wartet auf Neuigkeiten darüber, ob irgendeiner der Terroristen dieses Massaker überlebt hat?", dachte Haley laut nach.

Quentin runzelte die Stirn. „Er hat in der Nacht auf dem Balkon nicht den Eindruck gemacht, dass er mich erkennen würde. Und ich kann kein klares Motiv dafür erkennen, die Konferenz anzugreifen oder mich lebendig schnappen zu wollen."

„Vielleicht hat er sie kontaktiert, nachdem ihr euch auf dem Balkon so gut unterhalten habt. Hat entschieden, dich leben zu lassen. Es ist einfach extrem verdächtig, dass er genau zu diesem Zeitpunkt abgereist ist. " Haley verschränkte die Arme vor der Brust. „Ich will mit ihm sprechen."

„Nein.“

„Ich habe nicht um Erlaubnis gefragt.“ Bei dem Gedanken musste sie lächeln. Bundesagent hin oder her, Liebhaber oder nicht, er würde ihr nicht vorschreiben, was sie zu tun hatte. Und wenn er das wollte, dann war es besser, es jetzt herauszufinden und diese Sache zu beenden, bevor einer von ihnen zu emotional involviert war.

Quentin starrte sie an. Sie fragte sich, was genau er zu sehen hoffte. Einen Riss in ihrer Entschlossenheit? Würde nicht passieren.

„Was sollen wir tun, Boss?“ Max war eindeutig amüsiert über ihren Trotz.

„Wir könnten Ms. Cramer für eine Befragung festhalten“, schlug Eban mit einem Funkeln in seinen Augen vor.

„Denk nicht einmal dran“, sagten sie beide gleichzeitig.

„Wir drei sollten so schnell wie möglich zurück nach Quantico. Die Kriseninterventionseinheit ist unterbesetzt“, fügte Quentin hinzu und spielte offensichtlich seine Optionen durch.

„Wir hatten ein bisschen zu tun“, argumentierte Eban.

„Was du nicht sagst.“ Quentin lächelte. „Danke, dass ihr uns gefunden habt.“

„Mich hätte nichts davon abhalten können.“ Eban rieb sich mit der Hand den Nacken und wandte den Blick ab, als ob ihm seine Gefühle peinlich wären. „Ich bin nur froh, dass wir euch lebend gefunden haben.“

Quentin schien zu einem Entschluss gekommen zu sein. „Eban, ich will, dass du Darby und Alice Alexander begleitest, bis sie sicher in den Staaten angekommen sind. Wenn Alice wach ist und sprechen kann, nimmst du ihre Aussage auf. Hoffentlich können wir heute noch einen Transportflug für euch organisieren. Max, du fliegst mit dem ersten verfügbaren Flieger zurück nach Quantico."

„Es macht mir nichts aus, hierzubleiben." Der große, schwarze Mann zupfte an seinem Ohr herum.

„Du solltest längst Urlaub genommen haben, und jetzt sind ja auch alle Geiseln lokalisiert. Der Botschafter kann sich um alles kümmern, was in Jakarta noch anfällt, falls Alex Parker dort irgendwas ausgräbt. Flieg nach Hause. Mach eine kurze Pause, und dann zurück an die Arbeit."

„Was hast du vor?", fragte Eban.

Quentins Mundwinkel verzog sich in ein schiefes Grinsen. „Ich fliege zurück nach Quantico."

Haley starrte auf ihre Füße und versuchte, ihre Enttäuschung zu verbergen.

Quentin warf ihr einen Blick zu, der ihr verriet, dass er genau wusste, was sie dachte. „Via Darwin."

Haley schloss die Augen, als die Erleichterung durch sie hindurchschoss. Wencks Übergriff war ein großes Trauma gewesen, als es passierte, aber im Vergleich zu dem, was danach geschehen war, war er ganz verblasst. Aber sie würde lügen, wenn sie behauptete, dass sie nicht nervös war, den Mann allein zu konfrontieren.

„Mit vereinten Kräften können wir Wenck dazu bringen, zu verraten, was er weiß, glaube ich", sagte Quentin.

„Selbst wenn er für einen Massenmord verantwortlich ist?", fragte Eban zweifelnd.

„Ja", erwiderte Quentin. „Er glaubt, er wäre unberührbar. Wir müssen ihm nur so viel Leine geben, dass er sich damit selbst erhängt."

KAPITEL DREISSIG

CECIL WENCKS ANWESEN befand sich in der Fannie Bay-Nachbarschaft in Darwin, im Northern Territory von Australien. Es war ein wunderschönes, klassisches Haus, das hinter hohen Gartenmauern und massiven Sicherheitstoren gelegen war.

Quentin fuhr mit seinem gemieteten Mercedes vor und drückte auf den Knopf der Gegensprechanlage. „Quentin Savage für Cecil Wenck."

„Haben Sie einen Termin?"

„Nein, aber ich bin mir ziemlich sicher, dass Cecil mit mir sprechen will. Richten Sie ihm aus, dass wir uns letzten Samstagabend kennengelernt haben." Wenn alles Sticke rissen, würde Quentin sich darauf verlassen, dass angeborene menschliche Neugierde ihm die Tore öffnen würde.

Dreißig Sekunden später glitt das Tor auf, und Quentin fuhr hindurch, bevor es sich irgendwer doch noch anders überlegen konnte.

Der Garten war grün und üppig und die elegante Anlage gepflegt. In der Mitte des Rasens stand ein großer Steinbrunnen, der trotz der anhaltenden Dürre emsig vor sich hinsprudelte. Quentin parkte vor einer fünftürigen Garage.

Wenck erschien in der massiven Doppelflügeltür, gefolgt von den Bodyguards, die Quentin schon am Abend der Anschläge in der Hotelbar gesehen hatte. Quentin stieg aus dem Auto, ließ aber die Fenster der vorderen Türen offen. Haley hatte sich bereiterklärt, auf der Rückbank zu warten, damit Quentin erst einmal einen Draht zu Wenck aufbauen konnte. Die hinteren Fenster waren getönt, und sie war von außen nicht zu sehen. Wenn sie den Bergbaumillionär aus der Fassung bringen mussten, könnte sie ihn auch später noch konfrontieren. Im Augenblick war Quentin froh, dass sie unsichtbar und in Sicherheit war.

Bevor sie von Bord des Schiffes gegangen waren, hatte sie ihm von der Aufnahme erzählt, die sie von Wencks Übergriff gemacht hatte. Er hatte gefragt, ob das FBI eine Kopie davon für die Fallakte bekommen könnten, die sie gegen Wenck zusammenstellten. Auch wenn es unglaublich privat und aufwühlend gewesen war, hatte sie eingewilligt, solange die Kopie in Anwesenheit von Alex Parker gemacht wurde und nur mit ihrer ausdrücklichen Einwilligung weitergegeben wurde, mit Ausnahme der Gerichtsverhandlung. Sie hatte ihren Anwalt eine Vereinbarung aufsetzen lassen, und das Justizministerium hatte die Zweckdienlichkeit der Kopie quittiert – vor allem, weil in der Zwischenzeit niemand auf ihre Handydaten hatte zugreifen können.

Ein weiterer Punkt für Alex Parker.

Wencks Gesicht hellte sich auf, als er Quentin sah. „Kumpel! Schön, Sie zu sehen. Ich dachte, Sie wären umgekommen."

Sie gaben sich die Hand. Quentin suchte in dem hässlichen runden Gesicht des Mannes nach Täuschung oder List, aber er war entweder ein außergewöhnlich begnadeter Schauspieler oder wirklich erfreut, ihn lebendig wiederzusehen.

„Sie haben mir gesagt, jeder im Hotel wäre umgekommen.“ Der Mann schüttelte sich merklich. „Was für ein absoluter Albtraum.“

Die Autoritäten hatten den Medien mitgeteilt, es hätte keine Überlebenden gegeben, um sie zu schützen, bis die Täter geschnappt wurden. Die Tatsache, dass Wenck auch geglaubt hatte, es hätte keine Überlebenden gegeben, war interessant, angenommen, seine Reaktion war echt.

„Ich konnte aus dem Hotel entkommen, aber die Terroristen haben mich gefangengenommen. Haben mich auf eine abgelegene Insel gebracht, von der ich schließlich fliehen konnte.“

Wencks Augen wurden riesig, und er sah völlig gebannt aus. „Sie sollten das verfilmen lassen. Ich kenne Leute in Hollywood. Ich stelle Ihnen den Kontakt her.“

Die Tatsache, dass Wenck Profit aus einem Ereignis schlagen wollte, bei dem so viele Menschen umgekommen waren, ließ bei Quentin die Galle hochsteigen, aber er konnte verstehen, warum manche Menschen den Kerl mochten, solange sie ihn nicht hinterfragten. Das war eines der Dinge, die Wiederholungstäter so gefährlich machten.

„Vielleicht, wenn ich aus dem Dienst ausscheide.“ Quentin schob die Sonnenbrille hoch, die er am Nachmittag gekauft hatte, als Haley und er sich im Einkaufszentrum der Stadt neu ausgestattet hatten. Sie waren mit einem Privatjet hierhergeflogen, zusammen mit den Männern, die Alex Parker angeheuert hatte, um sie wieder nach Hause zu bringen.

Quentins Laptop war der größte materielle Verlust gewesen, aber vor allem im Hinblick auf den Papierkram, den das für die Verwaltung in der Zentrale und ihn nach sich ziehen würde. Ganz zu schweigen von seinem Dienstausweis und seinem Portemonnaie und all den anderen Dingen, an die er nicht einmal denken wollte. Er hatte nicht einmal mehr die Schlüssel zu seiner Wohnung.

„Ist es gerade schlecht?“ Quentin fischte aktiv nach einem „nein“. „Nein“ gab den Leuten ein sicheres Gefühl. Es gab ihnen genug Vertrauen, um jemandem wirklich zuzuhören.

Wenck musterte ihn für einen Moment, dann schien er sich zu entspannen. „Nein, Kumpel. Kommen Sie rein.“

Er führte ihn durch den marmornen Eingangsbereich, direkt auf eine Gartentür zu und hinaus auf eine große Terrasse mit Pool.

„Ich nehme an, Sie sind hier, um eine Aussage über Samstagabend aus mir herauszubekommen?“ Wenck setzte sich auf eins der Gartensofas und bedeutete Quentin, sich zu ihm zu setzen. Die beiden Bodyguards verschwanden in den Schatten.

„Ich bin nicht dienstlich hier, obwohl ich natürlich immer ein Bundesagent bin.“

Das überraschte den Kerl.

Quentin log nur solche Leute an, die kurz davor waren, das spitze Ende eines taktischen Übergriffs zu spüren zu bekommen.

„Ich war neugierig, weil ich über den Balkon aus meinem Zimmer entkommen bin und zunächst auf Ihren Balkon gesprungen bin, um Sie mitzunehmen, aber es war niemand mehr da. Die anderen FBI-Beamten haben mir mitgeteilt, dass Sie noch vor Mitternacht nach Hause geflogen sind.“

Ein Angestellter brachte zwei Gläser mit eiskaltem Mineralwasser. Quentin fragte sich, ob die Ehefrau darüber Bescheid wusste, dass Wenck seine Hände nicht bei sich lassen konnte, wenn es um andere Frauen ging, und die

Versuchungen daher auf ein Minimum reduzierte.

Als der Angestellte wieder verschwunden war, sagte Wenck, „Das Timing sieht ziemlich verdächtig aus, hm?"

„Das Timing?", wiederholte Quentin.

„Sie wissen schon, dass ich meine Taschen packe und verschwinde, und dann wird das Hotel angegriffen."

Quentin blickte den Mann unverwandt an. „Ein bisschen."

„Es ist nicht das, was Sie denken. Ich hatte nichts mit diesen Bastarden zu tun, die die Konferenz überfallen haben. Die haben mir ehrlich gesagt ganz schöne Kopfschmerzen verursacht."

„Kopfschmerzen?"

„Genau." Wenck trank einen großen Schluck Wasser und winkte augenblicklich nach mehr. Es war heiß hier draußen, auch wenn es offiziell Winter war. Ein feiner Dunst begann, sich aus den Büschen zu erheben, und die Sprinkler trugen nur zu der allgemeinen Luftfeuchtigkeit bei, und Cecil Wenck musste sich den Schweiß von der Stirn wischen. Quentin kam sich vor wie ein gottverdammter Braten, aber es war immerhin kühler als in Indonesien, und er trug zudem Deo, was schon mal ein Vorteil war.

„Ich bin auf die Konferenz gefahren, um wettbewerbsfähigere Angebote für einen Sicherheitsvertrag einzuholen, der Ende Oktober erneuert wird. Aber da die ganzen Führungskräfte der Firmen letzte Woche umgekommen sind, und die Bedrohung für Leute aus dem Westen generell angestiegen ist, wurden die meisten der Angebote zurückgezogen, während die Firmen sich neu formieren. Ich bleibe also für jetzt bei der Firma, die ich die ganze Zeit schon benutzt habe. Weniger Stress."

Der Egoismus des Kerls war atemberaubend, aber Quentin

musste das ignorieren und ihm stattdessen das Gefühl geben, dass er ihn verstand. Quentin paraphrasierte und wiederholte Wencks Worte für ihn, um ihm zu zeigen, dass er ihm zugehört hatte. Dann fasste er Wencks Standpunkt zusammen und schloss mit, „Also hat es für Ihre Geschäfte sogar einen negativen Einfluss, dass so viele Agenten der Sicherheitsfirmen umgekommen sind?"

„Allerdings." Wenck nickte eifrig.

Bingo.

„Es scheint unfair, dass Sie wieder bei null anfangen müssen, als sie schon geglaubt hatten, diese Sache wäre so gut wie abgeschlossen, und ich bin mir sicher, Sie wollen, dass diese Sache ordentlich gehandhabt wird. Sicherheit ist offensichtlich sehr wichtig für Sie und Ihre Firma. Ich kann verstehen, warum es frustrierend für Sie ist und Sie so viel Zeit und Geld kostet." Beschreibungen und taktische Empathie.

„Ja, genau. Meine Kosten sind aufgrund der erhöhten Warnstufe durch die Decke gegangen. Diese Sicherheitstypen verlangen mehr als die meisten Bergarbeiter, und zwar für deutlich weniger Geschufte, das ist mal sicher." Wenck sprach, als ob er nicht derjenige wäre, der ihre Gehälter zahlte.

Der Mann kippte sein zweites Glas Wasser hinunter, und diesmal ließ sich Quentin auch nachschenken. „Wie kam es, dass Sie so plötzlich abgereist sind, oder hatten Sie das schon die ganze Zeit über vorgehabt?" *Vergewaltigen und abhauen?*

Wenck kratzte sich am Kinn und holte tief Luft. „Ich will nicht lügen." Was in der Regel bedeutete, dass jemand lügen *würde*, aber Quentin hörte ihm trotzdem zu.

Wenck blickte sich nervös um, als ob jemand mithören könnte, und beugte sich vor. Was umso besser war, da Quentins Handy Wencks Worte klar und deutlich aufnehmen konnte. „Ich halte eigentlich nichts von diesem Quatsch mit göttlicher Intervention, aber jetzt frage ich mich schon, ob da oben jemand ist, der auf mich aufpasst."

„Auf Sie aufpasst?"

„Genau. Nachdem ich mit Ihnen gesprochen habe, bin ich zurück in mein Zimmer gegangen, um wie gesagt meine bessere Hälfte anzurufen, Sie erinnern sich?"

„Mhm." Minimale Ermutigungen. Kein verurteilender Tonfall. Das war nicht einfach, wenn er wusste, was Cecil vor der Unterhaltung mit ihm mit Haley angestellt hatte.

„Aber sie ist mir zuvorgekommen. Glenda. War am Heulen. Also wusste ich, dass irgendwas nicht stimmte. Sie hat gesagt, sie wäre in einen Verkehrsunfall verwickelt gewesen. Irgendein Typ wäre frontal in ihren Wagen geknallt, als sie vom Yachtclub nach Hause gefahren ist. Hat den verdammten Mercedes zerstört – entschuldigen Sie meine Ausdrucksweise."

„War sie verletzt?" Quentin runzelte die Stirn.

„So wie sie sich aufgeführt hat, hätte man meinen können, sie hätte ein Bein verloren, aber zum Glück hatte sie nur ein paar Kratzer und Prellungen abbekommen. Diese Autos sind gebaut wie Panzer, also war der andere Typ schlimmer dran, aber ich bin dennoch so schnell ich konnte nach Hause, um sicherzustellen, dass sie in Ordnung ist.

„Hm." Quentin lachte leise. „Der Autounfall Ihrer Frau hat Ihnen das Leben gerettet? Wie hoch sind die Chancen für sowas?"

Gering bis nicht vorhanden.

Erzählte Wenck die Wahrheit? Wenn ja, könnte der Unfall geplant gewesen sein, um ihn nach Hause zu locken.

„Ich frage mich immer noch, warum Sie nicht mit dem FBI sprechen wollen? Ich meine, offensichtlich haben Sie nichts mit dem Anschlag zu tun, warum erzählen Sie ihnen also nicht alles, was Sie wissen? Nichts lässt Sie so verdächtig aussehen, wie sich zu weigern, mit den Beamten zu sprechen."

Wenck grunzte. „Ich bin dem FBI keine Antworten schuldig." Er sah gereizt aus. Rieb sich mit der Hand über den Mund. „Ist das hier ganz inoffiziell?"

Quentin nickte. Aber er war kein Reporter. Er war Bundesagent. Nichts war während einer Ermittlung auf Bundesebene jemals inoffiziell. „Meine Frau hatte ein bisschen was getrunken und hätte nicht mehr fahren dürfen. Ich meine, ich bezahle einen Chauffeur, aber sie fährt gerne selbst." Sein Mund wurde schmal. „Die Polizei wurde eingeschaltet, aber ich habe noch auf dem Weg zum Rollfeld den Polizeipräsidenten angerufen und konnte die Sache unter den Teppich kehren lassen. Ich bin für sämtliche Schäden aufgekommen", versicherte er Quentin, als ob es das in Ordnung machen würde.

Seine Frau war betrunken Auto gefahren und in einen anderen Wagen geknallt, und Wenck hatte seine Beziehungen spielen lassen, um sicherzugehen, dass sie nicht verhaftet wurde?

„Ich weiß, was Sie denken", sagte Wenck.

Quentin bezweifelte es.

„Ich hätte sie ihre Lektion lernen und die Strafe akzeptieren lassen sollen, aber ihr Unfall hat mir das Leben gerettet, und ich habe es nicht übers Herz gebracht, zu hart mit ihr zu sein. Sie wird so etwas nie wieder tun – dafür werde ich sorgen." Wenck lehnte sich zurück ins Sofa, als ob er hier die Gesetze schreiben würde. Vielleicht tat er das ja sogar.

Quentin musste definitiv weitere Einzelheiten über diesen Unfall herausbekommen. Außerdem würde er eine Kopie dieser Unterhaltung an einen Kumpel bei der australischen Bundespolizei weiterleiten.

Das Geräusch von lachenden Frauen drang durch den Korridor.

„Das wird meine bessere Hälfte sein. Sagen Sie ihr bitte nicht, dass ich Ihnen von dem Unfall erzählt habe. Das wäre ihr peinlich."

Es sollte ihr nicht nur peinlich sein, sie sollte eigentlich verhaftet werden, aber Quentin bezweifelte, dass es in den USA weniger korrupt zuging. Alles, was es brauchte, war ein reicher Wohltäter, ein Anruf an einen Politiker, ein wütender Gouverneur, der einem Polizeichef das Leben schwer machte. Genau. So sehr er auch glauben wollte, dass sie besser waren, er tat es nicht. Aber er glaubte an Verantwortlichkeit.

Eine hübsche Brünette, einszweiundsechzig groß und etwa achtundfünfzig Kilo schwer, um die vierzig und in einem geblümten Sommerkleid, kam Arm in Arm mit Haley Cramer auf die Terrasse geschlendert.

Quentin glaubte fast, Wenck würde einen Herzinfarkt bekommen. Der Mann öffnete den Mund, schien aber nicht mehr atmen zu können. Sein Gesicht wurde puterrot, und die Adern an seinen Schläfen begannen, hervorzutreten.

Quentin stand auf. „Sie müssen Mrs. Wenck sein."

„Ich kann nicht glauben, dass Sie dieses arme Mädchen an einem so heißen Tag wie diesem ohne Klimaanlage im Auto sitzengelassen haben", schalt ihn die Frau.

„Sie wollte unbedingt ein Nickerchen halten." Quentin lächelte und seine Augen suchten Haleys wachen Blick.

„Sie schien eher vor Hitze ohnmächtig geworden zu sein." Die Dame des Hauses winkte den Angestellten heran. „Bringen Sie uns Wasser und eine gute Flasche Weißwein, mein Lieber."

Haley war um einiges größer als die andere Frau und tätschelte ihren Arm, als ob sie alte Freundinnen wären. Haley trug eine Skinny Jeans, die jeden Zentimeter ihrer langen Beine perfekt betonten, und ein pinkes Trägeroberteil, das ihre Brüste auf eine Art und Weise umspielte, die Quentin das Wasser im Mund zusammenlaufen ließ. Über ihre Schuhe musste er lächeln. Sie hatte ein Paar Stilettosandalen gekauft, aber sie trug noch immer diese schwarzen Kampfstiefel. Ihre Haare glänzten und federten auf ihren Schultern wie in einer Shampoo-Werbung. Sie trug Lidschatten und Lippenstift und lief jedem den Rang ab, was einen einladenden Mund anging.

„Ich wollte mich nicht in die geschäftlichen Unterhaltungen einmischen." Haleys Grinsen war an Wenck gerichtet, der mit den Füßen scharrte, als ob er jeden Augenblick fliehen wollte.

Wencks Frau hielt Quentin die Hand hin und schüttelte sie energisch. „Glenda. Cecils Frau. Haley hat mir alles über Ihre jüngsten Eskapaden erzählt. Ich kann gar nicht glauben, was Sie beide durchgemacht haben." Ihre freie Hand legte sich erschüttert an ihren Hals.

Wenck schluckte wiederholt und blickte nervös zwischen Haley und Quentin hin und her, erwartete offenbar von ihnen, dass sie sein abscheuliches Verhalten preisgeben würden. Sein Ausdruck begann, kämpferisch zu werden.

„Ohne Quentin wäre ich niemals heil aus dieser Sache herausgekommen", sagte Haley. „Er hat mir immer wieder das Leben gerettet. Ich weiß gar nicht, wie ich ihm das vergelten soll." Ihre blauen Augen strahlten vor Aufrichtigkeit und sie griff nach seinem Handgelenk und setzte sich neben ihn.

„Du musst mir nichts ‚vergelten'." Seine Worte klangen

scharf. Aber dass Haley glaubte, sie wäre ihm irgendwas schuldig, war das Letzte, was er wollte. So funktionierten Beziehungen nicht, nicht einmal solche, die noch ganz am Anfang standen. „Haley ist einer der intelligentesten, stärksten und entschlossensten Menschen, die ich je kennengelernt habe. Wir haben zusammen gearbeitet und haben so überlebt."

„Oh", Glenda griff nach Cecils Hand und drückte sie. Der Mann wandte sich zu ihr und blickte sie mit so viel Liebe und Schmerz in seinen Augen an, dass es schwer zu ertragen war. Er erwartete eindeutig, dass sie Glenda davon erzählen würden, wie er sich Haley aufgedrängt hatte. Und der Mann wollte den Preis für diese versuchte Vergewaltigung nicht bezahlen – er hatte nie damit gerechnet, diesen Preis zahlen zu müssen. Er war ein Feigling und ein Bastard, der sich hinter seinem Reichtum und seinen Privilegien versteckte.

Quentin wandte sich an Haley. Es war ihre Entscheidung, wie sie weiter vorgingen.

„Es ist deine Entscheidung", murmelte er so, dass nur sie ihn hören konnte. Er wollte sich weiterhin gut mit dem Kerl stellen, denn er wollte wissen, was Wenck tat, wenn er und Haley wieder gefahren waren. Alex überwachte Wencks Handy und die Computer, und das FBI hatte einen Agenten abgestellt, der den Milliardär inoffiziell beschatten würde. Quentin war entschlossen, Wenck nicht mit seinen Verbrechen davonkommen zu lassen, aber es würde Zeit und Geduld brauchen, um alle Beweismittel zusammenzutragen, um Anklage erheben zu können. Wenn Haley heute gegen den Mann zurückschlagen wollte, von Angesicht zu Angesicht, dann hatte Quentin weder das Recht, noch das Verlangen, sie aufzuhalten.

Sie blinzelte ein paar Mal, war eindeutig überrascht, dass er diese Entscheidung ihr überließ. Sie griff nach ihrem Wasserglas und trank das ganze Ding in einem Zug leer.

Glenda lachte. „Sehen Sie, ich habe doch gesagt, dass sie Durst hat.“

Quentin lächelte. Glenda schien nett zu sein. Aber die Tatsache, dass sie zu viel getrunken hatte und dann nach Hause gefahren war, war leichtsinnig, gedankenlos und kriminell gewesen. Er würde sich näher mit dem „Unfall“ beschäftigen, der Wenck genau im richtigen Augenblick nach Hause gerufen hatte, und Quentin war sich sicher, dass die Aufnahme dieser Unterhaltung jetzt Konsequenzen für die örtliche Polizei und die Lokalpolitiker haben würde. Ganz zu schweigen von Glenda und Cecil.

Die größere Frage war allerdings, ob Wenck etwas mit dem Terroranschlag auf das Hotel oder dem anschließenden Massaker auf der anderen Insel zu tun hatte? Wenn das der Fall war, würden das FBI und Alex Parker es herausfinden.

Ein Kreischen, gefolgt von Gekicher, ertönte, und ein kleines Mädchen schoss aus der Tür und machte eine Bombe in den Pool.

Das Wasser spritzte bis zu Wenck und Quentin. Quentin genoss die Kühle des Wassers und die anderen lachten.

„Das ist unser ganzer Stolz, Katie. Alles, was ich tue, tue ich nur für sie“, sagte Wenck, versuchte offensichtlich, Sympathiepunkte einzufahren.

„Das bezweifle ich sehr“, sagte Haley leise.

Cecils Kiefer verspannte sich.

„Sie spielen kein Golf für Ihre Tochter. Sie trinken auch für sie kein Bier.“ Haley starrte das kleine Mädchen an, das im Pool herumplantschte.

Glenda lachte. „Da hat sie dich, Liebling. Ich sage Cecil immer, dass er langsamer machen muss. Die Zügel an einen Manager weiterreichen oder die Firma verkaufen muss. Es ist nicht so, als ob wir noch mehr bräuchten. Du könntest es machen wie Bill Gates und dein halbes Vermögen weggeben."

Cecils Augen wurden groß. „Sie will mich umbringen." Er lachte, aber er sah aus, als ob diese Vorstellung der Horror für ihn wäre.

Denn es war sein Wohlstand und sein Erfolg, die ihn ausmachten, begriff Quentin. Was war es, was Haley antrieb? Definierte sie sich auch über Wohlstand und Erfolg? Er musste erkennen, dass er keine Ahnung davon hatte, was sie außerhalb ihrer Arbeit gerne machte – aber andererseits tat auch er nichts anderes, als zu arbeiten. Vielleicht konnten sie diese Dinge gemeinsam herausfinden, wenn sie so lange durchhielten.

Haley schluckte wiederholt, und Quentin konnte sehen, dass sie aufgewühlt war. Er erhob sich. „Hat mich sehr gefreut, Sie kennenzulernen, Glenda." Er schüttelte auch Cecil kräftig die Hand und suchte in seinen Augen nach einem Anflug von Täuschung, fand aber noch immer nichts. „Ich weiß, dass Sie in dieser Region viele Beziehungen haben, Cecil. Vielleicht können Sie mir einen Gefallen tun und mich wissen lassen, wenn Sie etwas darüber hören, wer in den Anschlag verwickelt war?"

Cecil grinste und schien zu begreifen, dass Haley und Quentin vor seiner Frau und seinem Kind nichts über sein verachtenswertes Verhalten verraten würden – auch wenn seine Frau es vermutlich verdient hatte, zu erfahren, mit was für einem Tier sie verheiratet war. Wenck dachte vermutlich, er wäre damit durchgekommen, und bis zu einem gewissen

Grade war er das auch. Es würde beinah unmöglich für das Justizministerium sein, ohne weitere Beweise Anklage zu erheben. Aber Quentin hatte keinen Zweifel daran, dass es noch weiter Frauen und weitere Vorfälle gab. Er würde dem Kerl keinen Freifahrtschein ausstellen. Er würde geduldig sein und Beweismaterialien zusammentragen.

Wenck erhob sich ebenfalls und nickte, eindeutig erleichtert. „Ich bin immer gern bereit, dem FBI zu helfen. Ich habe meine Bauleiter in der Region angewiesen, ihre Fühler auszustrecken. Wenn ich also etwas höre, lasse ich es Sie wissen.“

Arschloch.

Haley griff nach Quentins Hand, als ob sie spüren würde, dass er kurz davor war, die Fassade fallen zu lassen und dem Kerl eine reinzuhauen. Sie verflocht ihre Finger mit seinen und erinnerte ihn daran, dass es hier nicht um ihn ging.

„Lass uns nach Hause fahren.“

Quentin nickte. Er freute sich darauf, sein Leben endlich wieder zurückzubekommen.

KAPITEL EINUNDDREIßIG

D REIßIG STUNDEN SPÄTER parkte Quentin seinen Geländewagen am Bürgersteig und joggte die Stufen zu Chris Baylors Wohnung in der Nähe des Dupont Circles in Washington, D.C. hinauf. Es war eine teure Junggesellenbude, und der Kerl war so gut wie nie zu Hause. Normalerweise war er auf Dienstreisen im Ausland unterwegs.

Quentin und Haley waren auf ihr Drängen hin in der ersten Klasse zurückgeflogen. Einen Weg zu finden, wie sie mit der Ungleichheit ihres Vermögens umgehen konnten, würden sie irgendwann nicht mehr aufschieben können. Aber welche Probleme auch immer zwischen ihnen stehen mochten, er konnte es nicht erwarten, sie wiederzusehen. Obwohl sie erschöpft waren, würden sie heute Abend in Quantico auf ihr erstes Date gehen.

Er war in der Uniklinik der Georgetown University gewesen, in der Tricia Rooks behandelt wurde. Sie war noch immer intubiert und kämpfte gegen eine Infektion an. Die Ärzte machten sich Sorgen, dass sie Probleme haben würde, selbstständig zu atmen. Sie hatten ihm außerdem erklärt, dass sie sich womöglich nicht an den Angriff erinnern würde, wenn sie aufwachte. Diese Erinnerungen waren möglicherweise vom Trauma ausradiert worden, bevor sie sich festigen konnten.

Abgesehen von Tricia, Haley und ihm selbst – von deren Überleben die Welt noch immer nichts wusste – war Chris der einzige andere, der diesen Albtraum im Hotel überlebt hatte.

Grant Gunn war angeblich gar nicht im Hotel gewesen, als die Terroristen eingefallen waren, und konnte keinen der Angreifer identifizieren. Das hatte er zumindest in seiner Aussage behauptet, die von einem örtlichen Taxifahrer belegt worden war, der ihn in der Nacht des Anschlags herumkutschiert hatte. Gunn lebte in Arizona und war bereits mehrfach von FBI-Agenten verhört worden. Der Kerl war nicht besonders kooperativ und war zudem in diversen Nachrichtensendungen aufgetreten, in denen er sich mit seinem Überlebensinstinkt gebrüstet hatte – der im Grunde daraus bestanden hatten, sich volllaufen zu lassen – und benutzte den Anschlag als einen PR-Stunt, um Werbung für seine Firma zu machen.

Es war nur eine Frage der Zeit, bis die Welt die Verbindung zwischen dem Hotelanschlag und dem Massaker der kleinen Dorfgemeinschaft auf einer vermeintlich unbewohnten Insel in Indonesien herstellte. Daraufhin würde sich die Nachricht über zwei befreite weibliche Geiseln verbreiten, über den Tod von Erik Alexander, über die Tortur von Haley und Quentin. Und dann würde sich der Nachrichtensturm in einen regelrechten Hurrikan verwandeln. Quentin wollte so viele Antworten wie möglich haben, bevor diese Nachrichten an die Öffentlichkeit gelangten.

Seine Priorität war es, die Opfer und ihre Privatsphäre zu beschützen und sie zu unterstützen, so gut er konnte. Das schloss auch Chris mit ein, auch wenn der Kerl die Andeutung, er könne nicht auf sich selbst aufpassen, nicht würde zu schätzen wissen.

Quentin wollte außerdem herausfinden, ob Chris sich

noch an irgendwas erinnerte, was nicht in seiner offiziellen Aussage stand, die er Eban Winters gegenüber letzten Sonntag in Jakarta gemacht hatte. Quentin konnte nicht über das sprechen, was er auf der Insel vorgefunden hatte, ebenso wenig über die laufenden Ermittlungen, aber es gab womöglich Dinge, die Chris ihm sagen würde, die er aber nicht in einer Akte stehen haben wollte.

Laute Stimmen in Chris' Wohnung ließen Quentin zögern, aber er klopfte trotzdem an die Tür, wollte niemanden belauschen. Die Tür wurde aufgerissen und dort stand Nick Karlovac, offensichtlich im Begriff, zu gehen. Sein Gesicht war rot, seine Brust hob und senkte sich heftig.

Nick fiel vor Schreck der Mund auf. „Du *Bastard*." Er zog Quentin in eine stürmische Umarmung. „Ich habe gerade einen Anzug für deine verfluchte Beerdigung gekauft." Der Kerl hielt Quentin so fest, dass er kaum noch Luft bekam.

Er konnte die Bestürzung seines Freundes spüren, und es tat ihm leid, dass er die Dinge nicht sofort richtig gestellt hatte, als er gerettet worden war. Er hatte seine Gründe gehabt. Vom Navy-Schiff in Indonesien aus hatte er seine Familie angerufen, hatte ihnen aber eingebläut, sich so zu verhalten, als ob sie noch immer glaubten, er wäre verschollen und würde für tot gehalten.

„Ich glaub es nicht." Chris kam zur Tür, und als Nick zur Seite trat, zog er seinerseits Quentin in eine Umarmung. „Ich dachte, du wärst tot, Kumpel. Ich dachte mit Sicherheit, du wärst tot." Er löste sich aus der Umarmung und wischte sich die Augen. „Was ist passiert? Wie zur Hölle hast du überlebt?"

„Haley Cramer und ich sind aus dem Fenster gesprungen, eine Sekunde, bevor die Decke eingestürzt ist. Dann haben uns die Terroristen gefunden und entführt."

„Du und Haley Cramer habt *beide* überlebt?" Chris schüttelte den Kopf. „Unglaublich."

„Das ist wirklich unglaublich", sagte auch Nick. „Scheiße, ich muss Michelle anrufen. Sie ist völlig am Boden zerstört, seit wir von dem Anschlag gehört haben."

„Ich hätte euch früher kontaktiert, aber ein paar Dutzend Kidnapper haben mich leider davon abgehalten."

„Wie zur Hölle bist du entkommen?", fragte Chris.

„Lange Geschichte. Wie bist *du* entkommen?", fragte Quentin.

Chris runzelte die Stirn. „Du hast mich auf dem Rasen abgesetzt, ansonsten wäre ich ebenso verbrannt wie alle anderen. Erinnerst du dich nicht?"

Sie schlossen die Wohnungstür und betraten Chris' Wohnung. Chris verteilte Bier, und sie stießen an. Quentin schluckte, war dankbar für das kühle Getränk, das seinen trockenen Hals hinunterrann.

„Ich bin überrascht, dass die Terroristen dich nicht auf dem Rasen gefunden haben." Und ihn wie die anderen erschossen hatten.

Chris kratze sich an der Stirn. „Ganz ehrlich? Ich habe keine Ahnung, was passiert ist. Ich bin in den Büschen aufgewacht, und das Hotel brannte noch immer lichterloh. Vielleicht bin ich dorthin gekrochen? Irgendein Instinkt, der mir gesagt hat, ich muss Schutz suchen. Aber ich weiß, dass du mir das Leben gerettet hast, du verrückter Bastard." Seine Augen funkelten vor Emotionen. „Ohne dich wäre ich in diesem gottverlassenen Hotel verbrannt."

Quentin wurde ernst. So viele Menschen *waren* umgekommen. Sie waren noch immer dabei, die Toten zu identifizieren und ihre Verwandten zu informieren. Er hoffte, dass sein Überleben keine falschen Hoffnungen bei denjenigen schürte, die Angehörige verloren hatten. Die Vorstellung, noch mehr Kummer zu verursachen, gefiel ihm nicht.

„Ich schätze, wir hätten mit in die Bar fahren sollen, wie dieser Idiot Gunn vorgeschlagen hatte", scherzte Chris.

Und Haley wäre vermutlich bei dem Anschlag umgekommen. Diese Realität traf Quentin wie ein Vorschlaghammer. So abscheulich Wencks Aktion auch gewesen war, ohne sie wäre Haley vermutlich nicht in sein Zimmer gekommen oder hätte sich an ihn herangemacht. Sie wäre tot. Bei der Vorstellung, er hätte sie verlieren können, ohne sie jemals kennengelernt zu haben, zog sich sein Magen zusammen.

„Wollt ihr irgendwo hin und ein paar Bier trinken? Unser Überleben feiern?" Chris schnappte sich schon sein Portemonnaie von der Küchenanrichte.

Quentin schüttelte den Kopf und hielt entschuldigend die Hände hoch. „Ich kann nicht. Ich bin gerade erst gelandet."

„Das hat dich doch sonst nie davon abgehalten." Chris' Augen wurden schmal, und er fluchte leise. „Ich kenne dieses Funkeln in deinen Augen. Du hoffst, heute Abend mit jemandem im Bett zu landen."

Quentin hielt den Mund.

„Jemand, den wir kennen?", fragte Nick neugierig.

„Du hattest in Indonesien gar nichts davon erzählt, dass du wieder mit jemandem zusammen bist." Stille breitete sich zwischen ihnen aus, bis sich die Erkenntnis einstellte. „Es ist Haley Cramer, hab' ich recht?"

Quentin erwiderte nichts.

„Was für ein Konkurrenzkampf." Nick verdrehte über sie beide die Augen. „Sie muss ja der Knaller im Bett sein."

Wut stieg in Quentin auf, und er ballte die Fäuste. Er hielt sein Temperament in Schach, wenn auch mit Mühe. Sich gegenseitig aufzuziehen, war schon immer Teil ihrer Dynamik gewesen, aber seine tote Frau und seine neue Beziehung waren tabu.

„Ich dachte schon, du würdest nie über Abbie hinwegkommen", sagte Chris mit einem Kopfschütteln. „Und ich hätte gedacht, Haley wäre ein zu harter Knochen für dich."

Quentin ermahnte sich, dass er Verhandlungsführer war, aber er wollte Chris einfach nur eine reinhauen. Die Art der Verbindung, die er mit Haley hatte, war nicht einfach nur die Summe ihrer Teile, aber er würde einen Teufel tun, seine Gefühle mit irgendjemandem zu teilen, bis er sie selbst besser verstand. Erschöpfung überkam ihn, und er zügelte seinen Zorn. Er war Leiter einer FBI-Einheit, kein hitzköpfiger Rekrut.

„Ich muss los. Lasst mich wissen, wenn ihr etwas hört, oder du dich noch an etwas über den Anschlag erinnerst. Und ich sollte dich warnen, dass du für ein paar Tage in ein Hotel oder auf dein Anwesen in Virginia ziehen solltest." Das Anwesen befand sich etwa dreißig Minuten nördlich von Quantico. „Die Medien werden demnächst darüber informiert, dass es Überlebende gegeben hat, und vermutlich willst du nicht, dass dein Gesicht überall in den Nachrichten auftaucht." Er wandte sich an Nick. „Sag Michelle liebe Grüße."

„Du willst tatsächlich schon los?", fragte Chris ungläubig. „Oh mein Gott, es ist dir wirklich ernst mit ihr." Er begann zu lachen. „Ich gebe dem Ganzen zwei Wochen, bevor sie genug von dir hat und dich vor die Tür setzt. Wenn es so weit ist, komm vorbei, dann können wir unseren Kummer in Bier ertränken und Blowjobs vergleichen."

Quentin verpasste Chris einen Kinnhaken, dann schüttelte er seine Hand aus.

Nick lachte und half Chris auf die Füße. „Du bist ein verfluchter Idiot, Chris. Du hast scheinbar vergessen, wie besitzergreifend und überbeschützend er sein kann."

Chris murmelte irgendwas Unverständliches und legte den Kopf in den Nacken, um das Nasenbluten zu stoppen.

„Ich bringe mich selbst zur Tür. Freut mich, dass du überlebt hast."

„Gleichfalls", grummelte Chris.

Nick brachte Quentin zur Tür. „Ignoriere ihn einfach. Sie war schon immer eine Nummer zu groß für ihn." Nick schüttelte den Kopf. „Komm mal zum Abendessen bei uns vorbei, wenn dir danach ist. Michelle würde dich wahnsinnig gern sehen, und die Kinder auch."

„Das mache ich." Quentin drückte den Arm seines Freunds, dann joggte er zu seinem Geländewagen.

Er konnte es nicht erwarten, Haley wiederzusehen, und vermisste bereits ihr Gesicht und ihr Lächeln. Es war ihm egal, wenn sie auch für ihn eine Nummer zu groß war. Nach dem Verlust von Abbie hatte er es nicht eilig. Zur Hölle, das hier war das erste Mal in fünf Jahren, dass er überhaupt darüber nachdachte, wieder mit jemandem zusammen zu sein. Ein Schritt nach dem anderen.

Er wusste nicht, ob das, was sie füreinander empfanden, auch in der echten Welt Bestand haben würde. Nach allem, was er mit Abbie durchgemacht hatte, musste er sein Herz um jeden Preis schützen, wenn er weiter als Mensch funktionieren wollte. Dann wurde ihm klar, was er da tat – Verlustaversion. Wenn Menschen solche Angst vor einem potenziellen Verlust hatten, dass sie auch auf die Chance auf Gewinn verzichteten.

Er schloss die Augen und ließ seine Stirn auf das Lenkrad sinken. Wem wollte er hier eigentlich was vormachen? Er steckte schon jetzt emotional viel zu tief drin. Seinem alten Freund einen Kinnhaken zu verpassen, hätte ihm das eigentlich augenblicklich klarmachen sollen, aber er hatte es nicht wahrhaben wollen.

Jetzt musste er also herausfinden, was zur Hölle er dagegen tun wollte.

KAPITEL ZWEIUNDDREISSIG

Seit sie Cecil Wenck in Darwin konfrontiert hatte und heute Morgen endlich wieder nach Hause gekommen war, war Haley körperlich und mental völlig erschöpft gewesen. Sie hatte einen Großteil des Tages damit verbracht, in Alex' und Mallorys frisch renoviertem Haus in Quantico zu schlafen. Als sie aufgewacht war, hatte sie das Baby im Arm gewiegt, die erste Windel ihres Lebens gewechselt und das winzige Bündel vergöttert. Dann hatte die kleine Georgina zu schreien begonnen, und Haley hatte sie mit einem Seufzer der Erleichterung an ihre Eltern zurückgegeben, damit sie gestillt werden konnte. Es war die perfekte Methode gewesen, um nach ihrem Abenteuer etwas runterzukommen.

Bevor sie nach Quantico gefahren war, hatte sie einen Zwischenstopp in ihrem Büro in Woodley Park gemacht, und war von der Welle des Zuspruchs und der Liebe völlig überwältigt worden, war erneut beeindruckt von der harten Arbeit und dem Einfallsreichtum gewesen, die eingesetzt worden waren, um sie nach Hause zu bringen.

Sie hatte eine Idee, wie sie ihre Geschäfte expandieren konnten, wusste aber nicht, ob Alex und Dermot mitziehen würden. Vermutlich konnte man damit nicht besonders reich werden, aber dabei zu helfen, vermisste Menschen zu finden, würde besser zu ihrem Firmenethos passen als Minen oder Paläste zu bewachen. Sie würde ein bisschen recherchieren und einen Vorschlag zusammenstellen. Vielleicht konnten sie eine gemeinnützige Branche ihrer Firma aufmachen.

Haley hatte geduscht und die Sachen angezogen, die Mallory ihr aus ihrem Haus in Georgetown geholt hatte. Sie hatte sogar Laufschuhe und Sportsachen eingepackt. Sie und Alex glaubten offenbar, dass Haley eine Weile hierbleiben würde. Aber jetzt, wo sie hier war, wollte sie einfach nur bei Quentin sein. Es war erbärmlich, und sie versuchte, dem ständigen Verlangen zu widerstehen. Sie waren keine Teenager mehr, und vermutlich verachtete er sie dafür, zu anhänglich oder zu gierig zu sein, oder wie zur Hölle auch immer man das nannte.

Es war weniger als eine Woche vergangen, seit ihre ganze Welt auf den Kopf gestellt worden war, also sollte sie vielleicht in allem ein bisschen langsamer machen, aber sie vermisste ihn und jetzt war er hier, um sie zum Abendessen auszuführen, wie eine ganz normale Person auf einem normalen Date. Ungeduldig stand sie da, wartete darauf, dass Alex endlich das schmiedeeiserne Tor vor seiner Einfahrt aufmachte. Anstatt Quentin hineinfahren zu lassen, rannte sie ihm entgegen. Zum Glück hatte er das Fenster hinuntergelassen, und Haley beugte sich ins Auto, nahm seinen Kopf in ihre Hände und küsste ihn, bis sie beide keine Luft mehr bekamen.

„Ich dachte, hier würde es vielleicht anders sein", gab er zu, als sie sich endlich voneinander lösten und sich in die Augen starrten.

Wieder küsste sie ihn, ganz ohne Finesse, bis er aufstöhnte und sich von ihr löste.

„Steig ein, bevor ich mich noch blamiere." Die Glut in seinen Augen war so intensiv, dass sie am liebsten das nächstbeste Bett oder auch einen abgelegenen Ort aufgesucht hätte, wo sie anhalten und die Rückbank des Geländewagens ausprobieren konnten.

Sie ging um die Motorhaube herum und sprang in den Wagen.

„Worauf hast du Lust?", fragte er.

Sie lächelte ihn vielsagend an.

„Ich würde dir gern etwas Besseres als frittierte Grillen servieren lassen, bevor ich dich nackt in ein richtiges Bett ziehe."

Diese Grillen waren ekelhaft gewesen, aber sie hatten geholfen, ihr Überleben zu sichern. „Ist mir egal, solange Fritten auf der Speisekarte stehen."

Er setzte aus der Einfahrt zurück. „Eine Frau ganz nach meinem Herzen."

Seine Worte trafen sie direkt in den Solarplexus. Hatte sie es auf sein Herz abgesehen? War das Liebe? Diese furchtbare Mischung aus Aufregung und Nervosität, die in ihren Adern um die Vorherrschaft kämpften?

„Habe ich denn eine Chance, es zu gewinnen?"

Ach, um Gotteswillen.

Was hatte sie denn geritten, ihn das zu fragen? Sie wollte am liebsten verschwinden und sich verstecken. Sie setzte ihr Herz aufs Spiel und was, wenn er kein Interesse hatte?

Er hielt das Auto an, legte eine Hand in ihren Nacken und zog sie zu sich. „Was glaubst du denn?"

Das war nicht die Antwort, auf die sie gehofft hatte. Sie holte tief Luft und preschte voran. „Ich glaube, was auch immer da zwischen uns ist, fühlt sich anders an als alles, was ich je zuvor gefühlt habe, und ich weiß nicht, was das bedeutet."

Ein Schatten flatterte über seine Augen, und er ließ sie los. Legte den Gang ein. „Lass uns was essen."

Sie lehnte sich in ihren Sitz zurück und hatte das furchtbare Gefühl, das Falsche gesagt zu haben. Sie war zu forsch gewesen. Zu fordernd. Aber sie wusste nicht, wie man so etwas machte, nicht, wenn alles, was sie sagte oder tat, sich so folgenreich anfühlte. Sie wusste, wie man verführte und flirtete. Sie wusste, wie man in Bars fremde Männer aufgabelte und fickte. Aber sie wusste nicht, wie man eine normale Beziehung führte, bei der langsame Fortschritte bei Gefühlen und Erwartungen vorausgesetzt wurden.

Sie war nicht mehr *normal* gewesen, seit sie vierzehn war. Seit der Zeit, bevor ihr Onkel eingezogen war. Sie krallte in ihrem Schoss die Hände ineinander. Vielleicht war diese ganze Sache ein einziger, großer Fehler. Vielleicht war sie gar nicht dazu bestimmt, mit jemandem in einer festen, monogamen Beziehung zu sein. Sicher, sie hatten sich gegenseitig gebraucht, um in Indonesien zu überleben, aber hier? Hier brauchten sie einander nicht. Ihre Wege konnten sich trennen, und sie würden beide überleben. Letztendlich lief die Frage darauf hinaus, was sie beide wollten.

Und warum konnte Quentin nach allem, was sie zusammen durchgemacht hatten, ihr plötzlich nicht mehr in die Augen schauen? Was genau hatte er Angst, ihr zu sagen?

DAS ABENDESSEN WAR unbeholfen. Es lag nicht am Essen oder an der Atmosphäre. Er lag an ihm.

Quentin versuchte, das Gefühl abzuschütteln, dass er seine tote Frau betrog. Jedes Mal, wenn er Haley anschaute, jedes

Mal, wenn er sich ihren Mund auf seiner Haut vorstellte, oder wie unglaublich es sich anfühlte, in ihr zu sein, kam es ihm vor, als ob ihm jemand einen Spaten ins Herz gerammt und zu graben begonnen hätte.

In Indonesien war es einfach gewesen, sich von der Person zu distanzieren, die er in den USA war. Jetzt, in seinem eigenen Land, hatte sich die Achse wieder verschoben, und seine ganze Welt schien ins Ungleichgewicht geraten zu sein. Er war sich über nichts mehr sicher, bis auf die Tatsache, dass die Spannung zwischen ihm und Haley immer mehr anwuchs, und dieser sich auftuende Abgrund seine Brust schmerzen ließ.

Er wollte sie nicht verlieren.

Diese Gefühle, die in ihm umherwirbelten, waren anders als alles, was er je zuvor erlebt hatte. Er war verliebt gewesen. Absolut und vollkommen verliebt. Und das hatte sich nicht so angefühlt. Deshalb hatten ihn Haleys Worte vorhin so mitgenommen.

Hatte sie eine Chance, sein Herz zu gewinnen? Er wusste es nicht.

Was er für Haley empfand, war vulkanisch und glutheiß und eilig auf einem instabilen Fundament errichtet. Nichts wie die felsenfeste Hingabe, die er und Abbie geteilt hatten, seit sie sich kennengelernt hatten.

Was, wenn alles, was er empfand, nur Lust war? Haley war unfassbar schön – mit oder ohne das Make-up, das sie gerne trug.

War die Schminke ihre Rüstung? Es war egal. Wenn es ihr gefiel, gefiel es ihm auch. Wenn nicht, dann nicht. Er wusste, dass sie in der Vergangenheit verletzt worden war, und dass sie ihm extrem persönliche Geheimnisse anvertraut hatte.

Wohingegen er ihr noch immer nicht von Abbie erzählt hatte.

Er hatte den wichtigsten Teil seiner selbst noch immer nicht mit ihr geteilt, nicht einmal, als er geglaubt hatte, sie würden beide sterben.

Und er wusste nicht, wie Haley darauf reagieren würde.

Wie sollte er Haley erklären, dass er ihr keine Beachtung geschenkt hätte, wenn er noch verheiratet wäre? Und trotzdem schaffte er es jetzt kaum, seine Finger bei sich zu behalten, obwohl sie in einem öffentlichen Restaurant aßen.

Haley hatte gesagt, sie wäre bereit, eine echte Beziehung mit ihm zu versuchen, aber wie konnten sie diesen Schritt gehen, wenn er ihr noch nicht die Wahrheit über seine Vergangenheit erzählt hatte?

Und was war mit all dem anderen, was sie trennte? Er war kein reicher Mann. Seine Stelle beim FBI war sein einziges Einkommen, und er hatte nicht vor, in den privaten Sektor zu wechseln, um mehr zu verdienen.

„Was ist los?" Haleys Augen waren voller Beunruhigung.

Er war unfassbar abgelenkt und konnte spüren, wie sie sich zurückzog, um sich vor dem Schmerz eines potenziellen Verlusts zu schützen. Verlustaversion war echt. Ein emotionales Risiko konnte für diejenigen, die schon früher gelitten hatten, lähmend sein.

Der Unterschied in ihrem Vermögen war etwas, womit sie sich mit der Zeit arrangieren konnten. Die Wahrheit über seine tote Frau und sein Kind war etwas, womit sie sich jetzt sofort auseinandersetzen mussten. Er streckt die Hand aus und legte sie über ihre. „Ich muss dir etwas zeigen."

„Das klingt ja ominös."

Quentin schüttelte den Kopf, brachte kein Wort mehr

heraus. Darüber konnte er keine Witze machen. Abbie hatte ihm alles bedeutet, und ihr Tod schmerzte noch immer. Er würde immer schmerzen.

Quentin bezahlte die Rechnung, und sie verließen das Restaurant und stiegen wortlos in den Geländewagen. Haley biss auf ihren Fingernägeln herum, und er konnte sehen, dass sie nervös war. Scheiße. Er vermasselte es. Die wichtigste Verhandlung seines Lebens, und er verwandelte sie in ein gottverdammtes Fiasko.

Es war nicht weit, aber es dauerte gefühlte tausend Jahre, bis sie ankamen.

Quentin hielt auf dem Parkplatz vor dem Friedhof und stieg aus, ging um das Auto herum, um Haley die Tür aufzumachen. Es war mittlerweile vollkommen dunkel, auch wenn ein paar Lampen auf dem umzäunten Friedhof der ganzen Szenen eine gespenstische Atmosphäre verliehen.

„Wenn das der Ort ist, an dem du mir gestehst, irgendeinen seltsamen Friedhoffetisch zu haben, muss ich dich, glaube ich, leider enttäuschen, bevor wir überhaupt angefangen haben." Sie lachte nervös. Sie wusste, dass das hier wichtig war. Sie machte oft Witze, wenn die Dinge ernst wurden.

Er nahm ihre Hand und führte sie durch das große, eiserne Tor, schloss es mit einem unangenehmen Quietschen wieder hinter ihnen. Sie gingen den Schotterweg entlang, konnten den Atlantik in der Abendbrise riechen.

Haley zitterte, und Quentin zog sein Jackett aus und legte es ihr mit einer Geste voller Symbolismus, der ihm nicht entging, über die Schultern.

Die Kieselsteine knirschten unter ihren Schuhen. Endlich wand er sich zwischen einer Reihe weißer Marmorgrabsteine hindurch, bis er an der Stelle angekommen war, die er für Abbie und ihren Sohn ausgewählt hatte.

Die Laternen schienen hell genug, um die Inschrift lesen zu können, die in den Stein gemeißelt war, eine unveränderliche, ewige Wahrheit. Das Gras um den Stein war ordentlich gemäht – er war hergekommen, um das Grab zu pflegen, bevor er nach Indonesien geflogen war. Verdammt, er hatte mehr Zeit hier verbracht, als auf irgendwelchen Dates. Statt Blumen hatte er ein paar von Abbies Lieblingspflanzen in Blumentöpfen, die sie noch gekauft hatte, vor den Stein gestellt – einen Lavendelbusch und eine Kamille.

Haley starrte auf den Grabstein, versuchte zu begreifen, warum er sie hierher gebracht hatte, auch wenn es direkt dort in den Stein gemeißelt war.

Abbie Savage. Geliebte Ehefrau.

Quentin räusperte sich. „Meine Frau, Abbie, ist vor fünf Jahren bei der Geburt unseres Sohns Thomas gestorben. Er ist auch gestorben."

Haley sagte sehr lange nichts.

Was dachte sie? „Sie hat ihren Job als Vertriebsmitarbeiterin gekündigt und war bereit, ihr Leben der Erziehung unserer Kinder zu widmen, aber, hm", er schluckte die alte Trauer und den Schmerz hinunter. „Es hat nicht sollen sein."

„Deshalb warst du so still, als ich gesagt habe, ich hätte so ein Gefühl noch nie im Leben verspürt." Haley trat einen Schritt zurück und verschränkte die Arme vor der Brust. „Weil du es schon einmal erlebt hast."

Das eiserne Band um seine Brust zog sich zusammen. „Abbie war süß und wunderschön und die netteste Person, die ich jemals gekannt habe. Sie hat mir mehr bedeutet als jeder andere Mensch. Ich habe sie von ganzem Herzen geliebt.“

Tränen liefen über Haleys Gesicht. „Es tut mir so leid, dass du sie verloren hast, Quentin.“

Sie griff nach seiner Hand. Ihr Mitleid löste den Druck auf seinem Brustkorb, denn er hätte wissen sollen, dass Haley nicht eifersüchtig sein würde. Sie war besser als das.

Langsam schüttelte sie den Kopf. „Aber ich verstehe nicht, warum du sie nicht früher erwähnt hast.“

Sein Hals wurde rau. „Es schien nie der richtige Zeitpunkt zu sein, und dann war Darby bei uns, und ich wollte nichts erzählen, was ihre Traurigkeit noch verstärkt hätte.“

„Was war mit den Augenblicken, in denen wir allein waren? Oder nachdem wir gerettet worden waren?“

Er wollte es ihr erklären. Wollte, dass Haley alles wusste, aber er konnte nicht herunterspielen, was Abbie ihm bedeutet hatte. Er war sich nicht sicher, wo er anfangen sollte. „Ich wusste nicht, wie ich dir erzählen sollte, dass ich verheiratet war. Glücklich verheiratet. Selig. Und als sie gestorben ist, ist auch etwas in mir gestorben.“ Er fuhr sich mit der Hand durch die Haare. „Aber was ich bei Abbie gefühlt habe, ist nicht wie das, was ich für dich empfinde.“

Haley zuckte zusammen.

Quentin wollte ihr gerade sagen, dass er verrückt nach ihr war, aber in diesem Augenblick plärrte das Diensthandy los, das er heute erhalten hatte, und zerriss die Stille. Er beeilte sich, es auszuschalten, aber im nächsten Augenblick stürzte Haley in Richtung des Friedhofstors davon.

„Haley! Warte. Bitte warte!“ Er rief hinter ihr her, aber sie rannte weiter. Verdammt aber auch, die Frau hatte Beine.

Wenn man bedachte, dass Worte sein Metier waren, dann konnte er nicht glauben, wie unfassbar er diese Unterhaltung in den Sand gesetzt hatte.

Okay. Er atmete tief durch. Sie würde am Geländewagen auf ihn warten, und er könnte ihr genau erklären, was sie ihm bedeutete. Dass er sich in sie verliebte. Dass ihm das eine ebenso große Angst einjagte wie ihr.

Auf halbem Weg zum Auto fand er sein Jackett, das in einem Häuflein auf der Erde lag. Er hob es auf, dann hörte er ein Motorengeräusch und ein Auto, das davonfuhr.

Als er am Friedhofstor ankam, blickte er sich suchend um, aber Haley war nirgendwo zu sehen. Er ging um seinen Wagen herum. Sie war nicht da. „Haley?"

Verdammt. Das Auto, das gerade losgefahren war, musste sie mitgenommen haben.

Quentins Stimmung kochte. Er machte sich fruchtbare Sorgen, dass sie von irgendeinem Psychopathen umgebracht werden würde, nur Stunden, nachdem sie nach ihrem Albtraum wieder in den USA gelandet war, und das alles nur, weil sie nicht die Geduld gehabt hatte, ihn einmal durchatmen und sein Handy ausstellen zu lassen? Ihn seine Gedanken ordnen zu lassen? Sich über die Dinge klarwerden zu lassen?

Wer machte denn *sowas*?

Langsam fuhr er zu Alex Parkers Haus, versuchte, sich während der Fahrt zu beruhigen. Als er ankam, drückte er auf den Knopf der Gegensprechanlage. „Ist sie hier? Ist sie in Ordnung?"

„Sie ist hier, aber sie will nicht mit Ihnen sprechen." Alex Parker. Türsteher.

Quentins Augen waren schmal, als er in die Kamera blickte. „Sie ist mit irgendeinem Wildfremden nach Hause gefahren, anstatt mit mir zu sprechen?" Wieder atmete er tief durch. Er wollte einfach nur sein Fenster hochrollen, das Auto wenden und nach Hause fahren, um zu schlafen.

Nur dass Haley keine ausgeglichene Entscheidung treffen würde, wenn sie nicht alle Fakten hatte. Sie würde einfach nur weiter versuchen, vor dem potenziellen Schmerz davonzurennen. Also entschied er sich, sein Herz auf einem Silbertablett zu präsentieren, denn er hatte schon gelernt, dass das Leben kurz war, und sich Gelegenheiten wie diese nicht jeden Tag boten. Stolz war ein kalter und einsamer Begleiter.

„Können Sie ihr eine Nachricht von mir übermitteln?" Die Gegensprechanlage blieb stumm, aber er wusste, dass sie im Haus war. Zuhörte. „Ich muss ihr von Abbie erzählen, von dem Leben, das ich mit meiner verstorbenen Frau geteilt habe, damit Haley und ich die Chance haben, eine Beziehung zu beginnen, wie wir es in Indonesien besprochen haben. Als ich gesagt habe, dass ich nicht für Haley empfinde, wie ich für Abbie empfunden habe, meinte ich, dass ich nicht …" *Scheiße.* Musste er das wirklich über eine verfluchte Gegensprechanlage machen?

„Richten Sie ihr aus, dass wir reden müssen." Er bemühte sich um Geduld. Jetzt die Fassung zu verlieren, würde niemandem helfen, vor allem nicht, wenn sie alle erschöpft und überspannt waren. „Und sagen Sie ihr, dass sie an ihren Zuhörfähigkeiten arbeiten muss." Und er musste an seiner Vortragsweise arbeiten.

Quentin legte den Rückwärtsgang ein und fuhr davon. Wütend zu sein, würde ihnen nichts bringen. Und vielleicht brauchten sie auch beide ein wenig Abstand. Abstand, um herauszufinden, ob es sich auch hier zu Hause noch um das zu kämpfen lohnte, was sie in diesem indonesischen Höllenloch gefunden hatten.

KAPITEL DREIUNDDREISSIG

EILIG LIEF DARBY von der Bar zurück zu ihrem Wohnheim auf dem Gelände der FBI-Academy, klammerte ihre Finger um einen kleinen Pizzakarton. Die ganze Zeit über spürte sie, wie Augen sie beobachteten, herauszufinden versuchten, wer sie war, mit ihren Zivilklamotten und ihrem Besucherausweis. Vermutlich dachten sie, sie wäre eine Gastdozentin oder eine Polizistin.

Die Vorstellung gefiel ihr.

Am schlimmsten war es, wenn jemand sie erkannte. Ein paar der Agenten, die mit auf dem Schiff gewesen waren, hielten sich ebenfalls auf dem Campus auf, und wenn sie Darby anlächelten, konnte sie das Mitleid in ihren Augen erkennen. Sie senkte jedes Mal den Kopf und eilte davon.

Schritte ertönten hinter ihr. Die Angst schoss in jeden Nerv ihres Körpers, und sie ging schneller. Der Verfolger ebenfalls. Sie war eine halbe Sekunde davon entfernt, vor blinder Angst zu ihrem kleinen Zimmer loszusprinten, als jemand hinter ihr herrief.

„Darby. Warte."

Ihr Herz machte vor Erleichterung einen kleinen Sprung. Eban. Eban Winters. Sie hatten in den letzten Tagen viel Zeit miteinander verbracht, aber nur selten allein, seit die Frau vom Opferbeistand eingetroffen war.

Darby hatte sich millionen Mal an diesen zarten,

behutsamen Kuss auf dem Schiff zurückerinnert. Daran zu denken hatte ihr geholfen, nicht den Verstand zu verlieren, wenn sie nachts schreiend aufwachte.

„Eban." Sie fuhr herum und lächelte ihn an. „Wie geht es dir?"

Seine braunen Augen funkelten. „Ich dachte, das wäre mein Spruch." Er rieb sich den Nacken. „Ich wollte nach dir sehen, bevor ich für heute nach Hause fahre."

Es irritierte sie ein wenig, dass er in der Nähe wohnte. Dass er zurück in seiner normalen Welt war, während sie noch immer so seltsam in der Luft hing und nicht wirklich wusste, was die Zukunft bringen würde, und auch noch nicht so weit war, darüber nachzudenken. Sie musste ihrem Vater erzählen, was passiert war. Ihrem Doktorvater auch. Bei dieser Vorstellung wollte sie sich am liebsten in einen Ball zusammenrollen und hin- und herschaukeln.

Sie gingen weiter.

„Ich hatte solchen Hunger, dass ich kurz raus bin, um was zu essen zu holen. Es hatte nur noch die Bar offen, aber sie hatten zum Glück Pizza zum Mitnehmen" Sie hielt den Karton hoch wie eine Idiotin. Dann schüttelte sie über sich selbst den Kopf und ging weiter. An der Tür balancierte sie den Karton und eine Dose Cola in einer Hand, während sie nach ihrem Schlüssel kramte.

Eban wartete geduldig, dann hob er den Schlüssel auf, als sie ihn fallenließ. Sie zuckte zusammen, als er an ihr vorbeigriff, um die Tür aufzuschließen, und Eban tat so, als ob er es nicht bemerkt hätte.

Sie hasste sich dafür, so schreckhaft zu sein. Es war ja nicht so, als ob ihr irgendjemand noch mehr antun könnte, als sie schon erlitten hatte. Körperlich war sie fast vollständig geheilt.

Psychisch war es ein Auf und Ab, die reinste Berg-und-Tal-Bahn.

Als sie ihr kleines Zimmer betreten hatte, stellte sie alles auf dem Schreibtisch ab, zog die Schuhe aus und stellte sie neben die Tür. „Komm rein."

Sie zwang sich ein großes Lächeln aufs Gesicht, damit er nicht glaubte, sie hätte Angst davor, allein mit ihm zu sein.

Er machte einen Schritt in das Zimmer hinein und ließ die Tür hinter sich ins Schloss fallen.

„Wohnst du in der Nähe?" Darby öffnete ihre Coladose und trank einen Schluck. Nie im Leben würde sie jetzt einen Bissen hinunterbekommen, obwohl sie gerade noch am Verhungern gewesen war.

Eban fuhr sich mit der Hand durch die Haare. Es war ein wenig wellig, war ihr aufgefallen. Und obwohl er sich rasiert hatte, bevor sie heute Morgen mit dem Flugzeug wieder in den Staaten gelandet waren, hatte er jetzt schon wieder einen Bartschatten auf den Wangen.

„Ich teile mir zusammen mit einem anderen Verhandlungsführer der Krisenverhandlungseinheit eine Wohnung, ein paar Meilen südlich von hier. Wir sind beide so viel unterwegs, dass wir uns nur selten über den Weg laufen. Es ist im Prinzip also fast so, als würde ich allein wohnen." Er zuckte mit den Schultern. „Im Augenblick ist das super so für mich."

„Warum bist du FBI-Agent geworden?" Sie wollte unbedingt, dass er blieb, was dämlich war. Aber hatte er ihr nicht gerade durch Zufall gesagt, dass er nicht verheiratet oder mit irgendjemandem zusammen war?

Okay, der zweite Punkt war für einen gut aussehenden Kerl wie ihn ziemlich weit hergeholt, aber es gab etwas, was sie in ihren Gedanken hin und her gewälzt hatte… Als Wissenschaftlerin wusste sie, dass es unmöglich war, eine schlechte Erinnerung durch eine gute zu ersetzen, solange sie keine guten Erinnerungen hatte, die dafür herhalten konnten.

Sie setzte sich auf das Bett, lehnte sich mit dem Rücken an die Wand. „Setz dich." Sie klopfte neben sich auf die Decke.

Er blickte sie bedächtig an, um sicherzustellen, dass diese Nähe in Ordnung für sie wäre, aber er hatte seit ihrer Rettung so viel Zeit mit ihr verbracht, dass sie anfing, diese Blicke zu verabscheuen. Ja, fremde Männer machten sie nervös, aber sie hatte nicht Angst vor allem und jedem.

Sie wollte mehr sein als nur ein Opfer.

„Ich muss dir etwas über deine Angreifer erzählen."

Darby erstarrte. Allein bei dem Gedanken an sie musste sie würgen. Sie hatte einen von ihnen erstochen, ihn mit ihren eigenen Händen umgebracht, als Quentin in der Nacht ihrer Rettung mit ihm gekämpft hatte. Und sie würde es tausendmal wieder tun.

„Sie sind alle tot."

„Was? Wie?" Eine Welle der Erleichterung überkam sie. Hatten die US-Streitmächte sie umgebracht? Bevor oder nachdem Alice Alexander gerettet worden war? Auf dem Schiff hatten sie sich geweigert, ihr irgendwas zu erzählen – sogar Quentin und Haley hatten ihr scheinbar etwas verschwiegen.

„Wir sind uns nicht sicher, wer sie umgebracht hat. Sie wurden tot auf der Insel gefunden, als wir sie verhaften wollten."

Offensichtlich hatten sie es also seit einer Weile gewusst, aber niemand hatte es ihr erzählt. Weil sie *zerbrechlich* war. Sie hasste dieses Wort. „Sie sind *alle* tot?"

„Jeder auf der Insel ist tot. Bis auf Alice."

Darby runzelte die Stirn. „Aber es ist möglich, dass welche von ihnen entkommen sind. Es gab eine Gruppe von Männern, die mit einem Boot nach Pulau Gunung Rebi gekommen sind. Vielleicht gibt es noch andere."

„Das ist möglich, aber nicht wahrscheinlich."

Darby rieb sich die Stirn. „Ich will Fotos sehen."

„Sie wurden erschossen und brutal ermordet."

Das war ihr egal. „Ich will die Fotos der Gesichter sehen, um zu bestätigen, dass sie alle tot sind."

Eban schüttelte den Kopf. „Das kann ich nicht machen. Du würdest sie womöglich nicht einmal erkennen, wenn du sie siehst."

„Ich würde sie erkennen."

„Mit einer Kugel im Gesicht?"

Seine Worte sollten sie schockieren, aber ihm wurde klar, dass das unmöglich wäre, wenn er durchgemacht hätte, was sie durchgemacht hatte.

„Ich würde sie erkennen", beteuerte sie erneut. Jedes Mal, wenn sie die Augen schloss, sah sie ihre grinsenden Gesichter und ihre widerlichen, anzüglichen Blicke. Roch ihren Schweiß und ihren Atem und hörte die Geräusche ihres angestrengten Stöhnens, das sich mit ihren eigenen gequälten Schreien vermischte. Vielleicht sah sie zerbrechlich aus, aber sie hatte das Gefühl, innerlich aus Stahl gemacht zu sein.

Eban schaute sie an, als ob er noch weitere Fragen stellen wollte, es sich aber anders überlegte.

Endlich setzte er sich neben sie. „Hast du dich heute gut auf dem Campus der Academy zurechtgefunden?" Er wechselte das Thema. Machte weiter.

Sie beließ es dabei. Sie würde mit Quentin sprechen.

Nachdem sie heute Morgen hier angekommen waren, hatte Eban sie mit dem Opferbeistand alleingelassen und war in sein eigenes Büro irgendwo in der Nähe gegangen. Er hatte ihr nicht verraten, wo genau. Er streckte seine Beine auf dem Bett aus und lehnte sich neben ihr gegen die Wand.

Auf der Insel, während Quentin Wache gehalten hatte, hatte Haley ihr anvertraut, dass sie ihre Autonomie zurückgewonnen hatte, indem sie die Kontrolle über ihr Sexleben übernommen hatte. Darby war sich nicht ganz sicher, wie man das anstellte, aber sie mochte Eban, und der Kuss hatte funktioniert.

Vielleicht, wenn sie Sex hatten …

Aber wie konnte sie ihn dazu überreden?

Sie kam sich unbeholfen und plump vor, als ob ihr ihre Absichten auf der Stirn geschrieben stünden. Sie musste etwas finden, über das sie sprechen konnten und das ihn nicht an das erinnerte, was sie durchgemacht hatte. Männer sprachen in der Regel gerne über sich selbst. „Das Zimmer hier erinnert mich an ein College-Wohnheim. Hast du auch hier gewohnt, als du dein Training absolviert hast?"

Er lächelte, und kleine Fältchen spielten um seine dunklen Augen. „Mein Zimmer war in einem anderen Flügel, aber ja, es war diesem hier sehr ähnlich, allerdings haben wir uns damals sogar ein Zimmer geteilt. Ich und ein Kerl namens Mike Tanner, der mittlerweile Kommunikationsexperte hier am Nationallabor ist. Toller Typ. Er hat mir dabei geholfen, die ganzen Bundesgesetze auswendig zu lernen, die wir als Agenten kennen müssen."

„Bist du gerne Verhandlungsführer?"

Er lächelte sie an. „Ja. Für eine Weile war ich in einem SWAT-Team in L.A., aber am meisten fasziniert war ich während dieser Zeit immer davon, wie Verhandlungsführer den Anstiftern ausreden konnten, ihre Sache durchzuziehen. Ich fand es ziemlich cool, so etwas zu können, und habe um eine Hospitanz bei den Verhandlungsführern in L.A. gebeten. Zuerst haben sie sich geweigert, weil anscheinend jeder Verhandlungsführer sein will, aber irgendwann habe ich so genervt, dass mein Vorgesetzter mich mit ihnen hat arbeiten lassen, und ich schließlich zum zweiten Mal einen Trainingskurs absolviert habe."

„Du hast den Wert von Hartnäckigkeit gelernt?"

„Da, wo ich herkomme, nennt man das jemandem auf die Eier gehen."

„Montana, richtig?"

„Richtig."

Sie hatte eins von diesen Gedächtnissen, die solche Informationen speicherten. Das war hilfreich für ihr Studium. Für andere Dinge nicht so sehr.

„Wie ist es da so?"

Er lächelte. „Ich komme aus einer abgelegenen Stadt hoch oben in den Rockies. Vermutlich die wunderschönste Landschaft der Welt, aber die Leute sind von Natur aus misstrauisch und mögen keine Fremden."

„Misstrauen ist vermutlich nützlich, wenn man FBI-Agent ist, hm?"

Er lachte, und sein Blick fiel für eine Sekunde definitiv auf ihre Lippen, bevor er sich wieder abwandte. Hatte auch er an den Kuss gedacht? Sie konnte nicht aufhören, daran zu denken, außer, wenn sie an die schrecklichen Dinge dachte. Sie zwang diese Gedanken fort. Leckte sich über die Unterlippe und sah seine Augen wieder zu ihrem Mund flackern.

Aha. Womöglich hatte er ein bisschen Interesse an ihr.

Sie war sich nicht sicher, wie sie ihn dazu bringen konnte, dem auch nachzugeben. Und sie wollte wirklich, dass er das tat. Wollte es unbedingt.

Er begann, ihr davon zu erzählen, was morgen passieren würde, aber sie hörte nicht mehr zu. Sie rutschte ein wenig auf dem Bett herum, sodass sich ihre Schultern berührten, dann fuhr sie mit ihrer Hand ihren Oberschenkel entlang, um sein Bein zu streifen.

Sein Monolog stockte kurz, bevor er fortfuhr.

„Eban", unterbrach sie ihn und beugte sich näher. Als er den Kopf wand und sie anschaute, waren sie nur Zentimeter voneinander entfernt. „Ich kann nicht aufhören, an diesen Kuss zu denken." Er blinzelte. „Ich dachte, wenn wir vielleicht Sex hätten, könnte es den gleichen Effekt haben und mir dabei helfen, auszublenden, was sie mir angetan haben."

Seine Pupillen wurden groß, und der Mund fiel ihm auf, als sie langsam mit ihrer Hand über seinen Oberschenkel strich. Sie beugte sich vor, und er öffnete seine Lippen, vermutlich, um zu diskutieren, aber sie küsste ihn. Sie hörte nicht auf, ihn zu küssen, auch wenn sie nicht wusste, was genau sie hier tat.

Er saß da, ballte die Hände zu Fäusten und atmete schwer. Endlich küsste er sie zurück.

„Stopp. Stopp. Stopp." Er wich zurück und griff nach ihrer Hand, obwohl sich seine Brust heftig hob und senkte. „Das können wir nicht tun. Nicht nach allem, was du durchgemacht hast."

Sie erstarrte. „Du meinst, wenn ich nicht vergewaltigt worden wäre, würdest du Sex mit mir haben?"

„Ja. Nein! *Verdammt*. Das könnte mich meinen Job kosten, Darby. Aber noch viel wichtiger, du *wurdest* vergewaltigt." Er hielt ihre Handgelenke fest, blickte sie an und sie konnte die dünnen, goldenen Linien im Braun seiner Iris erkennen. „Du wurdest vergewaltigt und traumatisiert und ich werde nicht der Mann sein, den du benutzten kannst, wenn du glaubst, die Kontrolle über deinen Körper wiederzugewinnen und dabei in Wirklichkeit dein Selbstbewusstsein systematisch zerstörst."

Sie blinzelte ihn an. „Ich wollte dich nicht benutzen." Sie versuchte, sich seinem Griff zu entziehen, aber er ließ sie nicht los. Für ein paar Sekunden war das in Ordnung, aber dann wurde sein Griff um ihr Handgelenk enger. Ihr Herz explodierte, und sie kämpfte gegen ihn an, um sich zu befreien. Als sie es schließlich geschafft hatte, saß er nur da, hatte eine Augenbraue hochgezogen und starrte sie mit einem *Habe-ich-doch-gesagt*-Blick an.

Sie sprang vom Bett und lief im kleinen Zimmer auf und ab. Rieb das Gefühl seiner Finger auf ihrer Haut fort, wurde von Bildern und Geräuschen und Gerüchen bombardiert. Schweiß. Sperma. Blut.

Sie begann, zu hyperventilieren, und Eban war plötzlich direkt neben ihr. Er setzte sie auf die Bettkante, half ihr, ihre Hände wie eine Schale vor ihren Mund und ihre Nase zu halten.

„Atmen, Darby. Langsam. Tief."

Sie saugte die Luft in ihre Lungen wie ein Kettenraucher. Ihr Hals fühlte sich rau an, und das beschwor eine weitere Panikwelle herauf.

„Einatmen, ausatmen." Er rieb ihr den Rücken und sprach behutsam auf sie ein, beruhigte sie, und endlich, nach einer gefühlten Stunde, sackte ihr Körper zusammen und gab nach. Erschöpft und ausgelaugt. Wieder einmal wiegte er sie an seiner Brust. Wieder einmal schluchzte sie.

Endlich driftete sie in den Schlaf. Als sie wieder aufwachte, war er verschwunden.

KAPITEL VIERUNDDREIßIG

HALEY ZEIGTE DEM Wachposten ihren Ausweis und der Marine mit der versteinerten Miene sprach per Funk mit jemandem, bevor er sie bis zum nächsten Schlagbaum durchwinkte. Sie traf sich mit Darby, der eine private Unterkunft auf dem Campus der FBI-Academy gestellt worden war, bis sie sich gut genug fühlte, um wieder nach Hause zu fliegen. Das war Quentins Werk, da war Haley sich sicher. Er beschütze sie. Er sorgte für ihre Sicherheit.

Es war Mittag, und sie hatte heute Nacht zehn Stunden durchgeschlafen. Alex hatte sie im Arm gehalten, während sie ihre eigene Feigheit beklagt hatte. Bis sie nach draußen gerannt war, um Quentin zu sagen, dass es ihr leidtat, davongestürmt zu sein, war er schon verschwunden. Alex hatte ihre Hand gehalten und ihr geraten, zu schlafen, anstatt dem Kerl auf der Stelle hinterherzurennen. Ausnahmsweise hatte sie auf ihn gehört.

Jetzt kam sie sich unglaublich töricht vor und wusste nicht, wie sie ihm jemals wieder unter die Augen treten sollte. Warum sollte er mit jemandem zusammen sein wollen, der so flatterhaft und unbeständig war wie sie? Sie hatte feuchte Hände und wischte sie an ihrer Lieblings-Levi's ab.

Sie war davongerannt, weil sie davon überzeugt gewesen war, dass Quentin ihr sagen wollte, er würde sie nicht lieben und würde sie niemals so lieben können, wie er seine tote Frau geliebt hatte, und ihr Herz hatte es nicht ertragen können. Es hatte zu verflucht wehgetan.

Wie sollte sie jemals eine Chance gegen die Erinnerung an eine perfekte Mutter und Hausfrau haben, die kurz davor gewesen war, ihm ein Kind zu schenken – etwas, wozu Haley niemals in der Lage sein würde?

Das eigentliche Problem war aber, dass sie die Nerven verloren hatte. Ihr Selbstbewusstsein war durch die Erfahrung mit den Entführern zerstört worden, und sie versuchte, den verletzlichsten Teil ihrer selbst zu beschützen – ihr Herz. Aber Quentin hatte es nicht verdient, so behandelt zu werden. Nach allem, was sie zusammen durchgemacht hatten, war sie ihm eine Erklärung für ihr Verhalten schuldig und musste ihm die Möglichkeit geben, auszureden. Ihn respektieren. Sie hatte Mist gebaut. Ihre Beziehung auf genau die Art und Weise sabotiert, vor der Alex sie schon gewarnt hatte.

Erwachsensein war schwer.

Sie atmete tief ein, versuchte, ihre Beklemmung zu zügeln.

Nachdem sie sich mit Darby getroffen hatte, würde sie nach Quentin suchen. Sich entschuldigen, auch wenn sie bezweifelte, dass es einen Unterschied machte. Sie war so offensichtlich nicht die Sorte Frau, auf die er sich normalerweise einließ.

Am Besucherzentrum vor dem Campus hatte sie einen Besucherausweis erhalten, den sie sich an ihre gelbe Bluse gesteckt hatte. Sie trug noch immer die Kampfstiefel, an die sie sich so gewöhnt hatte. Sie waren bequem. Und sie erinnerten sie auch daran, was sie durchgemacht hatte. Dass sie einen anderen Menschen umgebracht hatte, um zu überleben.

Sie war noch nicht bereit, wieder völlig in ihr altes Leben einzutauchen, als ob die Entführung nie stattgefunden hätte.

Sie musste das richtig verarbeiten. Ihre Ergebenheit Jimmy Choo gegenüber war nicht gestorben, aber im Augenblick wusste sie die Freiheit und die Kraft der hohen Stiefel zu schätzen.

Haley bog auf den Parkplatz und fuhr mit dem Audi, den sie von Alex ausgeliehen hatte, auf einen Besucherparkplatz – er hatte sie gestern vom Flughafen abgeholt und darauf bestanden, sie überall hinzukutschieren, damit sie sich ausruhen konnte. Das bedeutete, dass ihr Auto noch immer in D.C. stand.

Im Rückspiegel überprüfte sie ihr Aussehen. Sie trug ihren liebsten Lippenstift und nur sehr leichtes Make-up. Sie stieg aus und ging hinüber zum Haupteingang, entdeckte Darby, die im schattigen Foyer stand. Die roten Haare der Frau hingen lose auf ihre Schultern herab, und ihre Haut war noch immer blass, trotz der leichten Bräune, die sie in den Tropen bekommen hatte. Darby war eine der wenigen Menschen hier, die keine beige Hose und ein Poloshirt trug. Stattdessen hatte sie ein beiges T-Shirt an, Khakishorts und die hässlichsten Trekkingsandalen, die Haley jemals gesehen hatte.

Sie sah aus wie eine knallharte Geologin auf Expedition.

Haley liebte alles an dieser jungen Frau und war fest entschlossen, ihr einen sorgenfreien Tag mit Shopping zu ermöglichen und sie mit allem zu verwöhnen, was sie sich nur wünschte. Sie bekam den Eindruck, dass Darby hart für alles arbeiten musste, was sie hatte, und sie hatte nicht gerade besonders viel.

Sie umarmten sich, und Haley bemerkte die vielen Augen, die sie beobachteten. Es war klar, dass sie keine FBI-Agentinnen waren.

„Hattest du einen guten Flug zurück?", fragte Haley.

Darby lächelte und rieb ihre nackten Arme. „Es war eine gute Mahnung, nicht in die Armee einzutreten." Darby und Eban waren mit einem Militärtransport zurückgeflogen. „In dem Flugzeug waren auch viele Särge – aus dem Hotel."

Haley zuckte zusammen.

„Ich bin so froh, dass du und Quentin diesen Anschlag überlebt habt. Nicht nur, weil ihr mich gerettet habt."

Haley nahm Darbys Hände in ihre. „Ich auch."

„Wie geht es Quentin?"

Haley schloss für einen Moment die Augen und schluckte. „Ich habe etwas sehr Dummes gemacht."

Darbys Augen wurden groß. „Ich auch."

„Lass uns einen Kaffee trinken und reden."

Darby ging voran den Flur hinunter, winkte einer blonden Frau zu, die mit der Rezeptionistin sprach. Haley erkannte sie von Alex und Mallorys Hochzeit wieder.

„Das ist Erin Donovan, mein Opferbeistand", erklärte Darby. „Sie hilft mir dabei, mit der ganzen Sache zurechtzukommen. Wir treffen uns später noch und sprechen darüber, wie ich das alles meinem Vater und meinem Doktorvater erklären kann. Sie kennt noch ein paar andere Opfer von Vergewaltigungen und will, dass wir uns kennenlernen, weil sie glaubt, unsere ähnlichen Erfahrungen könnten mir verstehen helfen, dass ich nicht allein bin und mir jemanden geben, mit dem ich darüber sprechen kann, aber ich weiß nicht so recht." Darby klang überwältigt. „Im Augenblick hilft sie Alice dabei, Eriks Beerdigung zu organisieren. Alice habe ich vorhin besucht. Sie wurde sechs Monate lang gefangen gehalten." Darby sah verzweifelt aus. „Ich habe kaum eine Woche überlebt, und diese arme Frau war sechs Monate dort."

Haley legte Darby die Hand auf den Arm und blieb stehen.

Die Kidnapper hatten Alice nicht das angetan, was sie Darby angetan hatten. „Du bist einer der tapfersten Menschen, die ich jemals kennengelernt habe. Ich hatte die ganze Zeit über Quentin bei mir, und er hat mich beschützt. Du warst allein und in der Unterzahl und hast überlebt *und die nicht*“, wisperte Haley eindringlich.

„Aber ...“ Darby verstummte.

„Es ist nicht einfach, sich selbst zu vertrauen“, sagte Haley wissend.

Und vielleicht war das der wahre Grund, weshalb sie Quentin gestern Abend davongerannt war. Wie konnte sie jemals mit seiner perfekten toten Frau mithalten, von der sie zunächst nichts gewusst hatte?

Und *das* war ihm gegenüber nicht fair und es war auch ihr gegenüber nicht fair und vor allem war es auch der armen verstorbenen Abbie gegenüber nicht fair.

„Ein sexueller Übergriff bedeutet, dass man sich selbst unglaublich anzweifelt, auch wenn nichts davon dein eigener Fehler ist.“

Sie bestellten ihre Kaffees und suchten sich einen Tisch.

Haley schlürfte an dem kochend heißen Gebräu und entschied sich, anzufangen. „Quentin hat mir gestern Abend das Grab seiner verstorbenen Ehefrau gezeigt. Ich hatte nicht gewusst, dass er verheiratet gewesen war, aber ich hätte es mir denken können. Er ist so verdammt perfekt. Ich bin ein bisschen ausgerastet, als er mir gesagt hat, dass das, was er für mich empfindet, anders ist als das, was er für sie empfunden hat, und ich bin wortwörtlich davongerannt.“

Darbys grüne Augen wurden groß und dunkel. „Du bedeutest ihm was, Haley. Wie kannst du das bezweifeln?“

Haley fuhr mit ihren Fingern über die Rillen im

Kaffeebecher. „Das geht ganz einfach, wenn man sich niemals zuvor gestattet hat, sich in jemand anderen zu verlieben." Sie blickte auf und erwiderte Darbys mitfühlenden Blick. Das Mädchen verstand sie. „Die Realität dessen, dass er bereits die Liebe seines Lebens verloren hat, hat mich sehr getroffen." Sie strich sich die Haare aus dem Gesicht und schluckte den Kloß in ihrem Hals hinunter. „Ich schätze, ich kann mir nicht vorstellen, tatsächlich die Sorte Frau zu sein, die er in seinem Leben haben will." Ihre Hände ballten sich zu Fäusten. Sie wollte ihn nicht verlieren, aber konnten sie es wirklich schaffen, dass diese Sache zwischen ihnen funktionierte? Das kam ihr heute so unmöglich vor, nachdem es ihr gestern unaufhaltsam erschienen war.

„Ich habe versucht, Eban Winters zu verführen", flüsterte Darby.

Haley riss die Augen auf.

„Ungefähr so hat er auch geschaut, als ich versucht habe, ihn zu küssen." Darbys Lippen zuckten mit unerwartetem Humor.

Haley war selten sprachlos.

„Es war wegen dem, was du darüber gesagt hast, nicht zuzulassen, dass jemand mir die Freude an Sex nimmt. Ich dachte, wenn ich eine gute Erfahrung machen würde, an die ich denken kann, anstatt an die … die Vergewaltigungen …" Sie stolperte über ihre Worte. „Dann würde es mir leichter fallen, diese Sache zu verarbeiten."

Haleys Verstand kam kreischend zum Stehen. Auf der Insel hatte sie Darby etwas geben wollen, woran sie sich festklammern konnte. Sie hatte nicht gewusst, wie lange sie dort festsitzen würden oder ob sie jemals gerettet wurden. Sie hatte Darby Hoffnung geben wollen. Sie war keine verfluchte

Therapeutin und man brauchte sich ja nur anzuschauen, wie ihr Liebesleben den Bach hinunterging. „Was hat Eban gesagt?"

„Für eine Nanosekunde hat er mich zurückgeküsst, und dann hat er sich daran erinnert, wer ich bin. Er ist auch davongerannt."

„Das tut mir sehr leid." Haley wollte Darby so sehr dabei helfen, zu heilen. „Aber wenn das irgendjemand herausfindet, verliert er womöglich seinen Job."

Darby seufzte. „Das hat er auch erwähnt, aber ich werde es niemandem erzählen, nur dir, und du darfst es *auf keinen Fall* Quentin erzählen."

Denn Quentin war Ebans Boss.

Haley streckte die Hand aus und griff nach Darbys Fingern. „Ich weiß, dass du versuchst, das alles logisch zu verarbeiten, aber ich glaube, Eban hat die richtige Entscheidung getroffen. Es ist noch zu früh."

Darby sah trotzig aus.

Haley beugte sich zu ihr. „Ich mache dir einen Termin bei meiner Therapeutin. Sie ist wundervoll und sie arbeitet regelmäßig mit Überlebenden sexueller Gewalt."

Darbys Mundwinkel sanken nach unten. „Ich lebe in Alaska."

„Nimm dir ein bisschen frei. Du kannst bei mir in D.C. wohnen. Oder wenn du das nicht willst, kannst du auch Videosprechstunden mit ihr vereinbaren."

Darby blickte sie schräg an. „Glaubst du wirklich, eine Therapeutin könnte mir helfen, nach allem, was ich durchgemacht habe?"

Haley nickte. „Und wenn nicht, finden wir jemanden, der mehr in deiner Nähe ist und der helfen kann."

Darby spielte mit dem Zuckertütchen, das auf dem Tisch lag. „Es ist den Preis beinah wert, weißt du."

„Was?"

„Dich und Quentin getroffen zu haben." Darbys Augen schwammen vor Tränen, aber sie ließ sie nicht fallen.

„Sag das nicht." Haley griff nach Darbys Hand. „Vergleiche diese beiden Dinge nicht. Ich will nicht mit diesen Monstern in Verbindung gebracht werden."

Darby beugte sich zu ihr und flüsterte, „Sie sind alle tot. Eban hat es mir erzählt."

Haley nickte. „Ich weiß. Das wollte ich dir erzählen."

„Ich habe gefragt, ob ich ihre Gesichter sehen kann, aber Eban hat das für keine gute Idee gehalten. Er hat zu dem Zeitpunkt vermutlich bereits geglaubt, dass ich völlig verrückt bin. Kein Wunder, dass er keinen Sex mit mir haben wollte."

„Nimm dir etwas Zeit ..." Haley schüttelte über sich selbst den Kopf. „Weißt du was, Darby, mach einfach, was du willst, aber sei nicht überrascht, wenn es anders läuft, als du dir vorgestellt hast. Und sprich mit der Therapeutin, bevor du losziehst und in irgendwelchen Bars fremde Typen aufgabelst."

Ein paar Männer in schwarzer Kampfausrüstung betraten die Cafeteria und scherzten laut herum, waren am Schwitzen.

Ein Teil der Geiselbefreiungseinheit, aber nicht die Truppe, die mit ihnen auf dem Schiff gewesen war.

Einer der Männer erblickte Darby und Haley sah, wie seine Augen groß wurden. Weil er sie erkannte oder weil ihm gefiel, was er sah, konnte sie nicht sagen.

Darby zuckte zurück und schirmte mit einer Hand ihr Gesicht ab. „Ich will einfach, dass diese lähmende Angst verschwindet", murmelte sie Haley zu. „Ich habe keine Angst vor Quentin oder Eban oder nicht mal vor Max, aber bei allen anderen würde ich am liebsten schreiend den Flur hinunterstürzen."

„Das braucht Zeit", versicherte Haley ihr, dann stieß sie einen langen Seufzer aus. Zeit half tatsächlich, aber wer wollte schon Jahre damit verbringen, traumatisiert zu sein?

Darby nickte, war für den Moment eindeutig fertig mit reden. Sie schaute auf ihre Armbanduhr. „Quentin hat mir gesagt, dass er heute Nachmittag auf den Schießstand geht. Hat mir angeboten, mit ihm zu schießen. Willst du mitkommen?"

„Ja." Auch wenn Haley sich gleichermaßen davor fürchtete und sich danach sehnte, ihn wiederzusehen.

Sie kämpfte gegen das Verlangen an, ihr Make-up in ihrem Taschenspiegel zu überprüfen. Quentin hatte sie gesehen, als sie völlig zerzaust ausgesehen hatte, und so unsicher war sie nun auch wieder nicht – wenigstens war sie das nie gewesen. Aber es war auch nicht ihr Aussehen, das das Problem war, sondern wer sie war – ihr Lebensstil, ihre Verpflichtung ihrer Arbeit gegenüber. Und nachdem sie Zeit gehabt hatte, über all die Dinge nachzudenken, die zwischen ihnen standen, vermutete sie, dass sie nicht wirklich Aussicht darauf hatten, diese Sache zwischen ihnen wirklich zustande zu bringen. Aber sie musste ihn trotzdem sehen und sich dafür entschuldigen, gestern Abend davongerannt zu sein. Sie musste aufhören, so ein verdammter emotionaler Feigling zu sein.

———

IM AUGENWINKEL ERHASCHTE Quentin einen kanariengelben

Blitz und wusste, dass es Haley war.

Als sie gestern Abend davongerannt war, hatte er das Gefühl gehabt, etwas Wesentliches und Lebensnotwendiges für sein Glück verloren zu haben. Und er wusste auch, dass Haley mehr als alles andere Angst davor hatte, die Kontrolle über ihre Entscheidungen zu verlieren. Mit diesem Gedanken im Hinterkopf und in Anbetracht dessen, was sie durchgemacht hatten, entschied er, ihr etwas Abstand zu geben. Er würde sie die Entscheidung treffen lassen, ihn aufzusuchen, anstatt ihr hinterherzujagen und ihren Fluchtinstinkt auszulösen. Aber jetzt machte er sich furchtbare Sorgen, dass er die falsche Entscheidung getroffen hatte, und dass sie nur hergekommen war, um sich von ihm zu verabschieden.

Erschöpfung und Jetlag hatten ihn gestern Abend ausgeknockt, aber er war früh wieder aufgewacht und hatte Haley augenblicklich vermisst, die sich im Bett an ihn drückte. Als er sie jetzt erblickte, löste sich etwas in seiner Brust. Zu behaupten, er wäre schwer verknallt, war eine riesige Untertreibung. Er war so verknallt, dass er sie in sein Zuhause einladen wollte, ganz egal, dass er eigentlich arbeiten musste, und mit ihr Sex haben wollte, bis sie blind vor Lust war – oder ihnen zumindest eine Chance gab. Nicht gerade das, an das er denken sollte, während er eine geladene Waffe in der Hand hielt.

Er verschoss das komplette Magazin, traf mit jedem Schuss die Mitte der Zielscheibe, entschied sich aber, aufzuhören, solange es noch so gut lief. Er legte seine Ohrschützer auf die Bank neben sich. Dann drehte er sich um.

Darby applaudierte und grinste ihn an. Er schüttelte den Kopf, als er auf sie zuging. Haley sah in dem enganliegenden, gelben Oberteil und den engen Jeans umwerfend aus und trug

Lippenstift, bei dem er am liebsten…

Okay, Zeit, die sexuellen Fantasien während der Arbeitszeit zu zügeln.

Er umarmte Darby und stand da und starrte Haley an, versuchte ihren Ausdruck zu entschlüsseln. Ihr Mund lächelte, aber ihre Augen waren zurückhaltend. Aber sie sah erholt aus. Die Schatten unter ihren Augen, die die letzten Tage immer da gewesen waren, waren verschwunden.

Er hätte es besser wissen sollen, als sie mit einer hochemotionalen Situation zu konfrontieren, als sie beide erschöpft und aufgerieben waren, aber er war ungeduldig gewesen und hatte sich schuldig gefühlt.

Er hätte es besser wissen sollen, aber er war auch nur ein Mensch. Er machte Fehler. Quentin machte einen Schritt auf sie zu, legte seine Hand auf ihren Hinterkopf und zog sie langsam zu sich, um sie zu küssen. Er gab ihr genug Zeit, sich aus seiner Berührung zu lösen, bevor sein Mund ihre blütenzarten Lippen streifte. Dann ließ er sie los. Das hier war die nationale FBI-Akademie und er war am Arbeiten. Aber er musste sie wissen lassen, dass es ihm leidtat, die Dinge gestern so vermasselt zu haben, und er ihr dafür verziehen hatte, davongerannt zu sein. Der Kuss sagte alles, ohne dass er die Worte vor einem Publikum aussprechen musste.

„Wollt ihr auch mal schießen?" Er hatte es schon mit dem Waffenausbilder abgesprochen. Später am Nachmittag würden neue Agenten im Training – NATs – hier ihre Schießübungen absolvieren, aber für die nächste Stunde waren ein paar der Schießstände frei, falls sie Lust hatten.

„Ich schon." Darby wippte aufgeregt auf ihren Zehen herum.

Sie war gelangweilt und freute sich auf Abwechslung, die

nichts damit zu tun hatte, darüber nachzudenken, wie sie mit ihrem Leben weitermachen wollte. Dafür war noch Zeit genug. Quentin hatte eine Stunde lang mit ihrem Doktorvater telefoniert. Er hatte dem Kerl eindeutig klargemacht, was er davon hielt, Studenten ohne Unterstützung mitten ins Nirgendwo zu schicken. Der Professor hatte ehrlich bestürzt und zerknirscht geklungen, aber Quentin würde ihn ab jetzt im Augen behalten.

„Ich schaue nur zu." Haley trat einen Schritt zurück. Ihre Stimme war heiser und verflucht sexy.

Scheiße. Sie brauchte nur dazustehen und brachte ihn schon völlig durcheinander.

„Der Ausbilder hat mir angeboten, eins der Scharfschützengewehre der Geiselbefreiungseinheit auszuprobieren." Grübchen erschienen auf Darbys Wangen, als sie ihn angrinste.

Quentin warf Haley einen Blick zu, aber sie wich ihm aus.

„Ihr könnt gehen und euch unterhalten." Darby winkte sie davon. Sie sah glücklich aus, wurde ihm klar. Vielleicht, weil sie sich hier sicher fühlte.

Er würde alles in seiner Macht Stehende tun, um ihr dieses Gefühl zu erhalten, aber leider konnte sie nicht für immer hier bleiben. Er hatte einen Monat für sie herausgehandelt, was schon ein kleineres Wunder der bürokratischen Kooperation und gutes Timing zwischen zwei Kursen gewesen war. Hoffentlich würde sich der Medienrummel gelegt haben, bis sie abreiste.

Sein neues Diensthandy vibrierte in seiner Tasche. Alex Parker. „Entschuldigt", sagte er zu den beiden Frauen. „Da muss ich rangehen."

„Anscheinend hat der Typ, der den Unfall mit Mrs.

Wenck verursacht hat, beim Anmieten des Autos eine falsche Identität benutzt", sagte Alex ohne Umschweife. „Ich kann keine deutlichen Bilder von ihm auf den Überwachungsaufnahmen finden."

„Wer auch immer es war, muss mit den Terroristen im Hotel zusammengearbeitet haben, um sicherzustellen, dass Wenck vor dem Anschlag abreist." Quentin fluchte.

Wenck hatte nach ihrer Unterhaltung in Darwin nichts Verdächtigeres getan, als seinen Anwalt anzurufen. Der Anwalt hatte weder glücklich noch besonders überrascht geklungen, als Wenck Haley erwähnt hatte und was sie ihm womöglich vorwerfen würde. Alex hatte außerdem einen Privatdetektiv angeheuert, um herauszufinden, ob es noch andere Frauen gab, die möglicherweise von dem Milliardär angegriffen worden waren.

„Zwei Sachen noch", sagte Alex. „Die Cartier-Uhr von Haleys Großmutter ist gerade auf der Seite eines Händlers in Australien aufgetaucht."

Fantastisch. „Und die zweite Sache?"

„Jemand hat einen Mixer angewandt, um die Bitcoins, die ich als Lösegeld gezahlt habe, an ein anderes Konto zu überweisen."

„Können Sie sie noch immer verfolgen?", fragte Quentin.

„Ja, ich kann sie noch immer verfolgen." Alex klang fast beleidigt. „Wenn die Kerle das Geld benutzen, um für irgendwas in der echten Welt zu zahlen, kann ich die Bastarde festnageln. Aber wenn sie es durch einen zweiten Mixer schicken, wird es zunehmend schwieriger, das Geld zu verfolgen."

Quentin schwor leise. „Ich kontaktiere die Polizei in Australien wegen der Uhr."

„Sie liebt diese Uhr wirklich", sagte Alex leise.

Quentin grummelte in den Hörer. Sein Kumpel bei der australischen Bundespolizei war ihm einen Gefallen schuldig, nachdem Quentin ihm einen Tipp über die korrupten Polizisten in Darwin zugesteckt hatte. Quentin legte auf und ging zum Schießstand, an dem Haley Darby dabei zusah, wie sie aus einem speziell modifizierten Remington 700 Heckenschützengewehr alles herausholte, was ging. Heilige Scheiße, das Mädel konnte schießen. Er konnte sich ohne Weiteres vorstellen, worauf Darby schoss. Er hoffte, die Männer, die sie angegriffen hatten, schmorten in der Hölle.

Haleys Gedanken hingegen waren etwas ganz anderes, wurde ihm klar, als sie sich zu ihm herumdrehte. Er hatte keinen blassen Schimmer, was sie dachte, und das konnte nichts Gutes heißen.

Sie gingen ein paar Schritte zur Seite, damit sie etwas Privatsphäre hatten. Haley hielt die Hände in die Höhe, fast als wollte sie sich ergeben. „Das mit gestern Abend tut mir leid."

„Ich hätte dir früher von Abbie erzählen sollen."

Haley presste ihre hübschen roten Lippen zusammen und senkte das Kinn. „Es hat einfach keinen guten Zeitpunkt gegeben, um über Dinge zu sprechen, die nicht direkt relevant waren, um diese Tortur zu überleben."

Die Sonne brachte ihr blondes Haar zum Leuchten. Er konnte sehen, wie die anderen Agenten sie anstarrten. Sie war die Sorte Frau, die jeder bemerkte. Aber für ihn ging ihr Reiz tiefer als nur bis zur Oberfläche. Ihrer toughen Fassade zum Trotz war sie schnell verletzt.

Er wollte nicht der Mensch sein, der sie verletzte.

„Wie wäre es, wenn wir die Dinge langsam angehen? Herauszufinden versuchen, ob wir in das Leben des anderen passen, wenn wir *nicht* um unser Leben laufen?", schlug er vor. „Einfach die Zeit miteinander genießen?"

Sie lächelte, aber ein Schatten der Unsicherheit schien sich über ihre Züge zu legen und das Licht in ihren Augen zu trüben.

Erneut vibrierte sein Handy. „Scheiße." Er schaute auf das Display. „Da muss ich auch rangehen."

„Du arbeitest. Ich wollte auch gar nicht stören."

„Haley." Er berührte ihren Arm, damit sie ihn anschaute, ihn wirklich anschaute. „Du kannst mich jederzeit stören. Egal ob ich arbeite oder nicht. Ich–" Wieder unterbrach ihn sein Handy und er wollte das Ding am liebsten gegen die Wand pfeffern. Er stellte es aus.

Haley drehte sich zum Gehen.

Quentin unternahm einen verzweifelten Versuch, indem er die wichtigste Sache ansprach. „Bitte hab nicht das Gefühl, als ob du mit meiner Erinnerung an Abbie konkurrieren müsstest–"

„Wie kann ich das nicht?" Haley blieb stehen, aber ihr Ausdruck machte ihm keine Hoffnung. „Die Frau, mit der du glücklich verheiratet warst, die ein Kind zur Welt bringen würde, das du dir so sehr gewünscht hast, und die beide so tragisch ums Leben gekommen sind. Das ist herzzerreißend, Quentin, und es tut mir so leid." Ihre traurigen Augen brachen sein Herz von neuem. „Aber ich bin nicht wie sie. Ich bin egoistisch. Ich werde meinen Job nicht aufgeben oder mich in ein Hausmütterchen verwandeln."

„Ich habe Abbie nie darum gebeten, ihren Job aufzugeben." Einige Leute fingen an, sie zu beobachten, aber das war Quentin egal „Das war ihre Entscheidung."

„Für dich. Wegen dir, wegen deinem Arbeitspensum.

Wegen der Tatsache, dass sich dein ganzes Leben um die Arbeit dreht. Du hast es doch selbst gesagt – du nimmst dir nie frei." Sie musste ihre Haare zusammenhalten, als eine Brise sie verwehte.

Quentin biss die Zähne zusammen. „Ich rette Menschenleben, Haley."

„Das *weiß* ich. Ich weiß, wie wichtig deine Arbeit ist und du bist *so* gut darin. Aber darum geht es nicht. Ich werde nicht an der Seitenlinie sitzen und die unterstützende, kleine Frau spielen, während du deine ganze Zeit hier verbringst." Sie wedelte mit der Hand in Richtung der Academy und des Schießstandes. „Mir ist mein Job auch wichtig. Ich bin bereit, mein Pensum zurückzuschrauben, um eine Beziehung aufzubauen, aber ich glaube nicht, dass du das auch tun wirst."

Wut rumorte in ihm und brachte sein Blut zum Kochen. „Du entscheidest das alles, ohne mir eine Chance zu geben?"

„Ich kann es mir nicht erlauben, dir Zeit zu geben, um mir das Gegenteil zu beweisen", wisperte sie. „So schwer es auch ist, diese Sache jetzt aufzugeben…"

„Es gibt keine ‚diese Sache', Haley. Um das klarzustellen. Du gibst *mich* auf."

Sie starrte auf das Gras zu ihren Füßen und ihre Mundwinkel zogen sich unglücklich herab. „Du kannst nicht leugnen, dass dein Job dir alles bedeutet."

Quentin wartete auf die Empörung, die sich aufbauen sollte, weil sie ihn zwang, diese Sache hier und jetzt durchzuziehen, aber alles, was er fühlte, war eine zunehmende Leere, die gleichermaßen vertraut und schmerzlich neu war. Sein Hals schmerzte, als er nach den richtigen Worten suchte.

„Du hast recht. Meine Arbeit *war* alles für mich. Nachdem ich meine Familie verloren hatte, war zu arbeiten das Einzige, was mich durch den Tag retten konnte. Aber jetzt …" Er kam näher, und sie wich zurück, als ob sie einen Schlag erwarten würde. Sanft fuhr er mit einem Finger über ihre Wange. Diese mutige Frau, die um das Leben kämpfte, das sie verdient hatte, das sie beide verdient hatten. „Jetzt habe ich jemanden gefunden, zu dem ich abends nach Hause kommen will. Ich liebe meinen Job, Haley. Er verlangt mir verdammt viel ab, und er ist wichtig, aber es gibt in meinem Leben auch Raum für dich, wenn du das willst. Das verspreche ich dir."

Ein Schuss versuchte, seine Aufmerksamkeit auf eine Gruppe von Auszubildenden zu lenken, aber er wandte den Blick nicht von ihren strahlend blauen Augen ab.

Haley machte den Mund auf und klappte ihn wieder zu. Endlich, „Meinst du das ernst?"

Er nickte.

„Wirklich?"

Er lächelte langsam. Er hatte sie.

Sie warf sich in seine Arme, und er schwankte unter ihrem Ungestüm, aber er knickte nicht ein. Er hielt sie fest. Fest genug, um sie davon zu überzeugen, dass er nicht vorhatte, sie loszulassen. Sie hatten die Chance verdient, sich über diese Sache klarzuwerden.

Darby pfiff frotzelnd, und Haley lachte beschämt auf. Die Röte, die sich auf ihren Wangen ausbreitete, war süß.

„Wir müssen trotzdem noch reden", sagte sie leise. „Wie wäre es, wenn ich dich heute Abend mit einem Abendessen bei dir überrasche?"

Er nickte, hoffte, er deutete die Wärme in ihrem Blick richtig, und sie würde nicht heute Abend bei einem Brathähnchen Schluss mit ihm machen. „Allerdings hast du das mit der Überraschung ein bisschen ruiniert", zog er sie auf.

„Mir fällt schon noch was ein, um dich zu schockieren." Ihr Tonfall war flirtend, und ihr Lächeln war wieder das der sexy, selbstbewussten Frau, die er ganz zu Anfang kennengelernt hatte. Aber er wusste, dass viel mehr dahintersteckte als nur das. Leute, die Haley unterschätzten und respektlos behandelten, waren Idioten.

„Das bezweifle ich keine Sekunde." Er wühlte in seiner Tasche und nahm einen Schlüssel von seinem Schlüsselbund. „Vielleicht verspäte ich mich etwas, weil es mein erster Tag zurück im Büro ist." Er gab ihr den Schlüssel und schickte ihr mit seinem neuen Diensthandy seine Adresse. „Aber spätestens um sieben bin ich da, koste es, was es wolle."

KAPITEL FÜNFUNDDREISSIG

QUENTIN UND EBAN führten gerade einen heimlichen Videoanruf mit Steve McKenzie aus dem SIOC, der in der FBI-Zentrale saß. Der Leiter der Sondereinheit wollte nicht, dass die beiden Verhandlungsführer involviert wurden, aber McKenzie wusste, dass sie aufgrund der Arbeit, die sie im Laufe der Jahre in der Region geleistet hatten, womöglich wertvolles Insiderwissen hatten.

Quentin hatte noch immer nicht alle Autopsieberichte und Analysen der Ballistik oder den riesigen Berg an Hintergrundinformationen gelesen, die zu dem Fall zusammengetragen worden waren. Nicht gerade etwas, worauf er sich freute.

„Jemand verwickelt Wencks Frau in einen Unfall, was den Milliardär aus dem Hotel lockt, bevor der Anschlag stattfindet. Irgendeine Vorstellung, wer das sein könnte?", fragte McKenzie.

„Wenck hat in ganz Südostasien die Leute geschmiert. Seine Minen bieten die Lebensgrundlagen ganzer Orte. Es gibt jede Menge Leute, die von ihm abhängig sind, und die ohne ihn verhungern würden." Eban lehnte sich in seinen Stuhl zurück und streckte die Beine unter dem Tisch aus.

„Irgendwelche Verbindungen zwischen ihm und Hurek?", fragte McKenzie.

„Nichts, soweit unsere Leute oder Alex herausfinden

konnten", sagte Quentin und war sauer. „Ich verstehe noch immer nicht, warum Hurek das Hotel überhaupt angegriffen hat."

„Aus den üblichen Motiven von Terroristen." McKenzie zuckte mit den Schultern. „Um Angst und Schrecken zu verbreiten, ihren Ruf unter den Terrorgruppierungen zu untermauern und mehr Aufmerksamkeit auf ihre Sache zu lenken."

„Hureks Sache scheint immer nur Hurek gewesen zu sein", bemerkte Eban.

„Zu schade, dass wir seine Anhänger nicht mehr nach ihren Motiven fragen können." Quentin verschränkte die Hände und stützte sein Kinn auf seinen Fingerknöcheln ab. „Der Botschafter in Jakarta glaubt, Hurek steckte mit einigen der Hardliner in der Regierung unter einer Decke. Würde mit ihnen zusammenarbeiten, um die Moderaten an verschiedenen Fronten zu untergraben."

„Irgendwelche Beweise?", fragte McKenzie.

„Noch nicht." Quentin zuckte entschuldigend mit den Schultern.

„Warum dann Geiseln nehmen?", fragte McKenzie.

„Für Geld", sagte Quentin nachdenklich. „Und auch, um ihnen als Terroristen einen gewissen Grad an Legitimität zu verschaffen, der die Aufmerksamkeit von ihren wahren Motiven oder Unterstützern ablenkt."

„Was erklären würde, warum sie so wahnsinnig schlecht im Verhandeln waren." Eban gähnte. Sie waren alle erschöpft.

„Die große Frage, die wir bisher nicht gestellt haben, ist, warum sie Quentin als Geisel genommen haben." McKenzie warf einen Blick über die Schulter. Er befand sich einem Gruppenraum, den die Verhandlungsführer im SIOC oft nutzten. Es war dunkel, aber sein Boss musste nur vorbeilaufen und sie würden diesen Anruf beenden müssen. „Ziemlich mutig, diese Konferenz anzugreifen und so viele Leute umzubringen, aber es kommt beinah einem Selbstmordkommando gleich, einen Bundesagenten zu jagen.“

„Vielleicht wollten die Terroristen die Beziehungen zwischen den USA und Indonesien verschlechtern. Zivilisten umzubringen und einen Bundesagenten zu entführen, würde das bewirken. Ehrlich gesagt bin ich einfach nur froh, am Leben zu sein. Und ich hatte Glück.“ Eine Woge der Müdigkeit ergriff ihn und er schaute auf seine Uhr, fragte sich, wie lange es noch dauerte, bis er nach Hause zu Haley fahren konnte.

„Glück?“ Eban rieb sich die geröteten Augen. „Du hast neun Männer umgebracht, manche von ihnen mit bloßen Händen, und hast dabei geholfen, drei Frauen zu retten.“

„Zwei“, erwiderte Quentin schneidend. Er hatte verdammt noch mal überhaupt nichts getan, um Alice Alexander zu retten.

„Ich bin trotzdem noch der Meinung, dass du ein ganz schön krasser Typ bist.“ Eban schenkte ihm ein müdes Lächeln.

Quentin war das Lob unangenehm. „Haley und Darby sind die wahren Heldinnen. Und ihr, weil ihr uns gefunden habt.“ Quentins Team war über sich hinausgewachsen. Jeder einzelne Mann und jede einzelne Frau hatten zusammengearbeitet, um die Einheit weiterlaufen zu lassen und ihn nach Hause zu bringen. Das Gleiche würde er auch für sie tun. Sie waren verdammt gute Agenten.

Er hatte *wirklich* Glück.

Er stand auf, griff nach seiner Jacke. „Ich muss los. Danke

für eure Hilfe und Unterstützung. Jetzt muss ich nach Hause und bis Montag durchschlafen."

Und hoffentlich würde er nicht allein schlafen.

———

HALEY STREIFTE IHRE rot besohlten Stilettos ab und betrat mit einer Mischung aus Aufregung und Verzagtheit Quentins Wohnung. Die zwölf-Zentimeter-Absätze ließen ihre Füße schmerzen, und sie hatte die furchtbare Vorahnung, dass in ihrer Zukunft noch öfter Kampfstiefel vorkommen würde.

Sie blickte sich um, war erfreut darüber, dass Quentin ihr den Schlüssel zu seiner Wohnung anvertraut hatte. Sie wussten beide, dass ihr das Dinge über ihn verraten würde, die sie wissen wollte.

Nach seinem Versprechen vorhin auf dem Schießstand fühlte sie sich leichter. Sie hatten nicht zwangsläufig alles geklärt, aber er hatte ihr beteuert, dass er in seinem Leben Platz für sie schaffen wollte.

Und das war ein verdammt guter Anfang.

Sie stellte die Lebensmittel, die sie mitgebracht hatte, Steak und Zutaten für einen Salat, in den großen, leeren Kühlschrank.

Dann schaute sie auf ihr Handy, um nach der Zeit zu sehen, vermisste ihre Armbanduhr und die beständige Erinnerung an die Liebe ihrer Großmutter an ihrem Handgelenk. Achtzehn Uhr. Genug Zeit, um den Grill anzuschmeißen und den Salat zuzubereiten.

Wollte Quentin noch immer Kinder haben? Sie schob die Frage beiseite. Das war nicht gerade das, was man darunter verstand, die Dinge langsam anzugehen, wenn sie sich jetzt schon Gedanken darüber machte, wie eine Familie mit einem Typen aussehen konnte, mit dem sie gerade erst zusammengekommen war. Ganz egal, dass sie sich unter extremen Umständen kennengelernt hatten und direkt zum Sex übergegangen waren. Sie brauchten noch immer Zeit, um sich richtig kennenzulernen.

Haley ging von der Küche ins Wohnzimmer. Hielt inne, als sie zwei gerahmte Fotografien auf einem Regal entdeckte. Sie trat näher. Eins der Bilder war ein Foto von Quentin und seiner Frau an ihrem Hochzeitstag. Ihr Lachen spiegelte ihre Freude wider. Sie waren so unfassbar, unmissverständlich glücklich, dass Haley die Emotionen zurückblinzeln musste. Das zweite Foto zeigte eine hochschwangere Abbie, die mit ihren Händen über ihren Bauch strich. Quentin stand neben ihr, sah albern und stolz aus.

Haleys Kehle war ganz rau, so sehr strengte sie sich an, die Tränen hinunterzuschlucken. Hinter dem Foto versteckt stand ein kleinerer, silberner Bilderrahmen mit dem Foto eines in eine Decke eingewickelten Neugeborenen.

„Thomas. Er ist bei der Geburt gestorben.“

Quentin Stimme ließ sie zusammenzucken.

Haley blickte auf. „Tut mir leid. Ich wollte nicht herumschnüffeln.“

Quentin warf seine Tasche und sein neues Portemonnaie auf den Tisch neben der Eingangstür. Verschloss seine Pistole in einer Schublade.

„Das ist in Ordnung. Macht mir nichts aus, wenn du dich umschaust. Ich habe immer ein schlechtes Gewissen, weil ich nicht mehr über ihn spreche.“ Quentin kam zu ihr und stand neben ihr, nahm den kleinen, silbernen Rahmen in die Hand und fuhr mit dem Daumen über das Bild. „Ich habe ihn nie kennengelernt, aber ich habe ihn im Bauch seiner Mutter strampeln spüren und habe seinen Herzschlag auf dem Ultraschall gesehen. Habe ihn später im Arm gehalten … Habe ihn geliebt." Er verstummte, und Haley konnte den Schmerz fühlen, den er empfinden musste. „Ich versuche immer, ihn mir in dem Alter vorzustellen, in dem er jetzt wäre, aber das ist eine bedeutungslose Fantasie, die ich mir aus keinem anderen Grund ausdenke, als mich selbst zu quälen."

Der Kummer in seiner Stimme machte sie fertig. „Was ist passiert?"

„Abbie hat sich nicht so gut gefühlt, aber sie wollte warten, bis ich von der Arbeit nach Hause komme, bevor sie ins Krankenhaus fuhr. Sie wollte mich nicht stören. Ihre Plazenta ist gerissen, und die Nabelschnur hatte sich um den Hals des Babys gelegt, und bis ich sie gefunden habe, war es bereits sehr … schlimm."

Quentins Adamsapfel hüpfte auf und nieder. „Es war nicht ihre Schuld. Sie hat es immer gehasst, mich zu stören, wenn ich gearbeitet habe, aber mir war das immer egal." Er biss sich auf die Unterlippe. „Ich habe das ernst gemeint, was ich heute gesagt habe. Ich liebe meinen Job, aber ich hätte auch gerne ein Leben." Das Stocken in seiner Stimme zerriss Haley, und sie griff nach seiner Hand und presste sie an ihre Wange.

„Es tut mir so leid, dass sie gestorben sind, Quentin."

Er nickte unmerklich und stellte das Foto wieder auf das Regal. „Mir auch. Aber es ist jetzt fünf Jahre her, und es ist Zeit, dass ich nach vorn schaue." Er fuhr sich mit der Hand durch die Haare. „Ich werde sie nie vergessen, aber ich muss lernen, sie loszulassen." Er klappte das Hochzeitsfoto mit dem Bild nach unten auf das Regal, dann die beiden anderen Bilderrahmen.

„Macht es dir etwas aus, dass ich keine Kinder bekommen kann?"

Seine Augen funkelten heftig, als er sie anschaute. „Ich glaube ehrlich gesagt nicht, dass ich so etwas noch mal durchstehen könnte." Er klang, als ob ihm jemand das Herz aus der Brust riss.

„Wenn du Kinder haben willst, könntest du immer noch adoptieren", sagte sie vorsichtig.

„Vor einer Woche habe ich nicht geglaubt, dass ich jemals wieder darüber nachdenken müsste." Dann lachte er und drückte ihre Hand. Diese Berührung war ihr so vertraut wie ihr eigenes Spiegelbild. „So viel dazu, die Dinge leicht zu halten. Ich hab dich zum Weinen gebracht."

Haley wischte sich die Tränen ab. „Ich kann mir gar nicht vorstellen, wie du das durchgestanden hast. Und ich wette, du hast dir von niemandem helfen lassen, habe ich recht?"

„Ich habe mich in der Arbeit vergraben." Er wollte sich abwenden, ablenken.

Sie hielt ihn fest. „Ich will mit dir zusammen sein, Quentin, aber du musst Abbie und das Baby deswegen nicht vergessen." Behutsam stellte sie die Fotos wieder auf.

So, wie er die Lippen zusammenpresste, konnte sie sehen, dass er noch immer versuchte, nicht die Kontrolle über seine Gefühle zu verlieren. Stattdessen hob er sie in seine Arme. „Ich nehme dich mit ins Bett. Das ist übrigens eine Premiere für mich, jemanden hier in der Wohnung zu haben."

Sie berührte sein Gesicht. Er war so verflucht schön. Sie dachte über ihre eigene Vergangenheit nach und über die Geister, die sie mit sich herumtrug. Sie mussten sich beide an das Gewicht des emotionalen Ballastes des anderen gewöhnen.

Haley rieb sich die Augen, ihr Make-up war ganz

verschmiert. „Ich sehe furchtbar aus."

„Soll das ein Witz sein?"

„Ich hatte großartige Pläne, für dich zu kochen und dich dann wie verrückt zu verführen. Jetzt muss ich erst mal mein Gesicht richten."

Er stellte sie in seinem Schlafzimmer auf die Füße. Die Vorhänge waren zugezogen. Das Bett ungemacht, was sie überraschte. Sie hatte erwartet, dass er Mr. Akkurat wäre, sauber und ordentlich.

Quentin nahm ihr Gesicht in beide Hände, hob mit einer Autorität, die sie fesselte, ihr Kinn nach oben. „Du musst dein Gesicht nicht richten. Dein Gesicht ist unglaublich schön." Er fuhr mit seiner Hand ihre Seite hinunter und ließ sie auf ihrer Hüfte ruhen. „Du bist geradezu lächerlich attraktiv. Das dachte ich schon letzten Samstag in der Bar."

Gott, nicht einmal eine Woche war seitdem vergangen, und es war so viel passiert.

„Ich habe es gedacht, als du auf einer Vulkaninsel nichts als Dreck und eine alte Decke getragen hast." Seine Hand glitt tiefer und fuhr ihren Oberschenkel hinauf, bis seine Finger die Seide ihrer Unterwäsche fanden. „Und ich denke es jetzt."

Sie schauderte, als er seine Lippen langsam auf ihren Hals senkte. Ihre Zehen rollten sich vor Lust ein, als sein Mund über die zarte Haut dort strich.

Seine Finger fanden den Reißverschluss im Rücken ihres Kleids und zogen ihn hinunter, dann ließen sie das Kleid von ihren Schultern und zu Boden sinken.

Haley trat aus dem Stoff und beobachtete, wie seine Augen schwarz wurden. Ihr BH und ihr Slip waren aus feiner, lavendelfarbener Spitze, die ihre Brüste perfekt einfasste und nichts der Fantasie überließ.

Sie löste seine Krawatte, lächelte über das raschelnde Geräusch, als sie sie aus seinem Kragen zog. Knöpfte sein frisches, weißes Hemd auf. Fand seine Gürtelschnalle und machte sie auf, öffnete den Knopf und zog den Reißverschluss hinunter.

Quentin sagte nichts, als Haley mit ihren Händen über seine gebräunten Schultern glitt, die Form seines Schlüsselbeins entlangfuhr, über seinen definierten Bizeps. Dunkle Haare bedeckten seine Brust und ihre Finger glitten tiefer, bis sie ihn heiß und schwer vorfand, ihre Finger fast verbrannte, als sie sich um ihn legten.

„Ich finde dich auch sehr attraktiv", sagte sie lächelnd.

Das erste Mal, als sie Sex gehabt hatten, war es nichts anderes gewesen, als zwei Fremde, die zusammen im Bett gelandet waren – herrlich, aber trotzdem einfach nur animalische Lust. Das zweite und dritte Mal waren verzweifelte Versuche gewesen, ein Ventil für ihren Stress zu finden und zu beweisen, dass sie noch immer lebten, immer noch kämpften. Es waren rasende, wunderbare Ausbrüche der Lust in einem finsteren Überlebenskampf gewesen.

„Ich will in meinem Bett mit dir schlafen." Seine Stimme bebte, langsam und drängend. Er wollte schon vor ihr in die Knie sinken, aber sie schüttelte den Kopf.

„Ich will dich in mir spüren. So schnell es geht. Ich kann nicht länger warten." Das Pulsieren zwischen ihren Beinen fühlte sich an, als ob es sie verschlingen würde, wenn sie es nicht bald beschwichtigte.

Seine Augen wurden nachtschwarz. Haley legte sich auf das Bett und zog ihn auf sich. Er streifte ihr den BH von ihren Schultern und bedeckte ihren Nippel mit seinem Mund, saugte fest genug daran, dass sie aufschrie, aber nicht vor

Schmerzen. Er löste die Schnalle und warf den BH zu Boden. Während sein Mund an ihren Brüsten schwelgte, glitt seine Hand tiefer, schlüpfte unter ihren Slip und versankt tief in ihrem feuchten Schlitz. Jedes Mal, wenn sein Finger in sie eindrang, rieb sein Handballen gegen ihren Kitzler. Ihre Füße pressten sich in die Matratze und ihre Hüfte hob sich ihm entgegen. „Bitte, Quentin."

„Bitte was?" Er lachte, als sie sich um seinen Finger herum zusammenzog und sich wand und sich in seinen Armen versteifte.

Als sie haltlos in die Kissen zurücksank, liebkoste er wieder ihren Hals. „Ich nehme nur ein bisschen den Druck raus."

Sie versuchte, ihre Position zu ändern, um ihm den Gefallen zu erwidern und ihn zu befriedigen. Er hielt sie fest.

„Nicht so schnell, Cramer."

„Aber –"

„Ich werde dir alles geben, was du willst, aber wenn du mich jetzt berührst, bin ich hinüber." Er richtete sich auf und blickte auf sie hinunter, spreizte ihre Beine und schob sich gegen ihre Spalte, wandte nicht für eine Sekunde den Blick von ihr ab. Er rieb mit seinem Schwanz über ihren überempfindlichen Kitzler und sie schloss die Augen und stöhnte bei der Berührung auf. „Wohingegen du", er küsste sie langsam, innig, bevor er ganz in ihr versank, „hoffentlich gleich wieder für eine zweite Runde auf das Orgasmuskarussell aufsteigen kannst."

Ihre Finger krallten sich in seinen Hintern und klammerten sich fest, während er sie mit auf einen langen, trägen Ritt nahm. Sie war vollkommen überwältigt. Sie wollte nicht, dass es jemals wieder aufhörte.

KAPITEL SECHSUNDDREIßIG

SIE HATTEN SICH geliebt, etwas gegessen, sich wieder geliebt. Jetzt lagen sie Arm in Arm im Bett und starrten an die Decke, waren beide satt und erschöpft und konnten nicht einschlafen, weil ihr Biorhythmus einer Uhrzeit am anderen Ende der Welt folgte.

Haley fuhr mit ihrer Hand über seine Brust, spielte mit seinen flachen Nippeln. Sie faszinierten sie, aber nicht einmal ansatzweise so sehr, wie ihre Nippel ihn faszinierten.

„Lustig, dass die Leute, die am besten aus dieser Sache rausgekommen sind, du und ich sind. Und Chris Baylor, schätze ich.“

„Was ist mit Tricia Rooks und Grant Gunn?“, fragte Quentin.

„Keiner von ihnen hat am Ende einen Liebhaber oder einen Multimillionen-Dollar-Vertrag abgegriffen. Und die arme Tricia liegt noch immer intubiert im Krankenhaus.“

Quentin runzelte die Stirn. „Chris hat einen Auftrag bekommen?“ Das hatte er nicht erwähnt. Eigentlich gab Chris gerne an, auch wenn Quentin ihn mit seinem plötzlichen Auftauchen aus der Fassung gebracht hatte, und sie generell selten über Geschäftliches sprachen.

„Genau. Aber lieber er als ich.“ Sie schüttelte sich. „Wenck hat entschieden, seinen alten Sicherheitsvertrag mit Bay-Kar für zwei weitere Jahre zu verlängern. Ich habe gehört, sie hätten den Preis in die Höhe getrieben und den Bastard richtig blechen lassen. Hätte keinem Besseren passieren können." Ihre Hand hielt über Quentins Herzen innen. „Ich werde versuchen, das Kriegsbeil mit Chris zu begraben. Ich weiß, dass dir das wichtig ist. Ich will erwachsen genug sein, um ihm zumindest höflich zu begegnen."

„Das weiß ich zu schätzen, aber du musst dir meinetwegen von niemandem so einen Mist gefallen lassen." Quentin zog Haley an sich und küsste sie auf die Stirn.

Seine Gedanken rasten und er konnte nicht einschlafen. Er wartete ab, bis Haley eingeschlummert war. Irgendetwas störte ihn. Er stand auf und öffnete seinen neuen Laptop, begann, sich langsam durch die Autopsieberichte und Ballistikanalysen des Anschlags zu arbeiten.

HALEY WACHTE AUF, blinzelte, aber die Müdigkeit versuchte noch immer, ihr Bewusstsein wieder in den Schlaf zu ziehen. Licht fiel durch die Vorhangschlitze ins Zimmer, verriet ihr, dass es später war als die übliche Zeit, zu der sie aufstand. Das Bett war leer. Sie suchte nach einer Uhr und fand einen Wecker auf der Kommode.

Neun Uhr morgens. Mist.

Sie stand auf und streckte sich, fragte sich, wo Quentin war. Dann entdeckte sie einen Zettel auf dem Kissen und nahm ihn in die Hand.

„Ich liebe es, langsam mit dir zu machen. Musste heute früh ins Büro. Tut mir leid. Sehen wir uns zum Abendessen?"

Etwas in ihr war irritiert darüber, dass er am Wochenende zur Arbeit gegangen war, aber letzte Nacht war so fantastisch gewesen und sie waren beide nicht gerade Leute mit geregelten Arbeitszeiten. Sie konnte sich gerade noch so zurückhalten, den Zettel verzückt an ihre Brust zu pressen. Sie war sich ziemlich sicher, dass sie ihn liebte. Nichts sonst konnte für diese Riesenwelle der aufgedrehten Gefühle verantwortlich sein, auf der sie surfte.

Ihr Handy vibrierte.

Dermot fragte, ob sie den Tag mit ihm in D.C. verbringen wollte.

Sie wollte wirklich nicht nach D.C. fahren, denn sie wollte hier bleiben, was ihr eine Heidenangst einjagte. Sie stand nackt mitten in Quentins Schlafzimmer und dachte für einen Augenblick nach.

Dann schrieb sie Dermot zurück und bat ihn, einen Tisch in ihrem Lieblingsrestaurant in D.C. zu reservieren. Sie musste sich nicht zwischen ihren Freunden und Quentin entscheiden. Sie hatte so viel Glück und war so flexibel, dass sie beides haben konnte.

Und sie wollte auch, dass Quentin beides hatte. So sehr es auch an ihr nagte, sie würde es sich zum Prinzip machen, sich mit Chris Baylor zu versöhnen, auch wenn der einzige Ort, an dem sie das Kriegsbeil eigentlich vergraben wollte, sein Dickschädel war. Aber Chris war Quentin wichtig und sie würde Quentin nicht vor eine Entscheidung stellen.

Sie schrieb Quentin, dass sie nach D.C. fuhr, aber heute Abend wieder zurück sein würde, wenn er weiterhin mit ihr zu Abend essen wollte – es sei denn, er wollte sie in Washington treffen. Dann sprang sie unter die Dusche, bevor sie sich nach D.C. aufmachte. Vielleicht wollten Alex und Mallory auch mitkommen?

Sie schrieb den beiden und lud sie ein. Zur Hölle, sie

wollte am liebsten eine Party schmeißen.

Sie wollte es ihnen erzählen.

Sie wollte Quentin sagen, dass sie glaubte, dass sie sich in ihn verliebte. Auch wenn ihr das eine Heidenangst einjagte. Aber wenn sie solche Angst davor hatte, verletzt zu werden, konnte sie nur vermuten, wie er sich fühlen musste … dieses Risiko einzugehen, nach allem, was er bereits verloren hatte.

Er war unfassbar mutig.

Sie schrieb ihm einen Zettel, bevor sie es sich anders überlegen konnte. Fügte ein „Ich liebe dich" mit einem kleinen Herz darüber hinzu und legte den Zettel auf das Kissen. Ihr eigenes Herz hämmerte schmerzhaft gegen ihre Rippen. Er würde nie wissen, dass es das erste Mal war, dass sie diese Worte je geschrieben hatte. Oder vielleicht wusste er es ja doch.

Wenn irgendjemand sie zu verstehen schien, dann war es Quentin Savage. Sie war einfach nur dankbar, dass diese schlimmen Erlebnisse jetzt hinter ihnen lagen und sie sich auf die Zukunft freuen konnten.

KAPITEL SIEBENUNDDREIßIG

UM ZEHN UHR morgens fuhr Quentin durch das Sicherheitstor des Firmengeländes der Bay-Kar und parkte vor einem der quadratischen Gebäude, in denen sich die Büros befanden.

„Schau mal, wer da kommt!" Nick Karlovac kam aus dem Gebäude, um ihn zu begrüßen, trug Jeans und ein schwarzes T-Shirt, dazu Kampfstiefel. „Zweimal in zwei Tagen! Womit haben wir das verdient?"

Quentin lächelte, wünschte, er wäre überall, nur nicht hier. „Brauche ich denn einen Vorwand?"

„Teufel, nein, aber wir sind seit vier Jahren hier und ich glaube, das ist das zweite Mal, dass du uns einen Besuch abstattest." Nick hatte seine muskulösen Arme über der Brust verschränkt. „Was gibt's?"

„Ich bin auf dem Weg nach D.C. und dachte, ich schaue kurz vorbei. Entschuldige mich bei dem Arsch dafür, ihm eine reingehauen zu haben."

„Er hatte es verdient."

„Wo ist er?"

Nick neigte den Kopf zur Seite. „Kommt gerade aus D.C. zurück. Wir bereiten einen neuen Job vor und er musste ein paar Sachen besorgen." Er schaute auf seine Uhr. „Sollte aber in der nächsten halben Stunde hier sein, es sei denn, er hält zwischendurch an und frühstückt. Was gibt's? Soll ich wieder dein Trauzeuge sein?“

Das schoss einen heißen Blitz durch Quentins Herz. „Ha. Bisschen früh für sowas.“

Er wollte nicht über Haley reden. Er ließ den Blick über die Anlage schweifen. Es gab verschiedene gesicherte Gebäude, Überwachungskameras und Bewegungssensoren rings um das Gelände. Ergab Sinn, wenn man bedachte, in welcher Branche die Kerle arbeiteten.

Quentin musterte seinen Freund. „Ich mache mir Sorgen um Chris. Er sieht furchtbar aus. Hat er in letzter Zeit viel Stress?“

„Ich habe ihm gesagt, dass er sein Herz untersuchen lassen und mit den Zigarren kürzertreten soll, aber er hört ja nicht auf mich.“ Nick zuckte mit den Schultern. „Wir haben beide Stress.“ Sein Ausdruck wurde nüchtern. „Wie sich herausgestellt hat, sind wir besser im in-den-Arsch-treten als darin, Geschäfte zu führen.“

„Geschäfte zu führen?“

„Ja.“ Nick lachte schnaubend auf und blickte sich um. Sie konnten den Verkehrslärm der nahegelegenen Straße hören, aber dank der vielen Bäume, die das Gelände umgaben, konnten sie keine Autos sehen. „Wir sind fast Pleite gegangen, aber jetzt …“ Nick stemmte die Hände in die Hüften, dann schien er zu einem Entschluss zu kommen. „Schau, ich weiß, es ist furchtbar, was passiert ist, aber jetzt, da die ganzen anderen Firmen völlig ins Chaos gestürzt wurden, und unsere Firma ohnehin schon in Indonesien gearbeitet hat …“

„Willst du damit sagen, dass eure Firma ohne das Massaker im Hotel dicht gemacht hätte? Dann kann ich verstehen, warum euch das wie gute Nachrichten vorkommt.“

„Das stimmt.“ Nick nickte. „Jetzt haben wir die Chance,

wieder auf Kurs zu kommen und die Dinge zu richten."

„Das muss eine schwere Zeit für dich und Michelle gewesen sein."

„Michelle hat nichts davon gewusst." Nick schluckte angestrengt. „Die Vorstellung, Bankrott zu gehen und womöglich das Haus zu verlieren, war verflucht demütigend, wenn ich ehrlich bin. Zum Glück ist jetzt alles in Ordnung. Geregelt."

„Das muss eine große Erleichterung gewesen sein."

Nick lächelte. „Dass du noch lebst, ist eine noch viel größere Erleichterung. Wenn du mit an Bord kommen wolltest, um dich um das Geschäftliche zu kümmern, dann würden wir dich jederzeit mit offenen Armen willkommen heißen."

„Das werde ich mir merken. Du trägst noch immer eine SIG mit dir herum?"

Nick runzelte die Stirn und warf einen Blick auf sein Schulterholster. „Ja. Warum?"

„Und Chris. Er benutzt auch eine SIG, keine Glock, richtig?"

„Du weißt genauso gut wie ich, dass Glocks totale Scheißteile sind. Wir bevorzugen beide SIGs." Nick starrte vielsagend auf Quentins Dienstwaffe, eine Glock 22.

Quentin war nicht hergekommen, um über die Feinheiten von Waffen zu sprechen. „Die Sache ist die –"

„Wie wär's mit einem Kaffee?", unterbrach ihn Nick. „Ich bin noch gar nicht richtig wach."

Quentin folgte ihm. Er hoffte verdammt noch mal, dass er mit seiner Vermutung falsch lag. Der Raum, den sie betraten, war groß und hell und in der Mitte stand ein großer Konferenztisch, an den Wänden einige Schreibtische. Große

Fenster führten hinaus auf die angrenzenden Wälder und ließen jede Menge natürliches Licht hereinfallen.

„Die Wahrheit ist, dass ich in einem Dilemma stecke." Quentin rieb sein Brustbein, als ob dadurch das Brennen unter seinen Rippen abklingen würde.

„Inwiefern?" Nick sah besorgt aus.

Quentin musste einfach falsch liegen. Es musste eine plausible Erklärung geben. „Ich habe mir die Ballistikanalysen des Anschlags durchgelesen." Hunderte, wenn nicht sogar tausende von Patronen waren abgefeuert worden, und die Arbeit war noch lange nicht abgeschlossen. „Es scheint, als ob die Terroristen jedem der Opfer eine Kugel in den Schädel gejagt haben, um sicherzustellen, dass sie auch wirklich tot sind."

„Das ist eiskalt." Nick ging zur Kaffeemaschine, griff sich zwei Edelstahltassen und stellte sie auf die Anrichte. Auf einem der Becher stand „Weltbester Dad". Er zog sein Handy hervor, schaute auf eine Nachricht. „Michelle fragt mich, wann ich nach Hause komme. Hast du Lust, nachher zum Barbecue vorbeizukommen?"

„Ich würde Michelle und die Kinder sehr gern wiedersehen. Hören, was sie in letzter Zeit so getrieben haben. Um wie viel Uhr?"

„Ich frage sie." Nick schrieb eine Nachricht, dann legte er das Handy auf die Anrichte. „Du und Chris hattet wahnsinniges Glück, lebend aus diesem Höllenloch rauszukommen." Er verschränkte die Arme und lehnte sich an die Spüle.

„Das stimmt, aber vielleicht auch nicht."

Nick runzelte die Stirn. „Wie meinst du das?"

Was Quentin als Nächstes sagen würde, fühlte sich an wie

Verrat. Was er hier machte, ließ Übelkeit in ihm aufsteigen, aber es war sein Job. Mehr als das, es war die Essenz dessen, wer er als Mensch war. „Diese Kopfschüsse kamen alle aus einer Glock."

„Und?"

„Chris hatte eine Glock in der Hand, als ich ihn gefunden habe."

Nicks Lächeln erlosch, dann schürzte er die Lippen. „Dann hat er sie einem der Terroristen abgenommen, bevor du ihn entdeckt hast", fauchte er.

Quentin beobachtete Nick, suchte nach Hinweisen auf Unehrlichkeit. „Chris hat dem Agenten, der ihn nach dem Anschlag befragt hat, gesagt, dass er die Waffe aus Osttimor mitgebracht hätte."

Nick knallte seine Kaffeetasse so schwungvoll auf die Anrichte, dass der Kaffee über die ganze Arbeitsfläche spritzte. „Er hatte eine Gehirnerschütterung, oder der Kerl hat ihn missverstanden. Einer der Terroristen hat womöglich die Glock benutzt, bevor Chris sie in die Finger bekommen hat. Du weißt, wie chaotisch Feuergefechte sind."

Nicks Worte riefen Erinnerungen an Schlachten hervor, in denen sie gemeinsam gekämpft hatten. In denen sie sich gegenseitig den Rücken freigehalten hatten. Sich gegenseitig das Leben gerettet hatten. Und Feuergefechte *waren* chaotisch – das Adrenalin, die Angst, die pfeifenden Kugel und der ohrenbetäubende Lärm – aber diese Männer kannten Waffen besser als ihre eigene Haut.

„Die meisten der Leichen waren zu verkohlt, um das Kaliber der Kopfwunden zu identifizieren, ganz zu schweigen davon, intakte Kugeln zu finden." Quentin beobachtete Nicks Ausdruck, während er von den Einzelheiten der Morde an

Menschen berichtete, die er gekannt hatte. „Aber ein paar der Opfer wurden an Stellen gefunden, zu denen die Flammen nicht vorgedrungen waren. Und die Ballistik der Kugeln, die in diesen Opfern gefunden wurden, passt zu der Glock, die ich am Strand zurücklassen musste – die Glock, die ich Chris im Hotel abgenommen hatte."

Nick starrte ihn wütend an. „Es war nicht Chris."

„Wir haben eine Augenzeugin. Tricia Rooks – die Agentin von Raptor. Sie wurde heute Morgen extubiert." Quentin fuhr sich mit dem Finger den Hemdkragen entlang, der sich plötzlich zu eng anfühlte. Denn seine Vermutungen waren verrückt. Er musste falsch liegen, aber nichts anderes passte. „Sie hat angefangen, sich an Dinge zu erinnern. Sie sagte, sie sei aufgewacht, nachdem sie bewusstlos geschlagen wurde, und hat gesehen, wie Chris herumgelaufen ist und den Leuten in den Kopf geschossen hat. Sie lag unter dem Körper eines anderen Mannes versteckt. Chris hat sie nicht entdeckt."

Nicks Augen flogen durch den Raum, hefteten sich an alles außer an Quentin. „Nein. Nein. Das ist unmöglich."

„Erinnerst du dich an gestern in seiner Wohnung? Er hat mich gefragt, wie ich ‚entkommen' bin. Woher wusste er, dass ich entkommen war?"

Nick knurrte. „Das sagt man so."

„Warum hat er nicht gefragt, wie ich *gerettet* wurde?" Quentin schüttelte den Kopf. „Das war nicht einfach so gesagt. Ich weiß, dass es das nicht war. Warum habt ihr euch gestritten?" Nick sah erschrocken aus. „Als ich gestern an Chris' Wohnung ankam, habe ich laute Stimmen gehört. Worüber habt ihr euch gestritten?"

„Fick dich." Nick lief im Zimmer auf und ab. „Was hat das FBI schon in der Hand? Ballistikanalysen von einer Waffe, die jeder in der Hand gehalten haben konnte? Die Zeugenaussage einer Frau, die eine Kopfverletzung erlitten hat, und dich, der auf eine unschuldige Wortwahl völlig überreagiert?" Nick wandte sich zu ihm um und starrte ihn an. „Das reicht dir, um alles zu zerstören, was wir einander bedeutet haben? Eine lebenslange Freundschaft? Eine Bruderschaft?"

Das hier war das Schlimmste, was Quentin je in seinem Leben hatte tun müssen – abgesehen davon, seine Frau und sein Kind zu beerdigen, Haley und Darby vor Vergewaltigern zu retten und in der letzten Woche mehr Menschen umzubringen, als in drei Jahren Krieg. Aber er würde eine gemeinsame Vergangenheit nicht seine Seele korrumpieren lassen.

„Er muss für eine Befragung ins Büro kommen", drängte Quentin.

„Er ist verdammt nochmal dein bester Freund. Wie kannst du ihm so eine Scheiße anhängen wollen?"

„Nichts anderes ergibt Sinn!", brüllte Quentin wutentbrannt. Er hatte ewig gebraucht, um es zu durchschauen.

Er hatte nicht auf der Todesliste gestanden, er hatte *überleben* sollen. Denn einer seiner besten Freunde hatte diese ganze Sache eingefädelt. „Chris hat geholfen, den Angriff zu organisieren und hat dafür gesorgt, dass ich am Leben bleibe und entführt werde. Warum sonst wurde ich nicht getötet, während sie alle anderen erschossen haben?"

Nick fuhr sich mit zitternden Händen über die kurzen Haare. „Nein. Nein. Nein. Wem hast du diesen Quatsch sonst noch erzählt?"

„Nur dir. Du musst mir helfen, ihn zum Verhör mitzunehmen."

HALEY HATTE SICH wieder Alex' Audi ausgeliehen, und obwohl er ein bisschen zurückhaltend mit den Schlüsseln gewesen war, wusste sie, dass es ihm eigentlich nichts ausmachte. Die Pferdestärken unter der Motorhaube luden dazu ein, das Gaspedal durchzutreten, aber ihr war auch bewusst, dass ein Strafzettel wegen Geschwindigkeitsübertretung ein schlechtes Licht auf Quentin werfen konnte, und das wollte sie nicht. Sie wollte, dass Quentin stolz auf sie war.

Sie verdrehte die Augen. Gott, sie war wirklich bis über beide Ohren verliebt.

Sie fuhr an der Ausfahrt nach Dale City vorbei und wollte sich am liebsten in den Hintern beißen. Sie hätte die Abfahrt nach Hoadly nehmen und am Bay-Kar-Firmengelände vorbeifahren können. Sie wollte Größe beweisen und Baylor und Karlovac einen Waffenstillstand anbieten. Einer der beiden würde mit Sicherheit da sein, schließlich mussten sie sich um den neuen Auftrag kümmern. Zwei Meilen später erschien eine weitere Abfahrt, und sie war wieder mit dem gleichen Dilemma konfrontiert. Sie wusste, wenn sie es jetzt nicht sofort tun würde, würde sie es überhaupt nicht mehr fertigbringen.

Sie nahm die Ausfahrt und bog auf den Prince William Parkway ein, dann ein paar Meilen weiter nördlich in eine baumbewachsene Gegend. Sie folgte einem schwarzen Jeep, und als er vor ihr auf das Bay-Kar-Gelände einbog, erkannte sie, dass es Chris Baylors Wagen war.

Bevor sie es sich anders überlegen konnte, schoss sie mit ihrem Sportwagen hinter Chris durch das Tor, gerade als es wieder zufuhr, und hielt neben ihm an. Er war am

Telefonieren. Haley zwang sich ein Lächeln auf die Lippen und stieg aus Alex' tiefliegendem Auto.

„Chris, ich hoffe, es macht dir nichts aus, dass ich unangekündigt vorbeikomme, aber ich wollte wirklich gerne reinen Tisch machen, Quentin zuliebe. Ich weiß, wie viel du ihm bedeutest und ich –"

Sie verstummte, als ihr ehemaliger Liebhaber ihr die Mündung seiner großen, schwarzen Pistole an die Schläfe presste. Ihr Herz wollte ihr aus der Brust fahren. Ihr Mund wurde staubtrocken. Galle rumorte in ihrem Magen.

„Wenn das ein Witz sein soll", stieß sie atemlos hervor, „dann ist es nicht besonders lustig."

Chris krallte sich ihren Arm und schob sie vor sich her. Das war der Augenblick, in dem sie Quentins schwarzen Geländewagen hinter einem weißen Truck parken sah. Und sie wusste, dass sie sich, irgendwie, furchtbar verkalkuliert hatte.

KAPITEL ACHTUNDDREIßIG

H ALEYS WELT BESTAND nur noch aus dem tödlichen Ende einer 9 mm Waffe, als Chris an ihr vorbeigriff, die Tür öffnete und sie hindurch in das Gebäude stieß. In einem großen Raum standen Nick Karlovac und Quentin an einer Küchenzeile.

Quentin trat einen Schritt auf sie zu, eindeutig überrascht. „Haley? Was zur Hölle?"

„Einen Schritt näher, und ich blase ihr das Gehirn weg", stellte Chris mit einer Kälte klar, die einen eisigen Schauer der Angst über ihren Rücken jagte. Das harte Metall des Laufs presste sich schmerzhaft an ihre Schläfe. Wenn die Pistole losging, war sie tot. Sie zwang sich, ruhig zu atmen, ein und aus. Jedes Mal bis fünf zu zählen.

Was war passiert?

Was war hier los?

„Das ist nicht lustig, Chris. Nimm die verdammte Waffe runter", befahl Quentin.

Chris ignorierte seinen Freund, einen ranghohen FBI-Agenten. „Tut mir leid, Kumpel. Kann ich nicht machen."

Haley hielt so still sie konnte, verhielt sich so gefügig wie möglich, und wieder einmal war sie eine machtlose Gefangene. Jemand ohne Handlungsfähigkeit, der Gewalt anderer Leute hilflos ausgeliefert. Quentins dunkle Augen blickten sie unverwandt an und schienen ihr Mut zusprechen zu wollen.

Dann wandte er den Blick ab, wieder zu Chris hin, dessen Finger sich so schmerzhaft in ihren Arm krallten, dass er mit Sicherheit Blutergüsse hinterlassen würde, wenn sie denn so lange leben sollte.

Sie neigte den Kopf etwas zu Seite, damit sie Chris' Gesicht sehen konnte. Seine Augen sahen bedauernd aus, aber sein Mund war entschieden. Sie konnte nicht glauben, dass sie mit diesem Mann zusammen gewesen war. Jetzt kam er ihr vor wie ein Fremder.

„Lass sie gehen. Sie hat nichts damit zu tun." Quentin ballte die Fäuste, dann öffnete er sie wieder.

„Sie hat alles damit zu tun. Und selbst wenn nicht, ist sie jetzt eine Zeugin."

„Sie weiß von nichts. Lass sie gehen." Quentin schüttelte den Kopf.

Haley hatte keine Ahnung, was los war, aber sie wusste, dass es übel aussah. Nick stand hinter Quentin, sah angespannt aus.

Quentin sprach leise, drängend. „Ich weiß, dass du dir Sorgen machst, Chris. Komm mit mir mit. Ich werde dafür sorgen, dass du fair behandelt wirst. Erzähle uns, was passiert ist. Ich bin mir sicher, es gibt mildernde Umstände. Ein guter Anwalt hat dich bis zum Abendessen auf Kaution wieder frei, und wir können darüber lachen und ein Bier trinken."

Mildernde Umstände wofür? Die Ex-Freundin mit einer Waffe zu bedrohen?

„Wir wollen nur wegen der Glock mit dir sprechen, die ich dir im Hotel abgenommen habe", sagte Quentin ruhig.

„Da waren deine Fingerabdrücke drauf", bemerkte Chris.

Quentin runzelte die Stirn. „Hast du vor zu behaupten, ich hätte diese Leute in der Bar erschossen – und dann versucht, sie zu retten?"

Haley versteifte sich. Warum sollte Chris jemanden in der Bar erschossen haben?

Chris zuckte mit den Schultern. „Warum nicht? Du und Haley habt einen Plan ausgeheckt, um ihrer Firma einen großen Auftrag zu beschaffen. Du hast deine Entführung und deine Flucht vorgetäuscht. Hast auf dem Weg noch ein paar Jungfrauen in Nöten gerettet und am Ende wie ein gottverdammter Held dagestanden."

Haley fiel der Mund auf, aber sie sagte nichts.

„Was ist Haleys Motiv?"

Chris zuckte mit den Schultern, als ob es ihm egal wäre. „Mit ihrem neuen Liebhaber zusammenarbeiten? Ihrem Ex eins auswischen? Es auf Wencks Auftrag abgesehen haben, und alles tun, um ihn zu bekommen, angefangen damit, die Beine breit zu machen bis dahin, Mord zu begehen?"

„Bullshit", murmelte Haley.

Chris beugte sich zu ihrem Ohr. „Das wird aber niemand mehr herausfinden, oder etwa doch?"

Ihre Augen wurden groß, als sie Quentins dunklen Blick auffing. Ihr Puls dröhnte. Das hier war nicht irgendein schlechter Scherz oder angepisstes Machogehabe. Chris Baylor dachte ernsthaft darüber nach, sie zu ermorden, und Quentin vermutlich auch, um die Tatsache zu vertuschen, dass er in dem Hotel kaltblütigen Mord begangen hatte.

Quentin sah ruhig und gefasst aus. Das benutzte Haley. Benutzte alles, was sie über diesen Mann wusste, um wieder zu Atem zu kommen und sich daran zu erinnern, bis fünf zu zählen, benutzte seine Gelassenheit, um ihrer Selbstkontrolle auf die Beine zu helfen und die Reaktion ihres Körpers auf die Angst in den Griff zu bekommen, die sie zerstören wollte.

Chris' Augen flackerten zu Nick. „Ist es das, was er dir erzählt hat?"

Nick nickte.

„Ich kann nicht glauben, dass du dich auf die hier eingelassen hast." Chris schubste Haley herum, schien das Thema zu wechseln. „Ich hätte nicht gedacht, dass du auf den Typ Schlampe stehst. Ich dachte, dein Ding wären Hausmütterchen."

Chris klang abfällig. Haley sah, wie sich Quentins Ausdruck verhärtete. Die Tatsache, dass Chris die Frechheit besaß, sie alle drei zu beleidigen und sich dabei noch überlegen vorzukommen, schien Quentins Kontrolle zu durchbrechen.

Er griff nach seiner Waffe.

„Pass auf!", schrie Haley.

Nick presste die Mündung seiner Pistole auf Quentins Hinterkopf.

„Tu ihm nichts", flehte Haley.

Quentin stieß einen langen, gleichmäßigen Atem aus. „Ihr wart beide involviert."

Nick kam näher und beugte sich vor, um Quentins Pistole aus dem Hüftholster zu ziehen. Quentin wehrte sich nicht, und Haleys Hals war wie zugeschnürt, als sie erkannte, was das bedeutete. Sie würden beide sterben, es sein denn, Quentin konnte sie aus dieser Sache herausreden.

„Wir hatten keine Wahl", erklärte Nick.

„Jetzt habt ihr eine Wahl." Quentin blickte sie düster an.

Chris schüttelte den Kopf. Haley konnte den Puls seines Daumens an ihrem Oberarm pochen spüren. „Ich nicht. Nicht mehr."

„Du hast den Angriff auf das Hotel organisiert, hab ich

recht? Deshalb wurde ich lebend mitgenommen. Und dann hast du die Ermordung von Hureks Leuten auf der Insel angeordnet. Du konntest es dir nicht leisten, dass es irgendwelche Zeugen gab, richtig?"

Haley schnappte nach Luft.

Chris schüttelte den Kopf. „Es war nicht meine Idee. Der Innenminister hat es angeordnet, nachdem er herausgefunden hatte, dass der Außenminister eine Sicherheitskonferenz auf indonesischem Grund und Boden organisiert hatte. Der Kerl war stinksauer. Ich war der Mittelsmann zwischen ihm und Hurek."

„Chris, halt verdammt noch mal den Mund!", rief Nick wütend.

„Warum, um Himmels willen?" Quentins Stimme bebte vor unterdrücktem Zorn. „Sag mir wenigstens die Wahrheit. So viel habe ich verdient, wenn du mich schon umbringst."

„Niemand hat davon gesprochen, dich umzubringen." Nick blickte seinen Partner nervös an, aber als er in Chris Gesicht blickte, fiel sein Ausdruck in sich zusammen.

Haley erstarrte.

Langsam schien die Realität in diesem Raum Einzug zu halten. Wenn diese beiden Männer mit ihren Verbrechen davonkommen wollten, dann musste sie ihren besten Freund umbringen. Haley umzubringen, würde noch vergleichsweise einfach sein.

Bei dieser Ironie hätte sie am liebsten den Kopf geschüttelt, aber sie versuchte, sich nicht zu bewegen. Sie hatte endlich jemanden gefunden, den sie lieben konnte, und jetzt würden sie beide sterben.

„Ich habe dir erzählt, dass wir finanzielle Probleme hatten", fauchte Nick.

„Anstatt also Konkurs anzumelden, habt ihr euch lieber für Massenmord entschieden?"

„So war es nicht", bestritt Nick. „Es lief gut, bis ein paar von unseren Agenten das falsche Haus gestürmt und versehentlich ein paar arabische Kinder umgebracht haben. Wir mussten die Familien und die örtlichen Behörden schmieren. Danach gingen die Schwierigkeiten los, und wir haben es nie wieder wirklich geschafft, den Kopf über Wasser zu bekommen. Dann hat auch noch dieser Arsch Wenck entschieden, den einzigen ordentlichen Vertrag, den wir hatten, nicht zu verlängern, sondern ihn stattdessen neu aus-zuschreiben …" Nick holte tief Luft. „Ohne die ARK Mining hätten wir dichtmachen müssen, aber als der Innenminister Chris kontaktiert hat, haben wir erkannt, dass wir noch immer eine Chance hatten."

Indem sie die Konkurrenz ermordeten? Haleys Firma war ihr auch wichtig, aber das war eine Grenze, die sie nie im Leben überschreiten würde.

„Woher kennt der Innenminister Chris?"

„Wir haben ihn vor ein paar Jahren geschmiert, um die Genehmigungen zu bekommen, die wir brauchten, um Wencks Minen zu beschützen. Teil des Deals war es, dass Chris als Mittelsmann zwischen ihm und Hurek fungiert. Wenn jemand herausbekommen hätte, dass sie direkt mitein-ander kommunizieren, wäre der Innenminister hinüber gewesen. Hurek war zu diesem Zeitpunkt schon ein gesuchter Verbrecher. Wir brauchten den Minister, um im Land arbeiten zu können. Er brauchte uns, um ihm dabei zu helfen, Hurek mitzuteilen, wenn er örtliche Konflikte schüren wollte. Das hat alles wunderbar funktioniert, bis etwa vor einem Monat, als er entschieden hat, die Konferenz anzugreifen.“ Schweißperlen standen auf Nicks Stirn. Der Kerl sah aus, als ob er sich jeden Augenblick übergeben würde. „Wir haben versucht, es ihm auszureden.“

Haley versuchte, Quentin nicht anzuschauen, aber ihre Augen wurden von diesem attraktiven Gesicht angezogen. Von diesen intelligenten, schwarzen Augen. Sie hasste, dass sie sich wieder einmal in einer Situation auf Leben und Tod befanden. Dass sie ihn möglicherweise verlieren würde, bevor er überhaupt richtig ihr gehört hatte. Sie hatte ihm nicht einmal sagen können, was sie für ihn empfand …

„Als wir herausgefunden haben, dass du auch auf der Konferenz sein würdest, haben wir erneut versucht, das Ganze abzublasen, aber der Kerl hat einfach nicht nachgegeben. Chris hat gesagt, er würde dich da rausholen, aber das lief auch nicht nach Plan. Jetzt wissen wir auch, warum.“ Nicks Augen fielen auf Haley.

Na klar, sollte er doch einfach *ihr* die Schuld für alles in die Schuhe schieben.

„Und die Dinge gingen weiter den Bach hinunter, als Hurek den Angriff zu früh gestartet hat und sich Chris noch im Gebäude befand.“

„Ihr habt dafür gesorgt, dass Wenck das Hotel verlässt, bevor der Angriff stattfand“, bemerkte Quentin. Genau, sie hatten das Arschloch gewarnt. „Ihr wolltet euren Goldesel nicht verlieren.“

Chris lachte. „Ich bin kein totaler Idiot.“

„Wer hat den Unfall mit Wencks Frau verursacht?“ Quentin warf Nick einen Blick über die Schulter zu. „Du?“

„Ich habe einen Kerl angeheuert. Sie hat es uns leicht gemacht“ Nicks sture Züge waren mittlerweile vollkommen verhärtet. „Sie war nicht verletzt. Nur ein bisschen durchgerüttelt."

„Warum haben sie zu früh angegriffen?", fragte Quentin.

Er klang vollkommen wie der Bundesagent, der er war, sammelte immer weiter Informationen zusammen. Haley sollte es nur recht sein. Er konnte ihretwegen den ganzen Tag lang Fragen stellen, wenn sie dadurch ein bisschen länger überlebten.

Chris wischte sich mit der Hand, in der er die Waffe hielt, die Stirn ab, zielte aber weiterhin auf sie. „Das waren nicht die cleversten Rekruten der Welt. Deshalb habe ich mich anfangs auch versteckt. Die meisten der Kerle kannten mich, aber sie sind allesamt sehr schießfreudig." Er lachte leise auf. „Ich konnte Hurek nicht kontaktieren, weil er den Störungssender benutzt hat, den ich ihm besorgt hatte. Bevor die Konferenz gestartet ist, habe ich ihn aufgesucht und ihm ein Foto von dir gegeben, für den Fall, dass mein ursprünglicher Plan, dich da rauszuholen, nicht funktionieren würde. Ich habe ihm gesagt, dass ich dich lebend haben wollte."

„Du hast sie ausgebildet", sagte Quentin in einem Tonfall voller Endgültigkeit.

Chris zuckte mit den Schultern. Jedes Mal, wenn er sich bewegte, konnte Haley den beißenden Geruch von Schweiß riechen. „Was macht das noch für einen Unterschied?"

„Du hast die Überlebenden im Hotel umgebracht." Quentin klang vollkommen angewidert von diesem Mann, der sein Freund gewesen war.

Haley war ebenfalls angewidert. Und verzweifelt um Quentins willen und voller Angst um sie beide.

„Ich habe sichergestellt, dass es keine Zeugen gibt – bin dabei fast selbst umgekommen. Ein Typ hatte sich hinter der

Rezeption versteckt. Ich hatte ihn gerade erledigt, als ich von einem herabstürzenden Balken am Kopf getroffen wurde. Du hast mir das Leben gerettet, Kumpel."

„Hat er dich angeschossen oder hast du das selbst gemacht, um uns zu täuschen?"

Chris' Schweigen sprach Bände.

„Du hast Hurek befohlen, mich zu kidnappen." Wut legte sich über Quentins Züge.

„Ich habe dich verdammt noch mal *gerettet*!" Spuckefäden flogen Chris aus dem Mund, so aufgebracht war er. Haley zuckte zusammen. Er würde jeden Augenblick den Abzug drücken und sie wollte einfach nicht sterben.

„Und anschließend hast du sie alle umgebracht, hab ich recht?" Quentin war noch nicht fertig mit dem Kerl. Haley versteifte sich. Was Chris und Nick abgezogen hatten, war erschütternd in seiner Brutalität. „Die ganzen Männer, mit denen du in Hureks Camp gearbeitet hast. Du hast sie umbringen lassen."

„Als Hurek angerufen hat, um mir zu sagen, dass du entkommen bist, wusste ich, dass es nur eine Frage der Zeit war, bevor die Regierung dich und dann ihn findet. Ich habe meine Jungs losgeschickt, um alle Zeugen zu beseitigen." Chris zog eine Grimasse. „Hurek konnte allerdings entkommen. Ich lasse gerade nach ihm suchen."

„Du hast Frauen und Kinder umbringen lassen." Quentin klang seltsam ruhig.

„Wenn du einfach an Ort und Stelle geblieben wärst, wie es der Plan gewesen war, dann hätte ich sie nicht umbringen müssen!", brüllte Chris ihn an. „Es war alles geplant. Es wäre ein Lösegeld gezahlt worden. Man hätte dir eine Haube über den Kopf gezogen und dich ein paar Stunden herumkutschiert, bis du die Orientierung verloren hast, und dann hätten sie dich irgendwo in der Nähe eines Orts auf einer anderen Insel abgesetzt. Du wärst frei gelassen worden."

Haley konnte nicht glauben, dass Chris Quentin die Schuld dafür gab, wie die Dinge gelaufen waren.

„Und was wäre mit Haley passiert?" Quentin blickte sie an und seine Augen wurden weich.

Sie wollte ihm sagen, dass sie ihn liebte.

Chris grinste verächtlich. „Als Hurek mir erzählt hat, dass du entkommen bist, hat er auch deine ‚Frau' erwähnt. Ich habe ihm gesagt, dass du keine Frau hast." Haleys Herz raste. „Wenn Hurek gewusst hätte, dass sie nicht wichtig ist, hätte er mit ihr das Gleiche gemacht wie mit dem O'Roarke-Mädel, bis nichts mehr von Wert an ihr übrig gewesen wäre. Dann hätte er sie erschossen."

Haley zuckte zusammen. Die Bilder waren brutal und schockierend, sollten ihr wehtun.

Nick wurde kreidebleich, aber er ließ die Waffe an Quentins Kopf noch immer nicht sinken.

„Du wusstest all diese Monate, wo die Alexanders waren. Du wusstest, dass ich ihre Freilassung verhandelt habe. Und du wusstest genau, wer Darby O'Roarke entführt hat, aber du hast nicht ein Wort gesagt." Die Verurteilung in Quentins Stimme klang endgültig.

„Was glaubst du denn, wer ihnen überhaupt gesteckt hat, dass O'Roarke da ist?" Chris spuckte auf den Boden und Haley zog sich ganz leicht von ihm fort. Ihr Magen krampfte sich zusammen. „Sie wollten von irgendjemandem wissen, ob der Vulkan auf ihrer Insel demnächst ausbrechen würde, also habe ich sie an die nächstbeste Expertin verwiesen. Ich habe gehört, ein paar der Jungs haben ihren Spaß mit ihr gehabt, bevor du sie gerettet hast wie irgendein verdammter Held."

Der Tod war noch zu gut für ihn. Haley wollte, dass Chris genauso litt, wie Darby gelitten hatte.

„Was ist nur mit dir passiert?" Quentins Stimme bebte vor Wut.

„Was mit *mir* passiert ist? Der Krieg ist mir passiert. Eine Regierung, die mich wie ein ausgedientes Stück Scheiße behandelt, ist mir passiert. Schlampen wie die hier sind mir passiert." Wieder schüttelte Chris Haley durch.

Sie biss die Zähne zusammen. Sie hatte die Schnauze voll davon, herumgeschubst zu werden.

Quentins Augen wurden schmal. „Du kannst mit dieser Sache nicht durchkommen. Nimm die Pistole runter. Ich nehme dich mit. Sorge dafür, dass du fair behandelt wirst."

„Ich habe alles getan, was ich konnte, um dein Leben zu retten, und das ist der Dank dafür?" Verbitterung troff aus Chris' Worten und er verlor die Fassung. „Du willst, dass ich mich stelle? Alles gestehe? In irgendeiner verdammten Gefängniszelle krepiere?"

In ihrem Augenwinkel konnte Haley sehen, wie sich Chris' Zeigefinger auf den Abzug legte.

„Warte", sagte Nick schneidend. „Es macht keinen Sinn, sie umzubringen. Wir fesseln sie und verschwinden verdammt noch mal von hier. Das FBI weiß sowieso schon alles. Quentin hat gesagt, Tricia Rooks ist wach und erzählt, was du getan hast."

„Er lügt." Chris' Grinsen war freudlos. „Ich habe Rooksy heute Morgen einen Besuch abgestattet, bevor ich hergekommen bin. Sie deepthroated noch immer einen Plastikschlauch."

Nick stieß den Atem aus und blickte Quentin kopfschüttelnd an. „Du hast nach Informationen gefischt? Du

Bastard.“

Nick besaß die Frechheit, enttäuscht über seinen Freund auszusehen.

Quentin verzog den Mund. „Steht nirgendwo geschrieben, dass ich nicht lügen darf.“

Haley versuchte, sich an Alex’ Selbstverteidigungskurse zu erinnern. Wenn sie Chris einen Schlag in die Eier versetzte … Aber Quentin war noch nicht fertig mit seinem Versuch, sie zu retten.

„Ihr werdet mit nichts von alldem davonkommen. Nicht ohne meine Hilfe“, erklärte ihnen Quentin ruhig. „Lasst Haley gehen, und ich werde die Beweise zerstören oder dafür sorgen, dass sie vor Gericht nicht zulässig sind. Ich helfe euch dabei, das Land zu verlassen. Das FBI wird euch niemals finden.“

Chris lächelte ihn grimmig an. „Du kannst dich aus dieser Sache nicht herausreden, Kumpel. Ich liebe dich wie einen Bruder, aber ich weiß, dass du nie im Leben Beweise vernichten oder den Mund halten würdest. Du hast einfach zu viele verdammte Skrupel. Ich habe bereits einmal versucht, dich zu retten, und schau dir nur an, was uns das gekostet hat. Diesmal heißt es, wir oder du. Und ich habe nicht vor, das kürzere Ende zu ziehen.“

Quentin Mund wurde schmal, dann fragte er, „Nick?“

„Keine Sorge.“ Nick klang elendig, aber er gab nicht klein bei. „Es wird schnell vorbei sein.“

Oh Gott, nein.

„Lasst mich einen Augenblick mit Haley allein sprechen.“

„Sorry.“ Chris schüttelte den Kopf. „Im Gegensatz zu Hurek weiß ich, wie einfallsreich du bist, ihr beide.“

Haley hätte sich geschmeichelt gefühlt, wenn Chris nicht drauf und dran gewesen wäre, sie zu erschießen.

„Es tut mir wirklich leid, dass ich dich in diese Sache mit hineingezogen habe." Quentin lächelte sie zärtlich an. „Versuch, so still wie möglich zu stehen, damit es nicht wehtut."

Was? Stillstehen? Sie schluckte den riesigen Kloß in ihrem Hals hinunter, der sie ersticken wollte. „Ich liebe dich." Endlich brachen die Worte aus ihr hervor.

Quentins Augen strahlten.

„Oh, wie süß, aber ich bezweifle, dass sie es auch ernst meint. Du bist einfach nicht reich genug für so eine Schlampe." Chris hob die Waffe. Haley drehte ihr Kinn zur Seite und hielt sehr still, nicht weil Quentin es ihr gesagt hatte, sondern so verängstigt sie auch war, sie würde nicht den Kopf einziehen wie ein geschlagener Hund. Sie ballte die Fäuste, war kurz davor, in einem letzten, verzweifelten Versuch, dem Bastard zu entkommen, Chris die Faust in die Eier zu schlagen.

Fenster zersplitterten.

Chris und Nick sackten zu Boden.

Haley schluchzte auf.

„BLEIB GENAU DA stehen und rühr dich nicht, bis die Geiselbefreiungseinheit alles gesichert hat, Haley. Bleib nur eine Minute ruhig stehen, damit niemand einen Fehler macht." Es war eine extrem angespannte Situation. Wenn ihr etwas zustoßen sollte, würde Quentin sterben. Er würde sich einfach hinlegen und sterben.

Er wollte die Leichen seiner beiden Freunde nicht anschauen, oder die Rinnsale von Blut, die über den grauen

Vinylboden flossen. Sie hatten ihn und alles, woran sie geglaubt hatten, verraten, alles, wofür sie gekämpft hatten, als sie noch ihre Uniformen getragen hatten. Quentin hatte gewusst, dass Chris Dreck am Stecken hatte, nachdem er sich die Ballistikanalysen angesehen hatte, aber bei Nick war er sich nicht sicher gewesen. Sein Hals brannte, so sehr versuchte er, den Schmerz hinunterzuschlucken, den diese Erkenntnis mit sich brachte. Seine Fingernägel schnitten in seine Handflächen, als er sich zwang, nicht auf Haley zuzustürmen und sie mit seinem Körper abzuschirmen.

Der Albtraum war endlich vorbei.

Männer in schwarzer Kampfausrüstung kamen durch die Tür gestürzt. Quentin wartete auf ein Nicken von Kurt Montana, bevor er zu Haley eilte, während ein anderer Agent gerade sicherstellte, dass sie unverletzt war. Quentin achtete darauf, die Blutspritzer so gut es ging zu vermeiden.

Ein Messer rammte sich in sein Herz. Diese Männer waren seit so vielen Jahren seine Freunde gewesen und trotzdem waren sie bereit gewesen, ihn und die Frau, die er liebte, umzubringen, um mit ihren machiavellistischen Intrigen durchzukommen.

Als er bei Haley ankam, sank sie in seine Arme, und er hielt sie fest. Eine Welle der Erleichterung schoss durch ihn hindurch. Er hatte nie im Leben irgendetwas so sehr gebraucht, wie das Wissen, dass Haley diese Sache überlebt hatte.

„Ich glaube nicht, dass ich jemals mehr Angst gehabt habe, als in dem Augenblick, als Chris durch die Tür gekommen ist und diese verfluchte Waffe auf dich gerichtet hat", sagte er.

Sie krallte ihre Finger in sein Hemd. Er hatte gewusst, dass sie umzingelt waren, und dass Chris und Nick mit jedem Wort die letzten Nägel in ihre eigenen Särge geschlagen hatten. Haley hatte geglaubt, sie würden sterben.

Quentin zog ein kleines Aufnahmegerät von der Größe eines Feuerzeugs aus seiner Hosentasche. Haleys Augen wurden groß vor Staunen. Er gab es einem der Kriminaltechniker, auch wenn er sich sicher war, dass sowohl sein Handy als auch die Richtmikrofone in der Umgebung alles aufgezeichnet hatten. Das FBI hatte keinen Raum für Fehler gelassen. Das Team war in Rekordgeschwindigkeit aufgestellt worden, nachdem er seine Theorie dem Leiter der Sondereinheiten vorgebracht hatte.

„Du warst verkabelt." Sie runzelte die Augenbrauen.

„Ich wusste, dass Chris diese Leute in der Bar erschossen hatte, aber ich wusste nicht genau, in was er sonst noch verwickelt war. Aber ich musste es herausfinden. Bei Nick war ich mir nicht sicher. Wir hatten entschieden, dass ich am ehesten ein Geständnis aus ihnen herausbekommen würde, wenn ich sie direkt konfrontiere. Das FBI hatte das Gebäude umstellt." Er schloss die Augen, dachte an Nicks Frau und Kinder. Er hatte keine Ahnung, wie er ihnen jemals wieder gegenübertreten sollte. „Wir hatten nicht mit dir gerechnet."

„Ich war auf dem Weg nach D.C. und wollte mit Chris Frieden schließen." Der Puls in ihrem Hals schlug sichtbar und sie presste in einer beschützenden Geste ihre Hand an den Hals. „Ich weiß, dass er dir wichtig war. Ich weiß, wie weh dir das tun muss."

Quentin presste die Lippen zusammen, weigerte sich, um die Männer zu weinen, die er geliebt hatte, auch wenn er es noch so sehr wollte. Sie hatten ihn verraten. Sie hatten alle verraten.

Er wischte ein paar Blutspritzer von Haleys Wange.

Scheiße. Sie war dem Tod so nah gewesen. Sie begann, zu zittern, und er wusste nicht, ob sie ihm jemals dafür verzeihen konnte, sie in dieses Chaos involviert zu haben. Er hatte gewusst, dass die Scharfschützen auf Position waren. Auf die Gelegenheit gewartet hatten, abzudrücken. „Tut mir leid, dass ich dir nicht sagen konnte, dass das FBI vor der Tür stand, ohne Chris und Nick zu warnen." Ihre Namen schmeckten bitter auf seiner Zunge. „Wenn sie gewusst hätten, dass wir umzingelt waren, dann hätten sie uns beide sofort erschossen und sich danach selbst das Leben genommen." Chris hätte Haley niemals überleben lassen, und Quentin genauso wenig, sobald er herausgefunden hätte, dass Quentin seine Vermutungen dem FBI mitgeteilt hatte.

Haley klammerte sich an ihn, und er genoss ihre Wärme und ihre starken Hände, die sich an ihm festhielten. Sie war ihm nie wertvoller erschienen als in diesem Moment.

Er führte sie nach draußen, fort von dem schweren Kupfergeruch des Bluts. Er strich ihr die Haare aus dem Gesicht und lehnte seine Stirn an ihre. „Ich liebe dich, Haley Cramer. Ich bin fertig damit, die Dinge langsam anzugehen. Lass uns zusammenziehen und schauen, wie wir zueinander passen."

Ihr klappte der Mund auf. „Ist das dein Ernst?"

„Wir kriegen das schon hin."

Erleichterung leuchtete in ihren Augen auf. „Ich liebe dich, Quentin. Können wir ab sofort *bitte* einfach stinknormale, langweilige Dinge tun? Wie Paragliding oder Klettern?"

„Ich hasse Höhen."

Sie wich völlig schockiert zurück. „Ich habe das Gefühl, ich kenne dich überhaupt nicht."

Er lachte und drückte sie an seine Brust. „Haley Cramer, ich will, dass wir noch Jahre miteinander verbringen und die Rätsel des anderen lösen."

„Wo würden wir denn wohnen?" Sie biss sich auf die Lippe. Sie sah entmutigt aus. Wieder einmal war sein Timing lausig.

„Du arbeitest in D.C., ich in Quantico. Lass uns ein Haus auf halber Strecke finden. Dann müssen wir beide pendeln, aber es ist nicht zu schlimm." Er berührte ihr Gesicht, hob mit seinem Daumen ihr Kinn an und starrte in ihre mysteriösen, blauen Augen. „Ich werde dich nicht bitten, irgendwas aufzugeben. Ich liebe dich, so wie du bist, aber ich will keine Zeit damit verschwenden, dich zu vermissen, wenn du jeden Abend in meinem Bett liegen könntest. Oder ich in deinem."

Quentin erinnerte sich daran, wo sie waren und was sie alles noch erledigen mussten, bevor er nach Hause fahren und eine Woche durchschlafen konnte. Widerwillig trat er einen Schritt zurück, aber Haley griff nach seinem Arm, bevor er sich zu weit entfernen konnte.

„Wir können mit deiner Wohnung starten. Ich kann ein paar Mal in der Woche nach D.C. hochfahren. Alex hat sowieso davon gesprochen, ein zweites Büro in Quantico aufzumachen. Wir können sehen, wie es funktioniert–"

„Es wird funktionieren", versicherte ihr Quentin. „Denn auch wenn ich vielleicht nicht weiß, welche Fernsehserien du magst oder was du gerne isst, weiß ich, dass du mutig und verwegen bist und ich werde verdammt noch mal tun, was ich kann, um sicherzustellen, dass ich so oft nach Hause komme, wie ich kann. Und", er konnte nicht aufhören, sie zu berühren, „ich weiß, dass du das Gleiche für mich tun wirst. Ich liebe dich, Haley."

„Das ist das erste Mal, dass ich bei einem Zugriff eine Liebeserklärung gehört habe“, feixte Montana, als er mit einer Beweistüte an ihnen vorbeimarschierte. „Gefällt mir irgendwie.“

„Mir auch“, sagte Haley leise.

„Mir auch.“ Quentin küsste sie lange und langsam, trotz des Publikums „Mir gefällt das auch.“

EPILOG

Ein Monat später

HALEY STAND IM Terminal und hatte ihre Arme so fest um Darby geschlungen, dass sie sich nicht sicher war, ob sie jemals in der Lage sein würde, sie wieder loszulassen. Endlich zwang sie sich, sich von der jungen Frau zu lösen, die mittlerweile wie eine Tochter oder Schwester für sie geworden war.

„Pass auf dich auf", sagte Haley, dann trat sie sich in Gedanken in den Hintern. „Ruf mich an, *jeder*zeit."

Quentin stand neben ihr, hatte ihr die Hand auf die Schulter gelegt. Er hatte sich schon verabschiedet.

Einen Schritt von ihnen entfernt stand Eban, der aussah, als ob ihm diese Situation Unbehagen bereitete. Er und Darby warfen sich verstohlene Blicke zu. Haley hatte Quentin nichts davon erzählt, dass Darby sich an den Kerl herangemacht hatte. Das war so ziemlich das einzige Geheimnis, das sie nicht verraten hatte. Sie hatte nicht vor, Eban bei seinem Boss in Schwierigkeiten zu bringen, wenn Darby es gewesen war, die den Kuss initiiert hatte, und Eban derjenige, der ihn beendet hatte.

„Du hast nächste Woche deinen Termin bei Dr. Bruce", erinnerte Haley Darby.

Darby nickte und grinste. „Ja, Mom."

Quentins Finger gruben sich in Haleys Schulter. „Lass

mich wissen, wenn dein Doktorvater dir Ärger macht."

Darby senkte das Kinn auf die Brust. „Ja, Dad."

Quentins Mundwinkel zuckten. „Los, sieh zu, dass du deinen Flug nicht verpasst. Genieß die erste Klasse."

Darbys Vater war nach Virginia geflogen. Mit Quentins Hilfe und dem Beistand von Erin Donovan war sein Besuch eher kathartisch als traumatisierend gewesen. Sie waren alle überrascht gewesen, als Darby nicht mit ihm nach Hause zurückgeflogen war, aber sie hatte gesagt, sie wäre noch nicht so weit. Haley machte sich Sorgen, dass Darby auch jetzt noch nicht so weit war, aber sie wusste es besser, als sie mit ihren Sorgen zu ersticken.

Darby grinste sie an. Ihre Augen fielen auf Eban.

„Pass auf dich auf", sagte er schroff und brach endlich sein Schweigen.

Darbys Lächeln erlosch und sie nickte. „Du auch."

Ebans Kiefer spannte sich an. Er sah elendig aus. Unbeholfenheit und Spannung stieg zwischen ihnen auf. Ausnahmsweise einmal schien Quentin nichts mitzubekommen. Oder tat zumindest so.

Haley blickte sich um, um sicherzustellen, dass keine Presse gekommen war. Die Medien hatten manches über Darbys Geschichte herausgefunden, aber keine Einzelheiten. Sie hatte eine kurze Stellungnahme veröffentlicht und mitgeteilt, dass sie dankbar über ihre Rettung sei, und hatte um Privatsphäre gebeten.

„Okay. Ich höre auf, es hinauszuzögern. Los geht's." Darby warf sich den Rucksack über die Schultern und nach einem langen, sehnsüchtigen Blick machte sie sich zur Sicherheitskontrolle auf.

„Wir sehen uns im Büro." Eban marschierte mit hängendem Kopf davon.

„Was ist denn mit dem los?“, fragte Quentin.

„Sie haben sich nahe gestanden“, wich Haley aus. „Es ist nicht einfach, sich zu verabschieden. Sie davonfliegen zu sehen und wie sie versucht, ihr Leben weiterzuleben. Wir werden sie alle vermissen.“

„Ich habe Agenten in Alaska, die auf sie aufpassen können, wenn das nötig wird.“ Quentin nickte, und sie gingen langsam zu seinem Auto.

Er schien in Gedanken verloren zu sein, aber es war für sie alle nicht leicht. Seit sie sich auf der Insel gefunden hatten, hatten die drei eine Beziehung zueinander aufgebaut, die nur wenige Menschen verstehen konnten. Dann war da die zusätzlichen – unbegründeten – Schuldgefühle, die Quentin mit sich herumtrug, weil seine Freunde involviert gewesen waren und ihn verraten hatten, und weil er gesehen hatte, wie sie umgekommen waren … Das zu verarbeiten, hatte Zeit gebraucht. Nun war die Zeit gekommen, sich selbst zu verzeihen, obwohl er eigentlich längst wusste, dass es nichts zu verzeihen gab.

Er hatte versucht, mit Nick Karlovac’ Witwe zu sprechen, aber sie weigerte sich, ihn zu sehen. Sie war mit ihren Kindern zu ihren Eltern gezogen. Ihre Leben waren unwiderruflich beschädigt worden, wie so viele andere.

„Irgendwelche Neuigkeiten über Hurek?“, fragte Haley.

Quentin schüttelte den Kopf. „Alex verfolgt noch immer die Bitcoins.“

„Apropos Alex. Er hat mir erzählt, irgendjemand hätte Glenda Wenck Kopien von einem Haufen Anzeigen und Vertraulichkeitsvereinbarungen zukommen lassen, die alle von Frauen unterschrieben wurden, mit denen ihr Mann geschlafen hat – einige von ihnen sagen, der Sex sei nicht einvernehmlich gewesen. Glenda hat die Scheidung eingereicht und plant, ihn hunderte von Millionen Dollar blechen zu lassen.“

Ein kleines Lächeln tanzte in Quentins Mundwinkeln. „Ich frage mich, wer sowas machen würde?“

Haleys Augen wurden groß. „Das hast du nicht wirklich getan.“

Quentin zuckte nur mit den Schultern. „Sie wird jeden Augenblick in einen Skandal hineingezogen werden, der ihre ganze Welt auf den Kopf stellen wird. Das Mindeste, was ich tun konnte, war sicherzustellen, dass sie die Wahrheit über ihren Mann erfährt, bevor er verhaftet wird oder vor Gericht kommt. Vielleicht wird sie das davon überzeugen, für die Staatsanwaltschaft gegen Wenck und die anderen auszusagen.“ Er öffnete die Beifahrertür und presste Haley dagegen, um sie zu küssen. „Ich hab was für dich.“

Sie wackelte vielsagend mit den Augenbrauen. Sie hatten viel Zeit zusammen im Bett verbracht, hatten versucht, zu heilen. Sie hatten außerdem viel Zeit damit verbracht, herauszufinden, wer der andere war, wenn sie nicht um ihr Leben rannten. Wie sich herausgestellt hatte, mochten sie beide lange Wanderungen und im Ozean zu schwimmen. Er war sogar eine Naschkatze, genau wie sie.

Quentin zog eine Schmuckschatulle aus der Tasche, zu groß für einen Ring, aber ihr Herz fing trotzdem an zu flattern.

Als sie die Schatulle öffnete, blieb die Welt für einen Moment stehen. Haley schloss die Augen und seufzte kaum hörbar auf. Die antike Silberuhr ihrer Großmutter. Haley streifte sie sich über das Handgelenk und kontrollierte sie auf Schäden. Sie sah perfekt aus.

Haley blickte tief in Quentins dunkle, intensive Augen. „Wie hast du sie gefunden?"

Er küsste sie. „Alex hat sie im Netz gefunden und ich habe einen Polizisten kontaktiert, den ich in Australien kenne. Sie haben das Grundstück durchsucht und einen ganzen Haufen Diebesgut gefunden. Sie haben einen Deal angeboten, bei dem der Hehler nicht ins Gefängnis muss, wenn er alle seine Lieferanten preisgibt. Vielleicht können wir Hurek auf diese Art und Weise schnappen."

Haley nickte, war sprachlos vor Dankbarkeit. „Quentin?"

„Ja?"

„Danke."

„Gern geschehen." Er senkte die Lider, sah sexy und stark aus. „Haley?"

„Ja?"

„Ich bin damit fertig, die Sache langsam anzugehen. Ich liebe dich Haley Cramer. Heirate mich."

Ihr fiel vor Überraschung der Mund auf. „Ist das dein Ernst?"

„Ich weiß, was ich will. Wen ich will." Er drückte ihre Schultern.

Sie blinzelte ihn an und schüttelte den Kopf. „Ich liebe dich, Quentin, das weißt du. Aber bist du dir sicher?"

Er grinste. „Ich war mir noch nie in meinem Leben so sicher."

Ihr Herz hämmerte. Damit hatte sie nicht gerechnet. Vielleicht hatte sie es sich vorgestellt oder gehofft, aber sie war sich nicht sicher gewesen, dass so glücklich zu sein Bestand haben würde. Das war alles so neu für sie, und ihre alten Unsicherheiten bäumten sich wieder in ihr auf. Sie biss sich auf die Lippe. „Ich werde keine perfekte kleine Ehefrau sein,

Quentin.“

„Wo bleibt denn bei perfekt der Spaß?“ Er schien genau zu wissen, was sie dachte, und nahm ihr Gesicht in beide Hände. „Meine Liebe für Abbie war wie ein Fluss, stark und beständig und konstant. Meine Liebe für dich ist wie der Ozean, mit ruhigen Tagen zwischen tosenden Stürmen und wilden Wellen, die aus dem Nichts heranrollen und alles in ihrem Weg zerstören. Ich werde Abbie immer lieben, aber sie ist meine Vergangenheit, und ich will, dass du meine Zukunft bist. Willst du mich heiraten?“

Haley starrte diesen wunderschönen Mann an und brachte kein Wort heraus.

Er schluckte, schien plötzlich nervös zu sein. „Haley?“

„Du bist vollkommen irre, aber ich liebe dich.“ Sie lachte, und es klang fast wie ein Schluchzen.

„Ist das ein Ja?“, fragte er vorsichtig.

Sie schlang die Arme um ihn, drückte ihn fest an sich und hielt ihn fest, und sie passten zusammen wie ein Schloss und ein Schlüssel. „Ja, ja, ja, ja.“

„Das ist also ein Ja“, zog Quentin sie mit offensichtlicher Erleichterung auf.

„Halt den Mund.“ Sie küsste ihn und für eine ganze Weile sagte keiner von beiden ein Wort.

Endlich holten sie wieder Luft und Haley löste sich von ihm, um sein Gesicht zu sehen.

„Was?“ Er zog fragend eine Augenbraue hoch.

„Ich habe diesen ganzen Schmuck, den ich nie trage.“ Seine Brauen schossen noch weiter in die Höhe. „Wie fändest du es, wenn wir die Steine aus dem Smaragd-Verlobungsring meiner Großmutter in eine einfache Fassung setzen lassen, die *du* aussuchst, und ich trage das als unseren

Verlobungsring?“

Sein Mundwinkel zuckte und er gluckste. „Und ich spare tausende von Dollars. Warum sollte ich so etwas Verrücktes machen wollen?“

Sie berührte sein Gesicht. „Es gibt jede Menge Männer, die mir diesen Vorschlag verübeln würden.“

„Stimmt.“ Er nahm ihre Hand. „Na ja, du heiratest mich aber nicht, weil ich *jede Menge Männer* bin. Ich weiß, wie viel dir deine Großmutter bedeutet hat.“ Die Liebe leuchtete hell in seinen Augen auf. „Ich kann vielleicht nicht mit dir mithalten, was das Geld angeht, Haley, aber ich kann dir in allem, was zählt, das Wasser reichen.“

„Ich kann nicht glauben, was für ein Glück ich habe.“

Er zog sie an sich, und sie schlang erneut die Arme um ihn, ihren Fels, ihren Anker. „Wir haben unser Kind schon aufs College geschickt. Glaubst du, sie kommt zur Hochzeit zurück?“

„Das sollte sie besser.“ Er grinste. „Ich bin kurz davor, eine Versetzung nach Anchorage zu beantragen.“

„Sie wohnt in Fairbanks“, bemerkte Haley.

„Das ist ja das Problem.“

Sie fuhr mit ihrer Hand über den warmen Stoff seines Hemds, bis sie über seinem Herzen lag. „Du bist womöglich der beste Mensch, den ich je kennengelernt habe.“

Er küsste ihre Fingerspitzen. „Ist dir jemals in den Sinn gekommen, dass ich genau das Gleiche über dich denken könnte?“

„Was?“ Sie blinzelte ihn an.

„Du hast mich schon verstanden.“ Er küsste sie, und jedes noch so kleine Teil ihres Herzens landete an seinem perfekten Platz, selbst während ein Teil davon gerade weit fort über das Land flog.

Danke, dass du *Kälter als die Sünde* gelesen hast. Ich hoffe, dir hat Quentin und Haleys unglaubliche Reise zu ihrem Happy End gefallen. Lies das nächste Buch *der Kalte Gerechtigkeit – die Verhandler*-Serie, *Kalte böse Lügen*…

FBI-Unterhändlerin Charlotte Blood gehört zu den Besten ihres Fachs. Im Bestreben, eine spannungsgeladene Pattsituation zu stoppen, bevor jemand verletzt wird, ist Charlotte entschlossen, das Geheimnis des Todes einer jungen Frau in einer abgelegenen Bergregion zu lüften. Als ungünstig erweist sich jedoch, dass sie bei jedem ihrer Schritte gegen ihr sexy und hartnäckiges Gegenstück aus dem operativen Geiselrettungsteam ankämpfen muss.

Als hochqualifizierter Agent und Einsatzteamleiter des Gold-Teams, hat Payne Novak keine Zeit, um Detektiv zu spielen oder nette Worte mit Killern auszutauschen. Sein Fokus liegt darauf, in das Gelände zu gelangen und die Belagerung so schnell wie möglich zu beenden.

Der kampferprobte Einsatzteamleiter und die ruhige, aber entschlossene Verhandlungsführerin sind gezwungen, zusammenzuarbeiten, um zu beweisen, dass die operativen Einsatzteams und die Verhandlungsteams des FBI zusammenarbeiten können. Dabei stellen sie fest, dass sie möglicherweise mehr gemeinsam haben, als sie gedacht hätten.

Während die Uhr tickt, entdeckt Charlotte, dass es einige Gefahren gibt, aus denen sie sich nicht herausreden kann, und der Wettlauf um lange begrabene Lügen wird für alle auf dem Berg zu einer Frage des Überlebens.

Lesen Sie *Kalte böse Lügen* noch heute!

NÜTZLICHE ABKÜRZUNGEN FÜR TONIS BÜCHER

AG: Attorney General – Generalstaatsanwalt

ASAC: Assistant Special-Agent-in-Charge – Rang beim FBI, eine Stufe über dem Supervisory Special Agent (SSA)

ATF: Alcohol, Tobacco, and Firearms – US-Behörde für Alkohol, Tabak, Schusswaffen und Sprengstoffe

BAU: Behavioral Analysis Unit – Abteilung für Verhaltensanalyse

BOLO: Be on the Lookout – Fahndung

BUCAR: Bureau Car – FBI-Auto

CIRG: Critical Incident Response Group – Zentrale Krisen-Interventions-Abteilung des FBI

CMU: Crisis Management Unit – Unterstützt die CIRG

CN: Crisis Negotiator – Krisenverhandler

CNU: Crisis Negotiation Unit – Krisenverhandlungsabteilung

CODIS: Combined DNA Index System – Nationale DNA-Datenbank der USA

CP: Command Post – Befehlsstelle

DEA: Drug Enforcement Administration – US-Drogenbehörde

DOB: Date of Birth – Geburtsdatum

DOJ: Department of Justice – Justizministerium

EMT: Emergency Medical Technician – Rettungssanitäter

ERT: Evidence Response Team – FBI-Spurensicherungsteam

FOA: First-Office Assignment – Erster Büroeinsatz bei Strafverfolgungsbehörden

FBI: Federal Bureau of Investigation – Zentrale Sicherheitsbehörde der USA

FO: Field Office – Außenstelle des FBI

IC: Incident Commander – Einsatzleiter

HRT: Hostage Rescue Team – Geiselrettungsgruppe, FBI-Spezialeinheit

HT: Hostage-Taker – Geiselnehmer

LAPD: Los Angeles Police Department – Polizei der Stadt Los Angeles

LEO: Law Enforcement Officer – Strafverfolgungsbeamter

ME: Medical Examiner – Gerichtsmediziner

MO: Modus Operandi

NAT: New Agent Trainee – Neuer Agent in Ausbildung

NCAVC: National Center for Analysis of Violent Crime – Nationales Zentrum für die Analyse von Gewaltverbrechen

NCIC: National Crime Information Center – zentrale Datenbank der USA zur Sammlung von Informationen in Zusammenhang mit der Kriminalitätsbekämpfung

NYFO: New York Field Office – FBI-Außenstelle New York

OC: Organized Crime – Organisiertes Verbrechen

OCU: Organized Crime Unit – Abteilung zur Bekämpfung von organisiertem Verbrechen

OPR: Office of Professional Responsibility – Büro zur Untersuchung von Fehlverhalten von beim Justizministerium beschäftigten Juristen

POTUS: President of the United States – Präsident der USA

RA: Resident Agency – Kleine Außenstelle des FBI

SA: Special Agent – FBI-Agent

SAC: Special Agent-in-Charge – Leiter eines FBI-Büros oder Region

SAS: Special Air Squadron (British Special Forces unit) – Spezialeinheit der britischen Armee

SIOC: Strategic Information & Operations – Weltweite Kommando- und Kommunikationsabteilung des FBI

SSA: Supervisory Special Agent – FBI-Teamleiter

SWAT: Special Weapons and Tactics – Besonders ausgebildete taktische Spezialeinheit

TC: Tactical Commander – Befehlshaber einer taktischen Spezialeinheit

TOD: Time of Death – Todeszeitpunkt

UNSUB: Unknown Subject – Unbekanntes Subjekt (im Sinne von unbekannter Täter)

ViCAP: Violent Criminal Apprehension Program – Programm zur Aufdeckung von Gewaltverbrechen

WFO: Washington Field

DANKSAGUNGEN

Mein Dank gilt wie immer allen üblichen Verdächtigen, vor allem Kathy Altman für den ersten Blick, Rachel Grant für ihr unerschrockenes Beta-Lektorat und Adriana Anders für ihr großartiges Zitat.

Danke auch an meine fantastische Designerin der Einbände, Regina Wamba, für ihre wundervollen Illustrationen, und an Paul Salvette, der meine Bücher mit unglaublicher Sorgfalt editiert. Ebenfalls an Tara von Inkslingers PR für ihre Unterstützung in allen Werbefragen. Danke an meine Lektorinnen, Deb Nemeth und Joan Turner von JRT Editing und an meine Korrekturleserin Alicia Dean. Ich brauche offensichtlich alle Hilfe, die ich kriegen kann.

Vielen Dank auch an meine Assistentin Jill Glass, und an mein großartiges deutsches Übersetzer-Team Martin Wick und Stef Mills, und natürlich an meine Beta-Leser. Ich schätze eure harte Arbeit sehr!

Und wie immer möchte ich meinem Ehemann und meinen Kindern für ihre Liebe und ihr Verständnis danken. Ohne euch wäre es das nicht wert!

ÜBER DIE AUTORIN

Toni Anderson schreibt unverblümte, sexy, romantische Thriller und ist eine *New York Times* und *USA Today* Bestsellerautorin. Ihre Bücher wurden mit den Readers' Choice, Aspen Gold, Book Buyers' Best, Golden Quill und National Excellence in Romance Fiction Awards ausgezeichnet. Sie war Finalistin sowohl beim Vivian Contest als auch beim RITA Award der Romance Writers of America, außerdem beim Daphne du Maurier Award of Excellence und der Holt Medallion.

Am bekanntesten für ihre „Cold" Bücher ist es vielleicht nicht überraschend, dass Toni in einem der extremsten Klimazonen der Erde lebt – in Manitoba, Kanada. Als ehemalige Meeresbiologin vermisst Toni immer noch das Meer, hat aber das Glück, zu Forschungszwecken zu reisen (wenn sie nicht gerade eine Pandemie erlebt!). Im Januar 2016 besuchte sie das FBI-Hauptquartier in Washington DC, einschließlich einer Tour durch das Strategic Information and Operations Center (SIOC). Sie hofft innständig, dass sie nicht aufgrund ihrer Google-Suchen verhaftet wird.

Toni liebt es, von Lesern zu hören:
E-Mail: toni@toniandersonauthor.com
Website: www.toniandersonauthor.com/german

Lerne Toni online kennen:
Facebook: facebook.com/toniandersonauthor
Instagram: instagram.com/toni_anderson_author

Wenn du mehr über Tonis deutsche Bücher erfahren möchtest und darüber, wie ihr Schreiben durch ihre Hunde behindert beziehungsweise unterstützt wird, dann melde dich doch für ihren deutschen Newsletter an. Sie liebt es, ihre Leser besser kennenzulernen.
landing.mailerlite.com/webforms/landing/e2o8r3

www.ingramcontent.com/pod-product-compliance
Lightning Source LLC
Chambersburg PA
CBHW051308190726
48290CB00001B/51